幽幽汉江石板路

李灿勋 著

中国文史出版社

图书在版编目（CIP）数据

幽幽洪江石板路 / 李灿勋著. -- 北京：中国文史

出版社, 2023.1

ISBN 978-7-5205-3966-1

Ⅰ.①幽… Ⅱ.①李… Ⅲ.①纪实小说－中国－当代

Ⅳ.①I247.5

中国版本图书馆CIP数据核字(2022)第223247号

责任编辑：卜伟欣

出版发行：**中国文史出版社**
社　　址：北京市海淀区西八里庄路69号院　　邮编：100142
电　　话：010—81136606　81136602　81136603（发行部）
传　　真：010—81136655
印　　装：廊坊市海涛印刷有限公司
经　　销：全国新华书店
开　　本：16开
印　　张：31
字　　数：320千
版　　次：2023年3月北京第1版
印　　次：2023年3月第1次印刷
定　　价：78.00元

序言

数十年磨一剑

——读晚霞长篇小说《幽幽洪江石板路》

文／张开妙[1]

我与晚霞是 20 世纪 80 年代初在洪江市文化馆举办的文学创作学习班上认识的。几十年来，他能把文学创作坚持下来，并写出 36 万字的小说，真不容易。

小说是从 20 世纪 30 年代初起笔，到 21 世纪 20 年代落笔，时间跨越百年。作为一部小说，写百年来的东西，难度之大，是可想而知的。

此书是从 2015 年开始写的，那时作者在泉州的一家民企鞋厂打工，工作之余，就在一张简陋的小桌子上用 20mm×20mm 的方格纸写，一晚要写一千多字，可见作者对文学的执着追求与热爱。在那样的环境中作者能坚持写小说，实在令我敬佩。因此，我怀着十分崇敬的心情，重读了该书。

下面说说我对该书的感想。先说上篇：

从故事情节来说，以洪江木商李锦父子为主线，以洪江桐油商刘尉君、刘荣昌为辅线，一环紧扣一环，都写得很细腻，符合当时的时代背景，可信度极高。是"一个包袱一把伞，来到洪江当老板"的真实写照。

人物描写细腻而生动。作者的爷爷李锦和伯父李躬厚，用的都是真名，这

---

1 中国民间文艺家协会会员，湖南省作家协会会员，地方民俗文化研究学者，现洪江区作协主席、民艺家协会主席。著有《快速作文新法》《英语形容词搭配词法》和长篇小说《血色商城》等专著。获文艺创作奖 40 多项次。

样读者容易接受。瑶人客栈老板雷再思是一个助人为乐、蔼然可亲的人。对商会会长唐德忠的描写很到位，那时的同乡会馆，确实乐意帮助有困难的同乡人办事。洪油业代表人物：刘尉君是根据"八大油号"之——刘雪琼为原型写的；刘荣昌的原型人物是当过洪江市副市长的刘松修。把官吏向县长、驻军陈师长、团防局王局长、税务局汤局长等实权人物都写活了。另外：对烟馆老板张开笑、妓院的余老板、赌馆的朱胖子等人物刻画入微，对匠人明石匠、罗木匠，社会底层人物丐帮帮主王老大以及一心想过安逸生活的白青青等人物的描写，都有特色，特别是对白青青的描写，开始我以为是作为反面人物写，但自她被李锦从妓院赎回来后，完全变了一个人，积极支援抗战，成正面人物了。作者对她变化的细节，把握得很好。对潘云飞、田山虎、赵疤子等土匪的描写很真实，就像经历过那事一样。

洪江虽然是弹丸之地，但五脏俱全。小说里把一些洪江的民俗风情带进来了：独特的古建筑群——洪江窨子屋全国少有。在"七冲八巷九条街"里办喜事、丧事，舞龙舞狮踩高跷，唱大戏，送灶王上天和对有困难的人送"年米"（救助）等活动，都展示出洪江本地之特色。

中华人民共和国成立后，李躬厚、刘荣昌入股公私合营企业都是事实。总的来说，上篇布局合情合理。

再说中篇：

中篇是全书中最悲哀的章节。李躬厚从北京列席全国政协会议回来不久，就被错划为"右派"，从高峰跌落到低谷，被撤职，遣送企业监督劳动，一个月仅拿9元生活费。以后在各个运动中挨整，特别是被揪回老家后，七十岁的老母含恨暴死在告状路上。尽管受尽折磨，但李躬厚始终认为自己是清白的，一副傲雪凌霜的样子。1973年，李躬厚重回洪江瓷厂，看到了一线希望。

李躬厚的大弟李躬康是解放后从邵东老家迁到洪江的，做临时工，养兔。"大跃进"期间凭着木工手艺，先后在黔阳县龙船塘公社和会同县高椅公社做炼钢铁的"风箱炉"，这里面含有很大的讽刺味。

"文革"期间，李躬康一家人也下放农村了。由于他有手艺，队上要他搞副业。他所收的工钱，一天比别人少两角，其目的是要跟人家搞好关系。

搞副业对李躬康是好事，只是苦了他的三子李灿助，12岁就挑着成年人的担子了。

建屋为省一点运输费，李躬康修改了一条绝路，晚上带着13岁的李灿勋用独轮车借着月光运木料。那"叽嘎叽嘎"的独轮车声响到哪里，哪里的鸟儿虫们就不得安宁。场景描写得很感人，看到这里直想哭。

……

有很多章节，我看着看着情不自禁地流泪。

最后说下篇：

打倒"四人帮"后，拨乱反正，李躬厚平反复职。凭着对党的感恩之心，积极协助党和政府为工商界人士平反。因是退休人员，3年多一个月仅拿13元8角4分钱补贴。对一个民主人士来说，可谓高风亮节。后来为撰写《洪江工商史资料》一书，费尽了心血。退休后仍旧关心着洪江工商联事业。晚年病重期间，为了不给政府添负担，靠土方法在家治疗。在追悼会上，致悼词的人含泪说："我们失去了一位与党几十年来同舟共济、肝胆相照的爱国民主人士。"

李躬康一辈子谨言慎行，退休后就专心写诗了。他没别的爱好，就爱写诗。是诗给了他力量，使他从困境中、悲痛中振作起来。他一生中就留一本《春虫诗草》诗集。

李元勋从湘西职大毕业后，任洪江煤机厂厂长，把厂搞活了。在他身上看到了很多正能量。遗憾英年早逝。

企业改制后，李家后人先后下岗。李立勋做小本生意，开荒种菜，打爆米花。为给养子筹集医疗费，不得不在省城的几座高校门口乞讨。

作者把自己在通州、吉首、茶陵、潍坊等纺织厂打工的经历写得很细腻，悲中有喜，喜中有悲。特别是对在潍坊打工的描写，催人泪下。后来改行去泉州鞋厂做普工活，工作之余开始恢复文学创作，在"洪江人"微信公众号发表了一些文章。同时了解到了农民工的生活，杨大鲁、杨八斤、杨天望祖孙三代人的生活深深地印在他的脑海里。

从整体看，小说反映了祖孙四代人的运命，是难得的好作品。文笔流畅，语言平实，很耐看，很生动感人，是一篇有价值的纪实小说。

2022年6月22日

目录

上 篇
一个包袱一把伞
来到洪江当老板

中 篇
饱经风霜人生路
酸甜苦辣皆品尝

下 篇
改革开放春风暖
企改走上打工路

引 子

　　巍巍雪峰山云蒸霞蔚，苍山翠林深处，隐藏着中国第一古商城——洪江古商城。洪江是武陵郡五溪之首，南蛮地也。从云贵高原下来的滔滔沅水和从邵阳城步巫山下来的充满野性的巫水在此汇合，犹如一幅太极八卦图。

　　自古以来，洪江是通往湘、黔、蜀、滇、桂的水上交通要道。

　　洪江历史悠久，民风淳朴。境内重峦叠嶂，古树参天，溪河纵横，洞穴幽深，烟光雾霭，灵秀逼人。素有"西南古商都""湘西明珠""小南京"之雅称。在 20 世纪 50 年代至 80 年代，仅六万多人的洪江，却贡献着黔阳（怀化）地区 40% 的财政税收。但是，随着周围地区铁路、公路的集中修建，洪江已失去当年的水上运输的交通优势，渐渐地被人们所淡忘。好在洪江的祖辈们留下了至今还保存得比较好的古建筑群——洪江窨子屋[1]，人们从记忆中回想起这座明清时期曾经辉煌过的古代商城；回想起一代又一代以信为本、以诚待人、以义取人的洪江商人；回想起镶嵌在状似迷宫、形若织网的窨子屋中的"七冲[2]、八巷、九条街"和曾经在这里所发生过的一件件让人难以忘怀的往事。

　　一甲巷，洪江"八巷"之首，如今商脉尚存，古韵悠悠。1957 年，我作为洪商后裔，出生在该巷"苏州会馆"的一间小屋里。

　　余家冲，洪江"七冲"之一，冲里幽深，烟馆、青楼依旧保持着昔日的风貌。1958 年，我的父亲因养兔搬到该冲冲尾枫木岭。

　　枫木岭，枫树挺拔，樟树古老。深秋时节，梧桐树上那沉甸甸的筷子头大的梧桐籽惹人口馋。更让人难忘的是：岭上有一口糙槽大的井，井里水不多，靠一滴一滴从岩缝里流出来。水，清甜清甜。从清晨到傍晚，有很多人排着队在这里取水。

　　我的童年是在枫木岭度过的。

1　窨子屋：明清时期洪江的古建筑。

2　七冲：洪江本土古为瑶、苗、侗族聚居地，明清时期修建窨子屋取名时仍保留着瑶、苗遗风，以"冲"称之。

我没见过爷爷，只知道爷爷是洪江木商，斧印[1]"李锦记"，是个本分人。关于爷爷和爷辈们的故事，我只能从父辈们口中知道。

我的伯父是洪江老商人之一。

我的父亲是木匠，也是诗人。他一生坎坷、艰辛。不过他能在极端艰苦的环境中用写诗来支撑自己。他没给后人留下太多东西，就一本《春虫诗草》诗集。有这本诗集，他的后人知足了。

我的叔叔在抗美援朝时，从武汉大学弃学从戎，一直在部队工作，曾立功多次。

我的兄长自幼聪明好学，因家庭出身和伯父被错划为右派的缘故，未能进北京大学。拨乱反正后，总算圆了大学梦。他搞活了一个厂，曾被评为优秀厂长。遗憾英年早逝。

我的堂兄是兄弟中命运最苦的人，在农村生活长达15年，早年丧妻，什么苦都吃过。

我童年随父母亲下放到靖县与会同交界的山村，在那里生活了整整10年。1979年回城，参加了工作。50岁后下岗，在外漂泊到退休。

我之所以要把爷辈、父辈和自己这一辈人的故事写出来，是想让人们知道：在千年洪江古商城里，曾经有这样的一群人，在这里生活过。

作者

2022年6月

1　斧印：用铁铸造的钢戳，木商水客的标记。

上 篇

一个包袱一把伞

来到洪江当老板

第一章
雪峰山上遭匪劫　客栈老板乐解难

　　这是从雪峰山东麓新化县延伸过来的一条古道，其尽头是沅水上游的洪江古城。古道五里一亭五十里一客栈，到了这溆浦、洞口、绥宁、黔阳接壤的十字路口上，已过了五十多座亭和五六家客栈。十字路口中间，有一蔸两人合围的古樟树，树下砌着一座十分简陋的土地庙，土地爷和他那位心宽体胖的老伴儿住在这里。他们是温和的长者，一天到晚坐在里面。他们那柔嫩的双手搭在膝盖上，一动也不动。他们的脸上总是堆着慈祥的微笑。来往行人路过这里时，总要顺便给他们鞠三个躬，以求自己路途平安、顺利。土地庙旁边，竖着十几块大小不一的"挡箭碑"。每一块碑的正中间，竖刻着"李广将军在此"，两旁则是"弓开弦断，箭来碑挡"陪衬着。李广是西汉名将。当地人家的小孩出生后，家里大人习惯在十字路口竖一块碑，以保佑新生婴儿长命富贵，易养成人。一户大户人家竖了块书桌面大的碑，碑上除了有"李广将军在此，弓开弦断，箭来碑挡"的字外，还告诉过路人：前走黔阳，后走洞口，左走溆浦，右走绥宁的方向。大碑前面，一座高而大的山像是被一把锋利的开山斧劈过似的，把这里分成了东西两边。从东边几十米峭壁上下来的飞瀑，向资江方向流；从西边树林里冒出来的溪水，反向流入沅江支流河。因此，人们传说这里是资江与沅江的分水岭。

　　古道则依着西边溪水继续蛇行般的曲折前进。一会儿倚伴西边山根，路面是被山洪冲刷后的岩石；一会儿绕行溪水之上，上面有白色、红色、灰色和黑色的碎矿石，据说是淘金人将挖出的矿石在溪里筛洗后，留下来的；一会儿进入深深的要半小时才能走出来的大峡谷，峡谷最窄处，仅能过一人一马；一会儿连拐几十个"之"字形陡弯，把人和马的脑壳都拐晕了；一会儿笔直笔直的，大小不一的青石板，每隔一步铺垫一块，在没有树枝遮住阳光的地方，一眼能看到五十里以外的雪峰山顶峰苏宝顶；一会儿是用錾子在45度的斜坡上凿出来的一个个形状不一、高低不一的石阶；一会儿悬在几十米高的峭壁上，马走着腿发软，人走着不敢往下看。

古道越往西南延伸，山越高越大，行人越难走，到最难走的地方，就看见那密密麻麻又高又大笔直笔直的古红梭罗树了，这是原始森林。除了古红梭罗树外，这里还有马尾松、水杉、樟树、枫树、核桃树和大片大片弯着腰的楠竹树。这原始森林，要整整一天才能走出去。出了原始森林，就是瑶人聚居地，一路是草寨、暴木隘、凉山界、岩鹰界。岩鹰界下面是龙船塘，沿小河上面的青石板路走六十里，就是沅江上游的洪江古城，这古道也就走完了。

李锦拿着一把在邵阳城里买的竹制红色油纸伞，背着一个比枕头大一点的包袱，带着刚满十三岁的长子李躬厚，在这雪峰山古道上，已走了十天，住了九个客栈。当他们来到雪峰山最后一个坡——岩鹰界时，十几只岩鹰忽然从密密麻麻的树林里猛地飞出来，探风似的在他们的头上盘旋着，它们那嘎嘎嘎凄凉的叫声，像哭丧。

还没到一袋烟的工夫，岩鹰就闪电般地往山顶上飞去了。

邵东乡下有句"喜鹊叫吉利，岩鹰叫倒霉"的俗语。

李锦曾经是塾师，对这俗语不当一回事。倒是他儿子李躬厚浑身起了鸡皮疙瘩，双脚一阵阵地哆嗦，面色刷白，嘴唇神经质地痉挛着，心咚咚直跳。

李锦认为：岩鹰界是岩鹰的家，它们在自己家门口叫几声不足为奇。

下一站是在龙船塘客栈歇脚。眼看头顶上的浓云像瀑布从山后铺天盖地而来，天也开始黑下来，看来快要下雨了。岩鹰界凉亭就在前面，李锦决定快走一点，在凉亭里歇歇脚，等过了这场雨再走，反正时间还蛮早呢。

凉亭是砖木结构，看来有百来年历史了。四面青砖齐檐，内以四排木柱支撑屋檐，两端是古牌坊式造型，屋顶比旁边的山核桃树矮一点点。牌坊正中间横嵌着"岩鹰界凉亭"五个大字。里面的墙壁上，绘着一幅幅栩栩如生的花、鸟、树、草等画作。亭内地面是用红、黑、黄、白圆形或半圆形小石头扎插而成，中间有云彩、鼓锣旋和铜钱花图案。

古道穿亭而过。

也许是原始森林里的路不好走的缘故，李锦在凉亭里的长凳上用包袱当枕头睡了下来。

见雨还没有下下来，李躬厚则趁这时去树林里解大便。他正解着，感觉有两个怪兽影子在树林里晃动。慢慢地，那晃动的影子越来越近。仔细一看，原来是两个用棕树皮包着头的蒙面人，他们手里拿着大刀，正朝这边飞快地走来。此刻，李躬厚意识到有一场大祸即将来临，大便还没解完，用纸乱擦一下屁股，提着裤子就急忙地往凉亭里跑。

那两个蒙面人似乎在同一时间发现了李躬厚，饿狼般地向他扑来……

当李躬厚气吁吁地跑到凉亭里时，李锦已在长凳上打起了鼾，李躬厚用手轻轻地摇了摇他，可就是摇不醒。就在这千钧一发之际，李躬厚机灵地拿起旁边的油纸伞，飞快地从凉亭的另一个门跑出去，匆忙将油纸伞往树丛中甩去。

还好，这一动作那两个蒙面人没看见。

当李躬厚返回凉亭正要拿枕在李锦头下的包袱时，那两个蒙面人已冲进了凉亭里，其中一个人手里挥舞着大刀，那刀光雪亮雪亮，很刺眼，怪吓人的。他挥舞刀的时候，手腕上露出一道被刀砍后用针缝过的像蜈蚣一样的伤疤。看着这伤疤，足以证明他是以拦路抢劫为生的人，被当地人叫作"关羊"人，官府则称土匪。

此刻，那舞刀的土匪如同发了疯的恶兽，对李躬厚怒吼着："小鬼崽崽，还想藏东西！"

这杀人般的怒吼声把打着鼾的李锦搅醒了，他睡眼惺忪，当他眼睛完全睁开时，才意识到自己遇到了土匪。

他凭着自己当过塾师的经验，觉得此刻不能跟他们硬拼，只能慢慢地斯斯文文地跟他们讲好话。于是他脸带微笑，神色自若地对两个土匪说："两位好汉，我们父子身上确实没带多少钱，我们是没有办法才出来谋生的，请两位好汉高抬贵手，放我们一马。以后，我定会厚报两位好汉。"

两个土匪哪里听得进他这书呆子似的话。只见手腕有伤疤的土匪用刀将包袱猛地一划，包袱里除了几件半新半旧的衣服、裤子和一些日常生活用品外，最值钱的就是路过邵阳城里时买的那两双一大一小的套鞋[1]了。

见包袱里没什么值钱的东西，另一个土匪扯下蒙在脸上的黑布，露出一脸黄豆大的麻子和一口又黑又臭的虎牙，凶神恶煞，恫吓道："快把衣服、裤子给老子脱下。"他恫吓的时候，脸上的麻子随着嗓音变得更难看了，脖子上的脉筋变得有筷子那样粗，左手的五个手指捏起来，像鹰爪。

1　套鞋：即雨鞋，全是用橡胶做的，鞋筒较浅。

李锦没有脱衣裤的意思，仍然以书生的口气慢条斯理地跟他们讲好话，希望他们能放过自己和儿子。当他认为自己讲得很有道理时，麻脸土匪不耐烦了，左手重重地一拳，打在他的鼻子上，鼻血随即从两个孔里流出来。紧接着，又是重重几拳落在他脸的两边，他倒在地上了。接下来，麻脸土匪又是朝他的头部、腹部发疯似的一阵乱踢，他昏迷了，任麻脸土匪肆意脱光自己的衣服。由于腰带打的是死结，麻脸土匪解了几下解不开，野脾气一来，残虐不仁地用刀尖在他的小肚上一划，露出一道口子，鲜血直流……

站在一边的李躬厚看着李锦小肚子上的血，惶恐不安，浑身打着寒噤。

两个土匪拿着包袱和李锦腰带里的钱，一个嘴角边露出一丝奸笑，一个吹着口哨，扬长而去。

李躬厚知道枳木树叶是治刀伤的特效药。他走出凉亭，在路边顺手摘了一把，放入嘴里，使劲将其嚼碎后，敷在李锦的伤口上，然后把自己的衣服撕下一块，绷在李锦的肚子上。

此刻，天已下起了倾盆大雨。那沉重的飘急的大雨点和旋风，竟如拧在一起的一条条残酷的鞭子似的，从天空凶猛地抽打下来。一片漆黑。

飞往山顶上的十几只岩鹰冒着雨进了凉亭里，它们的嘴仍旧嘎嘎嘎地凄凉地叫着。那凄凉的叫声和凉亭上面的雨点声凝结在一起，逐渐汇合成一首悲哀曲，在凉亭上空回旋。

李锦在岩鹰嘎嘎嘎的叫声和倾盆大雨声中苏醒过来了，当他睁开眼睛时，第一感觉是：身上只穿着一条短裤，腰带里的十元银圆和三百枚铜毫[1]全部被土匪抢走。他的伤口被李躬厚敷上枳木树叶后，血已止住。

看着过早懂事的儿子，李锦心里得到一点儿欣慰，也就不过于悲伤了。

十几只岩鹰见李锦苏醒后，已停止了它们那可怕的嘎叫声，排成"一"字形，卧在凉亭里的横梁上。它们那一双双贪婪的眼睛，紧紧地盯着从李锦小肚子里流出来的那一摊鲜红鲜红的血，因为有李躬厚在旁边的缘故，它们才不敢拢来。

见李锦苏醒后，李躬厚欢眉大眼地跑开了，他很快从树丛里找回了那把油纸伞。

这把伞使李锦转悲为喜。他心里想：有了这把伞至少可以让他和儿子在

1　铜毫：铜元，民国时期大约一百三十枚铜毫换一元银圆。

客栈吃一餐饭或是住上一晚，等过了今晚，明天到了洪江，找到同乡会——宝庆会馆[1]，就有办法了。

雨停了。李躬厚牵着李锦的手，一步一步走出凉亭。

他们刚走，那十几只岩鹰直扑那一摊快要变乌的血……

深秋的雪峰山上，此刻已经很冷很冷了。月亮出来了，月光透过树叶间的空隙，把冰冷的光辉洒在古道上，忽明忽暗。

李锦在李躬厚的牵扶下，高一脚低一脚地下着岩鹰界。他眼睛发着黑晕，迷迷糊糊；他大脑朦朦胧胧，一片空白。当听见几条农家的狗狺狺叫起来的时候，十里长的岩鹰界终于下完了。

此时，李锦的大脑随着狗的叫声清醒了，精神也随之振奋起来，他现在不需要李躬厚牵扶，自己能走了，而且感觉走得很轻松。

龙船塘坐落在一个很深的大峡谷里，绿树掩盖着整座村庄。四面八方的小溪集中到了这里，因此就形成了一条河。河水进入一段低洼地带，就慢慢地形成了一个塘。传说古人曾在此划船竞赛，故称龙船塘。

深湾里，有一家挂着"雷"字的瑶人客栈。

李锦站在客栈门口，拿着那把油纸伞，用西南[2]方言彬彬有礼地问主人："老板，这把伞能让我们吃点东西或住一晚吗？"

身穿宽大瑶服的客栈老板抬起头，用温和的眼光看了李锦父子一眼后，躬腰，右手向屋里一伸，让他们进了屋。

客栈老板姓雷，叫雷再思，是本地人，20岁上下年纪，他的长相和他的身材看上去很顺眼，印象较深的是他的两片嘴唇厚厚的，鼻子比一般人高。从眼神里能看出他是仁慈、厚道之人。当他看见李锦只穿着一条短裤和肚子上绷着一块布时，就知道他在岩鹰界遭土匪抢劫了。

雷再思将李锦父子带到客栈里屋的火炕上，把李锦肚子上的绷带取下，用盐水将伤口洗过后，敷上了一把瑶药。这瑶药是雪峰山上的刀伤特效药，是用蛇酒制作成的，敷上一至两把，伤口就能痊愈。伤口包扎好后，雷再思给李锦穿上一身瑶服，然后在撑架上的鼎锅里用竹舀舀出半舀开水倒进碗里，

---

1 宝庆会馆：洪江十大会馆之一，专为宝庆人办事服务的帮会组织。

2 西南：地方官语，主要以贵州话为主。

再往碗里放一点盐、几片生姜和一点葱，要李锦喝下去，说能防感冒。

紧接着，雷再思把撑架上的鼎锅取下来，把锅子架上，往火坑里加了几根酒杯大的杂木，开始给李锦父子炒蛋炒饭了。

吃过饭，李躬厚就开始洗澡了。澡盆是杉木盆，呈椭圆形，有一米高。盆里装了半盆水。李躬厚还是第一次用这样的盆洗澡，他洗着洗着，就半躺在里面，竟不想起来了。

为防止伤口沾水，李锦没有洗澡，只是抹了抹身上。

李躬厚洗过澡就睡了。

雷再思把李锦请到火坑上。

湘西雪峰山山区的人们，都习惯在一楼屋子的角落里筑一个正方形火坑，专供人们点火祭祀，取暖用餐，同时还可用烟火熏肉。火坑两面靠房屋板壁，一面摆着一张八仙桌，另一面是过道。火坑是由四块一米长、一尺二寸宽、一寸厚的石板砌成。石板外面，铺垫着几块木板。火坑屋的门常开着。火坑里的火随时恭候探亲访友的客人，拉家常，谈古论今，充满着浓浓人情和融融暖意。见客人来了，主人总是把火烧得旺旺的。

按瑶人礼节，雷再思要李锦坐在一头落火坑一头落地（脚一头矮一头高）的主座凳上，他自己则坐在李锦对面的四脚落地的长凳上。一截一米多长饭碗粗的圆筒杂木通过八仙桌下的空间，伸进撑架中间，燃起了不大不小的火。火坑上面挂着一个熏腊肉的四方架，架上摆满了雪峰山上的核桃，雷再思顺手抓了十几个核桃，丢进火坑里。

不到一袋烟的工夫，火坑里的核桃开裂了，只见雷再思用火剪将开裂核桃一个一个夹起来，放入装了半盆水的杉枝盆里。接着，他又从四方架上拿出十来个核桃丢进火坑里。

杉枝盆里的核桃哧哧一响，冒出一股青烟后，被雷再思用手拿出来，摊在桌子上，一股香喷喷的核桃味透露出来了。

此时，雷再思要李锦将板凳往桌子边移动一下，这样可以一边吃核桃一边烤火。而雷吃核桃，得把手伸得很长。这就是主座位的优势。

雷再思和李锦一边吃核桃，一边交谈起来。

"雷老板，我姓李，叫李锦，是邵东人。真的很感谢你。"李锦先说。

"莫客气，李老板，我叫雷再思。"雷再思用本地瑶语说，"我一看你的手，就知道你是个没种过田或是没干过粗活的人，倒像是个教书先生，或是哪个大户人家的管账先生，或是在县衙门里谋事的人。凡是带着伞过雪峰山的人，都不是一般的人。从你遭土匪抢劫的事来看，就知道你是第一次过雪峰山。嗨！这雪峰山上的土匪每次都是找人少的过路人下手！你们在岩鹰界听见过岩鹰叫吗？"

"听见了，有十几只，不过，叫了一阵之后，它们就往山顶上飞去了。"李锦答。

"这就对了，它们是到山顶上'领赏'去了。"雷再思说。

"领赏？"李锦有点迷惑。

"是这样的，这些岩鹰就是土匪的探子。"雷再思说。

"土匪的探子？"李锦更加迷惑了。

雷再思一边吃核桃一边慢慢地说："凡是路过岩鹰界的人，它们都要嘎嘎嘎叫几声，然后就往山顶上土匪窝里飞去。土匪见到飞来的岩鹰后，就会喂点剁烂碎了的鸡肉、鸭肉、猪肉等食物给它们吃。年复一年，岩鹰已成习惯了。土匪则是根据过路人的多少，来作出用多少人下手的决定。如果过路人有两三百人，他们就不敢下手了。因为这些人里面的挑夫都是宝庆人，他们的担子都系着'宝庆绳'，这宝庆绳就是将挑箱或箩筐两边的绳子卷成一块豆腐大的四方形绳套，遇到土匪抢劫时，担子一落地，肩上木扁担两头的扎很自然地从绳套中脱出。那扁担都是用很硬的杂木做的，如同一根木棍。这扁担就是他们自卫的武器，加之宝庆人都会点武功，一根扁担能对付一两个土匪。由于这绳套是宝庆人发明的，人们称之为宝庆绳。"

雷再思又用火剪将火坑里的核桃夹了起来，同样放在盆里浸泡一下，摊在桌子上。他很会吃核桃，一个核桃放在嘴边，用牙齿一咬，核桃成了两半，再咬一口，核桃就碎了。

李锦则不是这样，他用小锤子把核桃敲烂了以后，才慢慢地很斯文地一点一点地掰着吃。

他是教书的，对雷再思所说的宝庆绳之事，一点也不懂。

雷再思一连吃了好几个核桃后，又接着说："你们胆子也真是太大了，一大一小敢走雪峰山！还算他们手下留情，没要你们的命，还给你们留下一把伞。"

"这伞是我儿子急中生智藏起来的。"李锦急忙解释，"如果没有这把伞，我也不知怎么进客栈。"

"话不能这么说，我们瑶人对遭土匪抢劫的人还是乐意帮助的，说来也就是吃餐便饭和睡一晚的事。我们瑶人不会为了一分钱，把算盘底子打透。"

"你们瑶人真好！真的谢谢你了！"

核桃吃得差不多了，雷再思对李锦说："时间不早了，你就休息吧！"

雷再思把李锦送到客房里。

第二天吃过早饭后，雷再思将那把油纸伞和一个包袱放在李锦手里，包袱里有两把瑶药和几个蒸熟了的红薯。

李锦对此感激不尽，两手抱拳："雷老板，你对我们的大恩大德，我必定涌泉相报！"

第二章
父子奔会馆求救　主人待来者热心

　　李锦带着李躬厚沿着龙船塘小河边的青石板路一路下行，来到洪江郊区寨头时，太阳已经西斜。他们又沿着沅水边的古纤道一路上行，过了茅州、岩门、天柱峰、萝卜湾、长寨、回龙寺后，来到了巫水河边的风雨桥上。在风雨桥上，他们看到了洪江最繁华最热闹的犁头咀。当地民谚：

　　汉口千猪百羊万担米，抵不过洪江的犁头咀。

　　说起犁头咀，曾有个有趣的传说：

　　很久很久以前，这里还是一片荒凉之地，人烟稀少，人们也只是过路而已。

　　一天，有个姓雷的婆婆看到一些从船上下来的人在这里歇脚找清凉水喝，她就在河边的一兜枫树下，依山搭了一个茅棚，卖起凉粉来。

　　雷婆婆的凉粉手艺是祖传下来的。凉粉果是本地野树藤上结的，果成熟后把籽取出来，晒干储藏好。制作凉粉时，先将凉粉籽用布包好，在清凉水里浸泡两三个小时，然后使劲地揉搓，所揉搓出的果汁经过沉淀后，舀在碗里，放点醋和红糖水，就可以吃了，酸酸甜甜，柔软爽口。这凉粉堪称洪江一绝。不过，制作时必须要用清凉水浸泡，才能制作成功。不清的凉水是制作不出来的，而洪江有的是清凉水井，比如嵩云山、大湾塘、枫木岭等地的井，还有冒天井、老龙井、虾公井等井里的水，都能制作凉粉。

　　雷婆婆卖凉粉的消息传开后，来这里歇脚吃凉粉的人越来越多，她的生意也就越做越大。因此，她把茅棚改成了吊脚楼。

　　雷婆婆有一个女儿，叫杏花，年方十六，长得如花似玉，身材苗条，桃形脸，头上乌黑的辫子齐腰，一块小蓝花土布紧裹着她的胸脯；皮肤白皙，五官纤巧，嘴角上总是带着甜甜的微笑。凡是来这里歇脚的人总喜欢跟她搭讪几句。

　　不久，从江西来了一个补鞋匠，姓贺，他也在这里搭了一个茅草棚，为过往行人修补鞋子，同时，也补补衣服、裤子什么的。贺师傅有一个很能干的儿子，叫顺儿，个子不高，但很结实。

平日里，两家关系处得相当好，从没发生过口角。有时顺儿用鸟枪在山上打到野鸡、野兔，或是在河里捕到鱼，炒熟后，总要送一碗给雷婆婆。雷婆婆不好空着碗给他，顺便回一碗凉粉。

有时，杏花拿来自己的衣服要贺师傅加几道花边什么的，贺师傅笑眯眯地，总是按着她的意思给做了。

后来，杏花和顺儿成了亲。

再后来，雷婆婆和贺师傅相继去世。

一天傍晚，从贵州来了一个挑着皮箱的钱老板，这钱老板自称是贺师傅的拜把兄弟，要求在吊脚楼里过夜。听说是父亲的拜把兄弟，顺儿欣然答应了。

午夜时分，钱老板突然患重病，生命垂危，临终前，他对小两口儿说："我死后请你们买副棺木把我埋了。我不会白用你们的钱，这箱子里的东西都给你们。不过，你们要三年后才能打开看。"

钱老板说完这话之后，就去世了。小两口儿按钱老板的遗嘱，买了一副棺木，将其埋葬。他们也不把钱老板箱子里的东西当成一回事。

三年后，小两口儿喜得贵子，而这一天正是钱老板留下遗嘱满三年的日子，他们把箱子一打开，哎呀！天啦！里面全是白花花的银子。这真是喜从天降，双喜临门。事后，小两口儿商量：决定用这银子沿着河边修一排吊脚楼，在楼里开商店、设伙铺，让过路人歇脚住宿。他们这一招真灵，有很多过路人在吊脚楼里歇脚住宿了。

一些本地的瑶人、苗人也开始学着他俩，在这里修房子，开店铺，卖点小日用品。

犁头咀从此倚山为岸，市廛排列，屋瓦鳞次，随山势高低，楼阁涵影河上。靠河的那一边为清一色的吊脚楼，飞檐翘角，楼台悬空，远远望去，犹如飞鸟振翼，姿态翩然。

店铺里各种各样的货物是从常德运来的。

每天，沅水河里，成群结队的纤夫拉着鳅鱼头船[1]，逆流而上。纤夫到这

1　鳅鱼头船：小船，没有帆布。

里休息一晚后，又继续逆水而行，有的去沅水上游清水江边的城市；有的进入渠水或潕水等流域城市；有的沿巫水去绥宁、城步等地。然后，他们又把当地的药材、木材、野兽皮等土特产运到这里来，再从这里运往常德。自从有了麻阳船[1]后，这土特产可直达长江流域的各大城市，长江流域各大城市的商品，也可以直接到犁头咀了。随着岁月的流逝，这里已慢慢地成为西南地区小商埠。

在中华民族史上，黄河中下游地区是古代文明的发源地，也是古代人口分布的重心所在。但是，西汉末年后的数十年间，中原地区战乱频繁，曾出现过数次社会动乱，其中有著名的西晋的"永嘉之乱"、唐末天宝十四年的"安史之乱"、北宋末年的"靖康之乱"。这三次大乱给中华民族带来了深重的灾难，造成中原人口大量迁徙南移。

洪江位于雪峰山西南边陲，很古老。早在七千六百多年前的新石器时代，这里就有先民活动了。在洪江下游三十多千米安江岔头"高庙遗址"所出土的装饰豪华的风帆船和双身画舫，就证明了这一点。

故洪江是中原移民南下的首选迁徙之地。

洪江本土古为瑶人、苗人聚居之地，人口不足千人。瑶人以雷、贺两大家族为主，自古就有"雷贺一家亲"之说。苗人以杨姓、蒋姓、向姓为主。洪江的瑶人、苗人天性好客，从不排斥外来人，他们热情地接纳着一批又一批移民。东汉以后，开始有汉人迁入；宋以后有官者定居。明万历年间，这里已形成一定规模的物资交易集散市场，店铺林立，作坊成片。到了清顺治年间，全国性的商业市镇随着商品性农业经营的发展，在集市的基础上，进入了快速发展时期。洪江是桐油、木材、烟土（鸦片）三大产业集散地，加之民间手工业制作蓬勃兴起，借着沅巫两水得天独厚的水路和陆路"五龙汇聚"的优势，在商业和金融方面有了突破性进展，从而成了滇、蜀、黔、桂、湘边界地区兴盛的市镇。洪江的徽州、江浙五府、福建、宝庆、黄州、七属、辰沅、湘乡、江西、贵州等十大会馆，就是在这种时代背景下建立起来的。

由于做生意的人来自全国各地，为了便于语言交流，做生意的人的语音，在北方话的基础上，夹杂着一些西南（贵州）方言，慢慢地形成了洪江话，洪江话跟普通话很相似。洪江话的 20 个声母里，有 16 个跟普通话相同；35 个

1　麻阳船：有帆布的船。因麻阳人从事划船的较多，洪江一带称帆布船为麻阳船。

韵母里，有 31 个跟普通话相同。随着岁月的流逝，洪江话慢慢地取代了当地的瑶语和苗语。

青石板铺就的犁头咀街道上，店铺林立，各种各样的商品琳琅满目。风味小吃：灯盏粑、马打滚、汤圆、馄饨、油条、葛粉、发糕、糯米糕等惹人口馋。所有的商店门面，全是用本地杉木装饰。铺板上雕花刻图，木柱上盘龙附凤；店铺板涂过洪江本地制作的洪油[1]后，更显示出洪江古色古香之特色；各商店的牌匾上，斗大的"金、财、旺、和、祥、福"等吉祥字令人眼花缭乱；各商店门楣上，"吃亏是福""外圆内方""鱼龙变化""里仁为美""无听发禅""洪福齐天"等经商理念之词随处可见；大大小小的红灯笼挂在街道两旁。怪不得人们称这里为"小南京"。

李锦此时没有心情观赏这美丽的街景和琳琅满目的商品，他得抓紧时间找到宝庆会馆——太平宫。现在，他身无分文，只有宝庆会馆才会帮助他们父子俩。

清朝以前，洪江没有设立政权组织，所以各同乡会会馆，除了是经济组织外，还兼代政权组织，行使其社会管理职能，实行自治。一般的民政、教育、建设甚至团防、保甲、民事纠纷等事，都由各同乡会会馆出面解决。到了民国时期，会同县治设在这里，虽然国民政府成立了政权组织，但各会馆仍旧发挥着其作用。

宝庆向来是人多地少的地方。为了谋生，人们不得不走出家门，冒着翻雪峰山的风险，来洪江做点小本生意，或从事工匠活。他们有很多人就是一个包袱一把伞起家的。在洪江的移民中，宝庆人已接近洪江总人口的四分之一。因此，在洪江商埠中，慢慢地有了他们的一席之地。宝庆会馆——太平宫就是在这种时代背景下建立起来的，已有两百多年了。

李锦带着李躬厚一路问路走来，终于在沅江边的财神巷巷口找到了太平宫。

太平宫实在是太霸气，门坊是由几块巨大石板和几根水桶粗的石柱筑建起来的。据说，这石料是花很多银圆从贵州大山里买来的。大门口，一公一母大石狮卧在石墩上，它们的嘴里各含着一个能滚动的绣球。"太平宫"三个字

1　洪油：即桐油。由于桐油很有名，又制作于洪江，史称洪油。

竖刻在门楣正上方。大门两边石照壁上，镂刻着佘太君挂帅、八仙过海、郭子仪上寿、岳母刺字、刘备跃马过檀溪等历史上忠孝节义的代表人物故事图案。

李锦站在大门口，用手轻轻敲了敲半开着的大门。过了一会儿，门口露出一个四十多岁的围着蓝色围巾的女用人。

"你们找谁？"女用人用宝庆话问。见李锦穿一身瑶服，她满肚疑团。

"找这里的主人。"李锦也用宝庆话回着女用人。

女用人听来人说的是宝庆话后，躬腰，将手往屋里一伸，请他们进去。

"还没吃午饭吧？我给你们下点面。"女用人亲热地问。

待李锦点过头后，女用人把他们带进了厨房。

这是一排"一"字形灶，共有九个灶孔，以第五个灶孔为中心，两边烟囱呈梯形，由低到高，中间的冲出屋顶瓦片一尺高。平日里，只有炒菜、煮饭、烧水三个灶孔在用。只有会馆搞大的庆典时，九个灶孔才全部用上。

女用人很快把早已熄了火的灶重新点燃。十分钟后，面下好了。卤子是宝庆人最喜欢吃的豆豉辣椒。

一大碗面被李躬厚三下五除二，几口就吃完了。见他舍不得放碗，李锦把自己碗里的分了一半给他。

见此情景，女用人又往锅里下了一点面。

吃过面后，女用人带着他们越过天井，来到会客厅，她要李锦和李躬厚在此等候，自己则向主人报告去了。

仔细看来，太平宫防火墙与屋顶一样高，轮廓为阶梯状，脊檐随房屋的层次向上延伸，延伸到角落里就向上翘了起来，像一只大公鸡头。每一个角落，都是这一形状，可谓飞檐翘角。屋顶上，特制的长方形玻璃瓦呈现出好几个"田"字形，把屋内照得亮堂堂的。屋檐下面的拱斗，依次为虎脚形。宫内，三十根两人合围的涂着红漆的杉木柱子排成五行，横看竖看斜看，都成行，当地人称之"麻雀行"。一块块抽屉大的枋，横、竖、斜穿过柱子，把屋架固得牢牢的。柱子上、横梁上，雕刻着梅花、兰花、菊花和竹子等图案；真君殿、肖公殿、财神殿、关公殿壁上，用彩笔画着双龙抢宝、双凤朝阳、龙腾鱼跃等图画；观音堂、禅堂、客厅、休息室等显眼的地方，有五蝠（福）朝阳、一鹭（路）莲（连）科、鱼龙变化等吉祥语；神龛上面，刻着孝、悌、忠、信、礼、义、廉、耻等人生哲理字，都镀了金。宫中间是戏台，分楼上楼下，可容纳观众千余人。戏台旁边有一副"乾坤大戏场，请君更看戏中戏；俯仰皆身鉴，对影休疑身外身"的对联。整个宫内，最显眼的，要数关公殿神龛上的那把一百零八斤重的大刀。传说，清咸丰年间太平军将领石达开曾率兵来攻打洪江，当时朝廷派曾国藩的水师驻扎在洪江大湾塘一带，而太平军的先头部队已到洪江郊外王家亭子。正值天昏地暗，狂风暴雨，却见在大湾塘碉堡城头"关公显灵"，双脚踩在沅江两岸山坡上，双手磨大刀。太平军见此情景，不敢进攻洪江。为纪念"关公显灵"，太平宫关公殿就供奉着这把铸铁大刀。每逢重大节日或重大活动聚会游行时，此刀被放在刀架上，由四人抬着，以显示宝庆会馆的风光。

过了一会儿，身穿士林长袍的太平宫主人脸带微笑来到了会客厅。主人叫唐德忠，身材结实高大，略显肥胖，两肩又高又宽，胸挺得笔直。他的脸总是带着一副慈眉善目的表情，给人一种一见如故的感觉。他是十岁时随父母亲从邵阳来到洪江的，在洪江已生活了整整三十年。他父亲是洪江有名的布商，有好几家布店，经营着土布、印花布和厂呢、哔叽、士林、呢绒等高档丝绸布。十年前，有一批高档丝绸布在过雪峰山岩鹰界时，遇上了土匪，由于只有十来个人，寡不敌众，一阵厮打后，东西全被土匪抢光，还造成两死八伤。他家付了丧葬费、抚恤金和受伤人员的医药费后，家产已减少三分之一。他父亲因此得了一场大病，不久去世了。他接过父亲的布店后，改走水路，不再走雪峰山古道了。几年后，他把生意又做大了，家底比他父亲在世时还厚。由于他在洪江商人中德高望重，大家选他当了新一届洪江商会会长，同时还兼任着宝庆会馆的值年日常工作。

洪江商会日常事务是：调解会员纠纷；推行公益事业；与当地军政机关洽商事项；送往迎来，交际应酬；为当地驻军、政府募捐。

宝庆会馆值年日常工作是：对有困难者提供路费；联络同乡感情，增进同乡友谊；定期举行大型祭祀、喜庆活动；监督所有会员严格遵守馆规民约，对变卖馆产的进行惩罚；出资兴办教育，资助困难家庭及其子女受教育；给来洪江谋生的老乡提供帮助；教育大家遵纪守法，团结互助，诚信做人，不得偷盗为匪，作奸犯科。

女用人将两杯洪江产的桂花茶放到客厅的桌子上后，给坐在旁边的李躬厚也来了一杯。

李锦边喝茶边对唐德忠说："我是邵东崇山铺人，读过十年书，算盘能打五位数的除法。来之前是塾师，手下曾有十七八个学生，每年得八九石米。可是，这几年来学生越来越少，少到只有四个了。我有三儿三女，加上我和老婆，共有八口人。学生家长的两石米和我家的一亩三分八厘田根本养不活我一家人，艰难竭蹶，无奈之下，只好带长子出来谋生。哪知道过雪峰山岩鹰界时，除了儿子急中生智将那把伞藏起来之外，身上的十元银圆、三百枚铜毫和包袱里所有的东西全被土匪抢走，仅给我留下一条短裤。我还挨了一刀。"说到这里，李锦把小肚子露出来，眼泪不停地流出来。

唐德忠把自己的小手绢递给了李锦。李锦擦过泪水后，又接着说："这瑶服是龙船塘瑶人客栈老板雷再思送给我的，我遇到贵人了。"

唐德忠听完李锦的自述后，对他的遭遇深表同情。唐家曾遭土匪抢劫后损失两千多元银圆，父亲气得一命呜呼。也许是同病相怜的缘故，他让李躬厚留在自己的布店当学徒，把李锦介绍到曾四爷的木商木牙行[1]当经纪人兼围量手[2]。那里正需要一个文化人。

李锦父子在太平宫里吃过晚饭后，唐德忠给李锦送来了十元银圆和一张记账卡。唐说："这钱你拿去买些日常生活用品，卡拿到我的店里选点厂呢、哔叽、士林或呢绒布，做几件长袍，这是经纪人必需的穿着。另外，给儿子也做几件衣服，账都记在我的卡上。"

此时此刻，李锦真正地感受到了同乡会的温暖，浑身蒸腾起热力来，难以控制的泪水从眼角里流出来。他很激动地说："唐会长，太感谢您了，一拿到工钱我就马上还给您。"

唐德忠拍了拍李锦的肩膀，亲热地说："不要这么说，为同乡人办事是值年人应该做的。"

1　木牙：洪江木商业分木牙（中介）、山客（卖主）、水客（买主）三大帮系。

2　围量手：从事量木头、统计木头数字的人，也称经纪人。

第三章
干木牙得心应手　待顾客诚实守信

洪江木商中的木牙，一般是靠跑腿和动嘴的，是山客和水客之间的搭桥撮合人，也是他们之间的经纪人，其职责是负责议订合同、衡量结算、收款付款。同时，还监督他们遵守执行河规[1]。除此之外，还代管山客木排的安保工作。一笔生意成交后，木牙按行规向山客收取百分之三佣金，向水客收取千分之六的围量费。

山客是有一定经济基础的人，在木牙的撮合下，跟水客签订了协议后，先用自己的一部分资金，从木材生产地买得山地砍伐权，然后可以通过木牙向水客要一部分预付金。山客大多数为洪江本地人。

水客是经济实力比较雄厚的人。昔有花帮（湖北大冶）、益阳、黄州、汉帮（武汉）、长沙、常德、黔阳、天柱等八帮。他们将山客的木材买下后，雇人改编成洪排[2]，销往汉口、南京、镇江、南通等商埠。

曾四爷也是宝庆人，跟大多数宝庆人一样，也是一个包袱一把伞起家的。曾四爷的木牙行开在洪江北郊大湾塘沅水边。他是二十年前来洪江的，由于没有本钱，只好随包头在沅江河里放排。从勤杂工到摇橹手，从摇橹手升到棚排头，从棚排头当包工头，再从包工头当上木牙行老板，都是一步一个脚印地走过来的。当然，他开木牙行是得到了洪江"八大油号"之一——刘尉君老板的鼎力相助。

刘尉君是江西新余人，近五十岁，身材魁梧，骨骼粗壮，那双深陷的黑眼睛好像在思索着什么？平时，他脸上的表情总是很严肃，以致人们很难从他面上看到笑容。这个习惯，他已有几十年了。民国初年，他从江西来到洪江犁头咀的"陈家药店"当学徒，三年后留在该店。他非常虚心好学，在短短几

1　河规：洪江木业公会所制定的规章制度。

2　洪排：在洪江编扎的排，有七丈长，三丈四尺宽，三层厚。

年间积累了很多经商知识。药店老板陈斌也特别喜欢他。他生活朴实、节俭，从不乱花一个铜毫，因此也就有了一些储蓄。民国六年（1917年），刘与同乡合伙开办了一个钱庄，后来改组成立了布店，经营花纱、匹头，他任经理。货是从上海、南京、汉口等地进来的，销往湘黔各地。当时的环境很艰苦，兵祸连绵，匪盗猖獗，交通时有中断。交通中断时，货价飞涨。可他能审时度势，灵活地把握着各种因素，应付裕如。这样，他意外的损失也就比较少。民国十一年（1922年），他与一个姓聂的老板各投资两万银圆创建了永庆油号，开始经营桐油了。由于经营有方，永庆油号的"山花"牌洪油一直得到商行信任，货供不应求。后来，他就一个人开着永庆油号了。他只有一个儿子，叫刘俊，在美国留学读研究生。

在一次航行中，洪油船[1]在青浪滩触上暗礁，船被卡了半天，想尽了所有办法，就是撑不出来。眼看船要倾斜，一旦倾斜，损失可就大啦。在这紧要关头，路过这里的曾四爷得知情况后，果断将木排湾下，带着他手下的几十个放排人，勠力同心，用平常很少用的长撬棒，以惊人的毅力，把船从暗礁上撬了出来，使刘尉君的数百桶洪油未受损失。事后，刘尉君感恩图报，拿出两百元银圆，在大湾塘为曾买下一个店铺，让他从事木商木牙行。

在洪江木商木牙行中，曾四爷是很有名气的人。由于他为人忠厚、耿直、诚信，办事公正、果断，因此本地的山客和八帮水客，主动找上门来，请他当经纪人。凡是经他搭桥撮合的事，没有一个山客和水客不满意。不过，最近有件事让他为难了，就是原来的经纪人兼围量手家里出了大事，几天前辞职了。正当他心急火燎的时候，宝庆会馆值年人唐德忠雪中送炭，把李锦介绍给了他。听说李锦曾当过私塾老师，算盘能打五位数的除法，因此他承诺每月发给李锦六十元银圆。这薪水，比别的木牙行经纪人兼围量手要多五元银圆。

李锦对这工作和薪水很满意。他只用几天时间，就掌握了围量手的活。他的助手是大牛和岩娃。大牛身材高大，结实得像头牛，习惯剃个平头，做事踏实稳重。但他有个坏毛病，就是爱喝酒。岩娃喜欢留着长发，个子矮小，精明，反应能力强，活动起来像只猴子。在为人处世方面，此人管窥蠡测，目光如豆。

---

1 洪油船：运送货物的和载客的特大船，有上下两层楼，下层装货，上层坐人，由于多为载洪油，故称洪油船。

洪江东边的天柱峰，青山削翠，碧岫堆云，悬崖虎踞龙盘，是沅水的一道天然屏障。因此，从云贵高原急流下来的充满野性的滔滔江水被它拦腰截断，水则依峭壁潆洄成了一个"S"形的十里长的天然船坞和排坞。河中间，除了留出一条让过往船只和木排航行的航道外，其他地方停满了从贵州下来的载着茶叶、烟叶、药材、兽皮、山果、木炭的苗船[1]，还有从常德上来的装着淮盐、布匹、花纱、百货等日用商品的麻阳船，以及大大小小的正在编扎或编扎好了的木排。

山客买下的木头，编成苗排[2]、溪排[3]放到洪江，经木牙量过后，就解散，交给水客了。再由水客请包工头编扎成洪排。

吃过早饭后，李锦来到大湾塘对面龙罐塘的一个叫小胡子的山客的木排上，他拿着青篾卷尺围量着木头"水眼"后五六尺处的周长。大牛量头部。岩娃量尾部。李锦从岩娃的五个手指中得出木头长度的数字，并将其记在账本上。他记录得很仔细，一笔一笔，字迹工整。一挂木排围量完之后，李锦就要大牛和岩娃将木头翻过来检查一遍，查看空、疤、破、烂、弯、草、短、尖等八类次木，折中扣除。确认无误后，就要大牛在木头头部打上水客花帮黄老板的钢戳商号——斧印。这木头就是水客花帮黄老板的了。

吃晚饭的时候，为表示对李锦的尊重，曾四爷要平时坐上席的老婆马氏坐到下席上去，他谦和地对李锦说："这座位以后就是你的了。"

李锦再三推辞，坚持要马氏坐上席。谦让了好一阵之后，恭敬不如从命，最后还是坐了上席。席桌上，曾四爷亲自给李锦筛酒[4]，还不停地往他碗里夹菜。曾四爷的这一举动引起岩娃忌妒。岩娃忌妒，是有原因的，原来的围量手兼经纪人走后，他以为曾四爷要他接手的，但岩娃文化底子差，打算盘还得从头学起。学算盘也不是一朝一夕的事，曾四爷考虑到了这一点。大牛对曾四爷的这一举动无所谓，他大口大口地喝他的酒。李锦喝了两杯曾四爷所敬的酒后，酒酣耳热，不敢再喝了。他得把白天所围量的木头数据统计出来，山客小胡子和水客花帮黄老板都在等着他的数据。因此，曾四爷也就不勉强了。

1　苗船：贵州一带的船，比鳅鱼头船大，比麻阳船小，没有帆布。

2　苗排：贵州苗人区域的排称苗排，有六丈长，九尺宽，三层厚。

3　溪排：巫水流域的排称溪排，一般是用圆筒编成。

4　筛酒：当地土语，即倒酒。

李锦来到自己所住的房间，这房间是曾四爷房间中最好的一间了，在二楼。糊着窗户纸的窗子一打开，沅水就在眼前，江风时不时地从窗口吹进来。李锦就喜欢把窗子打开，让风吹进来。

李锦对着木商行业的"两、钱、分、半分"表格，一笔一笔地计算着，他右手的拇指、食指和中指在算盘上不停地拨上拨下，那嗒嗒嗒短促而又有节奏的声音，像一个钢珠子掉在玻璃缸里，嘣嘣地弹跳着。李锦对着表格，一栏一栏，仔细地看着。他的除法口诀背得滚瓜烂熟，一串长长的数据在他手里三下五除二，很快就算好了。如果用笔在纸上算，非要半天不可。他把统计好了的数字用加法算了一遍之后，再用减法还原，如果得数是零，这笔账就算对了，就将其填入两个正式账本。这正式账本就由曾四爷交给山客小胡子和水客花帮黄老板。

曾四爷看着那用小毛笔填写的苍劲有力的墨体字，连连点头，真是笔翰如流，不愧是当过私塾先生的人。

自李锦来了后，岩娃晚上不愿意在沅水河里为山客守护木排了，他不需要曾四爷每月给的那五元银圆守排费，他还在生曾四爷的闷气。再说他也好玩，晚上想去剧院看看戏，去街上走走，或是郊外玩一玩。而守木排，行动很不自由，遇上下大雨涨水时，还得起来将捆绑木排的篾缆转移到地势较高的树上捆绑。

大牛依旧守着排，他就是爱喝杯酒，喝了酒后，睡在床上，什么事都不想。

在这种情况下，李锦接过了守排的事，陪着大牛守。他不要曾四爷的守排费。

晚饭过后，李锦左腋下夹着一叠厚厚的账本，右手拿着一个算盘，和大牛过了萝卜湾渡船后，来到青山脚，通过趸船上的跳板，上了另一个山客的木排。

青山脚与天柱峰隔河相望，这是十里缓冲地带起步的地方。"s"弯下面，是五里长的滩头。

李锦在排上巡视一番，确认无事后，就进了排棚。

排棚呈"人"字形，有一人一手高，三米长，两米宽，棚顶上交替钉着木板，木板上盖着一层杉树皮。棚的四周，也是用木板围起来的。这排棚是在沅水上游清水江打的，虽然跑了几百里，但还是好好的。几块木板搭在里面角落的两截木头上，算是床铺了。床铺板上垫了一层厚厚的稻草，稻草上铺着一床半新半旧的垫絮、床垫和盖被单都打着补丁。木排上湿气重，这稻草可以用来防潮，同时也起着柔软作用。别看这床铺简陋，但很实用，是放排人和守排人不可缺少的"窝儿"。

大牛又多喝了一杯酒，一上排就睡在床铺上，很快打起了鼾。

李锦在用几块木板拼起来的"桌子"上，将桐油灯点燃，开始聚精会神地做起账来。他左手点着账本上的数字，右手打着算盘，一笔一笔打，算好一笔后，接着又算另一笔。桐油灯上的灯芯开始吱吱响，微弱的光亮不停地摇摆起来，油快燃完了，此时已是午夜，李锦慢慢地收起了账本。

李锦再一次走出排棚，围绕着排巡视了一遍，确认没事后，才回到排棚里。

李锦的枕边放着一把牛角号，这牛角号很久没用了，上面有很厚一层灰，李锦用布擦了擦灰。这牛角号是曾四爷花一元银圆从乡下的集市上买来的。在沅江河里，排上一旦发生意外事，就吹牛角号，人们就会点燃缆子火把，朝出事的地方赶来。

对小偷来说，最怕的是牛角号声。

自李锦守木排后，曾四爷就放心了，他知道大牛一觉总要睡到天大亮。岩娃的睡眠要少一些，但他是个斤斤计较的人，吃不得半点亏。李锦每晚至少要起来两三次，看排上有没有异常现象。

一个月后，李锦拿到了第一个月的薪水，他要还唐德忠十五元银圆。可是唐德忠只收了十元，说那布是送给他的。两人推辞了半天，最后李锦还是多留了五元银圆。这人情，他将永远记着。

唐德忠很欣赏李锦，认为他办事牢靠，将来必定发大财，是富商大贾。

还了唐德忠的钱之后，李锦心里轻松了一大截，真是无债一身轻。

三个月后，李锦向曾四爷请两天假，说是要去龙船塘客栈老板雷再思那里，一饭千金，感恩图报。曾四爷要他多住一晚，说这是瑶俗。

这几晚只好由岩娃代李锦守木排了。

李锦在犁头咀街道上走了好几个店铺，就是不知买什么东西送雷再思好，想来想去，最后花五十元银圆买了一块瑞士怀表。

李锦来到龙船塘后，正如曾四爷所说的那样，雷再思非要他住三夜不可。

这几天，雷再思一点事不做，整天陪着李锦玩。虽说这里是乡下，但乡下有乡下的风景，岩鹰洞就是雪峰山下的一个天然溶洞，有十多里长，左拐右拐，一会儿上一会儿下，最窄的地方仅能过一人，而且是爬着进去。最宽最大的地方，盘绕上去有三层。沉积形成的柱子千奇百怪，中间的阴河极为壮观，清一色的娃娃鱼自由自在地在阴河里游来游去。考虑到洞里空气稀薄，火把点不燃，雷再思准备了一盏马灯。在岩鹰洞里，李锦算是领略到大自然的奥妙了。

黄家是龙船塘自然环境最恶劣的地方，出门就是上山下山，没有一点平路，但那里有的是野猪、野羊。雷再思带着李锦在那里串了几家门，挑回来一大担野猪肉、野羊肉。

曾四爷、唐德忠搭着李锦享口福了。

雨水节气过后，下雨是常有的事。有时，凌晨三四点钟，天会下起倾盆大雨。每当这时，李锦和大牛得起来，冒着电闪雷鸣，向岸上走去，把捆在大树上的簸缆解下来，移到地势高的大树上，以防河水上涨。簸缆很硬，他们吃力地将它一圈一圈捆绑在树上，最后用尖码固紧。用簸缆捆绑树，要一定的技巧，李锦为学这技巧，用了好一段时间。

有一次，几个不务正业的人趁着守排人睡熟的时候，上了一个山客的排上。李锦正好此时起来解小便，发现了他们蹑手蹑脚的动作，于是飞快地跑回排棚里，拿起枕边的牛角号，呜呜呜地吹起来。那山客的木排未受损失，不过李锦瞬时挨了那几个不务正业的人一顿毒打。为此，曾四爷要李锦休息几天，可李锦第二天仍旧在木排上量着木头。

每天，太阳从天柱峰升起来有一丈高的时候，李锦、大牛和岩娃就在沅水河里的木排上量着木头。有时，太阳火辣辣的，晒得木排发白光，汗水浸透衬衫。此时岩娃说受不了了，要进排棚里休息一下。当大牛和岩娃在排棚里休息的时候，李锦却用算盘打着加、减、乘、除法，把一笔笔数字登记好。

晚上，排棚里那桐油灯光慢慢变小的时候，李锦才收起账本。他依旧围绕着木排再走一圈，确认没事后，才在牛角号旁边睡下来。大牛的鼾声依旧如雷。

蟋蟀、蜻蜓和其他成千上万昆虫，在河岸上的草丛里苏醒过来，它们一刻不停地清脆叫声，充塞四野，仿佛有无数微小的铃铛在李锦的耳边鸣响。

李锦和大牛醒来了，两人匆匆地往曾四爷家里走去。匆忙吃过早饭后，李锦和大牛、岩娃上了另一个山客的木排上，开始新一天的工作了。

李锦、大牛、岩娃，差不多在沅江河里每一片水域的山客排上，留下了围量的足迹。

　　有一天，岩娃中了暑，倒在排上，李锦和大牛轮流把他背到医院。李锦的这一举动使岩娃深受感动。

　　光阴荏苒，岩娃对李锦的印象一天一天地好起来，他认为李锦没有歪心。有好几次，岩娃量木时把手指做错了，李锦凭感觉认为有点不对，要他将篾尺再仔细地看一遍。岩娃重看一遍之后，把舌头伸出来，作了更正。这些事，李锦从没跟曾四爷说。如果让曾四爷知道了，非辞退岩娃不可。因为一旦出了差错，就毁了他的名声，而干木牙行的，要的就是名声。

　　岩娃也很佩服李锦有毅力。

　　李锦认为岩娃脑筋很灵活，记忆力很好，如果学打算盘，肯定一学就会。有一天，李锦主动提出教他打算盘一事。岩娃做梦也没想到，李锦竟如此宽宏大量，不计较他的过去，真是宰相肚里能撑船。感动的泪水从他眼角里流出来。岩娃跪下来，拜李锦为师了。

　　李锦向曾四爷请几天假，说二子李躬康不愿读书，要回邵东老家一趟。这几天，是岩娃主动要求守排。

　　从那以后，岩娃不要李锦晚上守木排了。

　　岩娃的算盘，学得很有进展，加、减、乘、除口诀，已背得差不多了。

　　春去春又回。洪江附近满山遍野的铁壳桐树上，开始开着那白白的淡红淡白的花的时候，人们就知道寒冷天已过去，天气真正地回暖了。转眼间，那铁壳桐树上的花，开了，谢了，结果，已是第三次了。

　　李锦在曾四爷的木牙行已干了三年。三年来，他待顾客诚心实意；三年来，他这个能打五位数的除法的经纪人被人们称为"神算盘"和"研桑心计"。曾四爷的木牙行有了他，业务越做越大，收入比以前增加了好几倍。如果没有李锦，曾四爷绝对不敢接那么多的业务。可是，正当生意做得红火的时候，曾四爷得了一场怪病，突然暴卒。他没有儿女，老婆马氏没有能力把木牙行再办下去，因此就把木牙行转给了李锦。

　　李锦给马氏打了一千元银圆欠条。马氏不好意思要这么多，说两百元就行了，当时刘尉君老板就是用两百元接过来的。最后是唐德忠出面，她才收下那张欠条。

　　马氏回邵东老家投亲去了。不过，曾四爷留下的遗产够她吃一辈子了。

第四章
当山客务必慎重　去锦屏实地考察

李锦的长子李躬厚三年学徒期已满，他已长成大人了，身高一米七八，魁梧、强壮、身阔脸长。在生意场上，他善于应变、思考，其思维能力，远远地超过了他父亲李锦。在学徒期间，他跟随师傅去过汉口、南京、镇江、南通等商埠，深深地了解到外面的商情。本来，唐德忠想将他留下来的，但因为李锦接过了曾四爷的木牙行，也就不好留了。

李躬厚心事天大，执意要当山客，直接跟水客打交道，这样可以省掉木牙那笔钱，水客也为能省下那笔千分之六的围量费而主动找他合作。李躬厚执意要当山客，是因为他认识了在洪江赣才中学读书的肖有财。肖有财时不时地来唐德忠的布店里买点高档布，请他当参谋。

肖有财是贵州锦屏苗人，是一个典型的追赶新潮流的人，刚满十七岁，精悍、高贵、大雅，穿着十分讲究。他虽然是苗人，可自从来洪江读书后，就穿上汉服了，也习惯了汉人的生活。他本想去常德师范学校读书的，只因为他父亲突然得病去世，他是独子，绳其祖武，得留下来守着老祖宗留下来的几座杉树山。不过，他打算把山上的杉树卖掉后，还是要去常德读书的。他对李躬厚说他山上的杉树有水桶那么粗、笔直，都是原始森林。只因为有一个叫"天梯"的关卡，使运输不方便，山客不愿到那里去买。不过，他说涨端午水的时候，天梯下面的小河完全可以放散木到锦屏的清水江边。他邀请李躬厚去考察考察，如果李躬厚愿意买，可以先砍木，售后付款。

李锦认为还是先当几年木牙，他不敢冒那么大的险，一旦亏了怎么办？就是把邵东老家那一亩三分八厘田和祖屋卖了，也赔不起这笔损失。再说在实际操作中，至少要有五千元银圆做启动资金，而他现在的现金，加起来才两千元银圆，何况马氏手里还有一张一千元银圆欠条。

李躬厚说启动资金可以找永庆油号老板刘尉君做担保人，去洪江堡子坳湖南银行借。他说刘尉君老板过去跟曾四爷关系很好，虽说曾四爷已去世，但刘会看在曾四爷的面分上做担保人的。

李锦想了很久，最后还是答应让李躬厚去找刘尉君老板，也许他愿做担保人。

刘尉君老板果然仗义，他不让李躬厚去湖南银行借钱，自己拿出三千元银圆给李躬厚，而且不要一分钱利息，也不设还钱期限。

李锦没想到刘尉君老板会如此仗义，他记着这份情，将来必定报答。同时李锦也佩服儿子李躬厚有眼光、有胆识，思维能力比自己宽广、敏捷，说他没白在唐德忠的布店里学三年徒。就这样，李躬厚拿着一把在洪江买的纸伞，跟随肖有财乘一条苗船去锦屏考察了。

苗船老板叫杨黑牯，四十五岁左右，汉人，身体强壮，高、大、黑，一脸络腮胡子从两鬓角一直延伸到衣领里边。头发毛楂楂的像团起来的刺猬。他皮肤被太阳晒得硬硬的，就像腊肉皮。他的船常年来往于锦屏至洪江，把锦屏山区的药材、马铃薯等货物运到洪江，然后再把洪江的土布、棉纱、淮盐等日用品运到锦屏。二十多天一个来回。他的助手是哑巴。这哑巴是十五年前在路上捡来的，那时他被放在一个包袱里。嘿！没想到他竟是个哑巴。

船进入清水江后，杨黑牯就在檀木湾湾了船，那里有个小集市，他的情人幺妹在那里开着个小南杂店，店里的货是杨从洪江运来的。幺妹是个寡妇，她的丈夫死于一场暴病。那些年，跑清水江的人看她年轻，人又长得漂亮，三两天里，就有人来店里过夜，她也挺大方。但自遇上杨黑牯后，她不要那些人来了，决定跟杨黑牯过。用她的话来说，杨黑牯黑是黑了点，但人实在，不骗人。杨黑牯自跟她好上后，也不在外面乱来了。

经过十多天的逆水航行，船终于在天黑前来到了贵州锦屏。

第二天，肖有财带着李躬厚沿小河上面的碎石小路去他的家乡悬崖寨了。

这是一条不大不小的河，河水不深不浅。河水清清澈澈，不紧不慢地流过河滩……河两岸凄凄凉凉，到处都是芭茅草，十里路没见到一户人烟。越往里面走，芭茅草越深。

李躬厚一边走，一边看着河床，对每一段河流，每一个弯道，他都要仔细地分析，估计着河水要涨多高，多长的木头能够过去。这是一段比较宽阔的河床，就像一块洁白的玉石镶嵌进一条弯曲狭长的翡翠。在一个上坡的地方，河流因拐弯而进入了芭茅草地。李躬厚没有上坡，而是进入了芭茅草地，他时不时地用伞挡一下芭茅草。肖有财跟随其后。

肖有财的手腕已被芭茅草划了一道道红红的口子，感觉火辣辣的，又痒又疼，不停地用手挠着，还时不时地往痒处吐口水，用手搓揉一下。为了让自己的杉树能卖出去，他只好硬着头皮跟李躬厚走这很少有人走的芭茅草地。

李躬厚的手腕也被芭茅草划了好几道伤痕，但他一点也不觉得疼和痒。他兴冲冲地劲头十足，脸上洋溢着兴奋的神采，就像山坡上绽开的月季花一样。

这一段路的两边，是悬崖峭壁、飞泉瀑布和阴森森的山洞。山洞里，猿啼鹤唳。

这是一连好几个九十度的急转弯，水只有把整个河床淹了，木头才能过去。要想淹这河床，至少要涨两米高的水，也就是特大洪水。

肖有财告诉李躬厚，这河床每年有一两次会被水淹。他之所以这么说，是为了打消李躬厚的顾虑。

一连过了好几个弯道后，河床小了，水也浅了，最浅的地方，卷着裤脚就能走过去。前面是一个小瀑布口，过了小瀑布口，就是很深很深的峡谷。峡谷笔直，对放木头不会有影响。走出峡谷不多远，河就变成暗河，里面是一个五十米长的洞。

李躬厚和肖有财顺着河水进入洞里。洞里黑魆魆的，伸手不见五指，只听见水在哗哗地响。水声令人吃惊。

出洞一里路之后，就是一个三四米深、一个篮球场大的潭，潭的上面，是三十米高的瀑布。路没有了，行人上去只得牢牢地抓住用树藤绑着架在树枝上的梯子，一步一步爬上去。这就是肖有财所说的天梯。

悬崖寨的人把天梯视为桥头堡，站在天梯上面，有恐高症的人不敢往下看。因此，土匪一般也不敢到这个地方来。

上了天梯后，河床更小了，再走两里，就是悬崖寨。

肖有财带着李躬厚上山了，李躬厚看着这原始森林，心里感到很惊讶，杉树笔直笔直的，每隔两三米就有一蔸，都有水桶那么粗，是上等苗木。怪不得洪江木商有一苗（贵州苗族）、二州（靖州）、三广（会同广坪）、四溪（巫水流域）之说。清朝末年洪江油号老板杨恒源曾在北京取得采购"皇木"的许可证，那皇木就是来自这贵州苗人区域。

山上泥土松松的。树根蓬草间，有秋虫在唧唧鸣叫。脚下，大而黑的蟋蟀，小头尖尾的金铃子四处乱蹦。杉树林中间夹着一些桐油树，每一蔸桐油树上的桐果饱满，把树枝压得弯弯的。桐果要白露以后才落地，让李躬厚意想不到的是树下竟有桐果了，仔细一看，才知道是去年遗留下来的，有的外壳已开始腐烂，但里面的籽还很好。桐油树分铁壳桐和肉壳桐两种，铁壳桐油树籽比肉壳桐油树籽好，而这里的都是铁壳桐籽，怎么没人捡？

肖有财告诉李躬厚："我们这里的人是靠打猎为生，认为捡了它难挑出去。就是挑出去，也卖不了几个钱。还不如打一只野猪、野羊什么的。不过，这几年野猪、野羊越来越少了，一年也难打到一两只。"

李躬厚又问："如果他们捡起，把籽剥出来，晒干，挑到天梯口下面，我一元银圆收一石，你能让他们捡吗？"

"这有什么不能让的，不捡也烂在山上了。"肖有财说。

看完了山上的杉树，吃了点随身带的东西后，李躬厚和肖有财又原路返回锦屏。一路上，李躬厚算着路程，看着河道，分析着每一个弯道。他认为：遇到涨端午水的时候，天梯以下完全可以放散木。现在，他考虑的主要问题是天梯上面那两里路的路程。这两里路，用人的肩膀扛，运费就高了。

为了打消他的顾虑，肖有财主动提出山价按市场价的百分之八十算，用那百分之二十来弥补肩扛的费用。

李躬厚想：离悬崖寨比较近的几座山大约有五百多两木头，如果做成了，至少可赚九千到一万元银圆。虽然做这生意有风险，但收入是可观的，是开木牙行的六倍以上。他此时心情比较复杂，买？还是不买？他心里有些犹豫，一时拿不定主意。如果买，就得找到一个负责任的人来当包头，于是他对肖有财说："如果能找到一个包头，我就用两千元银圆包给他，要求是把树砍下，并扛到天梯下面的小河边。"

肖有财回答："我明天回去问一问乡亲们。"

这一夜，他们住在锦屏。第二天清晨，肖有财回悬崖寨了。第三天肖有财回话："有人愿意承包，把树砍下，等木干了后再扛到天梯口下面。乡亲们也愿意捡桐籽，晒干送到天梯口，价格就按你所说的价。不过，乡亲们还有一个要求，就是要你做东，祭祀山神爷。"

这要求，李躬厚满口答应了。

就这样，李躬厚跟肖有财签订了买山、砍木扛木、收购桐籽三份合同。

第五章
十坛老酒喝个够　三台大戏看上瘾

李躬厚回到洪江后，要着手解决的是，在沅水河里找一片能编扎几十两木排的水域。在这千金难买的沅水河里，哪里又有这么宽的水域呢？他把整个洪江的沅水水域看了一遍，最后在市郊重阳溪找到一片，虽然不是黄金水域，但停排、编扎排还是可以的。通过跟山客和水客八帮的经理沟通，这事已得到妥善解决。不过按惯例得由李躬厚做东办宴席、请戏班子唱大戏，热闹热闹，也就是开张大吉。于是，定于农历七月初十在宝庆会馆宴请大家。

本来，这宴席只邀请山客和水客八帮的人的，但考虑到洪江社会各阶层比较复杂的因素，唐德忠说得把有关人士都请来。

离七月初十只有三天了，李锦拿着李躬厚写好的请帖，来到宝庆会馆，请唐德忠过目。别看这只是一张小小的请帖，它可把洪江政界、军界、商界要人和社会名流人士都集中了起来。

唐德忠过目后，建议把政府、驻军、团防局和税务局的另外几位要人加进来。另外，还把烟馆老板张开笑、风和院余老板、赌馆老板朱胖子、道士陈本情、丐帮帮主王老大等人加上，这些人社会背景比较复杂、特殊，跟他们的关系必须处理好。特别是赌馆老板朱胖子，他还是明德油号老板。

李躬厚就按客人名单填写着：

政府官员八人、驻地军人八人、团防局八人、税务局八人、山客和水客八帮二十四人、八大油号十六人、社会名流十六人。

九大会馆掌门人：

徽州会馆——寿佛宫孙老板、江浙五府会馆——新安馆钱老板、福建会馆——后宫赵老板、黄州会馆——帝主宫李老板、七属会馆——飞山宫王老板、辰沅会馆——伏波宫张老板、湘乡会馆——关圣宫廖老板、江西会馆——万寿宫杜老板、贵州会馆——忠烈宫董老板。

各行各业：

钱纸业财神殿、米行业炎皇宫、药材业药王宫、造纸业蔡伦宫、缝纫业轩辕宫、泥木业鲁班宫、理发业罗祖庙、船运业杨公庙、排运业洞庭宫、油桶业天王庙。

以上人员加起来有十七八桌，再加上唱大戏的开支，大约要花一百多元银圆。对刚开张的木商山客来说，这笔开销必须花。

初十那天，来得最早的是道士陈本情，他头戴顶上横贯着一根簪子的黑色方巾帽，脚蹬着又高又重的从洋人那里买来的半新半旧的洋皮靴，身穿一件新做的黄道袍。这道袍大得和一顶蚊帐差不多，走起路来得用手把它高高提起。他这一身着装充分显示出他职业的"神圣"，只是那双半新半旧的洋皮靴跟他的道服不相协调，倒像是从国外来的传教士。

他原来是密岩峰灵宫古刹如意大师的徒弟，只因为几次私自下山做道场，不听劝说后，被如意大师逐出古刹。从那以后，他就以做道场为职业了，常在洪江、会同、黔阳一带施道法。这一带的大户人家搞庆典、办丧事，他都在场。除此之外，哪户农家的小孩发热，夜不安神，昏迷不醒，就以为是白天或黑夜受了促狭鬼的惊吓，魂不守舍，就请他去收吓、招魂。哪个小儿病了，昏迷好睡，以为白天在荒郊野外游玩，三魂七魄脱离了躯体，逗留在野外，就请他叫魂儿。他则于二更时分，在门外点一盏油灯，高呼病人："××伢子快回家睡啊！"野外则预立一人闻声后即回答说："回来了哟！"重复数十遍，直到三更时分。他就是靠施法来过日子的。另外，"许斋饭""烧包袱钱""敬夜老爷""冲锣""打翻解""还红油天烛""拿妖损捉怪""拜庙烧香""孕妇画符""打醮""还虫蝗福""求晴求雨抬菩萨游行""庆娘娘菩萨""装娘娘放阴""白果仙人治病"等法术，他都会施一点。他总是对人家说他施法时是如何如何用功！那些妖魔鬼怪是怎样被他驱赶走的。因此那些要面子的大户人家，也愿意花大把大把的银圆让他施法。当然，这都是他自己找上门来的。

他今天来得这么早，是有他的算盘和心计。不过，他的到来并没引起人们的注意，唐德忠瞟了他一眼，好像没看见，把目光转移到李锦身上，问李锦各项工作准备得怎么样？陈本情知道唐德忠在有意回避自己，他也不在意，因为他找的不是他唐德忠，而是李锦。

"李老板，赵财神爷赐赋你生意兴隆！财源滚滚！大发大发！"陈本情双手合十，笑嘻嘻地对李锦说。

"陈师傅，得你看得起！来捧场！请里面坐！"李锦虚怀若谷，一副很谦和的样子。其实，他对这个道士的印象是：他太能要钱了。有好几次贫民家里办丧事，他主动上门揽着做道场，当主人说家里经济能力有限时，他说不会要多少钱的，结果，道场做完后，还是收了主人家的两三元银圆。而这两三元银圆对贫民来说，能买两三石米，是一家三口人好几个月的粮食啊！

见李锦没有跟他多说话，他巧言令色，满脸堆笑："你当山客了，是不是请赵财神爷指点指点财路？"

"陈师傅，本来今天是要请你施大法的，只因为时间来不及，吃完饭后要连唱三台大戏。可能要到午夜才唱完。真的不好意思了。"

听李锦这么一说，陈本情立刻把笑容收起来，露出一副垂头丧气的表情。早知是这样，他不应该穿道袍来。

不过，过了一会儿，李锦又对他说："砍树的时候，请你去贵州锦屏施法，祭祀山神爷。"

听李锦这么一说，陈本情心里有了一点儿安慰，嘴角勉强挤笑一下。

厨房里，九个灶孔全部用上了。从百味村饭店请来的两个厨师正忙着切菜、配料。几个勤杂工，也忙得不可开交。当然，最忙的还是这里的女用人，里里外外的事几乎都离不开她。

下午四点钟以后，客人陆陆续续地来了。

走在前面的是穿灰色中山装的政府官员们，领头的是向县长，他是云南人，四十来岁，生着宽大的前额和白得异乎寻常的长脸，穿一件政府所发的灰色中山装，左胸戴一枚"中华民国"徽章。还没当县长之前，他是做鸦片生意的，靠卖鸦片烟发了财，买了个县长当。就这样，他和那卖官鬻爵者混在一起了。为显示对唐德忠和李锦的尊重，他竟把圆形太阳帽脱下，分别跟他们两人握起手来。

　　穿军装的驻地军人跟在后面，陈师长笑哈哈地老远就跟唐德忠打起招呼来，他们是老熟人。唐德忠随即把李锦介绍给了他。

　　穿保安制服的王局长带着他的手下人来了，他把李锦叫到一边，将一块用竹块特制的"令牌"给了李锦，用手捂着李锦的耳朵，轻轻地说："有这令牌，在雪峰山上、在沅江流域、在方圆几百里地方，土匪不敢对你下手。"李锦很恭敬地接过了令牌。不过，听到雪峰山三个字，李锦的腿就软了，浑身颤抖起来，他的小肚上至今还留有一块伤疤。

　　税务局的人来了，汤局长的肚子胀鼓鼓的，有黄牛肚那么大。

　　这些人都认为李锦当木商山客了，又多了一个给自己进贡的人。对洪江商人来说，这些人都是达官贵人，谁也得罪不起，就连跟他们说话，也得格外小心。一旦不注意，有什么闪失，不但生意做不成，还会引来杀身之祸。

　　这些人都有一个共同的特点：就是在重要的活动场所努力表现自己，以显耀自己手中的特权。向县长是一县之长，陈师长的权力比向县长还大，团防局王局长手里的令牌神通广大，税务局汤局长的心意得不到满足，他会三天五天派人来找麻烦。洪江商人们对他们不敢怠慢，只有恭维。否则，就很难在洪江商场上立足。

　　山客和水客八帮的人来了，他们都佩服李锦、李躬厚有胆识，直接当山客。

　　刘尉君穿一件蓝色丝绸衣衫笑嘻嘻地来了，跟在他后面的是洪江八大油号之一太丰油号的刘荣昌老板。刘荣昌二十岁上下，身材魁梧健壮，骨骼粗大，脸圆圆的，一看就知道是一个有钱的大老板。他那双深凹着的黑眼睛闪闪发光，那弯曲的鼻子和一口雪白的牙齿给人一种很随和的感觉，是一位蔼然可亲之人。他的家业是他爷爷刘三太创建下来的。刘三太是江西吉安泰和人，出生于咸丰元年（1851年），年轻时曾经在太平军里当过兵。一次，太平军在长江河里遇上清兵被打散，他爷爷抱着船上的一块木板在河里漂游了好几个小时后，被一个打鱼人救上岸，靠一路要饭回到江西老家。后来，他爷爷投亲到洪江，在高家油号当学徒，一干就是二十多年，慢慢地从学徒当上了主管。有了本钱后，他爷爷另起炉灶办起了"太丰油号"，"永固"牌洪油就是他爷爷打造出来的。他爷爷还是洪江有名的慈善家。

　　民国十四年（1925年），会同、黔阳一带闹旱灾，地里的庄稼颗粒无收，一斗米竟卖到三四元银圆。一些人在实在没办法的情况下，只好来洪江乞讨。

开始是由红十字会和刘三太等大户人家给他们每人一碗饭吃。消息传开后，来洪江乞讨的人就越来越多，使得救济工作乱了阵脚。在这种情况下，洪江商会和洪江红十字会倡议大户人家捐银圆，去常德购买大米，让乞讨者渡过这一难关。当时的具体方案是：由炎皇宫、万寿宫、轩辕宫、雷宫殿等给每一个乞讨者发放一张卡，然后再拿着卡去天王庙、灶王宫等处吃一餐便饭。一餐归一餐。时间一天天过去，去常德买粮食的船遭匪劫。洪江的粮食越来越少，而乞讨者越来越多，于是只好煮稀饭应急了。有很多人在排队时候，排着排着就死了。为了使稀饭快点煮熟，有人建议在锅里放明矾。哪知道，有很多人吃稀饭中毒死了。再加上数月阴雨，爆发了瘟疫，死的人就更多了，饿殍载道。

在这紧要关头，刘三太和一些大户人家在莲花地附近买下贺氏的一块洼地，埋葬那些饿死了的人。

开始，每一个死者是睡一副函子[1]（小孩三个一副），人死得多了，函子用不过来，于是就用一块杉树皮或一床凉席包着，以让他们各自有一个"家"。到后来，死人实在太多了，只好将他们排成一排，铺上一层土。就这样，一排人一层土，慢慢地堆积了四五千人，史称"万人坑"，有"泽及枯骨"石碑记载。

刘荣昌接太丰油号是四年前的事。那一次，他父亲刘云先死在雪峰山土匪的枪口下。跟爷爷和父亲相比，他的特点是守家守得好。

刘尉君、刘荣昌都是第一次认识李锦，以前，他们只听说李锦在曾四爷的木牙行里当围量手兼经纪人，知道李锦算盘打得很好，被称为"神算盘"，深受曾四爷尊重。百闻不如一见，李锦给他们的印象是：雄赳赳男人，有一双好眼睛，眼与眼之间很开阔，说话谦和，头脑冷静，思路清晰，办事有主见，沉稳、果断，意志坚强。

各行各业的老板及社会名流都来了。

烟馆老板张开笑的那两颗镶嵌的金牙格外引人注目。张开笑是云南人，五十来岁，身材肥胖，由于他家乡有人种植罂粟，所以在洪江开起了烟馆，同时还卖鸦片烟。他眼神阴险，习惯露出两颗凸出的金牙，带一副阴笑，表情中带着傲慢的神色和奸诈的阴影。

风和院余老板手上戒指上的绿色宝珠闪闪发光，他是贵州人，五十岁多

---

1 函子：用木板钉起来的箱子，相当于棺木。

一点，中等身材，阔肩、健壮、腿短，圆滚滚的黄脸，黑黑的眼睛，上面蓬着浓浓的睫毛，宽大的鼻孔，厚厚的嘴唇。他是小时候随爷爷来到洪江的。他爷爷那时是清王朝派驻洪江的巡检司，因此有大把大把的银子流入口袋，这为他父亲买风和院打下了厚实的基础。他接风和院，是因为父亲染上病毒，不能根治的缘故。他吸取父亲的教训，不乱沾女人。

满头白发的丐帮帮主王老大的那根涂了黑漆的梨木拐杖，算是古董了。道士陈本情那一身蚊帐大的黄道袍使人们投来了异样的目光。赌馆老板兼明德油号老板朱胖子的礼帽是洋货。

开席前，唐德忠向客人们说了一番客套话：

各位领导、各位女士、各位先生、各位同仁：

大家下午好！

今天是木商山客李锦老板开张大吉的日子，在此，我代表李锦老板向各位的到来表示热烈的欢迎！

自清雍正五年建太平宫以来，我们宝庆人得到了洪江各界人士的关爱，在南杂、百货、木材、织布、铁业、木业、油业、篾业、理发、缝纫、客栈等行业中有了一席之地，这是我们的前辈们走出来的路，我们将继续好好地沿着这路走下去，以"和为贵、和生财、吃得亏"的经商理念来激励自己。

谢谢各位的光临！请各位就餐！

唐德忠真是八面玲珑之人，说完这客套话之后，就宣布开席了。

大家拿着酒杯站了起来，纷纷祝贺："祝李老板生意兴隆！财源滚滚！大发大发！"

席桌上的菜都是当地的特产，有：雪峰乌骨鸡、青鱼、娃娃鱼、螃蟹、甲鱼、鳅鱼、鳝鱼、蕨菜和冬笋，压桌菜是热鸡汤喷锅巴和血粑鸭。

在此，得把蕨菜和冬笋、雪峰乌骨鸡、血粑鸭说明一下。

洪江有句民谚：蕨菜不怕丑，长到九月九。因为从春分到寒露，洪江一带的深山里总是有蕨菜。

冬笋是立冬以后才有的，把它放在地窖里窖着，大半年不会坏。

雪峰乌骨鸡是以雪峰山命名的。其特点是营养价值高，干物质的粗蛋白含量在百分之七十六以上，肉质细嫩，味道鲜美，富含人体所必需的多种氨基酸、维生素和微量元素，可调节机体代谢及内分泌，增加人体血红细胞和血色素，具有抗疲劳、调节生理、增强免疫力、提高耐氧等功效。

血粑鸭以血粑著称，制作的过程是：把糯米淘干净，装入钵里，放一点点盐，杀鸭时将鸭血洒在糯米上，将糯米蒸熟，再切成小块小块的。烹饪时，将鸭肉及干辣椒、生姜等在锅里一顿爆炒，炒到一定的时候，把血粑放进锅里，再爆炒一顿后，改成慢火煨煮。血粑鸭以香浓、味足、色金黄著称。炒血粑鸭少不了要放百年老字号源春酱（洪江甜酱）。另外，洪江的山泉水清凉甘甜，给炒血粑鸭带来天然条件。如果用外地的水，味道就大不一样了。总之，这血粑鸭堪称洪江一绝。

坛子里的酒，是用洪江桂花园的桂花酿制酒，老远闻着就有一股桂花香味。宴席上，来客们觥筹交错，按当地礼节，唐德忠和李锦得向每一桌的客人敬酒。李锦不喝酒，只得以茶代之。

从向县长那桌起，唐德忠和李锦开始敬酒了。向县长就喜欢被人奉承，就喜欢溜须拍马的人，如果说他怎么怎么有本事，工作是如何如何干得好，他就欣喜若狂，洋洋得意。他还有一个特点，就是跟他说话，得用官话，不得用洪江方言，或是宝庆土话。否则，就降低了他县长的身份和形象，他把县长身份看得比他的命还重。正因为如此，他左胸总是戴着那枚象征他身份的"中华民国"国徽。他是贪财好色之人，商人是他的摇钱树，那高级妓院是他寻欢作乐的地方。本来，应该先从陈师长那桌开始敬酒的，但他是父母官，县官不如现管。

陈师长已喝得差不多了，只见他拿着茶杯要掌酒壶的筛酒，他像打醉拳似的要跟几个部下一口干！不知什么时候，他的帽子脱掉了，露出癞子头，脖子上有几根被酒力所激发着的青筋在凸动。旁边的勤务兵急忙把帽子捡起来，给他戴上。哪知这一动作却扫了他的酒兴，那勤务兵被他重重地打了几拳，倒在地上，鼻血直流。他有一个怪脾气，就是喝酒的时候不喜欢别人干扰、扫兴。勤务兵是见他露出了癞子头，怕他出丑，才给他戴帽子的。真是吃了哑巴亏，有口说不出。陈师长脖子红红的，身子东倒西歪，手颤抖得像是打摆子。但他还是拿着杯子对他的副官三疤子说："感情深，一口吞。"当陈师长喝过唐德忠和李锦的敬酒后，已倒在桌子旁了。副官三疤子只好要手下人把他扶回去。三疤子是他的一个远亲，叫陈明，年轻时好斗，手、脚、脸上各留了一道刀伤疤，"三疤子"外号由此而来。有了这三道刀疤之后，他来投奔陈师长，说要报仇。那时，陈师长还只是个排长，看他是来投奔自己，就把他留下了。后来，陈师长一路高升，他也就沾了光，慢慢地当上了副官。陈师长有很多事是他出谋划策。

唐德忠和李锦来到团防局王局长身前时，王局长又从腰间拿出一块令牌对李锦说："这令牌归你了，拿着它在沅水流域、在雪峰山上，在方圆几百里的任何一个地方都有用。"他喝多了，把给了李锦一块令牌的事忘了，把不便在公共场所说的话说了出来。不过，他是酒后吐真言。他这一桌的人一个个衣服脱得精光，你一杯我一杯地喝着。王局长更是来劲了，和他手下的干将巫半仙猜起拳来：

"拳无胜！高升！"
"拳无胜！弟兄好！"
"拳无胜！高升！"
"拳无胜！高升！再高升！"

王局长出的是一个大拇指，而巫半仙出的是——五个手指，王局长猜对了，巫半仙喝酒。

接着，王局长连胜两拳。

当然，大家都知是巫半仙故意输给他的。猜拳有一个规定，父母亲还在时，大拇指不能倒，这大拇指代表父母亲。巫半仙猜了几拳之后，发现王局长爱出大拇指，爱喊"高升"，所以故意伸出五个手指。王局长赢他几拳都是赢在"高升"上。

税务局汤局长足足吃了三盘菜，那压桌菜血粑鸭，他一个人吃了一多半，眼看要吃完了，他借着酒兴大吼一声："怎么只有这么一点血粑鸭？"

对此，唐德忠亲自给他加上一盘，并连声说："招待不周！招待不周！"

烟馆老板张开笑对李锦露出两颗金牙："李老板，有用得着我的地方，尽管说，我手下的十几个保镖会帮忙的。"在洪江，他算一霸，谁都不敢惹他。

丐帮帮主王老大虽说是要饭的，但人倒挺仗义，在关键时候能显示出疾风知劲草。

风和院的余老板和赌馆老板朱胖子坐在一起，两人都笑呵呵地显示出自己的特殊身份。道士陈本情因没有施法，心里有点不愉快，但面对主人的敬酒，他还是以茶代酒。

酒，喝了一坛又一坛，已是开第十坛了。在酒席上，唐德忠每一个细小动作都很讲究，不管是他尊重或不应尊重的人，他说话都是带着笑脸。李锦知道唐是在为自己做生意尽心尽力地铺路，从内心感谢唐。这场面，李还没经历过，就靠唐德忠来应付了。

在整个敬酒的过程中，只有跟山客、水客八帮和刘尉君、刘荣昌等八大油号，以及其他商人敬酒时，什么也不说，一口喝下去，一切都在酒中。

看戏的时候，唐德忠把向县长、陈师长的副官三疤子、王局长、汤局长安排在前排的主嘉宾座位上。张开笑、陈本情、王老大、余老板、朱胖子等均安排在较好的嘉宾座位上，政府官员、驻地军人、团防局和税务局的人，都满意自己的座位。商人和其他人靠后一点。一般观众就坐在二楼了。别看这只是一个座位安排，它可有很大的学问，一旦安排不当，就会影响李锦以后做生意。座位这样安排，对商人来说，是有些委屈，但在这样的环境里做生意，也真不容易！好在商人们也都理解。

乐器奏起来，开始看大戏了。第一场是会同大红班李天海、粟天福等人演唱的辰河高腔《牧羊山》。讲的是传说中楚怀王的孙子熊心为了避难，隐姓埋名流落在七里湖东岸的一个叫乜岗的小村子替人放羊的故事。这辰河高腔是明初客商和移民将江西弋阳腔带入辰河流域，经本土贤士改编而成的。整部戏以高腔为主，兼着弹腔、昆腔，伴以锣鼓、唢呐、二胡、檀板，声调高亢激昂，唱腔凄切委婉，跌宕起伏。当演到熊心历尽艰辛流落到乜岗村的时候，李天海的唱词使整个戏台都寂静下来，观众也似乎变成了寂静无声的人影，只剩下一个被音乐的迷雾所笼罩着的天空和充满了忧郁的模糊的夜色。使得观众，特别是女观众情不自禁地流下泪来。

第二场是常德春华班杨金秀、周松秀等人演唱的常德汉戏《牛头山救驾》。岳飞手下猛将高宠得知宋高宗赵构在牛头山被困，特奉母亲之命，前去保驾。全剧是以弹腔为主，兼有高腔、昆腔，武功扎实，表情逼真，唱腔洪亮。当武功对打场面随着高腔、昆腔到达高潮的时候，全场观众站了起来，一个个都拍手叫好。

第三场是邵阳桂兰班子胡国全、唐福跃等人演唱的祁剧《盗仙草》。该剧讲述了白素贞盗取灵芝仙草救活许仙的故事。演员舞蹈动作优美细腻，声腔抑扬起伏、娓娓动听。大家都为白素贞的行动所感动。

三场戏演唱完之后，已是月亮西斜，露水开始下降的时候了。都说好的戏曲能余音绕梁，三日不绝。好久没有看这么多好看的地方戏了，大家觉得还不过瘾，就连施法驱鬼的道士陈本情也还想继续看下去。

第六章
苗人祭祀求古树　李锦诚然对山民

太阳从天柱峰升了起来，在沅水上荡漾着无数道金光，水面上的晨雾，随着太阳光慢慢消失。当李锦拿着一把纸伞，李躬厚背着一个包袱来到沅水边贵州码头的时候，陈本情已在这里等候他们多时了。他们乘杨黑牯的苗船去贵州锦屏了。

沅水好深好凉，这是一段多么柔软的河床，使杨黑牯在船上任意地划着桨。尽管如此，船一天也只能行驶五十多里。

上一次，李躬厚和肖有财也是坐这苗船去锦屏的，由于急于考察，李躬厚根本没有心思欣赏沿河两岸美丽的风景。现在，李躬厚有这份雅兴了。

船进入清水江后，岸边的茅屋、风雨桥、古塔、凉亭、农夫、村妇，晒着的衣裳，屋檐下挂着的蓑衣、斗笠，弯着腰的一片片楠竹林，蓝蓝的天、白白的云等都倒映在澄清的清水江中。

太阳还没有下山，李锦和李躬厚要杨黑牯在这里把船湾下，他们想好好地看看这里的风景。本来，船还要上好几个滩，到檀木湾湾的，顺便在那里的小集市上买一点蔬菜，再说杨黑牯的情人幺妹也在那里。为满足李锦父子的要求，杨黑牯只好在此地湾了船。

下船后，李锦去附近的农户家里买了些南瓜、冬瓜、苦瓜、番茄、辣椒等蔬菜。哑巴将活动灶搬到了船头，袅袅炊烟从船头升起，开始做晚饭了。当李锦拿着菜回来的时候，饭已煮熟。

虽然是吃的蔬菜，但杨黑牯还是喝了几杯米酒，那一碗苦瓜炒鸡蛋，被他一个人吃了一半。

吃过晚饭后，李锦和李躬厚来到村口，眼睛能看到的地方，绵亘着一片茶褐色的田野，苍苍的树林给它镶上边儿，宛如一个巨大的盆子；一条小溪，像一束丝线似的在晚霞下灿然闪烁，在两岸楠竹林和杉树林之间，飞星溅沫，逶迤穿过田间。到了村庄中间，小溪便蔓延成为一泓长方形的大泽，然后又穿过山中缺口，向清水江流去。这村庄实在太美了，怪不得李锦父子要杨黑牯在这里湾船。

杨黑牯带着满口酒味，两手提着些日杂货，去上游檀木湾小集市见他的情人幺妹了。

太阳还没落山的时候，幺妹就不停地朝清水江河里张望。算起来杨黑牯的船应该是今天湾在这里，可是太阳落山，天已黑了，杨黑牯的船怎么还没来？难道是水路上出了意外事？正当她担心的时候，杨黑牯提着日杂货来了。

"黑牯哥，怎么才来？"幺妹高兴起来，她脸笑得像九月的金丝菊。

"船今天湾在下游村口边，有两个洪江木商想看那里的风景。"杨黑牯说。

"我把饭菜再热一下。"幺妹说。

"我已在船上吃过饭了。"杨黑牯说。

"那就喝杯酒吧。"幺妹说。

"好。"杨黑牯点了点头。

酒是用酸杨梅泡的，喝起来酸甜酸甜，但它的后劲很足。

这一夜，杨黑牯借着酒兴把床摇得咯吱咯吱响。

幺妹像吃过春药似的，把他抱得紧紧的。

"黑牯哥，我今生今世就跟你了，生是你的人，死是你的鬼。"

"我也不会在外面乱来了。"杨黑牯说。

"我想给你生一个娃，可是我没有生育能力了。"幺妹说。

"不生不要紧，我们有哑巴。我打算在清水江里再跑几年，等有了钱就在洪江买房子，把你接到那里去。"杨黑牯说。

……

第二天清晨，尽管幺妹打了四个荷包蛋给杨黑牯吃，但他还是觉得身子软绵绵的。

上滩的时候，杨黑牯用竹竿很吃力地撑着船。看他吃力的样子，李锦也拿起竹竿帮着撑了。李躬厚下了船帮哑巴拉纤，他和哑巴手脚并用，一寸一寸地前行着。

道士陈本情没有下船，他认为下船拉纤影响了他道士身份。

船终于到了锦屏。

第二天，他们来到了肖有财的家乡悬崖寨。

悬崖寨真是悬崖寨，远远地看去就像一个筲箕，三面悬崖峭壁。鳞次栉比的木屋使得整个寨子显得古色古香。所有木屋的中堂门一律开向寨口那蔸两人合围的像巨伞似的古红楠树。红楠是稀有名贵树，椭圆形的叶子四季常青，寨里人称它为神树，希望它永久保佑寨子平安。到了晚上，寨子里的人习惯聚集在树下，乘凉或是听年长者摆龙门阵。树下面，有一座用几块石板砌成的土地庙，庙门口摆着三个酒杯和一点小祭品。

寨子不大，就四十来户人家，除几个招进来的女婿是外姓外，其他人都姓肖。他们的祖先那时生活在黄河流域，后来迁徙到赣江流域。六百多年前从赣江流域迁到这深山老林里来了。寨里的两百多人，除肖有财在洪江赣材中学读过书外，其他人几乎目不识丁，有很多人连自己名字都不会写。

晚上，肖有财把全寨人召集到古红楠树下，向大家介绍三位来自洪江的客人。这时，大家把注意力集中到道士陈本情身上了。他穿着一件前后都透着白色飞龙的神圣法服，头戴一顶灰色方巾帽，手拿着一条长长的法鞭，脚穿着一双半新半旧的洋皮靴。他的到来，确实给这偏僻的山寨带来了一种从未有过的神秘感，大家还都是第一次看到他这样的穿着。对他最感兴趣的是肖云仫。

肖云仫七十岁了，头发全白，身架有点萎缩，背也有点驼，上下牙齿已脱了好几颗，不过，身体倒还过得去。在悬崖寨，他的话就像是圣旨，谁都不敢顶嘴，这次祭山神爷就是他提出来的。

寨里人本分，没有非分企求，只希望年岁平安、风调雨顺，来年有个好兆头。几百年来，他们就是按老祖宗留下的习俗生活过来的。再说，砍原始森林里的树，不是一件小事，把山神爷得罪了，怪罪下来，谁都担当不起。

为了让大家没有余虑，李锦临时决定举办开山宴，把寨里的男女老少都请来，还请些外地人来，痛痛快快地吃一餐。还要搞篝火晚会，热闹热闹。

除了肖云仫外，寨里还有一个关键人物，他就是肖云仫的孙子肖大山，砍木包头就是他。肖大山身高一米八，身体强壮得如一头牛，手脚也很灵活，是一个干活能手。由于地理环境恶劣的缘故，三十岁了还找不到老婆。一个月前，有人给他做媒，说盘古寨有一个叫兰花的姑娘愿意嫁给他，女方家里所提出的条件是要一百元银圆。当肖有财把砍树的事说出后，肖大山毛遂自荐当包头，因为他急需一百元银圆。

李锦知道这一情况后，当即从李躬厚的包袱里拿出一百元银圆，预付给肖大山。另外，还拿出十元作礼金，要他把兰花快点娶回来，好好地过日子。

肖大山接过银圆后，喜得眼睛囫囵着，雪白的牙齿露着，满脸微笑，他把肖有财抱起来："我有钱娶老婆了！我有钱娶老婆了！"

太阳升至正上方的时候，祭祀山神爷仪式开始。古红楠树下的石桌中间摆着一个血淋淋的猪头，左边一只开了叫的大公鸡，右边一条三斤重的鲤鱼。公鸡因双脚被捆着，显得很不自在，脚时不时地要动弹一下；鲤鱼为显示自己还活着，尾巴也隔一阵子要摆动一下。

三眼铳响过后，陈本情点燃了一炷一米长的香，围绕古红楠树走了一圈后，把香插在那密密麻麻的树根交叉点上，然后把插在道服领里的法鞭拿出来，往空中一甩，发出啪啪的响声。八尺长的鼓、脸盆大的铜锣、十套管芦笙和一胳膊长的唢呐同时奏响。那各种不同的音响，就像是冲锋的号角声，传得很远很远。

这乐队是专程从锦屏县城请来的。

寨子旁边的树林里，各种各样的鸟飞出来凑热闹了，它们在古红楠树上方飞来飞去。

悬崖寨好久没有这么热闹过了。古红楠树下，所有砍木人穿着节日盛装，头上围蓝色帕巾，在肖云仫的指挥下，排成四排，站在陈本情后面。在这庄严神圣的时刻，大家的表情都很严肃、认真，谁都不敢得罪山神爷。

乐器停了下来，陈本情手中的法鞭又挥舞一下，示意后面的人跪下。然后闭着眼睛念道：

一家之主的山神爷啊，您一生一世为我们劳神，保佑我们无灾无祸，无罪无孽，对我们万分疼爱。我们高兴地看到您在山上为我们消灾，为我们消去种种不于预见的不幸事故。我们这次敬供您的只一个猪首、一只鸡、一条鱼。

我们知道您一直对我们是那么仁慈，那么好！请您不要嫌弃我们的礼少。啊！至尊的山神爷，请您不要嫌我们的礼少。

请您保佑我们伐木安全！请您显灵！

陈本情念完这段话后，法鞭一甩，挥手示意三眼铳、鼓、锣、芦笙及唢呐再响起来。他则拿着法鞭围绕着古红楠树转起来，时不时地往空中一甩，那啪啪的鞭声使他很得意。

除了李锦、李躬厚和肖有财外，其他人都认为这鞭子声很神气。

此时此刻，陈本情认为自己的职业受到大家的尊重，因此他更得意了。哪知道，正当得意的时候，竟出现了一个大失误，在扬鞭的时候，鞭子把插在树根间的香卷起来，在空中绕了一个圈之后，重重地落在地上，成了两截。在这紧要关头，他急忙示意三眼铳、鼓、锣、芦笙和唢呐停下来，要后面跪着的人给山神爷连磕三个响头。自己则重新点燃一炷香，插在树根间隙间，然后把《山神咒》念起了：

灵宝山神，集合天宫。上帝敕命，速降八门。金光晃耀，遍景飞空。
五灵急召，离木山空。震木秀发，兑金铓锋。乾张天罗，巽布狂风。
坤维上下，鬼户绝踪。八卦大神，吏兵灵童。风云雷电，霹雳奔冲。
收捉精怪，谁敢不从？闻吾关召，速降当空。如违律令，速送北丰。
……
急急如律令。

他的眼睛半睁半闭着，一个字，一句话故意拖得很长很长……

太阳快下山的时候，《山神咒》终于念完了，而插在树根间隙间的香也刚好燃完。陈本情一声令下，要跪着的人站起来。有的慢慢地站了起来，有的人脚跪麻了，站不起来，只好就地坐着，休息一下再说。肖云仡是两个后生扶起来的，为了不得罪山神爷，他这个长老得起表率作用，只好咬牙坚持着。

陈本情走到石桌前，将法鞭插入后脖衣领里，开始展示他的真本领了。

只见他把鸡的头和翅膀捏在一起，围绕着脖子上的毛，拔了一个圈，用嘴对着拔毛处使劲地一咬。哪知，这一口没咬到位，一堆鸡屎落在他的道服上。此时，他像气功师傅似的鼓了鼓气，再咬一口，哪知鸡以惊人的毅力，脚挣脱了羁绊，朝他的脸上抓了几下，像是跟他搏斗似的。最终，鸡还是斗不过他，脖子成了两截。他嘴里一口鸡血。

祭神仪式结束后，开山宴开始了，外地人和悬崖寨的人痛痛快快地吃起来。

一共摆了近三十桌，桌子上的菜，是野猪、野鸡、野兔、穿山甲、刺猬等野兽肉，全是腊味，都是寨里人自愿拿出来的。不过，李锦按市场价一一付给了他们银圆。

李锦、李躬厚拿着酒杯以茶代酒，一桌一桌地敬着大家。当敬到肖大山那一桌时，肖大山对李锦说出了心里话："李老板，您是活菩萨，我事都还没做，您就给先预付一百元银圆，还给我十元银圆礼金。您知道吗？我有了这银圆就可以把盘古寨的兰花娶回来了，我得感谢您！您知道吗？我们这里的野猪、野羊越来越少了，有时一年都难得打到一只。打不到野猪、野羊，我们的日子就不好过了。您的儿子还让我们捡桐籽，这是我们做梦都没想到的事。您和您的儿子真好！您和您的儿子真是我们的活菩萨。"

"以后你们可以栽桐油树，洪江的榨油坊要的是桐籽，以后的日子会好的。"李锦说。

"他喝醉了，李老板。这孩子命苦，三岁死了爹妈，是我把他养大的。"肖云仫对李锦说。

"我没醉！我没醉！"肖大山拿着酒杯高一脚低一脚走着，身子东倒西歪。

吃过晚饭后，天已渐渐黑下来，那富有神秘魅力的各种夜声清晰可闻：蟋蟀、青蛙和鹌鹑高声地唱着单调的曲子；树林里的一些鸟的喔喔声；篝火晚会上三眼铳、鼓、锣、芦笙、唢呐声；还有一切难以捉摸的夜间的天籁，全都汇合成一段优美的谐音，也就是美丽的夜的场景。

古红楠树下，男男女女围着一堆篝火手拉手唱起了苗歌，跳起了苗舞。

苗歌：《伐木歌》

顺河上山（呃）冲（啊）

来到（呃）山神（呃）坡（呀）

选一（呀）棵直杉（哪）

枝叶（哎）圆如伞（哪）

金档[1]砍树根（哪）

肖你[2]（呀）拉树梢（呀）

大（呃）树飘飘（呀）

1　金档：神名。

2　肖你：神名

苗歌：《扛木歌》

一季季（哟）一天天（嘿撒嘞）

吃了饭（哟）（嘿撒嘞）去扛树

齐心扛（哟）（嘿撒嘞）把山翻

快加油（哟）（嘿撒嘞）

（嘿撒嘞）众伙伴（嘿撒嘞）（嘿撒嘞）

篝火晚会结束时，已是午夜，一切又归于宁静。

悬崖寨山上很热闹，小孩、老人和妇女都在忙着捡桐果，剥桐籽。只见他们坐在桐树下，先是用半截刀将桐果划开，然后用小剜刀把里面的籽一粒一粒地取出来。一只只山喜鹊落在桐树上，喳喳地叫着，给剥桐籽的人带来了无限的快乐。他们一个个嘴边挂着金灿灿的笑容，谁也没想到这桐籽能卖钱。

一兜兜水桶粗的杉树，随着砍树人的吆喝声，正朝着砍树人所指定的方向慢慢地有节奏地倒下。树倒下之后，就开始剥皮了。剥皮有一个规律，要对着太阳剥，太阳越大，皮越好剥。这杉树皮，前面的三至四截可以当瓦盖房屋，可以做围栏或是挡风，也可以当柴火烧。当然，这杉树皮李锦一块也不要，谁要谁拿去。

云贵高原的气候真是变化无常，刚才还是风和日丽，阳光明媚，可是转眼间，山上就有乌云了，它们密集起来，形成了黑压压的一片，压在山的上面。风随即改变了方向，从西南面吹来，眼看一场滂沱大雨即将来临。此刻，站在山顶上的肖云仫，像一位久经沙场的将军，他把插在腰带上的牛角号拿出来，呜呜呜连吹三下。捡桐籽和砍树的人听到号声后，得知要下大雨了，马上把手中的活停下来，到岭上凉亭里躲雨去。

包头肖大山和他的搭档肖蒙子好像没听见牛角号声，还在使劲地砍树。肖蒙子也想趁砍树的机会，多得几个钱找老婆。

西南风不停地吹着，树就是不按他们所指定的方向倒，一会儿左摆，一会儿右摇，一会儿前倾，一会儿后仰，就是没有准确落地的方向。

在这紧要关头，肖云仫一下子像年轻了十多岁，几个健步跑过去，夺过肖大山手里的斧头，使上他全身的力，朝西南方向猛猛地砍。然后，再朝相反面使劲地砍。紧接着，他把自己的衣服脱下，套在一根树枝上，将树枝往西南方向一甩。刹那间，只见他大声喊："毛毛快走！毛毛快走！"

树，随着他的喊声，朝着他甩树枝的西南方向慢慢地倾斜，倒了下去，一场险情化解了。

站在他身边的肖大山和肖蒙子看着这场面，吓得腿都软了，都不知道是怎么回事？

这叫"树追人"，是老一辈砍树人常遇到的事。

关于"树追人"，这里有一个有趣的故事：很多年以前，有一个人砍树时，由于风方把握不好，树要倒时一直在空中盘旋，怕是树要跟人走？于是他将自己的衣服脱下，套在一根树枝上，将树枝往顺风的方向一甩。不知怎么的，那树就乖乖地往甩树枝的方向倒了。从此，人们把这种事称为"树追人"。当然，在甩树枝的时候，必须要胡乱喊一个名字，意思是要此人去顶灾。肖云仫刚才所喊的"毛毛"，就是胡乱编出来的名字。

雨停了，天亮了，大家又各自忙各自的活了，捡桐籽的捡桐籽，砍树的砍树。

一个月后，山上的桐果捡完，桐籽晒干了。

两个月后，杉树也砍完了。木头要两个月干了后，才扛到天梯口下面，李锦按合同预付了一部分银圆给他们，另一部分等到天梯口下面再付。

乡亲们将一担担桐籽挑到了天梯口，肖大山和几个身强力壮的小伙子，正在用三十多米长的绳子，将桐籽一箩一箩吊下去。

结账的时候，凡是不满一石的桐籽，李锦都是以一石付款。另外，还给每一个人一元银圆，算是感激之情。

桐籽用麻布袋装好了，上了马鞍。马帮正忙着往锦屏跑，他们要走三个来回。当最后一袋桐籽上马鞍时，三眼铳、锣、鼓、芦笙和唢呐在天梯下面响了起来，悬崖寨的人就是用这种古老的方式送李躬厚，希望桐籽能顺利到达洪江。

李锦没有走，肖云仫要留他住几天，当孙子肖大山的主婚人。

第七章
喜结良缘婚俗异　大闹新房点子多

送走了李躬厚之后，悬崖寨的人就为办肖大山的喜事而忙碌起来了，这是近几年来，寨子里第一次办结婚喜事，大家对此看得特别重。一切准备就绪，就等着农历十月初八那天的到来。

老皇历上说农历十月初八是黄道吉日。这一天太阳跟地球的连线和地球跟月球的连线成直角时，在地球上看到月亮呈半月形，人们称之上弦月。这一天宜出行、嫁娶、修造动土、上梁。就在这一天，铜锣寨也有一个人娶老婆，新娘子也是盘古寨的，就在兰花家的屋对面，仅隔一里路。当地习俗：接亲的队伍不得正面相碰。如果是去同一个地方接亲，谁先赶到新娘子家，将新娘子先接走，谁的运气就更好。悬崖寨离盘古寨有三十里路，而铜锣寨离盘古寨只有十五里，所幸的是他们所走的路线相反，因此，避免了在路上相碰。但是在路程上，悬崖寨处于劣势。

为了有个更好的运气，悬崖寨人凌晨两点就出发了，天麻麻亮的时候赶到了盘古寨。而此时，铜锣寨的接亲队伍还没有一点动静。

锣、鼓、唢呐、芦笙、三眼铳和鞭炮声突然从盘古寨寨口响了起来，接亲队伍随着这声音，飞快地往最高处的兰花家走。在离大门百来步的地方，一个漂亮的少女拿着一条长凳，横坐在路上，笑眯眯地对走在最前面的新郎肖大山说："姑爷，来个赏钱。"

肖大山把早就准备好了的红包给了她一个（一个铜毫），少女接过红包后，很得意，随即把长凳搬开。

刚走几步，又另一个桃脸形姑娘也横坐在板凳上，脸上露出一丝甜甜的微笑，唱起苗族拦路歌《没有好歌莫进门》：

闭门了咧，

四面八方闭起来咧，

东西南北断了路咧，

没有好歌莫进来咧，

等得好歌才进来咧。

姑娘唱完歌后，又做出一副鬼脸："姑爷，请接上。"

这下可难为肖大山了，他腼腆地一笑："我不会唱歌。"

此时，站在一边的肖蒙子接上了：

银蟾映影异寻常，风送新妆出画堂。

学识原知才咏絮，相夫刻烛有余光。

姑娘觉得不过瘾，露出一副不满意的表情。

肖蒙子随机应变：

红毹拥出态娇妍，璧合珠联看并肩。

福慧人间君占尽，鸳鸯修到傲神仙。

这一关，终于过了。

接新娘的红轿子落到了兰花家中堂门口的禾场坪里。锣、鼓、唢呐、芦笙、三眼铳和鞭炮声，一直在响着，把整个盘古寨都给抬了起来。

中堂门上贴着一副出嫁联：

百年佳偶同地久；

一世良缘共天长。

乐器仍然响着。

中堂门没打开，只听见里面的两个姑娘诡秘地说："姑爷，姑爷，从窗子格里丢红包进来。"

肖大山一连丢了好几个红包，但门仍然没开。

只听见屋里的两个姑娘抱怨道："姑爷太小气了，姑爷太小气了，只丢几个铜毫。"

此时，穿汉服的洪江商人李锦走过来，往里面丢了两枚一元银圆。门开了，两个姑娘拿着白花花的银圆笑弯了腰，把肚子都笑痛了。

当接亲的人进了中堂后，才听见铜锣寨接亲队伍的锣鼓声。他们来迟了。

兰花在灶屋里忙着做在娘家的最后一餐饭菜。

当地习俗：已出嫁的女儿回娘家后不能再摸灶和锅。此时此刻，兰花心里有说不出的酸楚和难过。

兰花哥哥知道兰花有一个心上人，只因为那人家里一时拿不出一百元银圆，父亲才将她嫁给肖大山的。

此时，哥哥心里也酸酸的，很不是滋味。

哥哥童年时摔了一跤，造成右脚有点跛，都三十五岁了，还没成家。半年前媒人把一个哑巴介绍给他，可哑巴的继父要一百元银圆当彩礼。为了让兰家有人接香火，无奈之下，兰花的爹只好将兰花嫁给肖大山。

哥哥是两个月前得到那一百元银圆，才把嫂嫂娶回来的。

肖大山虽然比兰花大十四岁，但他身强体壮，人又老实、厚道，这一点，兰花爹妈心里清楚。就是那地方地理环境太恶劣了。

此时此刻，哑巴嫂嫂虽然不会说话，但她的两只手不停地对兰花做手势。意思是："妹妹，去吧，不要难过，这就是命，等来年生了个小宝宝，一切都会好起来的。"

嫂嫂知道，自她怀孕以后，公爹、公婆对她很好，不要她做任何家务事，地里的活也不要她干，每餐都有两个荷包蛋给她吃。丈夫对她也是百依百顺，没打过她，骂过她。

看着哥嫂，想起以后回来再也不能碰锅灶，兰花情不自禁地唱起了带伤感的出嫁歌《再见啦锅灶》：

再见啦锅灶

往天做你伴

今天与你别

出嫁成新客

为哥嫂煮煎

明年我回来

只能把你看

吃饭哥嫂舀

不能再挨边

想起今离别

两眼泪涟涟

（啊咿呀）

　　兰花爹虽然收了肖大山的一百元银圆，但他还是给了兰花一套嫁妆，有楠木大衣柜、紫木八仙桌、梨木梳妆台、樟木书桌、杉木水桶、马桶、杉枝脸盆、脚盆、两铺两盖和一些日常生活用品。对普通农家来说，这嫁妆算是丰厚的了。

　　嫁妆都用红布包好，移到了中堂门口的禾场坪里。嫁妆里藏了些零花喜钱。按当地人的话来说：谁找到的喜钱多，谁的运气就好。当然，这些喜钱要等新娘子上了路之后，在路上才能找的。

　　出嫁宴上，兰花拿着酒杯对爹妈哀声唱道：

爹呀！妈呀

娘把女儿当朵花

一尺五寸抚养大

花了钱来费了心

女儿岂能离娘家

爹呀！妈呀

抬头望见满天星

低头想起父母恩

为儿花了多少钱

为儿操了几多心

　　兰花爹知道女儿有心上人，把她嫁到悬崖寨不如她的心意，这也是没有办法呀。面对着女儿敬的酒，他什么也不说，一口喝个杯底朝天。母亲没有说话，只是不停地擦着从眼角里流出来的泪水。

　　李锦是座上客，他坐在肖大山的右边。爹亲叔大，娘亲舅大，兰花的叔叔和舅舅坐下座，左边是兰花的哥哥和堂兄，右边是表兄表弟。

　　兰花的哥哥掌酒壶。当地习俗：接亲这天一定要把新郎喝醉，免得他以后说大话，说在女方家没酒喝。

　　兰花的哥哥已喝了一斤多米酒，头有点晕，看来他是喝不过肖大山了。接着，兰花的堂兄和表兄表弟轮流上，但都对付不了肖大山。兰花的叔叔出马了，要跟肖大山用茶杯喝，肖大山仍旧没事。轮到舅舅了，他要用饭碗喝，肖大山只好用饭碗陪。看样子，肖大山有点不行了，但为了要面子，只好舍命陪君子，大不了是醉。

　　李锦不会喝酒，帮不了肖大山的忙。此时，他走到兰花爹身前，拿出十元银圆，说："收下吧，养女儿不容易！"

　　这一举动，使得大家把都目光投向了他，想不到这个穿汉服的洪江商人竟如此大方。

　　"算了吧！兰花要抢在铜锣寨的人前面出嫁呢，就别为难姑爷了。"兰花爹发话了。于是，锣、鼓、唢呐、芦笙、三眼铳、鞭炮响了起来。

　　兰花头戴绣着鸳鸯的红丝帕，在两个少女的搀扶下，走过摆在中堂门口的三个簸箕后（寓意兰花干干净净出门），由她的跛脚哥背上了红花轿。队伍开始往悬崖寨方向走了。

　　李锦跟兰花爹妈告别后，提着没人愿拿的马桶走了。对那些年轻的后生来说，他们宁愿扛、抬重嫁妆，也不愿提这小小的马桶。他们认为提马桶不是男人干的活。

　　走在最后的是肖大山，走了十来步的时候，兰花爹把手里有火炽的小火箱给了他（寓意小两口儿以后的生活红红火火）。而这小火箱一般人是没资格提的，只有女方的爹妈，或是哥哥嫂嫂，才能提。

　　陪兰花出嫁的，是兰花的叔叔、舅舅和两个姑娘。

　　悬崖寨的人刚走，铜锣寨的接亲队伍也出发了。他们又晚了一步。

　　按习俗，在出嫁的路上，轿子是不能落地的，但到了天梯下面，不得不停下来。

　　这时，肖蒙子出鬼点子，要肖大山背着兰花上天梯。

　　大伙儿听肖蒙子这么一说后，都帮腔了："好！好！要得！要得！"

正当肖大山难为情时，兰花把头上的红丝帕扯下，从红花轿里大大方方地走出来，手伸开，腰弯下，就等着肖大山来背。

这时大伙儿才真正地看到了她的面容。她的面庞圆圆的，白白的，鼻子和嘴唇的轮廓都很周正而纤秀。她头上盘结着黑油油的发辫，辫子上还吊着红色的小珠子；红布紧身上衣裹着胸脯，胸襟上也坠着红色项珠。她皮肤白皙，五官纤巧，身材苗条。谁看了都不会把眼睛移开。

"兄弟们：找喜钱呀！"她脸上露出一个灿烂的甜蜜蜜的笑容来。

这时，那些后生们才开始找嫁妆里的喜钱，有人找得一个铜毫，有人找得一个零钱。

李锦没有找，这时大家注意到他提的那个马桶，他只是对大家和蔼地笑一笑。

肖蒙子来到马桶边，将包着的红布扯开，当他把马桶盖打开时，天啦！里面有一块白花花的银圆。

这是让大家意想不到的事。

肖蒙子把银圆给李锦。

李锦微笑着说："你拿着吧，它会给你带来好运的，会让你找到心上人的。"

"谢谢李老板！"肖蒙子给李锦行了个礼，高兴得蹦跳起来，像个三岁小孩似的。

肖大山背着兰花上天梯了，这是他长到三十岁，第一次接触女人，当他背着她的时候，感觉有一股强烈的电流触及他全身的每一个部位。

对比他小十四岁的兰花来说，除了出嫁时跛脚哥哥背了她之外，还没有男人碰过她。当她那一双娇嫩的手搭在肖大山的脖子上时，感觉他的背就像是一座大山！一座靠得住的大山！在他的背上，这三十米高的天梯，她一点也不害怕！本来，她有嫁鸡随鸡、嫁狗随狗的想法的。但是，她现在想的是要跟他一心一意地过日子了。此刻，她像喝了蜜似的，心里甜丝丝儿的。

肖大山大步向前，很轻松地将她背了上去。

天梯上面，肖蒙子和几个人将一根三十多米长的毛缆绳甩下来，下面的几个把嫁妆捆绑好。上去时，一个人在天梯上用头顶着嫁妆，上面的人使劲地拉毛缆绳。

就这样，一件件嫁妆被慢慢地拉了上去。

上了天梯后，远远地听见悬崖寨那边三眼铳响了。

婚宴开席前，李锦用洪亮的声音说："悬崖寨的父老乡亲们，今天是肖大山和兰花新婚大喜的日子，在此，我对他们表示衷心的祝贺！祝他们夫妻恩爱！早生贵子！白头偕老！悬崖寨虽然交通不便，但这里的土质很好，很适合栽种桐油树，桐油树长得快，易成林，两三年后就可以挂果。我也向肖有财提过建议，把一些砍过木的山让大家栽种桐油树，他答应了。栽种桐油树是一条出路，因为洪江的油号老板要的是桐油籽。当然，我知道难下那天梯。为此，我仔细地看了地形，认为天梯那路可以改一改！"说到这里，他像战场上的指挥官，在作战前总动员，他挥了一下右手，做出一个强有力的姿势，"我们可以从瀑布左边绕一里路到天梯背后的岩石中，那岩石可以请石匠用锤子和钢钎打掉。这样，就避开了天梯。我知道悬崖寨的后生难找到爱人，就是因为这天梯的缘故。如果大家愿意改道，我愿出一百元银圆改那路。这钱，主要是用来请石匠打那坚硬的岩石的。"

李锦之所以想改路，一是以后扛木头方便，二是在为刘尉君着想，他那里要的是桐籽，也算是还他的人情吧。

世代生活在这里的悬崖寨人，从没想过改路的事，他们只认为这路是老祖宗留下来的，自己照着走就是。

第一个支持李锦建议的，是新娘子兰花，只见她说："这个想法好，改了路，我就把盘古寨的姑娘介绍到这里来！"

"真的呀？"肖蒙子插话了。

"可不是？"兰花做出一副很有把握的样子。

"好！好！好！"一个后生说。

最后，肖云伀一锤定音："这路我们改，感谢李老板，那一百元银圆您就不用出了。改路，我们的后生们有的是力气！"

宴席过后，闹新房仪式开始了。新房门口站满了人，大家唱着《闹新房歌》：

打新房，闹新房
新房里面亮堂堂
左边摆起红漆柜
右边放着象牙床

红漆柜，象牙床

鸳鸯一对，凤凰一双

请新娘新郎快快进房

　　紧接着，大家腾出一条通道，让肖大山和兰花进了新房。

　　闹新房的东西，是兰花娘家带来的，有山核桃、八月瓜、毛板栗、柚子、柿子、葵花籽、南瓜子、花生等，这些东西是山上野生的或是自家种的，都是她娘亲手准备的。看着这些东西，兰花想娘了，泪水忍不住从她的眼角流出来，形成两行。洞房里的红蜡烛忽明忽暗，使得她的两行泪水没有被人发现。

　　闹新房有一整套程序。

　　第一道程序，进门：门得由德高望重的人把守，进去的人得唱四言八句歌，把守人若觉得这人的歌唱得合意，才将其人放进去，如不合意，则要他继续唱。不过，继续唱的人多了，大家也就不耐烦了，大吼一声，把守门的人拦不住了，大家冲了进去。进了新房后，并不见得就有东西吃。因为这些东西都锁在红漆柜里，而这柜的钥匙，在新娘手里。

　　于是，就进入第二道程序，答话：同样是由把守门的人出上句，闹新房的人答下句。答对了，就由新娘发一点东西。一般问的答的都是日常生活中经常遇到的。比如说打野猪，出的是"山上有野猪"，你就回答："要用铳来打。"必须说是用铳，因为野猪最怕的是铳。又比如上山砍柴，找到了捆柴的树藤，出的是"找到了树藤不愁柴"，你就回答："找到了老婆不愁鞋。"（当地人把"鞋"读成"孩"）意思是找到了老婆就不愁没有布鞋穿，也寓意娶了老婆就会有孩子了。如果出题太难了，都答不上来，新娘还是把东西拿出来，像天女散花似的，往空中一抛，让大家抢。

　　接下来是第三道程序，轮到闹新房的人整新郎新娘了：只见一个后生，手里拿着一颗早就准备好了的花生，用线捆着，一会儿上，一会儿下，一会儿左，一会儿右，要新郎、新娘同时咬。后生们嘴里说："花（发）生！花（发）生！越发越多！"这可苦了肖大山和兰花，咬了半天，就是咬不到，嘴咬到了一起，引起大家哈哈大笑。新房闹得差不多了，前客让后客，这些人得走了，因为门外还有人等着，很多人要闹新房呢。

　　肖蒙子搞了一个恶作剧，他趁着大家不注意，将一包剪断了的头发和一个蚂蚁窝偷偷地放在新床上。寓意是：发！发！发！发得像头发和蚂蚁那样多。这也是当地习俗，只是苦了兰花换了另一套垫单和棉被。

闹新房的人都走了，新房归于宁静。

兰花双手搭住肖大山的脖子，轻轻地说："大山哥，你轻一点，我有点害怕。"

别看肖大山牛高马大，此时此刻，他一切都听着兰花的，顺从她……

"兰花，我能这么快娶到你，是李锦老板帮了大忙，我还没砍树，他就把一百元银圆给了我。"肖大山在兰花的身上轻轻地说。

"大山哥，我爹也是得了这一百元银圆，才能给我哥把嫂嫂娶回来。李锦老板真是好人。"兰花说。她认为她此时是世界上最幸福的人。

"嗯。他是好人！是好人！"肖大山说。

夜，已很深很深，山风透过木窗把洞房里的红蜡烛吹熄了……

第二天清晨，吃过早饭后，李锦将一百元银圆放在肖云仫手里，说："天梯下面的乱岩石只有石匠才能打碎，因为石匠知道岩路，知道怎么打碎它，这钱是用来请石匠的。"

说完这话之后，李锦就走了，他得赶当天从锦屏去洪江的苗船。船老板杨黑牯说好九点钟在清水江码头边等他。

第八章
李躬厚感恩图报　朱胖子心怀鬼胎

李躬厚押着桐籽来到洪江后，将桐籽一手卖给了永庆油号的刘尉君老板，这可解了刘尉君的燃眉之急。由于天气原因，今年洪江附近黔阳、会同、靖县、绥宁一带的桐树都没挂多少果，刘尉君派了十几个人下乡，都说今年桐籽比往年难收，都只收到一点点。

为报恩，李躬厚每石按比市场低一元银圆的价卖给刘尉君，可刘尉君反而要以比市场价高一元银圆收购，两人推来推去，最后还是以市场价成交。对李躬厚来说，这是一笔额外的收入，除去所有开销外，赚了整整一千元银圆。而刘尉君有了这一百石桐籽，不愁上海的客户催货了。

桐籽刚卖给了刘尉君，明德油号老板朱胖子也来到李躬厚家里，说是要买这桐籽。朱胖子长得常人意想不到的胖，个子的高大也和他的胖成比例：身体超重，方脑袋，黄黄的头发剪得很短，脖子粗而短，背脊阔得异乎寻常，肚皮像二百五十斤的猪皮肚，脸上不留胡子，长着许多小疤。大眼睛，鹰钩鼻，厚嘴唇，双叠下巴。由于身体肥胖不灵活，他走路总是一跛一跛的，为保持身体平衡，他得把两只手臂伸开。明德油号的原老板姓屠，他的财产是祖辈留下的，只因为自己不争气，染上了鸦片烟，吸得皮包骨头，人不像人，鬼不像鬼，最终把家底吸空，还欠了一屁股债。在实在没有办法的情况下，只得将油号抵押给张开笑。张开笑则以半价转给了朱胖子。对朱胖子的为人，李躬厚知道一点，自己开张时候，曾给他发过请帖。朱胖子是开赌馆的，根本不懂桐油的生产、经营和管理，因此他的客户越来越少了。

李躬厚得知朱胖子的来意后，双手抱拳，做出一副很抱歉的样子："朱老板，实在对不起，桐籽已卖给了永庆油号的刘尉君老板了。"

"听说你有一百石，就分五十石给我吧，我以比市场高两元银圆的价买。"朱胖子说。他的语音有点儿打结，舌头上所发出的辅音好像在空中打转。

"这就不好办了，人家已把银圆通过堡子坳湖南银行打到我的账户上了。"

李躬厚说。

朱胖子脸色突然变白，牙齿咬着嘴唇，难看的脸上扭弄的小疤突然变成了大疤。他不好意思地走出了大门。不过，在走出大门那一瞬间，又回过头来，用脚底对着门槛狠狠地踢了几脚，整个板壁都踹响了，还差点儿把自己摔倒。

作为商人，李躬厚也不好跟他撕破脸，对他回头踢门槛一事，只当没看见。

洪江郊区滩头，是一座杨柳环抱的村庄。沅江在这里呈"之"字形后，向茅洲方向流去了。据说明朝开国皇帝朱元璋给一位功臣很多金银珠宝后，那功臣就在此地住了下来。后来就有了十几户人家。一条从密岩峰流下来的溪水绕村而过。

永庆油号的榨油坊就建在溪水拐弯处。

榨油坊里，几十个来自会同、黔阳的乡下人正在忙碌着。他们有的在灶炕上用竹耙子翻桐籽，有的拿着长锅铲在特大的锅里炒桐籽，有的用扫把将碾槽外面的桐籽扫进碾槽，有的往灶炕里加柴火，有的用吊筛筛碾碎了的桐籽粉，有的将炒好了的碎桐籽放进特制的铁箍里，用稻草包好，然后将铁箍放进榨油槽里。最忙碌的还是打着赤膊穿着短裤的十来个五大三粗汉子。他们分两队聚拢在榨油槌前，每人手里攥着从上面吊下来的吹火筒粗的系在榨油槌上的棕毛缆绳，在掌槌人来劲的指挥下，拉起缆绳，对准榨床，摆开架势，悠动榨油槌，"嗨哟！嗨哟"喊起来。榨油槌一槌一槌撞击着露出的榨床尖码，将尖码撞得咯咯直响。一会儿金灿灿、香喷喷的桐油顺着竹筧流下来。油榨得差不多了，他们就把尖码取下，将油饼拿出来。这些拿出来的油饼被再次碾碎，掺和一定比例的桐油后，再次放在锅里炒，然后又装进那特制的铁箍里，继续榨。这样的重复操作有好几次，说白了，这就是梓油、洗油的制作过程。

洪江的桐油是在"秀油"工艺的基础上，通过改良加工而制作出来的。传说在清咸丰年间，四川秀山一榨油坊失火，主人觉得这些被烧黑的桐籽弃之可惜，为了挽回损失，就试图将焦黑的桐籽熬制成油。也就是利用这废物。可万万没想到的是，这烧焦了的桐籽熬出来的油，不但不焦，反而色泽黄黑。后来，这油运到常德、汉口等地销售，用户反映很好。说它是绝佳的防水涂料，船民们用它来做船篷的涂料，这样能防止雨水渗透，因而颇受欢迎。在这种启示下，主人对其进行改良后定名为"秀油"。咸丰末年，秀油制作工艺传入洪江，被命名为"洪油"。

洪油的制作共分为梓油、洗油、乌油三个步骤。

将桐籽炕干碾成粉末，经筛子过滤后，以一百斤桐粉掺和二十斤桐油，炒成黄黑色，所榨出来的油叫梓油。

将梓油枯饼碾成粉，以一百斤掺和八十斤桐油，炒成黄黑色，所榨出的油叫洗油。

农民用土办法自榨自熬的半成品油叫乌油。

以百分之三十五的梓油、百分之五十五的洗油和百分之十的乌油掺和起来所熬炼出来的油就是洪油。

永庆油号的"山花"牌洪油就是这样制作出来的。

正当大家忙碌的时候，洪江油帮公会值年人太丰油号的蒋老三和明德油号的"一棍子"来到了这里，他们是来检查和监督这里是否按洪江油帮公会规程制作洪油。

油帮公会成立于民国十一年（1922 年），在洪江油业中有着极大的话语权。油帮规定：严禁买卖假油，砸洪油牌子。如果制作者不按其规定制造假油，一经发现，被揭穿后，就意味着这家油号难以在洪江发展、生存。因为洪江油商始终把信誉放在首位，宁可亏自己，也不坑客户。

太丰油号的蒋老三是主监，他三十出头，为人谦和，性格耿直。但他有个坏毛病就是爱喝酒。他酒量很大，一斤半高度酒喝下喉没一点事，医生说他血管里的血是酒精酿成的，全是乌血。

明德油号的"一棍子"是协监。他身材清瘦，眼球深陷，鼻子平扁。在还没进朱胖子赌馆之前，他是一个不务正业的人，整天拿着一根棍子跟一些不三不四的人鬼混，四十多岁的人了，还是光棍一个。他从小没妈，他爹整天泡在朱胖子的赌馆里，从来没管过他。由于他整天拿着一根棍子，人家便叫他"一棍子"。至于他的真名，从没有人过问。朱胖子是看他爹是赌馆常客的缘故，才给他了个在厨房里烧灶火的差事。他嫌那活太累，干了几天就走了。后来，朱胖子让他当赌馆保镖，以防有人来捣乱。"一棍子"对这工作还满意。朱胖子接过明德油号后，就把"一棍子"安排在油号里当打杂工。

榨油坊的掌庄师是涂师傅，六十岁了，可他的腰还挺得笔直，眼睛也很厉害，看东西不用戴老视镜。他鼻子大而长，长着一脸络腮胡子，厚嘴唇。他跟榨油坊打了一辈子交道。见蒋老三和"一棍子"来了后，主动向他们详细地介绍梓油、洗油、乌油的配比，并把熬好了的样品给他们看。涂师傅用竹片在油桶里使劲搅一下，然后把竹片拿起来，油液在空中悬起，就像一块布（油业称之为"扯旗"）。油液空中悬得越长，时间越久，证明这油的质量越好，是上好的洪油。

蒋老三看着悬着空的油液，连声叫好，连连点头，不停地伸出大拇指。

"一棍子"看着蒋老三兴奋的表情，有点儿不自然，他急忙问涂师傅，乌油放在哪里？

涂师傅把他们带到放乌油的房间，说："这乌油是乡下农民自己熬炼的，他们的质量不大统一，因此我都是根据它的浓度来配比。浓度硬一点的按百分之十配比，浓度稀一点的按百分之九或百分之八配比。总之，这配比都是在百分之十以下。有时，我们宁愿少配点，自己亏一点，也不让'山花'牌洪油受影响。"

"这乌油用什么方法来辨别它的浓度？""一棍子"问。他的眼睛简直像贼眼睛，一会儿盯着这，一会儿盯着那。

涂师傅拿着竹片在乌油桶里搅和一下，让他们看悬在空中油液，他说："浓度硬的流下来慢一点，浓度稀的流下来快一点。"

涂师傅陪着他们对每一道工序，每一个环节检查了一遍之后，蒋老三说要回去了。

涂师傅哪里能让他们走？他对两人说："我已跟厨房的大师傅打了招呼，要他单独炒两个菜，今晚就住在这里，我们晚上好好喝几杯。"

一提到喝酒，蒋老三来劲了，他把涂师傅肩膀一拍："好！听你的。"

"一棍子"也为涂师傅把他们留下来心里暗暗地高兴。

晚上进餐时，涂师傅把来劲叫来陪蒋老三和"一棍子"喝酒。

来劲是涂师傅的姨侄，二十岁左右，他五岁没爹妈，是涂师傅将他抚养大的。来劲是一个彪悍汉子，中等身材，肩宽膀阔，腿壮胳膊粗；一张长方形的脸，皮肤黑红黑红的，眼睛不太大，但很有精神。

涂师傅还有很多事要去处理，他只喝了两杯就走了。

来劲不停地给蒋老三和"一棍子"敬酒。蒋老三是有敬必喝，一共喝了十几杯，怕有一斤了。

"一棍子"说他身体有点不舒服，喝了一杯就不喝了。对"一棍子"的酒量，蒋老三是知道的，平时至少要喝五杯。

见"一棍子"实在不愿喝，来劲也就没勉强，吃完饭就让他去睡吧。

来劲和蒋老三一来一去，到底喝了多少杯？谁也不清楚。只知道半坛米酒没剩多少了。

跟蒋老三相比，来劲明显喝不过他。不过，他是主人，得舍命陪君子，继续一杯接一杯地喝，喝到两人都开始说胡话，见涂师傅来了，才收场。两人都喝得酩酊大醉。

当涂师傅把蒋老三扶进客房时，"一棍子"装着睡着了。

蒋老三上床后，很快就打起了鼾声。见蒋老三鼾声打得像雷声，"一棍子"起来了，贼头贼脑地走到他床前，用右手摇了摇他，见蒋没有任何反应后，开始挪动他那像猫一样轻的、幽灵般的步子，溜出房门，蹑手蹑脚地来到榨油坊后面，踮着脚尖将窗子打开，像老鼠一样地溜了进去。借着从窗子格里射进来的光亮，来到乌油房，提出一桶，放到制作好了的洪油房里。他把洪油桶盖一连打开了十个，每一桶用瓢舀一瓢放进一个空桶里，然后每一桶补一瓢乌油进去，把盖子盖好。他把舀出来的洪油又混在乌油桶里，然后把它放回原处。他之所以这样做，是朱胖子心怀叵测，交给他的任务，说做成了给他二十元银圆。他就是为二十元银圆，做着这伤天害理之事。

当"一棍子"回到客房时，蒋老三还在哄哄地打着鼾声。

第二天早上，蒋老三跟涂师傅打了个招呼，说了几句客套话后就走。"一棍子"没有说话，只是从嘴角露出一丝奸笑。

来劲是第一个进油坊的人。当他来到洪油房时，发现地面有油的痕迹，仔细一看，是乌油。这是怎么回事呢？他觉得很奇怪。他看着第一排的桶盖，感觉有点不对劲，好像被人打开过？他试着开一个，感觉盖子有点儿松。当他把盖子打开时，发现上面浮着一层乌油。他是掌槌师，乌油和洪油一看就知道。他一连开了好几个，都是这样。来劲怀疑有人做了手脚，这是谁干的？榨油坊跟这里的十几家农户关系平时都很好，他们不可能做这缺德事。这是谁干的呢？一想到昨天只有蒋老三和"一棍子"来过，蒋老三喝了那么多酒，绝对起不来。再说，他也绝对不会做这种伤天害理的事！难道是他——"一棍子"？来劲沉住气，暂时不把此事讲出去，只告诉了姨爹涂师傅。

涂师傅知道这事后，说来劲做得对。在事情还没弄清楚之前，不便开工，于是他宣布放一天假。他自己则急忙往犁头咀的永庆油号跑。

涂师傅一路小跑，来到川岩渡口船上，下了渡船后，又是一路小跑，当他跑到永庆油号门口时，已是上气不接下气，脚都站不稳了。

刘尉君要他先休息一下，并亲自给他筛了一杯茶。

涂师傅喝过茶之后，慢慢地把有人在榨油坊里做手脚的事告诉了他。

刘尉君听了涂师傅的话之后，要他把这几天所制作好的洪油放到一边，一桶一桶仔细检验。对做了手脚的洪油一律降价，作次品处理。他还交代这事不要讲出去。

涂师傅按照刘尉君的吩咐去做了。查出来有整整十桶洪油被做了手脚。

刘尉君老板在洪油业中从没得罪过任何人，也没有跟谁过意不去。他跟刘荣昌等七大油号老板的关系一直很好，七大油号的人绝对不会做这种伤天害理的事。这是谁干的？是谁和他过意不去？他心中有数了，只是一时不便说出来罢了。

半年后，永庆油号一点事也没有，"山花"牌洪油供不应求。可是朱胖子的明德油号因管理不善，不得不将油号里所有的财产卖给太丰油号老板刘荣昌。

朱胖子怨"一棍子"办事不得力，一气之下把他给辞退了。

刘尉君真是一个高瞻远瞩的人。

第九章
来劲出事角落躲　李锦解围方法灵

　　李锦住在余家冲的一座土木屋里。在这里，高大的窨子屋和寒门白屋并存，商人、手艺人、码头装卸工、搬运工和王老大等乞丐都住在这附近。这里的人，白天都是各忙各的活，只有吃过晚饭后，大家才有时间聚集在李锦土木屋门口的樟树下聊聊天，摆摆龙门阵，或是对哪个大户人家的公子与某某老板的千金小姐做出的风流韵事议论一番。

　　这一晚大家先议论的是住在土木屋里的李躬厚把明德油号的老板朱胖子给得罪了。原因是李躬厚把从锦屏买来的一百石桐籽只卖给永庆油号的刘尉君老板，而不卖给朱胖子。

　　也有人说是先卖给了刘尉君，朱胖子是后面才来的，做事总得有个先来后到。

　　有的说在关键时候，刘尉君帮了李躬厚的忙，借了三千元银圆给他，把桐籽卖给刘尉君也是理所当然的，以恩报恩呀。

　　也有的说朱胖子是小人，一定会报复的。

　　大家议论着，议论着，不知为什么扯上了"一棍子"，说"一棍子"这段时间以来，又整天拿着那根棍子跟一些不三不四的人鬼混了。也有人说他有了个好差事，是油帮公会的轮值协监人，不知是什么原因，被朱胖子给辞退了。

　　也有人议论太丰油号的老板刘荣昌接过了朱胖子的明德油号。

　　总之，这天晚上大家议论得最多的还是李锦父子。说他们去贵州锦屏买木头了，说这笔生意做成后，至少能赚一万元银圆。对于这些匠人和在码头上卖苦力的人来说，一万元银圆简直是个天文数字，连想都不敢想！大家都说李锦父子会做生意，竟把桐籽生意也给做上了。而今年有很多人去黔阳、会同、绥宁等地收桐籽，有的是空着手回来。可李锦父子不费一点力就弄来了一百石。仅此一项，至少赚了一千元银圆。

　　正当大家议论到高潮的时候，永庆油号老板刘尉君来了。只见他身穿一件士林长袍，彬彬有礼地跟大家打了个招呼后，进了李锦的土木屋。

刘尉君的到来，使得这土木屋突然热闹了起来，大家也跟着进去了。

对这些匠人和卖苦力的人来说，平时难得见到大油号老板。用他们的观点来说是：富人和富人打交道，穷人跟穷人拜把子。不过，当刘尉君老板将洋香烟拿出来给大家抽的时候，他们的观点似乎有了某种程度的改变。洋烟盒上那嘴里叼着烟的头发金黄金黄的洋人，他们在洪江的几个码头上好像见过，那头发，也是这样金黄金黄的。他们认为洋烟是有钱人抽的，现在自己能抽上一支，算是有福气了。可是，当他们一个个高高兴兴地抽了一口之后，觉得这烟虽然有一股香味，但还没有自己手里的土烟过瘾，于是大家又哈哈地大笑起来。

等大家都走了之后，李锦才跟刘尉君交谈起来。对刘尉君来说，这是他第一次跟李锦正式打交道。那次借钱做担保，是他儿子李躬厚找他的。那天在太平宫里喝酒，他也只是跟李锦握握手，说几句客套话而已。

刘尉君今晚来是想请李锦帮忙，他打算在锦屏修建一座榨油坊，要李锦负总责。

这想法跟李锦想到一块了，李锦也希望他在那里建一座榨油坊，因为那里有的是桐籽，就地收购，就地生产，要省很多事。再说他捐一百元银圆改天梯下面的路，也是为了刘尉君。

李锦说："我很赞成你在那里建榨油坊，但我只能在后勤方面做点事，比如说买点东西什么的。总责还是要涂师傅负吧，他是内行，需要多少劳动力，怎么建造，他都懂。再说我现在还有很多事要处理，只有正月十五到涨端午水前，这三四个月时间有空。"

"那就等过了正月十五建吧，你负总责，榨油坊里面的事交给涂师傅。"刘尉君说。

"你还是要涂师傅负总责吧，他是内行。"李锦说。

"他真的负不了总责，你就别推辞，就这么定了。"刘尉君一锤定音。

看刘尉君这么信任自己，李锦没说什么了。

他们说了很多话，说各自将来的打算。

李锦说他几年后想当水客，把木头直接卖到汉口、南京、南通、镇江等商埠去。

刘尉君说把锦屏的榨油坊修好后，就不打算再发展了，等儿子刘俊在美国把博士读完，就把产业全交给他。

通过交谈，两人已是知己了。

刘尉君走的时候，李锦将他一直送到余家冲冲口，送君千里，终有一别，分手时两人还依依不舍。

两个月后，悬崖寨山上的木头全部扛到了天梯上面，一根一根从瀑布上溜了下去，整整齐齐堆了几十堆。李锦随即把另一部分账给结了。每人多给了两元银圆，表示感谢。

当李锦把刘尉君老板要在锦屏修建榨油坊的事跟大家说了后，大家都很高兴，认为有机会去那里当榨油工了。

他们也开始修改天梯下面的路了。

正月十五过后，榨油坊开建了。榨油坊建在离锦屏县城十里路的小村寨，李锦之所以选择这里，是因为这小溪里的水流量较大，完全能带动榨油坊里的石磨盘转动。再说这条溪上游没有人住，不会影响人们的生活，当地人也同意。

李锦分了工：榨油坊里面的事由涂师傅负责，买材料，采购上的事由李躬厚负责，他则负责跟当地人协调有关事项和组织劳力。李锦把当地官爷和当地有影响力的人叫到锦屏城里最大的饭馆吃了一餐，每人再私下给了些银圆后，总算把各项证件办妥了。

建榨油坊，木匠、石匠是关键，所以李锦把洪江余家冲里的罗木匠、明石匠请来了。为组织劳动力，他去了一趟悬崖寨。

在肖云仫家里，肖大山的老婆兰花专程为李锦杀了一只鸡。现在小两口儿过得很好。肖云仫很感谢李锦，感谢他事先给孙子肖大山预付了一百元银圆，使肖大山把婚事给办了。他对这个孙媳妇很满意，能找到这样的孙媳妇，是他前世修来的福。他也感谢李锦为改天梯下面的路所捐的一百元银圆。他告诉李锦，再过两天那路就修改好了。他说如果不是请锦屏城里的石匠来，这路不知要修到什么时候。他说后生们不服气，都坚持要自己砸那硬邦邦的岩石，结果，岩石没砸碎，反而把自己的手磨起了大血泡。石匠就是石匠。肖云仫说李锦很有远见，把事情的困难和问题都考虑得比较周全。他说两天后寨里的壮劳力可以去建榨油坊。这一晚肖大山又喝醉了，他好久没有喝醉酒，今天是见李锦来了，心里特别高兴，才喝醉的。

榨油坊修建得比较顺利，不到四个月就要建好了。油坊里的各项工作，在涂师傅的指挥下，都开展得井井有条。现在就等洪江明石匠的石磨盘了，等三个石磨盘全部安装好，就可以开闸操作了。正当大家松了一口气，收拾东西要回去的时候，涂师傅的姨侄来劲做了一件出格事，他把苗女阿香给睡了。

那天早饭过后，阿香的叔叔杨猛子带着寨子里百十号人，拿着锄头、扁担、木棒、鸟铳和半截刀来到榨油坊，要来劲出来，否则，要血洗榨油坊。

此时此刻，来劲吓得躲在油坊角落里，嘴唇神经质地痉挛着，双腿在剧烈地颤抖，牙齿磨得咯吱响。

就在这紧要关头，李锦第一眼看见了兰花的爹和兰花的跛脚哥。他们俩也是在第一时间看见了李锦。肖大山也看见了岳父和大舅子。

"李老板，您怎么在这里？"兰花爹先问。

"我是来帮刘尉君老板建榨油坊的，在我起步的时候，他帮助了我。"李锦说。

看到兰花爹跟李锦说话后，杨猛子心里突然纳闷，也慌了手脚。他忙问兰花爹："你认识这汉人？"

兰花爹眯眯笑起来，点点头。

"他就是兰花出嫁那天送我爹十元银圆的洪江李老板。"兰花哥对杨猛子说。

"嗨！真是大水冲了龙王庙，一家人不认一家人。"杨猛子说。刚才，他还像是从深山老林里出来的老虎，气势汹汹，做出要打架、杀人的架势。听兰花爹和兰花哥这么一说，他的语气突然变得温和起来了。

"杨大哥，出了这样的事我心里也不好过，是我没有管好自己的人，我给您道歉了。"李锦谦逊地给杨猛子鞠了一个躬，接着又问杨猛子："这事您看怎么办？"

"你看怎么办？"杨猛子反问。

"我看这样吧，如果我们的后生来劲愿意娶您的侄女，而您侄女也愿意嫁给来劲，我们做长辈的就成全他们吧。"李锦说。

"那你就问问他们吧，我冇有意见。"杨猛子说。

这时，李锦走到头发松散、凌乱的阿香身前问："姑娘，你愿意嫁给洪江后生来劲吗？"

满脸羞答答的阿香点了点头。

　　紧接着，李锦又来到吓得躲在角落里的来劲身前，问："你愿不愿意娶阿香？"

　　"愿意。"来劲答，不过他的声音很小，他还在为杨猛子他们刚来的场景所害怕，心里依旧紧张着。

　　"大声点！愿不愿意！"李锦忽然将嗓门拉大，把在场的人都吓了一跳。

　　"愿意！"来劲大声回答，这声音把榨油坊都抬了起来。

　　这时，李锦把头转向杨猛子："杨大哥，各位苗族兄弟，出了这样的事我心里也很过意不去，是我管教无方，管教不严。在此，我再次给各位赔礼了。"说到这里，他再次躬腰向苗族兄弟连行了三个礼。

　　接着他又说："既然阿香愿意嫁给来劲，来劲也愿意娶阿香做爱人，我看就这样吧，阿香的叔，您开个彩礼价。"李锦把头转向了杨猛子。

　　此时，那些手拿锄头、扁担、木棒、鸟铳和半截刀的人都给弄愣了，不知如何是好。他们一个个都看着杨猛子的反应。

　　"那就来一百元银圆吧。"杨猛子说。

　　"好！就这么定！"李锦斩钉截铁，一锤定音。接着他又说："他俩成亲后，我们就是一家人了，既然是一家人，这榨油坊开工后，你们寨里的人愿来做事的，我们都要。每人一个月二十元银圆，肥水不流外人田。"

　　大家对李锦说的话感到很惊喜，这是他们完全意想不到的事，真是因祸得福，坏事变成好事了。

　　此时，阿香抬起头来，看着叔叔，她眼睛里表露出感激之情，这感激之情不是片段，而是全部。她也被李锦的话感动得流出了幸福的泪花。这泪花，在她眼眶里还没有来得及干，弥漫着渗透灵魂的闪耀的湿气。她的胸、颈和双肩呈现出匀称的美丽的线条，她一头乌黑的长发被叔叔抓得松松的、乱蓬蓬的，就像一个披毛鬼，尽管这样，乱发中露出来的脸依旧像刚出水面的莲花，好看极了。

　　其实，对来劲和阿香相好的事，李锦早就知道了。

　　有一天，来劲跟李锦去乡下办事，路过小溪时，来劲见着阿香散开在溪里的像一条飘带的长发，那长发随着她的头而摆动，把溪水给搅乱了。她的脸映在溪水里简直像下凡的仙女。来劲被阿香那一头长长的黑发和从黑发上所飘出来的茶油壳香味深深地吸引着，使得他久久地看着她，就是不愿离开。

"走吧。"李锦说。作为过来人，他看出了来劲的心思。

李锦的话惊动了正在洗头发的阿香。她抬起头来，发现一个长得很帅的汉族小伙子用她从来没有遇见过的目光看着自己。这目光像是灵犀相通，使得她很自然地对他微微一笑，露出一对小酒窝。

当来劲见到那对小酒窝时，全身的血液顿时沸腾起来了。他长到这么大，还从没如此冲动过，出于原始本能，他努力控制住自己的心情。趁李锦不注意的时候，他从口袋里摸出一枚五元的银圆向溪边抛去。而她也很大方地将那一枚银圆捡起来，对着他甜甜一笑。

她那对酒窝简直太迷人了。

从那以后，她拿着那枚银圆，每天都要来小溪边走一两次，希望他再次出现。

有一天傍晚，她终于见到他来了。他把她紧紧地抱在怀里……

她是盘古寨人，是一个苦命人，爹妈死于一次山洪暴发，被压在山底下，连尸体都没找到。是叔叔杨猛子把她养大的。杨猛子好的时候，好得要死，什么事都依着她。可是他一旦喝醉了酒，撒起酒疯来，就像一头牛，谁也拉不住。阿香十五岁那年，杨猛子曾经给她介绍过一个爱喝醉酒的苗族后生，可她就是不愿意。

为这事，杨猛子打了她好几回，她宁愿挨打，就是不愿嫁给那个爱喝醉酒的人。

不知怎么的，自她捡了来劲的那枚银圆后，夜里失眠了。

下弦月出来后，他们恋恋不舍地分开了，他告诉她明晚还要来。

一连四个月，他们每天晚上几乎都来这里约会，都是半夜才回去。李锦知道他们的事，只是提醒来劲不要做出格的事，否则，就会被白刀子进红刀子出的。

来劲也知道这一点，他想等把榨油坊建好后，就跟姨爹涂师傅提起他跟阿香的事，他要把她带到洪江去。

这一天晚上，他告诉她明天就要走了，回到洪江后就让李锦提着彩礼来做媒，他相信李锦。

跟往常一样，他把她抱在怀里。

她在他的怀里看着天上的月亮，数着星星，听着树林里的鸟嘤嘤鸣叫和小溪里潺潺的流水声。

他身体强壮得像一头牛。那原始的本能使他的心时不时冲动一下，他努力克制着控制着自己，不能做出格的事。

不知怎么的，他越不这么想，大脑就越乱，乱得控制不住自己了。

她似乎感觉到了他心中的欲望。于是，她主动躺在湿润润的草地上，开始脱自己的衣服、裤子。

此时此刻，他使劲地吻着她。

她也把舌头舔在他的舌根下。她闭上眼睛，感觉做梦一样，自己的整个身子在云雾中飘摇。她尽情地享受着……

这一夜，他们是在湿润润的草地上度过的，草地上留下了一朵鲜红鲜红的玫瑰花。

阿香平时总是第一个起床烧早火，等她把火炕撑架上鼎锅里的水烧热后，叔叔、叔娘和堂弟才起来。

这一天不知怎么的，门对面山上的太阳都出来了，阿香怎么还不起来烧早火？倒是叔娘吴金花先起床了。她走到楼上阿香的房里一看，房里没人，床上那被子叠得整整齐齐。这时吴金花意识到阿香昨晚没在家睡。这丫头这几个月来总是说她在好友玲妹儿家里玩，都是很晚才回来，莫不是她昨晚在玲妹儿家里睡？正当她在猜疑时，阿香从屋对面的田塍上走了过来，头发乱蓬蓬的。

"你昨晚在哪里睡？"吴金花问。这声音把她叔叔杨猛子给弄醒了。

阿香跪在吴金花身前，把自己和建榨油坊的来劲在草地上干的事，一五一十都告诉了她。阿香说来劲是个好小伙儿，过几天他的头人就要来提亲做媒的。她要叔娘不要把这事告诉叔叔杨猛子。

吴金花对她所做的荒唐事感到很惊讶，她说："一个姑娘家怎么在野外做出格事？他一旦回洪江后不要你了，你怎么办？以后怎么嫁人？这是你一辈子的大事呀！"

这话被叔叔杨猛子听见了，只见他气呼呼地冲到阿香身前，狠狠地给她两个巴掌。阿香倒在地上，鼻青脸肿。这是她叔叔十多年来首次这么狠心地打她。

吴金花将阿香扶起来，送她上了楼。经吴金花劝说，杨猛子的火气似乎小了些。但他心里还是容不下阿香做出这出格事。吴金花对杨猛子说："阿香说那后生到了洪江后就让他的头人来提亲做媒的，我看就成全他们吧。"

"他们是汉人，靠得住吗？"杨猛子还是有一肚子气。

"阿香说那人蛮好的，她跟他约会有几个月了，昨晚还是第一次……"吴金花说。

"别说了！丢人！"杨猛子又来火了，一气之下上了楼，抓着阿香的头发又是一顿毒打。

阿香没有躲，让他打，她知道叔叔的脾气，如果刚才不是叔娘说"还是第一次"这句话，叔叔是不会再一次下这么狠的手打她的。

吴金花用女人特有的温柔对杨猛子说："依我看，阿香不会哄我们的，这事不要讲出去，就成全他们吧。"

"别说了！我就找那汉人小子算账去，要不然，就血洗他们的榨油坊。"杨猛子说。

于是，就有了前文杨猛子带人来榨油坊的那一幕。

第十章
苗排随河水东去　春妹跟岩娃私奔

锦屏榨油坊的碾盘装好后，来劲和阿香的婚事在李锦的撮合下给办妥了。令人意想不到的是，阿香的叔叔杨猛子只收了五十元银圆，他说只要来劲将来对阿香好就行了。

来劲当上了榨油坊掌庄师，他和阿香在这里安了家。悬崖寨、盘古寨各有二十多个身强力壮年轻人进了榨油坊，来劲正在手把手地教他们操作，等白露后桐籽落地，他们也就练得差不多了。阿香的叔叔杨猛子当上了小管家，负责后勤工作。

到涨端午水的时候，他们得停工一天，把堆在天梯下面的木头散放到清水江边。

李锦在清水江边把编扎苗排的篾缆、撬棒、打排棚的木板及杉树皮等材料都准备好之后，就去悬崖寨了。万事俱备，只等涨端午水了。

人们的期望一般总会变为现实，因为春雨也总是按时到来。甚至在日历上就可以读到，什么时候阵雨会到来，连阴天会持续多久。

不过，这年的春天却一反常态，雨水节气过后，只下过两场中雨。每天天空都是烈日高照。眼看端午节就要到了，可是天老爷没有一点儿下雨的征兆。

李锦在悬崖寨已住了一个多月，他着急了，连忙请肖云仫到寨子后面的山上观天景，看有没有下雨的预兆？

自立夏以来，天空一直在乐呵呵地笑着，没有半块乌云出现，连皱一下眉头的痕迹也没有。这种现象使肖云仫变得神经质起来，使他怀疑老天爷的意向。难道老天爷要给我们带来旱灾？夜晚，看着满天亮晶晶的星星，凭肖云仫多年来的经验，今年怕是"立夏不下，犁耙高挂"的灾年了，于是大家开始变得谨慎起来。

正当李锦着急的时候，寨子里来了一位不速之客，他就是洪江的道士陈本情。他的到来使得李锦感到很意外。原来，他是看着老天爷这么久没下雨，来求神下雨了。

李锦是读书人，对陈本情求神的事当然不当回事，因此对陈本情也就不冷不热。倒是肖云仫说："既然他大老远地来了，还是试一试吧，或许雨神会显灵的。"

看在肖云仫的情面上，李锦还是让他施法了，大不了付十元银圆给他。

这一次，肖云仫不好叫大家来下跪了，只怕施法失灵，自己以后就没有号召力了。

古红楠树下的石桌上，摆着三个竹盘，每个盘里放了十几粒陈本情从洪江带来的糖果。石桌下面，有三个圆圆的香盆，每个香盆里烧着一堆纸。这纸也是陈本情自己从洪江带来的。他说这是竹子造的纸，烧着它，雨神爷会显灵的。三炷长长的香排成一排，插在树根间隙间。跟上次祭祀山神爷相比，这一次简单多了。来看他施法的人也就是几个光着屁股的小孩，他们的眼睛直盯着石桌上那三个竹盘里的糖果。

太阳快下山的时候，陈本情开始施法了。他带着那显示他威严的灵牌，像骑在马背上的将军似的，高高地甩着鞭子，从寨口的风雨桥上直奔古红楠树下。那件宽阔灰色的道袍在两边扇起一阵狂风。干完农活从这里过路的人，看见他这副样儿，都以为他疯了。他神情是那么果断，他的架势是那么有劲，好像他刚在不久以前足足睡了一大觉、饱吃了一顿盛餐似的。他双眉深锁，嘴唇高耸，那架势真像勇猛陷阵的勇士。

他在石桌前跪了下来，一连串咄咄逼人的咒语从嘴里吐出来：

天呼呼，地呼呼，拜敬风婆雨伯。随吾呼，比山比山令，比风神，风婆雨伯，听吾令，快快带起风袋，带起雨袋，亲降临；快快布起云雾、布起云露、布起风雨，快快降风，快快降雨。吾奉玉金大帝亲敕神兵火急如律令。

五帝五龙，降光行风。广布润泽，辅佐雷公。五湖四海，水最朝宗。神符命汝，常川听从。敢有违者，雷斧不容。急急如律令。

六丁六甲，雷电振阴。缚龙神将，扶桑帝君。铁符到处，万神威听。急急如律令。

昊天生五谷以养人，今五谷病旱恐不成。敬进清酒薄脯，再拜请雨，雨幸大澍。

这段咒语念完后，他双腿早已跪麻木，久久地站不起来。

他好不容易地站起来，一瘸一拐地围绕着古红楠树连转三圈。接下来，他又在石桌上狂暴地拍着灵牌，像疯子一样，使劲地念着咒语：

某老子道君之虔信弟子，复以道人之身份，祈求神禳下雨，使黎民不受干旱之苦；使河里涨水，让李家木头得以运出。祈求尊禳驱鬼，把阻雨的鬼魅赶于天外，并困之，让它永远不得回来。设或尊神不克执行此令，某将上禀玉帝，陈奏尊神无能。事关尊神之切身利益，务须与某协作，以神身份，显示威灵，遵照某之指令，拔除阻雨鬼魅。阻雨鬼魅听着，尔若不遵吾令，迅速退避，本人决不姑宽，当即召阎罗天子、九头天神将尔缉捕，投入滚锅中，或若牝鸡，烤于冥火之上，或如豚肉，掷向尖刀山巅，尔其思之！尔将永远无超生日矣。何去何从，尔宜速决，急急如律令。

他的声音越高，灵牌也就在石桌上拍得越响，甩在空中的"神鞭"响声也就越大；他对他想象中的那阻雨鬼魅所发的火气越大，他的声音也就升得更高。

施完法后，他把竹盘里的糖果分了一半给看他施法的小孩，另一半装进了自己的口袋里。

一连好几天，陈本情都是一本正经地念着求神下雨的咒语，但天依旧是这么热，没有一点儿下雨的征兆。

寨子里的人都听烦了，但又不好意思得罪他。

这时，一个十二三岁的小男孩想出一个鬼主意，趁天完全黑了以后，用一截绳子的一头捆在扫把上，再将绳子的另一头牢牢地捆在陈本情那拖得很长很长的灰色道服上。当陈本情施完法要走的时候，才发现这一恶作剧，于是怒吼起来："这是对神的不尊重！这是对神的不尊重！怪不得神不显灵！原来是有人在跟神作对！这法，我无法施了！无法施了！"

李锦不好说什么，给他十元银圆，让他走了。

肖云仡每天晚上仍然去寨子后山上观望天景。天上依旧布满了星星，没有一点儿云朵。

这两天异常热，热得水牛整天泡在水塘里，黄牛身上直冒汗，鸡直往树林里乱飞，老鼠四处乱窜，狗气吁吁地伸出长长的舌头。人热得受不了，不得不到后山上的洞里乘凉。

肖云仫凭他几十年来的经验，估计着可能要下雨了，而且是暴雨或特大暴雨。他要李锦做好准备。

李锦得知这一消息后，马上来到榨油坊里，要肖大山他们做好准备。同时写了一封短信托苗船老板杨黑牯交到儿子李躬厚手里。信是这样写的："厚儿，见信后立即组织扎排工和木工，带上蚂蟥钉，走旱路来锦屏。事不宜迟。"

他要肖蒙子带几个人在清水江入口处设关卡，拦着木头不进入清水江。他自己则包了几条船，把早就买好的篾缆也搬到了清水江边。一切准备就绪。

肖云仫的话还真准。第三天太阳快从寨后的山上落下去的时候，天空也似乎在逐步变低。有不少的云块开始在密集，形成一片乌云。乌云慢慢地越来越多，黑压压的离地面很近了，天提前黑了下来。从南面吹来的一阵一阵的狂风把树上的干枝头和枯叶吹得在空中盘旋、飞舞。突然间，一声巨雷响起来，把山和地都给震动了。紧接着一道长长的宽宽的闪电划破了天空，一场久违的雨终于要来了。先是一点、两点……十点、二十点……慢慢地就是一大片了。豆大的雨点打在路人的肩膀上，就像打鼓似的，咚咚直响。干树枝头、枯叶、枯草和很多杂物随着雨水向小溪里流去。雨，越下越大，下了整整一个晚上。真是一场喜雨啊！

这是端午节过后，一场迟来的雨，所有快干枯了的庄稼痛痛快快地吮吸着这生命的甘泉。看着这甘霖，李锦高兴极了，他的木头预计可以全部散放到清水江边。如果木头今年放不下去，他就很难支撑了，因为他所有的资金都积压在这木头上，他做生意的成与败，也是靠老天爷来决定！

榨油坊停了工，大家穿着蓑衣戴着斗笠，一部分往天梯口走，一部分留在清水江入口处截木。

肖云仫的眼睛紧紧地盯着河里的水，当河水涨到快两米高的时候，他手一挥，一堆堆一根根木头有条不紊地进入河里。整个河里，漂满了木头。

一个个身强力壮的汉子手拿着茶杯粗的竹砸钩，在岸边随着木头走，他们时不时地把有些快偏向的木头调整一下位置，使木头随河水从中间流动。

河水拐弯的地方，那木头像小绵羊似的乖乖地拐了过去。

　　木头进了黑黑的洞里，水在哗哗地响。出了洞后，就进了深深的峡谷里，然后又来到了小瀑布口，随着瀑布翻滚下去，横竖斜乱成一堆。大家不得不用砸钩调整位置，让其随着洪水冲下去。

　　清水江入口处，肖蒙子带着十几个人用绳索绑着船，把放下来的木头牢牢地截住。整个河里漂满了木头。

　　一个星期后，李躬厚、大牛、岩娃、罗木匠和十几个扎排工从会同走旱路赶到这里。

　　现在是罗木匠和扎排工大显身手的时候了，罗木匠号称洪江木排上的第一橹第一桨。他做橹的主要特点是支撑点掌握得好，他做的桨很轻飘，划起来很轻松。他的斧头功也很好，斧痕就像是刨子刨过似的，很光滑。

　　扎排工用一根根篾缆将木头扎成六丈长，九尺宽，三层厚的苗排。苗排比较简单，一挂排几天就扎好了。

　　一挂鞭炮响过后，大牛、岩娃伐着第一挂排启航了，橹上的红绸带迎风飘扬。跟在他们后面的有四挂。

　　橹在清水江上有节奏地划着。

　　李锦坐在最后一挂。排随水走，山随排移；人如画中行，山似水上漂，真令人心旷神怡，目不暇接。

　　河岸上走着几个身着苗服的姑娘，她们是去下游檀木湾集市上赶场。看着木排上打着赤膊的汉族小伙子，几个姑娘嘴里哈哈地笑个不停。这可惹人了，把岩娃惹得心里痒痒的，于是他唱起了他家乡的苗族情歌《想你好似想亲娘》：

　　想你如想亲娘（唉）

　　阿妹（唉）

　　（哎）好阿妹（嗷）

　　你听（唉）

　　（西呃哎）（哎）

　　（咿呃噢哎）（呃哎）（该）

　　我俩好比（呃）同母生（哎）

　　娘虽养（唉）大（弄）你（哎）

　　（哎哎）（来）（咿呃噢哎）

（唉）好一对鲤鱼

闪闪过江心

阿妹你真甘心（来）

阿哥（嗷）！（唉）

（西呃哎）（哎）

（咿呃噢哎）（呃哎）（该）

不知你（呃）想不想我（哎）

我想你（唉）想死去（哎）

（哎哎）（来）（咿呃噢哎）

（唉）明晃晃如银

黄灿灿如金

假如能捕到你

别犹豫，快交心（嗷呆噢）

这情歌一唱出，走在岸边的几个姑娘，嘴里不停地"呸！呸！呸"，然而，有一个叫春妹的姑娘竟用当地的苗族情歌《莫怪阿妹傻》接起了岩娃的歌：

本来很想念（呃）（呃）

来到又无言（啊）

没有几句甜言蜜语给妹们（啊）

你们回家去（能呃）

不要怪阿妹傻（呃）（堆）

莫怪阿妹傻（啊）

小哥哥（噢）

春妹一路唱下来，唱到河水快要拐弯的地方，竟把自己绣的有鸳鸯图案的小荷包向岩娃的排上甩去。

此时，春妹像个野妹子，大大方方地说："晚上，核桃湾的核桃树下见。"

春妹清瘦妩媚。细致的鬓发上围着一块绣有菊花图案的蓝布帕，淡淡的眉毛，沉重的眼皮，墨黑的眼睛，玲珑的鼻子，微微翕动的鼻孔，有点凹陷的太阳穴，表示任性的下巴，清秀而肉感的嘴唇，唇角向上，透着风韵，宛若纯洁的山野之神的笑容。她的脖子长长的细细的，身材细小而苗条，白白的脸显得很快活，也有一点让人所思的神气，笼罩着初春的惹人陶醉的气息。

岩娃捡起了春妹的小荷包，欣喜若狂，真是天上掉下仙女了。他知道核桃湾是湾排的地方。

太阳下山的时候，木排在核桃湾湾了下来。

袅袅青烟从排棚边冉冉升起。吃过晚饭，岩娃来到了核桃湾的核桃树下。春妹换了一件八成新的苗服，已早早地来到这里了。他们在一蔸大核桃树下坐了下来。

春妹是从岩娃的苗歌里听出他也是苗人。要不，他就唱不出（唉）（嗷）（西）（哎）（噢）（该）等苗歌的音。所以她把自己绣的小荷包给了他，她想嫁到洪江去。

岩娃告诉春妹："我是独子，老家在麻阳，我的苗歌是从老家学来的。每年三月三，乡亲们都要在一个大山坳里对歌，小伙儿们站在山的这头，姑娘们站在山的那头。"

春妹对岩娃说："从你唱歌的表情来看，就知道你是很认真的人，所以我把小荷包给你了，在你捡起了小荷包那一刻，我好高兴啊！"

岩娃说："我也好高兴啊！真是天上的仙女下凡呢。"

春妹说："我家住在离这里有二十里路的一个麻雀寨，上有一个哥哥和一个姐姐，哥哥成家了，有两个小孩。姐姐还没满十六岁就出嫁了，是我爹做的主。姐姐过得不好，我姐夫是粗人，动不动就打她，往死里打！从不管她死活！我姐姐没办法，有时气得直往家里跑。可我爹说嫁鸡随鸡，嫁狗随狗。姐姐只好回去了。可是回去后，姐夫打她打得更厉害了。前些天，有人来给我做媒，说那男人家里很有钱。不过那人脾气不好，每隔一段时间，就要发一次脾气，发脾气时，大吵大闹，大家都害怕。我爹看他家有钱，也就同意了。可我死活不同意，一气之下就拿着衣服跑到姨妈家来了。今天上午，我和姨妈家那里的几个姑娘去檀木湾赶场。场边的山坳里有个对歌场，我拿着小荷包是打算去对歌的。哪知道在清水江边遇见了你。"

岩娃说："哦。原来是这样。你要跟我，我同意。不过，我是排工，一年四季都在河里，而且随时都有生命危险，有好多排工都把命送在河里，这个你得想好。还有你爹妈会同意吗？"

春妹说："不要问我爹妈了，我的事，我做主！要不，我现在就把身子给你！我是真心给你！"

春妹说着说着，靠近了岩娃，把衣服解开，那对白白的奶子露了出来。

"不要这样！不要这样！"岩娃慌了手脚，退了好几步。当退到没有地方退的时候，春妹将他一把抱住了，抱得紧紧的。那一对面包一样的奶子触到他的身上。异性之间的接触，使得岩娃控制不住自己了。然后，两人进了云里雾里……

兴奋的时刻过去后，春妹偷偷回到姨妈家里，把自己的衣服带上，来到核桃湾。这一夜，她是和岩娃在核桃树下度过的。

第二天早上，大牛从排棚里搬出来，到另一挂排棚住去了。人们看见，第一挂排棚晒衣服的竹篙上，有了一件花衣服。

木排到黔城后，李锦交了税钱。他拿着王局长的令牌去土匪头子潘云飞那里拜了码头。顺便提前送去潘云飞五十大寿的贺礼，因为寿辰那天他没时间去。

潘云飞是黔阳中方人，此人曾在国民党川黔军队里当过营长、团长，后来回到老家，加入红帮楚汉宫寨主龙头大爷杨永清的队伍里，当了副寨主，在帮内混了两年后，就拉起了中方潘姓土匪队伍，已发展到了七八百人，有七八百条枪。

两个月后，悬崖寨的木头全部运到了洪江。李锦继续当围量手，大牛量头，岩娃量尾。李锦凭着在曾四爷木牙行当了三年经纪人的经验，将木头一手卖给了一个花帮水客。这样，他省了一笔钱，水客也同样得利。李锦把刘尉君的三千元银圆还了，把肖有财五千元银圆的山价付了，把曾四爷遗孀马氏手里的一千元银圆欠条拿了回来。除去所有开支，纯赚了一万元银圆。为以后的经商路打下了较好的基础。

晚上，李锦分别给向县长、陈师长、王局长和汤局长各送去一百元银圆。

第十一章
当水客宏图大展　售苗木稳步前行

两年后，李锦父子当水客了，钢戳斧印为"李锦记"。他们自己找包头，将苗排改编成洪排，直接运到汉口、南京、镇江、南通等商埠销售。

岩娃当了"文管事"，负责财会结算、交际应酬等工作，他算盘也能打五位数的除法了。跟他私奔的春妹生了一个男孩，叫三毛。至于岳父岳母那边，在三毛满周岁那天，他拿着两百元银圆，和春妹去了一趟麻雀寨，看着很活泼可爱的外孙，岳父岳母无语了。那银圆，岳父只收了一百元，也算是没有白养春妹。

大牛当了"武管事"，负责验收、质检、筹划编扎、航运、保安等工作。李锦要他喝酒有节制，不能再喝多了。还教他识字写字，把生意场上的常用语教给他。另外，还给他说了一门亲事，那姑娘是余家冲明石匠的女儿，叫明小花，双方说好今年农历腊月初八办喜事。

吃过早饭后，李躬厚带着武管事大牛去篾缆厂、撬棒厂和铁匠铺联系业务了。

他们来到了大湾塘篾缆厂，几个胸前围着粗布围巾的篾匠正熟练地剖着篾，他们将一根根菜碗粗的楠竹，用锯子锯掉刀砍过的部位后，就将刀对着锯口中心位置，手掌往刀背用力一拍，竹筒开出一道口子来，随即两只脚踩在口子上，双手用力一掰，竹子成了两半，然后将一半剖成二分之一，接着又是二分之一、二分之一地剖下去，一直剖到两指宽为止。剖下来的篾，第一层为青篾，后面三层是黄篾，即一黄、二黄、三黄。青篾坚韧，质量最好，一黄第二，以此类推。临江面的栏杆上，织缆人将十二片薄薄的篾交叉织着。青篾耐磨，必须放在外面。正在编织着的篾缆顺着织口处的空竹筒向下垂，垂下来的篾缆在地面随着编织人的手势，慢慢地形成了一个圈，篾缆卷到一定程度的时候就用刀砍断，包好，将其丢进石灰水窖里浸泡。浸泡能起牢固和防蛀虫作用。一个星期后拿出来，入库。

见李躬厚和大牛到来，篾缆厂申老板亲自出来迎接。篾缆厂是老字号，是祖传下来的。在洪江，什么时候有了洪排，什么时候就有了这篾缆厂。洪排扎得牢不牢，就看篾缆的质量好不好了。

在会客室喝过茶后，申老板把李躬厚带到仓库里。仓库很大，库存不多。李躬厚按顺序点了五十卷，并在账单上签下自己的名字。

两个勤杂工用杠子将一部分篾缆抬上了小船，李躬厚和大牛准备乘船走，可申老板说什么也要留他们吃了中饭再走。盛情难推，李躬厚和大牛只好从命了。

李锦父子的事，在洪江木商中早已传开，申老板知道李锦父子当山客后，过不了多久就要当水客的，现在验证了他的话。他知道李躬厚卖了一百石桐籽给刘尉君，因此得罪了明德油号老板朱胖子。也知道朱胖子手下的"一棍子"在永庆油号榨油坊里做了手脚，幸亏涂师傅的姨侄来劲及时发现，使"山花"牌洪油未受损失。他认为李锦父子、刘尉君、刘荣昌等人都是守信誉的商人。

在篾缆厂吃过中饭后，李躬厚和大牛来到洪江码头对河岸的川岩撬棒厂。撬棒原材料是从密岩峰山上砍下来的，是枳木树、尖栗树、狗脚木和白炭树等杂木。跟篾缆一样，撬棒也是编扎洪排的主要材料之一。如果材料选不好，排同样会打散的。这撬棒厂虽然规模小，但它的历史跟申老板的篾缆厂一样，也是什么时候有了洪排，什么时候就有了这撬棒厂，因此在洪江木商行业中，撬棒厂有一席之地。

买了撬棒后，李躬厚和大牛同样在撬棒厂宋老板那里吃了晚饭。

撬棒的事办好之后，就是买蚂蟥钉了。蚂蟥钉有拇指粗，七八寸长，两头的两寸处弯成九十度。由于是两头钉，洪江人称之为"蚂蟥钉"。打蚂蟥钉的铁匠铺开在巫水河边的田湾，铺里的文铁匠是宝庆人，所以他们说起话来就更随便了。

岩娃、大牛虽然当上了文管事和武管事，但他们依旧在重阳溪木排上量着木头，大牛量头，岩娃量尾，李锦量直径。量好之后，就由大牛在木头的头部打上钢戳"李锦记"斧印。然后，就交给包头周老满了。

周老满和岩娃是老乡，说着一口麻阳话，他四十四五岁，从小在麻阳河里长大。周老满身材匀称、健壮，仪表堂堂，落落大方。也许是常年在河里的缘故，他的皮肤被太阳晒得黝黑黝黑。十五岁那年，他就跟着麻阳老乡上洪江放排了。沅江以滩多、滩长、滩险、滩陡著称。从洪江到常德，哪些地方滩多、哪些地方滩长、哪些地方滩险、哪些地方滩浅，周心里都清清楚楚。正因为如此，李锦父子才选中他当包头。周很干脆，包工不包料，所以篾缆、撬棒、蚂蟥钉等材料得由李锦父子自己买。

编扎洪排的人，在周老满的统一指挥下，各司其职。排走得好不好，关键的是木匠师傅做的橹和桨，而罗木匠的手艺堪称一绝，他所做的橹和桨在洪江数一数二。舵掌得好不好？就看橹结不结实。梢撩得稳不稳？就得看桨灵不灵活。

几十个人在水里在排上用篾缆将一根根木头围着，用撬棒插进篾缆里，在统一的号子声中使劲地绞着，一直绞到没有一点儿松动为止。排的两头和关键部位都钉上了蚂蟥钉。

编扎排的号子声、木匠的斧头声和钉蚂蟥钉的声音形成了一个个美妙的音符，久久地在沅水上空盘旋着。

排棚是放排人的家。夏日里，沅水上的风凉快得很，打排棚时要把通风的因素考虑进去。入秋以后，沅水上的风渐渐变冷，到了晚上只得待在排棚里了，因此也得把防寒的事考虑好。

十多天后，一挂七丈长，三十四尺宽的引水排和三十二尺宽的梢排编扎好了。两挂为一连，两连为一个头，一个头在二百五十两至三百五十两之间。

两个月后，已编扎好了十二挂洪排，共有一千二百多两。周老满对他们进行了分工，一部分人编扎排，一部分人随他放排。

今年的端午水比往年来得早，小满过后，黔东南和邵阳城步、绥宁一带一连下了好几天倾盆大雨。洪江川岩沅江中的石碇被水淹了，这就是一年中难遇的"芒波水"[1]，排趁着芒波水放下去，当天可以到常德。不过，这一放排就像脱缰的马，很难靠岸。因此，包头周老满不敢冒这么大的险。只好等芒波水过了后，走"土槽水"[2]。放排人以川岩沅水中的石碇来判断涨水的程度。

在重阳溪李锦的木排上，陈本情找到周老满，说是去洞庭宫祭祀洞庭龙王爷，以保佑放排人水路平安。自他在悬崖寨施法失灵后，很少有人请他了。

1　芒波水：指特大洪水。

2　土槽水：一般的正常航运道。

当周老满问他要多少钱时，他回答十元银圆。

十元银圆对洪江大商人来说算不了什么，可对包头来说高了一点。周老满为难了。沅江上有首"三脑九洞八十滩，滩滩都是鬼门关；纤夫命薄多辛苦，只望龙王保平安"的歌谣。不祭祀吧，又怕在河滩上触上暗礁，出了事，担当不起。祭吧，这十元银圆实在让他心疼。

"能不能少五元？"周老满还价。

"这是求神，不能还价！"陈本情一本正经地说，他的表情严肃得像老师批评一个不懂事的孩子似的。

"少两元？"周老满显得很可怜。

"你可以找李锦老板要，他现在是水客了，这一点钱还不舍得花？"陈本情说。

"可是我们的合同上没有写这笔开支。"周老满说。

"他很大方，我在悬崖寨施法求神降雨，他出手就是十元银圆。"陈本情说。

陈本情之所以找周老满提出求神的事，是他不好意思找李锦了。

正当周老满为难时，李锦走了过来，二话没说给了陈本情十元银圆。

"哎哟，李老板，您真是慷慨大方，洞庭龙王爷一定会保佑您的木头顺利运到目的地的。"陈本情欣喜若狂。他知道李锦会出这十元银圆的。

大湾塘上面有一座像鹅的山，洪江人称这里为"鹅形"。这鹅形，头顶老鸦坡，背靠朱砂井，脚踏沅水，是一块难得的风水宝地。因此，常德商人在此地修建了一座为放排人保平安的洞庭宫。两人合围涂过红漆的洞庭龙王爷的雕像竖在宫殿中央。每年农历六月初六，放排人都要来这里烧纸烧香，恭恭敬敬地给洞庭龙王爷鞠三个躬，磕三个响头。

陈本情穿着那件蚊帐大的黄道袍，头上仍旧戴着顶上横贯一根簪子的黑色方巾帽，脚上仍旧蹬着那双半新半旧的洋皮靴来到洞庭宫了。与往日不同的是，他今天不带那条长长的"神鞭"，而是拿着一本小小的经文。

几十个放排人分六排站在洞庭龙王爷的雕像前后。陈本情站在龙王爷雕像旁边，开始念经文了：

水道东行，宜到洞庭

龙王护道，赶走乌云

天顺地利，人天合一

求神祈福，一路安宁

……

　　陈本情的手示意一下，几十个即将出征的放排人虔诚地向洞庭龙王爷拜三拜，然后齐刷刷地跪下来。

　　这些放排人大都是来自黔阳、会同、辰溪、麻阳等地的农民。他们一个个都是从小在河里长大的，凭着一身绝技，干起了一般人不愿干也不敢干的放排活，风里来，雨里去。自从放排的那天起，他们就不把自己的命当回事，一切都由老天爷来安排。因为沅水哺育他们成长，并养活他们一家妻儿老小，所以他们爱这充满着野性的沅水，就像爱母亲一样。同时，他们也恨沅水无情，担心沅水突然化身为一只无情的猛兽，夺走他们的生命。曾经有很多很多放排人命丧沅水，有的连尸体都没找到。

　　当陈本情把经文念完之后，排工们的脚不说是跪，就是站，脚都站麻了。只见他们起来的时候，一个个喊着哎哟。对他们来说，脚跪麻了不要紧，只要洞庭龙王爷能保平安就行。

　　接下来是给洞庭龙王爷敬香，只见他们一个个手里拿着一炷香，跟在周老满的后面。

　　滩头河边，有一个清同治十二年（1873年）设的"竹木税卡所"。民国以后，这竹木税卡所依旧设着。所交的税是产销税、印花税、落地税、义勇捐、团防捐、护送费、划子费等一大堆名目，有的税明知是重复，但还是得交。

　　李锦吃过早饭后，来这里交税钱了，好在他开张时请汤局长和他手下的几个要人吃过饭，汤局长手下人对他还算客气，免了几项重复税。这就是唐德忠当初要把税务局另外几个要人加上的原因。

　　拿到"通行证"后，木排就要发出了。

　　重阳溪水域，吊在竹竿上的一挂长长的鞭炮响过后，随着周老满的一声"开排啰"，一挂挂洪排缓缓地进入了土槽水。

　　李锦带上纸伞，和周老满坐在最前面的排上。周老满时刻观看着河水航道。李躬厚也带着纸伞，跟岩娃、大牛坐在最后一挂木排上。下了茅州后，排工们进入了自己的天地王国里，一个个像脱缰的马，一下子活跃起来了，于是就把

《沅江路形记》唱起来：

> 天柱峰下水清秀
> 一眼告别望江楼
> 要呷柚子去沙湾
> 倒挂金钩下河滩
> 要呷茶油新路河
> 下面不远是高头
> 美女筛酒粟溪口
> 龙的舌头在里头
> 雷迥卡洞一蓬风
> 青浪庙里杀鸡公
> 仙鹅孵蛋夷望溪
> 伙计神仙来下棋
> 下面就是桃花洞
> 洞里菩萨不要哄
> 常德坐在德山头
> 岳州过去是澧州
> ......

　　这歌两句为一个韵，都是排工们自编的，唱着它，排工们的劲一下子爆发出来了，再大的困难也不怕。

　　排，一连接一连，有序地向前航行。两个摇橹人面对面地站着，将橹在水中一划一划地摇着；有时，橹在水中划成弧线，而他们的双脚离开了排面，身子悬在橹上，像飞人似的腾空操作，那动作熟练、均匀、优美、柔和、有力。年复一年，他们就是这样不分春夏秋冬地摇着。

　　从洪江到常德有上百个险滩，上千个暗礁。其中有神仙壁、牛屁股、黄狮洞等神鬼都怕的绝地。真是：沅水河上滩连滩；滩滩都是鬼门关。

　　"下青浪滩了！"第一挂排的摇橹人发出"庄严"的号令。

　　青浪滩是沅江流域最险、最狭长的滩，号称千里沅江第一滩，全长十二千米。两岸是青黛色笔陡的岩山，河床狭窄，礁石林立。充满野性的沅水奔流到这里后，受地形环境所控制，那滚滚浪涛如同飞天瀑布，一泻千里。急浪所卷起的漩涡，很深很深，犹如无底洞；急浪像是一只疯狂的野兽，随时都在吞噬过往这里的排工和船夫。

忽然间，从岩洞里飞出来了十几只岩鹰，盘旋在排工的头上，嘎嘎嘎地叫着，这叫声预示着它们要东西吃。

周老满凭自己多年的经验，把排棚里晚上要吃的猪肉拿出来，摆在砧板上，用斧头使劲地剁碎，捏成小肉丸，像仙女散花似的向空中抛去。

一只只岩鹰在空中用绝技吃着周老满所抛出来的肉丸，有的肉丸落在排上，它们却毫不害怕，像喂熟了的家鸡似的在排上吃起肉丸来。

不知什么时候，从另一个山岩洞里又飞出来十几只岩鹰，李锦也帮着抛了。

所有肉丸都抛完了，可是后来的岩鹰还没吃饱，它们仍旧嘎嘎嘎盘旋在排工们的头上，还想吃。

周老满没办法，对着岩鹰长叹："我们所有的肉都拿出来了，都给你们吃了，请你们行行好，不要再叫了！"

岩鹰仍旧在排工们头上盘旋，嘎嘎嘎地叫着，那声音如同送丧的唢呐声，凄凉悲哀……

青浪滩上的岩鹰，有时出来，有时不出来。它们出来的目的，就是要你喂东西，满足了它们的食欲后，就走了。这样，排工就能集中精力划排。如果你满足不了它们的食欲，它们就会叫得让你心慌意乱，乱了阵脚。一些初次下河的排工，就是因此乱了操作规程，慌乱中丧了命。不过，对常年在沅江上放排的人来说，都已经习惯了。

在这千钧一发之际，周老满突然连喊"呦嚯！呦嚯！呦嚯"，把《沅江号子》唱起来，用它来鼓劲！壮胆！霎时间，排工们跟着他唱起来：

呦嚯！呦嚯！呦嚯
呦嚯咯，呦嚯咯

咦呦！咦呦！咦呦
咦呦咯，咦呦咯

吆喝！吆喝！吆喝

吆喝咯，吆喝咯

……

这号子没有歌词，它是排工们在惊涛骇浪中，在同大自然博弈中，在长时间的重体力劳动中发自内心的呐喊声，凄凉婉转，但铿锵有力。

这号子，随着木排的移动，在一段峡谷里回响一阵之后，慢慢地消失了。然后，在下游，新的回响声又有了。只要急流险滩还有，这号子就不会停！

摇橹人唱着这号子，有使不完的劲，橹随着他们的手上下摆动着。有时，他们像一只只飞着的银雁，在向大自然挑战！唱着这号子，急流险滩一闪而过。后面的撩梢人全神贯注地撩着梢，把排稳稳地控制着。几米高的浪花，落在他们漆黑的油光光的身上，而他们一个个都像是巨人似的，一点儿事都没有。

过了青浪滩后，山慢慢低落，水天开阔起来了，一切归于平静，排工们终于松了一口气。

总的来说，十二千米的青浪滩还算过得顺利，太阳还没有完全落山，排就到了湾排的牛角坳，随着周老满的一声令下，排湾了下来。

一缕青烟从排棚边升起，由于猪肉全都喂了岩鹰，排上只留下一些蔬菜了，这一晚大家只好将就一下。下一站是在沅陵歇脚，在那里不愁没有东西吃。

大牛白天在排棚里休息，晚上在排上巡逻。时间已过午夜，正当排工们进入梦乡的时候，一条小木船从河对岸划过来，大牛开始以为是打鱼的渔船，也就没在意。哪知那船直接朝木排这边划来，月光下，看见他们拿着斧头和枪。

此刻，大牛意识到船上的人是青浪滩的土匪，于是就把随身带的牛角号呜呜呜地吹起来。

排工们听见牛角号声后，都一骨碌爬了起来，一个个手里拿着一根撬棒。

河对面岸，一下子出现了七八十人，都在吆喝着，有几个还朝天放了几枪。领头的人叫赵疤子，他一脸横肉，牛高马大，脸上充满着杀气，一看就知道是一个杀人如草的家伙。

船上的土匪上了木排后，都是一副饿虎饥鹰的样子，但他们看到排工们手里都拿着撬棒时，又不敢轻易下手。

小船掉头，向河对岸划去。

岸上的土匪都在使劲地喊，要划船的土匪动作快些，只怕快到嘴里的肉跑掉了。

此时，排上有一个拿着斧头的土匪偷偷地向排边走去，双手扬起斧头，准备砍篾缆，忽然，他右手被周老满抓住，斧头随即落在排上。土匪的两只手还扭不过周老满一只手。

这时，李锦对岸边的赵疤子喊话："对岸那位兄弟，我叫李锦，是从洪江下来的，我手里有王局长的'令牌'。"

对面的赵疤子对李锦不熟悉，但听说有王局长的令牌时，就要排上的土匪辨认那令牌是不是真的？

排上的一个土匪拿着令牌，用手摸了摸，对赵疤子说："赵爷，是真的。令牌的左上角刻着一个'王'字，是王局长发的。赵爷。"

赵疤子听了是真的之后，两手抱拳，说："李老板，对不起，打扰了。"

就这样，一场险情竟被一块用竹子做的令牌给化解了。

在这里要说一句的是王局长很有心计，那个"王"字就是暗标记，如果不是用手摸，看是很难辨出来的，就连李锦也不知道这个秘密。

此时此刻，李锦才知道宝庆会馆值年人唐德忠为什么当初要把团防局的几位要人都请来吃饭的缘故。唐德忠真是各方面都考虑得很周到。

天麻麻亮后，排工们就起来了，大家都想早早地赶到沅陵城。

周老满和李锦在排棚边做着早饭。当他们把饭菜做好的时候，排已下去了十多里。这是一段比较平缓的水域，为了赶时间，排工们轮着吃饭，一连排只留着一人划。

太阳还没落山的时候，排就在沅陵湾下了。

在沅江流域中，沅陵算是座古老的城市，西汉高祖五年（公元前202年）就置沅陵县了，历为郡、州、路、府、道所在地。这里的酒店、客栈、戏院都很大，商店里各种各样的生活用品应有尽有。

岩娃去市场上买油、盐、米、菜，下一站买东西是桃花洞，所以他得把到桃花洞的生活必用物资都买好。

李锦则去税局交税钱了。这里跟洪江一样，要交产销税、印花税、落地税、义勇捐、团防捐和护送费等税钱。除此之外，还加收了几项地方上的土税钱，为图个吉利，李锦不跟他们理论，只当是买路钱。他不知后面还有多少地方土税要交？拿着税单，他一声叹息！做生意也真不容易！

这是他们自洪江下来后最丰盛的一顿晚餐，沅陵市场上所有最好吃的最贵的东西，全买来了，这一餐是平时三天伙食开支的总和，真是打了一次大牙祭。因此，大家也就多喝了几杯酒，就连平时不大喝酒的李锦父子，也陪着大家喝了两小杯。他们一个个喝得醉醺醺的，走起路来，身子轻飘飘的。

酒足饭饱后，周老满独自去沅陵街上了，他要去看寡妇张秀芝。张秀芝的丈夫跟他是拜把兄弟，几年前因排触上暗礁送了命。从那以后，张秀芝带着她三岁的女儿在这里开着豆腐店，虽然辛苦，但日子还是过得去。张秀芝身材瘦长，面貌清癯，性情温厚。由于长时间地推磨盘，手掌心的老茧很厚。看着她很辛苦，周老满劝她好几次，要她再找一个人。可她就是不听，她想做周老满的二房妻。

"朋友妻，不可欺。"周老满始终坚守着这句"格言"。

见周老满来了，张秀芝欣喜若狂。他每次来，都要带上十元银圆，说几句话之后，就匆匆地走了。这次也是如此。

正当他要走的时候，张秀芝把他拦住，说什么也得吃点东西再走。当她那双水汪汪的眼睛正面注视着他的时候，他把头低下，坐在凳子上，不敢正眼看她。好厉害的一双眼睛啊！

"我给你炒两个菜。"她笑了，笑得很灿烂，很开心，就像一个寻宝人得到宝物一样。

菜炒好了后，张秀芝给周老满筛了一杯酒，给自己也筛了一杯。

女儿已在隔壁房里睡着了。

本来，周老满在排上已喝了一斤多白酒，在这里又喝了三杯，他控制着自己，不能再喝了，再喝下去，可能回不去了。

张秀芝也多喝了一点，竟借着酒兴把手臂伸到他的手腕上，要跟他喝交杯酒。

此时，周老满明显喝多了，他没拒绝，把手伸过去，又缩回来。当他的手腕碰着她那软绵绵的奶子时，他心里痒痒的，按捺不住激动的心情。

他大脑一片空白，朦朦胧胧。

张秀芝把他扶到床上，先是脱掉自己的衣裤，然后再去脱他的衣裤。出于原始的本能，他迷乱地压在她的身上了。她把眼睛闭上，尽情地享受着作为女人应该享受的幸福……

这幸福她早就想在他身上享受了，可他一直不同意。现在，她终于如愿以偿了。

午夜后，周老满醒了，他很后悔自己不该做出对不起拜把兄弟的事来。

"周大哥，是我自愿的，你不要怪自己。"张秀芝倒在周老满的怀里。

"我不是人！我不是人！是畜生！"周老满打着自己的脸。

"周大哥，你知道吗？自从我丈夫死后，只有你每次来这里看我是真的，还给我银圆。你知道吗？你们放排的，也有些人来我这里，但他们不是看我，是想睡我。他们把我当窑子里的人了。可我不是！他们说肥水不流外人田。只有你把我的丈夫当拜把兄弟！"

"这些畜生，他们叫什么名字？"

"你不要问，知道就行了。你有好几次说要我再找个男人，可我找的就是你！我就是要做你的二房妻！我心甘情愿！找了你，我再也不怕他们了。你知道吗？我每天晚上都是提心吊胆的，只怕有人来。"

此刻，周老满把挂在脖子上的他奶奶给他的刻着"长命富贵"的小零钱取下来，戴在张秀芝的脖子上，说："这是我的'护身符'。从现在起，谁敢再来，你就把它拿出来，就说你是我周老满的人了。如果谁不服，就别想在沅江河里混！"

就这样，他们进入了第二次高潮……

当周老满和张秀芝进入第二次高潮的时候，木排上只有李锦、李躬厚、大牛和岩娃。其他人不是在剧院看戏，就是进了窑子。

后生们一个个都是戏迷。周老满平时也是个戏迷，看着他走后，后生们就跟在后面，以为他是去看戏。哪知道上了街之后，他进了一条小巷。

"这人也不正经了。"后生们这么议论。

对于年轻人来说，他们只要能看到一两场戏就满足了。对结了婚的人来说，老婆不在身边，借着酒醉，花几十个铜毫去窑子里，在那肮脏的臭烘烘的床上发泄一番，也是很正常的事。因为在沅江河里，明天将会发生什么？是死？是活？谁也不知道！谁也不敢打赌！他们想：只要此时此刻能尽情享受就行了。

当周老满回到排上的时候，那些去戏院和窑子里的人早已回来了，但都还没睡，聚在一起，谈论着各自的享受。

后生们说沅陵的戏比洪江的戏好看。

从窑子里出来的人说还是自己的老婆好，而窑子里的人只认钱！不认人！只希望你快点把"骚"放出来，然后好去接另一个客。

周老满对他们的议论只是微微笑一笑，他还沉浸在跟张秀芝做爱的快乐之中。跟进窑子里的人相比，他算是真正享受到爱了。

天麻麻亮的时候，排工们又起航了，现在他们盼望的是快快地到桃花洞，因为那里也有戏院和窑子。

排过了桃花洞、河㳇、德山后，就进入了号称八百里的洞庭湖，周老满和排工们的任务已完成，他们便搭上洪油船逆水回洪江了。

排得改成七丈长，六丈宽，十五层厚（竖十横五）的"拖挂排"[1]。

李锦父子、大牛、岩娃得跟常德包头敖大江打交道了。比起周老满来，敖大江阔气多了，他有一台拖轮，来往于汉口、南京、镇江和南通之间。敖大江的体型就像一个高大的模特儿。

拖轮在汉口码头停了下来，李锦对敖大江说："敖老板请等一下，我们要看看这里的行情如何？要不然，还得去南京、镇江或南通。"

敖大江没说什么，他只按天数收钱。

大牛在拖轮上守着排。

李锦去税务局缴税了。

李躬厚和岩娃到市场上去了解行情了。当了解到南京的行情比汉口好后，李躬厚果断决定去南京。

到南京后，有人说镇江的价格还要好，李躬厚想去试试。

这时，李锦有点担心，不敢冒险了。可是李躬厚坚持要去，他说他在唐德忠的布店里学徒时，跟着师傅去过镇江，对那里的情况熟悉得很，如果南通价格好，他还打算到那里去。

结果，他去了南通。

李躬厚对客户说他的木产于贵州苗岭。货比三家不上当，内行人一看，就知道这是正宗的苗木。这苗木清朝时期被称为"皇木"。消息传出后，有好几个大老板来买了，见他们争着买，李躬厚随即把价格抬了起来，抬得比市场

---

1 拖挂排：在洞庭湖和长江里跑的特大排。

价高百分之二十。最后，一个天津的金老板一手将这一千二百多两全部买下。总共卖得一万元银圆，除去山价、工钱、税收、运费和所有开支外，这一笔生意纯赚五千元银圆。如果这木头卖在汉口，最多也只卖得九千元银圆。虽然卖到南通要辛苦很多，但能多赚一千元银圆，还是值得的。当李躬厚说还有七千多两木头在洪江时，金老板当即跟他签订了销售合同，分两次运来。

李锦看着这一切，不得不佩服李躬厚了。

木头卖完后，李锦留下，李躬厚、大牛、岩娃乘洪油船回洪江了。

两个月后，李躬厚、大牛、岩娃随木头来到了南通，按合同将三千五百两木头卖给了天津金老板。这一次他少走了很多弯路，由于跟周老满和敖大江两个包头都配合得很好。所赚的银圆比上一次还多一千元银圆。

四个月后，在洪江的木头全部卖给了金老板。总共算起来，除了所有的开支外，纯赚两万元银圆，这跟李躬厚当时所想的是一样的。

现在，李锦已成了洪江有实力的水客了。

回来的时候，李锦一行在南京住了两天。李躬厚对南京布市很熟悉，他建议父亲在布市场上进些厂呢、哔叽、士林、呢绒等高档布运回洪江，这想法跟李锦的一样。于是进了一批货，雇人搬到了洪油船上。

大街上，一些进步学生在演讲，在唱《松花江上》："我的家在东北松花江上，那里有森林煤矿，还有那满山遍野的大豆高粱……"那忧伤的歌声感动得很多人流下了泪水，也有一些人朝学生身前丢下一两元银圆或纸币，李锦一下子竟丢了两枚五元的银圆。

在洪油船上，李锦意外遇到了永庆油号老板刘尉君，他是从上海来的，现在乘洪油船回洪江。他们有两年多没见面了，在这里意外相见，两人心里特别高兴！特别惊喜！刘尉君班荆道故，告诉李锦："我今年的收入很不错。这次又跟上海老板签订了新合同。今年的桐籽比往年多，滩头的榨油坊忙得很。锦屏榨油坊里，来劲管理得井井有条。来劲的老婆阿香生了个女孩，小两口儿日子过得甜甜蜜蜜。悬崖寨的乡亲也很好，他们把桐籽一担一担挑到榨油坊，我要来劲按市场价每石多给一元银圆，可他们说我是你的好友，不能多要。他们说是你要他们捡桐籽的，还建议他们栽桐油树，他们栽种了，有的已挂果。他们说你给他们带来了生活出路，拿出一百元银圆，把'天梯'路给改好了，他们现在出行方便多了。由于路好走了，肖大山的老婆兰花把十几个盘古寨的姑娘介绍到了悬崖寨。现在悬崖寨的人都说你是大好人！大恩人！我也得谢谢你，谢谢你帮我把锦屏的榨油坊建起来，还介绍人来干活。"

李锦说："不要这么说，在我起步的时候，是你帮了我，如果你不借给我三千元银圆，我绝对不敢当山客。"

刘尉君说："你儿子很有眼光，当山客是对的，只有当了山客，才能慢慢地当水客，他这一步走对了。"

李锦说："这也是，他所想的比我所想的要多，要广，这次进布匹，也是他主动提出来的。通过这几次卖木头，我看到了外面的世界，接触了新事物，什么救国啊！募捐啊！眼界开阔了。同时也担心日本人正在侵略东三省的事。我下一步还是打算去悬崖寨买木头，像现在这样，直接卖到南通去。"

刘尉君说："我老了，干不起大的了，现在只要守着那两座榨油坊就行了。儿子还有两年博士后就读完了，等他回来，产业就交给他了。"

洪油船从长江转入了洞庭湖，然后又进入沅江，逆水而行。

从上海、浙江、江苏、安徽、湖北等地来的货船都进入沅江后，首尾衔接。航行中，最大的是方头的，两头翘得很高很高，有上下两层，大得如同一座房子的洪油船。

洪油船上滩时，四五十个拉纤人肩背搭带，排成好几排，在礁石滩上，在人工开凿出来的不到一尺宽的羊肠小道上，手脚并地像壁虎一样地爬行。他们嘴里喊着：

嗨——嗬，嗨——嗬，咯咯咯，嗨，咯咯，嗨——咯。呵嗬，唬，嗨——嗬，唬，嗨——嗨——嗬，咯——咯——咯……

开始，这号子声音的回声显得有点儿嘈杂，但它跟其他船上的纤夫所喊出来的号子声汇合在一起的时候，便形成一个庞大的合唱。最后就结集成为一个单一的回声，音域也逐渐增大，把整个沅江弄得摇摇晃晃的。随着洪油船远去，回声慢慢地小了，变成一个微弱的音调，在空中盘旋，像一支催眠曲，直到逐渐归于平静。

在另一个地方，又有了这回声。

两个多月后，洪油船终于到了洪江。两个多月来，李锦和刘尉君过得很开心，真是无话不说。

李躬厚将从南京买来的布，按进货价全部卖给了唐德忠。唐德忠也正打算去汉口、南京进货，李锦的到来，使他省了一趟路费钱。当唐德忠要加一点钱时，李锦把他的嘴塞了。他是在报唐德忠的恩。

李锦又分别给向县长、驻军陈师长、团防局王局长和税务局的汤局长，每人送去了一百元银圆。这些贪官、军痞、污吏断定李锦这次又要发大财，都早已盯上了他。

第十二章
福永来烟雾昏暗　风和院地狱号哭

　　农历腊月初八快到了，这两天大牛和小花正忙着办婚事，岩娃和春妹也都来帮忙了。

　　新房设在余家冲刘尉君的刘家大院窨子屋里，这是刘尉君看在李锦的面分上，让他们住的，并说他们要住多久就住多久，而且不收房租。

　　在洪江的窨子屋中，刘家大院算是豪宅了，霸气。整个屋为斗拱结构，砖木结构，青灰色防火墙高于屋顶，屋顶呈四方形，如同一个倒着的斗。下雨时，屋檐水内流入二楼檐笕里，顺着檐笕流入四个角落特制的下水筒，再进入阴沟。沿着八个石阶上去便是大门，大门两边的照壁呈"八"字形，寓意发发发。为使大门不受日晒雨淋，上面加了一个别致的顶子，这顶子给门增添了一道美丽的景致。两扇大门用铁皮包裹，铁皮上密密麻麻镶满了防火防盗的乳头钉。大门进去是四方形天井，防滑青石板铺满地面。屋内的阳光是从天井射进来的。二楼轮廓为虎脚形，飞檐翘角，雕龙画凤。用四块青石板砌成的长方形水缸立在天井中央。水缸正面刻着"不易消除惟客气；最难周到是人情"对联，从对联能领悟到主人的为人处世；左面刻着红梅、兰草、菊花和竹叶，以示四季常青；右面刻着龙腾鱼跃，象征生意红火；后面刻着五只蝙蝠（福），寓意吉祥。缸里有十来条红金鱼成天清闲无忧无愁地游来游去，缸里的水总是满满的，遇到失火时，水可应急，因此洪江人称之为"太平缸"。

　　一楼中间为客厅，神龛上摆着祖宗留下的鼎彝，鼎彝两边排列着刘家祖宗灵位。一副"五代鼎彝昭日月；一堂图画灿云霞"篆体对联镶嵌在神龛两边牌匾里。整个客厅贴满了历代忠良、孝贤的画像和洪江本地文人墨客所撰写的诗词对联。客厅两边为住房，各有三间，后面是厨房，七孔灶烟囱呈楼梯形伸出屋顶，屋顶上十几块玻璃瓦围绕烟囱盖着。后门角落是楼梯，下面有一个小厕所，防火墙上开了一个小窗，以保持厕所有足够的空气和阳光。屋后是花园，园中花香草青，鹅卵石小径围绕着水池，池里的红金鱼在荷叶中穿梭。楼梯拐弯后上了二楼，二楼有八个房间，每一个房间的防火墙上开了木窗。三楼为晒楼，南北间天桥连接，从远处看来，这晒楼像是一个观景亭，西面的老鸦坡、北面的密岩峰、东面的天柱峰、南面的尖坡以及沅江、巫水，都在眼里。

大牛的新房，是二楼靠沅江边的那两间，一间卧室，一间杂房。卧室窗明几净，透过百叶窗，能见沅水。

结婚那天，除了余家冲的手艺人、丐帮帮主王老大、码头上的几个装卸工和搬运工外，没请别的人。只有烟馆老板张开笑和风和院余老板不请自到。

凡是来喝喜酒的人，多少要送一个红包。只有张开笑，不但不送红包，反而带来好几个手下人，像要跟谁打架似的。用他自己的话来说，这喜酒不会白吃，是要还礼的。如果大牛去他烟馆里吸烟，他分文不收。他就是惯用这种方法，吸引着一些根本不想去的人。

余老板的一张风和院帖子算是礼物了。

酒席上，明石匠喝着喝着心里就来火了，他认为张开笑不应该吃霸王餐，自己吃了不算，还带着手下的人来吃，真是欺人太甚。明石匠酒喝多了，把憋在心里的话全说了出来。

倒是他女儿明小花安慰着他："爹，他不是为了吃这一餐饭而来的，他是认为大牛当了李锦老板的武管事，一个月有五十元银圆，想引诱他去他的烟馆里吸烟。大牛不会上当的，您就放心吧。"

明小花是一个聪明而又善良的姑娘，柔媚的眼睛上罩着长长的睫毛，两根密黑的辫子，搭在嫩柔的肩上，脸上的皮肤，特别是袒露着的细瘦的然而有肌肉的美丽的手臂上和脖子上的皮肤，是白色的。她那薄薄的嘴唇流露着愉快和纯洁。她的言行总给人一种很亲切的感觉。

听女儿这么说，明石匠也就不说什么，放下了酒杯。他把女儿一直视为身上的一块肉，从没打过她骂过她，对她总是百依百顺。

明石匠老婆死于难产，是第二胎。本来要去医院生的，可他老婆为省几个钱，说请个接生婆在家里生就行了。结果，接生婆还在路上，他老婆就死了，肚里的孩子夭折。为这，明石匠恨自己当初不果断，如果送医院生，老婆和孩子肯定不会死的。

老婆死后，明石匠曾经找了一个女人，叫白青青，长得细皮嫩肉，平时喜欢梳妆打扮，脸上的粉糊得像一道墙，两颧的胭脂和嘴上的口红涂得血一样，还用铅笔画了眉毛，眼眶周围，也淡淡地染成草绿色。白青青从不做家务事，家里所有事都是没满十岁的小花做，而她却整天泡在朱胖子的赌馆里打字牌。最可恨的是：她打牌只要输了钱，就找小花出气，说小花家务事做不好，动不动就打她，往死里打。她骂小花也厉害，什么难听的脏话狠话都骂得出口。为此，明石匠也劝过白青青，劝她不要打骂小花，可是白青青不但不听，反而打得越重骂得越厉害了。见白青青如此蛮横无理，他一气之下，按她的要求赔一百元银圆，跟她分手了。白青青说一百元银圆是名誉损失费。其实，她到这里来，是第三次嫁人了。白青青跟朱胖子赌馆里的人有勾搭，自甘堕落，已成为残花败柳，怕他们来找麻烦，明石匠愿赔一百元银圆。

李锦来做媒时，明石匠没提别的要求，只要大牛对小花好。至于彩礼，他没提，大牛愿给多少是多少。反正他一个人过，自己还能干活，吃喝足够了。

大牛和小花给张开笑敬酒了，只见张开笑咧开嘴，露出两颗金门牙，一副佛口蛇心的样子："大牛兄弟，你要来我烟馆里吸烟，尽管来，我张开笑绝不收你钱，我还要袁管家把最好的上等烟给你吸。"

余老板送的是一张风和院帖子，此时他主动站起来，做出一副十分慷慨的样子："大牛兄弟，拿着那张帖子可随时到风和院来，长期有效。"

轮到敬丐帮帮主王老大了。大家都知道王老大送了一元银圆，对他来说，算是重礼了。他今天穿着一件崭新的大红袍，这是他儿子在他满六十岁那天给他定做的。他儿子在洪江的一家餐馆里当厨师，干得不错。他还有一个女儿，嫁给了一个搬运工，日子过得也还可以。他有儿有女，为什么要当乞丐要饭？这里得说一说洪江丐帮帮系。

在洪江，丐帮分定居和流动（散叫花）两种。

定居丐帮一般入了"行"，称"草把行"帮。该行帮团结乞丐，保证成员能在社会上立足。逢年过节，行内聚餐。进了"草把行"帮的乞丐，生病死亡，由行帮出资料理。他们的资金来源主要是每年由行帮出面，向当地富豪商贾大户求助一两次。他们的行帮里设管钱的和管账的。这一种"草把行"丐帮比流动丐帮略高一等，只要加入进来，就不愁吃。

流动丐帮大多数是哑巴、聋子、跛脚、断手等残疾人，由于找不到工作，只好乞讨、流落街头。当哪家门口悬空挂了一张红纸时，知道里面死了人，这些流动丐帮就来做点别人不愿做的活。他们不要主人的任何报酬，只要得一碗饭吃就行了。他们所干的活大致是：给死者剃头、抹澡、穿寿衣寿鞋、入殓（男女分工）、搬搬桌凳、放放接客炮，或是代死者亲人给死者烧几张纸、点几支蜡烛和几炷香。夜深了，客人少了，他们就陪着孝子守灵坐到天亮，致使孝子不过于寂寞。出葬时，他们中间的一个人得挑着垫棺木的石灰走在最前面。总之，哪里死了人需要这一群流动丐帮。别看他们是流动丐帮，其内部还蛮复杂的，分大河系、小河系、萝卜湾系、带子街系等派系。派系与派系之间时常会有一些矛盾，而这矛盾就要王老大来调和。流动丐帮生病死亡，主要是由王老大出面向当地慈善单位要点钱掩埋。

王老大既是定居帮帮主，也是流动帮帮主，他当这帮主已有几十年了，只有他才镇得住所有的丐帮帮系。因此他在洪江算是有影响的人物，就连那些商行里的老板，或是大户人家，都尊重他。

大牛给王老大多敬了一杯酒，以表示对他的尊重。

罗木匠是单身汉，平时很少说话，只有喝多了酒之后，才把他平时想说而又不敢说的话全说出来。这次也不例外，他为明石匠打抱不平了："张开笑仗着贪官向县长、军痞陈师长、团防局王局长等有权有势的人称王称霸，狐假虎威。兔子不吃窝边草，可他连余家冲里的人也要欺，真不是人。"

罗木匠说着这话的时候，大牛和小花来敬酒了。

"罗大伯，您莫说这话了，让张开笑听见，他会害你的。"小花对罗木匠小声说。

其实，罗木匠的话张开笑都听见了，张开笑只是保持克制而已。

罗木匠喝得醉醺醺的，坐到明石匠这一桌来了，两个弟兄好划起酒拳来。最后，两人相互扶着，跌跌撞撞，高一脚，低一脚地回去了。

最后一桌是李锦和刘尉君那一桌，倒是刘尉君先喝了，嘴里说一句："白头到老，早生贵子。"

李锦陪着喝了一小口。

明石匠回到家里后，看着女儿那张床，内心忽然感到没着落的空虚。他静默地凝视着女儿的梳妆台，台上摆着一把红楠木梳子。这梳子是他老婆用过的，白青青也曾想要，可小花就是不给。平日里小花想妈时，就把这梳子拿出来看看。怕爹寂寞，她把梳子留给爹了。明石匠明白女儿的心思。

正当明石匠在沉思的时候，张开笑烟馆的袁管家来了。袁管家一副尖嘴猴腮相，背有点儿驼。他原来是个很诚实的人，从没做过不诚实的事，但自他来到张开笑的烟馆里后，受张开笑指使，性格也就变了，变得喜欢说假话、骗人，做坏事不择手段。

"明师傅，张老板想请你去喝杯茶。"袁管家一副笑里藏刀的样子。

"请我去喝茶？"明石匠心里迷惑。

"是的，请你去喝茶。他说为今天喝酒的事要向你道歉。"袁管家一副阴相。

"向我道歉？"明石匠怀疑着。

"是的，向你道歉。"袁管家答，嘴角露出一丝奸笑。

"他自己怎么不来？"明石匠又问。

"他这时没空，来了几个烟客，正陪着他们呢。"袁管家面厚似靴皮。

"好。我正要去找他呢！"此时，明石匠的酒性开始发作，已控制不住自己，抬脚就跟着袁管家走了。

张开笑的烟馆叫"福永来"烟馆，坐落在余家冲冲口的左边，大门边设置着石桌、石椅、石墩、石照壁，馆内两进二层，双重大门，四面是防火墙，两侧墙体为马头墙，上面书写着一个由龙、凤组成的"福"字，天井下靠墙的那一面，立着一口半月形太平缸，这太平缸是经石匠精心设计制作出来的，特别是半圆弧处，是用錾子经过数万次地凿，才把半圆弧度凿出来，再用磨石磨，经过上万次抛光，才制作出来的。上面刻着罂粟花和寿字图，寓意"福寿高（膏）"，这是一个精美的工艺品，也是福永来的广告语。同时，它也暗地警示人们，吸鸦片是"福高寿低"。

但总有一些人出于好奇，来体验这"福高寿低"。他们躺在烟床上，借着一盏时隐时现的洋油灯试着吸烟，上瘾了，身体慢慢地变得憔悴枯瘦，一蹶不振，欲罢不能，最后沦为乞丐！

张开笑在贪官向县长、军痞陈师长的庇护下开着他的烟馆，跋扈恣意。他跟团防局的王局长关系也很好，王局长给他一个职务：洪江第二十八保（余家冲）保长。所以在余家冲，甚至在洪江，谁也不敢招惹他得罪他。

当明石匠昏头昏脑地来到烟馆门口时，张开笑咧开嘴向他大笑道："明师傅，你真是稀客呀，里面请。王五，上茶。"

佣工王五端来一杯温热的茶，放在明石匠身边的石墩上。

此时，明石匠酒性发作得更厉害了，感觉喉咙很干，一杯茶被他一口气喝个杯底朝天，他完全控制不住自己，开始发酒癫。

"叫我来喝茶，却只给我这么一小杯，张开笑，你好小气！好小气呀！我要喝一桶枫木岭的清凉水，要喝一桶，快去给我挑！"

此刻，明石匠弯下腰，凭他举鼎拔山之力，两手将卧在大门口左边石墩上的三四百斤重的石狮抱起来，搁到一边。他自己则坐在石狮背上。

张开笑手下的好几个人站在旁边畏缩着，谁也不敢拢来。

此时此刻，张开笑罕见地不笑了，脸阴了下来，冷冷地说："王五，快去挑枫木岭井水，给明师傅喝。"

见王五挑着水桶走了，明石匠才从石狮背上跳下来，将石狮搬回原处。

在众人面前，张开笑第一次丢面子了。

王五挑着井水回来时，袁管家示意要他挑到厨房里。

袁管家蹑手蹑脚地来到厨房里，用竹瓢从桶里舀一瓢水出来，然后偷偷地将一包蒙汗药打开，放一点入瓢里。

袁管家拿着那一瓢水，笑嘻嘻地来到明石匠身前："明师傅请喝。"

明石匠的口也真是太渴了，接过瓢就喝起来，而且是一口气喝完。没多久，他就睡在烟馆门口的石墩上了……

袁管家完成这个任务后，就去罗木匠家里了，他是去引诱罗木匠上钩的。

当袁管家来到罗木匠家里时，罗木匠的酒早已醒了，他正弓着腰在家门口的大磨石上磨着那把雪亮雪亮的斧头。袁管家看着那雪亮的斧头，心里虚惊一下，到了嘴边的话不敢说了。

罗木匠眼睛横着他，问他来这里有什么事？

袁管家嘴里吱了一声"没什么"，便走了。

其实，罗木匠早就知道袁管家要来引诱他上钩，所以他故意拿着斧头在家门口磨，他心里说："你以为我会上钩吗？"

见袁管家没把罗木匠弄来，张开笑心里极不高兴，脸一黑，狠狠地瞪了袁几眼。面对张开笑瞪眼，袁管家不敢说罗木匠磨那雪亮的斧头的事。

张开笑时常是趁人喝醉酒后，把人引诱到这里来的，但这次对罗木匠，他失算了。

当明石匠醒来的时候，才知道自己是睡在烟雾熏熏的烟床上。一盏豆大的洋油灯摆在烟床中间的小桌上，灯光忽明忽暗。房里有烟枪、烟斗、烟灯、烟盘和茶壶，烟床上有一床臭腥腥的床褥。

"明师傅，醒了。"张开笑咧嘴奸笑着，"你女儿已出嫁了，没有负担了，现在该好好地享受享受了。"

"呸！"明石匠对着他的脸吐出一口唾沫来。

张开笑的脸被吐了一口唾沫后，脸色一黑，把门关上，走了。

明石匠在烟床上又迷迷糊糊地睡了。

这时，房里来了一个黄黄的瘦瘦的风吹一下就要倒的长着一副尖嘴猴脸的人，他侧卧在明石匠对面，他的脖子伸得很长，嘴里叼着一根一尺来长的铜烟嘴，对着那半明半暗的洋油灯吮吸着。他吮吸几口之后，伸了伸手，感觉整个身子在天空中飘游。此人叫鸭脖子，在这里吸烟已有好几年了。他以前是一家杂货店的老板，只因为张开笑拿了他的货没给钱，他去找张开笑要，张开笑说让他吸半年烟，不收钱。就这样，他吸了半年烟。半年后，他再来时，门被保镖拦住，要他付钱了。烟瘾发作得受不了了，他只好付钱。现在，他的家底被吸空，只好过一天算一天了。见明石匠卧在对面床上，他感到有些惊讶，于是就问："你怎么在这里？"

"我女儿今天出嫁，张开笑带着他手下的几个人来吃霸王餐，我看不过眼，多喝了酒，借着酒性骂了他。后来，又借着酒性来到这里了。当然，也是进了袁管家的圈套。"

"这烟不能吸！张开笑不是人！是畜生！他害的人可多呢！"

"老弟，我今天可能走不了，我把张开笑给得罪了。你出去以后，找木商水客李锦老板，要他来救我。"明石匠说。

"好。"鸭脖子答。

李锦得到消息后，马上来到烟馆里。看在李锦的面分上，张开笑把明石匠给放走了。

当明石匠跟着李锦走出大门时，感觉身子在半空中，轻飘飘的。

两天后，明石匠找上门来，说是要吸烟。

原来，那天张开笑指使袁管家在他卧的房里做了手脚，在他的鼻子边放了迷魂烟雾。难怪他那天晚上跟李锦从烟馆走出来的时候，身子轻飘飘，像吞云吐雾的感觉。

明石匠把这事告诉了鸭脖子，鸭脖子说他已染上烟瘾了。

明石匠从张开笑的烟馆里走出来之后，心里特别兴奋，大脑出现了一种幻觉：自己走进了青楼里，那些穿着各种花旗袍的妓女们手里拿着酒杯，手腕对手腕，跟他喝交杯酒。他很得意地喝了。过了一会儿，他虚幻的想象重新被触动得炽烈起来。突然，明石匠眼前闪现出另一个崭新的世界，一种富于诱惑力的歌舞厅场景在他脑海里浮现。

就这样，明石匠不知不觉地来到余家冲风和院大门口。

这风和院称得上是洪江名妓院，始建于清咸丰十年（1860年），大门的门槛、门墩、门楣，全是用石头做的，四周有防火墙围护，木质穿斗式建筑，单檐重层，两进三层，每一层楼道封闭，分隔有致。每一间房有一道暗门，背后是山，特别隐蔽。与其他窨子屋不同的是，此屋有湿天井和干天井，通风亮光效果好，木制窗子上均雕刻着花草和飞鸟，地面用青砖铺就，房屋木板涂上了板栗色洪油，显得闪闪发光而又古色古香。正堂上悬挂着"青楼始祖"管仲画像。

这里有团防局王局长发给的"营业执照"，因此，向县长、陈师长等官僚、军痞和骚客在无聊的时候，就喜欢来这里听看名妓[1]表演，他们一边饮酒，一边欣赏。

这些娼妓，有些人是因家境贫寒、破产，无依无靠被逼迫外出谋生；有些是被家人出卖、典押或遭恶徒拐骗，辗转陷入卖身之途；有些是受封建婚姻制度迫害，幼年做童养媳不堪家庭虐待，为谋生计迫入火坑；有些是遭丈夫遗弃，堕入烟花；有些是为"三姑六婆""八姐九妹"用虚荣、金钱引诱或被要挟陷入魔窟。对被迫来的人来说真是：

一曲悲歌轻声唱；三杯苦酒满口吞。

明石匠平时从这里走过时，总是将目光避开这大门，就像避开瘟疫一样。可是，今天不知怎么的，他在大门口停顿了一会儿，眼睛竟往里面瞟了几眼，好像在张望什么？

里面的老鸨婆似乎看出他想走进去，但又迟疑不决的心情，于是就扭着腰，用红手巾半遮掩脸，对明石匠娇滴滴地说："明师傅，里面有一个人，你愿不

---

1 名妓：比较高雅的妓女，能弹琴、下棋、写诗、画画。一般只卖艺不卖身。但也有既卖艺又卖身的。

愿去看看？"

这老鸨婆的面实在太难看了，扁平，上面两个小小的空洞，是她的眼睛，鼻子凹了进去，几乎跟嘴巴一样平，两边面额也极不匀称，一边大，一边小。她的嘴左边有个黄豆大的黑痣，为了使这痣不显眼，她把面上的胭脂涂得很厚。尽管她长相难看，但她的嘴很会说话，死的能说成是活的。这些年来，她就是靠这张嘴在这里干着老鸨婆的活。

"谁？"明石匠问。

"白青青。"老鸨婆还是用娇滴滴的声音回答。

"她？"明石匠迷惑了，"她不是在朱胖子的赌馆里打牌吗？怎么来了这里？"明石匠感到很奇怪。

"你去看看吧。一日夫妻百日恩，百日夫妻似海深。何况你们是三年的夫妻。今天不收你的钱，进去看看她吧。"

当明石匠来到一间小小的阴暗潮湿的充满着大小便味（一个没有盖的马桶摆在角落里）的房里时，一个鸠形鹄面的女人坐在一条搭在床边的断了腿的板凳上，她就是明石匠有三年不见的白青青。跟三年前相比，她完全变了一个人：脸小，手小，脚小，整个身子矮了一截，皮肤黄黑黄黑，眼睛看不清东西，说话喉咙嘶哑，走路四肢无力。

"白青青，你怎么在这里？怎么变成这样子？"明石匠问。此时此刻，他脑海里浮现的灯红酒绿场景全没有了。

"你是明大哥吗？我眼睛看不清楚，听声音很熟悉，好像是你？"白青青流着泪水说。

"我是。快告诉我，你是怎么到这里来的？"明石匠忙问。

此时此刻，白青青脸上显示出痛苦和绝望的神色，心里像是被刀绞一样疼。她泪水汪汪地诉说着："三年前，跟你在一起的时候，我打字牌都是打小的，一天输赢也只有那么多。当我们有了矛盾以后，我听了赌馆老板朱胖子的话，只要拿到一百元银圆，就跟你分手。分手后，我就住在他家里。开始，他还尊重我，没得到我的同意，他不敢到我的房间来。"白青青用小手帕擦了擦眼泪，接着说道，"我来这里，还得从打'红拐弯'[1]说起，我认为自己有一百元银

1　红拐弯，洪江字牌的一种打法，花样很多，打大的，一盘牌会使人倾家荡产。

圆当本钱，就不怕了，所以就跟两个从来不认识的男人赌。开始，他们让我赢一点。记得有一天，我们三人打了一整夜，本来，是我赢了的，赢到了两百元银圆。可是，快到天光的时候，我去解小便，他们两人这时就换了一副新牌，说那牌快烂了。我想，换就换吧，新牌还好打些。哪知道，从换新牌后，我就开始输了。我以为是手气不好了，想下桌。可是他们两个都不同意，说牌桌上的规矩，下桌要听输家的，输家说不打就不打了，除非你把所赢了的钱退出来。我赢的钱怎么能退呢？于是就跟他们继续打。在打的时候，我无意中发现一张牌不对劲，怀疑他们做了手脚，就提出再换一副新牌，他们也同意。我将每一张新牌都看了一遍，也许是我的精力不行了，怎么看也没发现出什么名堂来，于是又打。我还是输，把所赢的钱全退了回去，还倒输了一百元银圆，把老底都输光了。这时，我是输家，得听我的话了，我脑壳昏昏的，不想打了。而这时，朱胖子借一百元银圆给我，要我扳。我不服气，借了。把这一百元银圆又输了。下桌后，我心里不服，不想走。我拿着牌左看右看，这时我脑壳不昏了，清醒了，完全清醒了，知道他们是在'套笼子'。这副新牌他们同样做了手脚，大'贰、柒、拾'和小'二、七、十'他们都在不同的位置做了暗标记，其他的每一张牌也都做了暗标记。这时，我才知道朱胖子跟他们是一伙的，因为牌是朱胖子的。

　　"从那以后，朱胖子天天来我房里了，我借了他一百元银圆，只得从他。后来，他找了一个新的，不要我了。还逼我还他一百二十元银圆，说那二十元是利息，我说一下还不起，一年后还他。他不同意，非要我还不可。就这样，他一百二十元银圆把我卖到这风和院来了。

　　"刚来的时候，这里的余老板看我长得漂亮，对我还好，每天给我吃这吃那。因此，我接客也很卖力，一天要为他接很多很多的客，那银圆像流水一样流进他的口袋里。不过，有一次，我身体不舒服，而这时经期又到了，余老板说有一个外地的大老板很有钱，点名要我陪。我说我见红了，这一个星期不便接客，有一个叫月英的妹妹愿意代我接这个外地大老板。可是余老板很不高兴，翻脸不认人了，说是他用一百二十元银圆买来的，一切都得听他的。他要老鸨婆给我喝'灰汤'[1]，要我坐'冷水盆'[2]。我不从。后来被老鸨婆

1　喝灰汤：一种用中药熬制的汤，起强行停经作用。对身体有害。

2　冷水盆：强行停经的一种方法，对身体有害。

强行灌灰汤，强行把裤子脱下，在冷水盆里坐了半天。第三天，也就外地大老板来的那天，我被迫接他了。我实在疼得受不了，喊了几声。他狠狠地给我一个耳光，走了，要找余老板赔钱。为这事，我被老鸨婆狠狠地打了一顿，打得我一个星期起不了床。从那以后，我身体就不行了，一接客，下身就痛。有一次，我下身生了'鱼口'（湿瘤、暗病），老鸨婆就用剪刀剪开，擦上点盐水，强迫我接客。由于身体实在是不行了，客人得不到满足，就对余老板发脾气，说要一个病人接客。有好几次，我被罚跪。他们经常不给我饭吃。我得的小费，全被老鸨婆抢走。后来，见我实在不能接客了，余老板想把我典卖给别人，当那些人得知我确实不能接客后，不说典卖，就是送，人家也不要。

"就这样，老鸨婆把我关在这里了。我在这里被关了一年多，除了老鸨婆每天给我送两餐被他们吃剩下的饭菜外，只有月英妹妹来这里看我，跟我说说话。月英妹妹命苦，没读过书，不会用'琴、棋、诗、画'来讨客人欢喜。她想离开这里，但走不了。她是典押来的，她妈得一场大病，无钱治病、买药，她爹就把她送到这里来了。

"明大哥，你来看我，我很高兴。我很后悔，当初不该听朱胖子的话，不该要你的钱，我对不起你。我来世做牛做马要把你这一百元银圆还给你。"

白青青的眼睛被泪水浸得睁不开了。

明石匠原来是抱着一种花红酒绿的幻想看这个院子的。得知白青青的悲惨遭遇后，他的心已平静了下来。自己已染上了烟瘾，该怎么办？还有，能不能把白青青救出来？

大牛把明石匠染上烟瘾和白青青受害的事告诉了老板李锦。

李锦说烟瘾才开始，还戒得了。至于白青青，他用一百二十元银圆把她从风和院里赎了出来。但是，他这一举措遭到明石匠女儿明小花的坚决反对。

"你爹一个人很孤单，身边有个女人要好些。"李锦这么回答明小花。

三个月后，明石匠烟瘾完全戒掉了，白青青的身体也在恢复中。

当明石匠每天晚上回来时，白青青总是把热腾腾的饭菜端到桌子上，还给他筛了一杯他最喜欢喝的米酒。

第十三章
沅江封河改销路　潕水运布遇土匪

洪江老鸦坡下有一块贺氏平地，从对面巫水河岸的尖坡看来，这平地依形貌恰似一朵盛开的大莲花，洪江人称之"莲花地"。风水先生说这是一块难得的风水宝地，因此一些有钱的大户人家集资买下此地，修建了一个广场，供大家游玩，消遣。

"九·一八"事件后，莲花地广场上有成千上万的学生和市民，手持各种颜色的小三角形旗帜和爱国爱民族的标语，唱着《松花江上》歌曲："我的家在东北松花江上，那里有森林煤矿……"在这里聚会。

"卢沟桥事变"后，抗日战争全面爆发。学生、知识分子和爱国人士在莲花地广场上，唱起了激情奋进的《义勇军进行曲》歌曲："起来！不愿做奴隶的人们……"

1938 年 11 月，长沙"文夕大火"后，莲花地广场再次聚集着广大市民，他们在议论着沅江封航，议论着洪江的洪油、木材等土特产运不出去，外面的货进不来。

李锦的木商业只得歇业，因此他将岩娃介绍到百味村饭店里，并向老板建议让他当小主管；将大牛介绍到堡子坳湖南银行，负责保安。除此之外，给他们各发了五百元银圆，作为几年来的补贴。等以后时局安稳了，恢复木商行业后，再继续让他们当文、武管事。

其实，自国民党政府迁都重庆后，李锦就谨慎了，所以他积压在洪江的木头并不多，只有百两散木而已。

因为有雪峰山天险作掩护，洪江一带还比较安全，所以长沙、汉口、南京等地的有钱人举家迁洪。霎时间，街头巷尾、饭馆旅社、商行钱庄、码头作坊等地，都站着穿长袍的商人、穿学生装的学生、穿军服的军人、穿中山装和西服的政府公职人员、穿破烂衣服的码头装卸工以及流浪儿。本来，只有三四万人的小镇，一下子猛增到十七八万人，人流如梭。

　　在这国难当头，民不聊生的时刻，商会会长唐德忠动员商界人士把自己家里能腾出的地方腾出来，让因战乱流离失所的难民住；宗教界人士把大佛寺、药王寺、嵩云山、老庵堂、天王庙等庙宇能腾出的地方全腾出来了。刘尉君的刘家大院，住了三户逃难人家。李锦也将不起眼的土木屋，腾出一间来，自己和儿子挤在一间小房里。

　　看着洪江一下子来了这么多人，三病两痛的事是难免的。人一旦病了，这里的药供应得上吗？李锦父子想了解一下药材行情，打算暂时做一做药材生意，因为云贵高原有很多名贵药材。从贵阳进货到洪江也还比较方便，马帮路可到镇远，在镇远，鳅鱼头船、苗船可直到洪江，一个多月能走一个来回，算起来还是挺划算的。因此，李锦父子去犁头咀刘尉君曾学过徒的陈家药店里了解行情。

　　陈家药店店主叫陈积芳，他是药师出身，这药店是他爷爷开的。他爷爷和父亲陈斌都是洪江有名药师。父亲陈斌去世后，他就接过了这药店。从他那和蔼的眼神和温柔的嘴唇来看，就知道他是一个非常慈悲的人。陈积芳在制药过程中处处谨慎，严格遵守配制方法，技术精湛，绝对不偷工减料。比如他制造的当归精，全完是遵照家传秘方，严格按标准浓度收胶；蒸熟地时，必须拌以砂仁、陈皮等辅料，九蒸九晒，漂白术前必须用淘米水浸泡一昼夜，去掉其油腻。特别是炮制有毒药物，更是严格遵守操作规程，精细制作，使其能正确发挥有效药性，杜绝副作用。所以，他制作的大补丸、纯阳正气丸、灵宝如意丸、八宝丹、痧药、当归精等都显示出好的疗效。他的三个徒弟按他的吩咐将各种药材按其原料大小，分别成形。具体有：瓜子片、柳叶片、长筒片、圆筒片、四方片、圆形片等。依形用铡，厚薄均匀，无破碎灭屑。用行家的话来说是："白芍飞上天，珠苓不现边。"黄芪去其两端，片形长方，直径达四寸，片片一致，色如蛋黄，气味芳香，给人以整齐、洁净、美观的感觉。这里的紫金锭、眼药、紫金膏、狗皮膏、十全大补丸、参桂鹿茸丸、虎骨酒等在西南一带很有名。

　　当李锦父子来到这里的时候，陈积芳和他的三个徒弟正在忙着熬制中药。陈积芳给他们每人筛了一杯茶之后，又去忙了。陈积芳得把这一批药熬好之后，才能接待他们。

　　陈积芳忙完了之后，便问起李锦父子的来意，得知他们想做药材生意后，他说："山西的台党（党参）、越南的大海（胖大海）、四川的尖贝、长白山的人参、朝鲜的野参、美国的花旗参、关东的鹿茸、西藏的红花、浙江的杭菊等药材必须到药材主要集散地长沙、汉口、南京等地买，但是现在日本鬼子打了进来，外面乱得很，货根本进不来。"

"贵阳有这些货吗？"李躬厚问。

"贵阳只有尖贝，其他的都没有。不过贵阳有云贵高原原始森林里长出来的淫羊藿、头花蓼、太子参、丹参、苦参、天冬、天麻、射干、黄连等药，这都是好药，我这里都要。"陈积芳答。

听陈积芳这么说，李锦父子决定暂时做一做药材生意。

太阳从天柱峰升起来的时候，李锦和李躬厚各拿着一把纸伞，坐上了杨黑牯的苗船，沿沅江逆水而行，到黔城后，转入潕水。杨黑牯是第一次跑潕水河，他顺便带了些日杂货，打算卖给镇远的店老板，也算是没有空着船去。

每上一个滩，李躬厚总是背着一副纤带和哑巴在岸边的纤道上爬行。就这样，他们一路经过了榆树湾（怀化）、芷江、新晃、玉屏后，最后来到了镇远。

在镇远，杨黑牯卖了日杂货后，顺便带了些山杂货返回。十多天后，再到这里来接他们。

李锦父子沿马帮路走了八九天，来到了贵阳。

贵阳药材市场里，有一个叫邹明亭的药老板，此人五十岁左右，身材矮小，但身体肌肉丰满，头戴一顶圆布帽，脸色有点红润，有些斑点，像一块带紫色的砖。橙黄色的眼睛，两耳下垂，耳壳很阔，一看就知道他是一个平日里生活过得不错的人。他十分注意客人的穿着，对客人说话的语音也特别留意。

这一天，他听见李锦父子用宝庆话议论药材，就用宝庆话问："老板，您要买点嘛个[1]货？"

在这里能见到一个说宝庆话的人，李锦感到太意外，他两手抱拳："请问您是宝庆人？"

"嗯，邵东流光岭的。"邹明亭答。

"我是邵东崇山铺的。"李锦说。

老乡见老乡，两眼泪汪汪。两人激动地说了一番话之后，邹明亭把这里的几百种药详细地介绍给了李锦。李躬厚则把这些药的功能和特效，都用纸和

1　嘛个：邵东土语，什么的意思。

笔记录下来了。

李锦父子这次只进了一些常用药，其他药要听取陈积芳的意见后，再作决定。

邹明亭把李锦父子留在自己的店里住下，还说以后来贵阳进货就不要住旅馆了。

这一夜，他们谈了很多，谈各自的生意，从生意谈到了时事政局，谈南京失守、汉口失守、长沙"文夕大火"、沅江封航等。

邹明亭找来了他熟悉的马帮头麻老五，这麻老五，四十岁左右，五大三粗，壮如一头牛，还会一点武功，因此他的马帮队当地土匪不敢惹。这样，李锦就省去了马帮路上的保护费。麻老五挺讲义气，你敬他一尺，他非敬你一丈不可。但他有个怪毛病，就是要顺着他，不能倒他的毛，否则发起脾气来，十头牛都拉不住。

药材装上了马鞍后，邹明亭小心翼翼地用油布和特制的蓑衣盖好。临走的时候，他再三嘱咐麻老五，说李锦是他的老乡，路上要好好照顾，并往他口袋里塞了一枚五元的银圆。

李锦对邹明亭的周密安排特别感激。

十来匹马载着货物，在山间小路走着，一串串清脆响亮的马铃声在山谷里回响。从贵阳到镇远，共有九座驿站，每一站相距七八十里。每两站间，得在路上休息一两次。休息时，得把马鞍上的东西卸下，让马也休息一下，顺便吃点路边的草。

现在已是中伏天，下雨是常有的事，遇到下小雨，还得前行，雨实在太大了，才不得不停下来。这样，当天的计划就打乱了，到驿站常常是半夜。

其实，麻老五和他的马帮也是挺辛苦的。正当担心下雨的时候，太阳已经接触到了西边的山峰，天空也似乎在逐步变低，有不少的云块开始在密集，形成乌云一片，沉重地压在马帮心头，似乎随时都可以裂成断片，落到他们的头顶上。空气是沉重而又饱和的。一些不知名的鸟雀探头探脑地东张西望，不安地唧唧叫着，看来一场暴风雨正在酝酿。不多久，天果然下雨了，开始是一点点小雨，慢慢地成了倾盆大雨，电闪雷鸣。麻老五一行人不得不在一座庙前停下来。

庙太小，容不下马。马不怕淋雨，它通人性，见主人把背上的货物卸下后，嘶嘶地叫几声之后，到路边吃草去了。李锦和李躬厚因为带着伞，就站在外面，让马帮的人站在里面。

幸亏邹明亭想得周到，药都是好好的，一点也没淋湿。

雨终于停下来，他们得赶路了，上弦月伴他们同行。前面的"丁"字路口，站着几个手拿鸟铳的人，领头的叫伍小六。从马帮的响铃声来判断，伍小六感觉好像是麻老五的马队。走近了，看清是麻老五的马帮队伍后，伍小六把手一挥，和他手下人从另一条岔路走了。

麻老五来到丁字路口，看见几个人的背影，其中一个左脚有点跛，就知道这人是伍小六。

"这狗日的，还不长记性！"麻老五骂着。

"你骂谁？"李锦问。

"那跛子，靠拦路抢劫为生的狗日的，他的脚就是被我打跛的。"麻老五说。

这场雨使他们迟两小时到驿站。

这驿站也实在是太简陋了，就几间茅草房加一个草棚。草棚是关马的地方，让马帮欣慰的是这里马草质量相当好，马很喜欢吃。对马帮来说，马一定要吃好休息好，这样，它们运起货物来才有劲。

麻老五对李锦父子关心备至，把最好的房间让给他们，洗澡时主动给他们打洗澡水，吃饭时不停地往他们饭碗里夹菜。

李锦讲客气，把菜退回到碗里，是想让马帮兄弟多吃一点。

麻老五不高兴，把脸一黑，不理睬李锦了。

见麻老五黑脸，李锦从驿站里拿出半坛陈年老酒，嘴角上露出微微笑容，给麻老五筛上满满一杯后，也往自己的杯里筛了一杯，端起就喝，先喝为敬。

邹明亭曾告诉过麻老五，说李锦不喝酒。

看着李锦双颊上开始出现了红晕，麻老五有点后悔了，他站起来，拱手向李锦赔了个不是，把一杯酒全喝下。

八天后，马帮终于到了镇远，而杨黑牯的苗船也到了这里。麻老五和马帮帮着把药材装上了，并陪着李锦在官府那里办了"通行证"。

麻老五交代李锦，潕水流域晃县的杨永清、黔城的潘云飞，都是很厉害的人，要多加小心。

为感谢麻老五的一路关照，李锦给他额外付了两枚五元的银圆，并约定他长期运货。

苗船在潕水河里日夜兼程，白天杨黑牯划，夜晚哑巴划。

玉屏下面是晃县，杨永清手下的人已在河中把船拦截，当李锦把王局长的令牌拿出来时，一个留着小胡子土匪看了看船上的货后说："就看在王局长的面上，只要你们留下一袋药。"

王局长的令牌在潘云飞那里已不起作用了，因为王局长手下的巫半仙因一个女人，把潘云飞手下的人给得罪了。那女人本来是跟潘云飞手下的人好的，可是她跟巫半仙跑到洪江去了。不过，李锦对潘云飞的二当家还是很熟悉，第一次木排从清水江下来时跟他打过交道，给潘云飞送了五十岁的生日礼物。二当家网开一面，只收了他两枚五元的银圆。

到黔城官府卡时，李锦交了税钱后，才拿到"通行证"。这是他第四次交税钱了。这税钱，到了洪江还得交。到洪江后，汤局长没有为难他，原因是他偷偷地给了汤局长一些减肥药。医生说他太胖了，必须减肥。他做药材生意正合汤局长心意。

陈积芳看过李躬厚所抄写的苗药清单后，心里高兴极了，说这些苗药在洪江都用得上，都是上等苗药。

总的来说，这次跑贵阳还算比较顺利，扣去税钱、土匪的保护费和所有开支外，算起来还得了一笔丰厚的利润，这为李锦继续做药材生意增强了信心。

没过几天，李锦父子乘杨黑牯的苗船第二次去贵阳了，心里最高兴的是哑巴，他在镇远河边认识了一个比自己大三岁的聋姑娘，杨黑牯也在托人说着这门亲事。回来的时候，经李锦一说，聋姑娘的爹竟同意了，要他就把人带走，而且不要一分彩礼钱。哑巴行桃花运了。杨黑牯更高兴。

这是一条从洪江巫水河边皮匠街伸出去的青石板路，弯弯曲曲，左拐右拐，一时上一时下，逢溪架桥，一直延伸到百里外的会同沙溪乡下。沙溪崇山峻岭中有很多桐油树，每年桐籽落地后，林长庚和村里身强力壮的男人们总是挑着满满一担桐籽来到洪江，在滩头榨油坊里卖了后，将银圆换成铜毫，然后在偏僻的窑子里花了一部分后，再买些日常生活用品回去。可是，自沅江封航后，榨油坊停工，走这青石板路的人也就很少了。

听说洪江永庆油号榨油坊今年又要收桐籽了。白露过后桐籽开始落地了，林长庚和村里的男人们又挑着桐籽来到洪江。在榨油坊里，他们得知犁头咀陈家药店里熬制出一种神奇的苗药，滋阴补肾，能治百病。所以，他们卖掉桐籽后，把银圆换成铜毫，一个个在陈家药店买了一包苗药。吃过后，心里兴奋起来，把老婆所交代过的话全甩到一边，竟然舍得花大钱去档次高的青楼里听名妓唱歌了。回来之后，林长庚等人炫耀起来，说那苗药是如何如何好，如何如何壮阳，说着说着就漏了嘴，竟把青楼里那穿花旗袍的漂亮女人给自己一粒法国巧克力的事给道了出来。

这事被快嘴女人传到那些整天在山上或地里干活的女人耳里，女人气得拿起菜刀，发疯似的要跟自己男人拼命。女人闹了一阵之后，没力气了，加上男人说了许多好话，又道了歉，这事也就过去了。

话又说回来，自他们吃了苗药后，他们老婆的性欲得到了满足，有时一夜要玩两三次，玩的时间也比以前长了。这样一来，女人们也就不阻拦自己的男人去洪江买苗药了，但有一点，不准去青楼里吃法国巧克力。

林长庚再次从洪江回来，当老婆问他钱怎么少了那么多时？他一口咬定：在路上遭土匪抢劫。

"抢劫个屁！土匪抢劫还会给你留钱？明明是去青楼里吃法国巧克力了。"于是老婆又发火了。林长庚嬉皮笑脸，拿出陈积芳所熬制的苗药来："陈大夫说这药你也可以吃。"

这话把老婆给哄住了。老婆吃过后，心里有了一种微妙的变化，竟把这事偷偷地告诉了其他女人。其他的女人都说有同样的感受，于是，来洪江买苗药的人就越来越多了。

陈家药店门口排起了长队。

陈积芳的经商理念是：以诚待人，老少无欺，薄利多销，买卖不成人情在。

一些身患痨病的人吃了苗药后，身体好了很多。

一时间，李锦父子进苗药的事，成了街头巷尾、茶余饭后议论的话题。都说李锦父子头脑灵活，会做生意。

现在邵阳是湖南的省会，这事很快传到邵阳了，李锦父子索性把苗药卖到邵阳去了。

在邵阳，李锦父子打算进一些纱和布运到贵阳去卖，因为贵阳一带还是用土织布机织布，土纺纱机纺纱，纺织业还相当落后。再说，从洞口至榆树湾的公路已通了，洪江至安江的公路也通了。相对而言，贵阳有一定的市场，纱和布都好销。

在邵阳进纱布的时候，李躬厚认识了邵阳永丰纺织厂老板陈芸田，此人是湖南双峰县人，在湖南商界很有名气，豁达大度。陈老板身躯魁梧，腹部腆起，横阔，腿长，多节的膝盖骨，宽大的肩膀；圆脸，头发乌油油的，下巴笔直，嘴唇没有一点儿曲线，牙齿雪白；眼睛里总是带着温柔、亲切的目光，能使人对他充分信任。听说他还是一位爱国人士，与中共地下党时有来往，与杨子庄、王凌波等共产党人合办新路书店，资助过八路军长沙办事处、邵阳办事处，并掩护过办事处工作人员的革命活动。李躬厚在陈芸田那里了解到一些抗战形势。

就这样，李锦父子押着纱布和药材来往于贵阳至邵阳，贵阳——镇远（驮马运）、镇远——洪江（船运）、洪江——邵阳（车运），两个多月走一回。比起卖木材来，这是小打小闹，但在这样的环境里有点生意做就不错了。

有一次，船从沅江进入潕水河里后，天突然下起了倾盆大雨，船篷上那用篾片编织的垫子差点被大风吹走。实在难行了，船只得在北岸边停下来。哪知道，来了一伙新成立的土匪，领头的叫田山虎，他三十来岁，心狠手辣，为了起家拉队伍，竟把自己的亲叔给杀了，霸占了叔叔家所有的财产。他是趁着下大雨来抢劫的。船上的棉纱花布都被土匪抢走，李锦成了绑票，田山虎要李躬厚把伞留下，回去拿一千元银圆来赎，并威胁李躬厚：如果到官府那里报警，李锦的性命难保。

原来，田山虎早就瞄上了李锦，他知道李锦是洪江木商水客中的大户人家，有的是钱，只是没有下手的机会。今天他终于碰上了千载难逢的机会。

李锦此时抖擞精神，对儿子李躬厚说："不要慌乱，要持之以恒。"这是经商警语，也是处世警语。

是报警？还是不报警？李躬厚还从没经历过这样的事。不报吧，那一船纱和布的本钱是五千元银圆，加上还要拿一千元银圆把爹赎回，这样，损失就太大了。报警吧，父亲的性命可能难保，因为田山虎为了钱财，连自己的亲叔都敢杀，何况是父亲？再说田山虎他们所住的山洞在潕水河边的悬崖上，一夫当关，万夫莫开，清兵和国民党的兵都不敢贸然进去。一想着父亲"不要慌乱，要持之以恒"的话，他决定去找潘云飞的二当家，他认识父亲，要他陪着去见潘云飞。

潘云飞的司令部设在一个十分隐蔽的山洞里，洞口遮阴在树林中，这山洞，里面很宽，有三层，洞中有洞，可容纳好几百人。

李躬厚在山洞里见到了潘云飞，潘云飞头发短，直直的，一双猫头鹰似的眼睛特别吓人，他头大，黑脸，手、脚粗长，穿一件虎皮夹克，盘腿坐在虎皮凳上，夹克口袋里挂一块金怀表。

李躬厚两手抱拳，给潘云飞行过礼后，将两根金条放桌子上，然后对潘云飞说："潘爷，非常感谢您让我见您。"

潘云飞耸了耸肩，头往两边摆了摆，问："找我有什么事？"

李躬厚把避雨时遭田山虎抢劫纱布和父亲当人质的事说了一遍。

潘云飞用手抓了抓头，思索了一阵后说："这样吧，我估计着纱和布可能他们已分了，要不回来了。人吧，可以放回来，但你得立个字据，从此不得提此事。"

这时，李躬厚才知道田山虎和潘云飞是一伙的，进了老虎嘴里的肉是吐不出来的。要他立字据，从此不得再提此事？这使他纳闷了，难道他也怕我告官府的人？

见李躬厚没有反应，潘云飞把眼睛睁大了："怎么？信不过我潘某人？"

此时，旁边的二当家忙给李躬厚使眼色，要他马上答应。

李躬厚看过二当家的眼色后，忙说："谢谢潘爷，我信得过您！信得过您！"

就这样，李躬厚在字据上签上了自己的名字。

潘云飞拿着字据嘴角露出一丝奸笑："二当家的，送客。"

本来，李躬厚还想说几句的，但潘云飞已下逐客令，只好强装笑脸："谢谢潘爷！谢谢潘爷！"

李躬厚走出山洞，心里想着：潘云飞不要他交那一千元银圆，也算是谢天谢地了。他对这次遭抢劫只当是蚀财抵灾。

在这兵荒马乱的年代，做生意真不容易，土匪派系太多，他们各占山头，要的就是买路钱。从某种角度来说李锦父子是拿自己的命在赌，是死？是活？是发财？是亏本？就得看土匪的眼色。

李锦回来了，他那在邵阳城里买的伞被田山虎扣下。他因淋了暴雨，得了重病，睡在病床上有好几天了，医生说他已得了支气管炎。

正当李锦睡在病床上的时候，国民党政府下令，把洪江所有的窨子屋涂上黑漆。商会会长唐德忠带着商人，积极地投入到"涂漆"工作中。

　　一时间，各个窨子屋里的老板，有的亲自动手，有的喊亲戚，有的雇人，用锅底灰拌桐油，再加入墨汁、墨块，将自己窨子屋防火墙全部涂上了黑漆。洪江的墨料不够，老板们叫人到安江、会同、邵阳等地去买。桐油是刘尉君、刘荣昌等八大油号捐的。李锦住的是土木屋，但他还是把从陈芸田那里购来的青布无偿盖在一些不便涂黑漆的角落里。

　　夜幕下的洪江，黑压压的，一片漆黑……

第十四章
洪油号惨入冤狱　刘尉君命丧归途

沅江封航后，国民党政府号令，洪油一律不准运出，违者按通敌论处。

永庆油号老板刘尉君的"山花"牌洪油，一部分压在洪江，另一部分在常德囤存。他滩头的榨油坊停了一年之后，又开始复工了，小打小闹的只希望人员不流失，但从现在的情况来看，库存太多，资金周转困难，很难支撑下去，所以明年不再收桐籽了。以后的事，只好就时局而定。

太丰油号老板刘荣昌托口的榨油坊已关多年，他也在艰难地熬着。与其他油号一样，他有上千桶"永固"牌洪油在常德囤存，只希望天下早日太平，使洪油能在长江流域城市销售。他要销售员邓明英仍留在江浙一带，看行情，等待着时机销售。

三年过去了。在镇江的邓明英看到江浙沦陷区洪油缺货，价格猛涨，认为这是销售洪油的最好时机。因此就给洪江洪油总部写了一封信，建议将囤存在常德的洪油速运镇江，以求厚利。哪知道，这信件被国民党的邮检人员截留，并交到驻军陈师长手里。

陈师长是个豺狼之吻之人，看过信后，心中暗喜，认为这是敲诈勒索、大发横财的时候了，绝不能放过这千载难逢的机会，于是设下鸿门宴，先将刘尉君、刘荣昌等八大油号老板请到家里来做客。

刘尉君、刘荣昌等八大油号老板认为：这既不是过年过节，又不是办喜事，不知陈师长请我们去有什么事？但考虑到他是师长，职务比向县长还高，一个个还是麻着胆子去了。

陈师长不动声色，大鱼大肉、好酒好饭地招待他们，为了感谢他们的到来，他带头喝了三杯酒，不挑破卖油之事，其意思是要他们自觉把银圆送给自己。

八大油号老板知道陈师长是当面虚心背面笑的人，在这样的场合，他们只好带着笑脸应和着。陈师长葫芦里卖的什么药？把他们请来到底要干什么？他们都不好意思问。

一天、两天过去了，陈师长仍是皮笑肉不笑地陪着他们在家里打麻将。

这一晚，陈师长要副官三疤子来陪酒了。三疤子从刘尉君开始，每人敬了两杯酒，酒喝多了，话也就多了："各位油号老板，你们知道陈师长为什么要把大家请来吗？"

这时，八大油号老板用疑惧的眼光看着他，摇摇头，表示不知道要发生什么事。

三疤子打了一个饱嗝，说："其实陈师长是很关心你们爱护你们的，这么多天了，他就一直忍着，不把事挑明，不想把事搞大，是给你们面子，可你们也太不给他面子了。"

"陈副官，我们真不知陈师长心里忍着什么事？他请我们来，我们都来了，怎么不给他面子了？"刘尉君小心谨慎地说。

三疤子站起来，把腰间的皮带解开，往凳子狠狠地一甩，"啪"的声音把大家吓了一大跳。他咧开嘴："还要我说？你们闯大祸了，敢违反国民政府政令，把油卖给日本人！"

三疤子随即从口袋里拿出邓明英写给洪油总部的信，甩在桌子上，他的右手在桌子上猛地一拍，桌子上的几个碗和酒杯落到地上，碎了。由于过于激动，他脸上的那道刀疤在拍桌子那一瞬间变得发紫了。

八大油号老板看了信之后，一个个愣了。这事，他们连想都不敢想！还敢做？

"这是'运油资敌'！是死罪！这么多天来，陈师长不挑破，是希望你们自己说出来，给你们一个台阶下！他是在暗中保护你们，不让你们进大牢，可你们真不识好歹，非要敬酒不吃吃罚酒！"三疤子更来劲了。

八大油号老板真是跳进黄河洗不清！

此时，陈师长离开了酒席，侧坐在他的黄楠木椅子上，跷着二郎腿，手摸着镶在椅背的蓝宝珠，喉咙里时不时地哼一两句京剧。

"陈师长，这信的事我们真的不知道，常德囤存的油都是沅江封河前运下去的。再说现在洞庭湖、长江都封航，油运得出去吗？"刘荣昌说。

"邓明英是不是你手下的人？这信是不是写给洪油总部的？还想抵赖？"陈师长从黄楠木椅子上站起来，换了一个姿势，右脚蹬在椅子上，右手撑着其膝盖，左手把帽子脱掉，露出一个像电灯泡样的癞子头，两颗凸出的大门牙咧出来，像从深山老林里出来的饿虎，一双鹰隼般的眼睛睁开着，盯盯这个，盯盯那个，做出要杀人的架势。

"你们真的就不要命了？！"

当他盯到刘尉君脸上时，问："刘尉君老板，你也不想活了？"

"陈师长，我们真的不知道这封信的事！"刘尉君恭敬地说。

"'运油资敌，经济汉奸'是死罪，完全可以置你们于死地！"三疤子火上加油了。

"陈师长，这油真的是还没封航时运到常德的，请您看在我们多年的交情上，就通融一下吧。"刘尉君仍然恭敬地说。

"通融可以，拿两万元银圆来，这事也就算了。"三疤子奸笑一下，开着狮子口。

两万元银圆，八个人摊，一个人两千五百元。陈师长此时像是套马似的，把他们给套住了。但套要套个明白，死也要死得明白，他们知道陈师长这个军痞利用手中的权力，在这非常时期敲诈、勒索自己。

"是这样的，这事陈师长一直压着就是好向芷江宪兵司令部有个交代，因为他们得到了这个消息，正在追问此事，只要把银圆给了他们，这事就了结。陈师长真的是为你们好。"三疤子把语气放缓和了一些。

"这明明是设圈套，要我们往里面钻！"

"要银圆没有！"

"要命有一条！"

"你们这些军痞同穿一条裤子，没安好心！"

"你们是一伙的。"

……

这一次，刘尉君、刘荣昌等八大油号老板不像以前那样恭维陈师长了。

事僵持着。

陈师长觉得把他们软禁在家里不妥，于是要三疤子派人在夜深人静时，将他们转移到嵩云山古寺里。

嵩云山古寺坐落在大红坡山腰间。开山祖师是河南开封府的愿如法师，明洪武十年（1377年），愿如法师到此一游，看这里像一条青龙横卧着，左边盆地里有一水池，蜻蜓、蝴蝶在池中的荷叶上飞舞，右边悬崖上瀑布飞流，前面古林幽深，后面是连绵起伏山峰。真可谓钟灵毓秀，瑞气凝祥。依山形地势规制，是佛家堪舆选址绝佳胜境。所以他用八年时间修建了古寺。从那以后，每年的农历二月十九日（观音诞辰）、六月十九日（观音渡海日）、九月十九日（观音出家日）来这里烧香拜佛的人多得数不清，各个殿堂里挤满了人。除了这三天外，平时只有些散香客来。

陈师长看这里比较安静，就将他们秘密软禁此地。

八大油号的部属们不知主人去向，心急如焚，他们已派人四处寻找。也把主人失踪的事告诉了向县长和团防局的王局长，这两人明明知道他们是被陈师长关了，但出于明哲保身，只当不知道，都不敢把此事说出来。这两人也知道陈师长在吃独食，因为他是师长，也只能眼巴巴地看着他吃独食。

不久，洪江的《西南日报》将此消息传了出去。陈师长觉得阴谋难以得逞，担心上级追究隐瞒不报的责任，只得将他们连夜押交芷江宪兵司令部。

宪兵司令部部长谷正伦，真是一个杀人如麻的狗官。他看了材料，明知没有事实依据，仍然挖空心思做文章，将此案定性为"经济汉奸罪"，意图敲诈更多的银圆。后来，香港《大公报》和重庆报纸相继披露了此特大消息。国民党当局被惊动，命令重庆军事委员会严厉查处。谷正伦只得放弃到了手的猎物，将他们押送重庆国民党政府军法处，关入监狱，听候判决。

在这万分危急之际，洪江商会会长唐德忠紧急派洪油业专管交际工作的黄济铭、杨明心、朱月池等三人直赴重庆，想尽一切办法营救。

刘尉君在美国留学的儿子刘俊得到消息后，先飞香港，再飞重庆。

同时，江西会馆以同乡情谊（八大油号都是江西人）吁请江西籍国大代表王冠英出面帮忙，并通过重金贿通军法处，使该案移交司法处查处。

邓明英是事情当事人，他绕道香港，赶赴重庆，向司法处递交仓储、航运、出售有关凭证，经过司法处调查核实，确认沦陷区出售的洪油是沦陷前运到的存货。"运油资敌罪"不能成立，予以撤销起诉。八大油号老板才得无罪获释。

这场官司总共耗费二十多万元银圆，永庆油号老板刘尉君、太丰油号老板刘荣昌等几个资力较厚的人摊了大头，对他们来说，只要人活着就万幸了。可是，不幸的是永庆油号老板刘尉君因在牢里得了重病，死在回洪路上。刘尉君的儿子刘俊和同仁们只得花几元银圆就地买下一副棺材，雇几个人连夜将刘尉君的遗体运回洪江，算是给死者有个归宿。

洪江余家冲刘家大院大门上贴上了一张空红纸。

李躬厚、大牛、明小花和明小花的女儿田田头上戴上了白耗布。除了刘俊外，他们算是刘尉君最亲的人了。

为感谢刘尉君腾出房子让自己和明小花住，大牛向湖南银行老板请了几天假，帮着办刘尉君的丧事。

在李锦的统一指挥下，丧事办得井井有条。

最先来到这里的是丐帮帮主王老大，现在是他大显身手的时候了，他用他家乡的习俗亲自给刘尉君烧"柏叶澡水"[1]。他老家在会同沙溪乡下，那里死了人有用柏树叶烧水洗澡的习俗。柏树是好树，据当地人说，用柏树叶洗澡可以镇住魑魅鬼怪。另外，在当地还有句"千年松，万年柏，柏树叶洗澡不受磨"的俗语，意思是死者在阴间自由自在，不受折磨。水烧好了后，王老大用剪刀将刘尉君僵硬尸体上的衣裤剪破，脱下，熟练地抹着他尸体上的每一个部位。抹过澡后，开始给刘刮胡子了。胡子很长，盖了大半张脸，王老大拿着剃刀，小心翼翼地刮着，只怕伤着他的肉。刘尉君的头发可以织辫了，王老大犹豫了，这么长的头发，剃，还是不剃？考虑到让刘尉君干干净净地到另一个世界去，还是剃了为好。他一边轻轻地剃，一边轻声说："刘老板，您回来了，我给您剃头了。"说着说着，眼泪像开闸的水，突然流出来（根据那七个油号老板说，这胡子和头发是刘尉君自己给留着的，一日不出狱，他就一日就不刮不理）。给他穿寿衣了，王老大将寿衣两边衣袖与肩膀处的线拆下，由徒弟帮着忙，先将左边袖筒套进手里，用针线慢慢地一针一针缝好。接着是右边，做着同样的动作。寿裤、寿鞋都好穿，套上就是。寿帽戴好后，在一挂鞭炮声中，刘尉君的尸体由王老大和他的三个徒弟装进了棺木里。洪江习俗：男人头顶天，女人脚踏地。意思是男人的头睡在棺木头部，女人的脚踩在棺木底部。王老大将刘尉君的头顶在棺木头部。头下面，垫了三块刘家大院上的瓦片和一叠用竹子制作的纸钱。意思是：让他永远住在自己家里，永远有钱用。王老大用左眼瞄一瞄刘尉君的头，确认居中后，将刘尉君生前所穿过的衣裤塞了进去。

有人议论，说刘尉君生前用过的那块瑞士怀表是否让他带走？

此时，王老大又犹豫了。

1　柏叶澡水：将新鲜的柏树叶放进锅里炊。

关键时刻，李锦斩钉截铁地说："让他带走！"

这怀表是纯金的，曾经有一个又一个"军爷"想要它，都被刘尉君给拒绝了。为此，他也得罪了不少"军爷"。

入殓的一系列动作，王老大是做得那么连贯、熟练。为了使刘尉君的尸体不臭，他把绝技"寄臭"使了出来。只见他在一块猪肉上画了一道符，口中念着咒语，然后将这块肉挂在一个偏僻的地方，这样能使刘尉君的尸体在家停放上三四天，不会发臭。

这绝技是他师傅教他的，在洪江，只有王老大一个人懂。

总之，王老大所做的一切是给刘尉君最高的礼遇了。而平时，死者很少有这种礼遇。他之所以这么做，是给驻军陈师长看的，刘尉君死于非命，王老大是在为刘尉君鸣不平。因此，他一句话把洪江大河边、小河边、萝卜湾、带子街等派系的流动丐帮和定居丐帮全都集中起来了。而平时，这些丐帮都是各自为政，各占的各的山头。

看着丐帮这么齐心，这两天驻军陈师长不敢出门了，怕丐帮为难他。

其实，在洪江，定居丐帮有五不准帮规：

一、不准捣乱地方秩序。

二、不准挑火拨灯（搬弄是非制造矛盾）。

三、不准倒花鞋（奸污人家妻女）。

四、不准冷水带线（破坏行规）。

五、不准行凶打人。

这帮规，谁也不得违反，如违反，轻者跪香堂，重者乱棍暴打后驱逐出帮门，永远不得回帮。

道士陈本情把他的那一套功夫全用上了。

门前四面竖长幡，庭前扎一个焦面鬼王。室里设立太清、上清、玉清神位，挂满堂功德。功德上绘着各种神像、十殿阎王、十八层地狱。满屋香烟缭绕，灯烛辉煌，笙箫齐奏，鼓钹齐鸣，爆竹声不绝于耳。

陈本情身着法衣，头扎道巾，日夜行着他的法事，做什么迎神、开路、设灵、祭灵、开生方、破地狱等，他样样做到。

　　所谓破地狱就是用四十八根麻竹在灵堂中插成五花八门，陈本情持锣打鼓，口唱经文，刘俊手捧灵位、李躬厚举着引路幡子，大牛、明小花、田田尾随其后，在麻竹中穿行。一个瓷碗里装着一个鸡蛋，陈本情手持梨木剑，猛然一击，把碗和鸡蛋打碎，这就是破地狱。接下来是渡奈何桥，十几张八仙桌搭成拱桥状，上面覆盖白布。陈本情在前面引路，刘俊手捧灵位，李躬厚举着引路幡，大牛、明小花和田田跟在后面，越桥而过。奈何桥前面，设了一个高台，用大米做成的一箩筐斋粑放在台子上，只见陈本情在台上诵读避孤词，招来孤魂野鬼，把斋粑掷于台下，再招再掷，直到掷完斋粑为止。

　　对在美国留学的博士刘俊来说，只好从俗了。

　　看陈本情做道场的，没有一个人。

　　大家倒是对洪江乡下几个唱葬歌的人很感兴趣，他们开始唱的是感谢大人养育之恩之类的歌：

为父（呗）一生（哟）真辛（喔）苦

早出（呗）晚归（哟）把口（喔）糊

日晒（呗）雨淋（哟）在外（喔）头

肚子（呗）饿得（哟）叫咕（喔）咕

老天（呗）有眼（哟）来看（喔）喽

是谁（呗）把家（哟）搞得（喔）有

兄弟（呗）姐妹（哟）晓得（喔）么

是父（呗）挣钱（哟）使家（喔）富

……

是谁（呗）冤案（哟）把他（喔）栽

姓陈（呗）军痞（哟）黑帽（喔）戴

为财（呗）敲诈（哟）将人（喔）害

芷江（呗）重庆（哟）大牢（喔）待

牢狱（呗）生活（哟）多悲（喔）哀

一去（呗）命归（哟）回不（喔）来

丧尽（呗）天良（哟）不应（喔）该

雷公（呗）定会（哟）把陈（喔）宰

不知什么时候，孝歌变成了骂人歌。这事很快传到驻军陈师长那里。

百善孝为先，死者为大！面对这场合，陈师长只当没听见，他知道此时去干涉会引起民愤，不好收场。

其实，这骂人歌是唱孝歌的人临时编出来的。他们知道事情真相后，看不过眼，编起了这歌。

让人没想到的是，他们这一唱得到了王老大等人的掌声。慢慢地，掌声越来越多，越来越大。

听到有这么多掌声，李锦当即给唱歌人发一元银圆，以感谢他们伸张正义。

当然，如果没有这么多丐帮人在这里站台，他们不敢直白唱，只能用暗语唱。那暗语，只有他们自己听得懂。

洪江丧事习俗是在家里摆三天两夜。明天早晨刘尉君就要出门了，这一晚是最热闹的时候，来悼念的人有好几百人。

有很多事是丐帮的人在做。这些平时住在余家冲、天王庙、筲箕湾、塘冲和老龙庙一带贫民区的跛脚、断手、哑巴、聋子等流动丐帮，此时受人尊重了，因为他们在这关键时刻已显示出疾风知劲草的功能。

同流动丐帮相比，定居丐帮就更不用怕了，他们是入了"行"的丐帮，没有后顾之忧，就是死了，慈善机构会给他们收尸的。他们都有一个特点，就是不怕送命。就连张开笑手下的人，都有点怕他们。

灵堂中间有一副李锦写的对联：

乱世间，回家路上归苦命；
阴阳界，入柩君前点青灯。

零点整，封棺仪式开始。

在哀乐声和鞭炮声中，王老大和他的一个弟子动作麻利地将棺盖打开。

看着躺在棺木里的刘尉君，王老大的"寄臭"绝活还真管用，一点儿臭味也没有。

人群中，哭得最伤心的是刘尉君的夫人董氏，自刘尉君去陈师长家里后，她就整天整天地在家里哭，哭得喉咙嘶哑、眼睛看不清人。她嘴唇痛苦地颤抖着，哭出的声音很小很小："我的夫君啊！老兄！我的夫君啊！老兄！"

这声音，只有她一个人能听见。

她那颤抖的手摸着刘尉君的脸，喉咙里说："我不想活了，我要和你一起走！"

她双手抓着刘尉君的手，把一只脚抬起来，欲往棺木里跳。

"快把老夫人扶走！"李锦发话。

本来，李锦不同意董氏去看刘尉君最后一眼的，是她自己强行来的，明小花怎么拦都拦不住。这段时间以来，明小花日夜护理着董氏。自小花跟大牛结婚住在这里后，董氏把她视为自己的亲生女儿。

七大油号同仁和商界各位人士在李锦的指挥下，一一默默地看了刘尉君最后一眼。

有很多人在流眼泪。

鸡叫过头遍后，开始"移堂"[1]了。只见王老大先是将贴在大门上悬挂的红纸扯下，然后拿起棺木前的油灯盘，飞快地往门外跑，将其甩在窖子屋墙角里。

刘俊端着父亲的遗像走了出来。

十几个丐帮的人手托着棺木底部，同喊一声"喔嚯"，将棺木移出大门，摆在凄凉的青石板路上。丐帮们随即在旁边烧起了一堆火，陪着刘俊守灵。

天大亮了，几个丐帮人，分前后两头，把剖得薄薄的两手指宽的桃竹篾将棺木围捆起来，再用吹火筒粗的麻缆绳在两边按规律套上菜碗粗的木杠，把棺木套得牢牢的，然后又是一声"喔嚯"，刘尉君上路了。

刘俊端着遗像走在最前面，李躬厚拿着幡子跟着，大牛、明小花、田田拿着哭丧棒拜路。

最先到坟地的是挑石灰的丐帮，只见一人非常熟练地把两个石灰包丢下墓坑里，然后跳下去，将石灰包打开，均匀地摊平。

棺木到了墓坑上面后，先是由王老大跳下坑里，在坑的四个角落和中间，各烧了一叠纸钱，说这是"五方龙灯"，好照着刘尉君走路。王老大上来的时候，已变成一个"石灰人"。

1　移堂：洪江丧事一种仪式。

为什么要往墓坑铺石灰？洪江人有两种说法，一种是石灰能吸收水分，使棺木难以腐烂。另一种是石灰是号记，多少年后，人们要在这里开荒种什么，挖地看到石灰时，就知道这里曾经埋过人，不再挖了。相比之下，第一种说法靠谱些。

堆土时，王老大交代，围棺木的桃竹篾片，后片左边，前片右边，各留出一尺长露在坟堆上，等到第二天清晨才抽出来，这叫棺木落地。

第二天天麻麻亮，王老大带着刘俊来到坟上，将露在上面的两块桃竹篾片抽了出来。就这样，洪江八大油号之一的一辈子做生意的死于非命的刘尉君在这里永久安息了。

洪江习俗：死人上山后，得烧灵屋、复山。

灵屋是请花匠用竹片做架，再糊上红绿花纸扎成纸屋一栋，里面各种各样的家式用具应有尽有。置小篾贡数十只，内装纸钱、包袱钱，花纸剪成衣服，装在纸皮箱里，而且贴上"车夫力士"神像。烧灵屋时，得把死者生前所穿过、所盖过、所用过的东西一同烧掉。

有些东西还很好，就得在烧灵屋时，对着火过一下，以表示阴阳之分。灵屋是由女儿来买，刘尉君没有女儿，明小花代买了。灵屋是丐帮帮主王老大烧的，因为道士陈本情的牙齿伸得太长，烧这灵屋竟额外要五元银圆，一个猪头和一只公鸡，而王老大分文不收。

复山是出殡三天后，由孝子孝女用锄头把坟堆一堆，在坟前摆一只鸡、一条鱼和一块有皮有骨的猪肉（牙盘），烧点纸和香，放一挂鞭炮，然后拜三拜。这一切，都是李躬厚、大牛、明小花陪着刘俊做的。

几天后，那几个唱葬歌的乡下人失踪了，王老大带着丐帮四处寻找，但都没找到。这时有人开始怀疑，是陈师长手下人把他们抓走了。刘俊知道这事后，给每一个失踪者家属送去一百元银圆，他们毕竟是唱了葬歌后失踪的。

刘俊把永庆油号所有的财产折价卖给了实力较大的太丰油号老板刘荣昌，把祖屋刘家大院折价卖给了李锦，自己带着母亲董氏去美国了。他要完成他的学业。

第十五章
刘氏祖宗坐神龛　李家长媳操家事

李锦把刘家大院重新装饰了一番。门楣上仍然保留着"刘家大院"几个字，神龛上依旧摆放着刘家先人灵位，只是照壁两边加了一幅迎客松画和一个由喜鹊、仙鹤、鹿、龟、柴和无数星星等图案组合而成的"福"字。福字里，喜鹊比喻喜，仙鹤比喻福，长颈鹿比喻禄，龟比喻寿，柴比喻财，连起来就是喜、福、禄、寿、财五福齐全，福星高照的意思。

李锦腾出了一间大房给大牛和明小花住。大牛在湖南银行负责保安管理，平时很少在家里住，因此李锦要明小花把父亲明石匠和继母白青青接过来，一家人住在一起，生活上也有个照顾。

另外，给岩娃和春妹留了两间，他们的儿子三毛都有五岁了，一家人总不能蜗住在一间小房里。

来洪逃难的三户人家仍然住着。其余几间，就留给自己的老婆和儿女了。长子李躬厚已去邵东老家接他们了。

李躬厚租了一台大马车，接母亲佘氏、没过门的媳妇曾玉英、弟弟李躬福和妹妹李芸荷、李芸桂、李芸菊去洪江了。老家只留下大弟李躬康守着祖屋和那十亩田。

马车出了邵阳城里后，一路上看到的是国民党部队，一辆辆军车载着大炮，正往雪峰山方向驶去。听说国军要利用雪峰山枳木槽天险地带和日本鬼子决一死战。马车在公路上走了四五天后，终于要过雪峰山了，那一连几十个"之"字形陡弯坡，先是上，后是下，把人和马的脑壳都拐晕了。不过，跟十多年前李躬厚和父亲从新化来时的古道相比，现在好多了。

曾玉英是来洪江跟李躬厚结婚的。本来，他们打算在邵东老家办婚事，怕日本人打过来，婚事也就搁了下来。曾玉英是当地一朵花，脸蛋明净，双唇娇嫩，眼睛淡青，额头雪白，腰身苗条，腿脚伶俐，身子结实，走起路来动作都带着优美的风韵。她是一个大户人家的女儿，曾有很多人提着篮子上门求婚，但她都没看上。她唯独看上了李躬厚。小时候，她和李躬厚一起长大。自李躬厚随父亲去洪江后，她有三年没见他了，当李躬厚三年学徒期满了回来时，已长成一个帅小伙子了。经媒人介绍，把这门婚事给定了下来。

一个星期后，马车终于到了洪江。

李躬厚和曾玉英结婚那天，本来是不声张出去的，只是请住在刘家大院里的明石匠一家人、岩娃一家人和三户逃难人家，加上自己家的人，一共是三桌。三桌饭菜在家里办足够了。但不知是谁走漏了风声，那喜炮，一挂接着一挂放；那彩礼，一件一件接连不断地送来。整个窨子屋里站满了人。

客人中，王老大第一个说话："好啊！李老板，来闷的！只怕我喝了你家大公子的喜酒不成？呸！今天我非喝不可！而且还要喝醉！"说着，他将两枚闪闪发光的一元银圆像耍魔术似的在桌子上一转，银圆发出唰唰的响声。大家都知道，他是看得起李锦了。

张开笑送来了一元银圆，他没有带手下的人来，算是给李锦面子了。

刘荣昌来了，送来一百元银圆，自刘尉君去世后，他对李锦更加了解了，已成知己。

余家冲里的邻居、木业商人、油业商人、各行各业的商人以及向县长、陈师长、王局长、汤局长等当地要人都来了，加起来，有整整三十桌。

见此情景，李锦要岩娃马上去百味村饭店订酒席。

百味村饭店接过了这三十桌酒席，不过要明天下午才开席，这么多桌，人家总得有所准备。

百味村饭店是洪江老字号饭馆，坐落在犁头咀，有近百年历史了。清道光三十年（1850年）宣宗皇帝旻宁死后，一个叫林家全的御厨带着徒弟回贵州老家，因路途遥远，路上辛苦的原因，得了疾病，在洪江住了数月。在这期间，得到客栈老板的精心调护。病好后，为感谢客栈老板，林家全令徒弟用皇宫工艺炒了一桌洪江本地菜。菜肴精美别致。消息传开后，洪江乡绅富贾慕名而来，要亲眼看一看来自京城御厨的风采，品尝御厨做的美味佳肴。盛情难却，林家全令徒弟搜集洪江各种各样的菜，再次操厨，以感谢大家。这次操厨，集南北佳味，东西名肴，煸烩炝炖焖、煎熬烹煮蒸，嫩滑鲜酥，酸辣松脆，道道色清、形异、味全、香蕴，让大家大饱口福了。席间，有一位江西商人对林家全说："这里地理位置好，是水陆交通要道，又繁华，你们师徒是否就在此地立谋大业？"

有一位贵州富绅说："如老乡愿在此谋业，我愿赠犁头咀一幢临江房屋予你。"就这样，林家全师徒用贵州富绅所赠的房屋开起了饭馆。一位贵州大官路过这里，吃过饭馆里的菜后，数了数，味有百道有余，随即橼笔疾挥，留下"百味村"一匾。从此，百味村名声大振。

洪江人喜欢在这里办喜酒。

向县长、陈师长、王局长，还有那个汤局长，他们都是空着手来的。不过对李锦来说，他们不送礼还好些，否则回礼比所送礼的至少要多两倍。

酒席散了后，岩娃家的三毛和大牛家的田田来到新房里，一边一个撒娇抱着曾玉英的大腿，嘴里吃着曾玉英从娘家带来的红薯片和黄花。

红薯片是邵东土特产，制作时有一整套工序，先是将红薯洗净蒸熟，用木槌碾成薯泥，将其放在一个特制的牛皮纸厚的框子里，放一点芝麻和碎橘子皮，用辊子一推，把框子取出来，一块红薯片做成了。这红薯片放在干燥通风的地方，可以吃到来年挖红薯的时候。用茶油煎过的一小块一小块的红薯片很香，很甜，很脆。

黄花也是邵东有名的土特产，它有一个特点，就是开花时对着太阳开，太阳越大，花开得越好，所以摘花时，往往是顶着六月天的大太阳。这黄花，吃生的，清甜爽口。如果放在鸡肉、猪肉汤里，那味道就更爽了。

红薯片和黄花一般是逢年过节，或是办喜事时才拿出来吃的。这东西是曾玉英爹妈特意为她准备的。看着这些，她流泪了，想爹妈了。

"阿姨，你怎么哭了？"三毛问，他毕竟比田田大两岁。

这时曾玉英才意识自己是在洪江，在洞房里，她用小手绢擦了擦面上的泪水，说："阿姨想家了。"

"这不是你家吗？"三毛说。

"不。我是想我爸妈了。"曾玉英说。

"阿姨，李叔叔是好人。"三毛说。

"乖孩子，你很会说话。"曾玉英说。

两个小孩继续在曾玉英面前撒着娇，直到他们的大人来叫，才依依不舍地走开。

"睡吧，你累了一天。"李躬厚对曾玉英温柔地说。

沅江上空淡淡的月亮，月光透过窗格射进了洞房，曾玉英舒坦地躺在李躬厚的怀里。李躬厚抚摸着她的头，跟她说起了心里话："我要把药材生意做大，把棉纱和花布生意做大。等沅江解封后，我还要继续做木材生意，只有做木材生意，才能发大财。做生意真不容易，向县长、陈师长、王局长和汤局长等都是有权有势的人，都得罪不起。向县长是一县之长，手到处伸着，而且很长。陈师长很阴险，为钱财，他害得八大油号老板坐冤狱，光打那场官司总共花了二十多万元银圆，有好几家油号被迫倒闭歇业，这屋的老板刘尉君就是死在回来的路上。王局长手下的人把土匪潘云飞手下的人给得罪了，那令牌在他那里不起作用。潘云飞手下的田山虎抢劫了我们一船纱布，损失了五千元银圆，他们还将父亲抓去当人质。父亲的支气管炎病，就是那次淋暴雨后感冒引起的。我拿两根金条去见潘云飞，潘云飞要我不再提田山虎抢劫纱布的事，他明明得了田山虎的好处。汤局长肚子大，就是要吃好的，而他吃东西的钱，主要是商人送的。我每做完一笔大生意，就得给这些官爷送礼，每人至少送一百元银圆。我弟妹多，你是长媳长嫂，要处理好跟母亲和弟妹们的关系。"

"好。一切都听你的。"曾玉英温和地说。

夜已很深，窨子屋里的人早已睡着，一切都很静，静到曾玉英似乎听到李躬厚的心跳声。一阵凉爽的风从沅江河里吹来，把洞房里的蜡烛吹熄了……

第二天早晨，曾玉英给公爹李锦和公婆佘氏请安，她对公爹说，想把娘家带来的黄花给这窨子屋里的人每户一包。

"好！这些事你自己做主。以后不要请早安了，我们李家不信那一套规矩。"李锦说。

"好的，谢爹爹。"

公婆佘氏出生于清光绪二十八年（1902 年），两只耳朵生下来就有点聋，受封建思想影响，五岁那年，她的脚给包裹了，从那以后，就是个"三寸金莲"，走路是个外"八"字，一踮一踮的。由于行动不便，只好在家里做点饭菜或是针线活。现在长媳已进门，煮饭炒菜的事就交给长媳了。不过针线活不能丢，人总得活动活动。

曾玉英虽然出生在大户人家，但她从小就在家里做起了家务事，煮饭炒菜已是家常便饭。每天早晨，她总是第一个起床，把洗脸水烧好，她细心地做着每一件事。

几天来，公爹公婆对她所做的每一件事都很满意。特别是小弟李躬福和几个妹妹，都说大嫂做的饭菜是如何如何好吃，弄得公婆佘氏都不好意思了。

李躬福、李芸荷、李芸桂已在宝庆小学读书了，李芸菊还小，在家里由佘氏带着。

第十六章
日寇飞机炸沅水　古城儿女支前方

太阳，每天早晨从天柱峰升起，下午从老鸦坡落下。

洪江的商人们各自做着各自的生意，市民们都按自己的方式生活着。来洪江的难民们，有的做买卖，有的开工厂、小作坊，有的在码头上装卸货物，有的在阴明山、尖坡、小湾、嵩云山、大红坡等地开荒种小麦，插红薯，播油菜，栽蔬菜。中学生在洪达、雄溪、赣材等学校上课；小学生在宝庆、鼎新、辰沅、洪都、临阳、豫章等学校读书。一切都显得平静、安然、有序。

然而，一天中午过后，几架贴着太阳旗的飞机轰轰轰从密岩峰顶部飞过来，在洪江上空盘旋了几个来回，由于窨子屋墙上都涂上了黑漆，飞机找不到准确位置，就朝大湾塘对面的龙罐塘沅江河里丢了几枚炸弹后，往黔城方向飞去了。

日本飞机突然到来，打破了洪江的平静和安宁。一时间，街头、巷尾、茶馆、戏院、宫殿、会馆、学校和报社等地方，人们都在议论日本人。

洪江城市虽小，但市民们的爱国热情却空前高涨。现在他们目睹了日本鬼子的轰炸机朝沅江河里丢了炸弹。从这几架轰炸机，他们联想到为躲避战火而来洪江的难民，因此大家担心、猜测、恐慌起来。

"小日本的飞机明天还会来吗？"

"很难说。"

"我们这里是西南重镇，他们肯定要来的。"

"我建议把所有的窨子屋再仔细检查一遍，看还有没有可能会暴露出来的地方。"

"这个主意好！"

此时此刻，洪江成了抗战大本营，国民革命军第四方面军总部设在洪江郊区寨头，王耀武将军亲自坐镇指挥。

莲花地广场上，手拿小旗帜和标语口号的学生在聚会，一个戴眼镜的学生拿着喇叭筒在演讲。

"洪江的父老乡亲们，刚才，穷凶极恶的日本鬼子把轰炸机开到了洪江上空，朝沅河里投了炸弹，他们是要炸毁洪江，炸毁我们的窨子屋，炸毁我们美丽的家园。千百年来，我们的祖辈在这里繁衍、生息、耕种、经营，过着平静的生活。可是现在，日本鬼子不让我们过平静的生活，他们把战火烧到了常德，烧到了洞口，烧到了雪峰山。现在中国军人正在雪峰山枳木槽跟他们奋勇战斗。国家兴亡，匹夫有责。希望父老乡亲们，有钱的出钱，有物的出物，有力的出力，为保护我们的家园，为正义之战献出一分力量。"

一时间，商人和社会各行各业的近万人聚集这里，他们用自己的实际行动表达出对祖国的爱，支援抗战。

商会会长唐德忠将一个抽屉大的捐款箱放在人群中间的台子上，自己带头捐了一百元银圆。紧接着，刘荣昌和他的油号同仁来了，尽管他们有的受"运油资敌"案大伤元气，但还是纷纷捐款，有的一百元、五十元，有的二十元、十元，有的甚至是几元银圆。捐多捐少无所谓，只要有同仇敌忾的心就行了。如果日本人不入侵中国，沅水就不会封航，也就不会出现"运油资敌"案，油号老板们恨死日本鬼子了。木商来了，李锦和水客八帮各捐了一百元银圆，其他的，捐五十元，捐二十元，捐十元，捐几元的。药师陈积芳和他的同行们来了，大湾塘篾缆厂的申老板、川岩撬棒厂的宋老板、田湾铁匠铺的文师傅等人来了，包头周老满、罗木匠、明石匠、大牛、岩娃等人来了，他们都尽自己的能力捐。值得一提的是，丐帮帮主王老大竟捐了两元银圆。

烟馆的张开笑、赌馆的朱胖子、风和院的余老板也来了，他们只是看热闹的，看了一下就走了。

余家冲刘家大院门口，李锦的老婆佘氏，还有白青青、曾玉英、明小花、春妹和原来住户的三个妇女，拿着针线和锥子围坐在一起，有的一针一针地纳着鞋底，那鞋底上的线，密密麻麻，很均匀，也很整齐；有的在做鞋面，那鞋面都是一个式样，开了个长方形口子，口子有大的，有小的；有的在上鞋底。这鞋子全是军鞋，要送到抗战前线去。

自沅水封航后，从长沙来了一支"民训队"，这"民训队"是共产党领导的抗日组织，成员有：文振亚、陈兴、戴世虎、周汝聪、贺琼、杨琼、郭振和、梁慧等，他们都是学生娃，其中，周汝聪是洪江人，贺琼是会同人。他们走巷串街，高唱着《义勇军进行曲》《大刀进行曲》《歌八百壮士》等抗日歌曲。

他们说："日本鬼子正在侵略中国，到处抢东西，杀人放火，糟蹋女人。我们大家要团结一致，共同抗日，有钱的出钱，有力的出力，把小日本赶出中国。"这感人肺腑的话，如同惊涛巨浪，激励着洪江市民积极地投入到抗日救国行动中来。

这些妇女是在"民训队"的号召下拿起针线做布鞋的。

为做布鞋，妇女们把自家的门板卸下用来打布壳，她们将家里一块块零碎布涂上糨糊，一层又一层地贴在门板上，晒干，布鞋底就是靠这一层一层的布壳做成的。鞋底越厚，鞋越耐穿。布壳是佘氏教大家打。

佘氏十二三岁时就开始做布鞋了，她鞋做得相当好，有很多包裹脚的人找她做包裹鞋，可在这国难当头时期，她以国家民族利益为重，把包裹鞋推迟到后面做。白青青、明小花、春妹都在跟着她和曾玉英学做布鞋。

贺琼姑娘二十出头，腰身苗条，手臂细长，举止大方，剪一头新潮流短发，穿一身学生装。每到一定的时候要来收一次鞋，她把做鞋人的地址、姓名及数量登记下来。每当登记到佘氏的时候，总要注上"裹脚人"三个字，并打上括号。

鞋做得最多的，当然是佘氏了，她已做了二十双，跟在她后面的是曾玉英。

白青青进步很快，她也做了十多双鞋。自李锦把她从风和院赎回来后，她完全变了一个人，把家务事全包了。每天，明石匠回来都是吃现成饭。明石匠的碗底下，她总要放一个荷包蛋，而她自己却舍不得吃。她还在枫木岭边种了几块地，自己吃的蔬菜足够了，有时还送一点给住在刘家大院里的人吃。睡之前，她总要给明石匠捶捶背。有时，明石匠身体不舒服，她就陪着他去看病，给他熬中药。家里有女人真好，过着这样的日子，明石匠很知足了。白青青比明石匠小十岁，本想为明石匠生个娃，由于被朱胖子送进风和院的缘故，已没有生育能力了。为此事，她恨朱胖子、恨风和院的佘老板和老鸨婆，也后悔自己那时爱赌博。她偷偷地吃了很多药店里的正规药，也吃过民间草药，希望为明石匠生一个娃，但都没有用，还差点送了命。明石匠知道后，骂她不要命了。家和万事兴，明小花对她的态度有好转，开始叫她妈了。

贺琼姑娘有好长时间没来收鞋了。

这一次，来收鞋的是周汝聪，当白青青问他贺琼姑娘为什么不来时，周汝聪有些为难，不好把实话告诉她。

白青青来火了，不说出实话就不做鞋了，她气得把所做的鞋子往地上甩。

周汝聪只好跟她实说："贺琼同学是中共地下党员，由于叛徒出卖，被秘密关进牢里。贺琼同学来洪江的目的是向大家宣传抗日，发动大家做布鞋，支援前方。"

后来，听说贺琼姑娘被秘密杀死了。

"多好的一个姑娘啊！还没嫁人就死了！她到底犯了什么罪？"白青青想不通！

周汝聪告诉白青青："共产党是为劳苦大众谋幸福的，贺琼死得光荣！"

那时候，贺琼姑娘每次来的时候，总是笑嘻嘻"大娘，大娘"地称呼白青青，可是现在永远也见不到她了。

这一天，白青青气得连晚饭都忘记做了，明石匠回来见厨房里还是冰锅冷灶，问她是怎么回事？她哇地哭了起来："贺琼姑娘被害死了，多好的姑娘啊！"

这一切，佘氏耳朵听不见，她只知道贺琼姑娘很久没来了。当她看见白青青和大家流眼泪后，才知道贺琼姑娘牺牲了，两行泪水从她眼角瞬间落下，嘴里说出一句："造孽了。"

白青青一针一线地做着鞋，她是妇道人家，不知道太多的国家大事，但有一点她知道，那就是贺琼是个好姑娘，是贺姑娘叫她做军鞋的。贺琼恨日本鬼子，白青青也恨日本鬼子！可不是吗？前两天日本鬼子的飞机到这里，在大湾塘对面的龙罐塘丢了几枚炸弹。想着这些，她恨不得自己有两双手，多做一双布鞋给抗战将士穿。

这几个女人，几个月来，一直坐在刘家大院门口做军鞋，把鞋底线拉得"唰唰"响……

刘家大院和很多的大窨子屋里，住满了在雪峰山上受伤的中国军人。

《洪江晚报》是宣传抗日的报纸，编辑叫江欲仁，是个小学老师，这报纸原来的编辑是驻洪国民党进步人士邹新泽，只因邹新泽奉命上抗日前线去了，江欲仁就接了过来。这报馆现在迁到太平宫里来了，为解决报馆经费问题，"民训队"员贺琼卖掉了自己的金镯子和金项链。唐德忠知道这一情况后，号召商界人士为《洪江晚报》捐款，刘荣昌、李躬厚等人各捐了一百元银圆。在这国难当头的时候，洪江商人都在为抗日尽一份自己的力量。永丰纺织厂老板陈芸田也曾多次跟李躬厚说，要他做些抗日爱国的事。因此，李躬厚打算把从贵阳进来的一批专治刀枪伤的中药拿到陈积芳的药铺里加工，然后送到"民训队"那里。

吃过早饭后，李躬厚将两袋专治刀枪伤的中药拿到犁头咀陈积芳的药铺里，对陈积芳说："陈老板，跟你商量一件事，这两袋药我想放在你这里加工磨成粉，不知要多少加工费？"

"这么好的药不卖给我？"陈积芳冷眼相待，一副极不高兴的样子。

"实在不好意思，这药我另有用处。"李躬厚说。

"自沅水封航以来，我们一直配合得很默契，你卖，我买，我从没跟你讨价还价过！也没少过你一分钱！这药为什么不卖给我？"陈积芳埋怨道。

"是这样的，你看见'民训队'的人在宣传支援抗日吗？我想把这药磨成粉，捐给抗日队伍，打仗受伤是很正常的事。"李躬厚说。

"原来是这样？"陈积芳有点后悔了。为弥补刚才的冒失，他便说："这样吧，我还加一点药，一次性配制好，一分钱加工费也不要。"

"那就谢谢你了！陈师傅！"李躬厚说。

"谢什么？都是为了抗日！"陈积芳说。

当李躬厚把这药送到莲花地民生工厂里"民训队"周汝聪手里时，周汝聪握着李躬厚的手说："谢谢你，李老板，你为抗日做了一件大好事！"

在"民训队"里，李躬厚看见武汉出版的《新华日报》、邵阳出版的《观察日报》《抗战》和《群众》等报纸，他知道这都是宣传抗日的报纸，是进步报刊。他知道江欲仁老师连续在《洪江晚报》上以"木火"笔名撰写国共合作的社论，也知道贺琼曾以"曼石""卞石""京林"等笔名在《洪江晚报》上发表爱国言论，传播进步思想。他还知道贺琼在狱中写了"辛苦遭逢事未全，悲民悲国不悲身，此身愿为山河碎，一寸丹心共月明"的壮丽诗篇。

后来，江欲仁中共地下党员的身份被暴露，他离开洪江，去延安了。

那时，有很多热血沸腾的爱国青年都向往延安。

第十七章
鬼子投降龙狮舞　苗人兴奋杉树砍

李锦的小女儿李芸兰出生了。

1945年3月，日军为实现西进的战略意图，其"224联队"组成了数支敢死队，向雪峰山挺进，从而拉开了雪峰战役的序幕。

1945年4月至6月间，中日两军以雪峰山枳木槽一带为主战场，最后日军三千余人被击毙，两百多人被俘，败退到洞口，他们夺取芷江机场、进攻洪江的计划彻底落空。

雪峰山战役捷报传到洪江后，万众欢腾。一时间，洪江巫水河边的吉庆街、洪盛街、清平街、塘连街、老街、狮子楼、鼓楼脚、冻青坪、皮匠街等街上，人山人海，载歌载舞；沅江边的七属码头、辰沅码头、一甲巷码头、宝庆码头、福建码头、山陕码头、大佛寺码头、江西码头、贵州码头等地方的人一片欢腾；莲花地广场上，在洪达中学读书的李锦的三儿子李躬福拿着喇叭在欢呼胜利，雄溪中学、赣材中学的学生都聚集在这里，他们手里拿小旗帜庆祝胜利，整个古城沸腾起来，成了欢乐的海洋，鞭炮声、锣鼓声、欢歌声连成一片；舞龙，舞狮，踩高跷随处可见。特别值得一提的是：离洪江三十里路的若水，一个农民将刚从山上打到的一头三百斤重的野猪披上红布，由八个壮劳力抬到洪江，慰劳在雪峰山打了胜仗的中国军人。

李锦即兴写出一副对联：

拿武器，中国痛歼狂日寇；
洗冤魂，雪峰威震古商城。

自被田山虎关了之后，李躬厚就不要李锦出去了，李锦在家里闲了两年。现在日本鬼子投降了，他心里跟大家一样高兴，逢人就说话，逢人就笑。

洪达中学大礼堂里，洪江各界举行了庆祝雪峰山大捷大会，军界、政界、商界人士在大会上发了言。商会会长唐德忠发言时，特别提到了李锦和刘荣昌等人慷慨捐款的事。

1945 年 8 月 15 日，十四年抗战胜利了，许多难民开始整理行李回自己的家乡了。临行前，他们跟洪江商会会长唐德忠告了别。

"唐会长，你们洪江商人是大好人。"

"唐会长，不是你们救济，我们早就没命了。"

"唐会长，你们洪江商人的大恩大德我们永远不会忘记。"

"唐会长，请受我们真诚的一拜。"

一时间，黑压压地跪了一片人。

面对难民此举，唐德忠会长不知如何是好。他整了整衣服，用温和的语气对大家说。

各位长辈、各位兄弟姐妹：

请起来，你们的诚意我领了。在这国难当头，民不聊生的时刻，我们洪江商人为大家做了些事是应该的。"吃亏是福"这句话你们听说过吗？多少年来，我们洪江商人就是用这句经商警语激励自己，做了些我们应该做的事。以后，如有机会，欢迎大家来洪江走走，就像走亲戚一样。

如果有的同胞想回去，没有路费的，由商会出资，每人发两元银圆。

谢谢大家！

李锦给住在刘家大院的三户难民，每户发十枚五元的银圆。

沅江复航，停止了八年的木商又开始运营了。可是由于战乱，很多水客的木头绝了去向；有的只得在沅江两岸起坡，堆放，长年累月，有的已腐烂，有的被山洪冲走，有的被土匪劫走，损失非常之惨重，致使倒闭。还好，李锦的一百两散木还在岸边上，虽然丢失了一些，但损失不是很多。现在，汉口、南京、镇江、南通一带急需大量木材，他打算重操旧业。

这几个月，李躬厚还得做药材和纱布生意，继续在邵阳至贵阳的公路、水路和马帮路上跑。（水路上，他交给潘云飞的保护费比以前多了一半）等到明年开春后，这药材和纱布生意就不做了。

杨黑牯已在洪江买了三间土木房，他把幺妹接到洪江了，幺妹很想给他生个娃，可就是怀不上。哑巴的老婆聋姑娘已生了个女孩，这女孩不哑不聋，两只小辫子翘得高高的，聪明、活泼、可爱，人也长得特别漂亮。一家五口人住在一起。

李锦带着刚在洪江买的伞，坐着杨黑牯的苗船去锦屏悬崖寨了，苗船到锦屏后，他去了一趟榨油坊。

现在只有阿香守着榨油坊，自刘荣昌老板接过榨油坊后，每月开她十元银圆，委托她守着。在这兵荒马乱的年代，待在家里每月有十元银圆，阿香知足了。她丈夫来劲已完全适应苗人生活，到黎屏的一家碾坊打工去了，三个月才回来一次。

李锦告诉阿香，日本鬼子投降了，白露后桐果落地，榨油坊就要开工了，他要来劲提前做好开工准备。阿香感谢李锦那时成全了自己和来劲的婚事，她真心真意要留李锦吃晚饭。李锦说今天得赶到悬崖寨，所以匆忙走了。

天梯下面，李锦看着悬崖上遗留下来的枯枝、枯藤，就想起当年人们爬天梯的情景，特别是肖大山结婚那天，肖大山背着兰花一步一步爬上去的情景，和小伙子用绳子拖着嫁妆上去的情景。

悬崖寨到了，那蔸古红楠树显得苍老了很多，枝繁叶茂的景致没有了，树根也显得伤痕累累，椭圆形枯叶把树根盖得严严实实，看样子，很久没人在树下乘凉了。

当李锦来到肖云仫的中堂门口时，看见神龛上摆着肖云仫的遗像，才知道老人家已离开了人世。是肖大山的老婆兰花接待了他。兰花告诉他："肖大山和肖蒙子干马帮活去了，要两个月才回来一次，可能这几天就要回来了。现在，我们的日子跟以前不同了，难过得很，有的人重操旧业，拿起鸟铳，上山打猎了，可是一年到头，一头野猪、一头野羊也没打到。我介绍过来的十几个盘古寨女人，特别是肖蒙子的老婆，天天怨我，说是我把她骗到这个鬼地方来的。有好几个女人天天跟男人打生死架，正闹着要离婚。"

听完兰花的话之后，李锦心里酸酸的，他陷入了沉思，很久说不出话来。如果日本鬼子不侵略中国，男人们有树砍，有木头扛，或是在榨油坊里干季节活；女人们每年秋天能在山上捡桐果，那该有多好啊！也不至于男人重操旧业上山打猎，或是干马帮活。他们痛恨日本侵略者，给中国带来了如此大的痛苦和灾难。

"现在好了，日本鬼子投降了。"李锦说。

"日本、鬼子、投降？这是什么意思？我只听见丈夫说过'东洋人杀人！放火！抢东西！乱搞女人'之类的话。后来榨油坊停工，我丈夫就回来了。"兰花迷惑着。

这也难怪，她一个山寨女人，连锦屏县城都没去过一两次，又怎么知道国家大事？

"你丈夫说的那些东洋人就是日本鬼子，他们被打败了，投降了，滚回日本去了。"李锦说。

"哦。那就好！那就好！谢天谢地！老天保佑！菩萨保佑！"兰花双手合十，嘴角微微一笑，笑得很自然，就像微开的水仙花。她有八年没这么开心地笑了。

"我来这里就是告诉你，榨油坊要开了，我又来买木头了，你们有活干了，生活会好起来的。"李锦说。

"哦，这么说，我们可以捡桐籽卖了？男人们可以砍木头、扛木头和去榨油坊干活了？"兰花问。

"嗯。是的。"李锦答。

对兰花来说，她哪知道锦屏榨油坊原来的老板刘尉君因"运油资敌"案死于非命？哪知道洪江八大油号有好几家已倒闭歇业？如果不是刘荣昌家大业大能撑过来，锦屏这榨油坊也许早就卖了。

"这就好了！我们终于有活路了！我们终于有活路了！"兰花高兴得像个小孩，自榨油坊停产后，她整天愁眉苦脸，没开过笑脸。

"是的，有活路了。"李锦说。

"你打算砍多少木头？要多少人砍？"兰花问。

"暂时砍两块山，人数嘛，如果肖大山回来，他愿意，我还是请他当包头，用多少人，由他来定。"李锦说。

"你还是请肖蒙子当包头吧，他是临时马帮，干一天算一天。我丈夫跟马帮头说好了，要干五年，干满了五年，才能得到五年的工钱，如果提前离开，马帮头儿扣一百元银圆。我现在有两个男娃两个女娃，就希望他把这五年干完，存点钱给两个儿子将来找老婆。"兰花说。

"是这样的，兰花，大山如果不想在马帮那里干，那一百元银圆由我来付。"

李锦说。

"那就等他回来，你问他吧。"兰花说。

说曹操，曹操就到。此时，肖大山和肖蒙子回来了。

肖大山跟李锦有八年不见面了，八年来，他完全变成另一个人，四十岁的年纪，五十岁的相貌，皱纹爬上了脸，满满的，眼睛凹了进去，头发白了一半，背有点驼。

见李锦来了，肖大山高兴得不得了，浑身蒸腾起热力来，觉得眼前现出了彩虹。他好久没这么高兴了。他要兰花杀一只鸡，把肖蒙子叫来，陪李锦好好喝几杯酒。

肖大山先喝了三杯，说是敬李锦，给他洗尘。他说："李老板，您和您儿子都是好人，您和您儿子为我们悬崖寨人做了几件大好事。一、您儿子来这里买树木，让我们有活干；二、如果不是您预先付给我一百元银圆，我很可能至今还是一个人呢；三、您出一百元银圆修改了天梯口上的路，使我们的桐籽能挑出去，对了，捡桐果、卖桐籽、种桐树都是您儿子和您出的主意；四、是您把我们介绍到榨油坊做事，使我们有了活路，年轻人都讨到了老婆。如果不是您和您儿子帮我们，谁愿意嫁到这山高路远的悬崖寨来？我爷爷说您和您儿子都是大好人。嗨！自从日本鬼子来了后，杀人、放火、抢东西、乱搞女人，世道就变了。榨油坊的门关了，我们的桐籽卖不出去。砍木扛木的活也没有了。我们挣钱的路断了。开始几年，我们还有一点老本吃。可是老本吃完了，只好上山打猎。您知道吗？我爷爷就是打野猪时为了掩护大家，他自己跟野猪对着干，结果被野猪活活给咬死了。那野猪是突然从树林里冒出来，因为距离太近，怕伤着人，不便动鸟铳，所以爷爷要大家走开，一个人用棍子打，棍子打断，他没退路了。"

说到这里，肖大山哽咽了。

"李老板，我也敬您三杯。"肖蒙子站了起来，连喝了三杯后说："您和您儿子真是我们的大恩人。如果不是你们，我们有十几个人可能至今还在打光棍呢，真的很感谢您！"

李锦也端起酒杯喝了一小杯，说："现在好了，日本鬼子投降了，沅江河里可以放排了，所以我就来看一看这里的木头。"

肖大山说："李老板，肖有财到常德读书去了，他的山都卖给他的舅舅了。

他舅舅是个小气鬼，您不要买他的山，我陪您去后山，买肖有发的山，他跟肖有财一样，很好说话，他不会卖贵的。"

肖蒙子说："吃了饭，我也陪您去。"

李锦说："那就谢谢你们了。"

肖有发果然好说话，按肖有财的山价将两块山一次性卖给了李锦。李锦更爽快，将一张印有"湖南银行"字头的支票给了他。

肖有发接过支票，问："这纸有用吗？"

李锦笑嘻嘻地说："这是湖南银行里的五千元银圆账单，上面有我的'李锦'章印，拿着它随时可以在那里取钱。如果你暂时不需要钱用，存在那里还有利息。"

"利息是什么？"肖有发问。

"利息就是钱。就是说这五千元银圆你不用，存在那里，一年有百分之一的利息，也就是五十元银圆。"李锦很耐烦地解释着。

"有这样的好事？那我就存在那里了。"肖有发说。他知道李锦的为人，信得过李锦，认为李锦不会骗自己的。

肖大山把马帮活给辞了，他不要那押着的一百元银圆了。当然，李锦是个说话算数的人，当即将一百元银圆放在兰花手里。

对肖大山来说，李锦所买的两块山，够他们砍好几个月。只是年纪大，手脚不如以前麻利，但砍木这活还是干得了。

几天后，悬崖寨山上响起了砍木声和《伐木》苗歌声。

第十八章
李锦随排下江浙　秀芝推磨盼满哥

李锦从悬崖寨回来后，就忙着做各种准备工作了，已有八年没放排，很多事情都得重新布置。他先是去大湾塘篾缆厂找申老板，把所需要的篾缆告诉他，定下提货时间，并交付了一部分订金。从篾缆厂出来后，他来到了川岩撬棒厂，把所需要的撬棒订下来，同样交了宋老板一部分订金。最后来到田湾，在文铁匠那里吃了午饭。

包头周老满住在巫水河边的鸡笼街，说起鸡笼街，曾有个有趣的传说。

过去，这里还是一垄水田，水田里常年栽种线草，这线草四季常青，到了冬天，越冻越青，人们就叫它"冻青草"。后来，水田开垦成了平地，人们舍不得那冻青草，就干脆叫它"冻青坪"了。再后来，这里修建了一条街，叫吉隆街，寓吉祥隆昌之意，是会同、靖县、绥宁进入洪江的必经之路。清朝末年的一个黄昏，有七个盗贼流窜到洪江，他们从小河进街，趁夜幕降临的时候，窜入店内进行扒窃，不料被店主发现，店主大喊捉贼，鼓楼上的士卒闻声后将两头闸门一关。这条街虽是杂居，但抓盗贼却非常齐心，听到喊声，大家蜂拥而至，拿着火把木棒沿街挨店搜查，不到片刻，那七个盗贼全部被抓，送入衙门。由于这条街形同鸡笼，只要将闸门一关，鸡（贼）插翅难飞，因此这街就叫鸡笼街了。

当李锦来到周老满家门口时，只见门上着锁，锁已生锈，看样子主人有多年没住这里了。他去哪里了？

一个邻居告诉他："周老满租了一条小渔船，在沅江河里打鱼，一家人吃住在船上有好几年了。"

李锦来到沅江，到处是渔船，他问了几个渔夫，都摇摇头，姓周的太多了，不知找哪个姓周的？当他说放排的包头时，有人接话了："是排巴佬呀，在上头重阳溪那一带。"

李锦对重阳溪水域比较熟悉，以前他的木排就在那段水域。

　　当李锦来到重阳溪周老满的渔船上时，他一家大小五口人正蜗居在船舱里，坐的坐，睡的睡，一副穷困潦倒的样子。他老婆头发乱乱的，像一个鸡窝，看来有好几天没梳理了。见李锦来了，周老满要老婆到舱外去，把头发梳一梳。周老满叹着气："嘿！河里打鱼的人太多了，鱼都打光了，每天早晨收网时，只有几条小鱼。已有三天没见鱼了。没有鱼，她懒着梳头发，反正不要上街卖鱼。她和我赌气，没办法，由她吧。"

　　李锦说："我们到岸上走走。"

　　周老满跟着李锦下了船，边走边说："这日本鬼子真是害死人，害得你不敢买木头，害得我没活干！你知道吗？我现在的担子很重，这里有老婆和三个娃娃要吃饭。在沅陵，我那死去的拜把兄弟的老婆张秀芝给我生了一个娃，就是我给你第一次放排时，在沅陵住了一夜，我去看她，送了十元银圆给她。她说有很多放排人都在打她的主意，想睡她，其中有跟我一起放过排的人，这些人把她当窑子里的人。她哭着，要跟我好，我始终不同意。那一次，我多喝了点酒，真是英雄难过美人关，我把她给睡了。一年后，她给我生了一个男娃。后来，我每次到沅陵，都要在她那里睡一夜，给她几元银圆。沅江封航后，我有八年没去了，不知她开的豆腐店怎么样？我现在好想她呀！但又看着这一家，我确实顾不了他们。"

　　李锦说："这一百元银圆你先拿着，搬回家里住。我洪江有些散木，打算还买一些，拼成一连，请你当包头，扎成洪排，放到洞庭湖。从明天起，你就去组织人吧。到明年涨端午水的时候就有活干了。"

　　"李老板，谢谢你，我一家人有救了。这狗日的日本鬼子，如果他们不侵略中国，那该有多好啊！"周老满被李锦这一举动感动得流下热泪，在青浪滩巨浪中，他没流过眼泪。他一个放排的，讲不出什么大道理，也没有非分企求，只希望能平平安安地过日子。

　　几天后，洪排编扎好了，有一连，一百七十多两，周老满只请了一个帮手，加上李锦，一共三人下沅江了。由于只有一连排，在水上可日夜兼程，白天是帮手划，夜晚，借着月光，周老满一个人划，他只想快点到沅陵，快点看到张秀芝。

　　排，终于到了沅陵，排还没湾好，周老满就跳上岸，直奔张秀芝的豆腐店里。此时此刻，张秀芝正在磨盘边推豆腐，她十一岁的娃站在旁边，根据她推磨的速度，用勺子均匀地从桶里舀起泡涨的豆子，放进石磨中间的孔里。

"秀芝。"周老满喊着，进了豆腐坊，将十元银圆放在磨盘边。

"满哥。"张秀芝感到很惊喜，"平娃，他是你经常盼望的在洪江的爹，快叫啊！"

此时，平娃用怀疑的眼光看着这个洪江爹，半天不说话。

周老满最后一次来这里是八年前的一个晚上，那时他才三岁。对于一个三岁的孩子来说，他又怎么记得下这些事呢？当他四五岁跟伙伴们玩的时候，人家都有爹喊，就他没爹喊。他也曾多次问过他妈，问他有没有爹。而他妈每次都是很认真地回答他："你有爹，他在洪江。"

"洪江在哪里？"他问。

"洪江在这条河的上游，有好几百里。"她说。

"那他怎么不来看我们呢？"他又问。

"他要来看的，只是现在日本鬼子在欺负我们，他一时来不了。他要来看我们的！要来看我们的！"她重复着。

"日本鬼子是什么？"他又问。

"是坏蛋！"她答。

从此，他把见不到爹的事总跟日本鬼子联系起来，他恨死日本鬼子了。

他知道日本鬼子投降很久了，但洪江的爹怎么还不来看他和他妈呢？

尽管他没喊爹，但他还是主动地给周老满筛了一杯茶。从他这一举动来看，似乎默认了这个爹。

张秀芝煮饭去了。周老满推着磨，推得很快，使得平娃放豆子都忙不过来。

"你去玩吧，我一个人来。"周老满说。

平娃还是不说话，只是尽力加快放豆的速度，这性格，就像周老满。周老满放慢速度了，这样，父子俩慢慢默契起来，毕竟是有血缘关系。

吃饭的时候，先是张秀芝给周老满筛了一杯酒，喝了这杯之后，平娃竟拿起酒瓶给他筛酒了。这时，周老满来劲了，要张秀芝拿个酒杯出来，要跟平娃喝一杯。

"他还小呢。"张秀芝说。

"不！我要跟爹喝！"平娃终于叫他爹了。

夜深了，张秀芝对周老满说："满哥，我晓得你要来的。"她把手搭在周老满的脖子上说，"这些年很乱，我不怪你不来看我们，我知道你也有你的难处，不放排了，很难找钱了，家里有那么多人要吃饭，我不怪你。我的日子还可以。女儿十六岁那年嫁给了常德的一个渔夫，逢年过节小两口儿都要来看我。我现在就是把希望放在平娃身上，他是一个很懂事的孩子。"

"我称不上平娃的爹，我对不起你们，这些年来让你们受苦了。"周老满本想把在洪江打鱼的事告诉她。但是，话到了嘴边又收了回去。

"我真的不怪你，满哥。我知道你的为人，那些年，你每次过沅陵，都要给我十元银圆，而且从来不碰我。那一次，不是我主动，你是不会睡我的，这一点我很清楚。"

窗外的月亮，高高地挂在天空中……

当周老满第二天早晨来到排上的时候，排棚边的炊烟早已袅袅升起。

李锦的木头就卖在南京了，价格比他想象的还要好，可惜只有一百七十多两。不过通过这次销售，他了解到南京、镇江、南通的市场行情。

第十九章
碾坊复工锤声响　沅江运油日夜忙

"运油资敌"案后，洪江八大油号有好几家大伤元气，一蹶不振，有的甚至倒闭歇业。现在只有刘荣昌等三家还在勉强生产经营着。刘荣昌自接过永庆油号的滩头和锦屏榨油坊后，开支又多了一笔，每月付来劲的老婆阿香十元银圆，付涂师傅二十元银圆。本来，按刘尉君的价，每月要付涂师傅五十元银圆的，但涂师傅没要那么多，他无儿无女，老伴儿去世了，现在独自生活，开支不大，说二十元就行了。他一辈子不会干别的活，就会榨油。刘尉君去世后，他感谢刘荣昌接过了这榨油坊，使自己有一条生路。再说刘荣昌知道涂师傅是洪江榨油坊第一掌庄师，舍不得让他走。因此，他们都迫不及待地希望天下早日太平，榨油坊早日重开。

也有人建议刘荣昌把锦屏榨油坊卖掉，可他说这兵荒马乱的，谁愿接？再说卖也卖不了几个钱。

这些年，想着好端端的桐果在山上白白地烂掉，刘荣昌和涂师傅心里都很疼。

现在好了，日本鬼子投降了，沅江通航了，洪油能在汉口、南京、镇江、南通等商埠销售了。

刘荣昌把永庆油号和太丰油号囤存在洪江和常德的洪油，全部清仓处理，没想到，现在的价格比封航前高了好几倍。

现在的洪油业中，只有刘荣昌的三座榨油坊最有影响力，独占鳌头。只有刘荣昌是洪油中的富商大贾。

自李锦再一次来到悬崖寨后，那些从盘古寨嫁来的女人不再提离婚的事了，她们的脸上就像放着红枣那样的光彩，对自己的男人也温顺了许多，其原因是男人又砍树了，锦屏榨油坊又要开工了，有经济来源了。那些年，她们只认为自己命苦，后悔不该嫁到悬崖寨来。可她们没想到是日本鬼子侵略中国后，男人们才没活干，没经济来源的。现在她们如释重负，一个个多开心啊。白露过后，她们就要上山捡桐果了，自己也有收入了。锦屏榨油坊的来劲师傅已来过好几次，都是说收桐籽的事。

悬崖寨山上，满山遍野都是捡桐果的老人、女人和小孩，感谢天老爷，感谢菩萨，感谢寨前那蔸古红楠树。他们一个个脸上带着灿烂的笑容，在桐树下很仔细地捡着，不丢下一个躲在树丛里的桐果。他们把捡起的桐果剥掉壳后，来不及晒干，连夜挑往锦屏榨油坊。现在，这路比以前好走多了，三十里路，三个小时就到了。走着这路，他们忘不了李锦。

榨油坊里，三四十个人在来劲的统一指挥下，各项工序有序地开展着。最忙的是烤桐籽和炒桐籽的人。金灿灿、香喷喷的油从竹笺里流出来。

杨黑牯和哑巴在清水江、沅江日夜兼程，直往洪江赶。

阿香的叔叔杨猛子一喝起酒来，就一个劲地夸来劲是个好孩子，说阿香找到了他是前世修来的福。

托口位于渠水与沅江汇合处，两水互为顶托，故名托口。唐贞观八年（634年）曾设置朗溪县，是西南地区的古镇之一。刘荣昌的榨油坊就设在这里。

蒋老三是这里的掌庄师了，他带着百来人正忙着呢。自那次在滩头榨油坊跟来劲喝醉酒后，他再也不敢多喝酒了。那一次，老板刘荣昌以为他跟"一棍子"是一伙的，差点把他辞退。因为刘荣昌跟刘尉君的关系太好了。好在有涂师傅作证，说他确实喝酒喝醉了，刘荣昌才没辞退。对刘荣昌来说，商人讲的就是信誉，他们最恨那些品行不端，在人背后搞小动作的人。蒋老三改了爱喝醉酒的毛病后，刘荣昌就重用他了，让他当上了托口榨油坊掌庄师。

托口榨油坊是洪油业中最大的榨油坊，那碾盘比人还高，磨盘有两人合围大。为带动碾盘、磨盘，刘荣昌的爷爷刘三太专程修了一座特大的水坝，坝上的水总是满满的，一天到晚，碾盘和磨盘转动不停。太丰油号就是靠这榨油坊起家的。在这里，出了很多掌庄师和榨油能人。"永固"牌洪油就是在这里制作出来的。太丰油号之所以成为洪江"八大油号"之一，就是因为有这座榨油坊。

现在，"永固"牌洪油是俏货。

洪江滩头榨油坊是永庆油号"山花"牌的诞生地，涂师傅带着七八十个人正忙着呢。那些来自乡下的榨油工，有好几年没操作油锤了，他们站成两排，穿一条短裤，打着赤膊，喊着号子把油锤在尖码上榨得"咚咚"直响。炒桐籽的拿着比人还高的锅铲在特大的锅里炒着桐籽，满屋都是桐籽香味。碾盘昼夜转动着。

刘荣昌跟刘尉君一样，是高瞻远瞩之人。

会同沙溪乡下，林长庚等男人们挑着桐籽来洪江滩头榨油坊了，他们是刘尉君老板去世的前一年来过的，对他们来说，卖桐籽是一条生活来路，因此都珍惜这来之不易的机会。卖了桐籽，将银圆换成铜毫后，先是去陈家药店里买几包苗药，然后就去青楼里吃法国巧克力。他们心里很高兴，都希望世道不要再乱了。

"山花"牌洪油在汉口、南京、镇江、上海等地供不应求。

那方头高尾的洪油船，每隔两月下一次沅江。当船载着山区人们所需要的日用品回来的时候，总是有四五十个纤夫肩披纤带在人工开凿出来不到一尺宽的古纤道上两手趴地逆水爬行，他们一路喊着：

嗨——嗬，嗨——嗬，咯咯咯，唬，嗬嗬，嗨——嗨——嗬，咯——咯——咯——

呵——嗬，呵——嗬，咯咯咯，唬，嗨嗨，嗨——嗨——嗬，咯——咯——咯——

……

呦嚯！呦嚯咯！咦呦！咦呦咯！吆喝！吆喝咯！

肩负纤索爬险障
性命悬在浪尖上
一旦滩中妖风起
尸入沅江把命丧

这沉重的号子声从清晨唱到傍晚，起伏的山峦把这沉重号子声圈在峡谷里，似乎在那儿流连很久，不愿意离去，不愿意消散。沅江两岸的人们，有八年没听见这号子声了。

第二十章
战后春节送年米　洪江民俗迎灶神

在新年即将到来的时候，洪江各家各户都变得忙碌起来，他们不仅忙着为家人团聚做准备工作，同时还要准备供奉各自的家神。农历腊月二十四日是小年，这一天，各家的灶王爷——他同时也是各家的家神——就要上天去和他家已经成了神的祖先团聚，同时也向玉皇大帝汇报他在过去一年看管自家家庭事务的功绩。每家都尽可能地准备一些最好的礼物，为的是好叫他到了天上以后，为自己家庭说些好话。这时，洪江市场上的物资便成了人们最关心的事情了。

李锦家除了送灶王爷外，还有一件事，那就是要请住在刘家大院的人吃一餐团圆饭，这事就交给长媳曾玉英办了。

曾玉英提着菜篮来到犁头咀菜市场上，在菜市场的一角，一位衣衫褴褛的乡下人正在卖一块野猪肉。曾玉英问过价钱后，没还多的价，全买下了。她要那人将肉剁成四刀（一刀大约五斤）。在洪江，对有钱的大户人家来说，过年时能吃上野猪肉是最好不过的事了。但曾玉英考虑的并不是过年要吃野猪肉，她是在为公爹李锦着想：年关到了，公爹李锦正为给向县长、陈师长、王局长、汤局长送礼的事发愁，而这野猪肉是年节最好的礼物，平时很难买到。至于供奉灶王爷，她就买其他的东西供奉了。对她的公爹李锦来说，供奉地方官爷比供奉灶王爷还要重要！她想：当灶王爷知道他家主人有难处后，也不会怪罪下来的。这也挺迷信的哈。

吃过晚饭后，李锦给向县长、陈师长、王局长、汤局长每人送去一刀野猪肉、一百元银圆。今年是抗战胜利后的第一个春节，所送的礼物跟往年不同，因为涨端午水后，他有好几千两苗木要运往汉口、南京、镇江等商埠销售，在很多方面，还得靠这些地方官爷军爷通融通融。当向县长、陈师长、王局长、汤局长看着那一刀野猪肉时，脸上笑眯眯的，都问这肉是在哪里买的？还有没有？他们似乎都嫌少了，只是没明说而已。

　　李躬厚给丐帮帮主王老大送去今年的"年米"。其实,这年米就是一张纸条,王老大可凭这张纸条去莲花地民生米厂兑换大米,米厂老板则凭这纸条找李锦要钱。

　　洪江年米发放有好几百年历史了。每年由慈善机构"洪江红十字会"根据油业、木业、绸布业、药材业、金号等大户人家的生意规模来摊派。李锦是水客,所以是按大户人家来摊派的。另外,李锦还私底下给王老大一张米条,以感谢他在关键时刻伸张正义!

　　农历腊月二十一日,李躬厚去了一趟龙船塘,看了看曾经帮助过他的恩人雷再思。这么多年来,每逢过年时都要去看他。让他没想到的是,这一次雷再思回的礼物是一刀六斤重的野猪肉。

　　看着这野猪肉,最高兴的是曾玉英了,她好用它供奉灶王爷。

　　大年三十下午四点钟,住在窨子屋里的人开始吃团圆饭了。大家看着桌上的野猪肉都感到很惊喜。

　　开席前,李锦给神龛上的刘家祖辈灵位上了香,对着刘尉君的灵位念道:

　　刘兄,过年了,给你烧几炷香、几张纸,希望你在九泉之下安息!现在好了,日本投降了。如果你还活着,那有多好啊。

　　"陈师长那狗日的,简直不是人!是个畜生!"明石匠来火了,那些年,他很感谢刘尉君老板让女儿和大牛住在这屋里。

　　"他不会有好死的!"白青青也开始骂了。她恨死陈军痞了,她在风和院里,被他和他手下的三疤子等人整得死去活来,还不允许她喊叫。风和院的余老板就是仗着他,狐假虎威,干尽了坏事。是他指使手下的人下黑手,把那几个唱葬歌的乡下人打死,尸体丢在深山老林里喂老虎了。如果不是被打猎人发现,人们还真以为唱葬歌的人失踪了。

　　"大过年的,不要说这些不高兴的话。"李锦说,"来,为明年有个好兆头,我们大家干杯。"

　　明石匠、大牛、岩娃、李躬厚和李锦五对夫妇站了起来,端起酒杯。

　　这桌子,平时是四方桌,只有逢喜事,才把四面的"半月形"撑起来,形成圆桌,能坐十人。

李锦的老婆佘氏什么也没听见，看着人家站起来，也跟着站起来。

李躬福带着妹妹李芸荷、李芸桂、李芸菊、李芸兰和三毛、田田坐另一桌。

白青青很感激李锦，如果不是李锦出一百二十元银圆把她从风和院赎回来，自己也许早已不在人间了。只见她站起来，端着酒杯，步子轻盈得像跳舞，来到李锦身前，恭敬地说："李老板，感谢您当年救了我，今生今世我永远不会忘记您对我的救命之恩。我先喝为敬！"白青青一口气将酒喝个杯底朝天。接着，又喝了两杯。她有妇科病，医生说不说能喝酒，可是今天，她控制不住自己，一连喝了三杯。

"妈，不要喝了。"明小花劝着白青青，自白青青对她爹好了以后，她一直叫她妈。听着小花叫自己妈，白青青心里很高兴，也把她当亲生女儿对待，家里只要有一点好吃的东西，总要给她留一份。有时外孙女田田看着想吃，她总是对她说："我去买糖给你吃，这是给你妈的。"

明石匠站起来，对李锦说："李老板，我敬你三杯酒，第一杯是你把我从张开笑的烟馆里救出来；第二杯是帮我戒掉了烟；第三杯酒是把白青青从佘老板的风和院里赎回来，使我们重归于好，还让我们住到你家来。"说完，明石匠连喝了三杯酒。

"李老板，我敬您一碗。"岩娃的老婆春妹敬酒了。她是苗女，在她的寨子里都是用碗喝酒，所以她就用碗喝。她有着遗传因素，天生能喝酒，喝一两碗没一点事。她是一个性子急、心直口快，同时又有点儿任性的人。跟寨子里的姑娘相比，她的命算好了，当然，这也归于她任性的结果。如果她当时不跟岩娃生米煮成熟饭，私奔出来，也许就嫁在贵州的山寨里了。每次过年回家，她所带的东西比别人的多，比别人的贵重。当她把第二碗酒喝了后，又说："李老板，您真是个好人。我做梦也没想到您会让我们一家人住到这里来。还感谢您把岩娃介绍到百味村饭馆做事。来，岩娃，我们两个一起敬李老板。"

岩娃站了起来，说："借此机会，我也说几句，说实话，李老板，你开始来曾四爷的木牙行时，我嫉妒你，处处为难你，可你并不怪我恨我。在我量错木头的时候，你没有告状；在我病了的时候，你和大牛背我到医院；更让我没想到的是，你还教我打算盘；在沅江封河时，你还给了我五百元银圆。你对我的关心，我这一辈子忘不了。我已跟百味村饭馆老板说好了，只要涨端午水，就来你那里做事。"

　　岩娃和春妹一起敬了李锦的酒。

　　大牛站了起来，要岩娃把他的酒杯筛满，说："李老板，我的工作也是你介绍的，感谢你！我不会说话，就一句话，你的木下清水江时，我随喊随到。小花，起来，我们一起敬李老板。"

　　明小花站了起来。

　　"爹，这么多年来，您为这个家操心太多了，太辛苦了。躬厚，起来，我们一起敬爹。"曾玉英邀着李躬厚给李锦敬酒了。她这个长媳妇自进了李家门之后，孝敬大人，关心弟妹，操持家务，把家里家外事处理得井井有条。她对公婆佘氏总是恭恭敬敬、百依百顺，从没跟她顶过嘴说过重话，弟妹们的衣裤脏了，都是她来洗。每天清晨，她是第一个去枫木岭挑井水的人，因为那井水是从岩缝里一滴一滴流出来的，只有在夜深人静的时候，水池里的水才是满的。挑了井水之后，就到沅江河里挑两三担河水。每天的菜，哪一餐吃什么？要买多少？都是她操持。另外，还有一件不显眼的事，就是窨子屋角落里楼梯下的那个小厕所，她每天要打扫一次，并在夜深人静时，定期请人将粪便舀起来，担到沅江边的粪船上。别人对舀粪人看不起，她可把舀粪人视为自己的亲人似的。所以只要她一喊，舀粪人随喊随到。每天睡之前，她要看一看灶门口是否有余火苗？是否放有柴？然后再看看天井太平缸里的水是否是满的，如果不满的话，就得加满，以防失火。洪江有句俗语说得好："穷柴房，富水缸。"

　　李锦老婆佘氏，不像有的恶公婆，有事没事找媳妇挑刺，说这说那。当然，她也有她的原则。她明白是与非。比如说有一次长媳曾玉英给小儿子李躬福洗衣服时，发现口袋里有一张传单，内容是："骂国民党坏，发动内战；说共产党好，要和平。"这传单让官府的人知道是要坐牢杀头的，媳妇责怪他不好好读书，跟着人家瞎闹。佘氏知道这事后，拿着传单不声不响地来到小儿子李躬福房间，轻言细语问："福儿，这传单是骂国民党坏？说共产党好！共产党是什么样的党？"

　　李躬福告诉她："共产党是为劳苦民众服务的党。现在日本人投降了，可是国民党想发动内战，打共产党。"

　　佘氏其他的话听不清楚，但"打共产党"被她听清了，于是就说："打共产党不对！"她这个1902年出生的经历过清朝的包裹着小脚的人，有她自己的看法：那时，要她做军鞋的是贺琼，贺琼是共产党，被杀害了。她认为不应该杀共产党，所以当即说是媳妇不对。

李锦站了起来，对大家说："各位邻居，这些年来感谢大家的支持，特别感谢大牛、岩娃在我起步的时候给我顶起了主梁，说实话没有他们俩，我不可能发展起来。也感谢明石匠和白青青，特别是白青青对我老伴儿佘氏的照顾。来，为了我们的美好生活，一起干！"

总而言之，这个窨子屋里的几户人家，和和气气，平日里从没有人非议，真是远亲不如近邻。

洪江过年，自古就有舞龙、舞狮、踩高跷、跳蚌壳舞的习俗。大年初一，七冲八巷九条街里，大清早就挤满了生气勃勃的人群，他们穿着新衣服，或是自己非常喜欢的服装，看舞龙舞狮。踩高跷的队伍里，十八罗汉和传说中的八位神仙，都在尽情地跳着舞。今年是抗战胜利后的第一个春节，因此有上百条龙从初一要舞到闹元宵。舞龙的队伍里，最耀眼的是宝庆会馆那由八个人抬着的那把 108 斤重的镇馆宝刀。看热闹的人群里，最忙碌的是那些在龙下面串龙的人。洪江有串龙的习俗，意思是串了龙就会有好运。

春节过后，李躬福要到长沙明德中学读高中了。李锦之所以让他去明德中学读书，是因为那是湖南第一所私立中学，师资力量相当雄厚。走的那天，李锦提着行李从余家冲走出来，一路经过山陕会馆、福建会馆、宝庆会馆、辰沅会馆、黄州会馆、七属会馆，在吉庆街街口过了风雨桥后，来到洪江汽车站。

对李锦来说，长子李躬厚迫于生活，十三岁就跟他出来谋生，失去读书的好机会。次子李躬康不愿在爱打字牌的师兄禹大胡子手里读书，九岁辍学了。万般皆下品，唯有读书高。现在，他只好把希望寄托在三子李躬福身上了。

好在李躬福也特别争气，各科成绩都很好。洪达中学校长杨汉辉曾多次表扬过他，说李躬福将来一定是个有出息的人。

李锦也就是冲着杨汉辉校长这句话，才送躬福去长沙读书的。

眼看这个儿子就要离开自己了，李锦有点为他担心，只怕他惹出什么祸来。因为他老婆佘氏曾经跟他说过儿子身上有"传单"一事。日本投降的时候，他也亲眼看见儿子拿着喇叭筒在莲花地广场上喊口号，欢呼胜利。那是爱国之事，他是支持的。"传单"一事是有风险，一时很难说清楚。但有一点，就是不希望中国人打中国人。

"福儿，长沙是省城，比洪江大得多，现在时局还不大稳定，你最好不要议论政事，好好读书就是。"李锦说。

"好的，爹爹。我会安心读书的。您多保重身体，有些事就让大哥去做。"

"有你这句话，我就放心了。"李锦说。

李躬福知道父亲话中有话，但考虑到就要离开他了，就不便多说政治立场的话。不过，他知道父亲是在为他好。

看着这个似懂事非懂事的孩子，李锦就是放心不下。

车启动了，李躬福将手伸出窗外，向李锦告别。李锦跟随客车走出车站，在车站门口，还在看着，直到车拐了弯，完全消失为止。

李锦回到家里的时候，李躬厚去贵阳了。这是最后一次，是药材清尾工作。买邵阳陈芸田永丰纺织厂纱和布的事，年前就清了尾。

一个月后，李躬厚回来了，让人没想到的是这一次亏了，亏得可大呢，因为贵阳的邹明亭老板已去长沙，接替他药店的是一个贵阳老板，这人得知他们是最后一次来进货时，故意把价格抬高百分之三十。如果李锦没有同陈积芳等人签订合同，这笔生意是不会做的。亏就亏吧，吃亏是福。

龙船冲郑家窨子屋墙上就有"吃亏是福"古训。传说这是清朝扬州著名书法家郑板桥为其在洪江经商的远亲郑煊所题的。郑煊那时在洪江经商。有一次做木头生意，货运到外地，货价狂跌，即使卖掉，也是血本无归。郑煊以为自己的末日到了，很沮丧。郑板桥得知便送给郑煊这幅勉词。郑煊带着这幅勉词回洪江，没想到在回来的路上，木头的价格突然昂起，郑煊意外发了财。郑煊回家后静静地思考着郑板桥给他的题词，并从中体会出人生哲理，于是将郑板桥的题词作为家训，刻在自家屋墙上。

第二十一章
佘细珍妙出对联　李躬康复读诗书

在明朝，朝廷奖励开荒和兴修水利。洪武十八年（1375年），李氏先祖李再荣携妻带子从江西省吉安府泰和县迁到湘中丘陵地带一个叫蓼村的村庄。一条小溪绕村而过后，缓缓地向资江方向流去。方圆数百里的山上，长满了自然生长的松树、柏树、杉树、樟树、枫树和许多许多不知名的杂木树。树还没有受到人力摧残。这里的山，有的连绵起伏；有的独树一峰；有的是三五座拥抱在一起；有的并不高，但脊梁浑厚；有的小得如同一堆稻草垛子。

李再荣带着儿子慢慢地将盆地开垦成农田。在漫长的岁月中，一代又一代李氏后裔在这里开垦、耕耘、繁衍、生息。到十九世纪二十年代，已繁衍到第十九代，两万多人。

追本溯源，李再荣的祖先是江西观察使李宪（762—829年），字章武，旧唐书、新唐书都有其传。李宪的父亲是唐朝名将李晟（729—793年），字良器，曾被封为西平郡王，官达一品。原来，这李氏出身皇族。

丘陵中间，有一座连绵十多里的象形山，象形山西边山脚下，有一个叫诒经堂的村子，村子有十多座土木屋，住着一百来人。李锦的老家就在这里。

李锦的土木屋分上下两层楼，坐东朝西，中午过后，屋的大门一直要被晒到太阳落山。这土木屋是李锦的曾祖父修建的，快有百年了。曾祖父三代单传。曾祖父是石匠，打了一辈子碾盘。曾祖父就留下这幢土木屋和屋前塘边的那一亩三分八厘田。祖父去世得早。父亲身体一直不大好，但说什么也得咬牙让李锦读私塾。等李锦读了九年私塾后，父亲也就去世了。对父亲来说，能留下祖父的遗产，就很不错了。

土木屋前面的塘呈长方形，一条清澈的小溪从塘的下面流过。这屋场坪是李锦的曾祖父请风水先生看过的。在过去，人们竖屋习惯选择依山傍水的地方。塘里的水是地下水，水总是平着洗衣服的那个石阶，不曾多过，也不曾少过。

自李锦带着李躬厚在洪江做生意后，他算是当地的大户人家，方圆几十里无人不晓。在邵东乡下，屋就是人的脸面，有没有钱，只要看看屋就知道了。因此，李锦将土木屋重新翻修了一番，改成四合院，房屋也扩到了十六间。大门口配上了青砖照壁。照壁上的瓦片上了绿釉，在当地，这四合院算是豪宅了。霸气！

现在这座四合院就由李锦的次子李躬康守着。李躬康长得跟他哥哥李躬厚一模一样，只因为从小种田的缘故，背稍微有点儿驼，但这不影响他的整体形象。那些年，他除了守着这屋外，还种着老祖宗留下的那一亩三分八厘田。

李躬康九岁时就写下《辍学》：

父命坚违口弗松，一自抽烂死无从。
近朱者赤近烟黑，问道于盲问字聋。
雏燕既偕云鹤侣，浑金不与炉铜熔。
良师属地途归远，甘作童工既务农。

他的老师是父亲李锦的同门师兄，叫禹大胡子。这禹大胡子最爱打字牌，他在上课的时候，上着上着就打起了瞌睡，因此学生就知道他头一个晚上是在牌桌上度过的。大家说他的"邵阳字牌"打得好，一夜要赢很多钱。用他的话来说，教书还不如打牌。

有一次，他打瞌睡时，被李躬康搞了个恶作剧，拿着一截稻草秆往他的耳朵里捅，把他耳朵搅得又痒又疼。这可把他惹怒了，他瞪着眼，用专打学生的竹板，朝李躬康的左右手板心，狠狠地各打了五十大板。

师生关系闹僵后，李躬康要求换一个先生，可那禹大胡子是李锦的同门师兄，李锦坚决不同意换。

李锦只好跟曾四爷请了几天假，从洪江赶回来对他一顿暴打毒打。可他面对父亲的暴打毒打，无所畏惧，一副宁死不屈的样子。

俗话说棍棒打出"贤人"。母亲佘氏看他被打得遍体鳞伤，不忍心了，不要他成"贤人"了，于是就不顾一切地拼命似的抢过了李锦手里的棍棒。

打也打了，骂也骂了，见他实在不愿读书，李锦只好拿着点东西去看师兄禹大胡子。

看着师兄一副难为情的样子，想到自己也曾是一名塾师，李锦摇摇头，嘴里说出一句"养不教，父之过"的话。

就这样，李躬康辍学了。

其实，禹大胡子认为李躬康的诗文功底好，他也暗暗地为他辍学感到惋惜。但他先生的权威和尊严必须有，不可侵犯。

不久，母亲佘氏给他找了一个先生，但因路途远，住宿不方便，只好放弃了。

《辍学》就是在这种背景下写的。

不过，他倒是把那田种得好好的。打了谷子之后，按"九油十麦"农谚，种上了油菜、小麦。那田，一直没闲过。

他的父亲和哥哥在洪江做生意发财后，就在老家买了八亩多田。李躬康就在蓼村李氏宗祠白竺寺门口贴一张租种广告，将那八亩多田四六开（他四，租者六）租出去。

李三癞子得知这一消息后，第一个找到他，说是将八亩多田全部租下，并请族长李尊谓做担保人，立此存照，当即签字画押。李三癞子的长相也确实有点让人害怕，鸱目虎吻，那双猫头鹰样的眼睛好像时刻在紧紧地盯着什么，奸诈的阴影在他面上时隐时现。特别令人颤抖的是他鼻孔天生堵塞，喉嗓又是假声音，说话齉声齉气，听起来很恐怖。一些哭着的小孩只要听说李三癞子来了，就不敢再哭了。

可是让人没想到的是，三天后李三癞子将那八亩多田六四开（他六，租者四）租了出去，这一转租，他多得了七八石谷子，成"二地主"了。于是乡亲们议论：李躬康太哈，李三癞子太狡猾。

李躬康本想：都是乡里乡亲的，不必按五五开或是六四开租出去。李三癞子可不是这么想，他认为这地方人多地少，闲着的人不是去十里外的崇山铺给矿主挖煤，就是想租田种谷。于是他急于找李尊谓做担保人，把田租下。而李尊谓也万万没想到他会来这么一手。已签字画押，说什么都没用了。好在李躬康跟他只签订一年的租种合同。

有人认为李三癞子除了玩这一套把戏外，没别的本事了。在乡下，他一直是个不务正业、整天游手好闲的人。说游手好闲，这得从他的那一头癞子说起，十五岁那年，他跟人打架斗殴时，头被打伤了，伤得很厉害，后来生了疮，中了毒。他妈四处找郎中医治，可能是药起了副作用，病治好后，头发长不起来，留下一块凹凸不平的斑点，这斑点就慢慢地成癞子了。从那以后，他不干活了，整天找跟他打架的人，要报仇。时间一天一天地过去，那人一点儿踪影也没有。他爹妈去世后，他就把祖宗留下的两亩田卖了，整天跟乡下的牌棍子和不三不四的人混在一起，豪横跋扈。

一年后，李躬康找到李尊谓，将那八亩多田仍然按四六开（他四，租者六）租给了乡亲们。由于是李尊谓出面，李三癞子不好插手了。

收租谷时，李躬康拿着账本，对箩筐里的谷子看都不看一眼，就打一个钩。有的箩筐浅浅的，甚至是半箩筐，他也算一石谷，同样打上一个钩。有一年，老天爷下雨不多，地里收成不好，李躬康根据其旱情减收了一部分租谷，有的甚至不收。这样，大家给他来了一个"康哈巴"的外号。

好事不出屋，哈事传千里。

这消息很快传到了离诒经堂五里地的花园山佘细珍姑娘耳里。此时，王媒婆正在把她介绍给李躬康。她听到这消息后气得要死，怨王媒婆为何把一个"哈巴"介绍给自己？

佘细珍是花园山一带难得的一位好姑娘，身材高挑匀称，皮肤嫩白细腻，姿态娴雅、轻盈，举止娴静大方，浑身焕发出不流俗的光彩，宛若一枝在月光下盛开的百合花。她走起路来，轻快又活泼，一副无忧无愁的样子，这表现出她是一个天真的少女。是的，她很天真！很天真！她曾想和花园山另一个叫佘细梅的姑娘去长沙女子学校读书。

哪知道，她父亲一句"姑娘家，读什么书？嫁人算了"的话，把她天真的想法变成白日做梦。

她父亲是当地小有名气的人，维护着乡里的治安，算是民国政府的乡级官员。她父亲知道李躬康家里有钱，可谓门当户对，所以答应让王媒婆来做媒。

好在那王媒婆说话很会打圆场，她对佘细珍说："李躬康不是哈，是善良。他把田按最低的租谷租出去是做积德事，你别误会他。那些不满一石按一石租谷收的事，是他知道租田人一年到头很辛苦，少收一点也无所谓；干旱年少收或不收租谷，是做善事，做积德事。反正他爹和他哥在洪江做生意发了大财，也不稀罕这一点点租谷。他不傻，他很聪明。本来，李三癞子第二年还想租他的田的，他不租给李三癞子了，直接租给种田人。他很聪明，他把李尊谓叫来，就是让李三癞子奈何不了他；他很聪明，他很会写诗，写得很好。不信，我给你看几首他写的诗。"

这时，王媒婆将两张纸拿出来，一张写了一首诗。

第一张纸写的是《务农》：

学稼于今莫笑余，况逢辍学赋闲居。

犁云锄雨开春始，播谷插秧立夏初。

割草鬐龄成习惯，耘田烈日不踌躇。

辛勤每届尝新候，却爱丝瓜煮草鱼。

第二张纸写的是《游白竺寺》：

观音莲座点香烟，祈佑慈亲病早痊。

檐滴潇潇薄暮雨，树鸣嘒嘒早秋蝉。

风来古刹客初到，月出危峰僧未眠。

安得终身投幽处，焚香默坐辄参禅。

第一首诗写的是李躬康的童年生活，第二首是写李氏宗祠。

这两首诗引起了佘细珍的注意。虽说李躬康是富家子弟，但从第一首诗的内容来看，他从小就爱劳动。特别是"割草鬐龄成习惯，耘田烈日不踌躇"对仗工整得体。于是她跟王媒婆说，决定桑中之约，见李躬康一面。

这是一座不大不小的山，清秀、俊逸、绮丽、柔婉，山的整体形状像撮谷子的筲箕，故曰筲箕山。山上松树茂盛，杂木树枝丫弯曲，是当地难得一景点。一条清澈的小溪绕着山脚的路，向资江方向流。小溪拐弯处，有一蔸两人合围的古枫树。

天还没黑的时候，佘细珍换了一件平时舍不得穿的蓝花衣来到这里了。

王媒婆说天黑的时候双方就到这里来。天已黑了很久，月亮早已挂在山沟对面的天空了，显得特别浑圆，仿佛传说中的银盘子飞上了天空，可这时还没见李躬康的身影。难道他不来了吗？看着这偏僻的山沟，四处显得很凄凉，佘细珍心里忐忑不安，迟疑着，想走。好在有几只不知名的鸟儿在树林里时不时呖呖鸣叫几声，使她也就不过于寂寞。

正在这时，李躬康急急忙忙地赶来了。他今天在犁屋门口塘下面的那丘大田，太阳落山时才犁好。回到家里，匆匆地吃一口剩饭就赶来了。

"对不起。我来迟了。"李躬康喃喃地说，表示歉意，心怦怦跳着。

"我还以为你不来了呢？"佘细珍一肚子火气。

李躬康两手捏着，把头低下，不知所从，瞠目结舌。

火气过后，佘细珍才把李躬康仔细地看一番：他身高大约一米七八，体格强健，鼻子高高的，眉毛浓而密，皮肤枇杷色。由于低着头，他的背显得更驼了，像一个牛鞅。他是急急忙忙赶来的，头发没来得及梳理，乱乱的，就像一个鸟窝；衣服裤子也没有换，裤脚，一边卷得高，一边卷得低，卷得低的那一只还沾着泥浆。不过，这并不影响他的形象，相反还给了佘细珍一种很朴实的感觉。他并不像大户人家的公子，倒像是大户人家里的长工。于是就对他嫣然一笑。

看她开了笑脸，李躬康才抬起头，让他没想到的是，眼前的这个姑娘的模样竟是沉鱼落雁、闭月羞花。他长到这么大，没见过这么漂亮的姑娘。此刻，他的心不跳了，不慌不忙地向她解释："王媒婆告诉我的时候，我正在犁田，牛是借人家的，明天要归还给人家，所以今天得把田犁完。"

他那牛鞅样的背直了起来，尽管背还有点儿微驼，但一眼看去也还很顺眼的。佘细珍并不嫌弃。

"你家共有多少田？租了多少出去？还种着多少？家里没有牛？"佘细珍感到好奇。

"我家共有近十亩田，有八亩多是后面买的，这田租了出去。有一亩三分八厘田是祖传的，这田我自己种着。只种这么多田，不需要养牛。"此刻，李躬康的心情轻松得像腾云驾雾一般，风摆柳似的喜滋滋地和佘细珍围绕着古枫树走着。

"原来是这样。"佘细珍知道他迟来的原因后，也就不怪他了。

此时，李躬康敢大胆地看她了。她袅袅婷婷，那双又大又沉思的黑眼睛，显示出一副深挚的、亲热的、信任他的目光；乌黑的眉毛生得端正无比，雪白的额角上，像在深思着什么？

"你喜欢写诗？"佘细珍见他这样看着自己，有点儿害羞了，她把话题转到写诗上。此刻，她似乎爱上了这个憨厚的比自己小一岁的裤脚卷得一只高一只低的人了，尽管他的背有一点点驼，那是他从小就开始劳动累驼的。少女青春的洪流在她体内泛滥。

"有点爱好，但写不好。"一提到诗，李躬康来劲了，精神随之振作起来。

"我出上联，你对下联，如何？"佘细珍逾墙钻隙，想试探他的功底。

"你出吧。"此时此刻，李躬康的心情完全放松了，就像一只出笼的鸟，自由自在地在蓝天上飞翔。

"三指插泥头点地"，佘细珍做出插田的样子。

"一身伏水背朝天"，李躬康躬腰背朝着天。

"箕山月吐鸦疑曙"，佘细珍抬头看上面的筲箕山脱口而出。

"溪水风吹树动梢"，李躬康俯视小溪水见景生情。

佘细珍知道李躬康小时候不愿意在爱打字牌的先生手里读书，九岁辍学了。虽然读书不多，但他脑筋很灵活，能随机应变。如果能多读点书，对他将来要好些。于是她就出了一副难度较大的对联，将他一军："桃花春水遍天涯，寄语有心人，于今可改朝廷服"。佘细珍那双盈盈秋水的眼睛眨了眨，做出一个鬼脸。

这副对联确实难为李躬康了，只见他满面绯红绯红，双手捏着，低下头，显得为难了。

"铁马金戈回地轴，吟诗无意客，此后休嗟蜀道难"。佘细珍用挑剔的眼光看着他，继续做出一个鬼脸。

这是一副时局议政联，李躬康怎能对出来？

一阵长时间的沉默。

月光下，两人各有各的心思。

一个不服气，想再出一副对联。

一个想：你再读两年书吧，这对你将来有好处。

此刻，还是佘细珍主动靠近了李躬康，温柔地对他说："你的基本功不错，就是书读少了，如果再读两年书，将来一定会成诗人，像李白、杜甫那样。去读吧，我等着你！"

她眼神里露出了一个甜蜜的微笑，这是一个暧昧神秘的符号，要使他完全明白过来，她是对自己好。她真的很喜欢自己，爱自己。路边下面的小溪，在月光下蜿蜒如一条带子，白白的水光，薄薄的雾，增加了两人心上的温暖。

李躬康知道她是为自己好，此刻，他像一只小绵羊似的听她的话了，点了点头。他打算半耕半读，那一亩三分八厘地自己还是种着。

"时间不早了，你明天还要干农活，回去吧。"佘细珍说。

"嗯。"李躬康应了一声。

色授魂与，月光下的乡间小路上，两人肩并肩地走着。

几天后，有人说："特大消息！特大消息！'康哈巴'在王安百老先生那里读书了。"

诒经堂的人、周围山村的人，一个个都是这么说，这么传。

王安百书香门第出身，祖父是太学生，他本人是近两年才红起来的先生。他的家离诒经堂只有五里路，李躬康去那里读书行走也很方便。

一转眼，李躬康在王安百先生那里半耕半读，读了两年书，先后学了《增广贤文》《四书》《五经》、唐诗、宋词。功底比前扎实多了。便写下了《从师》一诗：

腊月订婚冰尚凝，鲲生枉自羡鲲鹏。

未蒙面命年提教，焉得高车驷马乘。

负笈从游才受益，赋诗以志辄为凭。

循循善诱先生语，学似登梯逐步升。

李躬康跟佘细珍的婚事订下后，他把祖屋再翻修了一次。里面的十六间房全部刷上了石灰涂料，外面用青砖砌了围墙，围墙是用桐油拌和石灰涂成的。桐油是李锦专程从洪江带来的。墙两边的照壁上配了两幅画，一幅是一个童孩抱着一条大鲤鱼，另一幅是一位财神爷手里拿着一大把银子。为显示喜气洋洋，围墙上的瓦，上了红色釉，太阳光下面，那瓦片特别耀眼。周围四五十里，这围墙算是最漂亮最豪华的。

不久，李躬康和佘细珍结婚了。

第二十二章
愚蠢买田害自己　明智送信给程潜

　　洪江水客八帮和李锦的木头积压在长江汉口鹦鹉洲河里已有一年了。其中，李锦就积压着两千多两。兵荒马乱，都不敢卖，也不敢往下运。李锦和李躬厚心急火燎，只好守着。在这风雨飘摇、政局不稳的情况下，李锦只好给大牛和岩娃来了一大笔钱，让他们自找生活出路了。一年来，李锦的支气管炎病复发，咳得很厉害，连苦胆水都出来了，他的身体也就一天不如一天。

　　近段时间来，外面乱得很，邵东老家一些大户人家知道时局会变，就将自己的田和山很便宜地卖出去。那些大户人家知道李躬康的父亲和哥哥在洪江做大生意，是大老板，便主动找上门来，要他买下他们的田。

　　这田是邵东"四十八龙宝田团"之一。田都是大丘大丘的，很肥沃，中间那条终年不断的河水，能灌溉这一大片农田。因此，一亩至少能打七八石谷子。

　　李躬康心想：平时一亩卖四五十元（民国纸币）的，现在只要二十元了，这么便宜的田买下也好，可以三七（他三）开租给没田种的人，也算是做积德事！因此，他在没有跟爱人余细珍、父亲李锦和哥哥李躬厚商量的情况下，自作主张，一下子买下了十多亩田。那些大户人家见他买田，心里极为高兴，还想要他买山。李躬康说山就不买了，自己在人形山上有一块山。

　　余细珍知道后，气得要死，她写信把这事告诉了公爹李锦和哥哥李躬厚。李锦倒没说什么，只是哥哥李躬厚骂他简直是个"康哈巴"。

　　"哈巴就哈巴，哈巴也要人当。"李躬康是这样想的。

　　在这时局不稳定的时候，确实有很多人认为李躬康哈，说他是糊涂虫，一点也看不到外面的形势，还说他在王安百先生手里白读了两年书，真是个书呆子。

　　所买的那田，李三癞子想租，他还想当"二地主"，并恐吓着李躬康。李躬康不愿租给他，族长李尊谓这半年不在家里，其他人都怕李三癞子，这事也就僵持着。佘细珍把这事写信告诉了大哥。

春节过后，李躬厚就从汉口去邵东老家处理这事了，他怨大弟弟李躬康看不清形势。

路过长沙时，李躬厚顺便去看看从贵阳迁来的邹明亭和邵阳永丰纺织厂老板陈芸田，想了解一下当前的情况。他那在武汉大学读书的小弟李躬福曾好几次跑到汉口鹦鹉洲，把近段的形势和情况告诉了他和父亲。洪江、邵阳、长沙、汉口、南京、上海等地有钱的大老板都携带家眷去香港、台湾或是国外。

当李躬厚来到邹明亭家里时，邹明亭和他的胖老婆正在整理行李，要乘船去台湾了。他说国民党大势已去，共产党的军队马上会打过长江。他说共产党打过来，就要共他的产。他说他不能坐等共产党来共他的产，所以把家产全处理了。他劝李躬厚也走，现在就走，事不宜迟。他说他有办法给李躬厚买到船票。

面对邹明亭的话，李躬厚举措不定，这太突然了，他脑海里乱糟糟的。如果跟他走，家里的事怎么办？父亲正在汉口守着木排，母亲、妻子、儿子、弟妹该怎么办？再说父亲李锦有支气管炎病，身体明显不如以前了。他是长子，绝不能做这不孝不忠不仁不义之事！因此他对邹明亭说："不好意思，我实在走不了。我是长子，上有老，下有小，弟妹又多。特别是父亲得了支气管炎病后，身体一天不如一天。我这一走，家里的事怎么办？再说，我小弟李躬福现在武汉大学读书，他跟我也讲过一些共产党的政策，可不是你所说的要共产！"

"你不愿走我也没法。不过，等共产党得了江山后，你想走都走不了了。"

邹明亭不耐烦跟他说了，他所坐的船只有几个小时就要开了，他要马上赶到码头上去。

李躬厚从邹明亭家里出来后，来到陈芸田家里。跟邹明亭相比，陈芸田的眼光看得高多了，他真是一个高瞻远瞩的人。无论是生意场上，或是官场上，他都是个大人物。他现在是国民党立法委员、湖南省商会理事长。他看不惯国民党腐败，心向往共产党，支持共产党。经中共党员熊邵安介绍，陈芸田与中共湖南省工委取得了联系，并利用自己是国民党立法委员的身份地位，掩护中共地下党员开展活动。中共地下党员经常在他家碰头联络和住宿。有好几次，他让中共地下电台设在自己家里，将一系列重要情报发送出去。

当陈芸田听完李躬厚的话之后，说邹明亭是糊涂虫，看不清形势。他夸李躬厚不去台湾是上策。国民党太不得民心了，共产党得民心，得民心者得天下，共产党必得天下。

"你来得正好，我这里有一份从共产党地下电台得到的重要情报，请你把它交给邵阳的湖南省主席程潜。我们打了好几年交道，觉得你很稳重，是个有正义感的商人，我信得过你。这情报很重要，它关系到我们湖南的未来！我门外有很多国民党的特务监视着进出我屋的人。你出门后，一直朝三岔路口的茶馆走，千万不要回头看，也不要看周围。在茶馆里换上青长袍，戴上墨镜和礼帽。到了邵阳，就把它交给一个姓杨的秘书。记住，要亲自交到他手里，说这是（08）号送的。切记，一定要说上（08）号。"陈芸田说完后，就把青长袍、墨镜和礼帽装进了李躬厚的手提皮箱里。

李躬厚从陈芸田家里走出来后，马上被几个身穿黑便衣、头戴花鸭舌帽、腰里藏着手枪的国民党特务盯上了。特务鬼鬼祟祟，一会儿在货摊上做出要买东西的样子，一会儿溜进饭馆，一会儿串入人群中，一会儿躲在墙角。

李躬厚沉着冷静，他用长围巾蒙着自己的脸，不回头，也不四处张望，直朝三岔路口的茶馆走。

在三岔路口茶馆里，他迅速换上青长袍，戴上墨镜和礼帽，从茶馆的另一侧门走出去。

他刚走出去，手被一个戴着口罩的人抓住，那人没说话，眨了眨眼，头往右一摆，示意跟他走。

李躬厚跟着那人飞快地从这条街走到那条街，又穿过了好几个巷，最后来到十口路上。这时，从南面开了一台黑色小轿车。那人招手后，轿车停了下来，让李躬厚上了车。

这时，那人把口罩摘下，握着李躬厚的手说："同志，谢谢你！小心！再见！"

说完，那人就飞快地走了。那人是共产党地下工作者，他是得到陈芸田的情报后，出来帮李躬厚脱险的。那人所做的每一个动作都是那么干脆、利索。由于时间很紧，李躬厚也来不及问那人姓甚名谁？

李躬厚在长沙汽车站下车后，非常小心，每走一步，都要看看周围的动向，看是否有人跟踪自己。他的表情雍容闲雅，始终是一副泰然自若的样子。买了车票后，进了候车室，坐在长椅上，一切都显得很正常。他不知道情报内容是什么？但陈芸田说这情报关系到整个湖南的未来，就证明这情报非常重要。他不理解陈芸田为什么要把如此重要的情报让他送？其实，他跟陈芸田也只是生意上的来往。在经营上，他始终奉行薄利多销、老少无欺、和气生财、买卖不成人情在的经商理念。他也只是听了陈芸田的话后，做了几件对抗日有益的事。能这样博得陈芸田赏识，他是没想到的。

还好，一路顺利地到了邵阳。在邵阳湖南省政府里，杨秘书外出办事去了，他等了好几个小时，直到杨秘书回来，才把情报亲手交到了他手里，并说是（08）号送的。

当程潜主席要杨秘书出来找李躬厚时，李躬厚已租了一台小车往邵东方向走了。

李躬厚拿出一对金手镯，放到弟媳佘细珍的手里，表示对弟媳的一点心意。面对弟媳，他还是第一次见面。侄儿李元勋都三岁了，他也是第一次见到。因为他大儿子夭折，这侄儿比他儿子李立勋还大一岁。这些年来，家里有很多事是弟媳处理，他这个当兄长的心里有数，也很感谢弟媳。

"谢谢大哥！"佘细珍一副很沉稳的样子。

也许是巧合，也许是缘分，李躬厚与弟弟李躬康两兄弟都是十二月十七日出生，只是他年长弟弟五岁。他出去做生意时大弟才八岁，因此对他关心得也少。想着这些，他这个当哥的心里总有点儿惭愧。

弟弟有个犟脾气，说不愿在爱打字牌的禹大胡子手里读书就不读书。还好，在弟媳佘细珍的劝说下，他在王安百先生那里半耕半读，读了两年书，总算把文盲的帽子给摘了。

第二天早上，李三癞子又主动找上门来，要李躬厚将李躬康才买的那十多亩田租给自己。

虽说李躬厚这十几年不在家里，但对李三癞子的为人还是知道的。他说："三老弟，如果是你自己种，我租一亩给你，租谷三七开，我三，你七。"

"躬厚大哥，你也知道我这些年身体一直不好，干重活干不了，也只是想租你的田糊糊这张嘴。"李三癞子装出一副可怜的样子。

"如果你生活确实有困难，我可以帮助你，但你不要再当'二地主'了。"李躬厚一针见血地对李三癞子说。

李躬厚毕竟是李家老大，做得了主。

听了这话之后，李三癞子不好意思地走了。在这周围几十里，他豪横跋扈，没想到在李家老大身上碰了壁，现在已名声扫地。他会永远记住李家老大不让他当"二地主"这话。他和李家兄弟已结下仇恨！他一定要找机会报复李家兄弟的！

第二十三章
爱国者深夜被捕　李躬福老家避难

　　冬天的夜，很深很静。天空下着毛毛细雨，俗话说冬雨好睡觉。正当李躬康和佘细珍睡熟的时候，一阵急促的敲门声把他们搅醒！佘细珍以为是土匪来了，吓得紧抱着李躬康，浑身颤抖着。李躬康一边安抚着佘细珍，一边问："谁？"

　　"是我，二哥，快开门！"

　　"你是弟弟，躬福？"

　　"是我。快开门，二哥。"

　　当李躬康把门打开时，弟弟李躬福已昏倒在门槛上了。佘细珍摸了摸他的额头，感觉发烫，可能感冒了。李躬康将他扶到自己睡的床上，给他加了一床棉被。佘细珍马上把灶火烧起来，半个小时后，打来一盆热水，用两条毛巾给弟弟做热敷。她先将一条毛巾放在盆里泡一下，拿起来，拧成半干，三指宽折叠起来，放在弟弟的额上，两分钟后，又换一条。大约过了半个多小时，李躬福的身上慢慢出汗了，他已完全清醒。看着自己这模样，感觉很窘。

　　"二哥二嫂，给你们添麻烦了。"李躬福说。

　　"自家兄弟，讲什么客气。"李躬康说。

　　待李躬福洗了澡，吃了点东西后，他才跟二哥说他突然回来的原因。

　　"我考入国立武汉大学后，跟在长沙明德中学时一样，仍旧和一些进步同学参加了共产党的地下活动，送情报、印传单、贴标语，宣传共产党的路线、方针和政策。国民党制造白色恐怖，到处抓爱国学生和进步人士。由于叛徒的出卖，有很多爱国同学和进步人士被捕，有的同学被用麻布袋装着丢进长江里。我也被列入通缉名单中。得到情报后，就连夜跑出来。我不敢往洪江跑，因为洪江地方小，人又集中，容易被发现。再说国民党军统局的特训班"精毅团"设在那里，戴笠手下的特务厉害得很，只要听到有共产党的地下活动，他们就跟踪抓捕。因此，就跑到老家来了。这事父亲和大哥都还不知道，你们千万不要告诉他们。父亲那年送我去长沙读书时，曾嘱咐过我，要我不要参加共产党的地下活动。"

李躬康虽然没读过太多的书，也没去过大城市，没见过大世面。不过，在这是与非、正义与非正义的紧要关头，他所想的是先把弟弟藏起来，不能说出去，不能让乡长、保长知道。特别是不能让国民党邵东县县党部的人知道。他认为此地不能久留，所以连夜将弟弟带到佘细珍的弟弟佘细明那里去了。他要儿子李元勋千万别说叔叔回来了。

佘细明在一个偏僻的地方开荒，种些红薯、高粱、玉米、油菜、黄花之类的农作物。平时，很少有人到那里去。佘细明是一个典型的湘中农民，相貌魁梧英俊，年纪约莫二十五岁。跟这里的大多数农民一样，他习惯穿一件打着补丁的土青布便衣。他带着老婆刘双英和两个孩子在这里已生活好几年了。

这倒是个天高皇帝远的地方，在这里，李躬福能安静地复习大学专业书籍。佘细明两口子对姐夫的弟弟也格外关心。他们一再交代自己的两个小孩，千万不能把李叔叔的事说出去。

佘细珍知道父亲是乡里管治安的官员，为了这个弟弟，她专程跑到乡里，把此情告诉了父亲。看在亲戚面上，她父亲也只好睁一只眼闭一只眼了。不过，他一再交代，要李躬福别乱跑。现在时局混乱，他这个乡级官员的日子也不好过。

近段时间来，乡下社会秩序很乱，李躬康把家里的现金及金银首饰都藏了起来，只怕土匪来抢。

一天傍晚，天下起了雨，风不停地刮着，李躬康则穿着蓑衣戴着斗笠，偷偷地去佘细明家送东西给李躬福吃。

佘细珍很早就带着儿子李元勋睡了。雨还在不停地下着，但是风却慢慢地收敛起来了。现在只有一个单调的音符在统治这个黑夜：屋顶上雨点的敲打声。但这声音对佘细珍的神经却起到了一种催眠作用。她很快就睡着了。然而，没过多久，她就被一阵猛烈的敲门声搅醒。她急忙穿起衣裤，害怕地把门打开后，畏缩在屋的一个角落里。

这是一群穷凶极恶的土匪，一阵翻箱倒柜后，由于没找到什么现金，他们就将佘细珍按倒在地上，一个踩着她的两只手，一个踩着她的两只脚，一个掰着她的嘴，一个用瓢往她嘴里灌屋檐水。那情景惨不忍睹，惨绝人寰！可怜的佘细珍，已被灌得失去知觉，久久地处在昏迷中……

李元勋在母亲旁边两眼泪汪汪。

当族长李尊谓带着李家上百人，拿着锄头、扁担来到诒经堂时，土匪已逃之夭夭。关在笼里的鸡、鸭和一头百来斤重的猪全抢走了。

当李躬康从佘细明家回来时，大家才知道李家老三从武汉大学跑到这里避难的事。

李家老三在这里避难是人命关天的事，族长李尊谓发话，谁也不许把这事泄露出去，违者按族规论处，在李氏家谱上除名，永远不得再进谱。

几天后，李三癞子为了拿几个赏钱，把这事报到乡里。好在佘细珍的父亲是管治安的，他把这事给压了下来。

正当族长李尊谓要处分李三癞子时，李躬康为他求情了，使他未在李氏家谱上除名。这事发生在他弟弟身上，为租田一事，他们就有疙瘩、隔阂。如果他的名字在《李氏家谱》上除名，那隔阂就会越来越深。

李三癞子虽说豪横跋扈，但看着要将他从李氏家谱上除名，也有些胆虚了。

李躬康心善，认为都是李家人，一笔难写两个李字，没必要把事情搞大。

第二十四章
洪江解放天大亮　山河沸腾鸟高飞

1949年春夏之际，洪江一直笼罩在乌云之中，即使太阳从天柱峰升起来，但也显得有气无力，没有一点儿光彩。附近山上，天还没有黑下来，鸟儿早早就躲进了窝里，好像害怕这个世界。夜幕下的洪江，一片漆黑……

沧海横流。现在的洪江，商人罢市，工人罢工，学生罢课，法币成了一张废纸，国民政府"中央银行"所发行的纸币，用的人也不多。

榨油坊只有刘荣昌一家还在艰难地开着，其他几家都已关门。木商们的木头，因时局不稳定，只得积压在沅江河里，或堆在沅江两边的岸上，就是不敢往下运。李锦积压在汉口鹦鹉洲的两千两木头仍旧不敢卖，他和李躬厚仍焦急地守在那里。他在洪江也还积压着好几百两，暂时只好由周老满守着。现在就盼望着天下早日安稳下来。

土匪潘云飞通过非正常手段，霸道地当上了"国大"代表，各路土匪头目蠢蠢欲动，有意跟潘云飞联络，以壮大队伍。而潘云飞亦想乘机集结匪帮，组建更大的匪帮。原属于杨永清，但活动于中方、鸡公界、竹田一带的匪首被潘云飞一律收编。大小匪首逐一封官晋爵。那些被收编的土匪均系经常打家劫舍、奸淫妇女、掳掠财物的惯匪。

三月间，潘云飞带着他的上千名土匪血洗黔城后，又一路抢劫下来，见东西就抢，见女人就奸，草菅人命，无恶不作。并扬言：要血洗洪江，要到安江纱厂去抢漂亮女工做老婆，谁抢到，那女人就归谁。

土匪从密岩峰下来，滩头刘荣昌的榨油坊，被他们一把火烧为灰烬。到处是妇女的叫喊声、老人和小孩的啼哭声，真令人痛心疾首。

川岩与洪江隔江相望，由于河里涨着大水，船都在河对岸，土匪只能隔河长叹。血洗洪江和抢安江纱厂女工做老婆的计划落空。

五月间，白崇禧在芷江召开了"军政联席会议"，作"紧急应变"安排。国民党的残兵败将和土匪相互勾结，陈师长的残余部队改编为所谓的"中华民族自救军第三方面军第五纵队"，他自封司令。

不久，向县长、团防局王局长、税务局汤局长，还有一些有钱人举家迁走，到台湾、香港，或是国外去了。

货币贬值，一些投机商贩趁机抬高物价，使得物价飞涨。社会秩序非常混乱。烟馆老板张开笑、赌馆老板朱胖子、风和院余老板，都趁乱各自打着各自的算盘。张开笑把所有库存的鸦片烟半价出售，说共产党的军队要打来了，到时就不准吸大烟了。朱胖子的赌馆，借钱给赌客时不放高利贷了。风和院余老板要老鸨婆说对来客按半价收钱。尽管他们使出这些招数，但见效并不大。

唐德忠想尽一切办法想把市场稳住，但政府职能已瘫痪，他这个商会会长也只是爱莫能助。

六月上旬，巫水上游连降暴雨，河水猛涨，沿河两岸一片汪洋，上百幢木屋被无情的洪水冲入河中，风雨桥就这样被冲垮了，巫水两岸市民只能隔河相望。真是屋漏又逢连夜雨！

市民处于水深火热之中。明石匠、罗木匠、文铁匠，篾缆厂的篾工以及排工和船工都失业了。昔日人山人海，很繁忙的码头，如今冷冷清清，有很多地方是人去楼空！

九月下旬，"中华民族自救军第三方面军第五纵队"陈司令召集国民党顽固不化分子在洪达中学炮制反共反人民的"十大宣言"，制造白色恐怖，气焰十分嚣张。

城里的商人，每天都在提心吊胆地做着生意，一旦听到风吹草动，就得把店铺门关上，不敢出屋。乡下人更害怕了，他们白天躲在山上，缩成一团。狗蹲在主人身边，它们的眼睛死死地盯着上山的路，嘴咧着，露出一口锋利的牙齿，做出时刻要保卫主人的准备。但这一切只不过是黎明前的黑暗。天，很快就会亮的。

果不其然，十月三日黄昏，中国人民解放军第39军116师347团的先遣部队从安江火速赶到洪江，向驻守在市郊南岳山"第五纵队"陈司令的兵鸣炮示警，要他们缴械投降。此时，扼守在此的陈司令的兵，因为担心解放军放炮后会进攻，害怕得要死，一个个狼狈南逃，逃到会同县沙溪塘湾的八宝山上去了。怕解放军追过来，他们在巫水浮桥上浇上煤油，点燃。

我军勇士直扑浮桥，用撮箕将河边的微细的沙子撮起来，迅速地将火扑灭。

就这样，我军很顺利地进入了洪江城。

洪江的老百姓听到枪声后，一个个躲在店铺里，躲在窨子屋里，门关得紧紧的。

刘家大院的大门也关得紧紧的。

再过两天，就是中秋节了，洪江上空的月亮也差不多要圆了。这一夜，洪江静静的，天空静静的。我解放军战士，坐在青石板街道两旁，默默看着天上的月亮，他们想家了。他们是北方人，家乡早已解放，是响应党中央、毛主席"打过长江去，解放全中国"的号召来到湘西的。

解放军进城后，鸡犬不惊。第二天清晨，有的老百姓偷偷地从门缝往外望，发觉街道两旁屋檐下坐满了解放军战士，有的就地睡在湿润的青石板上，对老百姓的东西秋毫无犯。于是，有些人慢慢地试探性地走了出来，看着这场景，老百姓才知道共产党的军队并不像所谓的陈司令所说的"共产共妻"。

看着商人们起来了，有的解放军战士帮着店老板一块一块地开店铺板，有的在货架板上帮着摆要卖的货，有的帮着去河里挑水。

世代在这里经商的商人们，他们有的见过清兵，有的见过军阀混战时的滇军、桂军、黔军、湘军，见得最多的还是国民党的国军、地方军，但从没见过这样的守纪律、讲文明、爱老百姓的中国人民解放军。

几天后，大街、小巷、码头、莲花地广场等地，聚集了洪江各行各业的人，庆祝洪江解放。一百多条龙、一百多头狮子、一百多只蚌壳、上百条旱龙船、上百对高跷、十八罗汉以及八仙，在大街上穿梭舞着、闹着，锣鼓声、唢呐声、鞭炮声响遍洪江七冲八巷九条街，到处都是欢乐的海洋。人们高呼着中国共产党万岁！中华人民共和国万岁！中国人民解放军万岁！毛主席万岁！欢呼声响彻云霄。

洪江，这座经历旧社会军、匪蹂躏的千年古城回到了人民的怀抱。沅水沸腾，嵩云山上的鸟高飞起来了。

武汉是五月十六日解放的。李躬厚把积压在汉口的两千多两木头一次性全卖了。水客八帮的木头也一次性全卖了，但他们的实力远远不如李锦。

洪江解放后，李锦父子回来了。

李锦的大女儿李芸荷嫁到湖北去了；二女儿李芸桂到武汉读书去了；三女儿李芸菊在洪达中学毕业后，也去湖北读书了；小女李芸兰在宝庆小学读书。

第二十五章
油厂入股谋发展　湘企任职操尽心

洪江解放后，成立了中国共产党会同县洪江市委员会、洪江市人民政府。

洪江市人民政府在龙船冲的天钧剧院召开各界人民代表大会，政府领导宣讲了新民主主义的政治纲领，阐明"公私兼顾、劳资两利、城乡互助、内外交流"四大原则。号召大力发展生产，繁荣经济，变消费城市为生产城市，为建设新经济、新文化的新洪江而努力。

不久，成立了洪江工商业联合会，以取代过去的商会组织。洪江市委书记王成文兼任工商联合会主任。考虑到旧商会会长唐德忠为人忠厚，做了很多对洪江商业有益的事，王成文书记请他担任工商业联合会常务副主任。对此，唐德忠没有推辞，而且积极地配合党和政府做着各项爱国工作。按上面的要求，对洪江工商企业者按其经营的性质，划分组成二十一个商业行会，共有一千一百多户。刘荣昌、李躬厚等工商界人士是这一千一百多户之一。在政府的号召下，一千多个工商界人士签订了六条《爱国公约》。

一、贡献一切力量，支援抗美援朝。

二、坚决肃清匪特，彻底追查谣言。

三、加强时事学习，认敌我定立场。

四、放手市场经营，促生产稳物价。

五、反对囤积居奇，不搞投机倒把。

六、拥护税收政策，争取财政好转。

刘荣昌、李躬厚是最先签订的人之代表。

一九五零年国家发行"人民胜利折实公债"。上面分配六万份，洪江工商界实际完成入库六万五千多份，超额百分之九。值得一提的是：洪油业以刘荣昌为代表的人完成两万五千多份，木商界以李躬厚为代表的人完成了两万八千多份。在修建洪江大桥中，唐德忠带领工商界人士捐款十一亿多元（旧币），为各界捐资总额的百分之九十以上。朝鲜战争爆发后，以唐德忠、刘荣昌、李躬厚等为代表的洪江工商界人士积极捐款捐物，捐款总额达十七亿六千多万元（旧币），超计划百分之十七。其中，洪油业捐七亿五千多元、木商界捐四亿多元。有一架战斗机被命名为"洪江市工商号"。除此之外，以唐德忠、刘荣昌、李躬厚为代表的洪江工商界人士积极协助税务机关，按期征税入库。仅 1950 年前三个季度共缴税四十六亿七千多元。排在全省第二位。

"中华民族自救军"陈司令不甘心他们的失败，他纠集蒋景和、方万世等八百余土匪直逼洪江，被我驻洪部队及民众迎头痛击，使其洗劫洪江的美梦破灭。

一天，剿匪队伍得到一个消息，说所谓的陈司令部下两个支队的土匪都下八宝山抢老百姓的东西去了，山上只有陈及司令部里的少数匪徒驻守。这时我驻洪部队的 420 团一营与公安武装，以急行军，经若水、团河、沙溪直插塘湾八宝山。第二天凌晨到达战斗位置。战斗只用十余分钟就结束了。打死一人，俘获二十余人。陈吓得躲在牛栏里的稻草堆里，被我军一战士撒尿时意外发现。这个在洪江数十年的国民党军界要人受到了人民政府的处决。

后来，洪江成立了森林局，木业行业受到限制，李锦压在洪江的几百两木头只得就地处理，李锦从此结束了二十多年的木商生涯。再说他的支气管炎病，也不允许他再度操劳了。

政府号召木商业者转业到有利于国计民生的企业中来，在洪江市副市长晏治华的直接领导下，决定成立"洪江市植物油制炼股份有限公司"。

此时，李躬厚从陈芸田那里得到消息，为了恢复国民经济，陈芸田把自己所办的四家企业全部无偿捐献给了国家。受陈芸田的影响，李躬厚将与父亲经营二十多年的百分之八十的资金投入了会同专区第一家公私合营企业——洪江市植物油制炼股份有限公司，他是董事会成员。董事会委托他到南京、武汉、长沙及沅江流域的木商埠，动员木商投资入股。每到一处，他都是竭心尽力地做工作。说是政府号召我们转业到有利于国计民生的企业中来的，说晏治华副市长在洪江工商联召开木运业公会大会上，阐明了发展工业的重要意义，号召大家踊跃投资。还说在洪江堡子坳成立了木运业生产筹备委员会，还说洪油是洪江久负盛名的土特产，产、供、销连在一起，有着广阔的市场。

经他这么一说，先后有一百余户入了股，共筹集资金四十二亿多元（旧币）。

1951 年 11 月 19 日，洪江市植物油制炼股份有限公司在巫水河边的二凉亭五里牌正式投产。中央人民政府政务院财经委主任陈云亲自签发执照，执照上的负责人是：晏治华、汤特众、刘鹤清、杨雄辉、曾仲甫、佘民望、黄揖孔、向庆堂、李躬厚。中央私营企业局局长薛暮桥批准注册"洪江桥"商标。

洪江市郊区横岩是楠竹之乡，这里的楠竹有菜碗粗，密密麻麻，绵延几十千米。千百年来，当地人只是用楠竹做些简单的板凳、靠椅、凉床、晒垫、水筒、碗筷、篾缆等竹制品。而今，政府打算把这丰富的自然资源充分地利用起来，用它来造纸。于是经湘西行署会同专区和洪江市政府共同商定，决定筹建公私合营湘西企业股份有限公司，湘西行署财政经济处处长孙国治兼任名誉主任，副市长晏治华任副主任。孙国治深知木商代表李躬厚在集资入股方面有很大的组织能力，因此他要晏治华将李躬厚从植物油制炼公司抽调到湘西企业公司任副主任。

湘西企业公司主要项目之一，是在洪江萝卜湾修建一座中型造纸厂。李躬厚开始为修建造纸厂筹集资金了。对他来说筹集资金主要得从木商入手，他不愧是洪江木商中有影响的人，一个月就有六十多户木业会员将所有余存资金的百分之九十转业入股。可是还有很大一部分木业会员旅居在外，木头正在运输途中，而这时湖南省政府又在限制木材出境，致使许多木业会员的木材未能出售。在这种情况下，李躬厚亲自赴沅陵、陬市、岳阳、长沙、汉口等地，向旅居各地的木业会员募股集资。

一年过去了，木材出售尚未"解冻"，这时全国性的"三反""五反"运动开始了。

由于木业被列为投机商业，有很多从事木业的人受到从严、从重处理。大部分资金以退赃补税缴入国库或就地转业，至此木业中大户的资金已荡然无存，有的还成了"倒挂"（亏欠）户，原拟投资湘西企业公司的计划无法实现，在萝卜湾建造纸厂的计划落空了。

第二十六章
重返武大学功课　离开老师进军营

太阳落山了，但是树林里还明亮；空气清爽而澄澈；许多鸟嘈杂地叫着；嫩草像绿宝石一般发出悦目的光彩。树林里面渐渐地暗了起来，晚霞鲜红的光慢慢地沿着树根和树干移动。佘细明的茅屋也慢慢地涂上朦胧的暮色。

此时，在茅屋里复习功课的李躬福站起来，嘴对着对面的山张开，伸了一个懒腰。

在山上干活的佘细明回来了，今天运气好，他在山上挖到一只刺猬。李躬福来这里有好几个月了，由于地方偏僻，离集市较远的缘故，在生活上只能勉强凑合。平日里，李躬康半月来一次，而且都是晚上偷偷地来。他所送来的，也只是集市上家禽之类的东西。家里还有半坛苞谷酒，佘细明要跟李躬福好好喝上几杯。几个月来，由于寂寞，李躬福也学会喝酒了。

正当佘细明和李躬福喝酒喝到高潮的时候，李躬康拿着一封信来了。

李躬福同学：

为了中国人民的解放事业，让你受苦受累了。在此，特向你致敬！现在新中国成立了，你和同学们的愿望实现了。

现在我校各系正在恢复教学，请你接到通知后速回学校。

武汉大学教务处

公元一九四九年十月五日

李躬福被这封来信感动了，眼睛笑成了三角形，圆圆的脸上一下子变换了好几个平常不大看得出来的表情：一个表情是像个三岁的娃娃突然得到了什么宝一样；一个表情是像离开了妈妈的孩子突然见到妈妈那样的高兴；还有一个表情是他的眼泪要流出来了。其实，几天前，也就是十月一日那天，他就知道学校要来信的。现在，学校果然来信了。他浑身沸腾了起来，是那么激动，充满着感激之情。

半年来，他时刻都在想着老师和同学们，跟他一起搞地下工作的好几个同学，被特务用麻布袋装着丢进河里，好残忍啊。还有很多同学不幸被捕。每想起这些事，他先是感觉喉咙发干，然后浑身颤抖，最后眼泪控制不住地流出来，并从胸膛发出一阵低沉的，像山谷里的回音一样的哭喊声。

半年多来，他感谢佘细明两口子和二哥、二嫂对他无微不至的关怀。当然，也感谢淳朴的乡亲们不把这事讲出去。

佘细珍把家乡的红薯片、黄花和一些小干鱼包了一大包，塞进背包里，还将十几个煮熟了的鸡蛋放进了另一个装书的口袋里，并提醒着李躬福在路上吃。她这个当嫂嫂的也就只能用这种方式关心弟弟了。

李躬康走了七十里，把李躬福送到了邵东县汽车站。给他买了车票后，还将一千元（旧币）给他。

对李躬康来说，弟弟这一走，也不知要什么时候才能见到他？放寒假、暑假，他都是在洪江过。为了使弟弟不被父亲李锦骂，他一直把这事瞒着。

车开动了，李躬福头露出窗外，说一句："二哥保重！"

李躬康一直目送到不见车的身影。

李躬福在武汉大学读了一年书后，"抗美援朝，保家卫国"爱国歌曲在校广播里反复地播放着。操场上，捐款的捐款，演讲的演讲。宣传窗里贴满了打倒美帝国主义的文章。有很多学生充满着爱国豪情，报名要参加中国人民志愿军。

李躬福见此情景，也想辍学参军。想着父亲李锦曾对他说过不要议论政事的话，他有点担心父亲不会同意。他知道父亲这两年身体比以前差多了，一直靠药养着，就不想让他再为自己操心。但看见很多同学在报名，他瞻前顾后，拿不定主意。当他看见某某同学拿着表要去体验身体时，他心里痒痒的。过了一会儿，他横下心来，豁出去了，就给父亲李锦拍了一份加急电报："我想参军，是否同意？速回电。"

李锦接到电报后，心里像被猫抓过似的慌得很。打仗是要死人的。他心里忐忑不安，一时也拿不出主意来。于是只好找长子李躬厚商量了。

李躬厚对李锦微笑着说："去年十一月八日，您也在洪江龙船冲的天钧剧院参加了'抗美援朝，保家卫国'的千人签名大会。今年五月一日您在洪江街上参加了抗议美帝国主义的大游行示威活动。您可要知道美帝国主义利用侵略朝鲜作跳板，其目的是要侵略我们中国啊！再说美国的第七舰队已开进了台湾海峡，他们就是要侵略中国。"李躬厚见父亲这几年老多了，瘦多了，头发白多了。人到了这个年纪，有儿女情长心也是很自然的。

李锦仍旧犹豫着。"这事还没告诉你母亲，她会同意吗？"

"打仗是要死人的。没有国，哪有家？母亲的工作由我去做！"李躬厚很有把握地对李锦说。

听了李躬厚这话之后，李锦觉得也有道理。"没有国，哪有家？"想到这里，他立即给李躬福回了加急电报："同意。"当他把电报发出去后，心里总还是有点儿担心，打仗毕竟是要死人的！

李躬福收到父亲的回电后，马上报了名。

不久，洪江市人民政府将"光荣军属"牌挂在余家冲刘家大院的大门上。

由于武汉大学是民国时期的国立大学，李躬福学的又是机制专业，而部队正需要这类人才，所以招兵负责人把他分配到了沈阳军区空军后勤部油料处。

油料处处长王一先是湖南茶陵人，五十三岁，他个头高大，肩膀宽，胳膊有小檩条那么粗，国字脸盘又红又黑，两只眼睛又圆又大。眉毛浓，颧骨高，鼻梁高，下巴宽，脸颊两边长着连鬓胡子。他身上的皮肤一年四季都是黑红黑红的。他十四岁就参加了家乡的农民赤卫队，后来加入了红军，经历过二万五千里长征。脸上的皱纹，身上的伤疤能证明他是一个久经沙场的军人。他吃了没文化的亏。有很多后来参加革命的人，因为有文化，都升了上去，唯独他，还是个处级干部。

看李躬福是湖南小老乡的缘故，王一先要他从事飞机内燃机油料研究工作。

李躬福参军后，最高兴的是李锦的老婆佘氏。小小的洪江出了一个空军，真是一件了不起的事。佘氏每天要看一看挂在大门口的"光荣军属"牌。有人问她："你儿子是空军？"

不知怎么的，这一句她听见了。"嗯"了一声。

"在哪里？"

她摇摇头，听不清他说什么。

人家夸她生了个好儿子，她虽然没听见人家说的是什么，但从那伸出的大拇指来看，得知人家是在夸自己。于是她也笑嘻嘻地点点头。自从那次在他衣服口袋里发现那传单后，她就认为这个小儿子胆子天大，将来会有出息的。

窨里屋里的明石匠两口子、大牛两口子、岩娃两口子以及三毛和田田也都很高兴，都说李躬福为刘家大院里的人争了光。

李躬福很快地投入到了工作上。由于他在武汉大学学的是机制专业，所以对飞机燃油系统还得从头学起。

朝鲜战场上，美帝国主义的熊猫战斗机、野马战斗机、超级空中堡垒重型轰炸机、流星战斗机、军刀战斗机、雷电战斗机、"拉九"战斗机和"拉十一"战斗机猖獗得很，他们根本不把中国人民志愿军的飞机苏制拉5、拉7和米格－15战斗机放在眼里。为了打掉美帝国主义的嚣张气焰，李躬福没日没夜、废寝忘食地学习，在较短的时间内，了解到燃油供给系统是为存储和输送动力装置所需的燃料而设置的，了解到燃料供给系统的功用是储存燃料，并保证在规定的飞行情况（如各种飞行高度、飞行姿态）下，按需要安全可靠地将燃油输送给发动机，了解到飞机燃油系统还具有调节飞机重心和冷却介质的作用。即通过燃油系统，可调节飞机横向和纵向重心位置，横向重心调整可保持飞机平衡，减少机翼结构受力；纵向重心调整可减小飞机水平尾翼配平角度，减小配平阻力，降低燃油消耗。此外，烟油可作为冷却介质，冷却润滑油、液压油和其他部件。

他还了解到一架飞机完整的燃油系统包括飞机燃油系统与发动机燃油系统两大部分。一般将由发动机直接驱动的燃油泵之前的燃油系统划归飞机燃油系统。

了解到除了燃油箱外，飞机燃油系统包括油箱通气系统、加油、抽油系统、供油系统、空中应急放油系统和指示、警告系统。

一年后，李躬福荣立二等功三等功多次。那立功证书寄到了刘家大院里，有东北军区司令员高岗的印章。

第二十七章
和盘托出无一事　容膝偷安有三间

1951年春，湖南土改工作开始。

邵东县崇山铺乡人民政府土改工作队进驻了诒经堂，队长叫尹发生，山东人，年纪三十岁左右，中等身材，体格结实，腰挺得笔直，一支黑色钢笔插入上衣左口袋里，脸上的胡子总是刮得干干净净，长着浓密的黑发和眉毛，看上去很大方。一双亮晶晶的眼睛很厉害，好像一眼能看透人的心事！他是1949年随解放军南下的。他来诒经堂办的第一件事是成立以贫雇农为基础的农民协会。

听说来了土改工作队，第一个找尹发生的是李三癞子，他装起可怜巴巴的样子对尹发生说："同志，我叫李三，没有一分田地、一间房屋，是靠租种地主李躬康的田过日子的。听说要成立农会，我要求加入。"

李三癞子给尹发生的第一印象是：蓬头垢面，衣服脏兮兮的，没有扣子，用一根绳子捆着。尽管他穿着难看，但皮肤还是白嫩嫩的，坐下来时，露出的一截脚杆是白白的，还长着长长的腿毛。他的手板也是光滑的，没有一点儿茧痕。见他的脚和手，尹发生怀疑他不是靠租田度日的人。不过，见他主动找自己，又是贫雇农，而自己现在正依靠贫雇农来协助工作，所以就把手伸出来："欢迎你！李三同志！"

就这样，李三癞子成了土改工作队副队长兼农会副主席。

对此，李尊谓心里很不服，到尹发生那里揭李三癞子的短："尹同志，李三癞子的父母亲曾给他留下两亩田，是他自己把田卖了，拿去打牌，整天跟不三不四的人泡在赌馆里，成了赌徒。解放前两年，也就是1947年，他赌了一次大牌，把祖屋押上，结果输了。后来就赖在他舅舅家里。在舅舅家里，他十指不沾泥，是啃他的舅舅。他舅舅就这么一个外甥，惯纵他了，只要有了一点钱，就让他去打牌扳钱。他租李躬康的田，只租了一年，而且他是把田再租出去，是当'二地主'。他还是我们这里的土霸王，有很多人都怕他。"

听李尊谓这么一说，尹发生觉得自己经验不足，被李三癫子给骗了，草率地做出了决定。让他当土改工作副队长和农会副主席的事已宣布出去，不便更改了。现在所做的就是好好地引导他，别做出什么乱子来，特别是要他从此戒赌！

李三癫子也知道不能再赌博了。

有人担心李三癫子当了土改工作队副队长和农会副主席，李躬康一家人要倒霉要栽倒在他手里了。

对李躬康家庭成分的划分，尹发生作了仔细的调查和充分的分析。他家的二十多亩田，有一亩多是祖宗留传下来的，八亩多是抗战时期买的，十亩是 1948 年才买的，而按划分家庭成分的依据是以解放前三年的田地山和财产为界限，因此应该将他划为地主。

李尊谓向尹发生建议：是否可以划为小土地出租？现在不是过去，他的话不灵了。

这时，李三癫子火冒三丈："他家有那么多田，那么多房，还有山，不把他戴'地主分子'帽子就算便宜他了！怎么划小土地出租？"

这话压倒了李尊谓的话。

"可他有十多亩田是 1948 年才买的，而且他那田是三七开（他三）租出去。这事，诒经堂的人都知道。"李尊谓说。他知道自己说话没有分量了，但还是要说。好在他是被划为上中农成分，是团结的对象，还有点发言权。

尹发生表情很严肃。李尊谓心里不服，还是在为李躬康说话："跟其他地方的地主相比，李躬康的田要少得多，再说他家里人口多，平均起来就不算很多，加之他家只有一块小小的坟山，是否划为富裕中农？"

李三癫子还是重复着那一句话："不把他戴'地主分子'帽子就算便宜他了。"

工作组为划定李躬康的成分，讨论了几天几夜，最后经请示上级，还是划为地主，加上他父亲和哥哥在洪江做生意，有大量资产，综合定为"工商业兼地主"。至于租谷收得少，那是另外一回事。不给他戴地主分子帽子，还给他本人成分划为学生，也就算扯平了。

财产分配，经过一番激烈讨论，尽管李三癫子有异议，但考虑到李躬康、妻子佘细珍和儿子李元勋三人在家里，工作队还是将中堂右边三间房分给了李躬康。中堂左边的三间，分给了他的弟弟李躬福，因为他是革命军人。

这屋，李三癞子想要，土改正开始，他就盯上了。现在分给了李躬康和李躬福，他心里很不服。

考虑到李躬福是革命军人，李锦和他老婆佘氏的两副内套楠木函子的棺木，尹发生还是没有没收。

这是李躬康提出的，说他父母亲想叶落归根。

为此，李三癞子又气得要死，因为他舅舅和舅妈都盯上了这两副棺木。他舅舅、舅妈都说他没用，白当土改工作队副队长了。

对于李家在洪江的人，李三癞子一口咬定：一间房，一亩田也不分！

分给李躬康的一亩多田，是山冲里的冷水田。这是李三癞子指定的，他终于有机会报复李躬康了。

李躬康人形山上的那一块山，本来是不打算分的，但李三癞子坚决要求分，因为那是一块风水宝地，他舅舅、舅妈都看上了这山。最后，这山还是分给了李三癞子。这一回，李三癞子赢了。

为此，尹发生批评李三癞子，说他身为土改工作队副队长，应该为全局着想，不应自私。

最难处理的，是李躬康家里到底有多少金银财宝。对此，尹发生事先做了李躬康的思想工作。李躬康干脆把家里的柜子、箱子全打开，让工作队的人去搜。

在搜的时候，李躬康看见李三癞子偷偷地将两根金条放入自己的口袋里。李三癞子小声地威胁着李躬康："如果你讲出去，就开你的批斗会！天天开！"

李躬康面色变得刷白，嘴唇一直神经质地抽搐着，缄口结舌。

李三癞子把房里的每一件东西，包括坛坛罐罐都翻过来倒过去地搜查过了。最后，把佘细珍的随嫁首饰和哥哥李躬厚所送的那双金手镯也拿走了。

一切归一，李躬康都认了。

明天，这四合院里的房间除了六间是留给自己和弟弟外，其余的都不是自己的了。吃过晚饭后，李躬康一个人不声不响地将其他房间的东西搬到自己和弟弟的房里。

这房子，李三癞子选了最好的三间。

堂屋归公。堂屋很宽很宽，装饰得很漂亮。看着神龛上李氏列祖列宗牌位，算起来，这屋是他曾祖父于清道光年间修建的。他站在祖辈的灵牌前，烧了几张纸，默默地鞠了三个躬后，把他们的灵牌慢慢地小心翼翼地拆下来，移到分给自己的房间里。

他站在换了地方的祖宗灵牌前，默默鞠着躬……

成分定下来后，李躬康成了阶级异级分子，寅忧夕惕。恐惧笼罩着他，使他的两肘缩紧在腰旁，浑身上下颤抖着。他不敢见人，一见人就老远地躲开。他说话得非常小心，有些话只能藏在心里。否则，随时会被李三癫子捉去批斗。

近段时间来，李三癫子洋洋得意，身上换上了政府发给他的黄衣、黄裤、黄帽和黄胶鞋。他除了字牌上的字外，不认识别的字，尽管如此，他上衣口袋里却像尹发生那样插了一支钢笔。在乡政府举办的扫盲班上，他常把未来的"未"写成"末"。不过，像"阶级""批判""斗争""打倒""地主""富农"等字，他学得相当好，一学就认得，而且还会写。有好几次，他想开李躬康的批斗会，不过被尹发生给制止了。

尹发生对他说："李躬康的家庭成分虽然被划为工商业兼地主，但他本人没做过什么恶事，相反，还做了一些善事。比如说他的田是四六开（他四）租出去，有些人用半石谷子充当一石谷子，他认可，没说什么。1948年他买的土田是三七开（他三）租出去的，而且还在租契上写明遇到灾年不收谷。拿这样的人去开批斗会，不大合适吧！再说，别的地方开批斗会斗的是地主分子或富农分子。他可不是分子，他本人还是学生成分。"尹发生的政策尺度还是把握得较好。

"他收租谷收得少，是他哈，人家都说他是'康哈巴'。"李三癫子把话题扯到云里雾里了。

"那就更不用开批斗会了。拿'哈巴'开批斗会有什么意义？"尹发生说。

"别的地方都开批斗会了，唯独我们诒经堂的人阶级路线觉悟不高。"李三癫子时常这么说。

乡亲们议论："李躬康曾经保过李三癫子，李三癫子太缺德。"

"李三癫子不得好死，要遭报应，天打五雷劈。"

"只怪李躬康哈，1948年还买田，买了个'地主'，太划不来了。"

"他当时买田也是出于好心，让租他田的人多一点粮食。"

面对这些议论，尹发生无语。

这一切，李躬康坦然面对。

诮经堂的人除了李三癫子对他不好外，其他人没有欺负他。相反，碰着他时，都是主动叫他"躬康侄""躬康兄弟"或"躬康叔"，那"康哈巴"外号，除李三癫子外，没人叫了。大家不忍心再讽刺他。

每天，李躬康干完自家的农活后，晚上就去王安百先生家里了。王安百的家庭成分是小土地出租。中农是团结的对象，他虽不是团结的对象，但也不像地主、富农出身的人那样受歧视。王安百安慰着这个年纪偏大的学生，要他把心胸放宽一些，振作起来，像宰相肚里能撑船那样，以后的路还长得很。李躬康受先生的启发后，白天在地里劳动，晚上用写诗来打发时光，不去想其他的任何事。他随即写下了《土改》诗：

推翻封建史无前，土改法行今果然。
播谷溯源从后稷，垦荒流汗系先贤。
高低位置沿三界，大小形成约万年。
剥削从今消灭尽，分田分物颂尧天。

几年来，他就是这样过来的，白天在地里干活，晚上写诗。用诗来支撑自己的精神世界。

几年来，一到晚上，佘细珍就带着大儿子李元勋、小儿子李崇勋早早地睡了，她害怕李三癫子那双猫头鹰似的眼睛往她家里盯这盯那……

李三癫子的舅妈仗着李三癫子是土改工作队副队长，曾经给李三癫子说了一门亲事，那姑娘是个哑巴，但哑巴的父亲宁愿将她嫁给一个跛脚、断手、聋耳的残疾人，也不愿嫁给他这样心狠手辣的人。

第二十八章
禁烟戒赌陋习破　移风易俗气象新

1952 年 8 月 21 日，洪江成立了禁烟禁毒委员会。自解放以来，吸鸦片烟的人比以前少多了，但一些玩世不恭、不务正业的社会渣滓，每隔三五天就要去过过烟瘾。

深秋时节，绵绵细雨下了一个下午，余家冲青石板路湿漉漉的，湿润的空气中带着几分寒意。浓雾像棉团似的从沅江边滚入冲里，久久地徘徊。浓雾越来越多。天，过早地黑了下来。

张开笑的烟馆里，几个烟鬼卧在烟床上，那苍白的嘴唇紧箍着那竹烟枪的绿玉嘴，好像吹箫似的，两眼凝视着烟灯玻璃罩口那舐着烟枪那头烟斗上的黄色烟泡的一跳一跳的火焰。匆忙地动一动嘴，使劲一吸，苍白的两颊都凹了进去，让两个黑洞洞的鼻孔在透不过气来时漏出丝丝的白色烟雾。看着吸到了底，右手五指拿着铁签子尖去一拨，"吱"的一声，那烟泡蒂便被火焰尖送进烟斗的小孔里去。他们有的嘴唇闭得很紧，竭力不让一丝烟雾再漏出来。有的嘴插进装满苦茶的白瓷壶壶口咕噜咕噜地喝了几口，感觉自己浑身很轻，就像在云里雾里。他们就是这样地混日子，一个个骨瘦如柴。当几个穿公安制服的人神速来到他们身边时，他们一个个惊呆了，还不知道发生了什么事？

公安人员将烟茶壶、烟枪、烟斗、烟灯以及生膏、熟膏和所有的原材料全部带走。张开笑和他手下的人，还有那一个个无精打采的烟鬼被押走。

1952 年 10 月 30 日，三千多两鸦片烟，三百多件吸烟烟具，在莲花地广场被当众销毁。烟馆老板张开笑被处决，几十名烟毒犯被判刑。一百多年来，危害人民身体健康的鸦片烟终于被新中国人民政府给取缔了。

余家冲风和院大门被洪江市公安局贴上封条，余老板、老鸨婆等人被押走。对妓女们，有家可归的，政府发给路费，让其回家。无家的，收容劳动教育。月英第一位从公安大姐手里拿到回家的路费，她收拾好自己简单的行李后，在那位公安大姐身前跪下来，连磕三个响头，哭着说："谢谢你，大姐，我早就不愿在这里了。这里的人心狠得很，当我们见红的时候，老鸨婆强行将我们坐在冷水盘里，强行要我们喝灰汤，然后要我们继续接客。我们不从，他们就罚跪，不给饭吃，还重重地打我们。有时，一些流氓、地痞、恶棍把我们身上仅有的一点私房钱抢走。我们有很多人得了花柳病（梅毒、淋病等），得不到及时治疗，死了。老板给丐帮一元银圆，丐帮就用一床烂凉席将她们包着，扛到朱砂井山上，埋了。我有好多的姐妹都是这样被埋的。"月英越说越伤心，已成了泪人。

朱胖子的赌馆里，来赌的人虽然比解放前少多了，但一些以赌为职业的人，仍然在里面整天整天地赌，他们一个个早晨八点钟入局，轮流坐庄，一直到晚上未曾住手。输了的总想着扳回来，赢了的还想赢，一盘一盘，就这样打下去。有时，哪个肚子饿了，由管家叫厨子送来一碗汤面。那人一只手拿筷子，一只手拿牌，嘴对着碗，眼睛死死盯着出牌人所出的牌。有时，一盘牌打完了，而这碗汤面还没吃完。赌徒们，有的把老婆卖了、把房子卖了、把家里所有值钱的东西卖了，实在没有东西卖了，就向赌馆主人借，百分之二十、百分之三十、百分之四十或是百分之五十的利息。对他们来说，只有一个字，扳。哪知道越扳越出鬼！最后，只得跳进沅江，一命呜呼，结束自己不光彩的一生。

对朱胖子来说，他是靠开赌馆起家的。当然，他也得靠地头蛇给他撑腰，所以他跟向县长、陈师长、王团长的关系相当好。在洪江，还没有哪个敢来砸他的赌馆。洪江刚解放时，他曾经停了一阵子，说是看看风声再说。看政府没采取措施，胆子又大了起来。没想到政府果然出手了，禁止赌博。并要求在限定的时间内，自行销毁赌具。今天是最后一天期限了，朱胖子看着赌馆，长长一声叹气。他也许从没想过："一棍子"的爹为赌博把老婆卖了，使"一棍子"成了没人管的人，最后沦落为一个流动乞丐。

洪江市轻工业局成立了手工业联社，篾缆厂、撬棒厂、铁匠铺、木材厂、石材厂等都在管辖内，明石匠、罗木匠、文铁匠等手艺人都在联社里的某一个单位工作。

大牛、岩娃、周老满进了洪江贮木场，大牛、岩娃搞管理，周老满继续放他的排，因为他放心不下沅陵的张秀芝。

涂师傅、来劲、蒋老三进了洪江市植物油制炼股份有限公司。

陈积芳的药店进入公私合营行业。

王老大的丐帮组织自然消失了。

道士陈本情脱下道服。

杨黑牯和哑巴进了洪江航运公司。

洪江周围县乡下的农民和悬崖寨的人，还在捡桐果，卖给洪江植物油制炼股份有限公司。

唐德忠意外病故。

李躬厚调入洪江工商联，任副主任。

刘荣昌当选为洪江市副市长。

（上篇完）

中 篇

饱经风霜人生路

酸甜苦辣皆品尝

第二十九章
李锦魂归桑梓地　躬康家迁洪江城

刘家大院被划归洪江房产公司管理，李锦不再是房东了。大牛和岩娃都搬到萝卜湾洪江贮木场去住了。明石匠和白青青在这里已经住习惯，都不愿意搬走。新搬进来的几户人家都跟李锦和明石匠相处得很好，平日里，哪家有事，大家帮帮忙也是很正常的事。远亲不如近邻嘛。

入冬以后，李锦的支气管炎病一天一天加重，那剧烈的咳嗽声，整天在窨子屋里回响，使人心里慌慌的。只有到了夜深人静时，他实在是咳累了，那咳嗽声才慢慢地变小，或是稍微停顿一会儿。他迷迷糊糊地睡了。天还没亮，喉咙里那淡黄淡黄的浓痰又把他给卡着，实在是忍不住，才不得不又咳嗽起来。于是新的咳嗽声又开始在窨子屋里回响起来，而且是一声比一声大，一声比一声惨，听着让人揪心。

李躬厚扶李锦坐起来，要他张开嘴，用右手的食指和中指把卡在喉咙里的淡黄淡黄的浓痰，一坨一坨地掏出来。然后倒一杯温热茶，让他漱漱口，再把药吃下去。满房都是药味。

邻居们虽然对李锦咳嗽没有异议，但总这样咳下去也不是办法，也总觉得过意不去。李躬厚有好几次要送他去洪江医院治疗，可他总是一口咬定：寿终正寝，死在家里比死在医院好。

有一天，李躬厚从工商联下班回来，见李锦呼哧呼哧地气都快喘不过来，看来是不行了，他马上把明石匠等几个人叫上，用竹靠椅强行把李锦抬到洪江人民医院。医生诊断结果：肺部严重感染，已是晚期，并下了病危通知单。李躬厚和明石匠只好满足他的心愿，将他抬回家里，寿终正寝。

李躬厚给大弟李躬康、小弟李躬福和在湖北工作的李芸荷、李芸桂、李芸菊妹妹分别发了加急电报。

李躬福回电："因工作未能赴丧，见谅。哭泣！"

三个妹妹回电："立即回洪。"

当李躬康从邵东老家诒经堂来到洪江时，李锦已经奄奄一息，连话都说不出来了。

看李躬康穿着一身乡下土布衣，一副可怜相，李锦的心像被撕碎了似的，疼得难以忍受。他后悔那时不应该让他留在老家，守着祖屋和那几亩田。现在老大已是洪江工商联副主任，大小是政府的副科级干部。老三在南京空军部队，已是连级干部。只有这个老二，还在老家当农民。他知道土改工作队副队长李三癫子是当地红人，时时刻刻都在为难他，欺负他。看着老二，他嘴唇战栗着，微微动了动，想说些什么，可是话哽塞在喉咙里。于是他对李躬厚做了一个手势，示意他拿纸和笔来，要写点什么。

李躬厚把随身带的笔记本和钢笔拿出来。

李躬康坐在床头，将李锦扶起来。

李躬厚将笔记本打开，摊在自己的手板上。

李锦用颤抖的手，吃力地在笔记本上草草地写下"关照老二"和"不要慌乱，要持之以恒"两句话。"关照老二"是因为他是兄长；"不要慌乱，要持之以恒"是李锦的经商和处世警语。

李躬厚含泪对他微微点头。

看着"关照老二"几个字，李躬康的眼泪从他那凝滞的眼睛里像泉水一样地流溢出来，泪水流过他的脸颊，落在他那长久没有剃的浓厚的胡须上，又从胡须上滴进胸口里，冰凉冰凉的。十个手指一样疼，现在只有他的条件差，仅靠政府分给的一亩多田度日，父亲担心他关心他也是很正常的事。

三个儿子，只有老三李躬福没来了，李锦看着床边上老三给他的蓝色长围巾，久久发呆，是想他了。

李躬厚知道李锦有心事，便轻轻地对他说："爹爹，老三工作忙，来不了。"

李躬厚、李躬康两兄弟默默地看着李锦那双失望的眼睛，和从眼角里流出来的泪水。

佘氏、小女儿李芸兰、曾玉英和她的儿子李立勋都在默默地看着只有出气没有进气的李锦。

那天晚上，刘家大院大门口悬挂着一张红纸，做了一辈子生意的李锦离开了人世，年仅五十二岁。

当李芸荷、李芸桂、李芸菊来到洪江的时候，李锦已在函子里睡了两天。

由于李锦是军属，他的丧事办得很热闹，洪江市委、市政府的主要领导人前来吊唁；市委统战部、市工商联、公私合营洪江植物油制炼股份有限公司、市第二派出所、余家冲居委会等机关单位和人民团体送来了花圈。听说李锦的三子李躬福是空军，大家都想看看空军风采，遗憾的是他因工作忙，没有来。

人们看见，灵堂里最忙碌的是余家冲居委会主任王娥春，她四十来岁，身材匀称，面貌端正，性格沉稳，办事是一个丁是丁卯是卯的人，很少开玩笑。但她心底却是温柔而又善良的，特别是哪家需要帮助时，温柔而又善良的心也就自然而然地显现出来。解放后，丐帮消失了。现在办丧事是由冲居委会出面，协调有关工作。王娥春是接过了伪保长张开笑的烂摊子的。那时，张开笑在这里称霸一方。她可不，自担任居委会主任那天起，她就时刻关心着冲里人的生活，随时准备着为冲里人分忧解难，或是做些什么。她与那皮笑肉不笑的张开笑相比，完全判若两人。所以在她面前，余家冲的人是难于施设任何界限的。正因为她温柔而又善良，余家冲里的人没有任何理由不尊重她……

王老大虽然没有弟子了，但丧事工作他还得做，并把"寄臭"的绝活也用上了，因为李锦想叶落归根，要埋到邵东老家去，在路上要走十来天。他这次的"寄臭"绝技能保持尸体二十天不臭。

现在丧事比解放前简单多了，孝子不用披麻穿孝衣，只是腰间捆一根白带，左手胳膊间戴一个黑袖章就行了。

"李主任，你们是军属，有什么困难需要解决，你尽管说。"王娥春对李躬厚说。

"父亲临终前放心不下的就是老二李躬康，他是个老实人，现在在邵东乡下种田。因那时租田不让李三癫子第二次当'二地主'，他把李三癫子给得罪了。那李三癫子原来是个赌棍，土改时，靠投机当上土改工作队副队长和农会副主席，现在是当地红人，时常欺负老二。你看能不能把老二一家人迁到洪江来？"李躬厚说。

"现在我们正在成立高级社，你可以军属名义打个报告，由我去办。这事办不办得成，还很难说。不过，近段时间我看见有些人把户口从乡下迁到城里来了。"王娥春说。

十多天后，李锦的遗体终于运到邵东老家诒经堂。王老大的"寄臭"绝技还真管用，那尸体一点异味也没有。老家习俗：死在外面的人，棺木不能摆在中堂里。因此，灵堂只能设在大门外的禾场坪里。见父亲安静地睡在棺木里，李躬康很感谢土改工作队长尹发生。

由于李躬厚在洪江工商界是有影响的人物和李躬福在部队是连级干部的缘故，丧事办得很热闹。按邵东乡下习俗做道场，举祭，唱孝歌，搞了整整三天三夜。李尊谓别的召号能力没有了，但是办丧事的号召能力还是有的。他一声令下，除李三癫子外，李姓人家都来了，有一百多人戴上了白耗布。

棺木落地后，乡亲们议论说：李锦那时如果不出去经商，不随木排下沅江，不跟随马帮队日晒雨淋，也许能活到七八十岁的。嘿！挣了那么多钱，买了那么多地，又把房子扩建大了，现在全没了，还被划为工商业兼地主成分，这又何苦呢？

李躬康在悲哀中写下《葬父》诗：

霜风一动辄心惊，凋谢灵椿尚艾龄。
乘彼白云还故里，卜兹玄宅近先茔。
归田久慕陶彭泽，游岳空怀向子平。
宿愿未如棺已闭，表阡行述恨长萦。

李锦去世后的第一个春节，李躬福请了探亲假，刘家大院热闹起来了。最高兴的当然是母亲佘氏了，她用最短的时间，给李躬福做了一双布鞋和一双棉鞋。李躬福告诉她，在部队穿的是军鞋。可佘氏说："这是娘的一片心意，晚上洗了脚，穿布鞋要舒服些。"

时间过得真快，探亲假一晃就过去了。佘氏在刘家大院门口依依不舍地看着李躬福。李躬厚将李躬福送到洪江汽车站，看着他上车。父亲走了，长兄为父，他在尽父亲的责任："注意身体，安心工作，家里的事不用操心。"

李芸兰到湖北工作去了。

李锦在老家能安息了，因为王娥春主任把李躬康、佘细珍、李元勋、李崇勋一家人的户口迁到了洪江。

本来，农会副主席李三癫子是坚决不同意李躬康一家人迁走的，但李躬厚是洪江工商联副主任，又是军属，他拦不住，奈何不了。

诒经堂的乡亲们都说李躬康走了好，因为李三癫子实在是太欺负他了，开口闭口骂他是地主，使得李躬康的老婆佘细珍及儿子李元勋、李崇勋见他就像见到阎王爷似的。乡亲们对此敢怒不敢言，他们的心沉重得很，就像积雪压在心上一样。

李躬康一家人迁走后，李三癞子少了一个挨他骂的人，从某种角度来说，他的权威下降了，他心里很不服气。他把这件事暗暗地记在心里。

李躬康一家人来到洪江后，暂时住在一甲巷"苏州大院"里。现在，一家四口就靠李躬康在码头上干装卸活，或是在街道里做点临时工糊口度日。日子虽然过得紧巴巴的，但已逃脱了李三癞子的时刻盯梢，心里很舒坦，精神抖擞。

一年后，佘细珍生下了三子李灿旭，家里多了一张嘴吃饭，李躬康的担子更重了。码头上的装卸活和街道里的临时工活，时有时无，一天就是满打满算，那一点收入也难以维持一家人的生活。因此，李躬康不得不另找生活出路。

近段时间来，没活干的时候，李躬康就要去洪江的几个菜市场走一走，了解一下市场行情，看有没有什么生意可做。

一天，一个乡下人拿着一只野兔在犁头咀市场上卖，也许是出于好奇，那卖兔人一下子被人围住了，都抢着买。见此情景，卖者顺势抬高价格，最后被一个穿中山装的干部模样的人以高一倍的价买下了。

洪江的地理位置和气候环境很好，很适合养兔，此时，李躬康心里产生出养兔的念头。在洪江，还没有人养过兔，他想兔肉在洪江定会有市场，再说兔毛、兔皮都可以加工制作成纺织品原料，这原料市场上都需要。于是他给在武昌化工学院教书的三妹李芸菊写了一封信，要她买一本《养兔手册》。

他从《养兔手册》里了解到兔子的生活习惯及繁殖规律。兔子白天好静，晚间好食，它的生活习性与老鼠接近，白天安静地卧在笼中，但一到夜间就十分活跃了；它胆小，怕惊扰，害怕喧闹声，害怕生人和陌生动物，特别害怕猫狗之类的动物；它厌烦炎热和潮湿，喜欢干燥环境，它的汗腺不发达，主要靠呼吸散热，所以习惯在二十五摄氏度以下的地方生活；它们不合群，好独居，在自然条件下，都是各打各的洞，独自居住，只有交配的季节才在一起，无论公、母，都是这样；兔子喜欢啃食，其大门齿是恒齿，经常生长，如经常喂给柔软料，它就自然地要啃木笼等东西；一只兔子喂上三个半月就成熟了，就可以初配，它的妊娠期为一个月，从第二胎以上计每窝产崽六到九只，每窝产活崽五到八只，一年四季均可繁殖配种，一只母兔一般年产五到八胎，年产活崽三十三到三十七只。种兔一般利用年限为二年。

成熟了的兔子可以拿到犁头咀等市场上去卖。

余家冲冲尾的枫木岭下有一座樟树环抱的吊脚楼，楼为上下两层，一楼一半悬空一半是土坎，几根杉树柱竖在悬空那一面。这屋是公屋。由于有一点儿倾斜，屋一直空着。屋冬暖夏凉，四季干燥，很适合养兔，李躬康看中这危楼了。再说上面的枫木岭、白马坪、小湾等山上有很多很多又嫩又肥的野草，吃着这野草，一只兔子能长到三四斤。

李躬康请人把倾斜的那一面加了几根菜碗大的杉树做撑子，把屋校正了，并将屋顶上的瓦重新翻盖了一次，把二楼楼板和拶板也整修了一番。一楼悬空处，他用楠竹板做了四排兔笼，一排能关五十只兔子。靠着土坎的那一面，他打了个一人高，一米宽，四米深的洞，洞里放了一大堆锯木屑，说是用来给兔子打洞。

李躬康从杭州买来十只种兔（一公九母）后，一家人从一甲巷苏州大院搬到吊脚楼里，开始了他的养兔生涯。

有《搬兔场》为证：

洪江养兔我居先，择地移场枫岭边。
古木千寻阴覆地，危楼百尺耸参天。
恰逢花月初三日，始饮雄溪第五泉。
斯业虽非长久计，只缘落魄亦欣然。

这是老鸦坡北部下面的一块平地，叫白马坪。关于白马坪，有两种传说：一种传说是清乾隆二十二年（1757年），乾隆皇帝第二次下江南时来到洪江，看到这里的一块石头酷似白马，就命名为白马坪；另一种传说是在很久以前，一个人骑着一匹白马从很远的地方来到这里，那马见这里的草好，吃着吃着竟不想离开，其主人用尽了所有办法，可那吃着草的白马就是不愿走，无奈之下，马的主人只好在此地住下来，后得名白马坪。

李躬康在白马坪的乱石堆里开垦出好几块呈梯田形状的菜园。菜园边，他挖了一个蓄水池和一个蓄粪池，两个池里面都是用石灰和沙子糊起来的，可以说滴水不漏。一根接一根的竹笕，将从岩缝里流出来的水引到蓄水池里。夜深人静的时候，他时常担着粪桶去窨子屋的厕所里舀粪。皓月当空的山路上，人和两只桶的影子在不断地移动，扁担摩擦着系在粪桶上的篾片，发出咯吱的响声，把睡熟了的虫们搅醒，唧唧叫起来。那吱嘎吱嘎的声音一直要响到蓄粪池边。

菜园里，李躬康种上了各种各样的蔬菜。他从小就会种菜，什么时节种什么菜？什么菜施什么肥？他都记得清清楚楚。由于肥料和水分充足，他所种的菜长势很好。在没有青草的季节里，就靠这菜来喂兔子了。同时，这菜也可以卖钱，在犁头咀的菜市场上，人们都抢着买，其原因是物美价廉。

菜园上面，他依着地势开垦出了一个凹凸不平的畲地，打算把一些肥壮的野草移植到这里来。草木灰是培植草最好的肥料，他用柴刀把草场周围山上的小杂树枝砍下，堆成一堆，上面铺了一层用锄头铲出来的草皮，用干树枝做引火柴，再用火柴将引火柴点燃，然后一层树枝一层草皮堆上去，一直堆到一人一手高为止。微微小火在夹杂着树枝和草皮的堆里慢慢地燃烧着，淡淡的烟雾随着风向北面飘去。两三天之后，这树枝和草皮就烧成了灰。他用竹筛把灰筛过后，将其洒在畲地上。

兔笼里的十只种兔一天天长大，三个半月后，它们开始初配。第一胎已繁殖到四十多只。

早春二月，天麻麻亮，李躬康挑着筐子，带上镰刀，去白马坪草场上割草了。草随着春风一路长高，已是绿油油的一片；草割了又长，长了又割，良性循环着。三四袋烟工夫后，割满了两筐又肥又嫩的草。

山路上面，一股清澈的溪水从白马坪上面的岩缝间流出来，溪水总是平着那条人工开凿出来的石槽，不曾漫过，也没有少过。站在石槽下面的路上，不用弯腰就可以在石槽里洗东西。兔子吃带露水的草会拉肚子，因此李躬康总要在这里把所割的草洗一洗。当他挑着洗净的草回来时，余家冲里有很多人还没起床。

兔子胆小易惊、听觉灵敏，经常竖起耳朵听周围的声音，稍有响动，则惊慌失措，乱串不安，尤其在怀孕、分娩、哺乳时，影响更大，所以在饲养过程中，李躬康特别注意这些细节。

兔子通人性，它们早已习惯了主人的身影、动作和声音。当李躬康嘴里

"哄"一声的时候，那些关在笼里的兔子就知道主人来了，于是就吱吱叫几声，以表示欢迎他的到来。每一扇兔门都是打开的。他将草放在门边的食槽里，然后从水桶里舀一点枫木岭井里的水放在食槽旁边的水盆里。

兔子的牙齿很厉害，一根草一口就咬成两截，用利齿嚼碎之后，很快进入肚里。吃饱了草之后，它们就开始用舌头舔盆里的水了。这草什么时候吃？水什么时候舔？由它们自己决定。能生长在这样的环境里，它们算幸运了。无聊的时候，它们就出来溜达溜达。兔子的脚前短后长，走路姿势是一蹦一跳的。有的是去笼后面的洞里打洞，那里面放的是锯木屑，打洞不用费多大的力，它们有的就喜欢打洞，喜欢待在那黑黑的洞里。有的母兔开始发情了，发起情来性情十分活跃、兴奋，一会儿跳上笼子，一会儿在场地上跑跳、刨地、顿足。不多久，一只公兔就来到了它身边。

门口摆了一张床，李躬康就睡在那里。兔子习惯看门口挂着的那盏时刻亮着的马灯。看着这马灯，它们知道自己的主人就在身边，因此不怕猫狗之类的动物来欺负自己。

楼上，长子李元勋正在做家庭作业，他已读小学五年级了。李躬康和佘细珍不要他做任何家务事，只希望他读书有出息。好在他也争气，升了一级，而且语文、算术都是洪江鼎新街学校全年级第一名。

佘细珍带着李崇勋、李灿旭早已睡着了。

月光透过樟树叶间隙，把一点点光亮，洒在吊脚楼边。

一个月后，受孕的母兔要产崽了，大约要产下五到八只。

一百天后，那些产下的兔崽又长大了，出于原始的本能，它们又开始交配了。

李躬康计算着，一只母兔一年能产五六胎，年产兔崽三十多只，一只能卖一元多一点。有很多餐馆跟他订下了合同，需要时，随时去笼里捉。他走养兔的路走对了，比在码头上搞装卸要强十倍。

每当太阳从老鸦坡渐渐地落下去的时候，李躬康又挑着筐子来到了白马坪的草场上，开始割夜草了。兔子每一餐吃得不是很多，但它们要时不时地吃一点。为了让它们吃得新鲜，李躬康每天早晚要各割一次草。

草枯萎的时候，李躬康只好用菜叶和其他东西来喂兔子了，比如说白菜叶、萝卜菜叶、红薯藤和叶，用玉米、小麦、高粱等杂粮磨粉煮熟，都可以喂。

一年后，那九只母兔都当奶奶了，共繁衍到了两百多只。兔崽多了，李躬康在白马坪上面的小湾开了很多荒。那新开垦出的荒，经过施肥后，很快长出了野草，那野草足够兔子吃。

李躬康把它们分成类，哪些用来做种兔，哪些用来剪毛，哪些用来卖肉和皮。

李躬康从《养兔手册》里学会了给兔子看病，备了一些常用药，也学会了给兔子打针。

通过养兔，李躬康家里有了一点储蓄，生活一天一天地好起来。他心情很愉快，认为这样下去很有奔头。

第三十章
京城开会提造纸　台上发言表忠心

1955 年 4 月，洪江市人民政府改为洪江市人民委员会。

李躬厚是工商联主管宣教工作的，因此洪江众多工商业者的思想工作就由他来做。新中国成立不久，一些工商业者有思想顾虑是很正常的。

在商业中，私营企业的比重很大。因此，在国民经济恢复时期，如何正确贯彻党的七届二中全会对私人资本主义工商业实行利用、限制的政策，尽可能地利用城乡私人资本主义有利于国计民生的积极性，限制其不利于国计民生的消极性，以利于国民经济的向前发展，就是一个非常重要的问题。

党对资本主义工商业实行社会主义改造，做这工作的难度之大，是可想而知的。大家都知道这是婆婆妈妈、费力不讨好的差事。李躬厚总是不遗余力地对大家说："眼下，我们应看清形势，向前看，向远看，以利于国计民生的大局为重。"但个别人认为："现在命运是掌握在政府和税务局的人手里，他们要怎么样，就怎么样，反正我们是砧板上的菜、案板上的肉。"说实话，李躬厚对这些人是同情的。当时最时髦的一句话是："失去的是一个企业，换来的是光明的前途。"现在正处于对资本主义工商业实行社会主义改造的高潮中，各行各业都在搞公私合营，李躬厚从内心认为：这是及时的，成熟的，会成功的。

为了能使工作顺利地开展下去，工商联成立了"工商界业余政治学校"，李躬厚任校长。他组织大家学习《历史唯物论》《社会发展史》《工商业者政治常识》等书籍，并结合自己的实际工作，写了许多学习心得、体会。他把自己百分之八十的资金投入修建洪江植物油制炼股份有限公司的事写进心得里，把副市长刘荣昌将自己百分之八十的资金投入修建公私合营洪江瓷厂的事写进心得里，还写了很多人入股公私合营企业的事。

由于做了一系列卓有成效的工作，洪江的竹木运销业、洪油业已先后转业，将资金投入到公私合营洪江植物油制炼股份有限公司和公私合营洪江瓷厂的修建。其他行业都是因资金不多，人员少，包袱重，暂时处于困难之中，但都在往公私合营方向走。通过李躬厚苦口婆心地做思想工作，洪江的公私合营企业名列湖南省第二位，仅次于长沙。

从政治方面来看，公私合营后工商业者交出企业，成为半公家人，转瞬之间从脱胎换骨的改造中得到了很好的锻炼。同时，在这段时期的各行各业中，无论是生产方面，还是服务方面，都出现了欣欣向荣的景象。是公私合营给洪江的工业带来了希望，李躬厚成为洪江工商界最有影响的人物之一，因此洪江工商联决定：由李躬厚代表洪江工商界出席湖南省工商联第一届第四次执委（扩大）会议。

早春二月，太阳从天柱峰灿烂地升了起来，尽管还是寒气凛凛，可是寒气的威力在人们的意气中已渐渐衰竭。人逢喜事精神爽，人们怀着喜悦的心情，敲锣打鼓送李躬厚去长沙开会。

李躬厚身披彩带，胸戴大红花，走在"热烈欢送李躬厚赴省工商联开会"横幅标语的最中间。欢送队伍里的大号、小号、唢呐和锣鼓声，从高坡宫响起，一直响到洪江汽车站。堡子坳、新街、洪江大桥、洪江中学、中山路、南岳路等地人山人海。大家之所以欢送他，是期望他从长沙带来更多更好的消息。

洪江有很久没这么热闹过了。

李躬厚在湖南省工商联见到了老朋友陈芸田。陈芸田现在是湖南省工商联副主任，两人重逢，心里异常激动！

陈芸田告诉他：程潜主席很感谢李躬厚把那封信送给了他，说李躬厚为湖南的和平解放作出了大贡献。

当李躬厚问及陈芸田的家产时，陈芸田幽默地说："我现在是真正的无产阶级了。"

是的，陈芸田现在是无产阶级了。解放后，他把自己在邵阳和长沙的企业财产，率先全部无条件地捐献给了人民政府。他成为湖南省工商界上层人士唯一无定息、无存款、纯靠工资过日子的人。在全行业公私合营期间，他提前圆满完成了政府所交给的任务，因而受到毛主席的接见和宴请。和他比起来，李躬厚感觉自己为党和国家做的事微不足道。

正当他们说得开心的时候，湖南省工商联主任向德走来了，他告诉李躬厚，说黔阳地委决定要他代表黔阳地区工商界列席全国第二届政协委员会第三次扩大会议，要他带足衣物，马上就走，到湖南交际处集合。湖南代表团的人都在那里。

这突然来的喜讯，使李躬厚兴奋不已，他眼角里不停地、神经质地流出了幸福的泪水。他做梦都没想到自己能去北京开会。他知道，这是黔阳地委看得起洪江，看得起他。他想：只有努力工作，才对得起党！从这一刻起，他心里暗暗下定决心：跟共产党走一辈子。

在会议上李躬厚代表湖南工商界的喻名英、熊炳立、胡彬生三位同志在主席台上作了发言。

湖南工商界的发言得到了全体与会人员的热烈掌声，都认为他说出了工商界人士的心里话。《人民日报》（海外版）发布了这一消息，并刊登了他的照片。联合发言稿于 1957 年 3 月 18 日发表。（跑到台湾的邹明亭后来得知了这一消息。）

在开会期间，李躬厚想起了六年前因筹集资金不到位，湘西企业公司被撤销，洪江萝卜湾造纸厂没办成的事。现在洪江市委、市政府正着手修建萝卜湾造纸厂，但由于资金不到位，也就搁了下来。李躬厚则利用这个千载难逢的好机会，向大会提案委员会提出"利用湘西木材、楠竹资源丰富的优势，建议在洪江创建一个中型造纸厂"的提案。庆幸的是这提案很快得到国务院批示："交湖南省委和省政府办理。"不久，湖南省政府拨了款。

李躬厚从北京回来后，一下子成了洪江名人，街头巷尾、商店饭馆、政府大院以及工厂企业都在谈论着他，说他听了毛主席做的《关于正确处理人民内部矛盾》的演讲，说他同毛主席等党和国家领导人照了相，说他的照片上了《人民日报》（海外版）。

第三十一章
整风座谈最积极　被冤打倒归陷入

　　中共洪江市委，市政府机关坐落在老鸦坡半山亭下面，两幢平屋面对面，中间隔着二十来步宽的草坪。梧桐树、樟树遮掩着草坪，像是一座避暑山庄。

　　李躬厚吃过早饭后，来到了市委统战部办公室，接待他的是副部长（部长未设）饶洪江。饶洪江是南下干部，中等身材，相貌清秀，说话时脸总是带着微笑，轻言细语，从没耍过官腔。他是李躬厚的直接领导人。

　　当李躬厚从中山装口袋里把笔记本拿出来，一条一条地把在北京开会的盛况向饶洪江作了汇报后，饶洪江对他笑眯眯地点着头，随即陪着他向市委第一书记赵永亮办公室走去。

　　赵永亮四十来岁，腰总是挺得笔直，喜欢剃平头，两道眉毛又粗又黑，一双眼睛总带着沉思的神色，连鬓胡子刚刮过的方下颔微微泛青，给人总的感觉是严肃、老练、精力充沛。他是今年一月被黔阳地委任命为洪江市委第一书记的。

　　当饶洪江陪着李躬厚走进市委书记办公室时，赵永亮主动跟李躬厚握手，并把平时舍不得泡的西湖龙井茶拿了出来，很激动地对李躬厚说："李躬厚同志，你在全国政协会议上所提的提案，湖南省政府已收到，现准备拨款，你为修建洪江造纸厂做了一件大好事！"

　　"这是我应该做的，赵书记。"李躬厚很谦虚地说。

　　"办起了这个造纸厂，对振兴洪江经济、稳定就业有大好处。"赵永亮说。

　　"这也未必是他一个人的功劳吧，我们早就打了报告上去，只不过是上面还没批下来而已。"说这话的是市委副书记黄副根，此人长着一双对子眼，看人时眼珠总是斜着。两边的眉毛很长，长到中间交了叉。瘦长瘦长的面。鼻子很高，勾勾的。头发一分为二地梳着，油光光的，像是抹了头发油。他说话时习惯咬着牙，好像跟人过意不去似的，尤其是跟李躬厚说话，他的牙咬得更厉害了。那"不利于团结"的话就是他说出来的。他手下的办事员袁熊，也就跟着他这么说。有好几次，李躬厚跟他们据理力争，都互不相让，最后还是一把手解了围。

站在一边的饶洪江本想帮李躬厚说几句话，但黄副根是市委副书记，他不敢得罪。

不过，这一次赵永亮帮李躬厚说话了："这功劳主要归李躬厚，如果不是他在北京向全国政协提提案，这款肯定不会拨得这么快。不知要等到猴年马月。"

这话确实有道理，黔阳地区的财政能力毕竟有限，如果不有限的话，当年的湘西企业公司就不会撤销了。

黄副根听赵永亮这么一说，不吭声了，但他心里始终不服气。

听了李躬厚的汇报后，赵永亮对他提出两点希望：一、把在全国政协会议精神传达到洪江的各党政机关部门；二、在新的形势下，继续把工商联工作做好。

李躬厚微微点头。

饶洪江陪李躬厚来到了洪江市市长周大海的办公室。他身材匀称、结实，头脑精明、冷静，胸膛宽，肩膀阔。平时很随和，不过一旦处理问题时，表情就严肃了，严肃得像一个法官。他生活很朴实，习惯穿褪了色的中山装。出去办事时，习惯背后披一顶草帽，穿一双解放鞋。此时，他披着草帽，推着自行车，准备下基层。见李躬厚来了，他把草帽收起，将自行车放回去，请李躬厚进了办公室。

周大海给饶洪江、李躬厚倒了一杯嵩云山的凉水。他不习惯喝茶，每天清晨起来，拿着两个热水瓶走到上面的嵩云山打井水，也顺便锻炼了身体。

等李躬厚把工作汇报完了后，周大海说："我正要去萝卜湾落实建造纸厂的事，真的太感谢你了，李躬厚同志，你为洪江建造纸厂做了件大好事！以后，还有很多事需要你们工商界的人去做，你可要做好思想准备哟。"

李躬厚按洪江市委要求，在洪江党政各大机关部门传达了毛主席《关于正确处理人民内部矛盾》的讲话和全国政协第二届三次会议精神。

后来，又在黔阳地区各县进行了传达。李躬厚一下子成大红人了。

1957 年 4 月 27 日，中共中央发出《关于整风运动的指示》。

1957 年 7 月 19 日，洪江工商联在市委的领导下，成立了"工商界整风领导小组"，饶洪江任组长，李躬厚任副组长。有八十多位工商界人士参加了学习。

整风运动初期，饶洪江用非常诚恳的语气说："欢迎工商界人向我们提出宝贵的意见，大胆热情地帮助我党整风，希望大家知无不言，言无不尽，我们一定采取言者无罪，闻者足戒，有则改之，无则加勉的态度来接受各位的批评，坚决做到认真整改，开门整风，立见成效。"

李躬厚素来就是心直口快、毫不隐瞒自己观点的人，每次开会他都是第一个发言，这次也不例外。他结合洪江工商联的实际情况说了自己的看法，并对市里的黄副根副书记等人的工作作风提出了几点意见和建议。他的发言一针见血、切中时弊、斩钉截铁。

1957年10月15日，中共中央发出《关于划分右派分子的标准的通知》。

在这场"反右"运动中，李躬厚首当其冲，成了洪江的第一条"大鱼"。被波及的还有刘荣昌、李平等人。

李躬厚被划为右派的消息传到洪江鼎新街小学后，他那天真活泼的长子李立勋突然间黯然神伤，沉默寡语，性格变得孤僻起来。

李躬厚也是晚上睡不着，精神不安，情绪低落，时常做噩梦。在妻子面前，他说话少了，整天愁眉苦脸。一次，他把父亲留下的"不要慌乱，要持之以恒"遗嘱给忘了，跳进了沅江，幸好被正在打鱼的周老满发现，将他救了起来。

从那以后，曾玉英吩咐李立勋：晚上时刻跟着父亲。

李立勋陪着父亲在沅水边散步，往周老满的船那边走去。

看着东去的滔滔沅江水，李躬厚想起当水客时第一次跟父亲、周老满、大牛、岩娃放排的情景。这几个人中，父亲已走了，大牛和岩娃都搬到萝卜湾贮木场住去了，已有好久没见到他们，现在也挺想他们的。他刚被打成右派时，周老满来刘家大院里看过他两次，但他被关在政府机关里，没见着。周老满每天晚上要去跟他聊聊天。但周老满明天要放排去常德了，要二十多天后才回来。

当李立勋陪着父亲来到周老满船上时，周老满拿出两个酒杯，说今天打到一条平时很难打到的三斤多重的青鱼，要李躬厚也陪着喝两杯。

李躬厚平时喝不了酒，但为了不扫他的兴，还是陪周老满喝了一小杯。

周老满几杯酒下肚之后，话就多了起来："李老板，有人说现在在贮木场做事比过去给木商水客做事好，可我觉得还是给你当包头时好。那时湾排时，想去哪里就去哪里，想做什么就做什么，没人管。那时放排的钱比现在的要多两三倍，和我一起放过排的人都是这么说。还有，我去沅陵找张秀芝，可我们单位的头头儿不让我去找，说现在是新社会了，是一夫一妻制。就连大牛和岩娃也是这么说。哦，大牛和岩娃都变了，他们的名字都给改了，大牛叫田新生，岩娃按着班辈取名，叫向培进。都是单位头头儿给取的名，说现在是新社会的工人了，要有自己的名字，不能再用'牛呀娃呀'称呼自己，工人阶级要当家做主人。他们还要给我改名，叫'周长青'。我说还是叫周老满好，爹妈都是这么叫我的，已经习惯了。大牛和岩娃现在坐办公室，搞管理，这还不是你父亲教他们的吗？那时，你父亲手把手地教大牛识字、写字。教岩娃打算盘，那'三下五除二、二一添作五'的口诀就是你父亲教的。"

周老满好像是在为李躬厚鸣不平，他曾把李躬厚被打成右派的事跟大牛和岩娃说了，希望他们去刘家大院里看看李躬厚。但他们都怕受牵连，影响自己的前途，不敢去。为此，周老满骂他们是势利眼。

此时此刻，李躬厚也不好说什么，在这史无前例的暴风大浪中，他们明哲保身也是很正常的事。好在明石匠、罗木匠、王老大等人是直爽人。有一次，明石匠拿着石刀，罗木匠带上斧头，王老大拄着梨木拐棍，说是去市委办公室找黄副根闹事，但被曾玉英给劝了下来。曾玉英说："你们这样做不是帮李躬厚，反而会害李躬厚。"

周老满明天就要走了，他今天要陪李躬厚多聊聊。

此刻，李躬厚觉得这世上只有周老满、明石匠、罗木匠、王老大对他最好，真是疾风知劲草！

夜很深很深了，周老满跟李躬厚依依不舍地离别。

"李老弟，遇事想开点，人的生命最为贵，过了这家店，不愁过不了那个村。"李躬厚和李立勋走了很远，周老满还在这么说。

自李躬厚被打成右派后，余家冲刘家大院里的人都同情他，但又不敢跟他多说话，每次碰着，都只是相互点点头而已。只有明石匠和白青青对他一如既往。在那特殊的年代，这种微妙的变化也是很正常的。不过，对李躬厚来说，邻居们能冲他点头就很不错了。

李躬厚的母亲余氏虽然耳朵听不见，但出门看天色，进门看脸色，儿子近段时间以来总是一副迟疑不决、愁眉不展的样子，她这个做母亲的知道儿子遇上了不顺心或是麻烦事。刚从北京开会回来的时候，他的心情多好啊，有说有笑。

近段时间来，都是老二李躬康来母亲佘氏的房里，陪着她。她有好几次问老二："你大哥到底嘛哩[1]啦？"

面对母亲的追问，李躬康不好跟她说出实情，只是说："他最近工作压力大，心情不好。不信您问邻居们？"

好在邻居们也帮着说"他没事"的话后，她也就稀里糊涂地过去了。

现在，白青青每天陪着佘氏坐，有时也帮着她纳一纳鞋底，做点针线活。

白青青这一辈子最难忘的人是李锦。为了让佘氏高兴，白青青有时陪着佘氏走到刘家大院门口看那块"光荣军属"牌，说她儿子是空军，夸她生了一个有出息的儿子。白青青还要佘氏把李躬福的立功证书拿出来看看，那立功证书上有东北军区司令员高岗的四方章印。每当佘氏看着立功证书时，高兴得把大儿子那迟疑不决、愁眉不展的表情全给忘了。白青青就是用这种方法分散佘氏的注意力。

心里最痛苦的还是曾玉英，她要安慰好丈夫，又要让公婆开心。对丈夫，她无微不至；对公婆，她竭智尽忠。幸好有白青青每天陪着公婆，给曾玉英减轻了一些担子。

每天晚上，李立勋总是陪着李躬厚散步。他们往沅江上游走，一路过了瀑布桥、大湾塘、大溪口，来到了王家凉亭。凉亭背靠楠竹林，面对沅江。亭内长廊上竖着二十多根杉木柱子，梁、檩、椽全是杉木，两边座位上可坐三四十人。上面的瓦片上了绿釉。附近二三十里的农民去洪江买卖东西时，总习惯在这里歇歇脚。

看着下面滔滔的沅水，李躬厚想起了他跟肖有财第一次去锦屏悬崖寨买木头的情景，想起了那用树藤和树枝绑架的天梯；想起了白胡子肖云仫、肖大山、兰花、肖蒙子等人；想起了父亲为修改绕过天梯上面的路，拿出了一百元银圆；想起了修建锦屏榨油坊；想起了来劲做了出格事后，娶了阿香；也想起了春妹胆子大，让岩娃生米做成熟饭，跟他私奔到洪江。一晃就过去了二十多年。

二十多年来，人间变迁，感慨万千。李躬厚生意做得好好的，日本鬼子

1　嘛哩：邵东土话，意思是怎么啦。

入侵中国，沅江封航了，木头卖不出去，无奈只好改行卖苗药和纱布。八大油号遭敲诈勒索，被打入大牢，刘尉君死于非命。日本投降后，国民党又打起了内战，眼看国民党大势已去，有很多有钱人卖掉房屋田地，携妻带子远走他乡。他没有去，因为他在武汉大学读书的弟弟给他讲明了共产党的路线、方针和政策。他相信共产党。新中国成立后，他拥护党的政策，将自己的百分之八十的资金投入修建植物油制炼股份有限公司。他协助孙国治办湘西企业公司，尽管公司没办起来，但他还是出了很多力。后来进了洪江工商联，为公私合营做了大量的卓有成效的工作。就这样，他代表洪江工商界出席省工商联大会。接着，又到北京开会。可是，开会回来不到四个月，他就出事了，而且是洪江第一个右派！他想不通！想不通！！想不通啊！！！黄副根、袁熊等人说他篡改毛主席的讲话，他多次拿着笔记本和《人民日报》上的《关于正确处理人民内部矛盾的问题》讲话对比，他没有篡改。在批斗台上，他想解释说："我没有篡改，只是少了一些字和一些补充的内容。"他心里说：我没有反党，没有向党进攻，我只是对黄副根等人的工作作风提出些意见和建议。

看着东去的沅水，李躬厚又想起了父亲临终时留下"不要慌乱，要持之以恒"的遗嘱。

此时，李立勋看着他的情绪有点不对劲，就扯了扯他的衣角："爹，我们回去吧。"看着这未成年的孩子，他摸摸孩子的头，心里说："孩子，你快点长大就好了。"

沅江上，初冬的晚风凉凉的……

大红坡背后的铁溪村被绿树环抱着，远远地看去，它就是溪谷的深处。这里很幽静，就十来户人家。洪江农场就设在这里。李躬厚、刘荣昌等人被送到这农场学习了一个月。一个月后，上面最后对刘荣昌的处理结果是：降职降薪。对李躬厚的处理结果是：撤销原有职务，遣送企业监督劳动。就这样，刘荣昌降为洪江瓷厂管后勤的副厂长，李躬厚则是来洪江瓷厂接受监督劳动，每月的工资从 66 元降为 9 元。

洪江瓷厂坐落在距市中心三千米的巫水河边。建于二十世纪四十年代初，起源于小型私营企业新丰瓷厂，后采取集资合股的方式在带子街开办新厂，更名湘西瓷厂。解放后，由公私合营洪江市企业公司接管湘西瓷厂，改名公私合营洪江瓷厂，现在有职工好几百人。

袁熊调到洪江瓷厂，任常务副厂长。

李躬厚来洪江瓷厂办公室报到，他看着刘荣昌，相对无言地站着。霎时间，刘荣昌的脸色感到难为情，变得刷白。李躬厚的脸、耳朵、脖子也红了。袁熊嘴里叼着一支"大前门"香烟，跷着二郎腿，手里拿着一张最近的《人民日报》，对李躬厚的到来，爱答不理。

刘荣昌想把李躬厚安排在食堂里当厨师，干这活名誉是差了点，但总比在生产一线干活强。

可是袁熊坚决不同意，他说："刘副厂长，李躬厚是来接受监督劳动的，安排在食堂里当厨师有些不妥吧。我知道你们过去是好友，想帮他一把，这很自然。但这是企业，不能凭感情用事，要有组织原则！要对组织负责！"袁熊斜了刘荣昌一眼，露出一副狰狞的表情。

此时，刘荣昌也不把袁熊的表情当一回事，他用紧跟形势的话，笑嘻嘻地对袁熊说："那就这样吧，袁厂长，行政科正缺少一个打扫厂大门的清洁工，就把李躬厚安排去扫厂大门吧，那是面子工程，全厂的人都能监督，他扫得不干净，我们可以随时批斗他！"

"我说刘副厂长呀，李躬厚是来接受监督劳动的，你怎么又想给他来一个打扫厂大门的好差事？你这个副厂长要站在我们无产阶级这一边啰！"袁熊重复着监督劳动几个字，仍旧斜眼看着刘荣昌。

"我看扫大门好，扫着扫着，他就把'反党反社会主义的思想'全扫了，有利于对他的思想改造。"刘荣昌说。

"刘副厂长呀，在这是与非的问题上，你的阶级立场可要站稳哟！这可不是儿戏啰！你的阶级立场要站稳啰！"袁熊故意揭着刘荣昌的伤疤，瞬间变得神头鬼面。

"我怕什么？我是管后勤的副厂长！这点权力还没有吗？就这么定了，李躬厚，你去扫厂大门，出了事我刘荣昌负完全责任！"刘荣昌对李躬厚说。

见刘荣昌同袁熊龃龉不合，李躬厚心里忐忑不安，怕连累刘荣昌，他对袁熊说："袁厂长，我听你的，你叫我做什么我就做什么？"

"这样吧，一车间瓷泥班还差一个踩瓷泥的，你去踩瓷泥吧。"袁熊冷冰冰地对李躬厚说。

"姓袁的，你欺人太甚了！"刘荣昌火冒三丈，对袁熊大发雷霆。

没想到，这话把袁熊吓了一大跳，袁熊浑身顿时颤抖一下，嘴里的烟、手里报纸全掉在地上。

"刘厂长，我还是去踩瓷泥吧，你就别为难袁厂长了。"李躬厚对刘荣昌说。

"这就对了，刘副厂长，你要冷静一点。"袁熊的脸阴沉沉的，嘴里露出一丝奸笑。

刘荣昌愤愤不平地看了袁熊一眼，左脚在地上狠狠地一踩，嘴对着地上重重地唾出一口唾沫来，气呼呼地走了。

袁熊冷笑着，意思是："我们就走着看！"

袁熊把监督李躬厚的事交代一车间副主任莫红生，说这是一个政治任务，要他好好监督。莫红生是1954年公私合营时招进来的，因为他出身好，加之有上进心，很快就成了生产骨干，又入了党。从班长跳过工段长，直升到车间副主任。他有一条非常成功的经验：就是要紧跟形势。现在是"大跃进"时期，口号喊得越响，人就走得越红。他就是喊口号当上班长的。后来，口号越喊越大，越喊越响，就当上车间副主任了。

而莫红生又把这个政治任务交给了瓷泥班班长唐永来，要唐永来好好监督李躬厚，并要对他一个星期写一份监督评语。唐永来三十出头，工人出身，也是公私合营时进厂的。他那剪得光光的头顶，和两道浓眉下面的一双凹进去的眼睛，总是给人一种很严峻的感觉。但这却并不妨碍别人去同他接近。全厂人都知道他的怪脾气，整天绷着个脸，好像借米还糠似的。但真正了解他的人，知道他助人为乐，哪家有事需要帮忙，他一喊就到，从不缺席。所以看起来他眼光严峻，而心里却是暖乎乎的。他只会做事，不会喊口号，所以至今还是一个小小的班长。不过话又说回来，这瓷泥班是全厂最难管理的班组，也只有他才镇得下来。

当唐永来看到身体单薄、骨瘦如柴的李躬厚时，就问莫红生："他踩得起瓷泥吗？"

"他是来接受监督劳动的。"莫红生答。

"既然是接受监督劳动，你就让他去打扫卫生，扫扫厕所，扫扫马路吧。那样效果还好些，至少能让大家都看得到都知道他是一个大右派，是来接受监督劳动的，你把他放在我们偏僻的瓷泥班，谁看得见？"唐永来说。

"这是政治任务，是袁熊厂长安排的。懂吗？"莫红生露出一副很严肃的表情。

"可是你已喊了口号，这个月要完成多少多少粗坯碗。像他这样的人踩得起瓷泥吗？我们瓷泥班的任务完不成，全车间的任务能完成吗？"唐永来问。

"唐班长，就让我踩瓷泥吧。"站在一边的李躬厚说话了。他黯然神伤，别无选择，只好来这里接受监督劳动了。

莫红生耸起眉毛，怒目对着唐永来。

"我找厂部去。"唐永来急忙向厂部走去。

袁熊接待了唐永来，他很严肃地对唐永来说："李躬厚是洪江第一个大右派，市里把他下放到我们厂里来，是有目的的。我们只能按上级领导的意图办事。在这非常时期，你说话得小心，千万不要说错话。他暂时不算你们班的正式编制，踩得多少是多少。"经袁熊这么一说，唐永来没说什么了。

踩瓷泥的具体操作是：用钢筛把瓷泥筛过后，将瓷泥粉浇上一定程度的水，用锄头和铁铲拌均匀，然后使劲地用脚踩。用力越大，效果越好。这是超强度的重体力劳动活，就跟农村砖瓦厂踩砖瓦泥一样，而砖瓦厂是用大水牛牯踩。怕大水牛牯发飙，往往用一块黑布将它的头蒙上。而这是城里的企业，没有养牛，只得用人踩。干这活的人，一般是身高一米七八、身强体壮的人。有人说这是畜役，来做了两天就走了。有的压根儿就不想来。现在，这里的人都在想法儿离开。

李躬厚开始在一车间瓷泥班踩瓷泥了。他低着头，两只手臂弓在腰间，吃力地将一只脚从瓷泥堆里抽出来，另一只脚又踩下去，抽出来踩下去，踩下去又抽出来，身子一会儿往左边倾斜，一会儿往右边倾斜。每天围绕着瓷堆做着上百上千上万个重复的动作。有时手臂弓在腰间累了，就换一个姿势，把两只手臂伸开，或是收拢。有时脑壳踩晕了，就撑一根木棍，继续踩。大热天，他光着膀子，汗水冒出来，浸透短裤后又一滴一滴落在瓷泥上，使泥变成咸味；寒冬腊月，他脚冻得像胡萝卜，十个脚趾起了冻泡，但还得踩。那裂了缝的脚流着血，触到瓷泥时，疼得他直咬牙根……冬去春来，他就是这样踩着，像牛似的。

他在瓷泥堆里真正尝到了戴在头上的重重的右派帽子的滋味了。他是来接受监督劳动的，别无选择。这监督劳动四个字是无形的精神枷锁，是紧箍，戴在他头上，压力山大，使他喘不过气来！如果是肉体上受折磨，他可以忍受，咬咬牙就挺过去了。但精神上的折磨，比肉体折磨更难受。他没有半点回旋余地，只有老老实实地踩瓷泥！接受监督！尽管现实是这样残酷，但他始终记着父亲"不要慌乱，要持之以恒"的遗嘱。

每天清晨起来，吃过早饭后，李躬厚就穿着洪江瓷厂所发的工作服，拿着饭盒，步行去瓷厂接受监督劳动了。穿着这工作服，证明他还是人民内部矛盾里的人，至少比监狱里的囚服好。

李躬厚自带中饭是有意回避刘荣昌。有好几次，刘荣昌要请他去外面的小饭馆吃饭，但李躬厚是来接受监督劳动的，怕牵连刘荣昌，只好婉言谢绝。

他走路总是低着头，生怕遇到熟人。有时熟人主动跟他打招呼"李主任"或是"老李"，他也只是"嗯嗯"轻轻应一声，没说多话。

工友们对李躬厚还是很友好的，有时，班里的工友们私下要他去休息一下，他们来踩。对此，他没吱声，自己是来接受监督劳动的，不敢休息。

有时，监督他的班长唐永来也来帮着他踩一踩，他知道李躬厚曾经去北京开过会，看见过毛主席，跟毛主席合过影。他尊重李躬厚，也暗暗地保护着他，每次在监督表上写上一个"好"或"可以"的评语。

李躬厚也知道这个监督他的人是在暗中保护着自己。当然，这是刘荣昌副厂长暗中跟唐永来打了招呼，要他在没有人看见的情况下帮李躬厚踩一踩瓷泥。

还有，自李躬厚被撤职后，明石匠每月要给他家一点钱，世上毕竟还是好人多！

李躬厚从一个脑力劳动者变成重体力劳动者，也慢慢地适应了。相比之下，他的身体比以前好多了，壮多了。重体力劳动既改造了他，也锻炼了他！尽管他每月只拿着九元生活费，但他对未来的生活充满着希望。李躬厚坚信自己没有篡改毛主席的讲话，没有反党。他只是对黄副根等个别领导提出一些意见和建议。他要好好地活下去！活下去！！活下去！！！

一年后，李躬厚又来铁溪农场学习了一个月，根据他的学习态度和在洪江瓷厂的劳动表现，以及唐永来写得很有分量的鉴定，上面摘掉了李躬厚的右派帽子。摘掉右派帽子后，他可以跟踩瓷泥的工人一样了，同工同酬，每月可拿三十元钱工资。尽管这工资只有他当工商联副主任的一半，但他已经知足了，其主要原因是：撤销了"监督劳动"。

李躬厚始终记着父亲"不要慌乱，要持之以恒"的遗嘱。

第三十二章
放下包袱往前走　振奋精神向远看

朝鲜战争结束后，在沈阳军区空军后勤部油料处工作的李躬福，随他的老领导王一先调到了南京军区空军后勤部油料处，由于工作出色，李躬福已被提升为正营级干部。

一年后，当老领导王一先处长向南京军区后勤部推荐李躬福为油料处副处长时，李躬福的哥哥李躬厚被划为"右"派的消息传来，因此，李躬福升职政审不合格。面对这突然传来的消息，王一先这位参加过长征的老革命，对他的上级领导很不冷静地发着火，手板在办公桌上拍得啪啪响："为什么要这么做？他哥是他哥，他是他，不能混为一谈，不能影响他的前途。他那时是我们这里的第一个武汉大学学生，参军不到一年，就立了三等功；后来，立了二等功多次；再后来，又立了一等功。为了工作，他父亲去世没有赴丧。当时，我从个人感情考虑，批了他的丧假。可是他认为那时是改进飞机加油的关键时刻，自己是油料处唯一的大学生，不能离开。在他和大家的努力下，改进飞机加油的工作成功了。你们这么做公平吗？对得起他吗？"王一先不冷静地将桌子再一次拍得啪啪响。

"老王同志，请你冷静点，这是组织原则，千万不能在李躬福同志升职问题上感情用事。"南京军区空军后勤部严部长很严肃地对王一先说。他的脸色冷若冰霜。

"我实在是想不通啊！"王一先控制了一下自己的情绪。

"想不通也得想！这是组织原则！必须服从！十天后何其敏同志就来你那里任副处长，你要好好帮他、带他。同时，要做好李躬福同志的安抚工作，他是大学生，业务上是内行。"严部长的口吻，就像在战场上下达命令。

王一先认为李躬福各方面都具备了当副处长的条件。嗨！哪知道偏偏在这个时候他哥哥出事了。面对上级的命令，他没有办法，只好服从，服从命令是军人的天职。

　　李躬福得到这个消息是五天以后。那天，王一先要他休息一天，邀他去南京玄武湖公园游玩。李躬福对处长突然邀自己去游玩感到很惊讶！他平时都是把时间抓得很紧的，怎么突然休息一天，邀请自己去玩，而且是去玄武湖玩。王处长租了一条双人划船，两人穿上救生衣，一人坐一边，向湖中心划去。初冬美丽的玄武湖，是很难用笔墨形容得出来的。湖水差不多完全摆脱了夏季的浑浊，澄清地成为一片碧绿了。轻软的、光滑的波涛，连连地、合拍地抱吻着沙岸，而接着发出一种失望的叹息似的低语声。太阳已经升到了湖上空，一只好像是受了伤的鸟在湖的上空吃力地向湖岸边的树上飞去，好像要在那里栖息一下。湖波不是往常欲睡如醉的样子，从北面吹来的风搅醒了它的睡意，如果不是穿着救生衣，还真有点害怕呢。王一先平时是一个爱说话的人，如果是往常的话，早就会说："大风来了，怕不怕浪把船打翻了？"可是今天，他和李躬福从部队营房出来，还没有说过一句话，表情也跟平常判若两人。李躬福从他的表情里似乎看出王一先有什么事在瞒着自己？他跟这位老领导有七年了，是这位老领导一手培养起来的，每一次他的立功喜报批下来，都是这位老领导在第一时间告诉他，让他高兴。这位老领导也是他的第一入党介绍人。在这位老领导的关怀下，他一步一步升到了营级。1955年，是这位老领导推荐自己去北京出席新中国首届空军英模会，在开会期间，他受到了朱德总司令亲切接见，并合了影。看着领导的表情，莫非是自己升副处长的事有了变故？听说后勤部要调来一个人，这人来做什么？现在谁也不知道。

　　王一先和李躬福都沉默着。

　　"王处长，有什么话你直说，我会想得开的。"李躬福说话了。

　　"自党中央开展反右派运动以来，有很多右派分子被打倒了。"王一先说。

　　"是的，我大哥就是一个。"李躬福。

　　"是这样的，那天我到后勤部严部长那里，他说因为你哥哥的事，你升职的事暂时搁置下来。"王一先为了安慰李躬福，说是暂时搁置。

　　"王处长，家里出了这样的事，我也没办法。不过，我是军人，是党员，会服从组织安排，不会闹思想情绪。"李躬福说。他知道老领导把他带到这玄武湖来是有他的原因的。湖上的风这么大，他是希望自己经受得起狂风巨浪。

　　"你能这样想就好了，以后的路还长得很，要经受得起各种各样的考验，把自己在大学里所学到的专长用在工作上。我们这里只有你这一个大学生，我们油料处还有很多工作得要你去做！你一定要坚强起来！"

王一先的话深深地感动着李躬福。从读初中起，就拥护党的路线、方针和政策，他相信党。在武汉大学读书时，李躬福就参加了共产党的地下活动，由于叛徒出卖，他还到湖南邵东乡下避过难。新中国成立后，是党组织让他回到学校，他相信党。

"放心吧，王处长，我不会为这事影响工作的。"李躬福此时显得很冷静。

此刻，玄武湖上的风平静了很多，双人船慢慢地划向岸边。

太阳照在王处长的脸上，眼睛干涩得像在燃烧。过了一会儿，李躬福看见亮晶晶的泪珠在王处长的眼睛里滚动，然后，大大的、圆圆的、一颗颗闪闪发光的泪珠，顺着他的脸上滚下来，滴在嘴角上、胸膛上、船板上，嘀嗒响。

通过王处长的开导后，李躬福的精神又振作起来了，他知道油料处还有很多工作在等着他去做。

在武昌化工学院教书的李躬厚的三妹李芸菊。中等身材，有点瘦，脸庞长圆，额上有三条害人挺深的抬头纹，眼睛不算大，但能闪闪放光地看人，在课堂上，哪个学生开小差，或是做个小动作，都躲不开她敏锐的眼睛。她是辅导老师，不便过多地批评人，用她自己的话说："希望同学们自己尊重自己。"她曾经是这里的学生，由于成绩优秀，毕业后就留在这里，已有三年了。她对工作一直兢兢业业，在老师和同学们眼里，她是一位很优秀的老师。但是，也有些同事说她傻，说她每年都要写一份入党申请书，已经写了三份。而系里的党支部书记根本就没把她所写的入党申请书放在眼里。这也难怪老师和同学们，因为她的家庭成分是工商业兼地主。就因为这个原因，党组织还在考验她。她也在接受着组织的考验，始终坚持着自己的观点，信仰共产主义。《党章》上说年满十八岁的中国公民，只要拥护共产党的章程，都可以申请加入党组织，没有哪一条说出身不好的人不能入党。有好几个党员说她已具备了入党条件，可以发展了，经系党支部研究，最后决定发展她。当化工学院党委派人来洪江考察，了解到她大哥是右派后，不好说什么了。但毕竟他们是知识分子，不好直说。只是由一个考察人员对她说："你们家乡的雪峰山有好高好高呀！"就这一句话，李芸菊知道他们去过洪江。

李芸菊的情绪低落了几天后，现在又恢复了原样，工作依旧是那么认真，入党申请书还是要写，决不放弃。

第三十三章
下乡做炉炼钢铁　上山寻物当食粮

当养兔给李躬康一家人带来一线希望的时候，一场突然击来的雷电把希望化为泡影。那是一个深夜，当人们进入梦乡的时候，从沅江河边来的狂风暴雨摇撼着枫木岭，雷鸣夹着电闪，电闪带着雷鸣。雨丝像用筛子往下筛，一阵子大，一阵子小，交替下着。屋檐水接连不断地流着。突然间，一个震耳欲聋的巨雷将吊脚楼右边的古樟树击中，树的枝杈处开了一个裂缝，一部分树枝坠落在屋顶上，一部分树枝着火了。坠落在屋顶上的树枝把脊檩和椽子各压断了一件，破碎的瓦片散落在二楼楼板上。还好，没伤着人。着了火的树枝火势慢慢大了起来，随着狂风迅速地烧进吊脚楼里。尽管老天爷还在下着雨，但它根本扑灭不了火。火势越来越大，越来越猛。

在这千钧一发之际，李躬康、佘细珍、李元勋、李崇勋都在拼命地搬一些能搬动的物件。兔子也搬出来了好几十只，它们都害怕得萎缩成一团，吱吱叫着。眼看不能再进屋了，李躬康便对老婆和两个儿子说："不能再进去了，保命要紧！"

没多久，佘家冲居委会主任王娥春带着十几个人赶来了，但熊熊火光已冲天，触目惊心！惨呀！

下了一个晚上的雨终于停了，天开始麻麻亮了。

没搬出来的东西都烧成了灰烬。看着这惨景，佘细珍哭得气弱声嘶，哽咽不出。

着火的樟树，烧坏了一边，留下一截残枝。另一蔸樟树的叶子全被燀光，剩下光秃秃的树杆和枝杈，庆幸的是它还活着，到明年开春时会长出新叶的。

兔子全死了，有的是被活活烧死的，死的那一瞬间，它们还在发出吱吱的惨叫声。看着那一具具残骸，触目惊心。被救出来的，是被吓死的，还好，它们还留着全尸，大一点的可以卖皮和肉，这多少能给在悲痛中的李躬康一家人带来一点儿安慰。

面对惨情，王娥春主任温和地对李躬康说："枫木岭井边有一幢空屋，是彭三的，你先搬进去，将就一下。彭三那里，我跟他打个招呼就是。"

"谢谢王主任。"李躬康噎呜流涕。他哥哥被打成右派了，他家又遭雷电，真是屋漏偏逢连夜雨，船迟又遇打头风。

就这样，李躬康搬到了彭三家里。

这是一幢一人一手高的房子，共有四间，屋顶上盖的是杉树皮，尽管房屋简陋，但总算有个遮风躲雨的地方。再说屋的另一头有块宽敞的平地，可以用来打养兔棚。李躬康决定东山再起，就像那蔸被燂光了叶的樟树一样，开春时会长出新叶的。

第二年开春后，樟树上长出来了新叶。李躬康灾后所养的第一批兔子也开始生崽了。到年底的时候，已繁衍到了两百多只。那兔毛、兔肉、兔皮的收入很可观。

可是，正当李躬康的养兔事业在快速发展时，上面发文，说兔子不能私养。他所养的兔子归街道了。

迫于无奈，李躬康只好另谋生路。他买了些木匠工具，开始学着做一点小东西。正当他学得上劲的时候，洪江造纸厂开工了，考虑到他家的实际情况，王娥春主任推荐他去造纸厂做临时工。

造纸厂负责人得知他是李躬厚的亲弟弟后，二话没说就答应了。李躬厚为修建造纸厂是立了大功的。这事，市里的领导、造纸厂的领导都知道，乘凉不忘种树人。

李躬康的具体工作是：将收购起来的废纸、废书、废报、废纸盒等纸类东西整理好，把里面的铁钉、钢钉等带金属的杂物清理出来，丢进水池里浸泡过后，打成纸浆。这是很脏很累很臭的活，但他不怕。

在废书堆里，他无意发现《唐诗》《宋词》《数学》《物理》《化学》等教材书，和一些老祖宗留下的《万有文库》《资治通鉴》《二十四史》《汤口歌诀》《本草便读》《广益丛报》等珍贵书和报纸，还有明代科学家宋应星编写的科普巨书《天工开物》和绝版的《金瓶梅》。有的书还是崭新的。他认为这些书都有用，都是难得的好书。特别是《广益丛报》，它是清末的唯一报刊。这报纸，他在邵东老家的王安百老先生家里看见过。看着这些书报要进入水池里浸泡，他觉得很可惜。他大儿子李元勋现在在洪江鼎新街小学读六年级，那教材书对他将来读书有帮助。于是他就跟厂负责人说，想把这些书买下来。

厂负责人也许是看在他哥哥的面分上，答应按收进来的价卖给他。就这样，他一下子买了四大箩筐书。

他在打浆机边上着三班倒班，没完没了地干着重复活。

由于是临时工，没活干的时候就休息，因此那点工资难以养活一家人，半年后李躬康辞了工，进了余家冲冲口的洪江木修社，开始从事木工生涯了。他认为还是学门手艺好，可多劳多得，只要自己肯做，不愁养不活一家人。有《术仿公输》一诗为证：

养兔归街事再谋，恰逢跃进不须愁。

但忙任务终宵干，未得安闲半日偷。

绳墨去年由自学，技工今日向余求。

一心一意追精艺，勤练虚心不是羞。

洪江木修社是 1954 年由罗木匠和十多个木匠创办的，归洪江轻工业局下面的手工业联社管，属小集体企业，现有职工四十来人。

木修社的主任叫陈南生，木匠出身，三十五岁左右，身高一米七八，身体很健壮，身材匀称，仪表堂堂，落落大方，引人注目。他的眼睛又深又亮，他的牙齿雪白放光。头发短短的、直直的，顶部就像塘里的莲蓬。他莲蓬式的发型衬托出一个宽下而丰满的额头，表现出他的敏感和聪明。在洪江的木匠行业中，他和罗木匠齐名。本来，手工业联社的领导要罗木匠当主任的，但罗木匠说年纪大了，又没有文化，所以他鼎力支持陈南生当主任。

陈南生安排罗木匠当李躬康的师傅，并把自己的一套木匠工具给他用。

罗木匠跟李锦、李躬厚是几十年的老熟人，他很乐意当李躬康的师傅，并把自己的技术毫无保留地传授给他。师徒关系很好。由于李躬康聪明、好学，不到半年就把木工的粗活、细活基本功全学会了，粗到做屋架能掌墨，细到做桌子、板凳、柜子不留一丝缝隙。他的斧头功夫也很好。

正当李躬康木工活做得很熟练的时候，黔阳县龙船塘公社的兰副书记来到洪江木修社，说是要请一位师傅去他们公社做炼钢铁的风箱炉。

自人民公社成立后，统一吃集体饭，土改时所分的土地全划到了人民公社名下，连自留地也归集体，各家各户的锅子鼎罐都给砸碎了，这些砸碎了的东西都拿去炼钢铁了。村长改叫大队长了。大队长每天早晨站在村口将口哨一吹，村里的男男女女扛着家伙跟着大队长干活去了。谷子进仓后，大队长要所有的壮劳力上山挖洞，说是挖矿石，炼钢铁。好几个月后，洞子挖了三四十米深，终于挖到了一种叫鸡蛋石的矿石，大家都高兴起来了，于是就把鸡蛋石放在土窑里，整天整夜地烧火。所有砸烂了的锅子鼎罐，放在土制的木蒸笼里，也是日夜烧着火。可是，这土窑和木蒸笼就是炼不出钢铁来。这时有人怀疑是火力不足，建议改用风箱炉。公社兰副书记就亲自出马，来洪江找木工师傅。

洪江也在吃集体食堂饭，一人一天仅得六两米饭（十六两老秤），早上三两，晚上三两，一个个都被饿得喊肚子疼。因此，木修社里的很多人都不愿意去。在家里，有时还可以偷偷地搞点东西吃。

木修社主任陈南生对此事为着难，他本想派罗木匠去，但考虑到他近段时间身体不大好，年纪也大了，觉得不妥。到底派谁去？陈南生考虑了很久，最后决定派李躬康去，因为李躬康是木修社里最老实最不喜欢多说话的人，而且技术又好。

李躬康没有拒绝，对他来说，这是出去锻炼的好机会，再说他也习惯乡下生活。

走之前，陈南生一再嘱咐李躬康："好好干，千万不要给洪江木修社的人丢脸！"

李躬康挑着木匠担，从桂花园进去，一路经过双叉溪、吊脚楼、芭蕉坳、花洋溪等地，最后来到了龙船塘。

兰副书记要李躬康做到哪个大队，就在哪个大队吃饭。

龙船塘大队是龙船塘公社的中心，兰副书记要他先从这里做起，并安排他住在雷再思家里。

雷再思就是救过李躬康父亲和哥哥的大恩人。他觉得李躬康很像李躬厚，便问他认不认识李躬厚？当他得知他就是李躬厚的亲弟弟时，心里顿时激动起来，竟把李锦当年送给他的那块瑞士怀表拿了出来，说："这怀表是你父亲送给我的，这么多年来，我一直珍藏着。土改时，我被划为富农分子，当时工作队的人逼我交出它，我死活不交，结果被批斗了三天三夜。我老婆因受不了委屈，丢下我和孩子上吊了。"说到这里，雷再思泪如雨下。他用衣袖擦了擦眼泪，沙哑地说，"我老婆跟着我命苦呀，她给我生了五个儿子，前四个都夭折了，只有老五春旺活了下来。她上吊时春旺才三岁。那些年，我挨批斗的时候，春旺就孤零零地站在批斗会会场外面，被吓得号啕大哭。他是在哭声中长大的……读完小学后，他就学着种田了。"

说到这里，雷再思捶着胸脯，眼睛哭得红肿红肿的。

对雷再思所受的遭遇，李躬康是可想而知的。

看着李躬康，雷再思很想拿点东西给他吃，可现在是吃食堂饭，家里实在是没有一点东西吃。

春旺一直坐在雷再思旁边，呆呆地看着李躬康，无语。

"这孩子性格孤僻，很少说话。"雷再思说。

看着这孩子，李躬康想起了侄儿李立勋，他们是属于同一类型的人。

做完龙船塘大队的土窑风箱炉和木蒸笼风箱炉后，李躬康就去翁野大队了。从雪峰山流下来的公溪穿过翁野，相传住在沙湾寨头雷、兰两姓的瑶人被向姓赶走，行至此地，问当地人是什么时候了，当地人回答是"翁夜"（即时间尚早），后来此地传为翁野了。

翁野大队的自然条件比龙船塘大队差，大部分田是冷水烂泥田，犁田时，里面的泥巴平了牛的肚子，因此，田里面的禾苗比外面的要矮一截。有很多田盘在半山腰间，都是小块小块的，最小的仅栽两行禾。由于环境恶劣，这里的粮食产量自然很低。

开饭过后，总有十几个人的眼睛都紧紧地盯着锅底上的锅巴，希望能得到一块填肚子。不过，深山也有深山的好处，吃过晚饭后，大家喝吆一声，带上柴刀、鸟铳，三五成群地上山，摘大自然所赐予的猕猴桃、山葡萄、柿子、梨子、八月瓜等野果。偶尔打到一只野鸡、野兔、野羊，或是一头野猪什么的。有一次，真的打到了一头百来斤重的野猪。本来，是人怕野猪的，但看着黑压压的人，野猪没路跑了，畏缩了，活活地被乱棍打死。按当地打野猪时见者有份的习俗，每人分得一块。李躬康没在场，可他竟意外地得了一块。

后来，野果、野兽没有了，大家就开始在山上挖野菜、摘树叶、刮树皮、刨树根……

不过，值得一提的是：尽管挨饿，但这里的人都信奉老祖宗所遵循的思想道德准则，安贫守道，道不拾遗，夜不闭户。

　　李躬康就是在这样的环境中做着土窑风箱炉和木蒸笼风箱炉的，在全公社的小熟坪、黄家、翁朗溪、红心、白龙、地胜、光明等大队轮流做着。他给大家留下的印象是：不抽烟、不喝酒，干活肯卖力，风箱炉做得又快又好。

　　李躬康在龙船塘各大队做土窑风箱炉和木蒸笼风箱炉出名了，这消息很快地传到了隔壁的会同县高椅公社。高椅因三面环山，一面临巫水，地形宛如一把太师椅而得名。

　　高椅公社的谭书记得到这一消息后，把李躬康请去了，也是要他做风箱炉。

　　由于李躬康不抽烟，不喝酒的缘故，谭书记把高椅公社仓库拵楼板[1]和板壁的事交给了他。在这样的环境中能有活干，能给单位增加更多的管理费，李躬康心里很高兴。不过食堂里的伙食却越来越差，菜里的油水越来越少，有时甚至是红锅子菜[2]。但李躬康的钵子里还是有那么多饭。

　　每当半夜时分，人们都喊肚子饿得难受，李躬康还可以，他暗暗地感谢谭书记，感谢大师傅。

　　当李躬康从高椅回来的时候，他师傅罗木匠已经病逝，王老大去会同沙溪乡下养老了。

1　拵楼板：做木工的一道工序。

2　红锅子菜：没有油炒的菜。

第三十四章
条件不够未升学　命运注定去做工

余家冲里有一句"飞利博士飞，飞利博士飞，飞上天，天上神仙，神仙打个屁，飞利博士落下地"的顺口溜。这飞利是李元勋的小名，人们称他为"博士"是因为他成绩太好，人太聪明了，在鼎新街学校读小学时，他的学习成绩一直是全年级第一名。小学毕业后，由于家庭出身不好和伯父被划为右派的缘故，未能进洪江中学。无奈之下，只好进了洪江民办中学。让人意想不到的是，在黔阳地区举行的初二数、理、化竞赛中，李元勋的总成绩排名第一，洪江民办中学因此而出名，就连洪江中学的高才生也比不过他。为鼓励他，民办中学免了他一个学期学杂费。

李元勋不仅为学校争了光，也为余家冲里的人争了光，大人们教育自己的孩子时，都说要向飞利学习。飞利成了他们学习中的一面镜子。那"飞利博士落下地"便改成了"飞利博士当皇帝"。

李元勋之所以成绩好，是因为他早早地看过了他父亲从造纸厂买回来的教材。那些《数学》《物理》《化学》书，他已看到了高中课程。就这样，1962年初中毕业时他以全洪江第一名的成绩进了洪江中学高九班。在高九班，他给人的印象是：热情大方、风度潇洒、多才多艺，深受老师器重。

老师上课的时候，总是一次又一次地提到他是如何如何地用功努力。

他在学习时有一个良好的习惯，就是把每天晚上的家庭作业做完后，还要把第二天所上的课先预习一番，看哪些是重点？哪些是难点？一到上课时用心听就是。就因为有了这良好的习惯，他的学习成绩始终是全年级第一名。在黔阳地区举行的高二数、理、化竞赛中，他的总分又是第一。单科物理得了满分，因此得了个"物理大王"称号。

高考时，他的分数超过了北大录取分数线，班主任袁凤阳老师亲自为他填写"北京大学物理系"志愿。但因家庭成分等原因，上面回复是：该生不宜录取。

就这样，李元勋成了"阶级斗争"年代的牺牲品！

王娥春主任得知李元勋落榜的消息后，第一时间上门安慰他。

自他随父母亲来到这里后，她是看着元勋长大的。她很喜欢他，每次碰到他都要问问他最近学习成绩如何？是否还保持着全年级第一名？当他对她点头时，她这个父母官心里自然要高兴一阵，她多么希望余家冲里能出一个北大、清华学生！

那时候，冲里人议论李元勋会是余家冲里第一个上北大或清华的学生，但也有人会担心他的出身和伯父的因素，可能上不了。

这次落榜，验证了他们的担心是对的。

余细珍对王娥春的到来心里感到特别高兴，在这杉树皮木屋里，王娥春是常客。余细珍没有什么东西招待她，就一壶枫木岭井里的水和一盘炒得香喷喷的筷子头大的梧桐籽。这梧桐籽是李元勋从枫木岭井边的梧桐树上摘下来的，平时都不舍得吃，只有来了客人，才拿出来。

现在政府号召知识青年下放农村，王娥春说李元勋家庭生活困难，她做主了，不让他下放。她这个父母官不能落井下石！她要李元勋赶快找点事做，这样就不是社会闲散人员了。

站在王娥春身边的李元勋，此时发出肺腑之言："谢谢您，王主任，在这非常时期，您对我无微不至的关怀和帮助，我必定终生铭记。"毕竟是读书人，说的话跟别人就不一样，言有尽而意无穷。

一到晚上，李元勋就拿着笛子或二胡沿着枫木岭山路向雄溪泉边走去。这是用长方形和正方形石板砌成的泉坎，底部由三块石板拼合而成，"雄溪第五泉"五个字镶嵌在泉坎上的石板上。这泉水是洪江名泉之一。

这是洪江地名的发源地，南蛮五溪之一。唐朝大诗人李白《闻王昌龄左迁龙标遥有此寄》诗里有"闻道龙标过五溪"的诗句，那五溪分别是：雄溪、满溪、潕溪、西溪、辰溪。雄溪是五溪之首。

皎洁的新月早已升起，在湛蓝的天空中渐渐发白。从老鸦坡流下来的溪水在井的旁边发出淙淙的响声。李元勋将笛子吹起来，笛声缠绵悱恻，催人泪下，犹如老鸦坡山上的土画眉迷失了方向，犹如母亲余细珍得知他落榜后在偷偷地流泪，犹如他父亲李躬康走在余家冲青石板上那沉重的脚步声，犹如同学和老师们的惋惜声，犹如余家冲冲里人的叹息声……

这一晚，他拉二胡了。拉的是欢快、积极向上的黄海怀创作的《赛马》，那磅礴的气势、热烈的气息、奔放的旋律，一幅生动热烈的赛马场景展现在眼前。是王娥春给了他极大安慰和鼓励，他要找一份工作，振作起来，生活毕竟是美好的。

凭着吹笛子和拉二胡的特长，李元勋进洪江京剧团当临时工了。京剧团团长很喜欢他，说他有吹笛子和拉二胡的天赋，打算将他作为重点艺人培养。他也很想在这里充分发挥出自己的才能，每天都是练到晚上十二点钟才回家。

杉树皮木屋太小，尽管李元勋的脚步轻得像猫似的，但还是影响了一家人的睡眠。

父亲起来了，嘴里冒一句"三七夜不休"的话，意思是不务正业。

父亲想要他跟着自己学木工，父亲认为还是有一门手艺好，像自己在大炼钢铁的时候能施展自己的一技之长，特别是高椅公社的谭书记格外看得起自己，每次要大师傅给自己一大钵饭吃，后来又把捡公社仓库的事给自己做。那两年自己的收入比木修社里的人要多一半，这就是因为自己有一门手艺。

李元勋可不是那么想，他认为自己应该从事脑力劳动的活。因此，他用孟子"劳心者治人，劳力者治于人"的话回着父亲。

虽然李躬康没读多少书，但对这句话的意思还是懂的，就是用脑力劳动的人统治人，用体力劳动的人被人统治。他认为这是在挖苦自己。你吹吹拉拉能统治人吗？于是就破天荒狠狠地给了他两个耳光，把自己的手都给打得疼麻了。

李元勋知道此时不能跟他硬顶，气冲冲地走了出去。

"你就永远不要回来！"李躬康心里的火正燃烧着。

"他这么大的人了，你打他干什么？"佘细珍责怪着李躬康。

"还不是你惯坏了他的。"李躬康埋怨道。

"我看进京剧团并不是坏事，他说一个月有二十多元钱。"佘细珍说。

"他不说'劳心者、劳力者'的话，我是不会发这么大的火打他的。"李躬康说出实话，一副受了委屈的样子。

佘细珍了解他的性格，如果再跟他说下去，火气会更大的。"睡吧，别气坏身子。"她安慰他。

李崇勋、李灿旭、李洁和刚出世的李晶，都被父亲所发的火气吓得要死。

李元勋跑出去后，到刘家大院祖母佘氏那里告状去了。佘氏气得一夜没睡着。

第二天，天还没亮得好，佘氏拄着拐棍，迈着"三寸金莲"，身子一扭一扭，以惊人的毅力爬到了枫木岭杉树皮木屋里，对着李躬康就是好几棍，每一棍都扎扎实实地落在李躬康身上，最后拐棍成了两截，她的身子也随之一晃，摔倒在地上了……

李躬厚来了，为显示出长兄为父的权威，破天荒地骂了李躬康几句。

骂归骂。不过话又说回来，李躬厚还是赞同弟弟的意见，这年头还是学门手艺好。

李元勋听了伯父的话，跟着父亲学木工了。

从此，在余家冲的青石板路上，又多了一个在木修社干活的人走。

第三十五章
龙船塘插队落户　老知青夜行回洪

　　李立勋小学毕业了，进入洪江民办中学读书。他中学时代跟小学一样受歧视，一年后被迫辍学，做起了临时工，脏活、累活、重活他都干。

　　李立勋十七岁那年，他父亲托周老满给他找了一份在沅江河里放排的临时工。

　　正当他在常德放排时，知青开始下放农村了，他父亲给他写了一封信："立勋儿，接到信后，马上回洪，下放工作组的人每天来家里逼我要人，说你不回来就吊销你的户口及粮食。他们还说要批斗我，说我破坏知青下放农村运动。我迫不得已，只好给你报了名。赶快回来吧，孩子！"

　　此时此刻，李立勋也理解父亲的心情和处境，只好回去。由于还没发工资，路费不够，周老满给了他十元钱。想着自己要去农村了，李立勋去常德百货商店买了一条红围巾，作为礼物送给他童年时的好友尹茹娴。

　　尹茹娴已长成大姑娘了，那一张脸蛋儿着实迷人得很，下巴颏儿尖尖的，牙床骨儿方方的，她的眼珠子是一味的淡绿色，不杂一丝儿的茶褐，周围竖着一圈儿粗黑的睫毛，眼角微微有点翘，上面斜竖着两撇墨黑的蛾眉，她那一身皮肤，也正是其他女孩最喜爱的，谁要长着这样的皮肤，就要拿帽、面罩、手套之类东西好好地保护着，舍不得让那大热的阳光晒黑。可是现在，她这样的皮肤保护不了了，她得去农村插队落户。她要求去李立勋所去的那个地方。

　　深秋时节，李立勋、金兵、刘云、二毛四个男知青和尹茹娴、孙玉秀、徐静、王兰四个女知青下乡了，他们一个个挑着铺盖和一些简单的生活行李，沿寨头河边的青石板路向龙船塘方向走着。这路比从桂花园进去的山路要远七八里，但它平坦，不要上坡下坡，路面又铺着青石板，因此他们就选择走这条路。对他们来说，只要当天能赶到插队的地方就行了。

　　这路，李立勋的爷爷和父亲初次来洪江时走过，那时爷爷和父亲是为谋生而走，可他现在也同样是为谋生而走，只是爷爷和父亲是往城里走，他却反向往乡下走。

几个男知青中，金兵的父亲是转业干部，在洪江镇机关里工作。刘云出身虽然不好，但他父亲刘荣昌是洪江瓷厂的副厂长，算是干部。二毛是工人出身，只是他父亲脚有点跛，没有正式工作，靠打狗，卖狗肉谋生。女知青中，孙玉秀的母亲是街道居委会干部，徐静和王兰的父母亲是工人，只有尹茹娴的母亲没有工作单位，靠做临时工度日。四个女知青都是工人出身。除了尹茹娴外，李立勋只认识刘荣昌的儿子刘云，其他五个他都是第一次认识。金兵、刘云、孙玉秀、徐静高中毕业，二毛、尹茹娴、王兰初中毕业，唯独李立勋只读了一年初中。

小河两边的悬崖上全是青翠的楠竹林，一股刺骨的寒风忽然从山冲里吹来，把楠竹叶吹得摇曳起来。寒风在他们的头上旋转，像孤儿一般发出呜咽的声音，使他们有了一种荒凉寂寞感。

天下起了愁人的毛毛细雨，雨既像是无数蚕吐出的银丝，又像一团聚合不定，随风飘荡的雾气。石板路被淋湿了，但走着不滑，这就是石板路的优势，也是他们要走这路的原因之一。

雨越下越大，就像是用筛子筛一样。风越吹越冷，八个知青肩上的担子感觉越来越重，他们不得不在河边的凉亭里歇下来，等雨停了后再走。

凉亭为长方形，两边和里面横穿过柱子的一尺多高的木枋是条凳，一面能坐四人。李立勋和尹茹娴坐在一起。

几个女知青中，尹茹娴的身体最弱，她已冷得浑身发抖，脸白白的，双脚不停地在地上跳着。

见她冷成这样子，李立勋从自己的行李袋里把那条红围巾拿出来，递给她。

看着这围巾，尹茹娴羞羞答答，犹豫着，把头低下，不好意思接。一个姑娘家，怎么好意思当着这么多人的面接男生的围巾？

三个男知青和三个女知青都不约而同地哈哈大笑起来。

见大家笑自己，她索性把围巾接过来，围在自己的脖子上，感觉身上暖和多了。

李立勋昨晚上十二点钟才回到洪江，太晚了，不便去她家。本来，他打算到了插队的地方再给她的，看她冷得这样子，只好当着这么多人的面，提前给她了。

其实，尹茹娴心里早就有他了，只是害羞，没表达出来而已。她认为李立勋很聪明，如果不是他父亲出事，他肯定会进洪江中学读书的。

雨终于停了下来，大家又开始赶路了。

天黑的时候，他们终于来到了雪峰山下插队的地方——黔阳县龙船塘公社小熟坪大队第四生产队。

小熟坪四面环山，因比二十里外的大平原熟坪小，故称小熟坪。从雪峰山下来的小河绕村而过。村里所有的木屋都为上下两层楼，大门一律朝南开着。每一幢木屋两边，各附一间偏屋，是用来养猪、养鸭、养鸡，或是修建厕所。村口的杨家祠堂是这里唯一一幢有气魄的建筑物，用青砖砌成，屋顶上盖的是上过绿色釉的长方形陶瓷瓦片。

队长叫杨明清，三十五岁左右，国字形脸，轮廓细致。浅黑色的眼睛灵活、锐利。前额宽而明净。黑发浓密，惹人注目。人们对于对他的评论，褒贬不一，有的说他办事公平，有的说他办事不公平。他给人印象最深的是：上衣口袋里时常带着一本记录奖罚工分的手册，谁干得好，凭他一句话可以加两分；谁要调皮捣蛋，他随时可以扣两分。

杨明清在祠堂里腾出三间房，暂时给知青们住着。男、女各住一间，后面一间当灶屋用。三天前接到大队书记杨明顺的通知后，杨明清就安排人把这房屋给打扫干净了。待知青们把各自的行李摆放好后，杨明清把他们带到自己家里，每人吃了一碗蛋炒饭，算是给他们洗尘了。别看这只是一碗蛋炒饭，可蛋是杨明清一家人从牙缝里挤出来的。平时，杨明清的老婆总是拿着蛋去龙船塘公社供销社换盐巴。

第一年，知青们的粮食由国家供应，每人还有政府所发的一百五十元补贴金，因此知青们就一起开伙，每天轮流做饭菜。杨明清把八个知青的简历看过后，决定由金兵担任组长，孙玉秀担任副组长。

正开始，知青们所吃的菜是去龙船塘集市上买的，杨明清的老婆和一些好心女人也送一点，但天天去集市上买，天天靠人送，总不是办法。因此杨明清就在荒凉的过去处决地主、恶霸、土匪的地方，划了两块地给他们做自留地用。对这些在城里出生的知青们来说，管不了那么多，只要能种菜就行。这地是杨明清安排社员们给他们挖出来的。

一个星期后，知青们开始学着干各种各样的农活了。

在一丘三角形田里，杨明清教男知青们犁干田，说是用来种麦子。犁干田得从中间开犁。要想周围犁得均匀，少犁一点"左犁"[1]，这就牵扯到三角几何学。别看杨明清没有文化，可他所犁的第一犁位置就很好，到犁完时，不用犁一次左犁。看他拿着中指粗的二米多长的竹枝，在牛的屁股上轻轻地打一下，"嘿嗬，嘿嗬"[2]喊几声。做过犁田的示范动作之后，大家都认为这活很简单，根本不用学。可是当李立勋第一个试着犁的时候，那牛就不乖了，不是站着不动，就是发疯似的快走。当然，快走的时候，犁铧是露在地面上。等他把犁铧插进地里时，牛已越过田塍，到另一丘田里了。犁铧插入田塍，牛又不动了，当他用竹枝狠狠地打牛屁股的时候，牛前脚一蹬，把鞅上的带着犁的拇指大的清月蓝树藤绷断了。脱了鞅的牛，自由了，飞快地朝有草的地方跑去，它一边跑一边哞哞地叫着，谁也追不上。

刘云、金兵、二毛笑得肚子都痛了。

只见杨明清板着脸，用力把犁铧从田塍里取出来，嘴里埋怨着："好端端的一根清月蓝树藤给绷断了，好可惜！"

他说得有道理，这清月蓝树藤要到十里外的雪峰山上砍，砍下削皮后，还得在河里浸泡十天半月才能用。

杨明清只好回去换了一根清月蓝树藤。

三天后，四个男知青都学会了犁田，这是杨明清的功劳。当然，通过教他们犁田，他也显示了自己在知青中至高无上的权威。

女知青们学着挖地种洋芋，由于是第一次挖地，尹茹娴第一锄用力过猛，挖得太深，锄头卡在地里，半天抽不出来，她只好用肩扛锄头把，想把它弄出来，哪知这一扛，把锄头把给扛断了；徐静用力太轻，挖下去没有一寸深；王兰比锄头把还矮一大截，锄头举不起高的；只有孙玉秀算是干过一点菜园活的人，能挖几下，不过不多久，她的手也起血泡了。

妇女们看着这些从城里来的女娃娃，一阵难得的笑声从嘴里冒出来。

要正式记工分了，根据知青们的实际情况，杨明清给男知青每人一天计七工分，女知青每人一天计五工分，到年底，就按这工分来分红了。按当地的

1　左犁：就是往左边犁，是倒的。

2　嘿嗬：当地吆喝牛的声音，催牛走快点。

收入来说，十工分大约值三角钱。

在队上，杨明清的话就是圣旨，知青们不敢多言。他们想：要想多得一分钱，就得多挣一分工分，但一个月满打满算，三十天，男的也只有六元三角，女的是四元五角。这情况，他们来之前不知道。他们只知道在洪江做一天临时工，至少有八角钱。这就是城乡之间的差别！现在对他们来说，就是如何度过一天！度过一月！度过一年！至于钱的事，得多少是多少，不用去想。

小熟坪属雪峰山高寒地区，冬天昼短夜长。冬田犁完，油菜、麦子、洋芋种了下去，闲着的时候就是砍田坎上的草，当地人称为"砍田坎"。

一个月后，大部分田坎已砍完，只有两丘好几丈高的田坎没有砍了。这是悬崖峭壁，砍时得将一根长绳子系在腰间，另一头捆在田坎上面的大树上，脚踩在一条手掌宽的砍坎线上，一手抓着坎上的硬岩石，或是大一点的树枝，一手拿着砍田坎的刀砍。每砍几刀，就换一个趴着的姿势，再砍。有恐高症的人，简直不敢往下看。

从明天起，大家要学毛选（《毛泽东选集》）了，这是大队书记杨明顺下的指示，所以今天必须把这最后两丘田坎砍完。

今天出工的，一个是地主分子的崽杨明德，一个是富农分子的崽杨明发，加上四个男知青，总共才六个人。队里其他人像约好了似的，不是走亲戚，就是到龙船塘集市上赶场去了。

六个人要砍完这田坎，难度就大了。

本来，这活应该是拿十工分的壮劳力干的，对只有七工分的四个知青来说，根本轮不到他们干这活。此时，杨明清灵活地运用他手中的权力，只见他罕见地用比较温和的语音对这六个人说："你们六个人今天把这田坎砍完，我给你们每人加两分工分。"

两分工值六分线，杨明德和杨明发心里暗暗地高兴，他们认为这样的机会难得，于是将绳子的一头绑在身上，另一头吊在一蔸大杉树上，小心翼翼地下去了。而四个男知青面面相觑，心里纳闷着，都站着不动，也不说话。

此时，杨明清把目光投向金兵，意思他是组长，希望他带个好头。

这么高的坎，金兵简直不敢往下看。

最后，还是李立勋先从杨明清手里接过长绳，他毕竟是在沅江河里放过排的人。刘云、金兵、二毛别无选择，只好从杨明清手里拿起长绳，豁出去了，他们知道跟杨明清硬碰没有好结果。

尽管李立勋的家庭背景不好，但此时杨明清还是给他来了个大拇指，说他是好样的，并在工分册上第一个给他加了两分工。对今天走亲戚或赶集的人，因为人太多，杨明清奈何不了他们。

杨明清把六个人的工分加上后，得意地笑眯眯地走了。不过走几步后，他又回过头来，像演戏似的眉毛瞬间皱起来，换了一副极为严肃的表情："你们要砍干净哟，天黑时我还要来检查的，砍不干净，我又要扣两分的。"说完，他把口袋里的工分册又拿出来，亮了一下，以显示他的权威。

四个男知青像壁虎一样地趴在田坎上，哪里有心思看他的工分册。

四个女知青都麻着胆子看着四个男知青，为他们担心。尹茹娴的眼光紧紧看着李立勋，王兰要刘云小心点。

在大队部里，人们围着茶壳火开始学毛选了，这是拿快活工分，那些走亲戚的人都连夜赶回来了，他们知道这工分丢了就可惜了。

对女知青来说，这工分就不是快活工分了，因为杨明清要她们轮流念毛主席语录。

本来，开始是几个男知青念的，由于他们还在为昨天砍田坎的事发闷脾气，闹着情绪，念的态度也就不大端正，结结巴巴，有气无力，难懂的地方也不作解释。就连组长金兵也不给杨明清面子。

杨明清不高兴了，他干脆要女知青念。

见女知青也有情绪、顾虑，杨明清安慰她们："你们好好念，我给你们每人加两分工。谁念得好，我就推荐给大队杨明顺书记，杨明顺书记就会推荐给公社书记，公社书记就会推荐给县委书记。"一连好几个推荐，真把女知青们的大脑都搞愣了。

最后，还是孙玉秀用普通话读过后，又用当地土话来解释难懂的地方。

在队里除了这几个洪江知青外，其他人几乎是斗大的字不识一箩筐。

其实，杨明清也有他的难处，自人民公社成立后，村改为大队，吃的是集体食堂，集体食堂撤销后，他就当生产队长了。他知道队里的主要收入就靠卖谷子、木头、竹子得来的。这学毛选是上面要求学的。他曾跟杨明顺说是不是学一两天就算了，让大家干干自留地里的活。可杨明顺坚决不同意，并敲他的警钟，要他说话注意点，搞不好要挨批斗的。杨明清也是没办法呀。解放十六七年了，现在队里的人吃饭都还成问题。本来队里就人多田少，可杨明顺硬是将八个洪江知青往他队上加，说这些知青是响应政府的号召来农村插队落户的。公社压杨明顺，杨明顺压他。这些知青明明是来吃他们锅子里的饭的，而锅里的饭又只有那么多，他心中的苦楚又对谁说呢？

妇女们也希望天天学习，天天拿快活工分，因为她们手里都拿着针线活在干，还有七分工，能得两角一分钱。这钱，到哪里去找？？？

毛选一直学到来年开春。

可是李立勋拿这快活工分没多久，有一天学习回来，由于路滑在路上摔了一跤，造成骨折，在家休息了两个多月。

早春，草长莺飞，山上的布谷鸟开叫后，浸谷种的时候到了。杨明清安排李立勋跟着杨明德和杨明发浸谷种。杨明德和杨明发由于家庭出身的缘故，都是不多说话，很服从安排的人。要不，谁愿意在冰冷的河里的浸谷种。李立勋学着杨明德和杨明发的样子，穿一条短裤把装着谷种的箩筐放进刚好平着箩筐的水里浸泡。有的地方水深了点，李立勋只得把岸边的鹅卵石一个一个捡起来，摆在水里。当他从溪里起来的时候，尹茹娴要他马上把湿短裤脱掉，换上干的。看着他身上冻起的鸡皮疙瘩，她心疼啊。

插田的时候，尹茹娴的脚被蚂蟥咬上了，吓得她全身颤抖，直喊妈。

李立勋走过来不慌不忙地把蚂蟥捉下，用一根小木棍对准它的头或尾翻过来，结束其生命。不过，另一条蚂蟥又爬上了她的脚肚上，李立勋干脆就在她身边插。

打谷割禾的时候，李立勋教尹茹娴刀口朝下，这样镰刀就不会割着手。

收工的时候，每人要挑一担谷回去，李立勋总是先把尹茹娴的那一担谷挑到队上的仓库里，然后再去挑自己的那一担。

每当干重体力活的时候，李立勋在尹茹娴的身边，尽自己最大的力帮着她。

尹茹娴对此心里有数，很感激他。

二毛见王兰身材矮小，做出一副关心她的样子，想去帮她挑一下担子。不过，被她婉谢了，她知道刘云要来帮她的。

冬去春来，花开花落，知青们慢慢地学会干各种各样的农活了。

两年后，金兵因父亲是转业干部，当兵去了。孙玉秀因得到杨明清的推荐，到龙船塘中学当初中语文代课老师了。知青分成了两伙，李立勋和尹茹娴一伙，其他四人一伙。

大家都知道李立勋身体很好，干活最积极，如果他家庭出身好，肯定是推荐他去当兵的。但是，不但当兵没他的份，就连大队书记杨明顺对他也另眼相看，把他列为地、富、反、坏、右"五类"分子子女，严加管制了。

刘云的日子也不好过了，"文革"后，他父亲被免职，现在和李立勋的父亲李躬厚在瓷泥班踩瓷泥。由于家庭出身不好，他也是受管制的人了。

李立勋在受管制的人的队伍里意外地认识了雷春旺，从雷春旺嘴里得知，他爹叫雷再思，就是当年救过他爷爷和父亲的人。他父亲和他叔叔李躬康也曾经提到过雷再思的事。

雷春旺要李立勋星期天龙船塘赶场时去他家玩，并告诉他自己的屋在北桥右边，往前走五十米就到了。

队里的一些人出于关心尹茹娴，劝她不要跟李立勋好了，说跟着他会吃亏的，到将来还会牵连子女的。可是，让他们没想到的是此时尹茹娴已经完全成熟了。两年多来，她知道了什么才是真正的爱！

每次在地里在山上干活的时候，李立勋处处都关心、帮助着自己，特别是帮自己挑东西。收工回来后总是他烧火做饭，让自己休息。每次病了，都是他陪着自己或是背着自己去大队合作医疗室看病，大队合作医疗社不行就去龙船塘公社卫生院。自己跟李立勋从小一起长大，小学在一个班读书，完全了解他，了解他父亲，了解他一家人。当然，那些人是关心自己，并没有恶意，都是出于好心。至于子女会受牵连，她没想那么多。

赶场天到了，吃过早饭后，李立勋、尹茹娴、刘云、二毛、徐静、王兰一起去龙船塘赶场。李立勋和尹茹娴主要是去雷再思家里玩。二毛听说洪江的64届、65届、66届的知青闹着要回城，趁着赶场天去打听一下消息。刘云、徐静、王兰是想去场上买点日常生活用品回来。

去年年底结算，刘云、二毛各得了两千多分，徐静、王兰各得了一千七百多分，扣除口粮、油和队上开秧门、关秧门、端午节、中秋节杀猪的肉钱外，刘云、二毛各得了三十多元钱，徐静、王兰各得二十多元钱。李立勋和尹茹娴的工分和钱算在一起，比他们多一点点。现在他们也学着当地农民的样，养几只鸡和鸭，种一点自留地。所以他们都是根据自己的情况，买一点自己所需要的东西。

　　微风轻拂，秋阳明丽，弯弯曲曲的青石板路两旁，杉树、松树叶子被阳光照射着，闪烁出点点金光，晃人的眼睛。六个洪江知青慢慢地走着。

　　龙船塘集市在雪峰山下的大峡谷里，大约有一里路长。以小河为界，分为东街和西街。小河上的两座桥，分为南桥和北桥。街道一律用青石板铺垫。东街摊位上面分别挂着"竹木器市""粮食市""牲畜市""野味市""菜市""山货市"。西街街头为全公社最大的合作社，人们的日常生活用品，这里几乎都有。合作社过去，依次是裁缝店、木匠店、铁匠店、篾匠店、理发店、钟表修理店，街尾就是全公社最大的饭店了。牛市、猪市设在南桥过去一点的半坡上。

　　六个知青在北桥上分手。李立勋和尹茹娴向北桥右边的雷再思木屋走去。二毛要到公社大礼堂去，跟别的大队的洪江知青会面。其他三个则向西街合作社去买些各自需要的日常用品，然后到市场上随便走走。

　　雷春旺从早上八点就在屋门口时不时地往北桥那边望一望，看李立勋来了没有，当他看见有人下了桥直朝这边走来时，心里想应该是李立勋来了。果不其然，李立勋真的来了，跟在他后面的是穿着时髦服装的姑娘，看样子也是洪江知青。

　　进屋后，雷春旺按当地人最高的礼节，将两条从没用过的新毛巾拿出来，让他们洗脸。雷再思为欢迎李立勋到来，把正在生蛋的母鸡给杀了。他这一辈子忘不了的就是李锦和李躬厚两人。八年前，李躬厚的弟弟李躬康曾在他家里住了近半个月，可那时是在大食堂里吃饭，家里没有一点东西吃，总觉得对不起人家。这些年，虽然天天抓"阶级斗争"，但是每户家里还是可以养几只鸡和几只鸭。

　　按瑶人习俗，李立勋、尹茹娴坐了上席。

　　雷再思身体不好，有好几年没喝酒了，可是今天无论如何要喝几杯。客随主便，李立勋也只好陪着他喝了几杯。喝了半斤白酒后，雷再思的话就多了起来，只见他将一只筷子架在酒杯上（这是一种礼节，意思是告诉客人我有点事，请一下假），朝房里走去。当雷再思从房里走出来时，将一个小包放在桌子上，慢慢打开，然后说："小李呀，这怀表是你爷爷三十多年前送给我的，三十多年来我一直珍藏着，土改时，政府的人要我交出它，我把它藏起来，死活不交。我现在最放心不下的是儿子雷春旺，快三十了，还找不到老婆，只要能接续香火，离了婚的，手残、脚跛的，哑巴，聋子，我都愿意她当我的儿媳妇。"

雷再思倒在饭桌上了。

"我爹喝醉了。"雷春旺说。

"雷伯后半生可怜。"李立勋说。

"他每到高兴的时候，总要把这怀表拿出来看看，告诉我，这是洪江的李锦老板送给他的。其实，我爹只是让你爷爷和你爹在客栈里吃了一餐饭，住了一晚而已。"雷春旺说。

"他老人家真重感情啊！"李立勋说。

尹茹娴被感动得流泪，听了雷再思的叙述后，她对李立勋家人的情况又多了解了一些。

当李立勋和尹茹娴回到小熟坪时，二毛正准备连夜赶回洪江办户口迁移，事不宜迟，免得夜长梦多。

"你们能把户口迁回洪江吗？"李立勋问。

"我们约好了，有很多知青要去，你去不去？"二毛问李立勋。

"我出身不好，不敢去。"李立勋答。

"这也是，不能把你拖下水。我不怕，我工人出身，看他们能把我怎么样？"二毛显示出一副很得意的样子。

"二毛，我看这事不是你所想的那么简单，我劝你还是慎重考虑！"刘云说。他父亲被打倒了，现在说话得格外小心。

"二毛，你还是冷静点。"徐静说。

"我说也要你冷静点。"尹茹娴说。

"二毛哥，你还是不要去，听大家的。"王兰是在用恳求的口气说。两年前，二毛曾经对她有意，但她却喜欢刘云。刘云不好得罪二毛，就说现在不想考虑个人问题。现在她突然改口叫他"二毛哥"，也是在向他暗送秋波。不知他是否听出话音儿来？

此刻，二毛真的就像一头发了疯的牛，谁也拉不过来，谁的话也听不进去。他带上简单的行李，拿着自己加工做的四节电池手电筒，连夜回洪江了。

第二天下午，二毛拿着洪江镇第二街道派出所开的证明回到大队，拿着刀逼着杨明清在证明上写"同意迁出"几个字，并盖上生产队公章。然后，用同样的方式逼着杨明顺和公社领导写这几个字，并盖上公章。又连夜赶回洪江了。

　　二毛笑嘻嘻地拿着洪江镇第二街派出所开的"户口准迁证"回到小熟坪。这时，他根本不把杨明清、杨明顺放在眼里了。

　　见二毛把户口迁走，李立勋和几个洪江知青不说什么好，只希望他没事。

　　虽说刘云的出身不好，他父亲也被打倒了，但王兰还是跟他好上了。两人一起开伙了。她羡慕尹茹娴。

　　李立勋和尹茹娴结婚了。

　　小熟坪大队来了一个小学代课老师名额，王兰建议把名额给徐静，因为只有她一个人是单独开伙。

　　徐静走后半年，二毛回来了，他是被遣送回来的。开完会后，上面的人问队长杨明清，说二毛平时在队上劳动表现如何？杨明清犹豫了一下，思索了一下，最后说出"一般"两个字。就这样，二毛被带走了。

第三十六章
战歌声声震古城　学生个个下农村

　　会同沙溪深山老林里，满山遍野都是煤油桶粗的十多米高的原始马尾松树。松树笔直笔直的，枝杈以下的地方可用机器剖成整块整块的薄薄的火柴盒梗片，枝杈以上的地方可做火柴引火的小枝杆。1959 年 4 月，洪江巫水边的竹山脚建起了一家低级半成品火柴梗片厂，生产梗片、合片，供应着长沙新生和华新火柴厂。因此，每隔三五天就有一辆解放牌汽车从洪江出发，在简易的公路上行驶两个多小时后，来到了沙溪的崇山峻岭中，由当地十来个身强力壮的农民将那三米长的松树筒抬到车上，然后原路返回。1961 年洪江火柴梗片厂能用手工生产出少量火柴了。1965 年 5 月长沙华新火柴厂停办，一部分设备迁往洪江，洪江火柴厂正式成立，开始生产"洪江"牌火柴了。

　　由于做火柴盒工效低，工厂里的工人做不合算，因此火柴厂的领导就委托洪江闲居人员做，这样能给闲居人员带来一份收入。对行动不便的残疾人来说，是再好不过的事了。再说，有的人下班回来闲着没事，做做火柴盒也好。学生放学后，或是放寒、暑假的时候，都忙着做，有很多人的学费就是自己做火柴盒得来的。有的家里，老的七八十岁，小的七八岁都在做。做一万个火柴盒可得七元加工费。一般的家庭一个月至少能做十万个，也就是七十元钱。在当时，这是一笔可观的收入了。那些闲居人员从早晨做起，一直要做到午夜洪江火柴厂那特大的锅炉发出嘞嘞嘞的鸣笛声，才收拾起各自的摊子。

　　天气好的时候，刘家大院里的各家各户都在天井里做火柴盒，他们一边晒太阳，一边做一边拉家常，说说笑笑，不知不觉地又过了一天。

　　李菲、李燕、李敏三姊妹放学回来吃过饭后，就忙着做火柴盒了，她们三人并坐一排，在用几块木板钉起的架子上摊开一块布，每人将十叠洪江造纸厂生产的外盒、内盒纸摆在布面上，熟练地用刷子在纸上刷一层薄薄的浆糊，将外盒、内盒梗片像蜻蜓点水似的在纸上连粘十片，那粘着纸的梗片，在她们手中按机器所压的印痕飞快地折叠起来，包好了，上面没有一点皱纹。李菲一天做六千个外盒，李燕一天做四千个内盒，李敏一天做三千个内盒，就连才六岁的李汉勋也在一边将前两天做的外盒、内盒飞快地套上。尽管曾玉英不要公婆佘氏做火柴盒，但佘氏是闲不住的人，也拿着外盒和内盒，小心翼翼地套起来。

最后由曾玉英将套好了的盒子按 10×10 摆着，把印着花草飞鸟等图案的"洪江"牌商标贴在盖盒上。商标是火柴的招牌，必须得贴好。因此，这一关由曾玉英自己来把。由于一个月做了十五万个火柴盒，而且质量又好，火柴厂领导给曾玉英奖励了《毛泽东选集》第一卷至第四卷，这是当时最高的荣誉了。

李菲在洪江中学初中毕业后，整天带着妹妹和弟弟在家里做火柴盒。每天要做到火柴厂锅炉鸣笛时才休息。

一段时间来，洪江四处唱着战歌，歌声把城抬了起来。有很多工厂处于半生产半停产状态。

位于余家冲冲口的木修社是一家小型集体企业，自负盈亏，眼看没什么活干，家里又有这么多人吃饭，李躬康心急如焚。于是他跟陈南生主任提出带着李元勋到乡下去做乡工，按规定给木修社交纳管理费，离开这是非之地。

陈南生主任求之不得，马上就答应了。

陈南生还把李躬康父子做乡工的事拿来宣传，希望有更多的人为自己，也是为企业，到乡下去做乡工。

天麻麻亮，李躬康和李元勋一人挑着一副木匠担，从余家冲出发，沿沅江边的青石板路，一路经过打船冲、瀑布桥、鹅形、大湾塘、朱砂井、丝带桥、打岩厂、雄关、大溪口、王家凉亭，然后沿简易公路走两小时，到了会同县肖家公社的肖家村。

肖家村呈椭圆形，四周是农田，一条叫竹瓦溪的小河穿过农田中间，农田以外是崇山峻岭，连绵起伏，一直延伸到天边。山上杉树、松树、楠竹树和很多很多的杂木树交织在一起。

村庄有百来户人家，大部分姓肖，故称肖家村。他们的祖先是江西人，六百多年前迁到这里来的。

在会同乡下，请匠人做点工有这样的习俗：每天的工钱大约是一块钱，供给食宿，另外每天还供给一包烟和半斤白酒。由于李躬康父子不抽烟不喝酒，加之衣柜、板凳、桌子和床等细料家具做得相当好，名声很快就传开了。父子俩今天张家，明天李家，天天忙碌着。

肖家学校的梁校长得知这个消息后，当即拍板，把学校铺楼板，拶板壁的事承包给了李躬康父子。由于是给公家做事，食宿得自理。因此，李躬康的二儿李崇勋当上了"火头军"，给他们做饭菜；小儿子李灿旭当上了"运输队长"，给他们送米和菜。

枫木岭杉树皮屋里，佘细珍早早地把菜炒好了。

一道菜是用猪油渣炒盐菜。肉是凭洪江商业局和粮食局所发的供应票买的。佘细珍精打细算，别人买肉都是要精肉，怕要肥肉，她却专要肥肉。因为肥肉能熬油，熬出的油渣又可炒菜，特别是伴着盐菜炒，可谓美味佳肴，香喷喷的。当然，这也要归功于她盐菜做得好。她从小在邵东乡下长大，而做盐菜又是邵东人的特长之一。

另一道菜是豆豉辣椒，也是她亲手做的。这豆豉辣椒里面有干刀瓜豆、干长豆角、干茄子、干紫苏和干辣椒。做这道菜时，先得把黄豆煮熟，放在太阳下面暴晒一两天，然后将黄豆和晒干了的刀瓜豆、长豆角、茄子、紫苏和干辣椒放在一起，搅匀，放在坛子里，封上半年。

猪油渣炒盐菜大热天能吃一个星期；豆豉辣椒一年四季都可以吃。

佘细珍用两个篮子装着，一个篮子装菜，一个篮子装米。

天麻麻亮的时候，佘细珍就要小儿子李灿旭出发了。对刚满十岁的儿子，要他单独走三十多里路，她这个当母亲的也是出于无奈，心里酸酸的，很不是滋味。如果丈夫单位有活干，这小儿子就不会在大热天送东西了。她叮嘱着小儿子，千万不要走错路。

"妈，我想穿二哥的那双球鞋。"李灿旭对母亲说。

佘细珍看着小儿子的鞋头露出一个孔，"哦"了一声，把二儿子李崇勋的那双半新半旧的鞋拿出来，用抹布抹了抹鞋里面和外面的灰尘，并将两只鞋里塞了一个小小的布团，要他穿一穿，看是否合脚？

"还是长了些，妈。"

佘细珍把里面的小布团拿出来，换成大一点的，一连换了三次，待李灿旭点头后，她才将鞋带系好。

其实，这鞋至少要两年后才能给他穿，也实在没法，丈夫单位都有三个月没发工资了，现在吃饭都很成问题，哪有钱给他买鞋？

"等你爸这个月发了工资，就给你买一双新球鞋。"

"还是买点牛奶给小妹吃吧。"似懂事非懂事的李灿旭，看着两岁的小妹李晶天天哭着要喝牛奶，就说出这话。小妹已有三个月没喝牛奶了。

听小儿子这么说，当母亲的心里难受呀！同时又为他过早懂事感到欣慰。

李灿旭穿着二哥那双像船一样的鞋出发了，他按着大哥李元勋指点的路走，沿着沅江岸边的青石板路，不要拐弯，不要走岔道，直走就是。他走呀走，走呀走，走两里路歇一气。走着，走着，感觉鞋里的小布团缩小了，脚松了，拖拖拉拉的，于是就把担子放下来，将衣袖口撕下一块，塞进鞋里，继续走。过了王家凉亭后，又按大哥所说的，过六座桥，看到了竹瓦溪河时，就到肖家学校了。他一路数着桥，一座、两座……两个多小时后，终于数到了第六座桥，看见了哗啦哗啦响的竹瓦溪河水。把担子放下了，这时他才知道自己的肩膀被扁担磨红了，起了血泡。这是他长到十岁以来，第一次挑这么重的东西走三十多里路。

这条路，他一个星期要走一次。

半年后，学校修好了。

李躬康有《修肖家学校》为证：

春风桃李满芳园，欲使枝蕃首固根。

盖世英雄时易造，论人材质事难言。

柱栌验达外形美，绳墨弹留中线痕。

广厦半年方告竣，师生欢奏管弦喧。

李元勋从肖家村回来后，跟父亲李躬康分手，他要独立生活了。

1968 年 3 月的一天，李元勋挑着木匠担，来到了洪江机制砖厂门口，停了下来，跟看门的大爷说自己是来找工作的。

看大门的大爷看着他的木匠担，觉得像个诚实人，就用钥匙把大门上锁给开了。

李元勋来到厂办公室，把自己的简历跟厂负责人李乾坤说了。

李乾坤是北方人，他给人的感觉是敏锐、精明、沉稳。

李乾坤看李元勋的眼神、脸色和口气，就知道他是一个极为不平凡的人。

当他得知李元勋是"文革"前的高中生，而且数、理、化是黔阳地区第一名，又做了几年木工活后，就要他随便画一张模型图，数据由李元勋列，并做一个模坯给他看。

李元勋很快就把图纸画好，并把模坯做出了。看过图纸和模坯后，李乾坤果断决定让他留下来做临时工。至于他的家庭出身，李乾坤不过问，他要的是人才。

李元勋从此离开了洪江木修社，往自己所想的人生路上迈开了第一步。他心中有自己的目标了，就是想把在学校所学到的知识用到工作上去。

就在李元勋进洪江机制砖厂的时候，他的大弟李崇勋下放农村了。

十来辆绿色的解放牌汽车缓缓驶向街上，车上的人是响应号召去农村的，他们一个个欢欣鼓舞，一副无忧无愁的样子。谁也没考虑过这一去所要面临的困难是什么？没想过要去多久？更没想过自己的前途和命运！而他们的家长，有很多在偷偷地流泪，只希望自己的儿女在农村平安无事。

天下起了小雨，寒风在车篷里呼啸，放荡而狂悖，一些女知青心里有点儿害怕，有的哇地哭了起来。这才十几里路，离插队的雪峰山下，还有好几十里……

车到龙船塘后，大家就要分手了，按学校的安排，有的去黄家，有的去翁野，有的去翁朗溪，有的去地胜等大队。

李崇勋的堂兄李立勋一连上了好几台车，找李崇勋，终于在第十台车上找到了他，要他把行李拿下来。

李立勋带着李崇勋直奔队长杨明清家里，请求杨明清把堂弟留在自己的队上，这样，兄弟之间好相互关照。

杨明清认为李立勋干活还是卖力的，所以也就答应让李崇勋留在这里。

李崇勋走的那天晚上，母亲余细珍在床上哭了整整一夜，一想着二儿子她就心痛起来，丈夫和大儿子在外面干活，家里的活都是二儿子干。现在，她只好把希望寄托在刚满十岁的三子李灿旭身上了。

第二天清晨，洪江上空下起了黄豆大的雪珠，这雪珠把窨子屋顶上的瓦片弹得咚咚响。地上的雪粒越来越多，越来越厚，已有两寸厚了，凝结成了冰，踩在上面嚓嚓直响。雪粒停了后，天上飘起了一片一片的雪花儿，那雪花儿飘啊飘啊，落在地上，落在树上，落在瓦片上。雪越下越大，两个小时后已是暴雪了。

看下着这么大的雪，佘细珍哭得更伤心了。

暴雪把枫木岭的杉树皮木屋遮盖得严严实实。李躬康拿着铁铲在屋顶杉树皮上冒着暴雪飞快地铲着雪。如果再不铲，屋的顶梁就承受不了，会倒塌下来的。正当李躬康在忙着铲雪的时候，侄儿李立勋冒着暴雪从龙船塘走到他家门口了。

李立勋站在雪地里，简直像一个雪堆，如果不是两只眼睛里露出了两个小小的洞，根本辨别不出他是个人。

他之所以冒着暴风雪走来是想让叔母佘细珍高兴。告诉她堂弟李崇勋留在他的队上了。这样佘细珍就不用担心李崇勋被分配到地理环境最恶劣的翁野大队。比起翁野来，小熟坪的自然条件要好些。

佘细珍把李立勋身上的雪用木片刮掉后，他觉得身体轻松多了，就像被抛在空中一样。这时，雪已停了，杉树皮上的雪也铲得差不多了。

李立勋的到来，使压在佘细珍心头上的一块石板落入地上，精神也好多了。

这一晚，佘细珍睡得很香很香。

第三十七章
人家过年往屋赶　姐弟含泪把亲投

　　刘荣昌得了一场大病，去世了。

　　台湾的邹明亭给李躬厚来了一封信，由于一些人对这封信的错误判定，革委会决定让李躬厚回老家诒经堂。

　　当李菲姐弟俩跟着白青青回到刘家大院时，看着祖母和父母亲的房间空空的，她心口深处霎时间汹涌起巨大的酸痛波涛，眼泪哗哗地流出来，腿发软了，就地坐在楼板上。

　　弟弟李汉勋也跟着哇哇地哭起来。

　　姐弟俩这一哭，把多少天里积满心中的苦水一下子迸发出来，好似溢满洪水的大坝决口，倾泻得那么猛烈。

　　"我苦命的娃呀！"白青青也情不自禁地哭起来，哭得眼睛红肿、喉咙嘶哑……

　　明石匠把他们劝到里头房里的长方形木火盆旁，用火钳扒了扒火盆里的火。然后给他们一人泡了一杯红糖开水，让他们祛祛寒，润润喉咙。三人喝过红糖开水后，心慢慢地平静下来。李菲认为这窨子屋里，现在最亲的人就是明石匠和白青青。

　　白青青炒了一盘豆腐炒肉。本来，这豆腐票和肉票是要到过年时才拿出来的，为招待姐弟俩，只好提前拿出来，过年的事也就不管了。她看着姐弟俩在这里出生，在这里长大，现在姐弟俩离开这里可能是永诀，不禁悲从中来，黯然销魂，潸然泪下。她心里空空的，难受呀，就像有无数只鸡爪在抓她的五脏六腑，又麻又乱。

　　当李菲挑着简单的行李，带着弟弟走出刘家大院时，明石匠将十元钱塞在她的口袋里，含着泪水嘱咐她："闺女，照顾好弟弟……"后面的话哽咽在喉咙里。

　　白青青的眼睛湿了，喉嗓还是嘶哑。

刘家大院里的人都出来了，大家默默地看着姐弟俩，心里想：快过年了，人家都往家里跑，而李家一家人却分两路，往外跑！悲惨呀！

凛冽的北风卷着雪花刮了起来，雪花打在姐弟俩脸上，像是沙子一样。姐弟俩冒着漫天雪花，一步一步走着，每走过一个地方，李菲都要回头看一眼，尽管天朦朦胧胧，看不清楚，可她还是要看一眼，依依不舍呀。她留恋这生长的地方，眼泪再一次流出来，把脸上的雪融化了后，流进脖子里，冷风也吹了进来。雪花像扇动着翅膀的白蝴蝶，轻轻地飞舞着。当姐弟俩过了岩码头、犁头咀、洪江大桥、洪江中学、中山路，来到洪江汽车站时，都变成了雪人。

开往安江的客车，冒着漫天雪花在公路上行驶。

姐弟俩在安江住了一晚后，第二天坐上了去邵阳的客车。

大片大片的雪花在刺骨的寒风中飘着；寒风摇撼着雪峰山上的树枝，狂啸怒号，发狂似地吹开公路两旁茅屋顶上的积雪，把它卷入空中；寒风不停呼啸，方向变化无定，使开车的司机很难有效地把握手中的方向盘。车在"之"字形陡坡上一会儿往左拐，一会儿往右拐。一路上，留下车轮防滑链的印痕。没过多久，这印痕又被雪盖住了。

从没坐过长途客车的李汉勋晕车了，他忍不住地对李菲说："姐，我想吐。"

此时，李菲把他扶到最后一排的空座位上，把车窗打开。吐出来的东西在空中飘着，慢慢地落在地上，很快结成了冰块。

寒风和雪花好像找到了落脚点似的，肆意地闯进车厢，车厢里人的脸冻得凉凉的，脚冰冷冰冷。

见此情景，李菲只好把车窗上的玻璃关上。

这时，一位好心人拿出一张旧报纸，要李汉勋吐在上面。

李汉勋仍旧吃力地吐着，连苦胆水都出来了，脸白白的，身上像冰一样凉。

李菲看着弟弟，满脸愁容，泪水再一次蒙住了她的眼睛。

雪仍然在肆意下着，没完没了。窗外的西北风刮得更凶了，呼呼直响。车依旧在"之"字形陡坡上颠簸着。

李汉勋吐着吐着，吐累了，在李菲的怀里睡着了。

去湖北的路才刚刚开始，李菲担心着弟弟的身体。

此刻，她陷入了沉思：迅雷烈风，五天时间里，家里竟发生了这令人意想不到的事，而事的根源，就是那封来自台湾的信。邹明亭自 1949 年去台湾后，她父亲跟他确实没有任何来往。就因为那封海外信，父亲才被揪回去的。本来，叔叔一家也要被揪回去的，是王娥春和陈南生保了叔叔，才使叔叔一家人躲过了这一关。祖母快七十岁了，"三寸金莲"，走路是一个倒"八"字，一扭一扭，像爬山一样，可怜她也跟父亲回老家了。祖母耳朵听不见，她还不知道是什么原因要她跟着父亲回老家？！李菲知道，父亲是为她和弟弟有个好的前途，才让她和弟弟去湖北投亲的。现在，她与弟弟相依为命。

车终于进了邵阳汽车站。外面的雪有足足五寸厚。李汉勋脚软软的，一步也走不动，李菲将他背到车站候车室，让他先坐下来，等自己订下旅社后，再来背他去旅社。

没过多久，李汉勋在条凳上睡着了，身子、手、脚直直的，身上冰凉冰凉的。

末班车开走了，怎么还睡着一个小孩？车站女服务员走过来，用手摇了摇，想问他去哪里？当服务员摇着他手时，感觉他像一块冰，顿时吓了一跳，大声喊起来："这里有一个死人。"

车站里的好几个服务员来到这里，其中一个人摸着李汉勋手上的脉，感觉还在微跳，于是就说："病了。"

"这是谁家的孩子呢？大人真是太粗心了。"

大家埋怨着。

当大家在想办法，要把他送进医院的时候，李菲急急忙忙地赶来了，看着弟弟这副样子，她一时慌了手脚，拿不定主意。

"还愣着干什么？赶快送医院呀！"

此时，李菲大脑真的是彻底愣了，她身上仅带着去湖北的车费和在路上的住食钱。就是为省一点住宿费，她走两里路，在一个偏僻的旅社住下来。

看她这忧心忡忡的样子，一个服务员问："姑娘，你是哪里人？要到哪里去？"

听那人这么问之后，李菲泫然流涕："我是洪江人。要到湖北去。"

"去湖北干什么？是过年？"那个服务员又问。

"不！是去投亲！"李菲哭得更伤心了。

"投亲？"那个服务员迷惑了。

这时，车站站长走来了，摸了摸李汉勋的手，认为他是太饿了，太冷了。他说："没什么大事，让他马上好好地睡上觉，吃一点热东西，就会好的。"

站长当过兵，这样的事他经历过很多。他把李汉勋抱到自己的床上，用热毛巾给他全身做了热敷，然后加了一床被子。他走到车站食堂里，要大师傅下两碗大面，记在他的账上。他要李菲回所住的旅社把李汉勋的内衣内裤拿来。

一小时后，李汉勋醒了，出了一身大汗，吃了一碗面后，竟能走动了。

见弟弟能走动了，李菲含着眼泪在站长身前跪下来。

"别这样，姑娘。"站长把李菲扶了起来。叹一口气："嗨！可怜呀！"

第二天，地上还是厚厚的一层雪，李菲带着弟弟坐上了去长沙的车。

在车上，李菲想着父亲说过的话：到长沙后一定要找你三舅妈，把我们的情况告诉她。现在，她又想父亲了。一个星期前，父亲还在洪江瓷厂踩瓷泥，尽管很辛苦，但一家人毕竟在一起。父亲去老家的路线是：从洪江坐船到安江，在安江包一台货车到邵东火厂坪，再从火厂坪去老家诒经堂。按路程，父亲应该是今天从火厂坪去老家诒经堂。

车已出了邵东城里，直往长沙方向行驶。在火厂坪的路上，李菲看见父亲在雪地里背着祖母一步一步地走着。车一晃过。她把车窗打开，使劲地喊："爸……爸……"可是，车子已跑得很远了，而她那背着祖母的父亲怎么知道她在车上喊他呢？？？

彻心彻骨，她再一次痛哭起来！她的眼泪就像开闸的水流出来，如果不是痛彻骨髓的时候，眼泪是不会流得这么多的。她闭上了眼睛，试图努力控制自己，静一静，不要去想父亲背着祖母那凄凉的惨景。但是，越闭上眼睛，父亲那惨景越是涌入她的脑海中，而且越来越多，越来越多……

李汉勋似乎也在同一时间看见了父亲和祖母，他哇地哭起来，泪如雨下。

在长沙，李菲姐弟俩好不容易找到了三舅妈。其实，三舅已经离开人世了，只因为母亲跟三舅的关系相当好，藕断丝连，关系维持了下来。

三舅妈一个人生活着，她在一个干部家里当保姆。当她得知妹妹一家的情况后，情不自禁地流出了眼泪。此时此刻，她这个当舅妈的以女性特有的温柔感，关爱着姐弟俩，给李菲买了一条长围巾，给李汉勋买了一顶帽子，并将自己一个月的三十元工资给了李菲。

人在最困难的时候得到人的关心和帮助是最幸福的。李菲高兴地将长围巾围在自己的脖子上，把浓密乌黑的发落在双肩上，在寒风中即刻现出了她灿烂温柔的微笑。她好久没这样笑了。这一微笑，使她的容貌增添了柔和美；

这一微笑，使她的双眼里散发着光芒。在她那久已苍白的颊上，烧起一片红晕。她的女性美、她的青春美以及她全部丰茂美，都在这微笑里。

李菲带着弟弟在湖北武昌化工学院三姑妈李芸菊家里住了两个月，两个月来，感谢三姑妈和三姑父无微不至的关心。在那山雨欲来风满楼的讲政治的年代里，如果不是血缘亲，谁敢把被揪回老家的人的子女收留在家里？

明天，潜江县龙湾中学教书的二姑父就要来接他们姐弟了，三姑今天为姐弟俩做了一顿丰盛的晚餐。

第三天，二姑父带着李菲姐弟在江陵县白马公社爱国大队第五生产队落户。穷鸟入怀，感谢二姑李芸桂、二姑父、二姑父的弟弟和二姑父的母亲。二姑父的弟弟是大队书记，是他让姐弟俩有了个避风港。当他得知李菲是洪江中学六六届初中毕业生后，顶着压力让李菲当了大队小学代课老师。

李躬厚一家人回到诒经堂后，就住在土改时分给李躬康和李躬福的屋里。还好，算是有个安身的地方。

后天就是小年了，乡下人把小年看得特别重，有些人偷偷地将神龛上的灶王菩萨送上天。对他们来说，灶王菩萨得罪不得。他们把鸡、鱼、肉、干黄花、干红薯片等东西摆在桌子上，拜几拜，烧几张纸之后，就让他带到天上去了，要他为自家主人说些好话，使来年风调雨顺，平安无事。

李躬厚才从洪江迁来，他家里只有曾玉英娘家人送来的一担米和弟媳的弟弟佘细明挑来的一担红薯，因此也就谈不上送灶王菩萨上天的事了。

现在，李躬厚所考虑的是如何度过李三癞子对他开第一次批斗会这一关。

躲过不是祸，是祸躲不过。李躬厚心里已经做好了各种准备。

躲不过去的批斗会，对李躬厚身心都是考验。但批来斗去，人们不把它当一回事了。有好几次，除了几个发言的人外，没有多少人参加。这时，李三癞子使出一个怪招，白天不生产，开批斗会。但被大队书记李和华给压了下来，生产要紧。

第三十八章
高枧河边水悠悠　田间地头雾茫茫

李躬康知道自己已没路可走，在万不得已的情况下对妻子佘细珍说："我们本来就是从农村来的，还是回农村吧，免得别人说闲话。再说落户的地方由我们选，镇财政部门还会给我们每人一百一十元安置费，比母亲、大哥、大嫂他们去老家强。他们是被揪回去的，一分钱安置费也没有！"

"好，我听你的。"佘细珍回答。她这个当妻子的，从小就在农村长大，也习惯农村生活。

在靖县与会同县交界处，有一条三十三里长的高枧河，它发源于会同县沙溪公社木寨大队的大湾山，尾岸是靖县甘棠坳公社的燎原大队高枧，因源头地势比尾岸低，也称倒流河，是渠水支流。

千百年来，高枧河两岸的好几万人就靠这河生存，因此当地人称之为母亲河。

河水在会同县境内的大山里，都是依山而流，出了大山，进入盆地后，河床变宽，水也就深了。涨端午水的时候，五六根脸盆大的一挂木排，可以直接放到尾岸燎原的渠水边。每隔三五里，河里就有一座三五米高的坝，坝的旁边，修建着榨油坊或碾米坊，从早晨到晚上，水渠里的水总是带动着榨油坊或碾米坊里的磨盘旋转着。那时没有水泥，为起牢固作用，坝基下面全是用两人合围的松树筒铺垫，当地人有"千年松"之说，意思是这松树筒在地下至少一千年不会腐烂。此话有道理，有的坝已有好几百年了，但它仍旧牢固坚实，从没听说哪里垮过坝。

耕种时节，水渠里的水用来灌溉农田，那磨盘有时也就停止旋转了。

高枧河中间，有一座明代万历年间修建的风雨桥，此地因桥而得名。桥头门坊上那"溯源大湾，河水倒流三三里；归入高枧，桥中依次九九间"的楹联家喻户晓。方圆五十里，在跟人打交道时，如果说你是大桥人，那人就得要你把这楹联背诵一遍，背对了，那人就"嗯"一声，还真是大桥人。大桥人因这桥而自豪。可不是么？桥的确很有气魄，桥头、桥尾门坊，一律青石岩打地基，用青砖砌成，屋顶的瓦片上了绿釉。在当地，这桥称得上是豪华建筑物了。特别是屋脊两头翘起来的瓦堆，就像两个龙头，保佑着这一方平安。桥上两边是店铺，各有九间，中间是五米宽的人行道。

自从这桥修好后，一些有钱人按街道布局，开始在这里建房了，慢慢地就成了集市。街道两边有篾匠铺、铁匠铺、石匠铺、裁缝铺、木匠铺、圆桶匠铺、剃头铺，有郎中店、南杂店、百货店、饭店和各种各样的小吃店。桥的那一头是牲畜市，猪、牛、鸡、鸭、鹅和从山上打来的野猪、野羊、野鸡、野兔等山货，在那里卖。因此，这里就成了方圆五十里三大（沙溪、大桥、甘棠）集市之一。当然，赶集是清朝和民国时期的事了。尽管现在不赶集，但那篾匠铺、铁匠铺、裁缝铺、剃头铺和郎中店、南杂店、百货店等仍然保留着，人们照样可以在这里买些生活用品和干农活所需要用的东西。

大桥盆地是膏腴之地，曾被誉为靖州"四十八"龙宝田团之一。

李躬康看中这个地方了，他打算在这里的第三生产队插队落户。

李崇勋、李立勋和尹茹娴从龙船塘来洪江了，他们是来照全家福的，这是佘细珍的主意，她认为在这个时候照一张全家福，有它的特殊意义。

为照全家福，也苦了李灿旭，他找来找去，就是找不出一件像样的衣服，不是大了，就是小了，或是太烂了。这也难怪，他的衣服都是二哥穿过的，而二哥的，又是大哥穿过的。母亲佘细珍有主意了，她拿出一件热天穿的衬衣，要李灿旭试一试，虽然长了些，但当外套穿还是可以的。

就这样，李灿旭穿着这件长衬衣照了全家福。

李躬康写下《下放感怀》一诗：

古怪呼声彻碧空，惊心动魄九州同。

狂风已拔参天树，烈火犹燃匝地蓬。

莫畏雷池行有限，须知垄里趣无穷。

而今下定决心去，戮力耕耘望岁丰。

去农村的前两天，居委会王娥春主任将洪江镇财政部门发放的五百五十元下放安置费送到李躬康手里。十三年前，是她把李躬康一家人从邵东农村迁来，而今，除了长子李元勋、次子李崇勋外，这一家人又要从她手里去农村（木修社撤销后，李躬康归她管了）。想着这些，她心里酸酸的，乱糟糟的，很不是滋味，心就像被尖刀绞着一样，难受。

明天就要走了，吃过早饭后，李灿旭跟往常一样，依旧背着书包去沅江路（前鼎新街）学校上学。佘细珍看着他，嘴里想说点什么？但见他执意要去，到嘴边的话又收了回来，就由他去吧，反正只有这一天了。

下午，佘细珍来到学校，在班主任徐美英老师那里给李灿旭办理转学手续。

在四丙班，李灿旭是第二十个开转学证的人，班主任老师徐美英默默地将转学证送到佘细珍手里时，长长地叹息一声：又一个学生走了。

本来，李灿旭今天不想去上学的，但他想，这一走不知还能不能回来？所以还是去了，也算是跟同学们告个别。他在这里已读了四年书，从一年级开始，已换了四次教室，每换一次，教室门口的年级牌数字上升一位，现在已升到四了，升到六的时候，小学也就毕业了。他很想升到六年级，可是他父亲的单位因走"资本主义道路"被撤销，他要随父母亲去农村，升不了了。

当他走出教室时，同学们都依依不舍，很多同学流下眼泪，尤其是跟他一起坐的杨雪花，眼泪流得最多。四年来，她一直和他坐在一条长凳上，有时，两人为划桌子上的"三八线"，吵了又和好，和好又吵，也不知有多少回？但随着年龄的增长，两人的争吵也就慢慢地少了。自读四年级以来，还没争吵过一次。

当佘细珍带着李灿旭回到家里时，李躬康、李元勋和在木修社工作过的邓师傅正在搬东西。那破旧难堪的家具和破坛坛罐罐，要搬到余家冲冲口去。

这天晚上，李元勋、李灿旭兄弟俩睡在临时搭起的床上，守着那些旧家具和破坛坛罐罐。午夜过后，电闪雷鸣，下起了大雨，兄弟俩只得把被子卷起来，躲在对面那贴着封条的木修社屋檐下。

天亮以后，从岩码头方向开来了一辆绿色的解放牌汽车，那破旧家具和破坛坛罐罐装上车后，李躬康抱着三岁多的女儿李晶和爱人佘细珍上了副驾驶座位上。李元勋在车厢里给小弟李灿旭和大妹李洁用被子摊了一个座位，从洪江到靖县乡下有一百多里，总不能让他们站着。

车到带子街后，李元勋下了车。看着远去的车，他心里空荡荡的，伯父一家人走了，父母亲和弟妹也走了，现在洪江只有孤零零的他。

车上了栏杆坡后，一路驶过岩脚、金龙、堡子脚、坪村、粟裕大将的故乡枫木村、会同县城，在会同县城吃过午饭后，又继续往前行驶，到太阳坪后转入岔路，向甘棠坳公社开去，三十分钟后，车到了甘棠坳公社，再往北行驶五里，到了石碑桥，新桥还没修好，车只能开到这里了。司机帮着卸完旧家具和破坛坛罐罐后，竟主动地跟李躬康握起手来，嘴里说出"保重"两字。天阴沉沉的，他看着这地方实在是太凄凉了。

石碑桥离落户的大桥三队还有五里路，李躬康要马上赶到队里叫人搬东西。要不，天就要黑了。还好，天黑前队上的人把那些破旧家具和破坛坛罐罐都搬走了。

李躬康一家人暂时被安排住在孙家祠堂里。在这里，除了风雨桥外，只有这孙家祠堂算是古建筑了，已有好几百年。屋顶的瓦，墙上的砖虽然显得苍老，但内部还很结实，住在里面没有任何危险。

"妈，怎么还没开电灯？"李灿旭问母亲佘细珍。

"孩子，这里是农村，没有电灯。"佘细珍答，她眼神里流露一副无可奈何的样子。

这是李灿旭长到十一岁，第一次知道没电灯的事。

正当佘细珍忧虑的时候，队长孙阳平送来一大把拇指大的血色松块，说是用来照明的。孙阳平三十五岁左右，中高个子，穿一件蓝色便衣，两个口袋布的颜色跟便衣的颜色不一样，一个是浅蓝色，另一个是灰色。他的裤子是便裤，裤头很大，往一边叠一下系根布绳子就行了。他没有留头发，发茬又粗又黑。圆脸盘上，宽宽的浓眉下边，闪动着一双精明、深沉的眼睛。特别在他说话的时候，露出满口的黄黑牙齿，很引人注目。从整个看去，他是一个很健壮的庄稼汉。

佘细珍将小松块点燃后，房里亮了起来，一团小小的黑色烟雾围绕在火光上面。

两个妹妹和父母亲挤在一张床上。李灿旭只得将一块较大的松块点燃，还拿了几块小的，回到自己的房间。这一夜，他默默地看着小松块火光，不敢合眼；这一夜，是他有生以来第一次夜晚没睡觉。

为解决吃菜问题，孙阳平在高枧河边的乱石堆里给李躬康来了一块自留地，尽管涨水时要被淹，但有一块地就不错了，何况这里离河边近，便于浇灌。

　　清晨，李躬康带着李灿旭在乱石堆里开荒了，李躬康用锄头将地里的一个个鹅卵石刨出来，李灿旭将这些石头捡到一边。为了将地开宽些，李躬康想尽一切办法，把能开垦出的地方尽量开出来。所开出的地，有一间火炉房宽，凹进去的地方，锄头挖不下去。

　　这一块地远远不能自给，李躬康只好向孙阳平再要一块。孙阳平思索了半天，最后指着没人去的尖坡湾山顶上，要他在那里开一块，还特别叮嘱只能开一个屋场坪那么宽，说现在上面在"割资本主义尾巴"，不能多开。尖坡湾是当地最高的一座山，离孙家祠堂有两里路，山是高了点，路是远了点，挑水送肥也不大方便，但也只能将就了。

　　为防鸡鸭捣乱，高枧河边的那块地得用小竹围起来，砍竹的事就交给李灿旭了。

　　吃过早饭后，李灿旭把插着柴刀的刀盒捆在腰间，带着中饭，一个人去水竹冲里砍竹了。

　　这是一条清一色的石板路，直通会同县城，听说是过去的好几户大户人家牵头捐款铺垫的。两里路的十字路口有一块石碑，口碑上记载着捐款人的姓名和捐款金额，其中一个进士出身的人，捐了五十两银子。碑背面上的箭头告诉人们：西走会同，半天路程；北走洪江，一天路程；南走靖州，半天路程；东走绥宁，两天路程。李灿旭看着向北的箭头，此时此刻，他想洪江了，想余家冲里的向培建、杨金玉、郑玉萍、翁志敏、袁国刚等小伙伴们，他们是发小儿，每天早晨一起打打闹闹去上学，下午嘻嘻哈哈走回来。他更想同桌的杨雪花。

　　想着想着，他不知不觉地来到了水竹冲的水竹山上。这水竹山绵延五里路都是水竹。水竹是竹树中的一种，它的特点是比较坚硬、笔直，有拇指粗，一人一手高。这冲因水竹而得名。现在正是出笋的时候，李灿旭扯了一大把，放在中饭旁边。他开始砍竹了，砍啊，砍啊，砍倒了一大片，然后，一根一根地有节奏地削着竹枝杈。这是他长到这么大第一次砍竹。在刺树丛里，他细嫩的手被刺划破，流出了血，但他咬着牙，仍旧坚持砍。他的衣服被汗水浸湿透，这也是他有生以来第一次流这么多的汗。他砍啊，砍啊，在天黑的时候，终于砍了十大捆。

　　他披着月光，在路上打驳，将一捆捆竹子扛回家，当全部扛到家里时，人们已进入了梦乡。母亲看他双脚颤抖着，嫩嫩的手被划破，肩膀磨破了皮，心疼呀！于是又埋怨着："你正在长身体，不要扛这么大一捆。"

"妈，没事。"

"你爸也是，现在还在尖坡湾山顶上开荒，也不帮你扛一扛。"

"妈，真的没事，晚上睡一觉，就好了。"

一连好几天，李灿旭帮着父亲忙菜园的事，好像一下子长大了好几岁，也开始懂事了。

每天，天麻麻亮的时候，李躬康就起床了，他拿着一把小锄头和一只畚箕到野外拾狗粪去了。他从小生活在邵东乡下，对乡村生活非常熟悉，农户家里的狗在天亮时，习惯跑到野外的田塍上兜风，顺便拉拉屎和尿。他对狗兜风的路线相当熟悉，当他拾了一畚箕狗粪回来后，队里的人都还没起来。狗粪是最好的肥料之一，所以他种的菜没多久就结果了，丝瓜、黄瓜、长豆角、四季豆、茄子、番茄等蔬菜每天都有的摘。有《到农村落户》一诗为证：

服田力穑觉为荣，且喜今朝志竟成。

我在乡村生活惯，家离城市负担轻。

扶犁白日驱牛走，种菜黄昏率子行。

事比洪江忙更甚，光阴无刻不相争。

现在外面在搞"三线建设"修铁路，队上要去一个人，而队上的人都不愿意外出。正当队长孙阳平为难时，李灿旭的二哥李崇勋从龙船塘转到大桥三队来了，孙阳平高兴起来，说李崇勋是知青，有见识，派他去最合适。

就这样，李崇勋来的第二天就去修铁路了。

由于李躬康有一门木工手艺，孙阳平决定让他搞副业，到年底一性交给队里两百六十元钱。这两百六十元抵全年的最高工分，比如说张三的四千工分是全队全年最高工分，李躬康的工分就跟他一样。一般来说，四千工分大约值一百三十元。也就是说交他两百六十元钱，到年底分红时能得到一百三十元。尽管比自己交的要少一半，但按当时的情况来说，这就很不错了。如果他在队上干农活，肯定得不到四千工分。再说，搞副业比较自由，而且做点工是在主人家里吃饭，能节省一点粮食。

搞副业对李躬康来说是件好事，只是苦了他十二岁的儿子李灿旭，因为一切家务事都落在他身上。他只好辍学。

家里喂了两头猪，煮猪潲要烧很多柴，所以每隔三天，李灿旭得上山砍一次柴。

天麻麻亮，他带着柴刀，拿着扁担和柴筐（用楠竹块做成椭圆形，两块为一组）上山了。

晨雾，淡淡的清清的，还带着一股湿润的树叶气味，不住地扑在他的脸上，钻进他的鼻子。他走着走着，突然听到对面山上有野猪的叫声，此时，他也学着野猪的腔，嗷嗷叫几声。对面山上的野猪认为这里已有野猪抢占了地盘，所以也就不再叫了。

学野猪叫，是当地人教他的。

一个多小时后，他终于来到深山老林里，像猴子一样爬上了一蔸水桶粗的杉树上，将下面的几支枯枝权砍下来。一蔸树大约有四五支枯枝，因此他必须爬了十来蔸杉树，才有一担柴。一个小时后，砍得差不多有一担柴了，他把柴装进柴筐里，装到一定的时候，试一下，看自己是否挑得起。这担柴比他的体重至少要重二十多斤，不能再装了。

他肚子空空，走路跌跌撞撞，担子东倒西歪。开始，他每走一里路歇一气；后来，走半里路歇一气；再后来，走几步就要歇一气……

在离家还有两里路的地方，他的胃饿得剧痛起来，实在走不动了，只得停下来，坐在地上，露出一副嗷嗷待哺的样子。过了一会儿，他拿着柴刀，跌跌撞撞地向尖坡湾山顶上自家的红薯地里走去。他用柴刀将地里的拇指大的带有腥味的红薯刨出来，还没来得及抹干净上面的泥巴，就将其塞进嘴里，还没嚼碎就吞了下去。他把刨伤了的那一根红薯藤捡起来，把一片片叶子摘下来，送进嘴里……

碾米是主要家务事之一。碾米的工序是：先是把谷子一瓢一瓢地放进碾谷壳盘的磨盘里，使谷壳和米分离，将其倒进碾糠的大盘槽里，等谷壳碾成糠后，用撮箕撮起来，再放进风箱里，用手摇着风箱把柄，使糠和米朝着各自的方向分离出来，最后是用吊筛把米里谷子筛在上面，把谷子去掉。一石谷，至少要碾一个多小时。

有时，高枧河里的水少了，水带不动磨盘碾盘，只得用碓舂米。这是一种原始方法，人在踏板上用脚踩一脚放一下，踩一脚放一下，使碓架上的一尺多长的菜碗粗的石锤一起一落。经过长时间的重复动作后，使得石臼中的谷壳皮碎了，变成了糠。然后就用风箱吹，再把米筛筛。舂一石米，要整整一天时间。

可怜十二岁的李灿旭过早地承担起了成年人的担子。

盛夏时节，太阳像烤烧饼似的，把人的身上烤得火辣辣的。打谷的时候到了，尽管李灿旭割禾的动作比大人还快，但没有哪个组愿意接收他。没办法，他只好一个人单独打。

他有一股子好胜心，打谷桶扛不起，就用手使劲地拖，从这一丘田拖到那一丘田。他人还没有禾秆高，（那时水稻还是高秆）所以割禾时他要留着长长的一截禾蔸，以便于打。他将一把把禾秆有节奏地在打谷桶里打着，禾秆上的稻谷一粒粒落入桶里。他的衣服裤子被汗水浸湿，湿了又干，干了又湿，也不知有多少回。大人一天打三百斤，他至少能打一百五十斤，这充分地显示出他这个半劳动力的本事。

打谷子是拿定额工分，打一百斤可得十分工，值三角钱。他之所以顶着三十九摄氏度以上的高温打谷子，就是为了多挣一分工分，多得一份钱。尽管一天只能挣到十五分工，四角五分钱，但他绝不会轻易地放过这多挣工分多得钱的机会。这钱，到哪里去找？

入冬以后，公社一声令下，规定各大队各生产队要去多少男劳动力修水库。为把人数凑齐，孙阳平只好把还没满十三岁的李灿旭拿来凑数。当指挥部的人每天早上点名时，队上的人要李灿旭站在后排，脚下垫一块石头，以之应付。点名这一关算是过去了，但在工地上，指挥部的人看他这么小，便问他是哪个连队的？并责令他回去。也苦了他，一旦看见指挥部的人就躲起来，像捉迷藏似的……

看着小儿子过早地这样累下去，母亲佘细珍心疼了，说什么也得让他去读书，要不然，以后会后悔的。

李灿旭听了佘细珍的话，又在大桥小学黄成生老师那里复读一年。后来，去甘棠一中读初中。家离学校有十二里，每天来回要走二十四里。早上六点半，李灿旭就得背着书包往学校赶，走到学校，已是气喘喘的上气不接下气。中午，几块干红薯片或是母亲佘细珍做的两个桐叶粑算是午饭。冬天，放学回到家里已是伸手不见五指。每天放学时，他希望老师不要留大家，要不然，肚子就会饿得受不了。为了让老师不留大家，他主动跟班里的几个调皮捣蛋者搞好关系，要他们上课时不要吵闹。还好，几个调皮捣蛋者还把他当哥儿们，课堂纪律还可以，老师也就很少留。

　　一次，班里的一个同学不遵守校规，私自下河洗澡，淹死了。班主任老师陈立端号召大家捐款，李灿旭把在口袋里放着的一直舍不得用的两元钱捐了。通过这件事，大家都知道了李灿旭心善。平时，大家只知道队上做定额工，他就请假，挣工分，都以为他把钱看得很重。也有人认为陈立端老师偏心，每次都批他的假。其实，陈立端老师知道他是洪江下放户子弟，很同情他。由于请假太多，他数、理、化、英一直跟不上，只有语文、历史、地理还可以。不过，在校办农场里，他倒学到了一些水稻田间管理知识。就这样，他初中毕业了。真是高枧河边水悠悠，田间地头雾茫茫。

第三十九章
乡下建房山路改　父子运料夜间行

　　李躬康出来搞副业的第一天，是给大桥街上的禹裁缝做点工，一天只收一元钱。这工钱比别的匠人师傅要少收两角。

　　禹裁缝是邵东老乡，他家离诒经堂只有五里路。小日本入侵邵东后，他穷鸟入怀，来这里投亲。在亲戚的帮助下，学了门裁缝手艺。学徒期满后，就在甘棠坳场上开了一家裁缝店。解放后，在甘棠坳乡人民政府的组织协调下，他加入了甘棠坳缝纫联合店，并吃上商品粮。"大跃进"时期缝纫联合店在大桥办了一个分店，他被调到这里当分店店长。那时正吃大锅饭，他干脆把一家人的户口迁来，成了大桥的农民。他的裁缝手艺很好，只要看到人的身材，不用拿尺量，就会知道此人的衣、裤尺寸，而且八九不离十。不管是胖是瘦，是高是矮，他都会把衣、裤做得特别合身。

　　禹裁缝做的是放各种布样的柜台盒子，有大有小，有的向左边倾斜，有的向右边倾斜，结构比较复杂。李躬康的细料功夫相当好，手脚也麻利，三天工的活，他两天就做好了，给主人省了一天工钱不说，更主要的是他不抽烟不喝酒，也不需要主人每餐用"两荤一素"来招待，随便吃点就行了。

　　消息传开后，有很多人争着请他做点工，有的拿刨子，有的抢斧头，还有的干脆把木匠担子挑走。面对此情，最后还是队长孙阳平发话，抽签。在当地，人们把抽签视为"土法规"，只要是经过抽签定下来的事，谁都不好违反。否则，就被视为不守信誉的人，一辈子抬不起头。

　　李躬康把大桥大队的工夫做完后，就到隔壁的山门寨大队去了。

　　山门寨地处大山深处，是一块天然盆地、世外桃源。这盆地是六百多年前，福建姓林的人开垦出来的。后来，又迁徙来了一些外姓人。在岁月流逝中，这里慢慢地繁衍到了好几百人。

　　山门寨是甘棠坳公社唯一不通公路的大队。从水竹冲上面的尖坡湾山峰开始，层峦叠嶂，一直连绵到蘑菇山。蘑菇山因头大脚小，故称之。蘑菇山下面就是山门寨盆地，一条清澈的小溪绕盆地拐一个大弯后，往锦被团方向流去了。过了盆地，又是壁立的山峰，一直延伸到会同县的林城公社。

李躬康来这里做点工有一个月，对这里的人和地相当熟悉了，人们只要见到他，都亲热地跟他打声招呼："李师傅好！"

李躬康也总是亲热地回一声："你好！"

李躬康看见田坎上很多因遮住阳光而被砍下的菜碗粗的杉树烂在那里，觉得很可惜，如果用它来做建房的辅料，那该多好啊。

乡村尚有古风存，修屋无非为子孙。按当时的政治环境，李躬康认定这一辈子就是农民了，因此他脑海里产生了建房的念头，于是就问山门寨大队的林书记："这木头卖不卖？"

林书记笑着说："这木头不卖，你要尽管拿。"

李躬康脸上笑嘻嘻的，认为自己捡到了宝，欣喜欲狂。

两年前，他从孙家祠堂搬到一个叫唐思伯的农户家里。

唐思伯是典型的湘西乡下种田人，四十多岁，五尺高的身材，三尺的腰围；面如满月，颜若桑葚；鼻子大而尖，脸上开始有皱纹了。他的黑色眼睛反射出一道斜光，因此当他正面对人看的时候，一双眼睛却像是在欣赏别人的衣扣。他举止大方，为人忠厚。

两年来，李躬康跟唐思伯的关系处理得相当好。唐思伯上有六十多岁的老母，下有两个尚未成年的儿女，尽管一家人日子过得紧巴巴的，但只要家里杀鸡、杀鸭，总要送一碗给李躬康家。作为回报，李躬康家里打牙祭，也要送一碗给他家。总之，唐思伯家里送的东西比李躬康家里送的要多。尽管唐思伯家人都很好，但李躬康觉得老住在人家屋里并非长久之计。

李躬康建屋的消息传出后，大桥三队的人都感到惊讶，都用半信半疑的眼光看着他："李师傅，建房是件不容易的事，你家劳力少，没有五年的底子，是很难建起来的。"

"李师傅，现在吃饭都成问题，你还想建房？真是不可思议！"

"李师傅，你没养五头猪，没有五百块现钱，就别想建房。"

"李师傅，你要做木工，哪有时间修房？不担心交两百六十元副业费？"

"李师傅，建房不要急，等条件好了再建。这房，你尽管住，想住多久住多久。"这是唐思伯的话。

队里德高望重的姚明泽说："李师傅，你要建房尽管建，我全力以赴支持你。"到杀年猪的时候，凭姚明泽一句话，可以把姚姓家里的猪心全部捐献出来，炕干，在竖屋那天可将它配成一盘菜。在此要说明一下，在高枧河一带，姚姓人家是不吃猪心的。这还得从姚明泽的祖师爷说起，在几百年前，姚明泽的祖师爷要带领姚家寨的人去打仗，按当地习俗，出征前要喝壮行酒，就在办壮行宴的时候，有一个猪心子煮了半天煮不熟。这事还从来没有出现过。此时，姚明泽的祖师爷怀疑这次出征可能凶多吉少？所以就没有去。结果，别的地方去了的人全死了，尸体都是抬回来的。是这猪心救了姚姓人家。从此，姚明泽的祖师爷定下规矩，以后不允许姚姓人吃猪心子。现在姚姓人已相沿成俗。在当地，姚姓是一大姓。

队长孙阳平也帮着说话了："李师傅，你真要建房，我同意你养二十只鸡、二十只鸭。"本来，上面发文每家每户只能养十只鸡、十只鸭，见李躬康要建房，他动用特权了。

李躬康对人们的各种议论，对唐思伯的善言，对姚明泽的力挺，对孙阳平的特许，都默默地记在心里。他知道大家都是一番好意。不过，他并非一时冲动，他有他自己的打算，他大儿子李元勋在洪江机制砖厂已转为正式工人，每月的工资由原来的二十八元升至三十四元，在经济上，李元勋一年至少可以支援一百元。再说，下放时洪江镇财政部门给他的五百五十元安置费，除了第一年拿出两百元给老婆余细珍看病外，还存着三百多元。他计算着，用两年时间建，一定能建成。建屋的柱子、横梁、木方、挢板、楼板和盖的瓦片等需要多少？要花费多少钱？他都算好了。山门寨那辅料不用钱买，这给他节省了一大笔。他现在考虑的是运费问题。从山门寨到大桥有十多里山路，如果请人运，至少得花一百多元钱。为省下这笔钱，他决定改一改从大桥至山门寨的山路，用独轮车把木材运回来。他是木匠，自己会做独轮车。

高枧河一带木屋结构一般是四扇三间，一扇为五柱十瓜，一幢房屋是十六根柱子落地，每根柱子下面，有一个比柱子粗一点的八寸厚的四方形垫石。堂屋后面是香房，堂屋两边分别是一大一小的房间，大房前面凸出堂屋一米左右。屋脊是用瓦片堆积的，两端翘得很高，像两只大公鸡。屋脊正中间有一个"品"字形瓦堆，据民间传说，这是姜子牙的座位。也有人说是随晋文公流亡的介之推之位。不管哪种传说，这个"品"字形瓦堆有着一种象征性含义。

瓦片流水，分朝前和朝后流。朝前流的，分上下两层，下层只有一米多宽，站在二楼手能触到瓦片，这一层瓦片是用来晒辣椒、盐菜、萝卜片和核桃之类的。

李躬康设计的房子是六扇五间，一扇为四柱八瓜，二十根柱子落地。堂屋后面设有香房。堂屋两边各有一间和堂屋平齐的大房，只是比堂屋窄点而已。再过去，是前、后两间小房，前面的凸出堂屋旁边的大房一米。屋脊也朴实，两端的瓦片没有翘起来，中间也没有"品"字形瓦堆，是"一"字形。瓦片的流水，分前、后、左、右四个面。他之所以要这么建，是要显示出他是一个木匠，有自己的风格。

他把图纸画好了。

十立方米（二立方米松树、八立方米杉树）的"林木砍伐证"，由靖县林业局木材公司已批了下来。

当地习俗，修屋择地要请风水先生按四时八运生辰八字来判定方位、地点和修建日期。地址选得好，家里兴旺发达，后人前途无量。虽然是破"四旧"时期，但这习俗在高枧河一带还是流行着。

李躬康没考虑地址好与不好的事，对他来说只要有一块地就行了。他四处观看，最后在偏僻的荒凉的古柏树下找到一块空坪，空坪里的茅草比人还高。解放初期，这里是处决土匪恶霸的地方，平时阴森森的，很少有人来。当地人说这里有魍魉鬼，是闹鬼的地方。平时小孩哭闹时，只要提到古柏树下，就不敢再哭了。当他向孙阳平提出要求后，孙阳平二话没说就把此地给了他，反正那地方没人要。

建房的地基确定后，李躬康就拿着柴刀、斧头、锄头、羊角锄、铁铲和钢钎，开始改大桥至山门寨的山路了。

尖坡湾上去一里路是白岩岭。岭上是三十米高的笔陡坡，人走着不敢往下看。冬雨时节，人们过这里鞋上要套上防滑器具，要不然，一摔倒就是打滚似的一直滚到山脚下，实在太危险了。李躬康站在岭上，左思右想，这路怎么过？突然，他看见岭的左边有一个山槽，这山槽有一里路长，他想把山槽改成路，这样可以避开白岩岭。他拿着柴刀，一刀一刀地砍着茅草和杂树，用锄头把乱石刨出来，搬走，再把不平的地方填平。经过三天工夫，终于把一米宽的路改了出来。行人走着，不用担惊受怕了。

走过一段平路之后，来到了狗咬土，所谓狗咬土，就是坡很陡，连狗上去都感到很吃力，像咬着土似的，故称狗咬土。根据狗咬土路形，李躬康将它改为十几个"之"字形路，缓缓地上去。这样，能起到一定的缓冲作用。

前面是一里路长的四十五度的一线天坡，两边是悬崖峭壁，最高的地方离地面一百多米。路面全是岩石，李躬康用钢钎、锤子和羊角锄将路改成一百九十九个一米宽三四寸高的台阶。这台阶，他花了整整两个星期。

一线天过去是井水湾，路外面是万丈深渊。面对这只有一尺多宽的路，李躬康只好再次用羊角锄、钢钎和锤子将其加宽一尺。

过了井水湾再走一里路就是蘑菇山，下面是山门寨，路只能改到这里了。

改路一事在甘棠坳公社一下子传开了，人们都知道大桥有个从洪江下放来的李木匠，为修屋运料，改了一条绝路。

李躬康请人将蘑菇山上二立方米松树、八立方米杉树砍了，按横梁、枋、拵板和楼板的样式，请锯匠就地操作。

每天天麻麻亮，他带着斧头、锯子、刨子、墨线、墨笔、直尺和午饭上山了，对建房的辅料下料。两个月后，檩、脊檩、椽子、门、门框、窗子等辅料下好了。从田坎到岭上有两里路，全是爬坡，李躬康摩顶放踵，以顽强的毅力，将材料一件一件扛到蘑菇山上的路边。

独轮车做好了，有一米高，四尺宽，呈三角形。车轮有箩筐那么大，是用杂木做的，外面套着铁箍。

天气好的时候，一到晚上，李躬康就带着十三岁的三子李灿旭用独轮车运木料了。

"叽嘎叽嘎""叽嘎叽嘎"，短促而又有节奏的独轮车声打破了深山老林几百年来的宁静。树林里的土画眉鸟、布谷鸟、斑鸠、蛇皮鸟和一些不知名的鸟儿，都是第一次听见这稀奇古怪的声音，所以就发出喧喧的声音，惊得四处乱飞。睡着了的虫儿，听到独轮车声后，也唧唧地叫起来，以示抗议。

月光透过树叶间的空隙，把一点点光亮撒在山间的小路上。李灿旭拖着绳子走在前面，李躬康在后面双手推着独轮车，他肩上搭着小扁担，扁担两边的绳子绑在独轮车的手把上，借着那一点点光亮，在山路上艰难地行走着。

独轮车声响到哪里，哪里的鸟和虫就不得安宁。

"到井水湾了。"李灿旭告诉父亲，他在前面拉着绳子，很小心地一步一步走着。

下一线天时，只见李躬康下一个台阶停顿一下，下一个台阶停顿一下。就在停顿的那一瞬间，李灿旭灵敏地用一个三角形木槌挡一下，以防止车因惯性停不稳。等车停稳后，他再把木槌拿出来，等着下下一个台阶。

狗咬土是"之"字形路，李躬康不慌不忙地拐着一个又一个弯，一旦不对劲时，他得马上停顿下来，稳一稳，将搭在肩上的小扁担调整一下位置，再走。下坡时，李灿旭身上系着绳子使劲地往后靠，阻止一下车轮不要下滚得太快。眼看只有最后一个"之"字形路了，可就在这时，由于惯性太大，李躬康刹不住车，结果连人带车倒在山槽里。木料在下面，他在中间，车在上面。还好，他只受了点皮肉伤，没伤着筋骨，算是万幸了。李躬康带着李灿旭吃力地将材料一件一件搬下去。

这是一段二十米长的上坡路，李躬康、李灿旭在很远的地方就加快了速度，想借着惯性一口气冲上去，可是在离上面只有两米远的地方，车轮在艰难地熬着，实在是上不去了。只得将车退下来，再一次发起冲击。一连三次，都没冲上去，最后只得将木料卸下一半，分两次上。

下白岩岭的时候，李躬康叫李灿旭把绳系在车上，让李灿旭走在车后面，他推着车顺着惯性一路小跑，很顺利地推出山槽。

当李躬康和李灿旭下了尖坡湾后，人们早已进入梦乡。

木料卸下后，余细珍估计了一下，这一车至少有四百斤重，把她吓了一大跳，差点儿心脏病发作。

朝出曙光天乍亮，晚归暮色地常昏。冬去春来，花开花落。转眼间，一年过去了，树林里的鸟儿虫儿已听习惯那"叽嘎叽嘎"的独轮车声，那轻悠悠的声音和鸟儿虫儿的声音逐渐汇合在一起，形成一个庞大的合唱。最后它们就结集成为一个单一的回声，音域也逐渐增大，直到最后它忽然停止，变成一个微弱的音调，在树林空间盘旋，像一支催眠曲，直到一切又逐渐归于寂静。这说明已是深夜了。

山路上，只要听见"叽嘎叽嘎"的声音，人们就知道李躬康父子还在运木材料。

所有建房木材料，除了二十八根柱子和一些大的横梁、木枋是请人扛回来的外，其他的材料全是用独轮车推回来的。在那艰苦的环境里，李躬康也是为省几个钱才这么做的。用他的话来说是"事多须赖肩全负，力小求援话半吞"。

也苦了李灿旭，他白天要读书，来回走二十多里，晚上要帮着拖车，跟同龄人相比，他的命算苦了。

在高枧河一带，竖新屋帮忙称吃"撑腰饭"。意思是来帮忙的人出力没有具体规定，愿出多少是多少，只要把腰撑着就行了。还有一个因素是吃"撑腰饭"不发工钱，只管饭。

为办"撑腰饭"，主人家至少要杀两头大肥猪、几十只鸡和鸭，还要买几十斤散装白酒。甘棠坳没有散装白酒卖，李躬康只好要李灿旭挑着两个新竹筒，到五十里外的靖县城里买。在县城，有几个年龄相仿人对李灿旭的竹筒感到好奇，故意嘲讽他："乡巴佬，这竹筒卖不卖？"

李灿旭下放不久就说乡下话了。此时，他用乡下话回他们："冇卖！"他知道自己的人格被他们侮辱，但有什么办法呢？自己确实是个乡巴佬。其实，他还会说洪江话，只是不说而已。

高枧河习俗：竖新屋时中堂屋脊上要横搁一根菜碗粗、笔直、中间多权（寓意多发多生）的木头，当地人称之梁木。梁木得在竖屋那天凌晨砍。

一挂鞭炮声响过后，李灿旭打着手电筒和几个人上山砍梁木了。砍梁木时木不能落地，因此树要倒时得由两个人用木钩钩着树身，让它慢慢落下。当树尖接近地面时，得有一人在前面扛着。树尖落地后，量好尺寸，把要的那截砍断，然后直接扛回来，落在三脚马凳上。当人们再一次听见一挂鞭炮声的时候，就知道李躬康家的梁木已砍了回来。

李躬康用刨子将梁木刨光滑后，中间包一块红布，红布里包着八块八角八分钱和两支毛笔。寓意：家里后代有钱，并出文人。

六扇四柱八瓜的扇，头一天就排好了，依次摆在屋场坪里。

第二天早上，吃过油茶[1]后，在姚明泽的统一指挥下，开始竖屋了。

竖屋号子：

齐作力呀！咳哟

要出力呀！咳哟

1　油茶：当地的一种食物，是将茶叶、生姜、蒜米混炒，再用木锤将材料打出汁，然后加水煮。烧开后放入盐调味，滤出茶叶渣，再配以调料和其他食物一起食用，如葱花、香菜、米花、脆果等。

来点劲呀！咳哟

出点力呀！咳哟

下点蛮呀！咳哟

来得好呀！咳哟

不偷懒呀！咳哟

再来一下！咳哟

向我看呀！咳哟

……

姚明泽喊："齐作力呀！"

众人应："咳哟！"

左边第一扇屋架慢慢地起来了。

姚明泽喊："要出力呀！"

众人应："咳哟！"

几个回合之后，这屋架竖直了，两边用撑子牢牢地撑着。

姚明泽又喊："出点力呀！"

众人应："咳哟！"

又是几个回合后，右边的第一扇屋架也起来了。

紧接着是穿横梁，屋架上的二十多个人每人对一个眼，在姚明泽的一声令下，二十多把木槌同时敲起来，堂屋竖了起来。

紧接着是左边的第二扇，姚明泽喊，众人应，竖起来，然后是右边第二扇。屋架都被固得牢牢的。

左边第三扇起来了，右边第三扇起来了……

屋架竖好后，堂屋柱子上贴一副"竖柱喜逢黄道日；上梁正遇紫微星"对联。其他柱子，交叉贴上用四方形红纸写上的"好"和"有"，有的是倒贴着，意思是：顺着好，倒着好，两头都好；顺着有，倒着有，两头都有。

开始上梁木了。只见姚明泽将一只大公鸡的脖子用锉子一戳，将血洒在梁木上，由唐思伯和孙阳平在屋顶上把几块对接起来的红布带放下来，等下面的人将红布带捆绑在梁木两端处，再由唐思伯和孙阳平将梁木一把一把拉上去。梁木装好后，将梁木附近的脊檩排成一排（供上梁人就餐），接着又把红布带放下来，将用红纸包着的箩筐绳子捆绑好，箩筐拉到梁木边后，最重要，最热闹的上梁仪式开始了。

姚明泽、禹裁缝等六位有影响的人，依次爬着楼梯，他们一边爬，一边唱着上梁歌：

吉日良辰上大门

建造华堂众人临

鞭炮喧天恭喜贺

梁头安上正中庭

一把粮米抛上天

要敬大师鲁班仙

二把粮米抛地面

土地公公得安闲

三把粮米抛中央

抛送众亲来捧场

四把粮米抛家王

贺喜大厦千秋望

……

或：

上梁上梁，天地开张

粮食接果，感谢司长[1]

司长司长，快快上梁

司长上了梁，快把酒肉尝

司长吃饱了，快把钱粮放

……

六人唱着唱着，来到了梁木边，加上拉梁木的两人，一共八人在梁木边大口大口地吃起来。梁上的人酒足饭饱后，就将箩筐里早就准备好了的壹分、

1　司长：土地爷。

贰分、伍分硬币，水果糖、糯米粑等物向下抛去。下面的一群小孩为这些钱物乱成一团……

新建的屋里摆了十几桌，吃"撑腰饭"开始了。大家难得吃"撑腰饭"，难得高兴，酒喝到高潮的时候，每一桌都开始划酒拳了：

"拳无胜，高升！拳无胜，高升。"

"拳无胜，高升，弟兄好啦。"

"拳无胜，高升，四季财啦。"

"拳无胜，高升，满堂红啦。"

"拳无胜，高升，八百年啦。"

……

划拳声一直响到午夜。

屋能顺利地建起来，要感谢山门寨的林书记，也要感谢孙阳平和乡亲们，因为佘细珍多喂那么多鸡鸭，乡亲们都没意见。

也多亏佘细珍喂猪，可怜有心脏病的她，每天早晨起来第一件事就是忙着煮猪潲。煮猪潲是一件很不容易的事，煮到快要熟的时候，就得用猪潲棍使劲搅，搅得越匀越好，至少要搅半小时。猪潲煮好后，她得用两个猪潲桶装着，然后一桶一桶地移到猪栏边，把潲盆摆在每一个猪栏门口，再用瓢一瓢一瓢地舀到里面。这两头猪小的时候是关在一个栏里的，慢慢地长大了，吃潲时就开始争了，互不相让，猪潲弄出来，浪费了很多。没办法，李躬康只好再做一个栏，把它们分开。

两头猪一天天长大，吃得自然多起来。这样一来，打猪草却成了一件大难事。苦了佘细珍，或顶着太阳或冒着大雨在田间地头扯猪草，也苦了李洁、李晶，在山上割葛麻藤叶、麻叶和一些不知名的树叶。

佘细珍很会喂猪，在猪长架子的时候，不管是冷天还是热天，她总是下命令，要李灿旭去高枧河里扯蓝丝[1]，然后就用红薯催肥。她为喂这两头猪，有好几次心脏病发作，倒在猪栏门口……

1　蓝丝：一种生长在河里的草。

第四十章
草生绿盛霜将至　人到赤贫犬竟欺

李灿旭十四岁那年，由于干活肯卖力，工分底分加到了七分，比同龄人要高一分。如果当年风调雨顺，七分工至少值两角一分钱。然而，这一年并不风调雨顺。早稻抽穗开花的时候，老天爷一连下了好几场大雨，把稻穗上的花蕊打掉了很多，导致受精不良，到收割的时候，很多是秕谷，早稻减产了。晚稻的长势比早稻好一些，可是就在正要收割的时候，老天爷像故意似的连续下了二十多天细细秋雨，稻秆稻穗总是湿的。稻秆稻穗不干，是不能打谷子的，就是打了，堆在一起也会发烫，引起发芽。有很多稻秆已倒在田里，稻穗上长出白白的嫩芽。

为减少一些损失，队长孙阳平下令，要大家连夜去田里割倒了的稻穗，割一百斤计二十分工。队长的意思是：稻穗割回来总比烂在田里好，至少可以再做处理。有很多稻穗割着割着就脱落在田里了。

李灿旭割稻穗的速度相当快，正当他越割越起劲的时候，不小心，把左手小指割开了一个口子，鲜血直流。他咬着牙走到田塍上，在月光下摘了几棵车前草，将其嚼烂后敷在伤口上，随即把衣服撕掉一块，简单地做包扎后，又开始割稻穗了。

队上的仓库没地方摊稻穗了，孙阳平要会计和出纳拿着秤和账本走到田间，把稻穗分到各户，让社员们自己处理。

有的稻穗，只能磨成粉喂鸡喂鸭喂猪了。

晚稻有百分之四十烂在田里，一到晚上，风吹过来的是一片片臭味。

这一年的粮食就靠中稻了。根据灾情，尽管国家免去了一部分公粮谷，但仓库里剩下的谷子远远不够吃。

队里的经济收入主要靠卖公粮、木头和一些副业，由于早稻、晚稻受灾，年底分红时，一个劳动日（十分工）仅分得两角五分钱。一些家庭还成了超支户。

李灿旭所割的那两百斤稻穗分得一元钱，可他左手小指上的伤口因感染，在大队合作医疗卫生室治疗时，就花了两元钱。那两百斤稻穗他白割了，流血受痛不说，还倒贴一元钱。

佘细珍很会当家，在那数米而炊的日子里，什么时候吃稀饭，什么时候吃干饭，她安排得很合理。为填肚子，她半个月要到甘棠坳市场上买几百斤萝卜、红薯寄放在熟人家里。可怜她那读初中的大女儿李洁每天放学要反向走五里路，去甘棠坳场上挑三四十斤萝卜、红薯回来。

为解决吃饭问题，经孙阳平的亲戚介绍，在会同县沙溪公社晒金大队第一队借到了谷子。作为条件，还的是该队的国家公粮，这公粮要挑到三十里外的楠木国家粮食仓库里。

清晨，李灿旭挑着七十斤公粮，和队上四十多人走上了还粮的路，队伍浩浩荡荡，有的是两口子齐上阵，年龄最小的是李灿旭。对李灿旭来说，这可是超负荷的体力劳动了，他每走几步就换一次肩，肩膀觉得压痛了，又换过来。别人走在前面很远很远了，他一个人在后面使劲地追，望尘莫及。反正追不上人家，他干脆停下来，歇歇气再说。他知道，要保持着均匀的速度，要保持着体力，不能过快过猛，因为他明天还要走一趟，同样是挑七十斤。当他来到楠木国家粮食仓库的时候，队上人已到半个多小时了。

会同县沙溪公社有一台脚踩电影机。所谓脚踩电影机，就是该电影机没有配外部电源，全靠双脚踩着发电机发电，就像踩自行车一样。踩轻了电力不足，银幕上黑黑的，看不清人影。为了看清楚，必须安排两个身强力壮的人轮流踩。

这一天在楠木放《孙悟空三打白骨精》电影。对乡下人来说，最美好的精神享受，就是晚上看露天电影。这部电影片，大桥还没放映过，大家都想看看。再说大家也想看看这脚踩电影机的效果。

孙阳平考虑到李灿旭明天还要来还粮谷，所以不打算看。

这时，李灿旭对他说："孙叔叔，你就和大家看吧，我一个人回去就是。"

孙阳平摸了摸他的头，说："好吧，不过过核桃树林时一定要多加小心。如果碰上野猪，就爬到大树上，这样野猪就奈何不了你。记住，要爬大树，千万别跑，你跑不过野猪，野猪就是要咬跑的人。"

其实，孙阳平也是一个戏迷。

就这样，四十多人由队上统一开支，在楠木的一家饭店吃了便饭。

　　李灿旭挑着空箩筐飞快地往回走，想在天黑前走过核桃树林，这样就安全了。天已渐渐地黑了下来，但离核桃树林至少还有两三里路，他只好麻着胆子往前走。前面就是核桃树林了，为了给自己壮胆，他唱起了《三大纪律八项注意》歌曲。

　　哪知道，这一唱却把一个怪物引来了。仔细一看，那怪物就是野猪，浑身全是黑毛，粗粗的，跟刺猬的毛差不多。野猪很瘦很瘦，尖尖的嘴巴上还沾着黄泥巴，像是在哪里拱过洞似的。野猪凶猛地向李灿旭这边扑来，地上的树叶被它踩得沙沙响。

　　尽管李灿旭早有准备，但到了这个节骨眼儿上，他心里还是害怕起来，浑身颤抖着。感觉头颅仿佛是在颈脖子上旋转；感觉那凶猛的野猪在狠狠地重重地咬着自己的脚，使自己倒在地上；感觉山和核桃树都在摇摇晃晃。

　　此刻，他想起了队长孙阳平的话，"如果碰上野猪，就爬到大树上，这样野猪就奈何不了你。"他认为自己不能再害怕，要振作起精神来，于是就爬到了一蔸大核桃树上。

　　野猪在树下抬着头看他，嗷嗷叫了几声，露出一副无可奈何的样子。野猪用嘴嗅了嗅箩筐，觉得没什么可吃的东西后，就朝山的那一边走了。

　　李灿旭看着野猪走，确认它走远了之后，才从树上爬下来，脚落地后，挑着箩筐就是一路小跑，一直跑到有人烟的地方，才放下心来。

　　第二天，李灿旭挑着七十斤谷子早早地去了，回来时，太阳还很高呢。

　　佘细珍打算养两只母鸡六只公鸡，母鸡所生的蛋，全拿到公社供销合作社换盐、肥皂、牙膏等东西。所养的六只公鸡用来打牙祭，两个月杀一只。她之所以喂公鸡，是因为公鸡大，一只至少有三四斤，这样就能多吃一点。她很会养母鸡，母鸡生了三四十个蛋之后就要趴窝了，至少要两个月后再生蛋。她很有办法，将趴窝了的鸡坐"水牢"，就是将鸡放在有水的脚盆里，用鸡罩罩着，没几天，鸡就不趴窝了，不多久又开始生蛋了。所养的八只鸭，打算全部拿到甘棠坳市场上去卖，她计算着，一只鸭长大后至少有三斤，能卖得两元钱，八只鸭就能卖十六元钱，她打算把这十六元钱存起来，丈夫的钱一分也不动。

　　谷子成熟的时期，怕鸡鸭出来惹祸，佘细珍将它们分别关在罩子里。在罩子里，鸡还比较适应。鸭习惯在水里活动，在罩子里很不自在，乱蹦乱叫，让人不得安宁。为了使鸭不乱蹦乱叫，佘细珍要李灿旭打一个茅草棚，在棚里挖一个坑，灌进水，周围用竹片围起来，这样鸭就不乱蹦乱叫了。

有一天下起了倾盆大雨，刮起了很大的风，风把鸭棚吹倒，淋了雨的鸭子都畏缩在角落里。雨停了后，鸭子又活跃了，跑到田里放肆地吃谷子。结果被队上看鸡鸭的人发现，罚了十六分工。这十六分工，李灿旭要在三十九度的高温下做两天事，他按捺不住，一气之下将那八只还是绒毛的鸭子全部活活摔死。

佘细珍见他如此鲁莽，想着十六元钱没有了，心脏病发作起来，瞬时间昏倒在地上，浑身颤抖着，嘴里直吐白沫……

还好，鸡罩被压着两块砖，没被风吹翻，要不然它们也会死在李灿旭的手下。

为弥补自己的过失，这一年秋天，李灿旭不要命地摘杉木籽，一天要摘一大石。一石晒干后，有二两籽，拿到公社林场可卖得两元钱。他打算摘八石。每次，他都是爬十多米高的杉树上砍枝杈，下树后，不怕像针一样的杉树叶扎手，一个劲地不停地摘着，双手被杉树叶扎破，出了血，成了茧。一次，有一蔸树上面有很多杉果，但树的主杆很细，又很高，在上面就像打秋千，摇啊摇的，因此没人敢爬。李灿旭胆子天大，他上去了，就在快要砍完枝杈时，一阵山风突然吹来，把他从树上摔下来。还好，是摔在砍下来的枝杈上，只伤了皮肉，没伤到筋骨，在床上睡一夜就没事了。

为此，母亲责怪他："别人都不敢爬的树你去爬。"

他轻轻地说："妈，我就是想把那八只鸭子的钱补回来。"

"我的崽呀！我不怪你了……"佘细珍后悔自己为这事时时唠叨着。

这一年，粮食还是不够吃，糠也就少了。田野里的猪草也少了，因此，打猪草得上山。佘细珍背着一个背篓，挂着拐棍，身子一拐一拐的，彳亍地去山上摘葛藤叶。当她路过毛砣家门口时，由于家里没有人，主人家的狗来宝看她穿着破烂，以为是要饭的，就张着嘴，一个劲地冲着她狂吠，狂吠到凶的时候，走近几步，两只前脚向上跳起来，做出一副要咬人的架势。佘细珍用拐棍来回击。可是就在挥动拐棍的那一霎间，她浑身颤抖起来，此时来宝就更是来劲了，对着她的右大腿狠狠地咬着，就是不肯放。真是草生绿盛霜将至，人到赤贫犬竟欺。

佘细珍的心脏病随即发作起来，晕倒在地上，嘴里吐着白沫。右大腿上被来宝咬出一个牙齿印，带着血……

是毛砣的母亲中午回来时才发现的，她急忙把倒在地上的浑身颤抖的嘴里吐着白沫的佘细珍背到了大队合作医疗室。

开始几天，佘细珍只是在大队合作医疗室打打针，吃点药。看没有效果后，李灿旭就用队上的板车将她拖到甘棠坳公社卫生院，打了一针比较贵的针，吃了一点贵药，但还是没见效果。被狗咬伤的地方比前两天还要肿得厉害些。

李灿旭只好走二十多里山路，把做乡工的父亲叫回来。

李躬康看了佘细珍的脚后，责怪李灿旭没早把事情告诉他。

这也冤枉了李灿旭，是佘细珍不让他告他的。佘细珍只希望他在外面多挣一分钱，不要让大儿子李元勋再拿工资给他填补钱了，大儿子也应该存钱结婚了。佘细珍知道丈夫心善，每天工钱只收一元钱，比别人要少两角。

李躬康果断决定，要佘细珍去洪江看病。

佘细珍说："等过几天再说吧，也许会好的。"

"这是狂犬病，不能拖，再拖就要死人的。"李躬康发脾气了。

当时，确实流行着狂犬病，有很多狗都被打了。

毛砣的父亲把来宝打死了，埋了。毛砣的母亲来看过佘细珍一次，她家也很困难，送来十个鸡蛋就很不错了。李躬康对她没说什么，只当是老婆背时。

从太阳坪坐客车到洪江要一元两角钱，而从团河去洪江只要七角钱，为了省五角钱，佘细珍要李灿旭用板车将她推到团河，反正也只多走几十里路。在大队合作医疗室和公社卫生院她已用了十多元钱，用着这钱，她心痛呀！她担心丈夫两百六十元副业费交不起。如果交不起，丈夫就得在队上干农活，到那时就惨了。

李灿旭推着佘细珍过了靖县和会同的交界线后，沿着报废了的小火车路向团河走去。五个小时后，终于到了团河。

为了再省两角钱，佘细珍要李灿旭只买到黄茅的车票，她打算走路到洪江郊区带子街机制砖厂大儿子李元勋那里。反正只有几里路。

李灿旭担心母亲的脚肿着走不了那么远？就对她说："妈，还是买到洪江的票吧，反正也只多两角钱。"

"两角钱也是钱，能买一斤半盐！十盒火柴！"佘细珍说。

李灿旭依着母亲，买了一张到黄茅的车票。

离开车时间还有一个小时，李灿旭想送母亲上了车之后再走。

佘细珍担心李灿旭天黑前赶不到家里，怕路上碰到野猪，要李灿旭就走。

李灿旭固执地要送母亲上车。

看着懂事的孩子，佘细珍顿时高兴起来，竟走到车站旁边的饭店里，花四分钱买了两个糖包子给李灿旭吃，而她自己却啃着从家里带来的冷红薯。

李灿旭拿了一个，另一个放到母亲的手里后，跑出了候车室，拖着板车就往回走。十五岁的李灿旭真的懂事了。

佘细珍追着喊着，要李灿旭吃。

李灿旭走很远了，佘细珍还在追……

佘细珍在黄茅下了车后，拄着拐棍，一扭一扭地向洪江郊区带子街走去。一路上，人们以为她是要饭的。

李元勋陪着佘细珍到洪江人民医院看过病后，医生说她不仅得了狂犬病，还患有风湿性心脏病、支气管炎病、肺病，都很严重。这些病都是解放前被邵东老家的土匪灌屋檐水所引起的。

佘细珍闹着要回乡下，但这一次她拗不过李元勋了。

李元勋把准备结婚用的钱拿出来给母亲治病，但支气管炎病、肺病都不是在短时间能治好的。

佘细珍天天闹着要回去喂猪，因为喂猪上面没有限制，还鼓励多喂。如果多卖一头到公社肉食品站，至少有五十元现金，国家还奖励五十斤谷子，发两斤肉票。

李元勋没办法，只好让母亲回去了。

第四十一章
城里逛街图消遣　乡下砍木只为活

在九月冷漠的天空下，高枧河一带的田野寂静无声。太阳变得愈来愈苍白，炎夏已经悄悄地溜走了，农忙后的田野，留下一片凄凉的景色。一眼望去，河两边全是光秃秃的稻茬地，一堆堆稻草堆在稻茬上。

正当人们在稻草堆边捆稻草的时候，从怀化县大米厂来了两个人到靖县甘棠坳公社招工，招工的对象是下放在本公社的知青，名额十个。在当时，全公社共有五百多名下放知青，其中：长沙四百多人，洪江一百多人，靖县几十人。按比例分配，长沙至少有六个名额。可是长沙是省城，而绝大部分长沙知青想回长沙去。最后名额分配是：长沙三人、洪江四人、靖县三人。名额定下后，就是各大队的贫下中农推荐了，因此大队与大队之间进行了激烈的竞争，有的还争吵了起来，一个个面红耳赤。他们争吵目的是走一个人，队上就少分一份口粮。在争吵不下的情况下，最后只好按抽签的老规矩来处理。

由于招工的人数太少，对出身不好或有家庭历史问题的人来说，简直是想都不敢想的事。然而，一件戏剧性的事发生了，那就是大桥三队新上任的林定新队长竟把洪江知青李崇勋给推荐上去了。

林定新说："李崇勋虽然家庭出身是工商业，但五年来他一直服从队上安排，他曾参加过修枝柳铁路、三秋飞机坪等'三线'建设工程，后来又去公社林场里造林。不管在哪里，他都很积极，他所得的奖状，中堂屋板壁上都贴满了。甘棠坳公社林场领导曾树他为知青典型，他也曾出席过县知青先进代表大会，获得过'县先进知识青年'光荣称号。虽然他伯父曾被划为右派，但他的叔叔是革命军人，一直在部队工作。如果家里有历史问题，他叔叔早就转业了。再说上面领导说，对于家庭出身不好的年轻人，主要是看他们的表现。我认为李崇勋可以招进怀化县大米厂。"

听林定新这么一说，公社知青办刘主任也帮李崇勋说话了："我认为李崇勋符合招工条件，政审方面，就凭他叔叔是军人就可以通过。"

刘主任的话起了关键作用，两位招工的人没说什么了。

另外，还有一个重要因素，就是李崇勋的父亲李躬康有一门好木工手艺，接人缘，接地气。他在全公社各个大队都做了点工，工钱每天总比别人少两角，而且不要用烟酒、荤菜招待。这事，其他大队的领导都知道，因此也就不要李崇勋抽签，在洪江知青中直接给他来了个名额。

就这样，李崇勋幸运地进了怀化县大米厂，这事他父亲从没想过。要不，当年就不该做那幢六扇五间的木屋，做四扇三间的屋就足够了。

怀化过去称为榆树湾，民国三十一年（1942年）置怀化县，当时县治设在泸阳。新中国成立后，县治迁至榆树湾。

怀化县大米厂坐落在潕水河边的老码头上面，始建于1954年（粮食实行统购统销）。过去，从镇远、玉屏、晃县、芷江下来的货船和从沅江、清水江过来的货船，都要通过这里，因此这老码头就成了怀化的集贸中心。1970年因湘黔、枝柳铁路在此交叉而过，这给怀化带来了发展机会。原黔阳地区各大机关就往这里搬迁了。因当时大米厂的生产能力有限，工人又不多，在这种情况下，该厂在怀化县招了一批农村青年。后来，该厂又在盈口筹建了新厂，1974年12月新厂正式投产。李崇勋和下放在甘棠坳公社的九名知青成了新厂第一批招进来的工人。

李崇勋开始榨糠油了，这是半自动设备，有很多工序是靠人工操作，李崇勋就是从五六十度温度的榨油机里，把一个个糠饼取出来，码好。这活累是累了点，但总比在外面日晒雨淋干农活强。

半年后，李崇勋的工种改为打米了。这也是半自动化设备，只见稻谷从传动槽里有序地进入碾机槽，然后，米、糠通过鼓风机出来了。李崇勋则用麻布袋将米糠装好，再用特制的针线缝好，用板车推进米糠仓库里。口罩、帽子、工作服上全是灰尘。天天做着这重复的动作，感觉枯燥、无味。但话又说回来，再枯燥再无味，也总比在农村干农活强多了。在城里，电影院天天晚上放电影，厂里月月有三十多元工资拿。而在农村，一个月才借着暮色看一次露天电影，如果是下雨天，大家都戴着斗笠，坐在后面的人都在看斗笠。所放的电影，都是看过三四遍的《地道战》《地雷战》《南征北战》《沙家浜》《红灯记》等老片子。年底分红时，劳动力多的一户有百多元，一般是六七十元，有的甚至还是超支户。这就是城乡之间的差别！

由于大米厂有很多人的家在农村，厂里有一项内部规定：一个职工一年可以买两袋碎米糠。李崇勋想着父母亲和弟妹都在农村，这碎米糠是喂猪的绝佳食物，因此他给家里写了封信，要弟弟李灿旭到怀化来一趟。

李灿旭来怀化的那一天，怀化电影院正放当时最流行的日本电影《山本五十六》，此电影很长，要看五个多小时，有很多人想看。李崇勋知道弟弟难得看这电影，就把自己的电影票给了弟弟。如果在乡下，看这部电影不知要等到猴年马月？这也是城乡之间的差别！

尽管李崇勋餐餐用荤菜招待着李灿旭，但李灿旭总觉得在城里心里很别扭，有一种自卑感，所以两天后他乘一辆"湘粮"便车回靖县了，车厢里装着两袋碎米糠。

在太阳坪下了车后，天已擦黑。李灿旭身上虽然有二哥给的二十元钱，但这钱要给母亲治病，因此他不舍得在这里住宿。他请一个人帮忙，将两袋碎米糠装上了自己从队上拖来的板车上。

走时，帮忙的人问他："你家住哪里？"

他说："甘棠大桥。"

帮忙的人摇摇头："有二十多里路呢。"

李灿旭拖着两袋碎米糠，披着月光，艰难地走着。这路，他1969年从洪江来时，车子路过，他现在还比较熟悉。他弓着腰，一步一步吃力地走。上甘棠坳坡时，他把牙咬得紧紧的，一个劲地往上拖。在半坡上，实在是拖不上去了。上不去就得往下退。在这关键时刻，他灵敏地将车转入半坡上的岔道上，停下来，卸下一袋，先将一袋拖上去。

卸一袋容易，上一袋就难了，他一个人怎么上也上不了车。没办法，只好等过路人帮忙。

半小时后，终于来了两个过路人。

当李灿旭把拖不上去的原因跟那两人说了后，那两人都是好人，都善良，不仅把碎米糠搬上车，还一口气帮他将车推到甘棠坳坡顶上。

月光如流水一般，静静地泻在公路上，留下板车和李灿旭的影子……

两个多小时后，李灿旭气喘喘地终于来到大桥。

母亲佘细珍把袋口上的线慢慢拆下，打开一看，感到很惊讶，里面几乎都是白花花的碎米，只夹着一点点糠渣。她用手摸了摸，认为这么好的米用来喂猪太可惜。于是，她把碎米放在簸箕里，两手一上一下地颠簸着，把糠渣簸了一部分出来。她用五天时间，把这两袋碎米糠簸完了。她打算将这碎米糠用石磨推成粉，做桐叶粑吃。

松油是队里集体经济来源之一，这一年，队长林定新安排李灿旭放松油。

每天天麻麻亮，李灿旭就挑着松油桶，带着两把大小不一的半圆锉刀和几个母亲用碎米糠做的桐叶粑，上了尖坡湾，出了他父亲改过的山槽（白岩岭）后，一路过了狗咬土、一线天、井水湾等地，最后来到了蘑菇山对面的松树林里。

这是一片原始马尾松松树林，树差不多都有煤油桶粗，密密麻麻，抬头见不到天。土改时，这树林划分给了山门寨两个林家兄弟，后来这两个林家兄弟迁到大桥三队来了，这松树林也就归大桥三队管了。

放松油就是用半圆形锉刀，在松树皮一人高的地方锉出一道"V"形口子，松油汁顺着"V"形口子，一滴一滴流入下面饭碗粗的一尺长的竹筒里。竹筒下面用两个木钉固定着。一筒松油，大约要十天才能流满。松树流油有一个规律：就是太阳越大，它就流得越快，越多。因此，太阳最大的时候，就是李灿旭最忙碌的时候。他先用一把大半圆形锉刀在"V"形口子两边锉一锉，然后再用小半圆锉刀过细。汗水从他的身上流入松油筒上，再从松油筒上落在地上，一滴一滴。满山遍野的"V"形口子，他都要锉到，一蔸也不能丢下。

每一蔸松树锉过后，他就跑到竹林里，砍下十几根饭碗粗的楠竹，用锯子一截一截地锯断，开始做松油筒了。

太阳照到做松油筒的地方时，吃午饭的时候到了。李灿旭大口大口地吃着母亲做的桐叶粑。尽管还有一点点糠渣，但吃起来一点也不涩，因为桐叶本身就有一股香味，再说母亲在里面放了掺着糖的黄豆粉。树林里的山泉水清甜清甜，他喝了几口后，心里高兴起来，便吹起木叶来。悠悠的木叶声在树林里回响，土画眉、斑鸠等鸟儿听见后，也唦唦地叫起来；虫儿唧唧地鸣着，也来凑热闹了。特别是雄蝈蝈前翅所发出的声音很清脆，好听极了。此时，李灿旭真正感觉到了大自然的美，心里就像喝了蜜糖水，甜丝丝的。

开始取油了，他小心翼翼地将挂在树上快要满了的油筒取下来，然后换上一个新筒。他用柴刀把取下的油筒劈开，那凝固了的白白的松油露出来，好看极了。他将一截截松油装进油桶里。

太阳快下山的时候，他挑着满满的一担松油回来了。这油，要卖给靖县松脂厂，这是队里的一笔小收入，而这一笔收入的活，只有由李灿旭来干，队长林定新才放心。

插完早稻之后，就要抽十几个人上山砍木了。砍木是一项重体力劳动，因此一个人一天可多得两分工。木要身强体壮、能随机应变的人来砍，一般人没有砍木资格。李灿旭是砍木小组成员之一。

这是蘑菇山上的几座杉树山，跟对面的松树林一样，这杉树山原来也是山门寨几个彭姓人家的，后来他们迁到大桥三队来了，人民公社成立后，这山也就归大桥三队管了。这些年来，上面对砍木控制得很严，一年砍多少树，得由生产队打报告，经县木材公司批准后才能砍。否则，就按乱砍乱伐追责。县木材公司往往要对报告里的数字打一点折扣，他们打折扣的目的就是怕队上盲目乱砍。其实，队上有自己的育林规划。这一年还好，报告上的数字破天荒地没有被打折扣，也就是说只要这年粮食不减产，年底分红肯定比往年多。

砍树是两人一组，由于李灿旭同组的人没来，他就只好一个人砍了。不过他一个人并不比两人砍得少，他的动作非常灵活，砍得准，速度又快，一蔸树在他手里，不到一个小时，就乖乖地倒了，而且落地的地方非常好。他砍树的窍门是：根据其地势，选定好落树的方向。有时风向反了，他能在关键部位连砍数斧头，使树乖乖地听从他的指挥。而大家最担心的就是怕树落在另一蔸的树杈上，悬着空，或是反向，落在很深的山沟里。砍木还有一个习俗，就是树上用藤捆着一个圈的不能砍，因为这树有人要用来做棺木。

树倒了之后，就得马上剥皮。李灿旭剥树皮的技术也相当好，他先用斧头将树皮分成若干截，每一截四周划上一道口子，然后用一根削尖了的木棒，依着树皮的走向慢慢剥下。前三截杉树皮可以用来盖屋，因此他剥得很仔细。前面几截剥完后，他就用剥杉树皮的专用刀，在树的周围一刀一刀地刮着，一直刮到尾巴上。尾巴上要留几枝杈，让木头悬空，这样木就容易晒干。

当李灿旭吃着母亲用碎米糠做的桐叶粑时，大家不知道他吃的是什么？于是，他就分了一点给大家吃。尽管带着糠渣，但大家都说好吃。

中稻打完后，所砍下的杉树完全干了，这时得移山。移山就是把砍下的树搬到指定的山路边。移山之前，得把树枝杈和尾巴砍掉，把还没刮干净的树皮刮干净。移山是最累的活，比扛木还累。有的木落地不好，要反向扛上山；有的木落在山沟里，得用绳子绑着，十几个人用撬棒抬；有的木悬在另一蔸的树杈上，得爬上去将枝杈砍断，或是在地上把那一蔸树砍断，砍这种树很危险，要特别注意。

所有的树都堆在大路边了，等农闲时再来扛。每一堆下面，横着两根较小的木头，说是防潮。

晚稻收回来后，就要扛木了。扛木的规则是抽签。由于是在山上，就不必要在小纸条上编一、二、三……十等号码。他们将相同的树叶各摘两片，或是将一片片树叶按不同的形状撕成两半，将它们分开，一半用一根小树枝依次穿好，藏在一边，另一半则拿出来让大家抽。一组一组，谁前谁后，就由那根小树枝叶上的顺序而定，这叫"树叶签"。抽在最前面的叫起驳，最后面的叫丢驳，中间的按其顺序肩膀和肩膀对接，也叫接驳。

路是一段一段分好了的，就由抽签的顺序来决定哪个扛哪段。

一般来说，都怕起驳和丢驳，因为起驳和丢驳用的力比中间的要大。

扛前面的人用力大，扛后面的用力稍小。

毛砣是第一次扛木，还没有扛木经验，因此大家都怕跟他是一组。哪知李灿旭跟他抽在一组，路段是中间，李灿旭扛后面。看毛砣人还年轻，力气不是很大，李灿旭主动跟毛砣换位，扛前面。

这是井水湾路段，最里面的弯度是九十度，所以木头扛到这里时，得停顿一下，扛后面的人必须用撑棍把肩膀退到木的最后面。否则，木尾就会碰到里面的坎上，就会连人带木摔进万丈深渊。这一段路又偏偏是李灿旭和毛砣扛。

每扛到这里时，李灿旭就停顿一下，问后面的毛砣："退好了没有？"

毛砣回答："退好了。"

两人就小心翼翼地过了这一关。

李灿旭和毛砣接这一驳的时候，看见木头头部捆了一根树藤，知道这是最后一扛了，叫压驳。所谓压驳，就是起驳的人搞恶作剧，故意把很大很重的木给最前面丢驳的人扛。第二组的木比丢驳的要轻一点，依次类推。当然，如果起驳的人跟中间的哪一组人有隔阂，有意过不去，他们也会把重木给这一组的人。扛木规矩：凡是轮到自己扛的压驳木，无论如何，要扛过去！要不然，就不算男子汉。如果那人还没找老婆，姑娘就看不起他。

李灿旭没得罪过谁，所以他和毛砣的压驳木不重。不过，就是这比较轻的木偏偏出了事。

当李灿旭过井水湾时，只听见"嘎吱"一声，他倒了下去。紧接着，后面的毛砣也倒了。

原来是毛砣退位没退好，后面留了一截，就是留着的那一截碰着九十度湾的坎上，使两个人连人带木倒了下去。

毛砣想这根木轻，就不必要退到最后面，这就是他人年轻，经验不足。当然，他也是出于一片好心，不给李灿旭增加重量。

还好，李灿旭只是把腰给扭伤，把左脚摔伤，毛砣也只伤了两根肋骨。如果不是木头头部被下面的一蔸很大的古枫树挡着，李灿旭和毛砣早就摔进万丈深渊。算菩萨保佑他们了。

井水湾是要命湾，多少年来，有很多扛木头的人把命送在这里。有句俗语："井水湾，鬼门关，不是要命，就是瘫。"

李灿旭受伤后，队长林定新让他休息了，休息期间，算他满工分，每天十分。这是李灿旭自十一岁下放到这里以来第一次安心地休息。以前他从没这样休息过。

一天，李灿旭拄着拐棍来到了水竹冲二里处的十字路口上，看着报路碑，他想起来这里第一天的情景。碑上说北走洪江，那时他就想洪江，想余家冲里的向培建、杨金玉、郑玉萍、翁志敏、袁国刚等发小儿们，也想同他坐的杨雪花。他来这里有七年了，七年来，他从一个不懂事的小毛孩，已长大成人了。

他父亲几年前的对联还是这样写的：

人事萧条，游子流离如野鹤；
天真烂漫，晚儿幼稚若春虫。

看着二哥招工出去后，李灿旭也开始为自己的前途着想了。

高枧河一带的人都认为：凡是从洪江来的下放户，有百分之九十五以上的人不是家庭出身不好，就是有历史问题。因此，这些人是弱势群体，往往抬不起头。不过，老队长孙阳平和现在的队长林定新以及队上的人对他父亲和他还是比较友好的，从没有人为难过他父亲和他。当然，大家也知道他父亲很会做人，从没得罪人。父亲从不计较个人得失，从不为几分钱争吵。做点工，都是尽自己最大的力。

　　还有，李灿旭叔叔是军人，他沾了叔叔的光，李灿旭二哥就是因为有这位叔叔，才招工出去的。当然，二哥招工，林定新是帮了大忙的。李灿旭现在是队里的基干民兵，依他的成分来说，只能当个普通民兵的。就是有叔叔这块军人牌子，他才当上了基干民兵。

　　李灿旭对队里的人也是很尊重的，对年老的，总是"爷爷、奶奶"称呼；对年纪大的，喊"叔叔、叔娘"；对平辈人，叫"哥哥、姐姐"。

　　他希望林定新队长有一天像推荐二哥一样，把自己推荐给来招工的人。

　　这一年，由于木头卖得多，加之年景好，分红时一个劳动日值三角五分钱。这是李灿旭一家下放到这里来最好的一年。于是，李灿旭拿出十多元钱在甘棠坳公社供销社一下子买了《金光大道》《艳阳天》《钻天峰》《青春》《剑》等长篇小说。一有空，他就看这些小说，真是：看书忙更甚，光阴不相争。

第四十二章
尹茹娴难产西去　巫河岸埋葬安息

　　二毛被带走后，学习了半年，回来了。孙玉秀调到黔阳县第一中学教书去了。徐静调到龙船塘中学当初一语文老师。

　　王兰招工回洪江了，她半年要来小熟坪看刘云一次。刘云因自己是受管制对象，怕连累王兰，想跟她分手。王兰说什么也不同意，她说今生今世只跟刘云好。她始终认为刘云的父亲是清白的。慢慢地刘云也就在她的安慰下想开了，过了这个村，必能过那个店，以后的日子还长着呢。

　　尹茹娴生了个女孩，叫萍萍，已有两岁了。萍萍是在背带上长大的。那时，为多挣一分工分，尹茹娴用背带背着她在田里、地里、山上干活。怕女儿被日晒雨淋，尹茹娴买了个特大的斗笠戴着。总是背着她挑着担子在田埂上、山路上走着。萍萍总是偏着头。在背带上，萍萍慢慢地会叫她"妈"了。

　　萍萍能走路以后，尹茹娴在哪里干活，她就跟在哪里。小萍萍总是笑盈盈地拿着一束野花在田塍上走来走去。彩蝶在野花丛中飞舞，小萍萍喜欢围着它跑，有时偶尔捉到一只，弄得满手是蝶粉。这时，在田里干活的尹茹娴不得不将她带到小溪边洗洗手。田野里的油菜花开得金黄金黄，蜜蜂嗡嗡叫着，飞来飞去。萍萍笑嘻嘻地追着它们，有时跃跃欲试想捉一只玩，可一想到妈妈说过蜜蜂尾部的螫针要扎人的话，伸出去的手又缩回了。小萍萍百伶百俐，真是一个天真可爱的女孩。

　　萍萍三岁那年，尹茹娴怀第二胎了，为多挣一工分，怀孕七个多月了，她还在地里干活。尽管李立勋不要她干，可她仍旧要干，想多挣一份钱呀！

　　有一天早晨，尹茹娴肚子突然剧痛起来，离预产期还有一个月，可能是早产了。刘云、二毛用竹靠椅抬着尹茹娴沿着简易的公路往龙船塘走，李立勋拿着简单的行李，带着萍萍跟在后面。在龙船塘，李立勋扶着尹茹娴上了开往洪江的客运班车。没座位了，一位好心人给尹茹娴让了座。

　　萍萍哭着闹着，要跟爸妈去洪江，哭了一阵之后，好不容易被刘云哄下来："我带你去捉蝴蝶。"看着萍萍被哄走，尹茹娴流下了心酸的眼泪。如果不是去医院，怎么舍得把她一个人丢下来？好在刘云和二毛都是洪江老乡，她也就放心了。

司机得知李立勋和尹茹娴是洪江知青后，作为洪江人，很同情他们，等旅客下车后，他把车直接开到了洪江人民医院。

医院领导看他们是"文革"前的老知青，在没带多少钱的情况下，本着救死扶伤的人道主义精神，让尹茹娴住了院。经检查，说尹茹娴是劳累过度和营养严重不足所引起的胎儿异动，已下了病危通知单。

尹茹娴的父亲早年去世，母亲带着两个弟弟下放到靖县坳上农村去了。李立勋分别给岳母和父亲拍了加急电报。

第二天岳母带着内弟来了，泪眼汪汪地看着这惨景，万箭穿心！

第三天湖北的大妹李菲和邵东的小妹李敏也来了。李立勋在洪江只有堂兄李元勋和明石匠是亲人，两个妹妹就住在明石匠家里了。

医生很严肃地问李立勋："要大人？还是要小孩？"

李立勋跪着，给医生磕头："大人、小孩我都要！"

"我们尽力吧。"这是医生的话。

尹茹娴三天三夜，费九牛二虎之力，终于把孩子生了下来。是男孩，动了一下就没动了，也没有哭，再仔细一看，才知道夭折了。

李立勋摸着尹茹娴的手说："小孩已经生下来，你应该没事了，等你的病好了后，我就带你到湖北的姑姑和妹妹家里玩。"

尹茹娴大脑很清醒，笑了笑，对李立勋微微点头。

李立勋已有三天三夜没睡了，此时，岳母让他睡一会儿，由她来护理女儿。

李立勋倒在床上就睡着了，可是没到半小时，他就被岳母的悲惨声叫醒："立勋，茹娴不行了！"

岳母泪如雨下。

李立勋一骨碌爬起来，急忙走到尹茹娴床前，不管三七二十一，对着她的嘴做人工呼吸，一连做了好几个。尹茹娴嘴张着，始终没有任何反应。

医生来了，用听诊器听了一下她胸部后，叹了一口气，摇摇头，用被单将她的头盖上。

此刻，李立勋双腿跪在岳母身前，哇地哭了起来："妈，我对不起茹娴！

对不起您!"

岳母哭着说:"起来吧,孩子,你对她很好,她每次来信都是这么说的。是她没有这个福分。"

两人哭在一起了,真是叫天天不应,呼地地不灵,泣血捶膺,痛彻心腑,痛入骨髓。时间已是凌晨两点多,病房里的灯关了,两人静静地默默地陪着尹茹娴。

岳母吃力地爬到床头小柜边,把几个准备给女儿吃的熟鸡蛋放在李立勋旁边,嘶哑地说:"吃吧,孩子,你的身体不能垮,外孙女萍萍还靠你呢!"

"妈,您吃吧,我不饿。"

岳母把蛋壳剥了,对李立勋说:"听话,吃下。"

鸡蛋和泪水,李立勋一起咽下。

李立勋哭着给堂兄李元勋打电话,告诉他尹茹娴死了。

李元勋安慰他:"立勋弟,不要急,不要哭,我马上来。"

医药费账单出来了,一共要补交三千七百多元钱,李立勋颤抖的手在欠款单上签了自己的名字。他人财两空,这笔医药费,对一个劳动日只有三角多一点的他来说,简直是个天文数字,也不知何年何月才还得清。

李元勋把堂弟媳的悲剧跟洪江机制砖厂负责人李乾坤说了后,李乾坤当即决定派六个人帮忙,死者为大。同时,他还找到当地的生产队长,把死者的悲剧说了一遍,要队里批一块墓地。

在当地,坟山分两座,一座葬六十岁以上死者,一座葬六十岁以下死者。考虑到尹茹娴是难产死的,人又年轻,生产队长就同意将她埋到机制砖厂对面巫水河岸的荒山上,不收一分钱。那是荒凉之地,平时没人去,埋在那里,队上的人不会有意见。

帮忙的六人,一人负责借船,两人负责挖墓穴,另外三人由李元勋带着去洪江街上。

李元勋和厂里的三人推着厂里一辆运砖的板车向洪江街上走去。

在洪江一木厂,李元勋用一百元钱买下一副棺木,算是他这个堂兄对堂弟媳的一片心意。

在洪江人民医院的停尸房里,李元勋和厂里三个人将堂弟媳和她的孩子装进了棺木里。

棺木里，按洪江习俗垫了些灯芯草，一叠纸钱算是枕头，寿被、寿衣、寿裤、寿袜、寿鞋都是她母亲买的，这是做母亲的为女儿做的最后一件事，希望她能体面地到另一个世界去。寿衣很大，儿子躺在她的怀里。母亲成了入殓人，真是倒了头！

公路上，李元勋和厂里的三个人轮流拖着板车。天冷了下来，下起了小雪珠。板车拖到鱼梁湾时，几只岩鹰霎时间从山上飞了出来，它们不怕冷，瞪着眼睛，张开翅膀，在板车上面盘旋，嘎嘎嘎地叫着，这情景伤心惨目。

凛冽的北风呼啸着，败鳞残甲满天飞，推板车人的脸被风雪刮得绯红绯红。

一路上，除了咯吱的板车轮声和几只岩鹰的叫声外，没有别的声音。

李菲、李敏两姊妹默默地走着。

内弟一路丢着纸钱，纸钱在风雪中飘一阵之后，落在冰凉冰凉的地上，没多久，被落下来的雪花掩盖了……

板车来到机制砖厂门口时，李乾坤带着三十多人早已在此等候。

棺木移下了板车，系上绳子后，被几个人飞快地抬上了船。

船，冒着雪花在巫水河中行驶着。

上岸后，由八个身强力壮的人抬着棺木，其他人拖着一根长长的绳子，在一声"噢嚯"声中，开始上山了。

雪，越下越大。棺木在大雪中下了墓坑。依旧是那嘎嘎嘎的岩鹰叫声，取代了鞭炮声、锣鼓声和哀乐声。雪地上，新堆起了一座坟堆，慢慢地，坟堆上也有雪了……

在此，顺便说一句洪江机制砖厂的工人们，他们是最可敬的人。他们都是下了夜班后来帮忙的。李元勋也没有什么好东西招待他们，每个人就吃了两个馒头。

第二天，李立勋和岳母在内弟的陪同下，来到尹茹娴母子坟上，坟上有厚厚的一层雪了，看着这坟堆，三人的脚抬不起来了，都情不自禁地哭起来。

几天来，李立勋已瘦得皮包骨头，整个身子像个骷髅，眼睛凹了进去，背弓了，身子显得矮了一截，走起路来摇摇晃晃，人仿佛老了十多岁。当他回到龙船塘的时候，女儿萍萍都认不出是他，以为他是要饭的，吓得直往房里躲。

"萍萍，我是你爸呀！"李立勋嗓子嘶哑，萍萍听不清他在说什么，只好缩在角落里，颤抖着，用怀疑的眼光看着他，不敢出来。

李立勋的眼睛红红肿肿的，怕把女儿吓着，他只好呆呆地坐在门槛上。

刘云和二毛收工回来了，萍萍才走出来，紧紧地偎傍着二毛。

"立勋，茹娴呢？你小孩呢？"刘云问。

"死了，两个都死了。孩子还算来到了人世间，动了一下就夭折了。三个多小时后，我爱人也死了。我现在欠了医院三千七百多元钱！人财两空！"李立勋嗓子嘶哑，刘云听不清他在说什么？

李立勋只好用钢笔在纸上写着："死了，两个都死了。现在欠下三千七百多元钱，人财两空！"

"萍萍命苦呀，这么小就没有妈妈了。"二毛流出了眼泪。

"毛叔叔，你怎么哭？"萍萍好奇地问。她一个三岁女孩怎么会知道死的意思呢？

"问你爸吧！"二毛指了指李立勋，哭得更伤心了。

这时萍萍才用疑惑的眼光看着李立勋，走到刘云身边去了，害怕地说："不，他不是我爸，我爸的背是直的，我爸比他高，我爸比他胖。"

"他是你爸，萍萍。"刘云说着，泪水也哗哗地流出来。

李立勋把萍萍抱了起来："我苦命的女儿呀！"

"你真是我爸？"萍萍问李立勋了。

李立勋点了点头。

"我妈和弟弟呢？"萍萍问。

李立勋眼睛里流出来的是血！

"我要妈！我要弟弟！"萍萍这时哭了起来。这哭声，刺心一般痛，方锥一般落进李立勋的胸膛。

四个人哭在一起了。

见女儿哭着要妈妈要弟弟，李立勋的心更酸更痛了，悲不自怜。

过了一会儿，刘云安慰着李立勋："人死了不能复活，你要注意身体，这几天你的体重已减轻了一半，背也驼了，怪不得萍萍认不出你了，你可要好好活着，萍萍还靠你呢。欠钱的事，以后再说。"

二毛接着说："我看这样吧，是不是把萍萍送到邵东老家去，由她爷爷奶奶带着？让她感受到大家庭的温暖。"

无奈之下，李立勋也只好这样了。

第四十三章
佘氏告状送老命　躬厚逆境迎曙光

尽管李躬厚白天干农活很辛苦，晚上时不时地被批斗，但自孙女萍萍来了后，他精神抖擞，走起路来，脚步也强健多了。每天晚上收工后，用家乡调哼着唐诗，牵着萍萍围绕着诒经堂村子走一圈。哼着哼着，竟把被李三癞子开批斗会受折磨的事抛到九霄云外去了，一副昂昂自若的样子。

佘氏也简直高兴得不得了，她用最快的速度给李家第四代长曾孙女做了一双布鞋。接着，又给她缝了几件衣服和几条裤子。

不过，最近有件事让李躬厚心里郁闷了，就是开批斗会最积极的曾赖皮看上了他的二女儿李燕，想娶她为妻。李燕身材很高，长得分外苗条，两支乌黑的辫子平腰，走路时那两根辫子直往两边甩；两钩弯弯的眉毛也是乌黑的；眼光尖利，又透出温柔；两片嘴唇就像樱桃那样又嫩又红；皮肤晶莹细嫩而又健康；气质高雅、自然，而又宽厚。就她整个人来说简直是太可爱了。

曾赖皮是好逸恶劳、不稼不穑之人，整天只知道开批斗会整人。人们说他是成事不足，败事有余。每到插秧打谷农忙时，他不是借着有"公事"外出，就是装病。由于有李三癞子给他撑腰，队上的社员们都奈何不了他。他仗着李三癞子是大队"二把手"，认为把李燕娶到手是轻而易举的事，于是对李燕说："你嫁给我，我也要他们少开你父亲的批斗会。"

李躬厚知道这事后，气得直吐血。他想，就是自己被批斗死，也绝对不会把女儿嫁给他！把女儿往火坑里推！

曾玉英是个妇道人家，对这事她额头皱着，眉毛蹙着，整天焦急不安。

近段时间来，李燕在哪里干活，曾赖皮就死皮赖脸地跟到哪里，而李燕总是在故意躲着他，就像躲避瘟神一样，特别是在山上干活或是晚上队里开会的时候，她躲他躲得更厉害了，总是往人多的地方走。

事情就这样僵持着。

躲了初一，躲不过十五，总这样躲着也不是个办法。在实在没有办法的情况下，李躬厚只好给湖北潜江的二妹李芸桂写信，问是否能让李燕到她那里去落脚。二妹李芸桂和二妹夫满口答应。

就这样，李燕去湖北潜江农村投亲了。走的那天，李躬厚挑着简单的行李，将她送到邵东县城，那依依不舍的情景实在令人心酸流泪！如果不是曾赖皮苦苦相逼，他怎么会让女儿到千里之外的湖北投亲？

李躬厚在一次批斗中昏迷了，失去知觉。

萍萍泪水汪汪地看着躺在床上的爷爷，她看见爷爷是被李和华背回来的，以为他是走路不小心，摔倒了，就对爷爷说："爷爷，你以后走路要小心些。"

她怎么知道爷爷是不让二姑嫁给曾赖皮，才受这样的苦呢？

见萍萍这么说，曾玉英哇地哭起来……

"奶奶不要哭，我给你的腿擦红药水。"萍萍懂事了。

曾玉英的泪水流在萍萍的脸上，又从萍萍的脸上落入地上，湿了一片地。萍萍脸上的两个小酒窝没见了，她哭出来的声音心如刀绞！

佘氏见曾孙女和长媳妇哭在一起，虽说她耳朵听不见，但她知道儿子和儿媳又造孽了。当她从孙女李敏嘴里得知事情的经过后，怒气像山洪似的爆发出来，拄着竹拐棍出了门，不要命地往公社走，那"三寸金莲"一扭一扭。可是没走上两里路，她就感觉头脑昏沉，眼花缭乱，一阵昏眩后摔倒在地上。没多久，她带着对李三癫子、曾赖皮等人的憎恨，离开了人世间，眼睛都没闭上！

昏迷中的李躬厚，在曾玉英号啕的哭声中醒了。当他睁开眼睛时，母亲佘氏已被几个人抬了回来。见着母亲的遗体，他哀痛欲绝："娘，娘，您不该去告状呀！告状没用！您告不赢的！"对李躬厚来说，这是禁言，是要命的。但母亲惨死在告状路上，他怒不可遏，也不把父亲"不要慌乱，要持之以恒"的遗嘱当回事了。

佘氏躺在土改时留给她的那副棺木里。睡着这棺木，算是如了她叶落归根的心愿，只是没想到自己会死在告状路上。

李躬厚给两个弟弟和在湖北工作的李芸荷、李芸桂、李芸菊、李芸兰四个妹妹分别拍了加急电报。

大弟李躬康可怜巴巴地从靖县乡下赶来了。小弟李躬福因工作忙又来不了，寄来了三百元钱。在当时，三百元钱是个大数字，算是他尽孝了。

　　湖北的四个妹妹含着眼泪回来了。李躬康和四个妹妹心事重重，都没想到这个时候会在这里见面。

　　离诒经堂有五里路的地方，有一座山叫人形山，此山不高不大，但山上松树茂盛，杂木树枝丫弯曲，是当地难得一景点。这是李家祖坟山。据李氏家谱记载，此山是由鸡冠石而得来，逶迤起伏十多千米。山有些地方凸出，好像就要崩下去；有些地方又凹进去，如同很深的岩洞。由于山体主脉像"人体"，故曰人形山。李氏三世祖、七世祖都葬于此山，给山增添了不少光彩。因此，很多李氏家人都想死后埋到这里来，李躬厚想把母亲葬在这里。

　　封棺的时候，李躬康和四个妹妹看着母亲的眼睛还睁着，泣血捶膺，手扶着棺木，就是不愿离开，最后还是大哥李躬厚把他们劝开了。

　　佘氏上山时，全诒经堂的李家后人，除李三癫子外，都戴上了白耗布。

　　棺木落地后，有人说："人形山是块风水宝地，佘氏埋到好地方了。"

　　李躬康写下《葬母》：

　　欢承菽水恸无缘，慈寿几何难再延。
　　七秩七龄亏七日，三春三月恨终天。
　　孟欧风轨垂千古，祖辈灵魂见九泉。
　　归葬时临将上巳，人形山上卜牛眠。

　　自李燕走后，家里的很多事就落在三女儿李敏身上了。李敏也是够辛苦的，十二岁就跟着姐姐去十多里外的崇山铺挑煤炭，她是挑着煤炭、打着猪草、做着家务活长大的。她心疼父母亲，有很多是大人做的事，她做了；她心疼父亲，父亲每次被批斗后，她总是用酒精揉着父亲受伤的部位，特别是脖子上，被她揉得火辣辣的。

　　她长得跟二姐李燕一样美，身材长瘦，面貌清癯，性情温厚，五官就像天上的仙女。

　　李躬厚自十三岁出来后，一直没干过农活，所以犁田、耙田他都不会，而男劳力评比工分时都是以犁田、耙田为依据，因此他的工分底分一直是八分，比妇女多一分，比会犁田、耙田的男人少二分。一年有一多半时间，他干的活跟别人一样，比如说薅禾，别人是薅三行禾，他也薅三行禾。再说打禾，别人打一把，他也打一把，回去时，他挑的谷子跟别人也是一样重。面对这同工不同酬的事，他没话可说。就是说了，也没用。

日子就这样一天一天地过去。

1973 年 3 月，国务院对在"文革"中遭受打击和迫害的老干部作了一系列处理。刘荣昌也平反了，他儿子刘平回城了。李躬厚也被调回洪江瓷厂。

当李躬厚收到洪江瓷厂的来信时，他被这突然来临的事震动了，全身就像受到电击一样，精神处在半痴半呆的状态之中，一种纯然的快乐情绪就像酒精在血管里一样，开始把半痴半呆转化成兴奋的晕眩。他心里很激动，充满着感激党和政府之情。

在认识上，他并不完全理解当前国家的形势。但有一点，他从中央人民广播电台里，经常听到国务院会议的消息，他知道有些政策中央做了调整。

晚上，李躬厚来到屋后父亲坟前，告诉他一家人要回洪江了。五年来，每遇上重大事，他总要来父亲的坟前坐一坐，磕三个头，告诉他：自己始终记着"不要慌乱，要持之以恒"。他坚信自己忠实于党忠实于社会主义！

第四十四章
自古忠孝难成全　躬福哀思遥寄托

　　百善孝为先，当李躬福收到大哥李躬厚从老家拍来的母亲去世的电报后，又一次考验他的时候到了，此时，他想起老领导王一先临走时对他说过的话，要他好好协助何其敏处长的工作。现在，他们攻关小组正在对飞机的硬油箱、软油箱和副油箱三个油箱的耗油量进行测试，他是组长，在这关键时候，如果他回老家湖南吊唁，就会直接影响工作进度。现在上面对备战工作抓得很紧，广播里天天唱："东风吹，战鼓擂，世界上谁怕谁？不是人民怕美帝，而是美帝怕人民……"等歌曲。油箱跟发动机一样重要，是飞机的命脉，直接关系到飞机的安全。何其敏也劝他回湖南老家看母亲最后一眼，但被他婉言推辞。

　　何其敏是湖北人，四十岁左右，纯朴温厚，身材魁伟，很合身的军服上装那紧紧的领子勒着他那黄盈盈的脖子。他那中年的、气色很好的脸，留着短短的火红色的唇髭，长着闪亮闪亮的眼睛和笔直的鼻子，迷人的微笑一直挂在他嘴上。

　　十五年前，他刚调到这里时，对业务不是很熟悉，但他很谦虚，不懂的地方主动向李躬福请教。他知道李躬福是从武汉大学出来的，特别尊重他。他也知道李躬福是因哥哥右派的缘故，未能晋职，要不然他就不会调到这里来的。前任处长王一先临走时一再交代他："李躬福是人才，人老实本分，以后不管遇到什么重大事，都要把他留住，千万不能让他转业。在生活上，要多多帮助他，关心他。他那个人啦，加起班来连饭都不顾吃。快三十的人了，个人问题都还没解决。我曾给他介绍过几个对象，都是他因工作而错过了约会的机会。最近有人给他介绍了一个安徽马鞍山的姑娘，叫喻萍，我看那姑娘不错，你一定要把这事撮合成。"

　　那时，经何其敏推荐，李躬福 1959 年光荣地出席了南京军区先代会，受到了叶剑英元帅的亲切接见，并合影留念。这是他自 1955 年在北京出席了首届空军英模会后，第一次出席部队重要会议。那时，他完全走出了低谷。

后来，在何其敏的撮合下，李躬福和马鞍山姑娘喻萍终于走到一起了。青春的年龄把喻萍蕴藏的美表现出来；像花一般，当花苞儿半放花瓣微展现时，自有一种可爱的姿态和色泽，叫人家看着神往。她的美可以说在乎匀称；面部的五官，躯干和手臂，好像天生就是一副；分开来看也没有什么，合拢来看就觉得彼此相呼应，相帮衬；要是其中任何一件另换个样式，就要差得多了。她常常笑，但不过分地狂笑，直到两排细白的牙齿各露一线为度。她常常凝思，睫毛下垂几乎遮掩眼球，端正的鼻子仿佛含着神秘；想到明澈时，眼皮开幕一般倏地抬起，晶光的黑眼瞳照例这么一耀。

婚后，喻萍先后生下两个儿子，分别取名为李云泽和李云东。这样取名已打破"李氏家谱"辈分的排列。

两个儿子在一天天长大，家里的日常开支也就高了，尽管如此，喻萍每月还是要给从未见过面的公婆佘氏寄上十元生活费，以尽孝心。她知道李家老大被划为右派后，从副科级干部变为普通工人，工资比原来的少了一半。二哥李躬康只是一个手艺人，自己管自己都还成问题。几个妹妹的家庭情况也不是很好。她是一个非常通情达理的儿媳。

李躬福对喻萍所处理的一切事都很满意，他心里很高兴，从心底里感谢她。他逢人就说他找了个好爱人，说找了她是自己前辈子修来的福分。大哥长他十岁，如果不是他和父亲李锦在外面做生意，他也就读不了书，上不了大学。

"文革"开始后，何其敏安排李躬福到地方上去了。

三年后，李躬福回到部队。这三年间，有很多人转业了，由于他是武汉大学的学生，何其敏听着老处长王一先的话，没让他转业。李躬福从内心里感激何其敏。李躬福知道在部队工作比在地方上工作更得心应手。

经过李躬福和大家的努力，硬油箱、软油箱和副油箱耗油量的参考数据终于测试出来了，这些成绩得到了南京军区空军后勤部的通报表扬，李躬福因此荣立了一等功。遗憾的是，这立功证书他母亲没有见到。

李躬福专心致志地投入到工作上，对飞机燃油系统进行了系统地研究，每天都是深夜才睡。

他对燃油供给系统重力供油、气压供油、油泵供油三种方式进行反复实验；对燃油系统的可靠性、良好的高空性、供油的连续性、燃油的纯净性等基本要求也基本上掌握了；燃油特性对系统的影响即：黏度、相对密度、腐蚀性（化学腐蚀、电化学腐蚀）、易燃性等特性对系统的影响，也学得差不多了。

何其敏很感谢李躬福对他工作的支持。

对母亲的去世，李躬福把爱人喻萍和两个儿子叫出来，面向湖南、面向资江，静静地默哀！

第四十五章
重回瓷厂心淡定　　创建化纤脑清晰

　　李躬厚从邵东老家回来后，又住进了余家冲刘家大院里，住的还是原来的房间，是明石匠和另一户住户腾出来的。余氏虽然不在人世了，但她那间房还是腾了出来。他们都没忘记这房原来的主人。

　　由于李躬厚已满五十四岁，洪江瓷厂劳资科长刘云暂时安排他在一车间，具体做什么就由车间定。

　　一车间主任是莫红生，副主任是唐永来。莫红生想：李躬厚虽然是落实政策回厂的，但他的问题还没像刘荣昌那样得到平反，厂革委会副主任袁熊曾暗示他，要他时刻注意着李躬厚，如发现不当言行，及时向他报告。根据这情况，莫红生打算安排李躬厚到窑上端装碗的钵子。钵子是用瓷泥经过高温特制的，有脸盆大，分内钵外钵，加上里面的碗，一个有三四十斤。这是高温操作，三班倒。

　　唐永来不同意这样安排，他说李躬厚年纪大了，不适合在窑上端钵子，上三班倒。唐永来想让李躬厚跟女工们一起刮碗底。刮碗底就是碗底对碗底磨一磨，把毛刺刮掉，十个一叠码好。

　　莫红生坚决不同意李躬厚刮碗底，非要他到窑上端钵子不可，还说不安排他踩瓷泥就算便宜他了。于是莫红生、唐永来两人争吵起来，话带着刺儿，不堪入耳，火气也越来越大。

　　这些年来，他们两人的关系一直不大好。莫红生狗仗人势，认为有袁熊为他撑腰，说话时口气总是很大。唐永来则认为自己是一步一个脚印走过来的，也不把莫红生放在眼里。

　　最后还是厂劳资科长刘云直接把李躬厚的工种定为刮碗底。对此，袁熊、莫红生都有看法，但刘云在洪江镇机关部门里有人，他们奈何不了他。本来，刘云父亲的朋友要他进镇机关部门里工作的，想着父亲当年将百分之八十的资金投入洪江瓷厂，他干脆进洪江瓷厂了。他当劳资科长，也是他父亲的朋友帮的忙。

李躬厚每天刮着碗底，尽管莫红生的脸色难看，但唐永来对他很好，总是和和气气的，从没为难过他，日子也就一天一天地过去。

吃中饭的时候，刘云总是在食堂里等着李躬厚，两人打了饭后坐在一起，像父子一样的谈论起来。刘云总是在第一时间把中央的有关文件精神和政策告诉李躬厚。1951年李躬厚入股洪江植物油制炼股份有限公司，洪江清理阶级路线办公室根据上面的政策，给李躬厚补发了几百元钱，他把这事提前告诉了李躬厚。当时股票上写的是"厚康记"，因此李躬康也补了一份。

刘云很关心李立勋，时常同李躬厚谈起李立勋。他说："李立勋真是命苦啊，和我们一起下放的八个知青，现在只有他和二毛还在那里。二毛是当时冲动，参加了64届、65届、66届知青闹回城的事，才没回城的。他们两个都惨啊！但更惨的还是李立勋，那一年他爱人死于难产，欠了三千七百元钱，人财两空。那些年，洪江人民医院的人去找他要钱，他一年分红才几十元钱，哪里还得起？因此他只好躲起来。看他躲着的样子，真是可怜呀！"

李躬厚对刘云的话特别感激，比起刘云来，他的大儿子确实命苦。刘云的爱人王兰现在在洪江商业局工作，吃穿不愁。他们的小孩进了洪江镇机关幼儿园里学习，很幸福。而自己孙女萍萍的户口至今还在龙船塘。

有时，李躬厚在瓷厂宣传窗里看看《人民日报》和《参考消息》。

洪江瓷厂各车间都贴着"抓大事，促大干"标语口号。李躬厚坐在工作台上，两只手各拿一个碗，碗底相互摩擦一下，然后十个一叠码好。他年纪大了，速度快不起来，怕拖组里的后腿，只好笨鸟先飞，提前进车间。

洪江瓷厂后门下面有一条一百多米长、三米宽的卷扬机板车道，从巫水河里运上来的煤，在这里卸在板车上，由人拖上去。拖板车的人将板车上的钩子搭在卷扬机的钢绳上，人和板车随着钢绳往上走。称煤的磅秤就在上面。原过磅的人退休了，经刘云跟厂有关领导请示后，让李躬厚在这里过磅秤了，这是刘云对他的特殊照顾。

李躬厚戴着一副老视镜，一笔一笔记录着每一车的数字，用算盘加起来，统计好。别看这工作不起眼，但双溪煤矿、洪江航运公司、洪江搬运社三家单位都凭着数据单来结账。李躬厚从小就经商，知道里面的利害关系，不能有半点差错。

现在，李躬厚的精神状态比以前好多了，除袁熊和莫红生外，厂里其他人对他都很尊重，每次碰着都是"李师傅，李师傅"的称呼他。特别是唐永来，老远看见就主动跟他打招呼，没有一点儿官架子。

没事时，李躬厚总是戴着一副老视镜在过磅房看着《人民日报》《红旗》和《参考消息》，这些资料都是刘云给他找来的。看着这些报纸杂志，李躬厚能了解到当前的国内形势。

李躬厚回来之后，洪江镇财政部门根据上面的文件精神，补发了他家每人一百一十元下放安置费。他湖北两个女儿的情况也比以前好多了。大女儿李菲嫁到了谭家，恢复了知青身份，已享受知青待遇，会被转为公办老师的。李燕也转为知青了，这样对她的发展前途要好些。三女儿李敏进了洪江糕点厂工作。小儿子李汉勋回到了自己身边，正在连丰学校读书。除了大儿子李立勋外，其他人过得还算可以。

他现在比较淡定，也更加体验到父亲"不要慌乱，要持之以恒"的含义了。

1973年6月，根据上级指示精神，军队领导干部在地方上改任副职。就这样，崔毅从会同县调到洪江镇，不久，担任了洪江镇委书记。

崔毅是北方人，是1949年随军南下干部，虽然他身材高大，但举动柔和、轻灵。一丛浓密的、粗壮的、漆黑的头发低盖着脑袋。额上长着很深的皱纹。浓浓的眉毛向两旁竖起。眼睛时刻观望着周围的动向，像是在思索着什么，很严肃。他鼻子长长的，尖端阔而多肉，鼻孔厚而狭窄。胡子剃刮得很干净，面颊宽广。他十六岁就给地主当长工，没上过学，是参加革命工作后才开始学习识字的。虽然文化不高，但他思维敏捷，爱动脑筋，是一个敢想敢干的实干家。为了建设一个实实在在的新洪江，崔毅将女儿取名崔新红（红与洪同音）。

在二十世纪六十年代和七十年代初，洪江将重工业作为发展工业的重点，想用"大会战"的方式，一口吃成胖子。1970年，全城动员大量的人力、财力搞"钢铁会战"。可是洪江的铁矿石品位低，含硫量高，又埋藏很深，开采费工费力，价值不大，本地又不产焦炭，炼出来的生铁成本高、质量差，做成铁锅一烧就炸裂。就这样，钢铁会战前后花了两年时间，损失了两百多万元，最后只能下马。紧接着又搞"汽车会战"。为了实现"洪江也要造汽车"，全城机械行业都动员起来，费了九牛二虎之力，花了一年时间，才东拼西凑装配了两台汽车。但两台车都事与愿违，第一台汽车开了不到两百米，一个前轮飞了出来，汽车一头栽下，再也起不来了；第二台汽车发动后，方向盘突然失灵，弄得司机心慌意乱，手足无措，加上刹车不灵，结果当场撞死一个人。"汽车会战"也失败了。

于是，崔毅书记就决定往轻纺工业发展。

坐落在田湾的洪江弹花社，是 1956 年由三十六人建立起来的，当时也只是弹弹棉絮而已。到 1974 年已发展到了七十五人，并从安纺购得老式清花机一台，梳棉机两台，纱锭五十二枚，车田英制布机两台，生产少量回纺纱、再生布和棉絮。1974 年弹花社被改名为洪江化纤厂，增加了一千二百枚纱锭，和五十台三十八时英制布机，工人数量增加到一百八十人，并派人员外出学习和反复摸索试制出粘胶化纤布——绵绸。1976 年生产绵绸六十万米，年产值达到了一百万元。

从洪江化纤厂的迅速崛起，崔毅书记看到了化纤厂的发展前景，便提出在洪江新建一个有一定规模的纺织企业。再说当时洪江有很多下放知青要求回城，如果把化纤厂扩建起来，不仅发展了地方经济，而且能促进就业，可谓一举两得。

厂址先是选在洪江东郊沅水岸边的岩门，但考虑到那里离市区较远，地势又低，怕涨洪水。最后决定将厂房设在离市区两千米的巫水老团山。经纺织工业部王副部长一行人来洪江实地考察后，他们被崔毅书记"一班人"的决心和实际行动所感动，便同意建一个小型纺纱、织布配套的纺织企业。就这样，洪江化纤厂开始扩建了。

老团山三面环水，一面依山，上面是洪江有名的尖坡。

一到晚上，这里就热闹起来，整个山上人山人海，歌声飘扬，灯火辉煌。崔毅书记脚穿一双用废旧轮胎做的草鞋，头戴一条洗脸帕，手拿锄头，带领着上万名洪江市民搞义务劳动。他们有的用锄头、羊角锄挖土，有的手扶钢钎，有的打着锤子，更多的是用畚箕挑土。崔书记个子高大，鹤立鸡群，大家很远就看见了他。

电线杆上的喇叭里，不停地播放着革命歌曲，同时播放着一些先进人物事迹。整个工地上，插满了各单位的旗帜。尽管上面还在喊"以阶级斗争为纲"，但崔毅书记一班人马，已把工作重点转到经济建设上了，都希望洪江化纤厂能早日建成。

在洪江瓷厂的义务工队伍里，李躬厚和刘云在一起挑土。他们在这里看到了李平，现在他的处境比李躬厚好，在镇机关部门工作，有着一定的职务。他和崔毅在一起挖土。李躬厚想回避他们，可已来不及了，李平已经把手伸出来。李躬厚露出一副窘相，跟他握手后，苦哭一下。李平拍了拍他的肩膀，把右手握成拳头，稍微往上抬几下，意思是要他坚强起来，日子会好的。李平知道刘云是刘荣昌的儿子。其实刘荣昌平反的事，他帮了大忙。至于李躬厚的事，实在是难度太大了。李躬厚只是对李平尴尬地笑一下，挑着土就走了。自己的身份还是职工，怎么好跟人家说话呢？当李躬厚挑第二担土时，倒是崔毅对他和刘云温和地点点头。虽说崔毅是1973年调到洪江来的，但他知道李躬厚和刘荣昌是过去的老商人。知道李躬厚那时是红人，到北京开过会。

李躬厚认为崔毅书记作风朴实刚毅，为官清廉。给洪江老百姓留下了深刻的印象，深受老百姓爱戴。没有他，洪江化纤厂不可能这么快就建起来。

第四十六章
二毛翁野当女婿　立勋靖县学手艺

金秋十月，雪峰山上一大片一大片的楠竹林，大风一吹，竹浪一浪翻过一浪，好一幅绿茸茸的大自然景色。楠竹成林快，开春时，笋子冒尖后，它就一天一天长高，笋壳一匹一匹脱落下来，脱落完之后，便开始长枝杈，两个月后就成林了。两年后，这竹子就可以砍掉卖钱了。楠竹是生产队的主要经济来源之一，因此播完油菜后，小熟坪的男人们都上十里外的雪峰山砍竹了。

刘云回洪江后，小熟坪就只有李立勋和二毛两个知青了，命运使得他们重新开伙。吃过早饭后，李立勋、二毛带着中饭和队上的人上雪峰山岩鹰界砍竹了。

砍竹有一定的技巧，首先是确定好落地的方向，再将竹的四个面各砍一大刀，定位，这样竹子就不会破裂。然后，就围绕着竹子周围，一刀一刀地砍，刀法要均匀。

砍竹是定额工，砍一根大约得零点二五工分，发狠的话，一个人一天大约能砍四五十根，可得十来分工分，值三角多钱。

漫山遍野都是砍竹声和竹子倒下去的声音，竹子倒下后，得把枝杈削掉，把尾巴砍掉，再将其拖或扛到指定的地方，堆好。

正当大家砍得来劲的时候，远远地听见有两个说洪江话的人在喊："李立勋，李立勋。"

慢慢地，喊声越来越近。

大家都以为是招工的人来了，要把李立勋召回洪江去。大家都认为那两个洪江人不怕苦，走这么远的路，爬这么高的山，来招人。

当那两人快走到堆放竹子的地方时，才知道他们是洪江人民医院的医务人员，是来找李立勋要钱的。

这时，有人轻轻地对李立勋说："医院里来人啦，快躲起来。"

李立勋听到话后，不要命地往很深的竹林里跑。

两个医务人员几乎在同一时间看见了李立勋的身影。

一个人说:"李立勋,你不要跑!不要跑!"

另一个人说:"我们不是来找你要钱的,只要你在这纸上签上你的名字,那钱,你就不用还了。"

李立勋听不清他们说些什么,仍旧不要命地往前跑。

当二毛弄清情况后,才把李立勋叫了出来。

事情的经过是这样的:洪江人民医院根据"中央(1973)21号"文件精神,免去了已故知青尹茹娴所欠的三千七百多元医疗费用。

李立勋很激动地在"医务账"上签了字,他嘴角溢满笑纹,一副欣喜若狂的样子,他很久没这么笑了。他很感谢毛主席!感谢党中央!感谢医院领导!为这钱,洪江人民医院的人曾来过好几次。他一年分红仅得几十元,怎么还得起这么多钱?所以每次都躲着,不敢露面。有多少次,他在梦里梦见医务人员追着他要钱,他跑啊!跑啊!跑到悬崖边,无路走了,最后跳下去。醒来时,他心里还在害怕。现在好了,他不怕做医务人员来要钱的梦了。

竹子砍完后,就要扛竹了,开始是打驳,就是大家分路段进行驳接,这样能在走空路回转时可短暂地休息一下。但这会产生一些矛盾,比如爱偷懒的人回转时就要走得慢一些,这样就影响了整个团队的速度。面对这种情况,队长杨明清脾气来了,一声令下,干脆各扛各的,强盗不跟贼搭伙。扛一根计两点五分。

李立勋、二毛披着肩垫和队上的人天天在岩鹰界山路上扛竹。拐九十度弯时,得格外小心,稍有不慎,就会连人带竹摔到三十米深的山沟里。下陡坡时,千万不要踩着圆圆的石头,当地人称"纺纱石",否则,也会连人带竹溜下去。五里路远的岩鹰界,他们早上走一趟,上午走两趟,下午走一趟。两边肩膀被磨得紫红紫红的。

这竹,要扛到明年开春。

对李立勋来说,白天劳累他并不怕,怕的就是晚上做梦,好梦噩梦都做。他梦见开批斗会时,自己站在陪斗席上,妻子尹茹娴在旁边鼓励他,不要怕,天塌下来她帮他顶着;梦见尹茹娴在枕边把手搭在自己的脖子上,安慰着自己,一切都会过去,一切都会好起来的,并做出一副撒娇的样子,面对着温柔可爱的妻子,他把陪斗席上的情景也就抛到九霄云外了;梦见妻子在田里拿着毛巾给他擦汗水；梦见妻子偷偷地将荷包蛋放在他的饭碗底下，而她自己从不舍得吃；梦见妻子在灯底下给他缝补衣裳；梦见妻子拿着做好了的第二个小孩的衣服、裤子和鞋子给他看……每次醒来，泪流满面。

那时，他曾有过轻生的想法，但一想到女儿萍萍才三岁多，加之上面还有父母亲，还有祖母，身为长子，不应该这么想。

元旦节过后，洪江又有一家企业的人来龙船塘招工，队长杨明清对招工人员说了许多好话，要他们把李立勋和二毛都召回，说他们是1964年来的老知青，就是排队，也早该轮到他们了。招工人员也很同情他们，但政审这一关过不了，爱莫能助。

就这样，二毛彻底放弃了回城的想法，到自然条件最恶劣的翁野大队当上门女婿了。

二毛当上门女婿，还是他岳父兰常青的主意。

有一天下午，扛竹下岩鹰界的时候，二毛实在太累，落队了。他干脆在路边的一蔸核桃树下坐着，歇歇气再说。他坐着坐着，就睡在地上了。不久，一头野猪像寻找食物似的向他这边嗅过来。就在这紧要关头，是兰常青"嗷！嗷！嗷"大吼几声，把野猪给引开了。二毛在嗷嗷声中惊醒过来，睡眼惺忪，还不知道发生了什么事？只看见兰常青一边跑一边嗷嗷嗷叫时，才知道野猪发疯似的向他一路追去。

兰常青跑回家里，把铳拿出来，装上火药，连放三枪，结束了野猪的性命。

第二天，二毛买了点东西去翁野感谢兰常青。在兰家，他认识了兰常青的女儿兰小芳，兰小芳刚满十八岁，鸭蛋形面孔没有任何修饰，但显得淡红淡红，就像刚开的桃花，落落大方，始终保持着农村少女的自然风韵。她眼睛机灵，好像什么事情经过她的眼睛都可以看得透彻。她身子结实，浑身洋溢着青春的活力。她的性情像水一般的温柔。

二毛已是二十八岁的人了，从来没有用这样的眼光看过姑娘，异性的接触，使他的脸情不自禁地绯红起来，一副窘相。

倒是兰小芳大大方方地叫他一声："二毛哥。"声音甜甜的。

兰常青似乎看出了女儿的心事，他在琢磨着：二毛虽然年龄大了点，但人品还不错，这些年来，有些下放知青有偷鸡摸狗的事，可他从来没有过。如果把他招上门，自己也就好安度晚年了。

兰常青当鳏夫有好些年了，那些年有人要他再娶一个女人，但他只怕后妈对小芳不好，始终没娶。

他考虑到二毛是下放知青，也许迟早一天要回洪江的。如果他那时不参加64届、65届、66届知青闹回城的事，依他的工人成分，肯定早就回城了。嗨，只怪他当时血气方刚，不听人劝，结果被带走，学习了半年。一想到二毛从城里来的人，当上门女婿的事难成事实，他也就不这么想了。

可是，女儿兰小芳却左一个二毛哥，右一个二毛哥，叫得老兰心里痒痒的。他想去问问二毛，是否想在农村待一辈子？话到嘴边，难以开口，只好又咽了回去。

于是，老兰就跟李立勋说了这事。没想到，李立勋回答老兰二毛愿意上门。

二毛的父亲在二毛被带走的那年去世了。二毛在洪江没有一个亲人，这些年，其他大队的知青都回洪江过年了，他和李立勋在洪江没有家人，只好在这里过年。可现在李立勋的父母亲回洪江，只有他一个人在这里过年了。他想自己是被带走学习过的人，这辈子招工回城无望了。

二毛去兰家的头一天晚上，队长杨明清请他和李立勋吃了一餐饭，算是给二毛饯行。人家都往城里跑，二毛却往深山沟里走，真是心寒呀。算起来，二毛来这里已有十二年了，来的时候还是一个嘴上没长胡子的娃儿，现在要离开了，他心里酸酸的。杨明清喝得酒酣耳热，说出一些心里话："二毛呀，大叔这一辈子就做错了一件事，就是那年没有保你，如果那年要保你，完全保得了。那年批斗你之后，公社革委会的人问我，说你在队上表现得怎么样？我犹豫了一下，说'一般'。就是这个'一般'，害你被带走。大叔我对不起你呀！"

杨明清说着说着，就流出了眼泪。

"杨队长，这事不怪你，只怪我当时太幼稚，太冲动。当时知青组的人都劝我别去，特别是王兰，她用恳求的眼光看着我，那时我在追她，可她喜欢刘云，而刘云怕得罪我，回答她暂时不考虑这方面的事。如果我听了她的话，也许她会嫁给我的。"二毛说。

"二毛要当新郎官了，不要说这些不高兴的话。"队长的老婆说话了。

"是的，二毛要当新郎官了，我们应该高兴。"队长说。

队长的老婆送了一床新棉絮给二毛，而她家里的好几床棉絮都烂了。

话又说回来，自二毛当了上门女婿后，每一餐饭都吃得饱饱的，精神比以前好多了。还有就是开批斗会时，他不用陪斗了，因为兰常青把他视为儿子。再说兰常青手里的铳不认人。

二毛走后，李立勋很不习惯，无聊的时候，偶尔去雷再思家里走走。

雷再思几年前去世了，现在就他的儿子雷春旺一个人住在家里。雷春旺也很同情李立勋，这些年来，有很多知青都招工、招干、升学或当兵出去了，就是没他的份。最近，洪江又有几个厂的人来这里招工，可还是没有他的份。他很可怜李立勋。当他问李立勋以后有什么打算时，李立勋苦笑一下，听天由命吧。

这一晚，李立勋在雷春旺家里睡了。

他们同病相怜。由于雷再思是富农分子的缘故，雷春旺一直找不到老婆。六年前，他跟一个寡妇结了婚，可是不到一年，她就死了，留下一个养女。那些年来，他就和养女相依为命。前年，养女出嫁了。

比起雷春旺来，李立勋的命似乎要好些，至少父母亲还活着，父亲在瓷厂上着班，每月有三十多元工资，而且母亲身体也还可以，能给他带着女儿萍萍。如果不是母亲带着女儿，他一个人又当爹又当妈，忙得过来吗？当然，他也有苦衷，女儿都六岁了，可她的户口还在他这里。

雷春旺很欣慰地对李立勋说："虽然我没儿女，但养女对我还是很好的，就像亲生女儿一样，每次赶场，她都要给我带来很多很多的东西。养女婿是中农出身。现在，他们有一个儿子了，日子过得很好，我没有别的希望，只希望他们过得好。"

李立勋向杨明清队长请假，去乡下叔叔家，杨明清同意了。

李立勋来到靖县乡下叔叔家里后，不用担心开批斗会时陪斗了，他叔叔为人处世好，没人查他家的户口。

李立勋跟着叔叔跑了十几个山村后，柜子、桌子、凳子、床等细料木工活，已学得差不多了。但他不满足做细料，他要做屋架，当掌墨师，因此叔叔又带着他去做屋架了。正好有一家人做屋要请他叔叔掌墨，叔叔将掌墨的技巧告诉他：首先要把两根中柱定下来，乡下人把中柱看得跟梁木同样重要。柱子有的是弯的，因此画墨线时要相当注意，弹墨线时，手要对准，不能有半点马虎。每一根柱子、每一个瓜爪、每一块方的线都得画好，并编排好序号。总之，哪一件木料怎么组合？心里要有数。锉柱子的穿枋眼时，首先要用砸斧[1]砸通，然后再用锉子慢慢地加工。枋的尺寸跟柱子上的穿枋眼要一致，枋小一点点不要紧，但千万不能大。

李立勋很聪明，学一次就会了。

不久，他就开始在龙船塘做乡工了。

---

1 砸斧：一种锉木柱的专用工具。

第四十七章
盼回洪江心着急　病危兄弟面未见

1976 年是不平凡的一年。这一年在中国发生了好几件重大事情，都跟老百姓有关。

李躬厚看着《人民日报》和《参考消息》，估计着形势又有变化。从 1957 年开始，每一次运动都深深地撞击着他的灵魂，严酷的现实生活使得他不得不做好有关思想准备。但无论在什么时候，他始终牢记着父亲"不要慌乱，要持之以恒"的话。

10 月 6 日"四人帮"被打倒；"文革"结束；中央提出了"抓纲治国"战略决策。这时，李躬厚开始悟觉到形势又可能有较大的变化，而这种变化对他来说，可能是好事。这是他几年来看《人民日报》和《参考消息》所总结出来的经验。果然，上面的政策真的有了些变化。

1978 年 5 月 11 日，《光明日报》发表了《实践是检验真理的唯一标准》一文，从理论上对当时的"两个凡是"进行了否定。这使得李躬厚对以后形势的发展有了更进一步的认识。

1978 年 6 月的一天，在高枧河做木工活的李躬康，突然收到南京空军后勤部部长何其敏发来的电报：李躬福病危，速来宁。

而此时，洪江又在办理下放户人员回城的事了，现在正是关键时候。自 1977 年 9 月停办以来，李躬康就盼望着快点恢复。回城是关系到小儿子李灿旭和两个女儿前途的大事。可是弟弟病危，也是大事。再说，他上一次见弟弟还是 1956 年春节时，有二十二年没见了，也想见弟弟最后一面。他哥哥李躬厚的右派问题还没有平反，此刻不适合去。是去洪江？还是去南京？他只能选一。考虑了很久之后，最后还是决定去南京，手足情深，只有今世的兄弟，没有来世的兄弟。于是他给洪江的大儿子李元勋写了一封信之后，就匆忙地出发了。

李躬康在怀化火车站坐上了 K92 次昆明至上海的列车，二十多个小时后，终于到了南京。

南京军区空军后勤部部长何其敏在南京火车站出口处接他，何其敏两手高高地举着"迎接湖南李躬康同志"的牌子。在人群中的李躬康看见了迎接他的牌子，当李躬康走到何其敏身前时，何其敏看他跟李躬福长得一个样，便问："你是李躬康同志吧。"

待李躬康点头后，何其敏把手伸了过来："我叫何其敏，和你弟弟李躬福是一个单位的，你们兄弟太像了。上车吧。"何其敏部长亲自把军用吉普车门打开，请李躬康先上车，他没坐副驾驶座位，就跟李躬康坐在后面的座位上。

吉普车向南京军区空军招待所开去。下车后，何其敏把李躬康带到房间里，把招待所的饭菜票给了他，要他先洗个澡，吃了中饭后，休息几个小时，晚上六点再来这里接他去南京军区总医院。

李躬康在弟弟李躬福的病房里，见到了从湖北来的李芸荷、李芸桂、李芸菊、李芸兰四个妹妹，四个妹妹都是五年前母亲去世时在邵东乡下见过的。此时，在这里见面都心事重重。四个妹妹都对他轻轻地说："二哥好！"

"二哥好！"

"二哥好！"

"二哥好！"

兄妹都流眼泪了。

李躬福两只手的血管已插不进针头，打吊针时，针头只能插入脖子上的血管里。

李躬康强带着微笑，对李躬福说："弟弟，我来看你了，我代表大哥来看你了。"他摸着弟弟的手，强忍着不让眼泪流出来。

李躬福已说不出话，只是对他轻微点头。兄妹中，现在只有大哥没来了。作为手足兄弟，他想要大哥来，长兄为父啊！可是，他是军人，是革命干部，是党员，有组织原则。

其实，何其敏部长也想让他大哥来见他最后一面。但是，他爱莫能助！

李躬福知道大哥为了这个家，十三岁就跟随父亲外出谋生，如果不是父亲和他在外面做生意，自己也许不能去长沙明德中学读高中，不能进武汉大学读书。他也曾怨恨过大哥，但回想起来，这能怪大哥吗？他有二十二年没见大哥了，想在临终前见他一面，这是人之常情！并非非分企求？！此刻，他看着病房顶上的天花板，心里像是有话要说，可就是说不出来。

李躬康含着泪问他："是不是想大哥？"

他微微点头，泪从眼角里流出来，滴上枕头上……

没多久，他又迷迷糊糊地睡了。

四个妹妹都回去了。

转眼间，李躬康来了一个月。一个月来，他收到大儿子李元勋好几封来信，都是催他回去办回城手续。可是，弟弟的病情是在一天一天地加重，可能没有多久了。作为兄长，他很想送走弟弟。但大儿子又来信说，如果还不回去，万一像去年那样，有个变数，再停下来，就很难说了。

李躬康只好把此事跟弟媳喻萍说了，喻萍是个很通情达理的人，也劝他回去，办回城的事要紧。

临行前，李躬康对李躬福轻轻说："弟弟，家里有急事，我就不能陪你了。"

李躬福用手示意，要李躬康拿纸和笔来。

李躬康将纸和笔拿来了。

李躬福用颤抖的手在纸上写着："代我向大哥及家人问好！"然后，对李躬康一微笑。这是他们兄弟在人世间的最后一笑，这一笑，包含着几十年的兄弟情！骨肉情！

李躬康含泪回他一微笑。

李躬康写下《金陵留别舍弟》一诗：

弟病濒危语不清，儿书催返理回城。

临行顾我齿微笑，再结来生手足情。

李躬康来到洪江后，把弟弟的纸条给了哥哥。当李躬厚看着小弟写的纸条时，眼泪情不自禁地流出来，把纸条濡湿……

李躬康回到靖县农村后，心里时刻担心着弟弟的病情。一天下午，小女儿李晶见他一个人静静地坐在屋的角落里，脸黑了，人呆了，完全变了一个人似的，很久没说话，以为父亲病了，就问："爸，你是不是哪里不舒服？"

"你叔叔死了。"李躬康的泪水像河坝开闸，猛地流出来。

李灿旭从高枧河里钓得了一条大鱼，母亲佘细珍已炒好了。俗话说见鱼三碗饭，可是，李躬康吃不下饭，见他没端碗，家里人都站着不动。

"你们吃吧。"李躬康对佘细珍和李灿旭说。

这一晚李躬康没睡，含泪写下了《哭弟躬福》：

革命今生志已舒，鞠躬尽瘁愿终如。

临行切记君遗语，继志唯期侄读书。

雁入云霄双翅薄，风摧棠棣一枝枯。

钟山原是古都地，可葬骸灰胜故庐。

在洪江的刘家大院里，李躬厚在三楼晒台上，默默地看着沅水，一个晚上没有睡，真是身陷红羊烽火中，弟弟临终未谋面！悲呀！

第四十八章
发小相见马鞍洞　月光伴随渠水边

兢兢业业不言钱，鱼水深情结社员。

论技无分粗与细，用工可省酒和烟。

迎时老少齐搬物，别日壶浆尽列筵。

使我难忘唯此际，车开鞭炮响喧天。

李躬康带着老婆佘细珍和两个女儿回洪江城里了，这是他临行前写的《回城》一诗。

那天上午，洪江化纤厂的舒司机开着一辆解放牌汽车来到了大桥三队，李躬康下车后，要三儿子李灿旭给队里的每户送去一筒洪江大米厂生产的面。对乡下人来说，一年到头难得吃上一次面。就是在甘棠坳市场上唯一的一家饭馆里，人们也舍不得花一角五分钱买一碗吃。乡亲们拿着这面，如获至宝。他们没什么礼物回李躬康，于是就来帮着搬东西了。九年前，是队上的人把这东西从石碑桥搬到这里来，现在，又是队上的人把这东西搬上车，也真是缘分，鱼水深情结社员。

东西都搬上车后，李躬康把一大包从洪江带来的各种各样的糖果拿出来，大家只熟悉水果糖，对花生片、芝麻片、酥糖，有的人还是第一次看见，也不知道叫什么糖？只晓得这糖好吃。

车在一阵鞭炮声中启动了。炮是乡亲们自愿买的，尽管他们劳动一天只有三角多钱，但一想到是送李躬康，大家也就不谈舍得舍不得的事了。有的家庭竟出了两元钱。

车开走了很远，李躬康的手还在向大家招着。

队长林定新、老队长孙阳平、房东唐思柏、禹裁缝、姚明泽等人的手，还在高高地举着，直到看不见车的影子，有很多人流下了告别的泪水。

李躬康的三子李灿旭因年满十七岁，按政策就地转为知青了。对李灿旭来说，虽然没有回城，但他有了名正言顺的知青身份。

这些年来，上面对下放知青比较重视，每月有两天假，这假，队里计工分。另外，每人一月还可以去公社肉食品站买一斤猪肉。

还有一件事让李灿旭特别高兴，他的家庭成分是由他父亲的职业而定，他父亲现在是洪江化纤厂工人，因此他的家庭成分就是工人了，以后填表时，不用因成分不好而发愁了。

这一年队里没有砍木头，油菜种下后，干活就比较清闲了，一天出工的时间加起来也就是三四个小时。

然而，就在此时，县里修建马鞍洞电站要从队里抽调一个人去。因为修建电站一天要工作八小时，有时晚上还要加班，又是苦力活，因此很多人不愿去。李灿旭却主动要求去，他是想为自己招工出去创造好条件。再说电站是吃集体饭，方便多了。

马鞍洞电站坐落在离靖县城十五千米的渠水上。大清早，李灿旭挑着行李铺盖，沿着高枧河边的青石板路，轻轻松松地来到了尾岸燎原渠水边，再沿着渠水边的碎石小路一路上行。他一边走，一边欣赏着清澈的渠水。水静静地流着，望过去觉得又快又凉；水草细长，顺流俯伏，仿佛绿头发，在水里摊开了一样；一群两指大的鲫鱼，在蓝丝草间自由自在地游来游去；一些细脚虫，在水中的柳枝上面，爬上爬下，要不然就是待着不动。波纹粼粼，阳光洒在水面上，好一幅美丽的冬景。这渠水发源于贵州黎平地转坡，在崩剥的群山之间，鸣声渐渐，伏流数百里后，在古镇托口汇入沅江。托口下去七十里，就是他的故乡——洪江。

一个小时后，他来到了一苑两人合围的古枫树下。树旁有一座用石板和青砖砌成的小土地庙。"文革"期间，这庙一直荒置着，近年来才有人在这里烧纸烧香。土地庙下面是渡口，甘棠坳连队就在河对岸的陈家团里。

过渡的工具是一块小竹筏，他"哦"了一声后，只见对岸一个洗衣服的姑娘用扁担将小竹筏划了过来。下竹筏时，他拿出五分钱给那姑娘。

姑娘抿嘴一笑："在我们这里过河是不收钱的。"

上岸后，他沿着小石板路一直往上走，在团里的最高处，他找到了甘棠坳连队。连长、指导员都还在工地上，是连队里的大师傅给他找了个住处。

这是一幢独屋，依山傍溪，分上下二层楼，两边各有一间偏屋。李灿旭在二楼燕窝处打了一个地铺。

房东是锯匠，姓王，心善，很好打交道。李灿旭就在他那里借来一把锯弓，要了几块废木板和十几颗一寸长的铁钉，做了一个二尺高的小桌子和一条小板凳，摆在地铺旁边，并把从家里带来的用废墨水瓶做的煤油灯摆在桌子上。他打算用这桌子来看书。他把在甘棠坳供销合作社所买的《艳阳天》《金光大道》《钻天峰》《青春》《剑》等长篇小说都带来了。

晚上，李灿旭在连队陈连长那里报到填表时，第一次填上工人成分。当他写着"工人"这两个字时，心情很轻松，如释重负。多少年来，每当他填着"工商业兼地主"那几个字时，手总是颤抖着，惶恐不安，自卑感涌上心头，只怕有人说自己是地主崽子。

陈连长见他皮肤黝黑，说一口乡下话，衣衫褴褛，完全不像城里下放知青的装束，因此对他也就冷落起来，说话打着官腔，什么"嘛"啊"嘛"的。而对别的知青，他总是笑眯眯，还时不时地把左边口袋里的"劲松"牌香烟拿出来。在当时，这烟是二角五分钱一包，一般人抽不起。不过，陈连长的右边口袋里，却放着八分钱一包的自己抽的"经济"牌香烟。

这是马鞍洞电站工地边的一座夹杂着黑土和岩石的山，甘棠坳公社民兵连的任务就是用锤子、钢钎、羊角锄等工具把这山削成四十五度的斜坡。

一面红色的"甘棠坳民兵连"旗帜插在坡顶上，迎风飘扬。工地上，八十来人正忙着干活。羊角锄挖不动钢钎敲不动的地方，就得打炮眼。三十来个身强力壮的男人在打炮眼或是用羊角锄挖碎石。

姑娘们拿着锄头将岩石和土刨进畚箕里，让身边的男人们挑走。

打炮眼的两人一组，他们一人双手扶着两尺多长的钢钎，一人扬起六磅锤，当锤子落在钢钎上"叮"的刹那间，扶钢钎的人随即将钢钎转动一下。那"叮当叮当"短促而又有节奏的声音，和对面工地上广播里所播放出来的歌声，组成了一个个非常美妙的音符，久久地在工地上空盘旋着。他们每组的任务是上午两个，下午两个，每个炮眼要求一尺五寸深。当连队管理员量过尺寸后，他们飞快地走了，谁也不想在工地上多待一分钟。

用羊角锄挖碎石的人也是有任务的，他们一个个只想着快点挖完，看见打炮眼的人有的走了，他们就更加慌了神。

依李灿旭的体力，完全可以打炮眼或用羊角锄挖碎岩石的。但他刚来，而干这活的人都不愿意让位给他。他只好在一百米长的斜坡上用畚箕挑碎石和土。开始几天，大家都用惊异的眼光看着他，以为他有神经病，人家身上都是穿着厚厚的衣服，脚上穿着雨鞋和袜子。而他却穿着一件衬衫和一双用废轮胎做的草鞋，他的脚被冻得绯红绯红的。更让人不解的是他的畚箕都是装得满满的，是人家的两担。有的人两担都还没有他一担重，洪江知青林龙就是如此。对这些人，连队管理员照样每担发一张卡片。一个人上午、下午要拿四十张卡片。

挑担子的人都回去了，只有李灿旭还在挑，当姑娘们问他得了多少张卡片时，他羞涩地说："你们先走吧，我自己用锄头把碎石和土刨进畚箕里。"

人们都说他傻，不应该挑满满的一担。他却不把这话当回事，大不了迟回去一点，反正食堂里的饭菜大师傅会给他留着，有时还会给他加一块锅巴。再说，还没到放岩炮时间，连队管理员也不会催他。

对他来说，挑碎石和土比在队上扛木头轻松多了。

他这样干，陈连长还是肯定的，也总是表扬着他，说他诚实，有时竟舍得把"劲松"牌香烟拿出来。陈连长认为：挑担子的人都像他就好了，他这个官就好当了。

就这样，李灿旭的事在甘棠坳连队传开了。

一到晚上，很多小伙子和姑娘们，唱着当时流行的苏联的爱情歌曲《莫斯科郊外的晚上》，去渠水边散步了。

李灿旭每天吃过晚饭，洗了澡后，就在煤油灯下看浩然的长篇小说《艳阳天》，该书有一、二、三部，共有一百四十一章。第一部有五十一章，他已看完。第二部是从第五十二章到第九十一章，他已看到了第七十章。他一个晚上要看四至五章，到过年时，第三部也就看完了。他看着看着，就想着小说里人物的性格和故事情节的发展。他被小说里的故事深深地吸引着，特别是主要人物萧长春的形象把他给迷住了。他想自己将来也能写小说就好了。

一天傍晚，李灿旭正在看第二部最后一章的时候，一个不速之客把他吓了一大跳："书呆子，老闷在屋做什么？像闺女似的。"

他抬起头，大吃一惊？这不是发小儿杨雪花吗？他做梦都没想到能在这里见到发小儿？他有九年没见她了。

煤油灯太暗。他从自己的针线包里把针拿出来，将煤油灯芯挑了几下，灯光亮了起来。光映着她的面，她长得娇美可爱，秀丽的容颜像柔嫩的白玫瑰一样；脸庞泛起红晕时，一直红到额头，变得像红玫瑰似的。饱满洁白的额头上，闪出真正善良的光芒，与微弯的秀眉和富于表情的黑眼睛的无邪目光显得很和谐。她那薄薄的嘴唇流露着愉快和纯洁，两条黑色辫子闪烁着格外美丽的金光，在梳向后面的那条辫子旁边露出一只极秀丽的耳朵。整个面容自然地露出一种不经意的温柔。她外穿一件时髦的兰花卡其布衣、一条紧身高档布裤，脚上是一双红白色回力鞋。

杨雪花也借着煤油灯看着这个九年不见的发小儿。他个子不大不高，背有点儿微驼，皮肤黝黑，嘴唇很薄，抿得很紧，鼻子像一把剑似地凸出在嘴唇上面。一双眼睛虽小，却非常锐利，好像箭头一样瞄着远方某个小目标，然而又能在刹那间转来射击近处的东西。他刚剃了个平头，应该有年轻人的朝气。但他总是一个人闷在屋里看小说，不合群，实在令人不解。

"杨雪花，你怎么来这里了？"李灿旭惊奇地问。他把凳子让给她坐，把水壶里的井水倒在搪瓷杯里，把杯子给了她，极为尴尬地说："我这里只有井水。"

杨雪花并不怪他。她喝一口井水后，很高兴地回着他的话："1975年高中毕业后，学校把我分配到靖县寨牙公社，同我一起来的，还有几个洪江知青。一年前我就到这里来了。"

"你们知青点有四丙班的同学吗？"李灿旭迫不及待地问。

"没有，他们有的分配到靖县铺口公社和江东公社，有的分配到会同沙溪公社。有的户口迁到农村，可人一直在洪江；有的在队上是三天打鱼，两天晒网。他们都命好，父母亲每月寄钱给他们用，干不干活，没关系。"

"我们四丙班的班主任徐美英老师还好吗？"

"应该还好吧，她还是在沅江路小学教书。"

"你怎么知道我在这里？"

"是从你们公社林龙嘴里知道的，他说甘棠坳连队有个就地转为知青的人，叫李灿旭。他说这人很傻，说着一口乡下话，也不会打扮自己，上下总是穿着很烂的'劳动布'衣裤，简直出了洪江知青的丑。他还说这人只知道哈挑大担子，不合群，总是一个人闷在屋里看小说，孤僻僻，像个书呆子似的。我想，这个人可能是我的发小儿你，所以就来了。果然是你。"

　　本来，他们见面是很自然很随便的。可是听杨雪花这么一说，李灿旭就显得受约束，不自然不随便，突然变了个人似的，一副窘相。他穿破烂衣服，是因为队上分红不高，最好的一年一天也只有三角五分钱，一般都是三角左右。再说他母亲是靠药养着，家里的钱都给母亲治病了。虽说他的房子已卖了，但买主还没给钱。他之所以挑那么重的担子，是想表现好，早点回城；他不合群，这是他的性格决定的，他没别的爱好，就喜欢看书，他还想着将来有一天要学着写小说呢。他想把自己的一切告诉这个不速之客，他们是发小儿，没有什么可隐瞒的。不过，他们有九年没见面了，一个在城里长大，一个在乡下长大，各自的生活方式和经历不同，也就很难有共同的语言了。

　　不过，他还是把想回城的话说给她听："我来农村九年了，吃了很多苦。十二岁时，一个人舂米，那石锤有十多斤重，我是咬着牙一脚一脚舂的；我一个人打谷子，打谷桶我扛不起，只得用手使劲地拖；我上山砍柴回来时，肚子饿得实在挑不起了，就跑到红薯地里用红薯叶和拇指粗的带腥味的红薯充饥；我砍木头、扛木头时吃了很多苦，有一次扛木头还差点送了命。我拼死拼活地干一年，才得五六十元钱，而在城里的工厂里上班，一个月就有三十多元。"

　　当他看着她那双黑溜溜乌闪闪的眼睛笔直地探究似地望着他，脸上的表情有点难看，羞怯中含有疑意，嘴角上有一丝讥讽时，他的话音戛然而止，微张着嘴怔住了，露出一副面有难色的样子。

　　两人都沉默下来，气氛有点儿僵。

　　一阵凛冽的寒风从渠水边吹过来，把煤油灯吹得忽明忽暗。

　　最后还是杨雪花打破了沉默："我们去外面走走吧。"

　　李灿旭"嗯"一声，跟她下了楼。

　　渠水静静地流淌着，山谷清幽，天空澄澈，两岸的冬色很浓，风一吹，田里的荞麦一浪一浪地翻滚着，好一片收获前的景象。看着这缓缓的充盈着母性的渠水，李灿旭感觉到这渠水骨子里浸透着母亲般的慈爱、无私和包容。他不知道这渠水在云贵高原的崇山峻岭间，盘旋酝酿了多久，汇拢蓄积了多少山涧溪流，才变得这般妖娆芬芳；也不知道这水翻越了多少高山沟壑，才来到这里。看着渠水，他想家人了，他父亲说洪江化纤厂现在还在招人。

　　看他神情忧郁，杨雪花开导他："你不应该老待在屋里看书，要到外面走一走，要随大溜，多跟人接触。"

"嗯。"

"你把自己关在屋里，会得抑郁症的，作为发小儿，我真希望你精神好。你知道吗？"

"我就是想回城，所以不打算现在就找朋友，就用看小说来打发时间。"

"你可以跟男人们玩，你们连队就有好几个洪江知青。"

"他们家里的条件比我好，跟他们在一起，只怕他们看不起我。"

"你父母亲都回城了，有什么看不起你的？我去找林龙，要他邀你玩。"

"林龙我认识，这人认为他父亲是洪江物资局副局长，什么东西都能买到，总认为自己高人一等。就是他说我是'土包子'的。"

听李灿旭这么一说，杨雪花不好说什么了。不过，她确实是关心他。

"你的心情我理解，我只是希望你不要过于想着回城的事。"

又是一阵长时间的沉默……

他们在河边的小路上慢慢地走着，谁也没说话。

此时，杨雪花不知道自己为什么要来找他？为什么要对他说这些话？难道是自己喜欢上了他？爱上了他？看他那表情，那傲气，她认为自己在自作多情。其实，她知道林龙在追她。她认为林龙说话油滑，人也不正经，到处打听洪江女知青的消息。认为他父亲是洪江物资局副局长，有权有钱有势。跟林龙相比，他诚实多了，何况他还是发小儿。

渠水静静地流着，它的尾岸是托口，托口下去七十里是洪江。李灿旭就是想回洪江。他挑担子那么卖力，就是想留下个好印象。现在陈连长经常表扬他，陈连长会把他的事告诉公社知青办主任的，知青办主任会推荐他招工回城的。他是这样想的。他来农村已经九年了，九年来，他是怎么过来的？杨雪花知道吗？

见李灿旭心事重重，杨雪花把话题扯开了："你还记得我们在沅江路学校读书的情景吗？"

李灿旭勉强答："记得。"

杨雪花故意把小时候淘气的事说出来："还记得你们十几个男同学在万寿宫码头洗澡时，衣裤被班主任徐美英老师没收了，一个个光着身子站在一边吗？"她做出一个鬼脸。

李灿旭羞涩地摇摇头："那时我们太不懂事太淘气了，总是让徐老师操心。"

见李灿旭还是不开心，杨雪花对他说心里话："你知道吗？人家说你逞能，出风头，假积极。现在我知道你是想回城才这么做的，但有一点，你要合群，心情要开朗些。"杨雪花又重复着要他合群几个字。

李灿旭知道杨雪花是一个心直口快的人，读小学时就是这个性格。他也知道杨雪花是出于关心他，才对自己说这些话的。他对杨雪花说："谢谢你对我的关心，不过我不是出风头，不是假积极，我就是想陈连长对我有个好印象，想公社知青办主任推荐我招工回城！"

"大家都说这里的官是戏台上的官，电站一下马，官就没了。陈连长的话，到那时还起作用吗？"

李灿旭无语。

又是一阵长时间的沉默……

下弦月从对面的山上升了起来，李灿旭对杨雪花说："谢谢你来看我。时间不早了，我送你回去吧。"

"好。"

渠水河边的小路上，月光下，一前一后的人影在移动。

李灿旭一直把杨雪花送到寨牙连队的住处，看着她上了楼梯。

杨雪花在楼上对他招招手，说："回去吧。要保重好身体，总有一天会回洪江的。"

"嗯。"

马鞍洞电站工地上的广播里，每天要播放一些中央人民广播电台和靖县广播站的新闻。有时，也要表扬一下各连队的好人好事。因此，各连队每隔几天就有人将本连队的好人好事的稿件送上去，经指挥部广播室里的编辑修改一下，就播放出来。唯独甘棠坳连队没有人写稿件，因此，连长和指导员每次开会都被指挥部里的领导点名批评。

有人说洪江知青李灿旭天天看小说，是个书呆子，是不是要他写篇稿子。

连队吴指导员还真把这当回事了。一天中午休息时，他把李灿旭叫到他的房间，很客气地筛了一杯井水，并把箱子打开，拿出一包"春城"牌香烟，给他来了一支。吴指导员知道李灿旭不抽烟，给他一支是出于一种礼节，而这烟是三角九分钱一包的。他很客气地对李灿旭说："小李，今天下午你不用去挑岩石，给我们连队写一篇稿件。"

"要写什么内容？"李灿旭问。两手抱拳，没有接烟，表示感谢。

"就写你自己。"

见李灿旭没有反应后，他又说："随你写什么，只要能交差，我和陈连长不被上面的人骂就行了。"

李灿旭开始构思了。他构思了好几个题材，写了又改，改了又写，但总认为不满意。最后，他根据本连队一个叫麻小花的苗族姑娘带病坚持工作的事，写了一篇简讯。

让他没想到的是，吴指导员将这篇文章送到指挥部广播室，编辑看过后，一个字都没有改就将文章播了出来。

简讯：

青春的火焰在马鞍洞工地上燃烧
——记甘棠坳连队苗族姑娘麻小花带病坚持上岗

天已进入隆冬，凛冽的寒风一吹，把人的脸和耳朵冻得通红通红的。渠江河里的水冰凉冰凉，只要是没干活的时候，人们总习惯把手插进口袋里，取暖。稍不注意，就会感冒。

我们甘棠坳连队的苗族姑娘麻小花就因为没保护好身体而感了冒，一连三天发热都是在三十八度五以上。指挥部医务室的医生给她开了三天病假条，要她休息。可是为了保我们电站第一组机器能在明年十月一日发电，向国庆三十周年献礼，她没休息。

她的工作是洗岩石，就是用竹刷把将岩石的泥浆冲刷干净，这是一项在水里工作的又脏又累的活，别人都不愿意干。她担心自己请了假，这活就没人干。现在正是最关键的时期，一旦停下来，就会影响到整个电站的工程。她想着自己是共青团员，应该坚守岗位，所以她以坚强的毅力，在水里操作着。一连好几天，她咬着牙，顽强地坚持着，使我们的工作能正常进行着。

苗族姑娘麻小花干这工作有两年了，也只有她才能坚持干这项工作。她这种大无畏革命精神，值得我们每个人学习。我们要在华主席的领导下，"抓纲治国，争取一年初见成效，三年大见成效。"快马加鞭，把我们的马鞍洞电站修好，向我们伟大的祖国建国三十周年献上一份厚礼！

希望有更多的像麻小花这样的姑娘出现。

作者：甘棠坳连队洪江知青李灿旭

一九七八年十一月十日

更让李灿旭没想到的是，这篇只有三百多字的简讯在整个电站轰动起来了，就连靖县广播站也在第一时间转播了这篇简讯，还加了副标题：一篇来自前线马鞍洞电站的简讯。

李灿旭一下子在电站出名了，人们没想到他的文笔有这么好，吴指导员高兴得不得了，说早知道李灿旭会写文章就好了，就不会挨骂了。陈连长买了一只鸡、一条刚从渠水河里打来的两斤多的鱼和一瓶"高粱"牌酒，把李灿旭、杨雪花叫来，大吃一餐。李灿旭不会喝酒，只喝了一小杯，脸就绯红了。杨雪花的父母亲是苗族人，她有能喝酒的遗传基因，代李灿旭喝了几杯酒，算是没扫陈连长的兴。由于李灿旭会写文章，陈连长酒酣耳热的时候，突然决定让李灿旭脱产，当连队保管员。

吃过晚饭后，杨雪花的头有点晕，她借着酒兴要李灿旭陪她去渠水边走走。

他们在河边的一蔸古枫树坐下来，杨雪花不管三七二十一，倒在他的怀里了。

这是李灿旭长到二十岁以来第一次接触异性。他心里慌慌的，浑身像绷紧的钢丝一样紧张，担心杨雪花会失去控制，要做出什么荒唐事来。他知道杨雪花喜欢他，但他现在只想回洪江，不想考虑个人问题。他努力控制着自己，此刻绝对不能做出荒唐事来。

在连队大会上，吴指导员说过这样的话："我们来这里要注意安全，不能少一个人回去，也不能多半个人回去。年轻人正常谈恋爱我不反对，但请不要在荞麦田里做出'倒荞麦'的不光彩的事来。当地的队长来找我们了，弄得我们不知怎么回答。请大家注意，千万不能多半个人回去。"

现在，那些热恋着的人都是把陈连长和吴指导员当作戏台上的官，不把他们的话当回事。因此，"倒荞麦"的事时不时地发生着。有的男女青年就是为找对象才来这里的。有的姑娘做了"倒荞麦"的事，发现自己怀孕后，就干脆和小伙子回去领结婚证了。

此刻，杨雪花在李灿旭的怀里睡着了，她很单纯，没有李灿旭想的那么多。

一弯新月从对面山上的林子里升了起来。它那样白净，就像刚炼过的银子似的。河对岸吹来了一阵凛冽的北风，把杨雪花吹醒了。当她看见自己披着李灿旭的棉衣时，嘴角露出一丝甜甜的微笑。

"我们回去吧。"李灿旭轻轻地说。

杨雪花"嗯"一声，跟李灿旭走了。

"李灿旭，我感觉你这段时间以来精神好多了，不再是第一次看见你时那书呆子样子。"

"杨雪花，这些天来，我总是在想你对我说的话，你说得有道理，我不能老想着回城的事，这样会想出病来的，我九年都过来了，也不要急着一下子回城。还是要合群。自我写了那篇文章后，有很多人主动跟我说话，跟我打招呼了。"

"我知道你会从死胡同里走出来的。"杨雪花微笑着，那对宛若樱桃的眼珠瞪得溜圆，同时闪烁着无法形容的愉快的光芒。

新月躲进云里好一阵后，又出来了。渠水泛着漾漾微波，静静地流淌，像一个温文尔雅的少女，拖曳着长长的黑蓝色纱裙，从他俩身边悄然掠过。

李灿旭当了连队保管员后，林龙和一个外号叫"美国"的洪江知青找到他，说是要点炸药和雷管炸鱼。李灿旭知道这事做不得，但看在都是洪江知青的面分上，还是给他们来了一点。可是后来，林龙和"美国"的胆子也太大了，炸药拿一包（三十六筒），雷管拿一盒（五十个），导火线拿一卷（十米）。他们今天炸这里，明天炸那里，炸得没完没了，连队的人都说他们胆子太大，总有一天会出事的。

果然，有一天指挥部来了十个戴着红袖章背着长枪的民兵，连同李灿旭，一起带走。

杨雪花知道这事后，急忙请了一天假，去甘棠坳公社找知青办主任。

知青办主任得知这事后，感到问题很严重，说不定会判刑的。因此，他跟着杨雪花连夜赶到马鞍洞电站，找到管治安的副总指挥长，说尽了好话之后，最后副总指挥长要他们每人写出深刻检讨，算是了事。

李灿旭知道是杨雪花去公社叫知青办主任来的。

出了这事后，李灿旭又挑担子了，前功尽弃。一想到队长林定新和公社知青办主任不会推荐自己招工回城，他的情绪又低落下来，很少跟人说话。人家也不愿跟他说多话。就连陈连长和吴指导员，对他总是阴着脸，一副冷若冰霜的样子。好在有杨雪花安慰着他，他看着小说，时间也就一天一天地过去了。

让李灿旭想不到的是：1979年春节过后不久，全国性的知青大回城开始了，他也是其中一个。

那天，李灿旭在公社知青办办手续，他很激动地说："感谢华主席！感谢邓伯伯！"

李立勋、二毛回城了，他们是"文革"前下放农村的最后一批回城知青。兰小芳作为"半边户"带着儿子来到洪江。

孙玉秀、徐静1977年恢复高考后，考上了湖南大学和湖南财会学校读书去了。

金兵当上了洪江公安局刑警大队长。

黄副根引咎辞职。

袁熊被撤销洪江瓷厂革委会副主任职务。

明石匠和白青青仍旧住在刘家大院，跟李躬厚一家的关系仍旧很好。

李三癫子中风，半身瘫痪。曾赖皮仍旧是个单身汉。

李躬厚已退休，他的小儿子李汉勋已顶了他的职。

李芸菊光荣地加入中国共产党。

李菲转为公办老师了。

李燕读中专了。

（中篇完）

下 篇

改革开放春风暖

企改走上打工路

第四十九章
再次组成新家庭　一心培育好儿女

李立勋回到洪江后，干起了木工老本行，每天自由自在地给人家做家具，一天有一元七角钱，比起农村来，现在生活好多了。在农村辛辛苦苦地干一天活，仅得三至四角钱，这就是城乡之间的差别。他精神焕发，浑身也轻松得就像腾云驾雾一般。

经人介绍，李立勋与洪江市招待所职工陈玉莲认识。陈玉莲给他的第一印象是善良、贤惠、朴实，不会说漂亮话，也不习惯议论人家的长短。她是土生土长的洪江人，三十岁左右，面貌轮廓分明，具有一种宁静的、柔和的、从容的神情。她孤鸾寡鹄，前夫几年前死于一场怪病，留下一女一儿。她找李立勋，也是想有一个依靠。通过一段时间的接触和了解，她认为李立勋是信得过的人。

不久，李立勋和陈玉莲领了结婚证。其实，他们两个都家庭不幸，李立勋的女儿三岁没有妈，陈玉莲的两个小孩从小就没父亲。李立勋发誓：一定要把两个小孩视为自己的亲生儿女，把他们抚养成人。

他们就住在洪江招待所宿舍里，李立勋时隔八年后重新感受到了女人的温暖。陈玉莲跟前妻尹茹娴一样，对他温柔、顺从、体贴。她的一言一行，使得他非常感激。在经历了各种不幸，度过惊惶、烦恼和痛苦的日子后，他终于找到了生活的归宿。他没有过多企求，只要能安安稳稳地过日子就行了，而陈玉莲正合他的心意。

"立勋，我知道你在农村生活了十五年，受了很多苦和累，我会真心关心你，体贴你一辈子。如果你想要一个孩子，我就给你生。"陈玉莲的话就像一股甘泉流入他的心田。她含情脉脉地看着他，心里无比幸福……

这迟来的爱情，犹如一株种在地上的花，要靠以后天天灌溉，他已有了这种准备。

天完全亮了，李立勋要穿衣服起来。陈玉莲以女人特有的温柔感，抚摸着他的头，温和地说："还早呢，你再睡一下。"她自己却起来了。

　　李立勋看着她，像是一只温驯的小绵羊。

　　吃饭的时候，陈玉莲给女儿和儿子的碗底下各放了一个荷包蛋。李立勋的碗底下，她却放了两个，并向李立勋使眼色，意思是不要出声。

　　其实，两个小孩已知道继父碗里有两个荷包蛋，他们只是不发声而已。两个孩子都很乖，听话。

　　从此以后，李立勋把全部精力放在这个新组建的家庭里了。为了不给这个家庭添麻烦，他的亲生女儿萍萍仍旧住在父母亲那里，由他们供养着。

　　李立勋的到来，使这个家庭重新有了顶梁柱、主心骨，两个小孩从此有了父爱。每当他做工回来时，两个小孩都是"爸爸，爸爸"，喊得清甜清甜。

　　根据当时的情况，凭李立勋的木工手艺在生活上应该是没有问题的。可是老实的陈玉莲听别人说没有单位不好，老了没有退休金，要他还是找一个单位为好。

　　洪江鼎锅厂是二十世纪五十年代公私合营时组成的企业，主要生产日用鼎锅、火炉、火盆及铸件。听说该厂正需要一个木工，李立勋就进了该厂。进去后，才知道从农村回城的知青都要做学徒，一个月拿十八元钱。他爱人一月三十元，两个人的工资加起来才四十八元。为养家糊口，李立勋只好下午四点下班以后给人家做一点家具，时常是十一点钟以后才回来。陈玉莲很心疼他，每天给他做夜宵。

　　养女还听话，不让李立勋操什么心。可养子就比较淘气，三天两头，学校里的老师要大人去领人。李立勋也实在没有办法，因为他们严家只有这一个男丁，怕出意外事，严家人找上门来。对养子，李立勋实在是头痛。后来，招待所的几个好心人对他说："李师傅，你没有少他吃少他穿，就要严管，这样对他将来有好处。有很多人就是从小没管教好，长大走上犯罪道路。"但李立勋还是舍不得打他骂他，仍旧耐心地春风化雨般地教育孩子，使温暖慢慢地滋润着他的心田。

　　不久，陈玉莲怀孕了，为把心思放在这两个小孩身上，李立勋跟她商量后，决定把胎儿打掉。

　　李立勋每天下班后仍旧是给人家做家具，都是晚上十一点钟以后才回来。星期天也没休息过。

　　李立勋用自己的言行赢得了两个小孩的好感，他们之间的感情在一天天加深。这感情，是在平时的生活中形成的，拿钱都买不到！感情深了后，李立勋就把养女严蓉的名字改为李蓉。养子知道后，说他偏心，只爱姐姐不爱他，吵着也要改姓李。后来，他在学校报名时，自作主张把"严明"改为"李君"。李立勋没说什么，只好由他了，毕竟他一天天在长大。

第五十章
李躬厚平反复职　工商联再次挂牌

1979 年 9 月，洪江镇升为洪江市，由黔阳地区领导。

李立勋坐在家门口，从对面来了一位穿半新半旧中山装的年近六十岁的人，他亲热地问李立勋："同志，向你打听一下，你认不认识一个叫李躬厚的人？"

李立勋抬头看了看，估计他可能是落实政策后重新出来工作的，于是就反问："您找他有什么事？"

"没什么事，就随便问一问。"

来人叫袁公信，是来任洪江市人大常委会副主任的。由于还没有安排房子，就暂时住在招待所里。他早就听说洪江有个大右派叫李躬厚，此人那时很有名气，想见他一面。

"他是我父亲，去年十二月从洪江瓷厂退休了，现在在家里休息。"

袁公信不多说了，只是邀请李立勋的父亲到他这里来玩。

一天，李躬厚路过洪江市政府大门口时，洪江市委副书记邓星玉对他亲切地友好地一微笑，李躬厚从他这一笑里预感到自己的问题可能要平反了，因为袁公信给李立勋带了好几个口信，要李躬厚去他那里玩，说有要事要告诉他。李躬厚则认为自己还没有平反，所以不好意思去。

中共黔阳地委于 1980 年 9 月 20 日下发了《关于改正李躬厚右派问题的批复》的文件。

洪江市委：

你们报来《关于李躬厚被划为右派分子的改正报告》收悉。

根据中共中央（1978）55 号文件精神，对照中央一九五七年关于划分右派分子的标准。经研究同意你们意见予以改正。撤销一九五八年六月给予"撤销原有职务,送企业监督劳动"的处分。恢复政治名誉,恢复原工资行政二十级,工资从一九七八年十月份发起。

中共黔阳地委

一九八零年九月二十日

李躬厚终于平反了。这帽子压力山大,在他头上戴了二十四年。现在,他终于平反了,党没有冤枉他。

他的大弟李躬康随即写下《闻家兄躬厚右派平反复职》一诗:

人生穷达固难谅,梦未圆时夜未央。

祸福由来相倚伏,贤愚怎得可衡量。

衰荷经岁藕还妙,老树逢春花又香。

莫道汉文恩泽薄,云中持节遣冯唐。

就在平反的那天晚上,洪江市委书记崔毅、副书记邓星玉、市人大常委会副主任袁公信、市委统战部部长李平等人来到刘家大院对李躬厚进行了亲切地慰问。崔毅一进门就把手远远地伸出来,紧紧地握着,说:"李躬厚同志,二十多年来让你受苦了。"然后,他用右手在李躬厚肩上轻轻一拍。这"二十年来"几个字和这轻轻一拍,包含着一个父母官对李躬厚的歉意之情。在无数次批斗会上,李躬厚没有流泪,但此时,他流泪了。这是幸福的泪,里面蕴藏着他对党对社会主义的爱!党没有冤枉他!

……

崔毅和邓星玉等人临走时,再一次握着李躬厚的手,要他好好保重身体。李躬厚眼眶里再一次流出泪水来,把眼睛濡湿。

1981年12月中旬,洪江市决定恢复洪江市工商联组织。市统战部部长李平找李躬厚谈话,要他担任工商联副主任(主任暂缺),主持全盘工作。还决定让刘雄青任工商联秘书。

刘雄青原是洪江医药公司政工人事科主任,中共党员,是洪江中学"文革"前的高中毕业生,他三十五岁左右,为人耿直,性格豪爽,头脑冷静。

李平之所以要李躬厚重新工作,是因为他们之间有着深厚的友谊。这么多年来，他们之间的友谊就像蚕吐丝一样，不断线，不断根，任凭路再坎坷，隔阻再多，友谊也总会像金子一样闪光的。再说目前只有李躬厚适合做这项工作。李平告诉李躬厚：目前暂时只有两人编制，只发秘书的工资。至于李躬厚，因他已退休，每月从市财政发十三元八角四分钱退休补差工资。李躬厚凭着十一届三中全会后对党的政策感召和信赖之情，不计较个人得失，欣然答应了。对他来说，能在晚年为工商联做些事是应该的。因为党没有冤枉他，为他平了反，恢复了他的政治名誉。他也始终认为党光明磊落！一心为民！

李躬厚决心为工商联做出一番事业来。

1981 年 12 月 25 日，李躬厚和刘雄青来洪江市委统战部报到。此时，湖南省委统战部工商处处长凌春武正好来洪江指导工商联工作。待李平做了介绍后，凌春武跟李躬厚和刘雄青握了手。

李躬厚对凌春武说："在五十年代，工商联的性质、任务是对资本主义工商业实行社会主义改造，通过公私合营入股办企业，从而走上社会主义道路。现在组织要我重新出来主持工商联工作，但我被错划右派有二十四年之久，与世隔绝，对新时期工商联的性质、任务是什么？都不知道，需请领导指教。"

凌春武对李躬厚的提问一一作了解答。

新时期工商联的工作是团结广大工商业者，带领他们走到以经济建设为中心的路线上来。

听完凌春武的讲话后，李躬厚心里很激动，心里就像卷着的海浪一样，起伏不平。决心要按上级的指示和意图办。

时值党的十一届三中全会召开不久，他知道做工商联工作可能会遇到来自各方面的阻力和意想不到的困难，但他相信有党的正确领导，再大的阻力和困难都不怕，都能克服，都能挺过去。

洪江工商联在"文革"中被迫停止一切活动，其办公用房被挤占，办公用具散失一空。说来工商联是科局级行政编制，可是现在只有三街办事处所退出的两间破烂房，连板凳都没有一个。这两间破烂房还是李平通过跟三街办事处的人协调得来的。为开展会务活动，李躬厚只好从家里搬来一张桌子和四个条凳，算是办公用具。没有烧茶的地方，李躬厚每天只好从家里带几壶开水来。

洪江工商联的很多老会员，只要提到工商联三个字，就不寒而栗，内心恐惧，就像一块巨大的石板压在他们的心上，久久地喘不过气来。这也难怪，在"文革"中，他们被统称为资产阶级，是弱势群体，有百分之九十的人全家下放农村，在农村生活长达十年之久，有很多人的老伴儿病死在乡下，埋在那里。现在，这些人对工商联三个字心有余悸也是很正常的事。

面对此情，李躬厚和刘雄青不分上班、下班，也没有星期天，走东家，串西家，反复地跟老会员深入宣传我们党新时期对工商联的方针和政策。

其实，洪江工商联老会员是很爱国的，解放初期，他们坚决贯彻执行党的路线、方针和政策。每个会员按规定以人民币为唯一的流通货币，拒绝使用银、铜币和民国政府所发行的纸币。1950年国家发行人民胜利折实公债，洪江分配到六万分，实际完成入库六万五千多分，超额百分之八。1950年修洪江大桥时，洪江工商界捐资一十一亿六千多万元，为各界捐资总额的百分之九十一。抗美援朝时，洪江工商界捐献一十七亿六千多万元，超计划百分之一十七。1954年经济建设公债分配给洪江一十八亿元，实际入库二十一亿八千多万元，超额百分之二十一。1955年、1956年、1957年的经济建设公债也都是超额完成。经李躬厚、刘雄青东跑西颠、坚持不懈地做工作，并结合当前的一些实际情况作出解释，使得一些老会员了解到现在工商联的性质和任务。这样，慢慢地激发了一些老会员的热情，使他们投入到工商联事务中来了。

由于工商联的办公用具仍然散失在外面，没办法，李躬厚只好向洪江市委反映情况。对此，市委办公室下了文，要求有关部门把东西退还给工商联。李躬厚带着市委文件，穿着一双用废轮胎做的草鞋，戴着旧草帽，和刘雄青推着板车，到有关单位收取办公用具。

一些人看着办公用具被拖走，心里很不服，讽刺着：李躬厚，你这个老右派分子又猖狂起来了。

为了落实工商联房屋之事，李躬厚多次找市委领导反映情况，提出要求，但都没有着落。他只好在一年一度的市人大、政协会议上组织工商界政协委员，将此事作为重要提案提出来，但仍未得到解决。每逢省、地领导来洪江视察指导工作，他也将此事作为一个重要问题提出来，无奈是县官不如现管！

有的工商界人士说："老李，你这又是何苦呢，退了休的人，一个月拿十三元八角四分钱的退休补贴金来受这个窝囊气！还不如在家里下象棋、打牌，或是拿着钓鱼竿在河边钓钓鱼！反正你右派已平反，政治名誉已恢复，没什么想不通的了。"

李躬厚认为：我不是为个人办事！是为工商联办事！

直到一次在召开市人大、政协会议期间，李躬厚利用会议的空隙，邀请洪江市市长曾华和有关部门的领导来工商联实地察看。曾华市长看到工商联在用两间破房办公后，当场拍板，清退原工商联办公用房，使拖了四年的房屋清退问题终于得到解决。

通过这件事，工商界的老同志都认为李躬厚办事有恒心。

有了房屋，工商联立即成立了家属委员会，李躬厚组织大家学政治、学时事，使大家全面地深刻地了解党的十一届三中全会后的方针和政策，从而使工商联组织在工商界人士中产生了一股强有力的凝聚力和战斗力。就这样，各项会务活动有声有色地开展起来了。大家都认为李躬厚工作务实开拓。

现在正是拨乱反正时候，工商联担负着协助党和政府落实政策的繁重任务："文革"期间工商界成员被查抄物资的退还；会员下放农村期间工资的补发；被挤占房屋的清退；公私合营期任门市部副主任以上成员干籍的恢复；工商界互储金的清理退还；会员冤假错案的平反等工作，就靠李躬厚和刘雄青来落实。

李躬厚和刘雄青积极为工商联老会员办实事，废寝忘食，对每一个会员反映的每一件事，个个有回音，件件有落实，真是一心扑在工作上。

第五十一章
企业自办显成绩　北京开会见领导

　　洪江市工商联组织恢复后，洪江市委统战部召开了"举办经济实体商讨会"，市委副书记邓星玉莅临作了讲话。市委要求工商联积极行动，并指定李躬厚负责动员退休会员暨有联系的退休人员出来工作，贡献余热。就这样，李躬厚先后两次组织部分会员到省工商联参观学习，在省工商联举办的为"四化"做贡献成果展览里，看着一张张图片，这些从小就开始做生意的会员们心潮澎湃、热血腾腾，都决心为"四化"建设贡献余热。李躬厚边看边想：洪江也可以组织老会员创办一家综合贸易公司，为振兴洪江经济作出应有的贡献。

　　经上级领导同意，办综合贸易公司的事批了下来。李躬厚深知，办好一个营销企业要有三个要素：一是选准人才，即企业经理、一批善于经营和会管理的帮手；二是要选准经营项目；三是解决资金和场地问题。

　　俗话说得好：千军易得，一将难求。

　　在洪江工商联会员里，有一个二十世纪五十年代的老会员叫朱炳轩，他中等身材，那匀称纤细的躯干和宽阔的肩膀，表明他生有一副强健的体格，能经受得住各种生活的艰辛，也能挡得住肆意的狂风暴雨。他是小商人出身，从小就从父亲那里学到了经商艺术。他经商的理念是短、平、快。短：就是头脑清醒，时间周期比较短；平：就是不求过高的利润，薄利多销；快：就是看准行情，果断出手，干脆利落。朱炳轩早已到了退休年龄，可洪江瓷厂的领导还留着他。为了办综合贸易公司，李躬厚硬是把他从瓷厂"挖"了过来。

　　为解决资金难题，李躬厚决定与洪江市劳动服务公司合办，从工商联互助储金拿出两万元，劳动服务公司出四万元，一共六万元算是企业的启动资金。有了领头人和启动资金后，现在要解决的就是经营场地了。

　　洪江大桥桥头是洪江的一块黄金地段，有很多单位和个人都看中了这块地段。李躬厚为了要这块地段，不知厚着脸找洪江市委、市政府和市委统战部领导多少回，反映了多少次。功夫不负有心人，最后，市长赵永新作出批示，将此地划给工商联建综合贸易公司营业楼。

　　就这样，综合贸易公司在朱炳轩经理的带领下，所经营的针棉匹条生意红红火火。他们的经营方法是：营业时间比对面的洪江市百货公司长；灵活多样，服务态度好，买卖不成人情在；薄利多销，不定期地搞促销活动。

　　几年来，综合贸易公司共盈利十八万多元，向国家缴纳各种税三十四万多元。经理朱炳轩出席了湖南省民建、工商联为"四化"服务先进代表大会。

　　洪江工商联各项工作开展得有声有色、有条不紊，被评为湖南省工商联先进集体。因此，1983 年 11 月李躬厚被推荐参加全国工商联第五届会员代表大会，这是他第二次去北京开会。他没想到这辈子还有机会赴北京开会。当他走进人民大会堂时，想自己是代表洪江工商界人士而来的，而洪江工商界人士在解放初期为洪江的工业建设所作出的贡献是有目共睹的。洪江植物油制炼厂、洪江瓷厂、新湘瓷厂等较大的厂都是通过公私合营建立起来的，如果没有私方人员的投资入股，凭当时政府的财力是很难创建这些厂的。当然，这都是过去的事了。现在是建设"四个现代化"时期，工商联的工作应跟上时代的步伐，为党和国家多做些自己能做到的事。

　　1983 年 11 月 17 日，全体与会人员受到邓小平等党和国家领导人的亲切接见，并合影留念。这是李躬厚自 1957 年 3 月 14 日在中南海怀仁堂后草坪同毛主席等党和国家领导人合影后的第二次合影。他欢喜若狂，脸上露着甜甜的笑意，像是心头搁着一块喜酥糖，总是融化不完。

　　会议期间，湖南省工商联主任陈芸田在北京"京西宾馆"召集湖南省各市参加会议人员就如何搞活湖南经济举行了座谈会。他说：各市可向当地党、政领导汇报，请求支持，积极创办经济实体，各市筹得多少资金，湖南国际信托投资公司愿以同等数额投资合股经营。

　　李躬厚跟陈芸田是三十多年的老朋友，两人见面都很激动，有三天三夜说不完的话。陈芸田 1980 年创办了湖南国际信托投资公司，相继与九十多家外商建立了业务关系，同国际上二十多家大银行、大财团建立了通融资金的信贷关系。凭着那时候的交情，陈芸田看中李躬厚，建议他来湖南国际信托投资公司任副总经理。李躬厚考虑到洪江工商联有很多事等着他去做，也就婉言谢绝了。陈芸田知道李躬厚是有理想的人，也就没勉强他。当李躬厚把打算办洪江工商联第二个自办企业——工商贸易信托公司的事跟陈芸田说了后，陈芸田很支持他，并答应由湖南省国际信托投资公司投资五万元。有陈芸田的支持，李躬厚高兴不已，握着他的手，连说几声"谢谢"。新中国成立前做生意时，他们就合作得很好。陈芸田很感谢李躬厚从长沙送那封信到邵阳给程潜，说李躬厚为湖南的和平解放做出了贡献。

李躬厚从北京开会回来后，担任湖南省政协委员了。他开始筹建工商贸易信托公司。谁来当经理呢？他考虑来考虑去，最后还是觉得洪江市农副果品公司的工商联老会员刘亦武比较适合。可是，由于刘亦武业务素质好，到了退休年龄农副果品公司还不给他办理退休手续，仍旧要留着他。面对此情，李躬厚一方面做刘亦武的工作，一方面向市、地有关领导阐明利弊，要求调刘亦武。可是农副果品公司的领导就是不放。经过苦口婆心地多次地做刘亦武其家属的思想工作，最后还是将刘亦武从农副果品公司"要"了过来。

资金方面，从洪江市工商联互助储金里拿出五千元，向银行贷了三万元，老会员蔡伏煌、匡鼎成和刘亦武本人借给了一些，加上湖南国际投资信托公司的五万元，基本上有了足够的启动资金。

开业初期，由于经营方针不明确，管理制度不健全，业绩很不景气。一年来亏损近二千四百元。这时，李躬厚同大家商议，决定改变经营方针，以传统的深购远销木材为主。

李躬厚带着刘亦武风尘仆仆地来到南京的洪江老乡赵绍仙家里，由赵绍仙陪同，前往镇江、苏北等地了解木材、桐油市场行情。这一带，李躬厚那时做木材生意经常跑，也是很熟悉的。他们得知国营木材大都滞销，私方木材、杉棒更不是国营企业所经营的品种。李躬厚认为：国营企业销不出，但私人木材市场正在开放，于是他决定在洪江附近林区购买方木、杉棒、楠竹尾等分水陆运往南京、镇江及河南等地销售。由于经营方向对路，选人得力，以微薄的启动资金取得了较大的经济效益，盈利三十多万元，为国家创税利几十万元。

工商联下属的综合贸易公司和贸易信托公司的共同特点是以遵守国家政策法令为前提，以诚待人，以信取胜，热忱为顾客服务，充分发挥原工商业者精打细算、艰苦朴素、勤俭办企业的优良传统。几年来，两家企业热衷于社会公益、福利事业，先后向洪江市"儿童乐园""教师节"和"湖南省残疾福利基金会"……共捐助约五千元。

洪江市工商联所办的综合贸易公司被评为全国工商联文明企业。工商贸易信托公司被评为湖南省工商联先进企业。

　　在创办这个企业的过程中，遇到了很多难以想象的困难，被李躬厚和他的同事们一个一个克服了，他们的精神使工商界人士深受感动。特别是李躬厚一个退了休的人，每月除了拿他的那份退休工资外，政府给他的财政补贴是十三元八角四分钱。这事不说出来，谁会相信呢？

第五十二章
撰写洪江工商史　再现清明上河图

李躬厚这一届任期已满。1984年10月12日，洪江市工商联召开会员大会，通过不记名投票方式，选举李躬厚为主任。洪江市根据统战政策和工作需要，将李躬厚由退休改为在职，在财政拿全额工资。对他来说，能在晚年再为工商联办点实事，就是自己最大的幸福。

由于洪江工商联在湖南省工商界起着举足轻重的作用，根据新形势的需要，省工商联要李躬厚组织人员编撰《洪江工商联史料》。这是一个很艰巨的任务，洪江商埠的创建、发展，尚无史料可考。洪江最早的一本书就是清朝年间编写的《洪江育婴小识》，里面所记载的是收养弃婴的事。后来，到了民国二十三年（1934年），《中国实业志》湖南省第六章里介绍了一些洪江的商业。洪江隶属会同县辖城镇，《会同县志》对洪江工商业史没遗留下任何文字记载。

因此，李躬厚把主要精力放在编工商史了。

要编撰好洪江市工商史，首先是选定撰写人员，通过多方面考虑，在以情以理感召下，李躬厚请洪江瓷厂的李联仙担任主编。李联仙是江西人，快七十岁了，瘦瘦的，一副书生模样，习惯穿一件褪色中山装，上衣口袋里，时常挂着一支钢笔。他读了九年私塾，六岁启蒙，开始学的是《三字经》《百家姓》《千字文》等书；后来读《四书》《五经》《增广贤文》等书；再后来，就开始读《东莱博议》《古文观止》等深奥的古书了。他的八股文写得相当好。如果不是随父出来经商，他肯定当塾师了。他是二十世纪五十年代的老会员，对洪江解放前的商情比较清楚，是《洪江市志》编委。李联仙知道编撰《洪江工商联史料》是件很难的事，自己年纪也大了，有点力不从心，但考虑到李躬厚为自己落实政策日夜奔波，使自己的冤屈得到澄清，也就接受了这项工作。

为了收集资料，李躬厚带着李联仙和秘书刘雄青到洪江市公安局、洪江市档案局查阅了很多档案资料，并多次召集黄瑞芝、聂干昭、禹锡卿、李尧庭、陈松涛、匡鼎成等老工商联同志座谈、回忆，凭历代流传下来的故事，总算把《洪江工商联史料》解放前的部分（前篇）完成了。

新中国成立后的事好写多了。

李躬厚、李联仙、刘雄青日无暇暑，废寝忘食，经过三年多的努力，终于把十二万多字的《洪江工商联史料》编撰好了。

《洪江工商联史料》是洪江有史以来，第一部系统介绍洪江工商业的书，对研究洪江工商业，有很大的参考价值，也是重要的参考依据。因此得到了湖南省工商联文史委员会的高度评价和社会各界的赞誉。李躬厚因编撰《洪江工商联史料》被记功一次。

《洪江工商史料》解放前的资料（前篇）就像一幅幅漫长而带有伤感的历史画卷，为洪江古商城的挖掘，提供了很多历史依据。

《洪江工商史料》写好后，李躬厚就退休了。但他仍旧关心着洪江工商联工作。年过古稀，还被聘请为洪江市卫生行风监督员。在省政协六届五次会议上，他提出在横岩修建洪江水电站和处理邵阳市绥宁县造纸厂污染巫水的提案，提案号是（451）号，后来得到湖南省政府批复。横岩电站建了起来。

邓星玉退休后，总是要跟李躬厚聊聊天，述述情，两人称得上是管鲍之交，总是有说不完的话……

第五十三章
织机动听昼夜响　小说迷人时刻写

　　洪江化纤厂改名为洪江纺织厂，已有职工一千五百多人，这些人大部来自洪江、沅陵、辰溪、麻阳、怀化、新晃、芷江、黔阳、会同、靖县等地的下放知青。李灿旭和杨雪花回城后，都进了该厂。

　　该厂现有一万锭纱锭、四百台"1511型"自动织布机。1978年该厂生产出了六百六十万米绵绸布，盈利一百多万元，上交利税一百八十万元，是洪江近年来上交利税最多的厂家。

　　在洪江的大街小巷中，只要看见身穿草绿色绵绸裤，雪白的确良衬衣，胸前佩戴着桃型金光闪闪、十分耀眼的厂徽的人，就知道此人是洪江纺织厂人，人们就会投来羡慕的眼光。姑娘占全厂百分之八十以上，她们一个个娴静秀丽，像初绽开的出水芙蓉，映在清澈丽极的溪水里，故洪江纺织厂被当地人称之为花园。因此，在洪江纺织厂工作的年轻小伙子不愁找不到对象。不过，姑娘们爱面子，她们要找的是电工、车工、钳工，或是纺纱织布保全、保养、检修工，这些是技术工种，名誉好听，工资能升到八级。而普工，最高只能升到四级。有很多年轻人都想做技工。

　　李灿旭已经跟杨雪花好上，不用担心找对象的事。但他对自己从事打包（普工）很不满意，他很想从事技术工作。可是，他才从农村回来，还不知道找关系走后门的事，也没想到工厂里会有那么复杂！他父亲李躬康现在是厂基建科木工班班长，官太小了，根本帮不上忙。再说他父亲是写诗的人，不愿意低三下四地讲好话求人。父亲总是板着脸，冷冰冰地说："有份工作就不错了，总比在农村插田打谷扛木头强。"

　　李灿旭只好找大哥李元勋。大哥李元勋1979考上了湘西仪表厂职工大学（教育部承认的全国十七所职工大学之一），现在正在那里读书，是洪江阀门厂挂职副厂长。他在洪江机制砖厂工作时，从班长到车间副主任、主任、副厂长，都是一步一个脚印走过来的。他曾为洪江阀门厂的诞生，立下了汗马功劳。他同洪江机制砖厂的老领导李乾坤关系相当好，而李乾坤现在是洪江纺织厂副厂长，大哥也是要面子的人，不好意思找李乾坤帮弟弟改变工种。不过，大哥回答的话比父亲的要婉转些、温和些。他对李灿旭说："我给你找一些纺织方面的技术书籍，你可以通过自学掌握纺织技术。掌握了技术，就不愁改变不了工种？再说，我弟弟很聪明，我坚信你一定会把纺织技术学到手的，坚信你的工种会改为技术工种。我期待着这一天。"

李元勋长李灿旭十一岁，李灿旭从小就很崇拜他，一直把他视为大英雄。1969 年他们离开后，每当李元勋给父母亲写信时，都要在后面带上一句向弟妹们问好的话。为了让李灿旭自学，李元勋通过李乾坤找来了《1511 型自动织机零件图册》和《1511 型自动织机保全图册》两本书。在李元勋的启发、鞭策和鼓励下，李灿旭开始自学了。

没有房子住，李躬康一家人只好暂时住在市郊带子街的一户菜农家里。由于只有两间小房，为便于自学，李灿旭只好搬到河对岸老团的一户菜农家里住。

杨雪花是织布挡车工，她很支持李灿旭自学，也搬到洪江纺织厂集体宿舍住了。只要是上白班，她晚上就要来李灿旭的房间里帮助他记《1511 型自动织机零件图册》里的零件代号。一台织机有近千个零件，共分七大装置，她把每一个装置里的零件代号依次要他记，她用中文念，李灿旭用英文和阿拉伯数字写，不对的地方及时纠正。夜深人静时，是杨雪花最好帮李灿旭记的时刻。那时社会治安不大好，二流子较多，每次回去，李灿旭都要把杨雪花送到洪江纺织厂集体宿舍，看着她上楼，在房间的走廊上对自己笑着招手后才回去。从杨雪花那招手的动作来看，就能悟出她对李灿旭充满着深深的爱。

就这样，李灿旭一天记一点，一天记一点，慢慢地记多了。功夫不负有心人，三个月后，他把织机主要零件代号都记下来了。

那时，李灿旭每天打包时间只有四五个小时。没事做的时候，他就拿着《1511 型自动织机零件图册》看，还时不时地用粉笔在地上写零件代号。那地面被他写满了字，写了又擦，擦了又写，已有一层厚厚的粉笔灰。有一天活干完了，离下班时间还有两个多小时，李灿旭又拿着《1511 型自动织机保全图册》看。他看入了迷，连厂部检查劳动纪律的人走到身边时都没发觉。上班时间是不许看书的，当厂部的人要开罚款单时，有人说他看的是纺织技术书籍，因此厂部的人手下留情，没罚款，但很严肃地说了一句下不为例的话。

李灿旭上班时间看书的事被车间主任易松云知道了，让人没想到的是易松云不但没有批评他，反而还很高兴，并果断把他调到织布车间学上轴。易松云鼓励他好好学，将来当检修工，还告诉他安江纱厂有很多检修工是从上轴学起的。易松云要把他自学纺织技术的事当典型树立起来。

李灿旭因祸得福。

易松云是从安江纱厂调来的，四十八岁左右，童工出身，在安江纱厂干了一辈子。她很沉稳，又和蔼可亲。当笑容遍布脸庞时，便快活地露出两排雪白坚固的牙齿，别看她黑黑的两颊分布着皱纹，但从整个面孔看起来不像是四十八岁的人，倒像是四十岁，或更年轻些。不过，谁要做错了事，她批评人时，那表情就严肃起来了，脸像青石刻的一样，没有任何表情，使人简直不敢看。她之所以脸变得这么快，是因为她有着丰富的管理经验。正因为如此，那些调皮捣蛋的小伙子被她收拾得规规矩矩。

上轴是半技术工，李灿旭往大哥李元勋给他制定的检修目标，向前迈进了一步。

李灿旭的师傅叫袁光治，绥宁人，比李灿旭大三岁。师傅个子不高，但很结实，手腕上的肌肉很发达，力气很大，一百多斤的织机经轴，他一只手就能将一头提到织布机上。他上轴的动作很麻利，从拆机到上轴，只需要二十多分钟。师傅很细心，脾气也好，在织完停了机的时候，就在空机上手把手地教李灿旭学开慢车。然后教他按操作法拆机、扫车、检修、加油。师傅梳头梳得好，打结打得细，打得均匀。慢车也开得好。开车前，他总是用废油纬纱开第一梭，这样避免了纬纱的浪费。由于师傅教得很耐心，不到三天，李灿旭就能单独操作了，而且每天都能超额完成任务。

易松云知道李灿旭和杨雪花在农村时就恋爱了，因此就把李灿旭分配到杨雪花那个班上轴。

在没有轴上的时候，李灿旭就拿着扳手开始学检修了。因为他对织机主要零件代号和织机七大装置都记住了，所以学得比较容易。他对照着《1511型自动织机保全图册》书，从小毛病开始，一边看书一边修，一边摸索。就这样，他用两个月时间，就把织布机断经、断纬、无梭、侧梭、压梭五大关车毛病和压梭、扎梭、飞梭等主要毛病的检修技术基本掌握了，对织机自动换梭原理也基本掌握了。当然，是杨雪花在暗中帮助着他，提醒着他。

由于李灿旭能单独处理坏车了，易松云将他的工种由上轴改为检修，这样，他达到了大哥给他制定的目标了。不过大哥要他不要满足于现状，要他把检修的技术全部学到手，争取当一名合格的检修工。

李灿旭没有辜负大哥的希望，很快就全面地掌握了修机技术，并积极要求进步，入了团，还写了入党申请书，现在党组织正在考验他。他在昼夜隆隆织机声中，接受着考验。

现在，李灿旭把主要精力放在文学创作上了，他想当作家，下班以后就写短篇小说，已有一年了。他一次次给《湘江文学》《青年文学》《青春》《萌芽》《雪峰》等文学刊物投稿，可是那些稿件总是被退了回来，那饭粒依旧粘贴在稿纸上。

杨雪花为他难过，想要他放弃写作。但看他焚膏继晷，热心于写作，又不好伤害他，打击他……

不久，洪江市文化馆新调来了一个文化干事，叫杨学乐，是芷江县人，三十五岁左右，个子不高，微胖。此人就因为在《雪峰》杂志发表了一篇短篇小说《鸳鸯谱》，就调到洪江市文化馆当文化干事了。在杨学乐的建议下，洪江市文化馆举办了洪江市第一期文学创作学习班。李灿旭参加了学习。在学习班上，他听了凤凰县苗族作家吴雪恼讲课。吴雪恼此时已在《青年文学》《青春》《湘江文学》《萌芽》《上海文学》等文学刊物上发表了几十篇短篇小说。其《猪郎倌架鹤桥》等作品被《小说选刊》转载。吴雪恼是有名气的作家了，他农民出身，是靠自学走出来的，现在调到湘西州文联工作了。用他的话来说，就是一天要保持四千字的练笔。李灿旭深受他的影响，一定要将文学之路走下去。他和学习班上的几个文友发誓愿：不发表作品，决不结婚。

农历六月十九日，是观音菩萨渡海日，这一天，那些正处于热恋的青年男女，总是手牵手地去嵩云山大兴禅寺烧纸、烧香、卜卦，或是许愿。

这一天，李灿旭和杨雪花正好出零点班，有两天休息，因此杨雪花吃过晚饭后，洗了澡，穿上了一件很透明的衬衣，配上一条浅灰色裙子，身上涂满玫瑰花香，邀李灿旭去嵩云山了。

天还没有完全黑下来，通往嵩云山古寺的公路早已被香客挤得水泄不通，李灿旭紧紧地拉着杨雪花的手，只怕走散。

嵩云山大兴禅寺气势宏伟，流金溢彩。整个古寺分为三进：一进为韦陀殿，供奉关圣帝；二进为大雄宝殿，供奉如来佛；三进为祖师殿，供奉无意祖师。右侧偏殿为观音堂，供奉千手千眼观音。相传祖师殿供像系肉身成佛，寺内香火鼎盛，曾有多届高僧在此剃度纳徒，讲经说法。"文革"中，所有佛像全被造反派毁坏。近年来，宗教政策和文物保护得以落实，才慢慢地恢复着原样。

在韦陀殿里，杨雪花把苹果、葡萄、枣子等供品放在供台上，烧过香和纸钱后，两人来到一位穿着灰色袈裟的僧人前，杨雪花从抽签盒里抽了一支签，是"上上签"，卜卦的时候，第一卦两个都仰着，是阳卦，不对，得重来；第二卦两个都伏着，是阴卦，也不对，又得重来；第三卦，一仰一伏，对了，他们是一对。不过，僧人又说了一句要他们双方都克制的话。卜了卦之后，杨雪花把一张五元的钱放进"功德箱"里，以表示对菩萨的感谢。敬过如来佛和无意祖师后，他们就来到了千手千眼观音堂，杨雪花恭恭敬敬地拜着，她要李灿旭也跟着她拜。李灿旭没有拜，暗暗抿嘴笑。

"不许笑，对菩萨要尊重。"杨雪花脸上的表情很严肃，像老师在训不听话的学生似的。

李灿旭只好把嘴抿住。

出了嵩云山大兴禅寺后，杨雪花和李灿旭开始爬嵩云山左上面的老鸦坡了。这老鸦坡是年轻人谈情说爱的好地方，每到二月十九、六月十九、九月十九菩萨生日，或农历七月初七七夕节和八月十五中秋节，山上总是坐满了正处于热恋中的姑娘和小伙子。

今晚是杨雪花主动要来这里的。在大兴禅寺里，开始卜的那两卦，使得她心神不定，直到卜了最后一卦后，她心里才安稳下来。

半边月把柔和清澈的光辉洒在洪江山城里，密岩峰、尖坡、沅水、巫水以及古老的窨子屋，通通蒙在一望无涯的洁白朦胧的轻纱薄绡里，显得缥缈、神秘而绮丽。薄薄的山雾浮起在老鸦坡的树林间。杨雪花温情脉脉地像两年前在马鞍洞渠水河边那样，躺在李灿旭的怀里，看着天上那缺了一边的月亮。她想起李灿旭那时一个人闷在屋里看《艳阳天》《金光大道》《钻天峰》《青春》《剑》等长篇小说，不跟人接触。

李灿旭看着山下那忽明忽暗的万家灯火，就对杨雪花说起了老鸦坡的传说："在很久很久以前，有一对金老鸦一年四季围着雄溪山城转，确保着这里的一方平安。如有灾祸来临，金老鸦就会提前报信，使城里人提前转移或是预防。老鸦坡上有一块十平方米的石镜，如果天气晴朗，没有云雾，从石镜里可以直接看到六十里外的安江古塔。只要金老鸦一报信，石镜就能显现出灾祸降临的样子。后来有一个英国人来到洪江，盗走了这一对金老鸦，石镜也就失去了昔日的功能。洪江从此一年四季都有灾祸降临，每隔几年就要发生一次大火灾。比如：清乾隆十一年（1746年），五牌起大火，烧毁住房一百一十八栋；清同治四年（1865年），犁头咀起火，烧了百多个店铺；民国二十三年（1934年），季家冲起火，烧到了向家坪、木粟冲一带百多栋屋；民国三十五年（1946年），冻青坪起了大火，烧了二百六十多栋屋。后来人们自己宽慰自己，说洪江是个'火'字形，每年要起几次大火，这样，洪江才能发大财。于是洪江也就有了越烧越发的传说。"

这传说，简直把杨雪花弄到云里雾里去了，什么金老鸦、石镜？什么哪一年起火？什么越烧越发？她对这些事一点兴趣也没有，只希望同李灿旭早点结婚。她知道李灿旭现在的心思都放在写作上，想成名当作家。她父母亲都看不起李灿旭，说他仅在农村读了两年初中，还想当作家？作家是那么容易当的？有很多人写了一辈子，到头来，一篇文章也没发表过。

坐在老鸦坡树林间的一对对热恋的年轻人，有的像最新电影里的镜头似的亲吻着。杨雪花看见他们舌头舔着舌头发疯似的相吻时，她也不管三七二十一了，对着李灿旭就吻起来，就像电影里那时髦的吻。李灿旭被她弄得云里雾里。她一身是玫瑰花香味，李灿旭努力控制着自己，此时千万不能冲动，要对自己的行为负责。他知道杨雪花深深地爱着自己。

"时间不早了，我们回去吧。"李灿旭说。

"好。"杨雪花站起来，伸了个懒腰，跟他走了。

下山的路很陡，只听见杨雪花"哎哟"一声，说她的左脚扭伤了。

休息了一会儿后，仍然走不起路，李灿旭只好背着她下山了。

杨雪花在李灿旭的背上，嘴里露出甜甜的可爱的温柔的笑容。她是装的，她就是要李灿旭背着自己走。下了一段坡之后，看李灿旭那吃力的憨憨的样子，她忍不住诡秘地笑了："你真是一个书呆子，不知道我是装的吗？"

"我知道你是在逗我，有什么办法呢。"李灿旭憨憨地说。

杨雪花听了这话之后，心里甜丝丝的，认为自己没有看错人，认为他各方面比林龙强。她知道林龙到现在还在追自己，可她爱的就是李灿旭，她相信李灿旭会发表作品的，她在等着他。

下山的路上，两颗心缔结在一起；天上，星星正依恋着皎洁的半边月⋯⋯

第五十四章
纺织厂宿舍难住　佘细珍病中望穿

转眼间，李躬康回城已有三年了，由于洪江纺织厂的第一、二、三栋家属宿舍房都没分到他，仍住在市郊带子街菜农家里。春夏时节，遇上涨水，洪江瓷厂后门口的渡船停渡，李躬康只得绕道步行十多里去厂里上班，走到厂里已是气吁吁的，上气不接下气。

在当时，洪江纺织厂分房是凭双职工排队打分，由于李躬康不是双职工，连排队的资格都没有，更不用说打分了。虽说李躬康不是双职工，可他的儿子李灿旭、女儿李洁都在厂里工作，而且三人每年都是厂先进个人，难道三个人的贡献还没有双职工贡献大？为此事，李躬康曾打了好几次要求分房的报告，可是厂里那个管分房的副书记，就像是个土皇帝，说就是开除党籍，也不给李躬康分房，好像前世跟李躬康有深仇大恨似的。可怜李躬康一辈子是胆小怕事之人，面对副书记如此横蛮霸道，除血泪盈襟外，没别的办法了。

医生说佘细珍的肺穿孔病已经很严重。现在佘细珍唯一的愿望就是想在有生之年，能住进洪江纺织厂家属宿舍里，于是她天天盼！天天想！

迫于无奈，李躬康只好搬到洪江纺织厂附近老团的一户菜农家里，以便午休时回家看看佘细珍。

近几天来，也许是"回光返照"，佘细珍突然想吃东西了。李躬康买一只鸡，她吃了；买一条鱼，她吃了；买一只猪脚和一个猪肚，她都吃了。李躬康感觉她有点不对劲，为了不给房东增添麻烦，李躬康让刚下夜班的李灿旭背着佘细珍往他住的小木屋里走。此房属公房。

李躬康提着些东西跟在后面。

此时，佘细珍已意识到自己是被驱逐出门的，她先是噫呜流涕，那眼泪一滴一滴地落在李灿旭的肩上。当她悲哀到无法控制的时候，哇的一声，骂起李躬康和李灿旭来："李躬康，你这个没良心的，你不管我了，你让你的这个小畜生背我出去。你们是要我死呀！不！我还不能死！我要等住进了纺织厂的砖房子才死！我要死在纺织厂的砖房子里！我要死在自己的房子里！要不然，我死不瞑目！"

一路上，佘细珍在李灿旭的背上哇哇哭着……

过了一会儿，她掉过头，像中了邪似的对着李躬康说："我的姊妹啊！老兄！我的姊妹啊！老兄！"这是宝庆人的哭丧歌。

又过了一会儿，她又摸着李灿旭的头，嘻嘻笑："我的灿宝儿，我的灿宝儿。"最后，她唱起了《大海航行靠舵手》。

李灿旭突然将她从房东家背出来这一举动，使得她大脑突然受到了极大的刺激，引起精神分裂，她疯了。她一路哭着、笑着、唱着，还用嘴不停地咬着李灿旭的肩膀……

当李灿旭把她背上二楼那一人一手高的木屋里时，她已筋疲力尽，在床上睡了，眼角里还含着悲伤的泪。

李躬康对李灿旭交代了一些事后，就上班去了。

李灿旭坐在床边，默默地看着睡着了的母亲。此时此刻，一幕幕难忘的心酸的往事，像潮水般涌现在他眼前……

自他能记事那天起，就看见母亲的额部时常贴着几块黑色的小三角形太阳膏药。这太阳膏药，母亲天天贴着，如果有一天不贴，头就痛得受不了。他看惯了母亲额上那黑色的小三角形太阳膏药。母亲患有心脏病和支气管炎病，心脏病发作时，嘴里直吐白沫，那泡沫，一大堆一大堆的；母亲支气管炎病发作时，喉咙里就会发出又低又闷的咳嗽声，那声音，好像是在拍打一张被水泡湿了的牛皮纸，使他感到特别害怕。他几乎是听着母亲的咳嗽声长大的。

那些年在农村，是母亲要辍学的他继续读书。读完小学后，他不打算读初中的，是母亲说不读书不行，将来要后悔的。就这样，他又断断续续地读完初中。读初中时，为了让他不挨饿，母亲每天大清早起来，给他做几个桐叶粑，或是蒸几个红薯，放在他的书包里。

母亲很会持家，一个月有多少粮食，一天吃多少，哪一餐吃干饭，哪一餐吃稀饭，哪些是给鸡、鸭吃，她都计算得很好。为了填肚子，赶场天，母亲拖着疲惫的身体，吃力地去十里外的甘棠坳市场上买红薯、萝卜。

母亲很会养鸡，她养的鸡长得很快。一只鸡生了三四十个蛋后，就要趴窝了，这时，母亲就将鸡放在装着水的脚盆里，上面用鸡罩罩着，不到几天，鸡就不趴窝了。过不了多久，鸡又开始生蛋了。

　　记得那年，每户只允许喂八只鸡、八只鸭，母亲计算着，那八只鸭长大后能卖得十六元钱。母亲认为这是一笔不小的收入。一天下大雨，刮大风，风把围鸭子的竹栏杆吹倒，雨停后，鸭子跑到田里吃谷子，结果被队上看田地的人发现，罚了十六分工分。这十六分工分，他要干两天多的活才有。因此，他一气之下把那八只还是绒毛的鸭子活活地给摔死了。母亲见他如此鲁莽，气得心脏病发作，嘴里直吐白沫。

　　母亲最会养猪，猪什么季节吃什么草？她分得清清楚楚；猪在长架子的时候，母亲要他去高枧河里扯蓝丝草；架子长好了，母亲就用小薯催肥。他知道母亲养猪很辛苦，特别是她拖着疲弱的身体用竹块在大锅里搅猪食时，那动作实在是吃力得很。有好几次母亲心脏病发着，倒在猪栏边，嘴里直吐着白沫。

　　母亲有一次拄着拐棍去山上摘葛藤叶，被毛砣家的狗咬伤，得了狂犬病。他更难忘的是母亲为省五角钱车费，要他用板车把她拖到团河。在团河，母亲又为了省两角钱，只要他买到黄茅的车票。让他最难忘的是，母亲买了两个包子给他吃，而她自己却吃着从家里带来的冷红薯。他只吃一个，将另一个放在母亲的手里后，拖着板车就往回走。板车走远了，而母亲还在追着喊着，要他吃……

　　母亲就是这样，成年累月地带着疾病劳累着，随着时间的推移，她已槁项黄馘。

　　现在，母亲筋疲力尽地睡在床上，眼角里还有泪痕。想着母亲含辛茹苦地把儿女养大，而她自己现在却成了这副样子，李灿旭脸色阴沉下来，那神情就像展翅翱翔的鸟儿突然折了翅膀，一下子从万仞高空中摔到了地上，惨痛而又悲哀。他想大哭一场，可又怕惊扰刚刚睡着的患病的母亲，只好泪往肚里咽。他脸上显出痛苦和惶恐来。

　　母亲醒过来，心情好像平静了，见他坐在床边，很温和地对他说："灿儿，你在床外面睡一下吧。"

　　"妈，我不困。您想吃什么？我去做。"

　　"我不饿。你上了夜班，该睡了。"

　　"妈，我真的不困。"

　　"听话，睡下。"

李灿旭听母亲的话，迷迷糊糊地在母亲旁边睡了。可是刚睡着，又被母亲边哭边闹的声音搅醒，母亲精神又不正常了："我的姊妹啊！老兄！我的姊妹啊！老兄！"母亲又在哭丧了。

"妈，您怎么啦？"

"你这个小畜生，是你把我背到这里来的，你要我死在这里。不！我还不能死！我要住洪江纺织厂的砖房子！我要死在洪江纺织厂的砖房子里！要不，我死都不闭眼！"

"妈，厂里的领导说，等第四栋房子修好了，就分给我们一套。"

"真的？"母亲用惊喜的眼光看着李灿旭。

"真的。"

听李灿旭这么一说，佘细珍精神霎时间恢复正常了，她就是想住洪江纺织厂的砖房子。

这段时间以来，晚上李躬康睡在这小木屋里，白天由李灿旭和李洁轮流护理着，谁上夜班谁护理。杨雪花也来帮着李灿旭的忙。佘细珍的精神病时不时地要发作一下，尽管说些疯话，但毕竟是自己的妈，狗不嫌家穷，子不嫌妈疯。

这几天，佘细珍精神正常，几乎没说什么疯话。人啊，活着时受了再多的苦，到了快死的时候也会想个法子来宽慰自己。佘细珍宽慰的方法是问儿子李灿旭和未进门的儿媳杨雪花：洪江纺织厂的第四栋家属房修好了到底能不能住进去？当李灿旭和杨雪花回答她能进去时，她也就不想什么了，也没必要等到那一天了。一天，离天亮还有一个多小时，佘细珍可能知道自己不行了，她要干干净净地走，于是就要李躬康扶着自己起来解小便，她边解边说："老李呀，我对不起你，拖累了你一辈子。"刚说完这肺腑话之后，她眼珠直往上翻，双手颤抖着，几秒钟后，手停止了颤抖，手掌直直地摆在床上，身体慢慢地凉了，可她的两只眼睛还睁着！李躬康用手闭了好几次，但始终是闭不起来！

李灿旭说请人给母亲抹老澡，可是父亲李躬康不同意，他要自己给妻子抹老澡。李躬康一个人默默地静静地小心翼翼地抹着她身上的每一个部位，抹着抹着，就想起这个同甘共苦，共同生活了近四十年的结发妻子的一生。

那时，她诗文功底好，曾打算去长沙女子学校读书，但由于她父亲坚决反对，也就没去。那一年，她跟自己订婚了。因为她诗文功底比自己强，听她的话，半耕半读两年。他知道自己的诗文功底就是那两年起来的。两年后，她嫁给了自己。自她嫁给自己后，她没过过一天安稳日子。那时，她日夜惊惶，不敢出门。有时听说土匪要进村，她和乡亲们不要命地往山上跑，直到夜里才回来。一天傍晚，他去她弟弟佘细明那里给李躬福送东西，就在这时，一群丧尽天良的土匪气势汹汹地闯进家里，一阵翻箱倒柜后，由于没找到什么东西，土匪把她按倒在地上，将一桶屋檐水往她嘴里灌，那情景，惨绝人寰，莫敢仰视。她从此胆怯，患上心脏病和支气管炎等疾病。解放后，她和自己经历了"土改"等运动。高级社时，来到了洪江，后来经历了过苦日子。"文革"后，又跟着自己去农村了。在农村九年，知道她吃了很多很多的苦。现在，眼看日子好过了，大儿子李元勋在湘西仪表厂职工大学读书，二儿子李崇勋在怀化大米厂工作，三儿子李灿旭、大女儿李洁都有了工作，而她却走了！她才五十七岁，这么年轻，不应该走呀！

洪江纺织厂附近的坟山有尖坡和杨梅冲两座，李躬康问三子李灿旭："你妈是埋尖坡？还是埋杨梅冲？"

尖坡地势高，但考虑到洪江无线电厂和洪江园艺场在那里，以后可能要开发，搞建设。

李灿旭说："埋杨梅冲吧。"

就这样，佘细珍埋在杨梅冲了。

杨梅冲坟山虽然地势较低，但它夹在两座山中间，岭下有两口大水塘，按风水先生的话来说，是块福地。

李躬康在岭中间选了一块地，把坟定在洪江瓷厂后面两座大山的中间，佘细珍一辈子受病痛折磨，但愿那两座山能给她挡着病魔。

坟的左边有一块空地，李躬康对李灿旭说："我死后就埋在这里，陪着你妈。"

李灿旭无语，但他对父亲很敬佩。

李躬康开始给佘细珍挖墓坑了，他把墓坑挖得很深很深……

对佘细珍，李躬康写下八首《哭亡妻》：

忆昔烽烟正漫天，匆忙结发旧堂前。

饥寒常遇等闲过，已共糟糠三八年。

举案淳风不谬传，始终如一颇称贤。
愁眉未展终生恨，郁郁成疴廿二年。

凌晨跨鹤出尘寰，定赴瑶池不复还。
炊臼即从今日起，终宵下寐目同鳏。

形骸恒化室空幽，仰见遗容不胜忧。
夜半思卿长涕泪，天明犹向枕边流。

尔昔有言逝我前，嗟乎此别不同天。
悲含今世苍天哭，年髦何堪泪沄然。

寻常夫妇未为奇，寒夜牛衣昔日悲。
俭薄却能居患难，境逢险阻亦如夷。

临终对我语无佗，只话一声苦病磨。
记得斯言犹在耳，断肠时赋鼓盆歌。

悲君欲语梦魂中，苦蓼年深蔗日终。
缘会他生偕我来，穴尘异日与卿同。

第五十五章
诗词消遣度晚景　斧头抛却写真情

　　转眼间，佘细珍去世有一年了，洪江纺织厂第四栋家属宿舍房也建好了，可是那个管分房的副书记仍旧不给李躬康分房。兔子逼急了，也会咬人的。李躬康在迫不得已的情况下写了《感事》六首：

　　轮奂辉煌美，楼高耸碧空。
　　严寒三四度，犹自独飘蓬。

　　难困谁怜恤，农家四载居。
　　老妻临死转，沟壑定悲余。

　　住宅上无壁，狂风梦寐愁。
　　屡遭连夜雨，泪与水争流。

　　处境曾三报，所求渴解围。
　　无法解决语，失望竟无依。

　　一羽轻难举，千钧重易擎。
　　万间连续建，不肯施恩情。

　　党策震天地，能回万物春。
　　此人年五八，赢得几时仁。

　　这些诗一传出后，在洪江纺织厂领导和职工中引起了很大的议论，有人说分房就是不公平，说有的人并不是双职工，只因为有关系，就分到了房。李躬康一家三个人在厂里上班,三个人年年都是厂先进个人,说什么也应该分一套给他们了!更让大家想不到的是,一个默默无闻的木匠,竟能写出如此深奥的诗句来。特别是"一羽轻难举,千钧重易擎",让人深思。

洪江纺织厂现在的厂长叫李铭生,是大学生,才从安江纱厂调来,他深知其诗含义,因此要厂行政科酌情处理此事。

不久,洪江纺织厂行政科将厂二栋一楼一直空着的一套房子分给了李躬康。

李躬康就因为写了这几首诗,住进了洪江纺织厂宿舍房。遗憾的是他爱人佘细珍没等到这一天。进新屋的那一天,李躬康来到杨梅冲佘细珍坟前,告诉她,全家已住进了纺织厂砖房子里,要她在九泉之下可以安息了。

其实,李躬康的诗在洪江早就有名了。一次,洪江市商业局的一台小车开到了老团菜农李躬康东家屋门口,局长从车里出来,把车后面行李箱门打开,拿出一大袋水果和糖类的东西来,说是请李躬康给他父亲写八十大寿的寿联。

李躬康瞟了一眼袋子里的东西,婉言推辞:"我不会写,你请别人吧。"

他要局长把那些东西拿回去,弄得局长好尴尬。不过,话得说回来,如果那位局长是走路来,他肯定会给他写的。他给洪江很多人写了寿联、春联和挽联,都是分文不要。

这位局长来还是哥哥李躬厚介绍来的。李躬康就是有个怪脾气,清高。脾气一来,连哥哥的话都不放在眼里,没给人家一点儿面子。

为此事,弄得李躬厚给那位局长赔不是。

在洪江,李躬康有好几个诗友,他们是:"老右派"分子戴翊、老中医彭昆成、卖冰棍的王维芝。由于诗的缘故,他们已是管鲍之交。

每天吃过晚饭后,李躬康就沿着洪江纺织厂的创业路,来到巫水渡口边。渡船归洪江船运公司管,此时是枯水期,趸船上架几块跳板便可以过去。这样航运公司的人就可以在船的入口处坐着收钱。行人也很方便。如果用渡船,要半小时才渡一次,而且要耗柴油,要费人力。上岸后,沿着雨伞厂门前的石板路,一路经过皮匠街、冻青坪、鼓楼脚、狮子楼、老街、塘连街、清平街、洪盛街、吉庆街,最后来到巫水河上的洪江大桥上,跟诗友们会合。

李躬康和他的诗友们在桥上一起唱和诗、赋诗。有时为一句诗,大家争议得顾不上脸面和感情,公说公有理,婆说婆有理,最后还是"老右派"戴翊来摆平。戴翊帮李躬康说话了。

戴翊是老牌大学生，八斗之才，在洪江数一数二。他性格清高，对一般的人，他是不多说话的。但对李躬康，他看得格外重。李躬康也很尊敬他。

有时，一天摆不平，第二天再来；第二天摆不平，第三天再来。日复一日，他们就是这么争论着，谁也不让谁！直到戴翊发火，于是大家才冷静下来。

当然，戴翊认为他们几个人当中，功底较厚的是李躬康，他说在洪江，没有哪个像李躬康那样，能用同一个韵写二十八首《赋诗坛》。下面列出十首：

平生不敢入诗坛，临阵心惊胆战寒。
每以措词因缺意，几曾袖手只旁观。
青云道路凌非易，白雪阳春和极难。
古调风流音绝久，何时重见世人弹。

偶听群贤毕至坛，瑶章读罢胆弥寒。
风骚古调俱堪比，翰墨高才已止观。
既喜文人相聚易，何愁诗社识音难。
但期一见荆州面，大白同浮会合弹。

嘉篇屡获益光坛，毛骨悚然身畏寒。
起凤腾蛟夸我误，藏龙卧虎被人观。
群鸥拍水齐飞易，孤鹤排云独举难。
正是秋高天气爽，月明桥上抱琴弹。

诗魁无敌壮吟坛，松柏原知耐岁寒。
望重泰山容未仰，声蜚沅水句频观。
忘年岂料神交易，游艺须通古道难。
闻说循循师善诱，樗材唯冀墨绳弹。

回思庆父昔登坛，遂令流离九度寒。
噤若残蝉长默语，颓然病鹤不堪观。

沧桑正道变迁易，玉石俱焚挽救难。
直到东风嘘暖气，阳和思布铗随弹。

祖龙曾令毁文坛，竹帛烟消日久寒。
巾戴儒家天下尽，书从孔庙壁中观。
欣逢圣代尘清易，何患贤才颖脱难。
世业中兴文又重，鸿儒相庆把冠弹。

子善吟哦又旺坛，芳醇不喝饮冰寒。
谈经漫向阶前坐，索句便从灯下观。
倚马高才挥翰易，雕虫小技步尘难。
宗风克绍青莲士，皓首还将古调弹。

论诗谁冠古今坛，三百遗篇永不寒。
谱入管弦音绝妙，光昭日月焕奇观。
诗词曲调翻新易，风雅颂章仿古难。
孔氏曾经删定后，只缘秦火不闻弹。

灵均怨句创骚坛，流放遭谗几度寒。
披发行吟歌壮烈，怀沙慷慨叹悲观。
江山终被秦吞易，社稷重延楚祚难。
岁岁龙舟蒲节赛，波涛犹似泪珠弹。

将谓偷闲漫步坛，夜阑卧听雨声寒。
平生诗句枕途得，片刻梦魂寰宇观。
燕国开基翻手易，夷洲顽石点头难。
游鱼待返故渊日，统一河山曲合弹。

李躬康搬到洪江纺织厂宿舍不到一年，就退休了，用他的话来说是"斧头抛却一身轻"。

从此，他把精力放在律诗创作上了。对以前写过的诗，他把平淡、无味、枯燥的诗一律丢进火坑，把保留下来的诗分为：学诗至解放，二十三首；新中国成立至下放，三十六首；务农至回城，三十九首；复职至退休，五十二首。共四个阶段，加起来一百五十首。

从这一百五十首诗里，得知他六十年来所走过的路。

比如说《学诗》里的"学诗格律幼时抄，几度吟哦几度抛"，反映出孩童时代的天真和幼稚；《苦热》里的"热似炉燃身上火，汗如泉涌腹中汤"，这是他幼年时辍学时写的，如果没有亲身体验，又怎么知道热到腹中？《反右》里的"无数忠良头戴帽，株连九族陷泥沟"，他哥哥李躬厚划为右派后，在南京空军部队工作的弟弟李躬福从此未晋升，几个妹妹都受到牵连。《大炼钢铁》里的"冰凝伐木烧为炭，火炽鼓风吹若竽"，讽刺了当时的愚昧。《过苦日》里的"志气天高华胄语，濒危犹自嘴中含"，表现出在困难面前不低头，很乐观的心情。《早秋即事》里"萧瑟秋风叶渐衰，寂寥自古令人悲"这是他下放农村期间的真实写照。这些是他早期作的诗，是以当时的时代背景写的。

他没有别的爱好，就喜欢写诗。一旦拿起了笔，什么烦恼的事都丢到九霄云外去了。是诗支撑他生活着，土改时，过苦日子时，"文革"时，下放农村时，都是写着诗生活过来的。

他曾给很多诗刊投过稿，但都是石沉大海。

直到两年后，处女作《枯松》才在《岳麓诗声》发表，这是他的诗第一次印上"铅印字"。接着，又发表了两首诗。一个无名小卒，能上铅印字就很不错了。而在他的生日联里，1986年写的是："仁政海宽，闻人致富万元易；蓑颜年老，愧我留名一字难。"1987年写的是："霜雪临头，始登岳麓诗三首；桂兰绕膝，共饮屠苏酒一杯。"

后来，《湖南诗词》《江西诗词》《当代诗词》《诗词集刊》等省级诗词刊物发表他的作品了。他是洪江不通过任何私人关系，最早发表作品的人，也是洪江最早上《湖南诗词》的人。

第五十六章
李躬福两子成龙　　洪江城故地寻祖

　　李躬福的两个儿子没有辜负二伯李躬康"继志唯期侄读书"的希望，大儿子李云泽考上上海某军医大学，小儿子李云东考上南京某名牌大学。

　　有一年暑假期间，母亲喻萍让李云泽、李云东两兄弟回来洪江探亲寻祖，这是他们兄弟首次来到洪江。他们从小生活在南京，看着洪江这弹丸之地，和传说中的"小南京"相比，确实有很大的落差。他们拿着三姑李芸菊所画的图，很快找到了刘家大院。

　　从大伯李躬厚嘴里得知，这豪宅原是洪江八大油号之一的老板刘尉君的，抗战时期因为"运油资敌"冤案，刘尉君被送进重庆大牢，结果病死在回来的路上。刘尉君的儿子刘俊就将此屋折价卖给了爷爷李锦。

　　吃过晚饭后，李躬厚带着两个侄儿来到了沅水边，看着沅水，他想起了自己和父亲创业的往事。往事如云。辛酸苦辣甜，他平生哪种滋味没尝过？他片片断断地讲起来："我十三岁就跟你们的爷爷从邵东老家来洪江了。在路上，我们走了半个多月。仅雪峰山，我们就走了整整十天。记得过雪峰山岩鹰界时，我们遇上了土匪，你们爷爷身上的十元银圆、三百枚铜毫和包袱里的东西都被土匪抢了，仅给他留下一条短裤，还在他的小肚子上给他一刀，留下一个伤疤。是我急中生智，将在邵阳城里买的那把油纸伞藏了起来。我们就拿着这油纸伞做典当，在岩鹰界下面龙船塘一个叫雷再思的瑶人的客栈住下来。还好，雷再思老板不但不要我们的伞作抵押，还给你们爷爷送了一套瑶服。你们爷爷小肚子上的伤口也是他的瑶药治好的，雷再思老板是好人，我们遇到好人了。

　　"我们来到洪江后，我在商会会长唐德忠的一家布店学徒，你们的爷爷在一个叫曾四爷的木牙行里当经纪人。三年后，曾四爷得了一场怪病，死了。你们的爷爷就接下了木牙行。这时，我三年学徒期满了，我建议你们的爷爷当山客。我们在八大油号之一的刘尉君老板那里借了三千元银圆，加上你们爷爷所积累的两千元银圆，我们就用这五千元银圆做启动资金，直接到贵州锦屏苗族山区买木头去了。这是冒险行动，但我们成功了。后来我们当水客了，把锦屏苗木运到洪江后，自己雇人扎排、放排，直接卖到汉口、南京、镇江、南通去。我们又成功了。可是两年后，抗战爆发，沅江封航，木材生意被迫停下来。

"我们只好转行卖药材，就是把贵阳的药，先是由马帮运到镇远，再从镇远坐船沿潕水下来，一路经过玉屏、新晃、芷江、榆树湾（怀化）、黔城，最后到了洪江。陈积芳药店是我们最大的客户。后来，我又把药卖到了邵阳，在邵阳，我结识到了永丰纺织厂老板陈芸田，在他那里买点纱和布到贵阳卖。

"抗战胜利后，我们重操旧业，又卖木材了。也只有卖木材，才能得多钱。

"解放后，开始还做了一年木材生意，生意也不错。后来，国家成立森林局，不允许私人卖木材了。我们有百分之八十的资金投入了洪江首家公私合营——洪江植物油制炼厂，我是董事会成员之一，负责筹集资金。后来，任湘西企业股份有限公司副主任，这企业由于资金没到位而没办成功。不多久，我就进了洪江工商联，任副主任。1957年到北京开了会，后来被划为'右'派，被撤职，遣送企业监督劳动。后来，我被揪回邵东老家，你们的奶奶、大伯母和你们的两个堂姐一起去。你们的奶奶死在那里，她是死在告状的路上。1973年落实政策，我回到洪江瓷厂。1979年退休，1980年平反复职。二十多年来，我连累了你们的父亲、你们的几个姑姑和你们的堂兄李元勋等人……最遗憾的是你们的父亲病危时，不能见到他最后一面，我们是骨肉兄弟啊！"

说到这里时，李躬厚咽哽了，他那泪光莹莹的眼睛，如同倒映在沅江河里的月亮，眼泪像溪水一样流了出来。这眼泪是触击到心灵深处，痛苦到极点的时候才流出来的。没经历过那悲惨遭遇的人，是流不出这么多眼泪的。

"大伯，这是在那特定的历史条件下形成和产生的悲剧。您受苦了。"大侄儿李云泽说。"大伯，您不要责怪自己了，在那样的年代，亲人受牵连是没办法的事。"小侄儿李云东说。

他们沿着沅江一直走到了王家凉亭。这凉亭，二十多年前李立勋陪着李躬厚来过这里。

那时是曾玉英怕李躬厚想不开，要儿子来陪的。二十多年过去了，凉亭还是原样，只是里面的柱子斑痕累累，显得有些难看了。不过，人们下洪江时，依旧要在这里歇歇脚。

从沅江河里吹来了一阵凉凉的风，他们三个人都感觉身上凉爽爽的。对从小在南京城里长大的李云泽和李云东来说，他们都是第一次感受到雪峰山区的凉爽。在南京，人们此时都是搬着靠椅或门板露天睡觉。

下弦月出来了，沅江两岸的树倒映在水里。

李躬厚一生的经历，对李云泽和李云东来说，是上了一堂在课堂上没有的课。通过爷爷和伯父的一生经历，他们了解到自己的家史，他们也很佩服爷爷和伯父当时白手起家的精神。

李云泽和李云东来洪江纺织厂看望二伯李躬康了。对二伯，1978年时他们的父亲病危时已见过面，但对几个堂兄妹来说，都是第一次见面。

当他们来到堂兄李灿旭的小木屋里时，看见书柜里有沈从文的《边城》、老舍的《茶馆》、托尔斯泰的《战争与和平》、果戈理的《死魂灵》、大仲马的《巨人传》、小仲马的《茶花女》，有我国的《水浒》《西游记》《三国演义》《红楼梦》四大古典名著，有1977年至1980年的《全国短篇小说获奖集》和《全国中篇小说获奖集》，有蔡东藩的从《前汉演义》到《明史演义》，就知道这个堂兄酷爱文学。当问及为什么没有《清史演义》时，李灿旭苦笑一下："怀化地区新华书店没有这书卖。"

李灿旭的很多书是从怀化地区新华书店买来的。他每月三十多元工资，有一是用来买书了。他告诉两个堂弟，说自己别没的爱好，就爱好写小说，他将来打算写一篇长篇纪实小说，把爷爷李锦、伯父李躬厚、父亲李躬康、叔叔李躬福和自己所经历过的事写进小说里。他在洪江市文化馆举办的文学创作学习班上认识了一些文友，他们是洪江无线电厂的郑春源、洪江二中老师张开妙等，他们都说要他坚持写下去。他特别崇拜沈从文家乡凤凰县的苗族作家吴雪恼，说吴雪恼是自学成才的。吴雪恼是农民出身，发表了很多小说，有的上了《小说选刊》，而《小说选刊》是很难上的，平时上的都是名家名人。

李灿旭现在就像一个"文癫子"，已经走火入魔，每天都是不要命地写，一天只睡四五个小时。他曾给好几家文学杂志社投稿，但都是一句"经研究，不予采用，欢迎继续投稿"的铅印字打回来。他写了一篇七千多字的短篇小说《打井人》，曾投稿多次，但都被退了回来。有的编辑部说经费有限，如要退稿，需自付退稿邮费，因此他总是在稿件里把退稿邮票放进去。好在未婚妻杨雪花一直默默无闻地支持着他。

两个堂弟虽说是大学生，但一个医学专业，一个是计算机专业，对文学排不上号。不过，他们都鼓励着这个酷爱文学的堂兄。所以回南京之后，给他寄来了他还没买的《清史演义》上、下册和浙江人民出版社出版的《诺贝尔文学奖金获奖作家作品选（中短篇小说）》上、下册。这是李灿旭第一次听说诺贝尔文学奖这个专用名词。

第五十七章
几年苦熬见分晓　三日高兴当新郎

《雪峰》杂志社是怀化地区唯一一家纯文学刊物，坐落在怀化城里桃花山。有很多爱好文学的本地青年向往这里，把她当文学创作摇篮，希望自己的作品能上《雪峰》。

一个寒冬下午，李灿旭抱着试试看的心情，拿着习作《打井人》来到这里，在第一编辑室门口往里面看了看。

这时，一位身穿蓝色中山装，胸前佩戴《雪峰》编辑部徽章的年轻人用普通话问："你找谁？"

"不找谁，我爱好文学，随便看看。"李灿旭用洪江话回。

听李灿旭说的是洪江话，年轻人便主动把手伸过来，也用洪江话亲切地说："我也是洪江人，叫王一丁，欢迎你到这里来。"

王一丁，二十二三岁，国字脸，戴着一副眼镜，身高一米七八，单单瘦瘦，文质彬彬。他是一年前从湖南师范大学毕业后，分配到这里当编辑的。

能在这里遇上洪江老乡，李灿旭心里充满着无限喜悦之情，尽管外面很寒冷，但当他握着王一丁的手时，感觉一股热气传遍全身，心里暖暖的，使得他情不自禁地激动起来。这是他有生以来，第一次跟编辑握手。他几年前在洪江市文学创业学习班上看见过《新创作》杂志社的编辑。他很崇拜编辑。想不到在这里能跟编辑握手，何况这编辑又是自己的老乡，李心里非常之高兴，就像在黑夜里找到光明似的。

王一丁让李灿旭在自己的座位上坐下，给他泡了一杯古丈毛尖茶，然后用火剪在角落里夹了几块木炭，放在火还比较大的火盆里，火更大了。木炭上的树皮冒出火花，时不时地噼啪响着。

王一丁把茶几边的板凳移到火盆边，坐下来，开始看李灿旭的习作《打井人》了。他看得很认真，很细心，每一个字，每一句话，每一段落，甚至每一个标点符号，他都不放过。看完后，他开始谈《打井人》的得与失。他说："你作品题材选得好，故事也感人，但人物性格还把握得不够好。好的文学作品，关键是要把握好人物性格。要感动人，就得写好人物，把人物的个性、特点、爱好都写出来。同时要把握好景物描写，人物描写和景物描写要紧紧地扣在一起。"

通过交谈，王一丁给李灿旭指明了方向。而在这之前，李灿旭就是抓不到要点，作品总是平淡。

李灿旭认识王一丁，如找到知己，他把自己多年来的心里话全说了出来，说了整整一个下午。回来的时候，王一丁送了一些文学创作资料给李灿旭，并将他送下桃花山，依依不舍。

从这以后，李灿旭跟王一丁书信来往了，在信中，王一丁说不要称他老师，就称老弟为好。李灿旭也就仗着自己年长几岁，索性对王一丁以弟弟相称。

半年后，王一丁南下，去东莞黄埔海关工作了，由于工作性质不同，李灿旭跟他失联了。从这以后，李灿旭心里空空的，六神无主。

由于李灿旭曾给《湖南文学》杂志社投过稿，所以该杂志社给李灿旭发来一份刊授学习邀请函。就这样，李灿旭在《湖南文学》刊授部学习了。

经过不断的努力，李灿旭终于在《湖南文学》刊授部《文学新春》上以巫静秋笔名发表了四千多字的短篇小说《合葬》，得了二十五元稿费。这是他第一次得稿费。当然，这不是钱的问题，关键是他的作品终于印成了铅字。小说里的故事，是以他下放地，高枧河边的一个村庄为背景，那村庄有一个看不起掘墓人的陋习，小说以续修家谱为引线，讲述了一个爱情悲剧。

杨雪花是第一个看这篇铅印字小说的人，多少年来，她一直在等待着这一天。此时，泪水夺眶而出，滴嗒在小木屋里的楼板上。多少年来，她看着他的稿件一次次被退回来，她鼓励他，支持他，不要气馁，失败是成功之母。她坚信他会成功！正因为如此，她才没有离开他。她太了解他了，虽然他只读了两年初中，但他看了很多书，有写作基础。知道他为写作，不知熬了多少夜，受了多少苦。几年来，她顶着家里的压力，不跟他分手。她父母亲始终认为李灿旭不自量力，想当作家。父母亲要她嫁给林龙。林龙也嬉皮笑脸地来过她家多次。有一次，父母亲都不在家，差点出事了，如果不是她奋力反抗，狠狠地咬了他一口，她就被林龙强奸了。她知道林龙跟好几个姑娘发生了性关系，后来又不要人家了。

　　李灿旭的好几个文友，因为没有发表作品，家里人给的压力太大，不得不结婚了。还有的，弃文从商。

　　已是午夜，李灿旭要杨雪花今晚别去纺织厂集体宿舍房里了。明月斜挂在天空中，皎洁的月光透过小木窗，洒在木屋里的床上……

　　李灿旭跟杨雪花结婚了，父亲李躬康写下贺诗：

灿烂梅开腊月初，清香风送入吾庐。

恰逢花烛辉煌夜，画上题诗笑老夫。

第五十八章
车间忙碌难脱身　小说写作暂搁置

《合葬》一文发表后，李灿旭更来劲了，他根据写《合葬》的经验，正在修改另一篇习作《村葬》。《村葬》描写的是一位八旬孤寡老人，劳作一辈子，结果倒在干活的地里。他死后，村里人按当地习俗为他举行了隆重的葬礼。而就在这时，车间主任兼车间党支部书记唐仲飞认为李灿旭很适合织布保养（洗梭库）工作，要调他上长日班。在当时，从事三班倒班的检修工都想上长日班。不过对李灿旭来说，上三班倒班还好些，上中班、零点班时，白天想去哪里就去哪里，行动很自由。他有很多创作资料就是白天搜集起来的。面对唐仲飞的安排，他只好无条件地服从，因为他已经是党员了，而唐仲飞就是他的第一入党介绍人。

保养工的工作性质和检修工不同，检修工只要把毛病修好，机子能运行就行了。而保养工得严格按操作法拆车、装车。因此，李灿旭就得从头学习保养基础知识。这段时间，他就没精力修改《村葬》了。

李灿旭每搞一台保养机台，都是严格地按操作法拆车、装车，当换的零件一律换，需要抛光的零件，一律用砂轮、锉刀、砂布抛光。装车时，严格按规格尺寸装。由于他劳动态度好，做事认真，每月的设备完好率、保养一等一级车率、织机自动换梭率、毛病修复率，几乎都是百分之百。更为突出的是：在湖南省纺织厅举行的全省南北设备大检查中，他所负责的保养机台在抽查中，一个毛病也没有，是"零分"机台。他为洪江纺织厂赢得了荣誉。

在织布车间，织机飞梭打伤人的事时有发生，对飞梭机台，李灿旭修得特别认真，从不放过任何一个细节，因此经他维修过的飞梭机台，毛病很少复发。挡车工很喜欢他修机，凡是遇到难度较大的毛病，不管是不是他维护的范围内，挡车工都请他修。他也从不推辞，争取用最快的速度把毛病修好。挡车工都是按产量、质量拿工资，也真不容易。李灿旭知道挡车工很辛苦，一天要在织机巡回线上来回走三四十里，脚印重重叠叠；她们的眼睛时刻盯着经纱和布面，看是否有羽毛纱和疵点；她们的手不停地在织布机上忙碌着，或处理羽毛纱，或弓着腰接头，或是从梭库里拿梭换梭，或手拿着开关柄吃力地开车；她们工作时间很紧，在上厕所、喝茶的路上，总是一路小跑；有的中途吃饭时间只用十来分钟，饭还在嘴里，又忙着开车了；大热天，汗流浃背，一直要流到车间中间交接班信号灯亮了以后，一个个才拖着疲惫的身子走出车间。累了一整天，腰酸腿疼，走起路来，摇啊摇的。回到家里，吃过饭洗了澡后，倒在床上就睡着了。第二天，她们又重复着头一天的工作，日复一日。

李灿旭深深地同情挡车工。在这女人王国里，他的一举一动，受人尊重，特别是"六·二三"火灾事故后，大家看着他右手手掌上的伤疤，更加尊重他了。

1989 年 6 月 23 日凌晨两点，李灿旭在睡梦中被洪江纺织厂广播室突然播出的紧急通知叫醒，广播里说厂棉花仓库失火，要大家赶忙去救火。他一骨碌爬起来，直扑失火现场。看着仓库里的熊熊大火，他第一个将节节高楼梯架在墙上的窗口处，拿着水枪，急忙爬上楼梯。由于窗钩在里面，窗子无法打开，在这千钧一发之际，他救火心切，不顾一切地用右手手掌把玻璃拍烂，将水枪放入窗口，使劲地喊，要下面的人放水。水枪射在火上，那噼啪的火烧声慢慢地小了些。他把水枪关一下，从窗口爬了进去，在浓浓的烟雾中，又把水枪开关打开，棉花上发出哧哧声，水烟雾越来越大。这时，市消防队的人来了，要他下去。

在有光的地方，人们才看到李灿旭右手手掌全是血，是拍玻璃时被划破了一个大口子。他完全麻木了，一点也不知道痛。

李灿旭的手在厂职工医院做过包扎后，他又上火场了，在用脸盆、水桶打驳的队伍里打驳。他右手上的药纱布又被血染红了。他的衣裤已湿了两个多小时，看他浑身颤抖着，有人要他回去休息。他摇摇头："我能坚持下去！多一个人多一份力量，要尽量把损失降到最低程度。"

这时，有人拿来一瓶五十多度的白酒，每一个打驳的人，对着酒瓶喝几口后，又传下去。李灿旭平时不喝酒，但此时他也跟着大家喝了几口。这酒还真管用，他身子不再颤抖了，他干劲十足。

火完全熄了。这时，人们开始用板车运打湿了的棉花。李灿旭的右手已开始肿了，但他仍旧在用板车运棉花。

东方起了鱼肚白，天开始亮了。这一夜，李灿旭和参加救火的人都没睡。

　　李灿旭的右手肿了好几天。后来，就留下一个小指大的伤疤。看着这伤疤，人们都说他思想好。

　　苏联解体后，上面重视思想政治工作。洪江纺织厂党委根据上面的指示精神，决定成立轮班党支部，把党建工作落实到基层。

　　唐仲飞是副厂长了，但他还兼着织布车间主任和车间党总支书记。他找李灿旭谈话，要李灿旭担任长日班党支部书记兼值班长。

　　在洪江纺织厂，轮班党支部书记和值班长是兵头将尾，是针鼻子，厂部、车间下达的每一项工作，都得由他们落实贯彻到每一个人。因此，这一级的领导既是指挥员，又是战斗员，很辛苦。

　　李灿旭想：如果当了轮班党支部书记和值班长，搞文学创作就更没精力了。他的那篇《村葬》到现在还没修改好。不当又说不过去，他左右为难着。最后，还是像当初搞保养工作那样，服从安排了。

　　现在，织布车间长日班一百多人的思想政治工作就得由李灿旭来做。为了让他做好这项工作，爱人杨雪花很支持他，她把家务事全包了。这样，李灿旭经常利用晚上的休息时间到职工家里走访，与他们以心换心地交流。人心都是肉长的，通过交流，调动了大家的工作积极性。在走访中，对一些家里有实际困难的人，李灿旭及时向厂工会汇报。使厂工会在第一时间对其进行了慰问。

　　身为轮班书记，班里人办白事，或是出了天灾人祸，他总是第一个捐款，而且一捐就是十元，这十元，是他工资的六分之一，杨雪花很理解他，没有过怨言。

　　在洪江纺织厂，值班长是脱产的，可李灿旭一点也不像脱产的管理人员，他总是闲不住，总是有做不完的事。他身上时常带着一把十寸的活动扳手，这扳手把，被他的手磨得光滑滑的。因此他手上的老茧，总是有厚厚一层。有时，挡车工老远跟他招手，意思是要他去处理疑难坏车。本来，这不属于他的事，但挡车工知道他修机技术好，喜欢帮忙，所以就老远地跟他招手，只怕别人把他"抢"走。不管遇到什么样的疑难坏车，只要到了他手里，都能修好。

　　有一次，一台织机换梭飞梭有好几天了，梭子飞出去，形成一条弧线，像导弹一样，怪吓人的。挡车工最怕飞梭打伤人，特别是怕打伤眼睛。所以对飞梭织机，挡车工不敢让其自动换梭，宁可用手换。当李灿旭知道这一情况时，已经是下班时间了，他只好推迟下班时间。他仔细地检查着换梭部位的每一个零件，对投梭时间、开口时间、换梭时间、投梭力等进行了校正；对打棒、皮结、缓冲带、投梭转子、投梭鼻和每一把梭子都进行了认真检查，都没有问题。故障出现在哪里呢？经过再次仔细检查，最后在推梭框上找到了原因，原来是推梭框不平行，导致换梭时梭子不能平行进入梭箱，而造成换梭飞梭。他把推梭框拆下，拿到钳工房，夹在台钳上，用锉刀一刀一刀地锉。他的锉刀技术很好，每一刀均匀有力。他用水平尺量了量，确认平行后，才把它装到机台上。他守着机子织了一个多小时，等每一把梭都换下来，确认没问题，才放下心来。这样的毛病在织布车间还从未出现过，找到了问题，他心里就踏实了。临走时，他要挡车工多留意这台车，如还有问题就不要换梭。挡车工被他的精神所感动，笑眯眯地给他来了一个苹果。他回她一笑，把苹果放进挡车工的口袋里。

当李灿旭走出门卫时，墙上挂钟上的时针、分针、秒针都对准了十二。

通过这件事，李灿旭要求设备质检员检查毛病时，多留意推梭框。

有时候，晚上十一点多了，李灿旭还在车间里处理疑难坏车，一些挡车工问他："李书记，你累不累？"

"还好。"他总是这样回答。

织布车间有八百台织机，每一台织机应该有二十把木梭，其中十把在机台上，十把是备用梭，放在梭房的货架上。由于种种原因，现在八百台机子上，每台是十把（满梭）的，不到四百台。其他的，有的是七至八把，有的三至四把，有的一至两把。只有一至两把梭的织机，根本不能自动换梭，只得用手换。梭房里的备用梭货架上，现在仅存着两百套（一套十把），有六百套架子是空的。厂部每月下发的计划梭是八百把，可这八百把梭根本不够用，因此车间每月只好向厂部打报告，申请多领两百把。一把木梭十元钱，月月打报告申请多领，也总不是办法。

有人说管理管理，边管边理；也有人说管理管理，三分管，七分理。李灿旭认为这话有道理，少这么多梭，完全是管理不到位所造成。一天要打烂好几十把梭子，对打烂的梭子，没有分析原因，没有追究责任。特别是对连续打烂梭子的机台，没做及时处理。

李灿旭见此情景，主动担起管理梭子的责任。他制定了一系列梭子管理制度，并将其责任落实到人。同时，对能修补的梭子进行修补。

万事开头难。有很长一段时间，他晚上十二点钟还在车间里，将八百台织机的梭子逐台检查登记，并对打烂的梭子进行分析。总之，他是"三不放过"。即：坏梭原因不查清楚不放过；对连续打烂的机台不修复好不放过；坏梭不落实到人不放过。

自搞管理以来，李灿旭一心扑在工作上，杨雪花很理解他、支持他工作。只要是自己上白班，她晚上都是等着他回来，看着他吃了夜宵才睡觉。看着他的身体一天天瘦下去，她心疼啊！为了支持他工作，她把儿子放在自己母亲家里了。

功夫不负有心人。自李灿旭接手管理梭子以来，每天的坏梭比以前少多了，机台上十把梭的织机慢慢地多起来。半年后，八百台织机几乎全是十把梭了。到年底，梭房货架上的备用梭全满了，全是十把。每月也只领八百把计划梭，没有超领。这样，为厂里减少消耗五万多元。由于李灿旭管理梭子有贡献，这一年他被评为洪江纺织厂劳动模范。

第五十九章
李元勋决策果断　煤机厂扭亏为盈

　　李元勋从湘西仪表厂职工大学毕业了。因为他是班长，成绩一直优秀，所以学校建议他留校任教。洪江市委书记崔毅说李元勋是土生土长的洪江人，打算将他作为第三梯队的人（工业副市长）培养，于是就要他在洪江市的阀门厂和洪江市煤机厂之间任选一个厂，当厂长。经过多方面考虑，李元勋最后决定去洪江市煤机厂。

　　洪江市煤机厂坐落在田湾，其前身就是文铁匠的铁匠铺。1951 年，由文铁匠牵头，成立了一个铁器生产合作小组。1956 年组成金光、星光、锋光、红光四个铁器合作社。1959 年，四个铁器社合并成洪江市农具机械厂和器材铁工厂，1960 年两厂合并，改称为黔阳县农业机械厂。1961 年划归洪江市管理，改名洪江市农具机械厂。1964 年改称洪江镇农具修配社。1966 年与洪江镇支农服务站合并，组成洪江镇二轻机械厂。1983 年更名为洪江市煤机厂。二十世纪五十年代初期，合作小组从事农具、蚂蟥钉、柴刀和斧头等日用杂具的制作。后来经过发展，能生产工业机床、电动机、手电钻等产品，厂名也就改为二轻机械厂。七十年代末，由上海煤矿研究所引进前苏联产品煤电钻，试产成功，但一直进不了煤炭机械行列，无法纳入国家计划。因此，洪江市政府决定：洪江汽修厂与二轻机械厂合并为洪江市煤机厂，从事煤矿专用设备制作。由于各方面因素，此时的煤机厂已欠银行贷款 40 万元，职工工资都是推迟两个月才发。

　　李元勋就是在这种情况下来这里的。

　　在当时，有些单位的领导是党政工作一肩挑，因此洪江市组织部的人找李元勋谈话，征求他的意见？李元勋想：现在职工的工资不能按时发放，厂里还欠着银行四十万元贷款，他要把一切精力放在生产上，所以对组织部的人说："党支部书记就由原厂长王永保同志担任吧。"就这样，李元勋抓生产，王永保抓党建。李元勋给自己立下军令状：要为洪江市煤机厂干出一番事业来。

　　煤机厂的厂房是二十世纪五十年代修建的砖木混合房，有上下二层楼，一楼楼板已开始腐朽，有好几处因腐朽而不得不钉上铁皮。车间里窗子上的铁条已锈迹斑斑，有的没有玻璃，有的玻璃已破碎，摇摇欲坠，风一吹就会掉下来。下雨的时候，雨水从窗口飘进车间里，也是常有的事。有时水排不出去，便成了小水池。十几个炉灶排成一排，他们两人围着一台炉，在铁墩上用八磅锤你一锤，我一锤，叮当叮当有节奏地操作着。拉风箱的人时快时慢，时轻时重，根据操作需要控制着炉火，炉火忽明忽暗，有时突然爆出，像火山爆发；有时变小，像是要熄了。

　　那些年，这里所打的柴刀是黔阳、会同、绥宁、天柱一带很有名的产品，供不应求。可是现在人们烧蜂窝煤，砍柴的人少了，这业务也就越来越少了。

　　李元勋在洪江市工业局黄局长和煤机厂书记王永保的陪同下，来到了厂里，看着这落后的炉灶、落后的设备、破烂的厂房，李元勋想：这些都应该淘汰了。当他们来到生产机床、电动机和煤电钻的车间时，心想：开发新产品就靠这设备了。他在湘西仪表厂职工大学学的是机制专业，这专业在这里正好能用得上。因此，他想上任的第一件事就是搞新产品研发，不搞新产品研发，企业就没有出路。要研发新产品，就必须要有一支过硬的懂技术的领导班子。于是他决定让一些年纪较大的中层干部退下来，让有知识的年轻人上去。

　　代建堂是文铁匠的关门弟子，是五十年代参加工作的，他担任一车间主任有三十多年了，由于他资格老，前任厂长王永保不好意思得罪他，就让他继续当着，反正只有两年他就要退休了。李元勋找王永保商量，是不是让代建堂退下来，让于长松来当一车间主任。

　　"于长松本事是有，可他还是临时工。"王永保说。

　　于长松是湖南新化人，四十五岁左右，身高一米七，脸长，鼻梁笔直，近视眼，干活时总离不开五百度的眼镜。他脸部时常流露出烦闷、憔悴、悲伤的表情。他性格孤僻，不愿合群。因此人们对他也不在意，好像有他不多，无他不少。直到有一次王永保等人拿着苏联的煤电钻图纸发愁时，人们才突然想起于长松是哈尔滨工业大学毕业的高才生，要他看一看图纸。他毕业后进了哈尔滨轴承厂工作，在1957年"反右"运动中，因一言不慎，一夜之间被划为右派分子，入狱十年。出狱后，因无路可走，只得回到湖南新化老家。可是在那"以阶级斗争为纲"的年月里，有谁敢接收一个刑满释放的右派分子呢？几经周折，他来到洪江。先是在洪江林业机械厂当普通修理工。两年前，经人介绍来到二轻机械厂，做起了卖苦力的临时工。他是学俄语的，对图纸上的文字都看得懂，经过他几天几夜反复计算，终于把图纸研究透了。

李元勋是从厂退休工人杜铁匠嘴里知道于长松的情况的。李元勋刚上任的时候，杜铁匠就跟他提起了此人，说于长松有本事，如果能用上，厂肯定会大有希望。杜铁匠之所以推荐于长松，是因为厂里每月的工资不能按时发放。再说杜铁匠也看不惯代建堂，说代建堂当了一辈子车间主任，除了搞政治运动外，没别的本事。

"是临时工关系不大，我可以请示市劳动局为他办理转正手续。"李元勋对王永保说。

"你是厂长，这事就由你来决定吧。"

"那代建堂同志的工作就由我们两个去做。"

"我和他共事多年了，要他退下来，有点难为情。"

面对王永保的推辞，李元勋无语。为了把此事办妥，他只好找杜铁匠帮忙。

杜铁匠和文铁匠是一起从邵东老家出来的，两人打了几十年交道，从不分你我。杜铁匠考虑还是由文铁匠来做代建堂的工作比较好。他答应陪李元勋去文铁匠家。

在文铁匠家里，李元勋很温和地对他说："代建堂是老同志，在未退休之前，仍然享受车间主任待遇。"得知保留主任待遇后，文铁匠答应做徒弟代建堂的工作。他也希望李元勋带着年轻人把厂搞好！

就这样，由文铁匠出面，代建堂退了下来。但是，代建堂心里很不服气，他知道王永保不当厂长了，保不了他。那时，有好几次职工要求撤代建堂的职，都被王永保保了下来。

当李元勋感谢文铁匠时，文铁匠说："不用谢！只要能把厂搞好，工人的工资能按时发放，就是最好的感谢了。再说私人关系，我跟你爷爷和伯父是老熟人，那时他们买过我打的蚂蟥钉。"

就这样，李元勋任命于长松为一车间主任，给他工作转了正，解决了住房，还通过洪江市妇联，给他介绍了一个对象。那姑娘二十五岁，没嫌他年纪大，有人说四十五岁的于主任行桃花运了。

自代建堂退下来后，另外两个车间的老主任也退了下来，因此，有人说李元勋是在搞帮派。不过大多数人说李元勋做得对，他们都把希望寄托在这个新来的厂长身上。

不久，李元勋果断任命于长松为生产技术副厂长。

厂成立了新产品技术研发小组，李元勋任组长，于长松任副组长，成员是有技术的年轻骨干。

于长松自担任副厂长后，一直在生产第一线，协助李元勋研究开发新产品，他对李元勋设计出来的每一张图纸，对里面的参考数据，进行反复认证，确认可以试验后，才开始试制。

为了把新产品研发得更稳，李元勋通过父亲李躬康的关系，将中南矿冶大学教授佘思明表兄请到厂里来考察并指导工作。在佘思明教授的指导下，将有关图纸作了修改，从而使新产品得到更进一步的改进。

经过全厂干部、职工的努力，洪江市煤机厂先后研制出了多用切割机、中心供机湿式煤电钻、RD-1型熔点测定仪、SKZ机冷湿式矿用电钻、湿式煤电钻钻杆、DSY-95电动售油器、CB25型抽油泵、MZ-12、MSZ-12矿用隔爆煤电钻等产品。其中，MZ-12、MSZ-12型矿用隔爆煤电钻获国家经委颁发的生产许可证，并荣获湖南省优质产品称号，也填补了省内空白。因此，洪江市煤机厂在省内外有名了。

几年来，李元勋多次跑国家煤炭部、上海煤科院、湖南省煤炭厅以及同行业兄弟单位开会、学习或是办理业务。每次回来，他第一件事就是看各项生产报表，特别是质量报表。质量是企业的生命，没有过硬的质量，企业就难以生存下去，就要被淘汰。因此，每研发出一个新产品，他亲自填写产品使用说明书。说明书是招牌，非常非常重要。

为了培养人才，李元勋先后派了好几个人到大专院校学习深造，这些人学完回到厂里后，都成为厂经营管理者或技术研发骨干。

退下来的代建堂邀着文铁匠、杜铁匠等退休工人，来到李元勋办公室，感谢他两年来带领大家还清了银行的四十万元贷款。

一些认为李元勋搞帮派的人，现在对李元勋的印象也开始好起来。他们知道，李元勋当厂长不到半年，职工的工资就能按时发放了，而且每月还有奖金。年终奖比洪江纺织厂、洪江瓷厂、洪江造纸厂等单位还多。

此时，随着市场经济的深入发展，湘黔、枝柳铁路穿过怀化，洪江已经失去水上交通优势，有很多单位开始走下坡路，有的举步维艰，有的甚至破产了。因此，很多人想通过各种关系调到煤机厂来，就连市里一位主要领导也想把一个亲戚插进来。面对这种情况，李元勋对这位领导说："实在对不起，我堂弟李立勋在洪江鼎锅厂工作，想必您也知道鼎锅厂的情况，他跟我讲了几次，想进来。可是我不能开这个口，一旦开了这个口，就收不了场。只有等我们扩大了生产规模，才好招人。请您多多谅解。"

企业效率好了后，李元勋就着手修建车间和厂办公大楼了。这是一个很复杂的工程，牵涉到厂里方方面面的事。因此，李元勋要求大家一手抓厂房修建，一手抓生产，争取两不误。

一年后，隆隆的机器声在新车间里响了起来，那破旧的土砖木屋已成为历史。三层楼的厂办公大楼也修好了。

车间和厂办公大楼修好后，李元勋就考虑着修建厂职工宿舍。他知道厂里很多人住房有困难，就连他自己一家四口人也是蜗居在怀二（洪江）医院没有厕所和阳台、仅三十多平方米的一大一小房间里，厨房里两人不能转身，小房仅摆一张缩小了的床，大房是卧室，又是客厅。他知道厂里有好几对年轻人领了结婚证，但因没有房子，不得不推迟结婚日期。

经厂职代会表决通过，决定修建厂职工宿舍房。

宿舍房子修好后，一切交厂职代会处理，李元勋不过问。厂职代会根据李元勋住房的实际情况，决定分一套给他，连房门钥匙都给了他。可就在这时，上面分配来了一对大学生，他们的要求是，要一套新建的厂宿舍房。而此时，六十间房子都通过打分分了下去，不便更改。为了留住这对大学生，李元勋在没有跟爱人林娟商量的情况下，把分给自己的那套房子让给了这对大学生。消息传开后，全厂人都为李元勋的大局观所折服。李元勋很得人心。

哈尔滨轴承厂的两个人来到洪江煤机厂找于长松，说党组织给他平反了，要他回去工作。于长松对这两个人说："谢谢组织的信任和关心。我在这里工作转了正，成了家，爱人虽然比我小二十岁，她对我很好，我们已有了一个女孩。我也分到了厂里的新宿舍房子，生活过得很好。再说，我从监狱出来后，是洪江这块地方让我生存下来，我不能离开这个地方。特别是李元勋厂长没有把我当外人。是他通过市劳动局，给我转为正式职工。我的爱人就是他通过市妇联给我找的。也是他让我从事管理工作。我现在在这里过得很好。再说这里离我老家很近，从怀化坐火车，只要四个多小时就到新化了。"

那两个人见于长松这么一说，不好再说什么了。对于长松来说，有了这工作和待遇也知足了。毕竟是他在走投无路的情况下，洪江的林业机械厂收留了他，而在那过"左"的年代能让他有事做，这本身就是一件很不容易的事，人活着得感恩。

李元勋对管理人员要求特别严，他常在厂中层以上管理人员会议上说："打铁就得自身硬，我们的一举一动，一言一行，职工都看在眼里。所以，无论做什么，我们都得身先士卒。"他对别人是这么说的，自己也是这么做的。自他当厂长以来，从没迟过到，从没早过退，从没拿原则做过任何交易。每次出差回来，都是拿着发票到厂财务科报账，一分钱也不多拿。

快要过年了，李元勋在厂中层以上管理人员会上说："请不要到我家来，希望大家到职工家里走走，联络联络跟职工的感情，听取职工的意见，这样对我们的企业只会有好处。我再重复一遍，请不要到我家来。"

尽管李元勋不要厂里的中层管理人员来，但还是有极个别人来了，没办法，上班时候李元勋将那些礼物全拿到厂传达室，要传达室的人通知那些人。就这样，他得了个"冷血厂长"的外号。不过，在每次的捐款活动中，李元勋总是第一个捐款。

由于煤机厂是洪江为数不多的经济效率好的单位之一，因此，该厂被评为湖南省优秀企业，李元勋被评为湖南省优秀厂长称号。

第六十章
头上有天堪仰问　　眼前无地可埋忧

　　1989 年，洪江煤机厂完成工业总产值四百零七万元，占计划的百分之一百五十五；销售收入四百零二万元，占计划的百分之二百一十一；实现利税六十万元，占计划的百分之二百五十。厂长李元勋雄心勃勃，对 1990 年的各项工作进行了全面布置。

　　然而，天有不测风云，正当李元勋施展才华时，一场突然袭来的意料不到的病，把他压倒了。开始以为是感冒，在洪江的一家医院住了几天院，每天咳嗽不止，体温时高时低，上呕下泻，精神始终振作不起来。这时，李元勋的伯父李躬厚怀疑是癌症，由于当时该医院还没有 CT 扫描设备，只好转到怀二医院。

　　经怀二医院 CT 扫描后，发现他头部左额有一个鸡蛋黄大的东西，疑似肿瘤，而且正在扩大。病情来势凶猛，医生建议急转长沙医院，事不宜迟。于是煤机厂的三位同志送李元勋去长沙医院了。

　　此时，李元勋的父亲李躬康给在南京某部队医院工作的侄儿李云泽打电报，把李元勋的病情告诉了他。李云泽回复：确认肿瘤，速来宁。

　　医院确认脑肿瘤后，他们当天晚上就乘飞机去南京了。在飞机上，李元勋对煤机厂的三位同志留下遗言：如有意外，在南京火化。

　　李元勋在飞机上时，该医院的几位专家、教授就对李元勋病的治疗作出三种方案：第一种是动手术，开刀切除，此方法效果比较好，但因为是在大脑上动手术，风险特别大，一旦弄不好，就会有生命危险，或变成植物人；第二种是比较保守的方案，就是化疗和放疗相结合，但这种方案会杀伤大脑里的很多细胞，弄不好，很可能会成为植物人；第三种是开刀切除一部分，还有一部分留着化疗。经反复考虑后，最后决定用第三种方案。

　　手术从早上九点钟开始，到晚上七点钟才结束，整整做了十个小时。还好，一切都很顺利。当李元勋被推出手术室时，他大脑很清醒，先是对爱人林娟笑了笑，然后叫了李躬康一声"爹"，再跟所有的人打了招呼。一切都比想象中好。这十个小时，大家都惊慌害怕，心神不定；这十个小时，只看见穿着白大褂的医生和护士在走廊上走来走去；这十个小时，他们都感觉很长很长，就像是十年。现在好了，压在他们心中的石头终于落地了。

手术成功的消息传到洪江煤机厂后，全厂人欢欣鼓舞，都高兴得要疯了。那笑声，像是摇铃，像是弹琴，又像是击磬……是发自心坎的一首首快乐曲。他们都希望这个有知识的好厂长领导他们继续工作。

手术后，李元勋在该医院住了三个月院，做化疗。三个月来，堂弟李云泽每天要来医生办公室察看李元勋的病情。

李元勋回到洪江了，他没有先回家，而是叫司机把车直接开到煤机厂，他要见见厂里的工人们。

车开进厂里时，十几挂千响炮声、震耳欲聋的锣鼓声以及工人的欢呼声，连成一片，汇成欢乐的海洋。大家都欢迎厂长的平安归来，有很多人流出了幸福的热泪。

医生建议李元勋休息四个月。快到上班的时候，洪江市委组织部副部长李永强来到怀二医院家属宿舍李元勋家里，看到李元勋的两个小孩挤在一张桌子上做家庭作业时，李元勋几年前让房给大学生的事，使他感动了。

李永强是来问李元勋今后有什么打算的？这是投石问路。

当李元勋得知他的来意后，便说："我首先感谢组织对我的关怀。不过厂里有很多新产品等着我去研发，有很多人的子弟要就业，还有一些人想调到厂里来工作，我答应他们，等新产品研发后，扩大了生产线，就让他们进来，因此我还得继续干。"

本来，洪江市委组织部考虑到李元勋的身体情况，打算调他到洪江市工业局任挂职副局长的。听他这么一说，李永强不说什么，尊重他的意见。

李元勋将李永强送到医院大门口，告别时，李永强握着李元勋的手说："好好注意身体，保重身体，有什么困难和要求，可以直接向组织提出来。"

看着李永强远去的身影，李元勋从内心说：组织对自己很关心。

四个月后，李元勋回煤机厂上班了。在厂部生产会上，听了各车间、部门负责人的工作汇报后，得知个别车间职工有情绪，有停工的苗头。李元勋对此很重视，亲自下车间了解情况。听了职工们的意见后，他对不合理的事情做出了纠正，对个别负责人提出了批评。他在厂中层干部会上说："我们的一言一行、一举一动，职工们看得很清楚。有些问题，是我们处理事情不当所造成的。因此，我们要特别注意自己的形象，在处理问题时要多跟职工们商量、沟通，充分听取他们的意见，不要动不动就拍桌子，摆官架子。"由于问题处理得及时，生产没受到影响。

年底，李元勋去石家庄开订货会。紧接着，还要去沈阳、秦皇岛、湘潭等地开订货会。

他在外面很忙，很辛苦。

在订货会上，由于洪江煤机厂的 MZ-12 煤电钻和 MSZ-12 煤电钻质量比一些龙头单位的还要好，很受客户欢迎。因此，在这四个订货会上，共签订了2907 台的合同，成交额一百七十九万元，为 1991 年的工作打下了坚实的基础。

可能是在外连续开会过度操劳的原因，李元勋感觉身体有些不舒服。不过他还是坚持参加了洪江工业局召开的机械行业年终总结会。在会上，他吃力地在日记本上写着：

黄局长总结了今年各厂经济技术指标完成情况，（煤机厂 25 万元）如数完成，比去年增长 2 万多元。

本月内还打算开个厂长座谈会，总结八年来抓工业的经验和教训。内部管理到经营活动，从政治到经济各方面进行小结。

彭科长说省机械厅在益阳召开产品价格座谈会，省机械厅陈厅长讲明年形势有好转，但还不会走出低谷。大家要走技术经济的路子，要求明年产值增百分之六，利润达百分之六。

开完会回来后，李元勋感觉脑袋很疼，晚饭没吃就睡了。他疼得很厉害，就像当初发病时的症状，怀疑是脑肿瘤复发，因此第二天又去南京了。

南京医院的主治医生说复发原因是操劳过度引起的，现在没有什么办法，只能做化疗。根据他现在的病情，很可能会成植物人或是瘫痪。

从南京回来后，李元勋身体左侧瘫痪了。他把事业看得太重了，以致不顾身体！他才四十三岁呀！

李元勋住进了洪江某医院，由于生活不能自理，煤机厂的代理厂长，也就是书记王永保对李元勋的父亲李躬康说："李师傅，李元勋同志的医药费、住院费厂里给予报销，陪护费厂里每天出 10 元，由家属请人护理。请你放心，李元勋同志的病，我们会尽力治的。何况我们厂现在的效益暂时还可以，就是不可以，我们也会尽力治的。"

面对王永保这么说，李躬康没说什么。只是护理有难度，一天二十四小时需要人护理，陪护费开 10 元钱，谁愿意来呢？

李元勋的爱人林娟在怀二医院上三班倒班，而且两个小孩正在洪江一中读高中和初中，她根本就没有精力来护理。

李躬康没别的办法，只好白天自己护理，晚上由三子李灿旭和大女婿轮流护理。

可怜李躬康每天早晨把饭菜做好后，拿着饭菜从纺织厂步行到医院。等李元勋吃过饭，处理完大小便事之后，李躬康又匆匆忙忙地去市场买菜。然后，又急忙赶回纺织厂，做中饭，送去，等李元勋吃过后，又回来做晚饭。可怜李躬康一天一天这样来回走着。人家退休后，不是下棋打牌，就是弹琴唱歌，而李躬康却一天天为大儿子李元勋的吃喝拉撒，来回走三十里路。老牛舐犊，感动了很多纺织厂的人和认识李躬康的人。

晚上李灿旭把饭菜送来，等李元勋吃过之后，就牵着他一步一步去澡堂洗澡。然后又牵着他围绕着病房走廊来回走着。没走多久，李元勋感觉很吃力，不但不愿走，连站都不想站了。李灿旭鼓励他："生命在于运动，要坚强起来！要站起来！要杀回煤机厂，继续当厂长。"这一招还真灵，李元勋又开始走动了。就这样，李灿旭又牵着李元勋走了半个多小时。

睡觉的时候，李灿旭一个劲地讲大仲马和小仲马的故事，讲《巨人传》和《茶花女》，讲托尔斯泰的《安娜·卡列尼娜》和《战争与和平》里的故事。

这些故事像是催眠曲，李元勋听着听着，就睡着了。

"灿弟，我要解小便。"李元勋喊着。

李灿旭急忙起来，将尿壶拿来，等他解了后，拿去厕所里倒了，洗刷。

"灿弟，我想喝茶。"没过多久，李元勋又喊了。

李灿旭起来，给他倒了茶。

"灿弟，我肚子有点饿。"李灿旭刚睡下不久，李元勋又开始喊了。

李灿旭只得又爬起来，给他熬黑芝麻糊。

病房里的人都被李灿旭的行动所感动。

李元勋在这里住了一段时间后，病情加重，无奈，只好转到怀二医院。

身为父亲的李躬康经不起这么折腾，他得做好打持久战的准备。在这种情况下，煤机厂代理厂长王永保从厂里派来一个人护理，时间是从早上八点到下午五点，星期天休息。这样，李躬康就轻松多了，一天只要给李元勋做几餐饭。晚上，仍旧是李灿旭和大女婿轮流护理。星期天由李灿旭护理。

病情稳定后，李元勋被转到洪江某医院，煤机厂没派人护理了。厂里还是每天开 10 元护理费。由于李灿旭和大女婿白天要上班，精力实在有限，只好找人护理了。开始在洪江城里找了几个人，但都说护理费太少，划不来。没办法，只好去乡下找。找了好几个地方，都说不包吃，护理费太少。这时，有一个跛脚人愿意护理，但他提出了一个条件，就是按劳动法，节假日、星期天要休息。在实在没办法的情况下，只好接受这个条件。节假日、星期天就由李灿旭护理。

过年了，病房里只有李灿旭和李元勋。新年的钟声已敲响，整个洪江燃放起了烟花爆竹，五光十色，灿烂辉煌。

李灿旭对李元勋说："哥哥，新年快乐！"

李元勋回一句："新年快乐！灿弟！"

此时此刻，兄弟俩就用这话相互祝福！李元勋知道自己病倒以后，给爱人、女儿、儿子精神上带来了很大的打击；给父亲、弟弟带来了很多麻烦。好在父亲始终是老牛舐犊。对于兄弟来说，是手足情，没什么可说的。

李元勋在这医院过第二个春节了，当他的一些好友来看他时，只见他身躯萎缩，左手成了"L"型，左脚不能动弹，右脚弯得像弓箭，左眼已完全失明。想不到病会把他折磨成到这副模样。

煤机厂的厂长是王永保了，他对李元勋病的治疗作了新规定，要李元勋承担百分之十三的医疗费，陪护费取消。李元勋的父亲李躬康得知这一消息后，怒气冲冲地对王永保说："王厂长，你这不是把李元勋往火坑里推吗？你太残忍了！当初上面要李元勋党政一肩挑，他考虑到你是老同志，还是由你担任书记。你不担任书记，能当代理厂长吗？你当代理厂长快两年了，你研发出了一个新产品吗？没有！你就是一个自私的人。你开后门把你的亲戚朋友搞进厂里，安排好的岗位。而李元勋连自己的堂弟都不让进。你说话不算数，当初你对我说，'李师傅，李元勋同志的医药费、住院费厂里给予报销，陪护费厂里每天出 10 元，由家属请人护理。请你放心，李元勋同志的病，我们会尽力治的。何况我们厂现在的效益暂时还可以，就是不可以，我们也会尽力治的。'而现在，你大权在握，说话不算数了。你也不想一想，李元勋的两个孩子正在读书，正是用钱的时候，你要他承担百分之十三的医疗费用，他承受得起吗？你把护理费砍了，还让李元勋活吗？人得讲良心！如果不是李元勋来这里，这厂能起来吗？"

李躬康气得只好向上面有关部门反映，但是，县官不如现管！没用！

迫于无奈，李躬康只好找洪江纺织厂职工医院院长李振民，想把李元勋转到这里来住院。总之，他不能看着李元勋等死。

李振民是转业军医，1978 年建洪江化纤厂时他就是厂职工医院院长。他五十出头，为人谦和、友善。作为职业医生，他很关心病人，体验病人的感受。他认为最沉重、最痛苦的莫过于观察到病人的呻吟和无可奈何。他跟很多纺织厂的人一样，很同情李躬康，近七十岁的人了，还在为儿子的事操心、劳累。一天往街上走好几次，来回走三十里路。当李躬康向他提出将李元勋转来时，他二话没说，马上答应在一楼给李元勋安排一个单间病房。

就这样，李元勋转到洪江纺织厂职工医院来了，为了不让他寂寞，李灿旭将家里的电视搬来了。本来，病房是不允许放电视的，但考虑到李元勋住的是一楼，没有影响别人，从人道主义出发，李振民没说什么，反正他是过一天算一天的人了。

李灿旭晚上要来护理李元勋，李躬康不要他护理。他知道李灿旭负责着一百多人的大轮班，上班够辛苦的。大儿子倒了，这个小儿子绝对不能倒，他宁愿自己辛苦。

在纺织厂至街上的公路上，每天早上，人们看见李躬康提着菜篮步行去街上买菜，看着他那愁云惨淡的样子，大家很同情。有时，厂里的班车司机看见他，把车停下来，要他上车，好心人把座位让给他，大家都知道他不舍得花三角钱车费。

李元勋的病，一天天在加重，大脑时不时地要大痛一阵，他那痛苦的呻吟声，就像一把尖刀绞入人的胸膛。

为减轻李元勋的痛苦，李躬康学会了打针，每当痛时，就打止痛针。

李躬康将民间医生开来的药熬给李元勋吃，只要有一点希望，就尽力治，总不能看着他等死。

一天凌晨三点，李元勋对李躬康说要解小便。李躬康起来，把衣服穿起，将小便壶拿来，等着他解。解了一阵之后，就是解不出来，李躬康只好把裤子穿上，因为外面的温度是零度。而这时，李元勋又说要解大便。没办法，李躬康只好把大便盆拿来。解了半天，也解不出来，只好把大便盆从屁股下面取出来。哪知道，就在取盆的那一瞬间，大便解了出来，落在盆边和防尿塑料布上。

"我的崽呀，你不应该这么磨爹。"李躬康埋怨着，欲把防尿塑料布取出来，可是李元勋身子软绵绵的，一点也动不了。李躬康只好两只手把他抱起来，放到自己的床上。可是李躬康毕竟是七十岁的人了，他双手双脚颤抖着，力不能支，结果两人都倒在地上。

李元勋左手"L"处和右脚"弓箭"处一阵疼痛，直喊哎哟，痛不欲生。

李躬康撕心裂肺地大哭起来："我的崽呀！"

这一哭，把二楼病房里的人惊醒了，都以为李元勋死了。几个好心人帮着忙，叹息着："李师傅真可怜呀！"

看着儿子的身体一天比一天差，李躬康含着愤怒和悲哀为大儿子写诗：

阴谋得逞事刚成，脑海糊涂眼失明。
曲似羊肠唯世道，薄于蝉翼是人情。
妻离子散云何毒，家败人亡语不惊。
绝症逢生君识否，宏猷再展勿心盲。

不思当年费苦辛，摘桃忘却种桃人。
债还轻局元卅万，宅建员工户六旬。
创业艰难由我手，奖金获得属君身。
蒸蒸日上国营后，面貌从头更换新。

医费三分负一分，逼侬出院累严君。
老牛爱犊心犹切，冢子哺鸟意尚殷。
年迈身难长护理，资低囊未贮分文。

所遭处境今如此，苏物仰天望雨云。

胸脐剧痛乏良方，老父陪床郁断肠。
两口水吞三粒饭，半身瘫卧四年床。
安眠药片吃无效，麻醉针头注有妨。
昨作B超观胆影，多枚结石已盈囊。

检查结果外医看，可割胆囊痛即安。
诊病频繁厂厌恶，开刀忧患钱艰难。
要求党政言徒费，告诉吾儿泪不乾。
廉洁奉公如是果，党员遭遇听心寒。

舐犊情深，作为父亲，作为老百姓，李躬康实在是没一点办法了，他只好让李灿旭护理李元勋几天，自己赴衡山求关圣帝去了。有诗为证：

年老朝南岳，驱车为子行。
烧香祈圣帝，患病祷神灵。
病处哼难忍，痒时搔不停。
偏瘫残瘤引，能否得康宁。

威灵千古显，信士一心虔。
就火焚香后，请神拜佛前。
我行殊未过，儿恙竟难痊。
磨折逾三稔，谁人不悯怜。

老夫年已迈，爱犊仍陪床。
易治疮生肉，难医痛断肠。
半身瘫费起，百药味俱尝。
保佑能行动，神恩永不忘。

半年后，七十岁的李躬康再一次从南岳大庙一步一步吃力地向山顶祝融峰爬去……

春秋儿四九，老父古稀龄。
五谒衡山庙，再朝圣帝灵。
四肢左瘫痪，两眼右晦暝。
辗转床头久，呻吟总未停。

病况复重述，圣皇谅已谙。
浮生如命短，替死亦心甘。
陪护长难受，折磨姑勿谈。
威灵祈特显，再造沐思覃。

这诗，多少年后，也许会作为七旬老人为儿子求平安的佳作，在衡山留传。

一天清晨，李元勋一声巨咳，一口痰卡着喉咙。这一声咳，使他走完了人生中最后的路程。送终的是白发苍苍年过七旬满面泪水的父亲，真是：床前生死见，生喜死含悲。

人生，就像一幕幕戏剧，有时悲哀，有时欢乐，而最悲哀不过的是李躬康含着丧子的泪，用颤抖的手给李元勋烧纸钱……

灵堂里，洪江市人民政府送来了花圈，市委组织部将一面鲜红的中国共产党党旗铺在李元勋的灵柩上。群众议论："这人肯定是一个了不起的人。"他们平时见办丧事的人很多，但很少见到灵柩上铺盖党旗的人。

李躬康拎着李元勋的部分骨灰来到邵东老家，太阳快落下的时候，老家的一个人将它埋在人形山母亲余氏墓左边。余氏的右边，埋着李躬福的部分骨灰，这是几年前李躬康从南京带来的。从此，祖孙三代在人形山上同看日出日落，同闻山上野花香，同听树林里的鸟语声和小溪的潺潺流水声……

第六十一章
鼎锅厂一声倒闭　李立勋四处奔波

"我求求你们，天王老子，别罚我的款，我的两个小孩正在读书，他们正需要钱……我求求你们，别罚我的款……我给你们下跪、磕头，我下次再也不敢在街上卖东西了……求你们别拖走我的板车，别拿走我的秤，我真的不敢再在街上卖东西了……我的天啦，我的瓜子、花生，被洒在地上，满地都是……我的板车被砸坏，我的秤被戳断……求你们不要抓我，我没有犯法，我只是在街上卖了点瓜子、花生……是他们先打我的，那人不是我打死的……你们放我出去，我不是杀人犯……你们不要枪毙我……"

天还没亮的时候，李立勋在做噩梦说梦话，陈玉莲被他的梦话搅醒。当她问他是怎么回事时，他心里怦怦直跳，还在害怕。

原来，李立勋下岗了，为生存，他曾找过堂兄李元勋多次，想进煤机厂，但都被李元勋拒绝。现在他的养女、养子在洪江一中一个读高中一个读初中，他们要买各种复习资料，要补习各门功课，正是用钱的时候，靠陈玉莲的那点工资根本供不过来。

老式家具已经过时。现在的年轻人结婚都是去家具超市买时髦的组合式家具，因此木工活没人做了。做大生意没有本钱，李立勋只好卖瓜子、花生，做点小本生意。他每天半夜将瓜子、花生炒熟，用大塑料袋包好，第二天早上，拖着一部烂板车，去洪江的大街小巷卖，要到晚上十二点钟以后才回来。生意好的时候，一天能赚十元钱左右。刚开始，碰着熟人，他有点儿腼腆，但一想到自己是凭劳动吃饭，不偷不抢，也就顾不上什么脸面了。

为保持市容市貌整洁，最近上面发文，大街上不允许摆摊。在固定摊位上买的人很少，因此李立勋只好偷偷摸摸地在大街上卖。有时，看见城管队的人来了，就不要命地往小巷里跑。一旦被抓住，就要被罚款，这一天的生意就白做了，弄不好还要倒贴。有一次，他被城管队的人抓住，说尽了好话之后，最后城管队的人给他来了个下不为例的警告。

刚才，他就是在做那下不为例的噩梦。

见李立勋浑身还在颤抖着，陈玉莲把左手搭在他的胸脯上，安慰着："没事，不要怕，睡吧。"

他能不害怕？他能睡得着吗？他的板车被城管队的人砸坏，秤被戳断，人还被抓进了公安局。如果不是在一起下放过的现在是市公安局刑警大队长的金兵过问，他就要被刑事拘留了。

事情的经过是这样，昨天下午，他拖着板车从小巷路过大街时，两个正处于热恋的年轻人要去洪江电影院看电影，于是就要他停一下，买点瓜子在看电影时吃。见有生意，他停了下来，反正只要一会儿。而就在这时，来了四个城管队的人，由于他是被列为下不为例的人，所以他们就不分青红皂白地开了一张五元罚款单。面对这张罚款单，李立勋跟他们作解释，说自己是路过这里顺便卖一点的。俗话说，偷牛者到了牛栏门口就是贼。哪怕李立勋有天大的理由，他们都不予理睬。此时，那两个买瓜子的年轻人出来证明，说是他们要在这里买东西的。可城管队的人对他们的话置之不理，还认为他们是在多管闲事。见李立勋不配合工作，城管队的人心里来火了，一个个露出凶相，其中一人将板车上的瓜子、花生往地上一掀，弄得满地都是。面对那人如此鲁莽，李立勋顿时心里气得直吐血，跟他对吵起来，骂他是从雪峰山岩鹰界下来的土匪。此时，有几个过路的人来围观了，他们都说城管队的人掀瓜子、花生做得太过分太过火，就像是过去的土匪。这话便激怒了那个掀瓜子、花生的人，他气势汹汹地扑过来，朝李立勋的脸来了一拳，另一个人朝李立勋的大腿踢了一脚，还有两个人手伸出来，也做出了一副打架的架势。李立勋挨了他们一拳一脚后，豁出去，要跟他们拼命了。他在农村生活了十多年，练有一身力气。他像气功师傅似的，咬着牙，将双手往上伸了几下，然后又朝左右两边摆了摆，鼓足气，对着打他一拳的人的腰上狠狠地还了一拳。那人看起来牛高马大，其实不经打，一拳就被打倒在地。李立勋随即发疯似的对着那人一顿乱打，打得那人直喊哎哟。见自己的人被打倒在地，其他三人一起上了，李立勋寡不敌众，被他们打得鼻青脸肿，也倒在地上了。

尽管城管队的人打赢了，但他们心里不服气，因为挨李立勋打的那人受的是内伤，还倒在地上，直喊着哎哟。因此踢李立勋一脚的那人将秤杆顶着大腿一戳，秤杆成了两截。另外两个人把板车掀翻在地上，将轮胎放了气。轮胎被取出，露出两个钢圈来。那钢圈又被他们砸得变了形。

公安局"110"的人来了，他们认为李立勋是在妨碍公务，将其抓起来，送到了公安局。

这时，买瓜子的两个年轻人不看电影了，他们和几个围观的人来公安局证明：说是城管队的人先砸摊子先打人的，还把秤戳断，把板车毁坏。

金兵知道事情的经过后，建议同事们妥善处理，这事也就不了了之。

做梦归做梦。回想起来，李立勋的命也真是够苦的，童年被视为小"右派"，初中读一年后被迫辍学，参加工作连报名的资格都没有，后来被迫去农村，在那里生活了整整十五年，如果不是遇上知青大返城，他也许这辈子就在农村了。更悲惨的是，他的结发妻子尹茹娴在那个年代，由于过度劳累和营养不良，死于难产。在农村，各种各样的苦，他都尝尽了。本想，回城进鼎锅厂工作后，就没有后顾之忧了。可是，没想到企业破产，五十多岁的他下岗了。

生活对他太不公平了。如果他多读一些书，也许会进入市政府机关，或是进个事业单位工作。这样，也就不会拖着板车卖瓜子、花生。

人要生活啊！人生的道路啊，真好比山间羊肠小道，曲曲折折、坎坷不平！

李立勋想了很久，决定去打爆米花，因为打爆米花成本不高，也很简单。一副担子两个箩筐，一头挑一个火炉，炉子上架一个两头稍小、肚子圆鼓、形如炸弹、黑不溜秋的铁葫芦；另一头挑一只风箱，上面放着一点木炭、一把铁夹、一包白糖、一个水壶、一点点泥巴和一个布袋等物。就这样，他走遍了洪江七冲八巷九条街，市郊萝卜湾、带子街等地。后来，又去洪江附近的黄茅、沙湾、龙船塘等乡下了。

他每走到一个地方，就撑起火炉，用一根竹筒将火炉和风箱连接起来，用搓好了的湿泥巴糊住竹筒连接风箱、火炉之间的缝隙。用引火柴将炉子的炭点燃，拉动着风箱，炉子里的木炭在风力鼓动下开始冒烟，慢慢地由黑变红，火势越来越大。

来打爆米花的一般都是八九岁的小孩，他们把家里的大米、玉米或蚕豆拿来一斤半多一点，和一小捆柴火，排队等候着。

打之前，得将铁葫芦的口子打开，往里面倒一升（一斤半）大米、玉米或蚕豆，然后将其盖紧。把多余的大米、玉米或蚕豆退给小主人。

李立勋左手拉着风箱炉，右手摇着爆米花机的手柄，双眼时不时地看一下气压表指针，当指针达到一定位置时，只见他左手停下来，右手往相反的方向回转了几轮。站起来，将布袋口罩住铁葫芦口子，用一尺长的钢管套进铁葫芦支叉上，用力一扳，只听砰的一声，铁葫芦口子开了，冒出一股青烟，铁葫芦里的大米、玉米或蚕豆随着那砰的响声，瞬间变成比原物大好几倍的爆米花来，香喷喷的。

打一炉爆米花要七八分钟，每炉得两角钱。从早晨打到晚上，满打满算，也就是十几元钱。

在龙船塘打爆米花的时候，李立勋去了一趟雷春旺家。雷春旺告诉他，感谢上帝，1981年搞土地联产承包责任制后，他分得一亩多田，自己吃的用的足够了。他说养女和养女婿，每逢赶场要来看他一次。他还说现在不像那些年搞阶级斗争，不用担心开批斗会时陪斗了。李立勋的爷爷李锦给雷再思的那块怀表，雷春旺仍然保存得很好。

在小熟坪，李立勋看到了老队长杨明清，让杨明清惊讶的是，想不到他回城后，还要来这里打爆米花！

当李立勋来到翁野的时候，才得知二毛和兰小芳带着小孩在这里已住了三年。二毛回城后，进的是街道企业，厂里效益一直不好，加之岳父兰常青那时去世，他们就干脆回来了，守着兰常青留下的那幢祖屋和分给他的那块山。三年来，二毛过得还可以，他借钱买了一台拖拉机，专门从事楠竹运输，现在已是五万元户了。他老婆兰小芳已生了第二个小孩，如果不是政府搞计划生育，他还要生第三胎的。兰小芳把田里、地里活搞得井井有条，还养了百来只鸡和百来只鸭。她对二毛也总是百依百顺。二毛说这辈子最大的幸福就是找了个好老婆。当然，这事也得感谢他岳父兰常青和李立勋。

看着李立勋的现状，二毛拿出五千元钱，要他向荒山进军，开荒，搞养殖业，养鸡、养鸭。

李立勋认为二毛是在真心帮助自己，疾风知劲草。他含着泪说："这钱算是借给我，我将来一定要还。"

"不要这么说，先把养殖业搞起来。"

"不，我一定要还的。要不，这钱我不要。"

"只要你能富起来，随你吧。"

李立勋是二毛开着车送回来的。这一天，二毛买单，把刘云、王兰、金兵叫来，在洪江百味村餐馆小聚。

现在，城里人的日子并不好过。刘云所在的洪江瓷厂，现在生产效益不好，工资不能按时发放。实行市场经济后，商业局的日子也不好过，王兰已被提前退休。只有金兵的工作稳定，但他是刑警大队长，得冲锋在前，随时会有危险。

他们几个比起来，最苦的还是李立勋，单位破产后，靠卖瓜子、花生，打爆米花度日，一天仅得十来元钱，好像命中注定：他这辈子是吃苦人。

李立勋按二毛的建议，决定在小湾开荒，搞养殖业了。小湾是他叔叔李躬康一九五七年养兔开过荒的地方。那时，他叔叔就是靠在这里种萝卜、白菜、红薯、玉米、高粱、麦子等农作物过来的。

小湾还是原来的小湾。李立勋拿着柴刀、锄头和畚箕开始在他叔叔当年开过荒的地方再一次开荒了。他用三天三夜时间，把地里的杂木树和茅草砍下来，堆成几大堆，烧了，然后把杂木树树根一根一根地刨出来。所开出来的地，慢慢地恢复到了他叔叔所开的那样子。他把叔叔当年所挖的储粪池和储水池扩大了好几倍，糊上水泥。那竹笕里的水，依旧是从原来的岩缝里流出来的。

李立勋在开出来的菜园里，按着季节种着各种农作物。春天，四季豆、黄瓜、丝瓜、长豆角等蔬菜长势很好；夏天，冬瓜一个至少有三四十斤，南瓜连箩筐都装不下；秋天，玉米有好几担，挖了红薯后种上了油菜、小麦；冬天，白菜、萝卜苗绿油油的。

他种菜很认真，时刻观察着菜的叶上和藤上是否有虫。如发现，就不急不慢地一条一条地去捉，一直捉完为止。有时，一捉就是好几天。看他这样耐烦地捉，有人劝他打农药，可他说农药有毒，还是人捉为好。

他一年四季，从没休息过，一直忙碌着。

夜深人静的时候，他时常挑着粪桶，到各窨子屋的厕所里，到各单位的厕所里舀粪。有人劝他用化肥省事些，而且长得也快。可他认为：吃施过化肥的菜，对人的身体不好。他就是这样的人，宁愿自己挑大粪，宁愿自己累一点。这样，他心里就踏实些。

在去小湾的山路上，他挑着满满的粪，一步一步吃力地走着，那系着粪桶的竹块摩擦着扁担，发出咯吱咯吱的响声，那响声，和鸟儿虫儿的啾唧声合在一起，组成了一个个非常美妙动听的音符，久久地在山上回响着。

当他挑着菜，来到菜市场时，很多人还没起来。在菜市场，人们都抢着买他的菜，因为他的菜物美价廉。

还没到挖红薯的时候，就有人跟他打招呼，要他种的紫红薯。有的人甚至跟着他在地里挖。

他是种菜大王，走到哪里，就有人问菜园里还有些什么菜？有人说他是种菜专业户，也有人说他命苦，是被迫走这条路的。

菜种出来后，李立勋就开始搞养殖业了。

小湾过去是打岩湾，湾里有一口塘，塘里面的水总是满满的。塘上面有一块堆满碎石的平地，这是石匠打过岩石后留下来的。因此，李立勋决定把二毛借给自己的钱在这里打养鸡养鸭的棚子。

棚子是用楠竹片围洋铁皮盖的，洋铁皮上面加了一层芭茅草，这样可以隔热。地面糊上三合土。棚里一边关鸡，一边关鸭。竹笕接到棚里的水槽里。

李立勋从洪江桂花园养殖场买来小鸡和小鸭，正式从事养殖业了。他将自己所种的菜掺着饲料喂鸡和鸭。

小鸡、小鸭一天天长大。每天早上，它们吃过掺着菜的饲料后，鸡往山上去了，鸭进了塘里。这时，李立勋就开始清理它们的粪便。这粪便是种菜的好肥料。

晚上，他把哨子一吹，鸡从山上回来了，鸭从塘里上来了，它们各自进了各自的家，在饲料盆里吃着主人配制的饲料。

李立勋在棚门口外面铺了一张床，床顶上挂一盏风雨灯，一条大黄狗蹲在床边，只要见到陌生人，它就会汪汪叫起来。

第一批鸡、鸭开始下蛋了，李立勋按养殖技术书，开始繁殖下一代了。第二批鸡、鸭长势也很好。他计算着，这样养下去，一年就可以还清二毛的那五千元钱。

可是，由于忙着搞生产和鸡鸭的养殖，李立勋忽视了养子李君的起居生活，使李君得了严重胃病。李君在长沙的一所学院读书时，胃病发作，住进望城县（现望城区）医院要做手术。

李立勋只得把养殖场和里面的鸡、鸭亏本处理，把钱全部拿来给养子李君治病。

手术没成功，胃还在流血，于是准备做第二次。第二次手术的费用要高于第一次（第一次是一万多元），李立勋实在是没有一点办法了，只好到湖南工业大学、湖南师范大学、湖南大学和他养子所读的学院求援。他写了一份求援书。

尊敬的老师们、亲爱的同学们，同志们：

请你们伸出友谊的手，救救我孩子的生命，我儿名李君，系怀化洪江市人，是长沙某学院 94 电会 1 班学生，于一九九五年四月二日突然发生胃溃疡大出血，现在正在望城县医院抢救，在动手术时又发现食道上有一个肿瘤，手术后有一个星期了，但至今还没脱离危险期。因抢救我已花了一万多元，现在又要一万多元，医院天天在催交款，如果不把这钱交齐，就要停医停药了。我是一个下岗工人，现在家里没有一点钱，真是走投无路了。请各位老师们、同学们、同志们多少帮一点，救救我儿子垂危的生命。我将感激不尽，我代我儿子向各位敬礼！

李君之父：李立勋
1995 年 4 月 10 日

李立勋在各个大学也讨得了三千多元钱，算解决了一点燃眉之急。四月十二日医院给李君做了第二次手术，手术做完后，主刀医生和副手找李立勋要红包，没办法，李立勋只好给他们一人两百元，还请了他们一桌饭菜。当时的社会，在某一角落里就是有这么黑！

第二天李立勋看李君的血色素一直没有上升，胃还在出血，就问医生是怎么回事？医生都不敢回答他。

李立勋急得直哭，他跪在医生脚下哭着求他们："你们一定要救活我儿子。"

这时，有一个人为李立勋说话了，他质问医生："这就是一般的胃溃疡病，你们两次都没做成功，你们医生到底是干什么的？"

4 月 15 日又准备第三次手术，晚上七点李君又被送进手术室，同房的病友都说这孩子很难救活。听着这话，李立勋和陈玉莲情不自禁地又哭起来，肚里泪下，只盼望有奇迹出现。他和陈玉莲在手术室外面过道条凳上坐着，着急地等着儿子出来。十一点钟，儿子的手术终于做完，他回到了病房里。李立勋和陈玉莲都没合眼，守了他一夜。

第二天早上六点钟，李君醒过来，他第一句话就是："我舍不得爸爸和妈妈！我真的不想死！"

李立勋和陈玉莲再一次泪流满脸。李立勋低着头对他说："崽，你一定要挺住！有我和你妈在，就有你在！你一定要好好地活着！"说完这话，他们三人抱在一起，又哭起来。

第三次手术终于成功，他们回到洪江了。

李立勋只好在白马坪、小湾种菜和在幸福路学校门口摆地摊维持生活。好在二毛不要那五千元钱了。还时不时地给他一点钱用。

第六十二章
饱经沧桑一生度　创作诗集千秋传

李躬康从丧子的悲痛中慢慢地解脱出来，开始集中精力创作诗词了。可是，一场突然袭来的特大洪水，把他的房子淹了，书都泡在水里。也怨他三子李灿旭没有及时赶回来给他搬东西。

1996年7月中旬，黔东南和邵阳城步地区一连下了好几天大雨，那沉重的飙急的大雨点和旋风，竟如拧在一起的一条条残酷的鞭子似的，从天空凶猛地抽打下来，沅水、巫水一片汪洋。

7月18日吃过晚饭后，李灿旭接到厂部紧急通知，说是去八里外的印染分厂抢救染料。李灿旭和厂里的二十多个人火速赶到印染分厂后，就急忙将一楼的好几百桶染料以打驳的方式往三楼搬。洪水进来的时候，刚好最后一桶染料搬上了三楼。水是从溪里涨起来的，虽然没有沅江、巫水河里的洪水猛，但半个小时后，一楼已淹了一半，水还在不断地往上涨。

天空就像一个大筛子，筷子般粗的雨水一股劲朝大地上倾泻，击起一串串似乎永不破灭的水泡……

此时，巫水比沅水涨得要猛，大家担心纺织厂家属宿舍一楼可能会进水，因此有人要李灿旭回去做好搬东西的准备。他父亲去怀化二哥家了，要明天才回来。然而，就在此时，李灿旭又接到新的通知，要他们分两组，去住在沅水河边和巫水河边的厂职工家里搬东西。气象台说这次的洪水跟1970年的水差不多。1970年涨水时，厂幼儿园门口柚子树树根都没有被淹，那么这次厂宿舍一楼就不会被淹。李灿旭思虑了一下，他是党员，是领头人，在这关键时刻得起党员先锋模范作用，于是他决定跟去巫水河边的那一组人走。

李灿旭和他这一组的人忙碌着，搬了一家又一家人的东西。看着水的涨势，大家都说纺织厂家属宿舍一楼肯定会被淹，都要李灿旭马上回去搬自己家的东西。

现在，这里情况很紧急，还有好几户人的东西在等着他们去搬。李灿旭想：

多一个人多一份力量。

洪水涨得很快很猛，天快亮的时候，有人说洪江大桥要被淹了。这时，李灿旭才意识到纺织厂宿舍一楼会进水，就急忙往厂里跑。

当李灿旭跑到家里时，洪水已开始进屋了。他急忙搬走几床棉絮和一台电视机后，又跑到父亲的房里，也是搬走几床棉絮和一台电视机。

洪水进屋已有一米多深。此时，李灿旭想到了父亲的诗稿，于是他冒险从窗口反手把门打开，游进去，把父亲放在房里二台阶上的一本诗稿顶在头上，游了出来。门已关不起了，只好让它敞开着。

李灿旭和李躬康的房里，一片狼藉，书桌、床、柜子横七竖八地倒着，书乱七八糟地浮在水面上。

杨雪花上零点班，当她回来看着这惨景时，捶着胸膛一个劲地痛哭起来，那哭声刺心一般痛。她埋怨李灿旭太老实了，自己的家不要，去给别人搬东西。

面对杨雪花痛哭，李灿旭把头低下，像个木头人似的待着不动。

李灿旭和杨雪花住进厂幼儿园三楼。还好，儿子在他外婆那里住着，使杨雪花少操了一份心。

李躬康回来后，得知李灿旭冒险抢救了他的诗稿，也就没有过多的责怪李灿旭，只是说这个小儿子太老实了。

开始清理清洗房里的东西了，自来水厂的设备已坏，暂时不供水。这时李灿旭想起厂一栋宿舍角落里有一口井，于是他拿着脸盆来到这里，开始洗井了。这时，杨雪花又埋怨道："家里的事你不做，来这里洗什么井？"

李灿旭急忙解释："我洗井就是为了洗家具。"

杨雪花还是在埋怨："你啊！真是太老实了！"

房里的衣柜、书桌、床洗干净后，有的变了形；冰箱清洗后，启动不起来；所有的衣服、裤子洗了，晒在外面；沾满泥巴的书，拿出去晒了，有的晒干后，可用刷子把泥巴刷掉；《村葬》和所有的小说稿件被水泡胀，成了泥浆，李灿旭十多年来的心血付诸东流。还有那几十张厂、市生产先进个人荣誉证书和厂、市优秀党员荣誉证书，都被水泡得模糊不清。看着这场景，李灿旭的心剧烈地颤抖，就像被人捏在手里揉搓着，阵阵发痛。而对家具和其他东西的损失，他无所谓。

此时，杨雪花又心疼他了，安慰着："稿件没有了，可以从头再写；那荣誉证书，淹了就淹了，不要去想了。"

　　李躬康在晒书，那《全唐诗》上下册、《全宋词》一至四卷、《四书》《五经》等书，他用刷子一页一页地将泥巴刷掉。他一辈子没别的爱好，就喜欢写诗。几十年来，是诗给了他力量，使他从困境中、悲痛中振作起来。用他的话来说：麻将扑克字牌棋，一窍不通心拙奇；酒馆茶楼从不入，舞厅剧院未曾窥。

　　洪灾过后，李灿旭得了一张中共洪江市委和洪江市人民政府颁发的"七·一八"抗洪抢险积极分子荣誉证书。杨雪花把里面的证书纸取出来，一口气撕得稀巴烂。哭着说："这奖状能弥补家里几千元的损失吗？"这是她结婚以来，第一次对李灿旭发大脾气。

　　看着被撕烂了的荣誉证书，李灿旭无语。他后悔不该把它拿回来，把它放在车间办公桌抽屉里就好了。

　　李躬康天天在晒书，他爱诗书如同自己的生命。

　　就在此时，《华夏吟友》在面向全国征稿。《华夏吟友》是新中国成立以来第一部特大的律诗辞书，由于有臧克家、姚雪垠、柳倩、端木蕻良、江树峰、霍松林等十多位诗坛元老担任顾问，该书很有影响力。有很多企业家想通过赞助，以"诗"留名。面对此情，主编王成刚说："有些人赞助，我欢迎，对这些人，我会在捐款单上载他们的姓名。但在诗的入选中，我始终持'以诗论诗'的原则，请予以理解。"为了编辑此书，王成刚每天要阅读一百多人的稿件（一人五首诗），并回信函，常常是午夜以后才休息；为了出版此书，他把近二十年的稿酬和每月的四百元退休金全搭进去了；为了出版这书，他东奔西跑，筹集资金。经过两年多的辛苦努力，此书第一卷终于出版，震动国内外。

　　李躬康的《送友从军》和《闻日寇投降》两首诗入选，也许是注上了"1944年"和"1945年"时间的缘故，他的名字一下子引起了各大媒体的关注。一时间，有十几家全国大型文学刊物向他约稿，他一夜之间成名人了，用他的话来说是"入选'华'书才问世"。

　　不久，文学权威报刊《文艺报》邀请他参加该报笔会，在经济相当困难的情况下，他还是去了。在笔会上，他结识了天津市的江婴教授，很激动，便把自己几十年来写下的千多首诗稿给江婴教授过目。江婴教授说他功底很深，诗完全可以出版。在跟江婴教授的交谈中，他很受启发，同时了解到很多外面的信息。临走时，写下《北京留别江婴教授》一诗：

萍水相逢处，雕虫献识荆。

乐天逢顾况，美济遇江婴。

负笈从师愿，悦颜缔友情。

龙门登拜访，声价倍峥嵘。

后来，《世界名人录》《母恩难忘》《中华当代词综》《中国当代诗人大辞典》《人民心中的邓小平》等十多部全国性的刊物、辞书发表了李躬康的诗。他的对联入选（2000年《世纪之门》新春楹联宝典）、《当代吟坛》等辞书，曾获（上海市《双迎双庆》春联征文）一等奖。其小传载入《华夏英杰》《中国著名艺术家辞典》《中国当代创业英才》《中国当代邵阳籍人物选》等十几家辞书（典）。《中华当代诗家手迹选》留下了他的笔迹。

那时候，洪江只有李躬康的诗上了《湖南诗词》等省级诗刊和《华夏吟友》等全国性辞书和刊物。人们想不到洪江这弹丸之地竟卧虎藏龙，有如此高手，真是高手在民间，声飞沅水句频观。

戴翊老先生没有看错人，他坚信李躬康的诗会冲出沅水、进入湘江，走向北京，走向世界（《华夏吟友》向国外发行）。彭昆成、王维芝两个忘年交为他高兴了好几天。遗憾的是戴翊老先生因高兴过度而意外去世。

李躬康闻到噩耗后，在第一时间来到了戴老先生的灵堂前，默默地看着他的遗像。平日里，诗友们和诗赋诗，一首接着一首，一到有争议时，都是戴老先生来解围，说公道话。当然，戴老先生也说有争议是好事，没有争议，诗就永远不能提高，就永远是半坛醋，冲不出沅水，进不了湘江，更不用说进北京和世界了。现在戴老先生离去了，李躬康心里沉甸甸的，犹如一块巨大的石板压在身上。回到家里，怀着极为悲痛的心情，一口气写下《挽戴翊诗翁》：

文坛寥落哲人亡，尚有遗书满箧藏。

笔力乾坤能振动，诗情日月并争光。

神游造化悲余烬，我继前贤美令郎。

地下若逢耆旧雨，豪吟谅亦似寻常。

戴翊去世后，对李躬康和几个诗友打击很大，不久，彭昆成也去世了。李躬康写下《悼彭昆成诗翁》：

> 噩耗传闻泪欲潸，七旬未度别尘寰。
> 交从文字才三献，契若金兰匪一般。
> 不许酒樽倾北海，空征诗句颂南山。
> 昊天不慭遗斯老，宛似蜉蝣寄世间。

现在，李躬康只有王维芝一个诗友了。一天，他冒雨去王维芝家，一路上，李躬康的感觉是：伞张雨滴头敲鼓，鞋拖泥沾足滑冰。李躬康走着走着，自然而然地说：哀诔又悲彭溘逝，知音久仰王维芝。几个诗友中，他和王维芝结交的时间最早，已有十五年了。可是，现在王维芝的身体也不行了，时常是三病两痛。王维芝对他说，趁现在还能活动，要他把诗整理好，尽快出版。这是心腹话，知我者，维芝也。

不多久，王维芝也去世了。李躬康写下《悼王维芝诗翁》：

> 缔结诗朋十五秋，金兰莫过此良俦。
> 双词甄别祈裁夺，千首哦吟辨劣优。
> 遽尔神归苍昊去，翩然术访赤松游。
> 洪江地僻知音少，名士风流又逝忧。

王维芝去世后，李躬康记住他的话，为出版诗集做准备了。他的诗稿有千多首。对他来说，每一首诗都是用心血写出来的。经人介绍，他跟山东省淄博市红蜻蜓文化丛书主编桂建军先生取得联系。桂建军先生看了他的诗稿后，被李躬康一生的坎坷经历所感动，竟只要李躬康出五千元工本费，为他编辑，由北京燕山出版社公开出版发行。

1999年国庆节期间，李躬康的诗集《春虫诗草》出版了。在这里要感谢洪江彭洲满先生的鼎力支持，是他令在湖南省政府工作的儿子彭君辉君利用春节回家探亲的机会，将底稿一一作了审阅。

《春虫诗草》是洪江最早公开出版发行的旧体诗。由于是公开出版发行，一下子引起了热议：人们没想到一个平时默默无闻、与世无争，木匠出身的人竟出了书。也有人说纺织厂出诗人了。有很多人要用钱来买书，李躬康说："乡里乡亲的，喜欢看，拿去就是。但有一点，不要用来擦屁股。"

洪江市二十世纪七十年代的老领导邓星玉对李躬康的诗赞不绝口，他说李躬康的诗最主要的一点就是通俗易懂，真实地反映了现实生活。当看到《陪儿吟》里的"爱犊殷勤谁似我，暮年倒孝几时休"和《哭子》中的"耳闻痰响急，指切脉知危"时，情不自禁地流下了伤心的泪。当读到两次上衡山求神显灵保佑儿子的时候，深深地同情作者。可真是舐犊情深。

《春虫诗草》第一次印刷是五百本，出版社留了五十本，剩下的四百五十本中，有四百本是赠送了人，其中，有两百多多本是赠送给了全国各地的《华夏吟友》作者。对李躬康来说，虽然生活困难，但把钱用来出书，值！用他的话来说就是：却从文字见肝肠。

书送出后，很多作者回赠了诗。在回赠诗里，山东诗人李祥麟根据《春虫诗草》里的原诗句缀成八章，作为酬谢。

瑶章读罢慕名贤，济世匡时心总悬。
七律吟成多少首，古林无树不参天。

豪吟不断志弥坚，思入胸中涌若泉。
好学无缘逢世乱，深知稼穑系家传。

湖南形胜自天成，日照波红爱晚晴。
坎坷崎岖皆历尽，斧头抛却一身轻。

津津有味句豪雄，应识青蛙是益虫。
性格生来唯直爽，眉扬气吐乐融融。

几度斜阳分外妖，垂系岸曳柳千条。
诗囊添得莺花句，最爱银灯影倒摇。

何愁诗社识音难，皓首还将古调弹。
入选华书才问世，声飞沆水句频观。

与世无争志愈昂，却从文字见肝肠。
白梅有蕊凌空放，翰墨长垂姓字芳。

吟友平生岂易逢，仰瞻云汉远征鸿。
但期一见荆州面，瘦骨嶙峋气益雄。

这八章可以说是《春虫诗草》缩写本。特别是第六章的"何愁诗社识音难，皓首还将古调弹。入选华书才问世，声飞沆水句频观"。感慨万千。当初，李躬康确实投了很多诗稿，但几乎都沉入海底。

李躬康在后记"自跋"中这样写着：余七十有四，恐一旦死去，后人纵或付梓，错字定难避免。这预言还真准，《春虫诗草》出版半年多，李躬康突发疾病走了。有很多全国各地诗友的信都还没来得及回。临走前，他要李灿旭将山东诗人李祥麟写的那八章酬谢诗过塑，用镜框框好，好好地保存下去。

李灿旭将这八章刻在李躬康的墓碑上（佘细珍墓左边）。李躬康这一辈子，就留下一本《春虫诗草》诗集。下面用李躬康的《自咏》来结束这一章吧：

世间富贵若浮云，名利追求耳厌闻。
人爱陶朱谋富术，我推韩愈送穷文。
衣冠不弃终身俭，锄斧毋忘四体勤。
晚节坚持斯二语，只须温饱又何云。

第六十三章
洪江改名一时乱　禀性难移两袖清

　　李躬康去世后，侄儿李立勋在灵堂里忙了三天三夜，也顾不上护理因患脑溢血偏瘫卧床的父亲李躬厚了。李躬厚见李立勋有三天不在身边，感觉有点儿不对劲。平时，弟弟李躬康隔三岔五要来看他一次，述述兄弟情。至于兄弟情，李躬康在他的《春虫诗草》后面附上了他的六首诗，这六首诗就表达了他们之间的手足情。不知怎么的，弟弟李躬康也有一个星期没来了。经他再三盘问，李立勋知道纸包不住火，只好告诉他大叔已去世。想不到弟弟死在自己前面，李躬厚的病情突然加重了。为了不给新成立的洪江区管理委员会添麻烦，他只好靠土法子在家里治疗着。

　　关于洪江区管理委员会，还得从洪黔合并说起，洪黔合并后，新市府迁到黔城，安江、洪江两地公务人员上班不方便，故工作效率剧降。洪江人去黔城办事，屡遭黔阳人白眼。

　　合并前洪江公务人员的工资能按时发放。合并后市财政相当紧张，导致工资不能按时发，洪江公务人员有看法了。磨合中，矛盾叠起。日积月累，渐成派系，各自为政，暗中较劲，造成分治。

　　分歧原因之一：黔阳一位城管官员素质低，造成"踩蘑"事件。一天，从安江方向开来了一台新洪江市城管局的豪华小车，停在老洪江市政府门口。一位发型漂亮，穿着名贵服装，皮鞋擦得很光滑的干部从车里钻出来。此人见一位衣衫褴褛的乡下老农在对面卖点从山上摘来的野蘑菇，便大摇大摆地走过去，嘴里打着官腔："谁要你在这里卖东西的？"

　　这声音把卖蘑菇的老农吓了一跳，心里直打鼓。他喃喃地说："等我把这一秤称好就走。"

　　见老农还在称蘑菇，这位城管官员认为自己的权威受到藐视，因此就做出与他身份不相称的事情来。他像踢足球似的，飞起一脚，把装蘑菇的竹筛子踢了起来，竹筛子在空中翻了一个身后，落在地上。老农见他如此横蛮、霸道，没有一点儿办法，只好含着泪捡掉在地上的蘑菇。此时，这位城管官员还不解气，于是用双脚使劲地踩已经脏了的蘑菇。

这蘑菇要到深山老林里采才有，来之不易，这样踩烂好可惜！可是这位城管官员一点也不为自己行为所耻，还得意扬扬，像是凯旋将军。他的行为和地痞不分两样。

卖蘑菇的老农没有一点儿反抗能力，只好流泪啊，那泪水像不断线的雨！他已没有一点力气，倒在地上了……

围观的人越来越多。也许是实在看不惯这惨景，人群中有一个人拿起老农的扁担走到那城管官员的车前，使劲地砸车前面玻璃。那车是高级车，不管怎么砸，玻璃就是砸不烂。于是，有人建议把车推翻。

车被推翻了。

面对这么多人，那位城管官员拿出手机不停地打"110"。

不久，来了一群说外地话的民警，把翻车的几个头头儿抓起来，送进原洪江市公安局里。

李躬厚的病在一天天加重，他知道区里财政有困难，不愿给区里的领导增添麻烦。

看着父亲整天卧在床上，李立勋五内如焚。他有好几次想邀着弟弟李汉勋用靠椅将父亲抬到区管委大门口，并把父亲跟邓小平的那张合影照片拿出来，让大家知道他父亲的近况。

但是，李躬厚坚决不同意李立勋这么做，他曾经是湖南省政协委员，是爱国民主人士，要注意自己的形象。躬自厚而薄责于人。他警告李立勋："千万不能冲动。"他把民主人士身份，看得比自己的命还重要。

在洪江，他是德高望重的人，也只有他跟我们党和国家的两代领导人合过影，他珍惜这份荣誉。这些年来，怀化地区的领导每次来洪视察工作时，都要来看望他这个爱国民主人士。

眼看他的身体一天不如一天，在实在没有办法的情况下，李汉勋只好找区管委主任瞿光明。瞿光明对李躬厚的情况非常熟悉，当即做了批示：送区中医院治疗，一切费用由区财政局支付。

就这样，李躬厚住进了洪江区中医院。在区中医院住院不到十天，为了能寿终正寝，他被抬回来了，氧气袋放在枕边。氧气袋里的氧气用完了，他就走了。

灵堂里挂着一副"一身正气；两袖清风"挽联。

大女儿李菲、二女儿李燕从湖北赶来了。

哭得最伤心的是明石匠和白青青。

曾经给李锦当过武管事和文管事的田新生和向培进来了。不过，他们是明石匠喊来的，最后一眼，应该来看看，何况那时李锦和李躬厚对他们不薄。

周老满已去世，不过他儿子送来一个花圈。

区管委主任瞿光明带领洪江区党、政"四大家"领导来了，区工委统战部领导来了，邓星玉等离退休老领导来了，刘云、王兰、金兵、二毛来了，孙玉秀、徐静托人送了厚礼，雷春旺来了，唐永来来了，社会各界人士来了，工商联为他举行了隆重的追悼会。

追悼会上，区工委统战部部长致悼词，对李躬厚的一生作出了很高的评价，说他几十年来松柏后凋，真正地经受了严峻的考验……最后部长含着眼泪说："我们失去了一位与党几十年来同舟共济、肝胆相照的爱国民主人士。"

第六十四章
洪纺静默中破产　私企关键时租赁

为了扩大生产线，洪江纺织厂从浙江买来二百六十台七十五英寸型旧织机，由于这织机是四个厂家生产的，规格不统一，加之装车时零件混合了，因此安装后运行一直不正常，压梭、飞梭、无故关车、无故断经的机台特别多，拆烂布的机台到处都是，帮接工一个班累得要死。挡车工就更不用说了，顾此失彼，开台率不到百分之五十，人累了不说，更主要的是没有效率。因此，有很多人不愿意上班，天天闹着要请假。

在这种情况下，副厂长兼织布车间主任唐仲飞找李灿旭谈话，要他来负责这二百六十台七十五英寸型旧织机。

李灿旭思想有些顾虑，左右为难，因为原来厂里只有"1511型"和"1515型"织机，只怕搞不好被人笑。不过，他也知道唐仲飞要他来负责，是对他的信任，不接受吧，又觉得难为情。经过多方面考虑后，他还是接受了。

李灿旭查阅75英寸型织机的有关资料，左思右想，是不是工艺有问题？没有资料，也没有参考数据，他只是猜测，他把猜测跟唐仲飞说了。唐仲飞要他别着急，决定带他到常德纺织厂去看一看，因为常德纺织厂有这种型号的织机。

李灿旭跟着唐仲飞来到常德纺织厂后，看见这里七十五英寸织布机工艺跟洪江纺织厂的工艺有所不同，他知道是工艺有偏差，就马上用纸和笔把这工艺记下来。

从常德回来后，李灿旭就开始改工艺了。改工艺最大难度是要将投梭侧板上的投梭鼻位置进行调整，得把投梭侧板和投梭鼻取下来，将投梭侧板原来的眼孔填上掺着树脂胶的锯木渣，重新钻眼。这工作量很大，需要有关人员配合。按正常情况，一天只能改二十台，而此时正值春节放假，为不影响节后开车，李灿旭做义工，带领着五个人在春节期间加班加点，把二百六十台七十五英寸织机的工艺改了过来。

节后第一天开冷车时，挡七十五英寸型的挡车工都笑了，她们的开台率已在百分之九十以上，而且疵布率也由原来的百分之四十降到百分之二十以下。难度最大的问题解决后，车间的生产一天比一天好，这样下去，大家就不用担心企业会破产。

然而，在2001年1月12日召开的一年一度的厂年终总结表彰会（先代会、职代会）上，该厂党委书记兼厂长顾亦明代表党委、厂部作《锐意改革团结奋进，突出重围乘势而上，势必在新世纪创造新业绩》工作报告时，后面还是提到了破产的事。

工作报告开始很鼓舞人心：

二零零零年是世纪之交的一年，也是实施"九五"计划和本世纪末重要奋斗目标的一年。纺织行业实施"压锭、重组、减员、增效"战略后，出现了希望的曙光，全行业已经从根本上走出了困境，实现了盈利。我厂在上级党委、政府的正确领导下，战胜债务负担重，技术装备落后的困难，尤其是二零零零年下半年，在市场再度出现严重疲软的时候，努力稳定生产秩序，稳定职工队伍，取得了较好的生产经营成绩。全年完成工业总产值7600万元，同比增加73万元；实现销售收入6618万元，同比增加578万元，增幅为9.5%；实现税金423万元，同比增加98万元，增幅为30%；利润已经实现了扭亏持平目标；在岗职工平均收入465元／月，同比增加60元／月。企业出现了可喜的变化，整个工作已经初步向好的方向发展。

当听到顾亦明说"利润已经实现了扭亏持平目标"时，大家欢欣鼓舞，起立，响起了雷鸣般的掌声。李灿旭也情不自禁地站起来，鼓掌，哑然失笑。

此时，台上的顾亦明看到台下这一幕时，表现得很沉稳、冷静。他随即站起来，鞠躬，回大家一个礼。就在他回礼的那一霎间，下面的掌声更大了，都为他"扭亏持平"的话而感到高兴。

然而，坐在李灿旭旁边的黄大毛并没有站起来，他用疑惑的眼光问顾亦明："这是真的吗？如果是真的，再过两三年，我们就可以把债还清，这样就不破产，不失业，不用到外面去打工了。"黄大毛是职工代表，由于他喜欢说直话，也从没怕过哪位领导，是个天不怕地不怕的人，因此他班组的人选他当了职工代表。

黄大毛的话像一枚炸弹爆炸，使会场的气氛突然变得紧张起来，没人吭声，整个会场寂静得像一潭死水。此时，大家把目光又投向了顾亦明。顾亦明没想到黄大毛会来这么一手，刚才那春风得意的表情，像戏子演戏一样突然消失了。随之而来的是心中恐慌，脸瞬间刷白，身子神经质地颤抖了一下，往右边倾斜，差点儿从板凳上摔倒。旁边的工作人员被吓了一大跳，急忙把杯子里的水倒了，换上新茶叶，倒上开水。他喝过后，心慢慢地恢复了平静，又继续作起他的厂长工作报告来："我们申请破产是进'国家的破产笼子'，就是从根本上丢掉债务，轻装上阵。"

"厂长大人，你能实话告诉我们厂里到底有多少债务吗？"黄大毛站起来，又问顾亦明。

这时，李灿旭扯了扯黄大毛的衣角，轻轻地说："你刚才的那一问把厂长吓了一大跳，有什么话会后再说。"

虽然黄大毛是个天不怕地不怕的人，但李灿旭的话他还是听，他坐下来，不再问了。

顾亦明又接着说："我们要以建立现代企业制度为方向，加快企业产权改革步伐，根据企业转机制，职工转身份，两个置换的指导思想，积极探索企业产权制度改革的途径。通过灵活运用上级政策，深刻领会上级有关要求，企业积极在上级政府和部门的关心下，申请进'国家的破产笼子'，目前企业破产工作已有了明显进展。"

"国家的破产笼子"是一个新名词，《辞海》和《现代汉语词典》上没有。对天天在生产第一线的工人来说，他们不知道什么通天大道理，也没有非分企求，只希望厂能生存下去，在家门口有份事做，一个月有几百元工资，能养家糊口就行了。

跟往年一样，先代会、职代会两个报告在职代会上顺利表决通过。

不过，黄大毛对厂长工作报告却投了反对票。

洪江纺织厂锅炉房建在厂旁边的一个山槽里，因为是生产重地，平时很少有人到这里来。

不知怎么的，2001年5月13日、14日晚上十点钟左右，厂财务科的两个人东张西望，鬼鬼祟祟地挑来好几箩筐废纸（资料），神色慌张地往锅炉里烧。

因为他们是厂部的办公人员，司炉工不好干涉，只好在旁边眼睁睁地看着他们烧。

两天后，也就是 2001 年 5 月 15 日，洪江纺织厂召开"认清形势，打好改革攻坚战"的全厂中层干部会。说白了，这就是个"破产会"。

以黄大毛为代表的人提出"先安置，后破产"的要求。

一连几天的议论声、怨恨声、骂人声使得顾亦明扛不住了，他不得不向洪江区领导求援。

于是，洪江区派来一支协助破产的工作队。

区工作队由十人组成，这些人是从区各机关部门抽出来的，队长叫张永良，是区某办公室主任，四十五岁左右，个子不高，单单瘦瘦，戴一副高度近视眼镜。他最大的特点是只要对破产工作能顺利推行，他对关键人物事情的处理，有着灵活的一面。比如说面对黄大毛这样的人，只要黄大毛提出什么要求，在他的权限内能解决的，他会尽力解决。但是，黄大毛偏不吃他这一套。

区工作队的人来了后，一种罕见的紧张气氛霎时间出现了，四处的标语让人感受到山雨欲来风满楼！

团结起来，共渡难关！

只有破产，才是唯一出路！

不破产，我们就无法再生产下去！

遵守国家法律，不做违法事！

……

这些标语显示出企业破产迫在眉睫，同时又要职工理性对待，不要做出违法的事情来。对天天工作八小时的洪江纺织厂的职工来说，他们先天善良，从未想过要做出违法的事来，是区工作队的人想多了。

紧接着，区工作队又打印出有关企业破产的问答：

1. 企业为什么要破产？

一是亏损严重。企业从一九九六年开始陷入困境，截至二零零零年底累计亏损 5751 万元，其中总厂累计亏损 3496 万元，内衣分厂亏损 2255 万元。

二是债务负担沉重。企业资产总额 5371 万元，负债总额高达 8799 万元（有 3048 万元是银行利息），资产负债率为 163.8%，已严重资不抵债，不能清偿到期债务。

2. 破产对我厂有什么好处？

一是丢掉长期压在企业头上的债务负担，利于企业生存发展。

二是破产后可重新获得银行信贷资金注入，为企业正常运转和技术改造提供条件。

三是有利于降低成本，提高产品市场竞争力，仅利息一项每年可减少成本支出 360 万元。

四是使企业财产从银行重新回到企业和职工手中，有利于企业今后深化改革。

1996 年洪江纺织厂还被评为湖南省先进企业，说从这一年开始企业陷入困境，李灿旭实在不解，他认为总厂亏损的三千四百九十六万元根本就是个糊涂账，简直让人无法相信！

织布车间是洪江纺织厂最大的车间，有职工六百多人，副厂长唐仲飞已调到厂部去了，现在的车间主任叫陈健。陈健平时跟李灿旭的关系还可以，他希望李灿旭在破产的关键时候能支持他的工作。长日班男工多，是织布车间的关键班，李灿旭是长日班党支部书记兼值班长。因此，他的一言一行直接影响着织布车间的人对破产的看法。而李灿旭却说在三千四百九十六万元亏损账目未搞清楚之前，坚决不同意破产，使得陈健的工作处于被动。李灿旭说平时跟陈健关系好是一回事，而破产又是另外一回事。

区工作队里一个叫尹姐的人，她说她是李灿旭二哥李崇勋的初中同学，想通过这层关系来做李灿旭的工作。

李灿旭说："尹姐，如果是你私人有什么事需要帮忙，我会尽力而为的。"

现在，织布车间的人都在看着李灿旭。可李灿旭还是那句话："在亏损账目不搞清之前，坚决不同意破产！"就是把他轮班党支部书记和值班长职务撤了，也无所谓，他就是这样的性格，一根肠子到底。有人说他就是吃了性格的亏，要不，早就上去了。

洪江纺织厂大礼堂是 1978 年修建的，为了活跃职工的文化生活，于 1986

年改造成了"28×40座位"的梯形电影院，五人座的长靠背椅凳改换成了由金属材料和竹胶板做成的活动单靠椅，在洪江的企业中，这电影院算是豪华的了。一个星期后，洪江纺织厂职工代表大会将在这里召开，对破产进行投票表决程序。

大家都知道这个大会关系到每一个职工的切身利益，关系到每一个职工的前途和命运。因此，还没到开会的时候，大礼堂的一千一百二十个座位早已坐满，所有的廊道里站满了人，有很多人因为进不来，只得在外面站着。就这样，职代会"流产"，变成千人非正式职工大会了。

非正式大会真的是非正式大会，变成了批斗会，人们对着顾亦明一个接一个地质问，问了一整天。

区工作队的人看着这场面，想帮顾亦明说几话句，但看着那一张张愤怒的脸和一双双气鼓鼓的眼睛时，又显得无能为力。

职代会"流产"后，区工作队长张永良向区里通报了情况，他建议派一位公安民警来维持秩序。几天后，还真的来了一位民警。派民警来是什么意图？这毕竟是洪江纺织厂的内部事！

区领导了解到一些情况后，要张永良彻查账目不清的事，同时多做职工的思想工作，特别做好关键人的思想工作，各个击破。

一天下午，张永良找到李灿旭，说他是党员，是生产骨干，希望他支持破产。

张永良说不动李灿旭，只好要财务副厂长把销售人员烂账和携款外逃的事告诉李灿旭。

黄大毛等人还在继续闹着，他们见李灿旭沉默后，说他是"叛徒"。

李灿旭只好默默地承受着"叛徒"之名，就是对爱人杨雪花，他也不能把那十几个销售人员烂账和携款外逃的事讲出来。杨雪花也破天荒地骂他是窝囊废。这是她自那次涨洪水撕奖状后第二次对他发脾气。

这段时间以来，人心惶惶，都不知以后的日子怎么过？也有人怀疑和担心破产后的深化改革。

其实，洪江纺织厂的工人是有觉悟的，建厂时，大家下了班搞义务劳动，修马路，修厂食堂，修厂篮球场等，都没有半句怨言。在老厂上班的人提前两小时爬窗进去开车；生产车间一到星期六下午就拖班，大家都很积极，没有人退缩。

　　巫水河里的水，一天天地流着。织布车间的人对破产的事闹得不是很厉害了，其他车间闹的人，也比原来少了些。张永良、顾亦明认为可以召开职工代表会议了。不过害怕职工再次闯入会场，他们想出一个万全的办法，决定周六下午对全厂长日班人员破天荒地放半天假，分车间、部门偷偷对破产进行投票表决。

　　织布车间分会场上，张永良来参加了，他笑嘻嘻坐在李灿旭旁边，拍了一下李灿旭的肩膀，算是打招呼了。李灿旭对他轻微一笑。当陈健宣读了厂长的破产报告后，李灿旭在顾全大局的情况下，对报告投了赞成票。看李灿旭投了赞成票后，张永良如释重负，对李灿旭表示感激，微笑一下，走了。从他这一微笑里，预示着他对李灿旭有了新的看法。他马不停蹄地到别的分会场去了。

　　黄大毛在他所在的分会场上，仍旧投了反对票。

　　洪江纺织厂破产后，厂更名为洪江纺织有限责任公司，成立了董事会和监事会，张永良任董事长，成了法人代表，这明显是暂时的。原副厂级领导几乎都是董事会成员，公司总经理由原洪江纺织厂副厂长中最年轻的大学毕业生郭建平担任。顾亦明则丢了厂行政大权，被晾在一边，分管公司党务工作了。顾亦明万万没想到破产会破到自己头上，把乌纱帽给丢了。

　　让人意想不到的是，李灿旭竟以职工代表身份成了公司监事会成员，而监事会成员才五人。当然，他知道是张永良提的名。

　　现在，洪江纺织有限责任公司又恢复了往日的平静，纺纱机、织布机依旧运行着。大家也在想：破产后，公司从银行手里拿回来，又是自己的了，于是对未来充满着美好的希望。

　　可是，有一天晚上十点多钟，李灿旭接到公司打来的电话，要他马上去公司召开紧急会议。

　　当李灿旭火速来到公司四楼时，董事会和监事会成员都到齐了，都在看一份租赁合同。

　　原来，张永良想快点回到区里工作，就想出把公司租赁给人家的办法，区领导也同意他的想法。于是经区里一位熟悉纺织行业的领导联系，在广东佛山找到了一个老板，订下这合同。

　　董事会成员看完租赁合同后，一个个紧绷着脸，一句话不说。

　　已有内部人对广东省佛山市的老板打了匿名电话，电话里威胁着那老板，说如果对方执意要来，就"白刀子进，红刀子出"。

下午，租赁的消息在厂里传开后，职工的情绪开始不稳了。

有的说："没想到破产没几天，当官的就把我们卖给资本家了。"

大家为租赁的事，搞得人心惶惶，又没有心事上班了。

李灿旭在七十五英寸织布机边处理疑难坏车，因为他是厂监事会成员，有人问他："这事你知道吗？"

李灿旭答："知道，可能下班后要开轮班大会，由值班长告诉你们吧。"

"找他有屁用！走，到厂部去！"

"走，到厂部去！"

于是，从七十五英寸的宽幅织机开始，到四工区、三工区、二工区、一工区，慢慢地全停了。织布车间停机的消息很快传到了纺部，慢慢地纺纱机也停了，全厂所有的机子都停了。

人们潮水般地往厂部办公大楼涌去，这是自 1978 年建厂以来从未有过的事。

这不能怪职工有情绪，也不能怪职工不讲道理，因为事情来得太突然，大家没有一点儿思想准备，而轮班大会要下班后才开。

郭建平是才上来的总经理，面对几百人寻根究底，他已力不能支。

中班停着，零点班停着。

对那些与生产车间没有直接关联的科室和其他人员来说，租赁合同生效后，他们就会马上面临下岗。原以为自己是国企职工，生活会有保障的。哪知道破产后不是"破产问答书"上所说的"丢掉长期压在企业头上的债务负担，利于企业生存发展"。

原来的副厂长，现在的董事会成员，看着关车，一个个沉默无语。他们都知道厂租赁出去后，自己不会是乙方人员。据内部消息，乙方要来一班子管理人员。而甲方的副厂级管理人员，可能只有郭建平和唐仲飞会留用。

第二天，机子仍然关着。各轮班还没召开轮班大会，全厂几乎是一盘散沙。

第三天，大家还是到厂里来了，面面相觑，都不知道该怎么办？

这时，织布车间主任陈健要求党员、值班长带头开车，说能开一个工区是一个工区。

尽管李灿旭带领着长日班的党员和骨干协助开车，但这总不是办法。职工的思想工作还没做好，开一个工区又有什么用？

李灿旭认为在目前的情况下，只有走租赁的路了，于是他写了一封致全厂职工的匿名信：

致全厂职工的一封信

全厂职工们：

我们厂一个月要有五百万元的流动资金才能正常生产，可是我们现在实在是难以维持下去了。是在这种情况下，才将厂租赁给广东佛山众力棉业有限公司的。租赁给了他们之后，我们一线生产职工，仍旧在家门口上班，喝家乡的水，多好啊！

可是，两天前我们厂出现了建厂以来从未有过的关车现象，先是从织布车间的七十五英寸的宽幅机台开始的，慢慢的四个工区全关了。后来，细纱、前纺也关了。

如果我们不按合同在九月十日以前把经轴上的纱织完，那广东佛山众力棉业有限公司的老板就认为我们违反合同，恐怕不来了。他们不来，我们又怎么办？不多久，我们的小孩就要上学了，我们这样下去，小孩的学费又从哪里来？

我想，我们现在只有做好清场扫尾工作，配合广东佛山众力棉业有限公司老板的到来，才是上策。

当然，有人担心租赁了，我们身份会变，在此，我想告诉大家，我们还是"三个不变"即：国有企业性质不变，国有职工身份不变，企业上缴职工养老保险金和发放生活费格局不变。

请每一位有良知的洪纺人深思。

一位职工

这封匿名信贴出去后，还是收到了一定的效果，有一些职工的思想开始转变了，他们也在担心着小孩的学费。

与此同时，破产清算组也写了一个职工关注问题的解答：

一、为什么要租赁承包？

二、租赁承包对我们有什么好处?

三、租赁承包的主要内容有哪些?

四、租赁承包涉及的有关具体问题。

解答对以上问题作了具体说明。

经过冷静思考后,第四天大家开始上班了。

第六十五章
势单力孤难立足　只好转头寻出路

　　广东佛山老板租赁洪江纺织有限责任公司后，改名为四海公司。原洪纺副厂级领导中，只有郭建平被聘任为总经理，唐仲飞被聘任为总经理助理兼织布车间主任，其余的均为洪纺留守人员，保留其副厂级待遇。各科室人员，除设备科、生计科的人员留在四海公司外，其他的全归甲方。归甲方的人，除厂办、保卫、劳资、财务、医务等部门各留一人为留守人员外，其他的全部下岗。那些与纺纱、织布没有生产关联的一千多人全下岗。

　　黄大毛不愿意给私人老板打工，主动要求下岗，做起了小本生意。

　　陈健被聘任为四海公司行政部长。

　　唐仲飞暂回织布车间。

　　各车间运转班由原来三班改为四班。李灿旭被聘任为织布车间新编的丁班值班长，由于人员是从三个班拼凑起来的，挡车工的整体力量比别的班稍逊些，但丁班的产量、质量始终保持在中间，唐仲飞对他的工作还满意。

　　一个月后，唐仲飞调到公司任副总经理，原来的副主任粟松柏担任主任。粟松柏是大学毕业生，在基层锻炼多年，能文能武，跟职工的关系处理得相当好，大家也很支持他的工作。

　　粟松柏当主任不久，乙方从湘纺调来一个叫丁何民的人，说是协助粟松柏工作。丁何民个子矮小，眼睛也小，身体单瘦，头发梳得很光滑。由于手小得可怜，所以他衬衫衣袖口上的扣子总是扣着。别看他个子矮小，可仗着自己是乙方人，总觉得比甲方人要高人一等，得意扬扬，说话也总是卖着关子，打着官腔。他很好酒，每天晚上都要喝过量，然后，在中班、零点班交班时，跌跌撞撞地去车间里，指手画脚。

　　零点是值班长交接班最忙碌的时候，接班者要了解上一个班的情况，要对本班人员进行工作安排。而此时，丁何民却带着一身臭酒味对值班长说哪里哪里要注意，哪里哪里要按他的意思办，自以为是。甲、乙、丙班的值班长是女的，她们闻着他那身臭酒味就要作呕，但看他是乙方人，她们不敢得罪他，只好"嗯嗯"应付着。他从不顾及女值班长的感受。有时，值班长看他摇摇晃晃地走来时，就想远远地躲开他，像躲避瘟神一样。

李灿旭开始很尊重丁何民，总是轻言细语地对他说："请稍等，等我把人员安排好了再请你指教。"丁何民因喝酒过多，说的都是重复话，说这也不如湘纺，那也不如湘纺。重复多了，李灿旭也就听厌烦了，但又有什么法呢？现在厂是私人承包，一切由乙方人说了算，就连主任粟松柏都不敢得罪乙方的人。

李灿旭只好默默地忍受着，他搞轮班工作有十多年了，难道还要丁何民来教？

丁何民知道李灿旭对他爱理不理，可又奈何不了他，心里憋闷着。一次，丁何民在车间生产会上宣布：挡车工中途吃接班饭[1]时间由原来的三十分钟改为二十分钟。

李灿旭想：挡车工都是女工，够辛苦的，利用中途吃接班饭的时间休息一会儿也应该。再说吃饭，有的吃得快，有的吃得慢，强行改为二十分钟不妥。他认为只要吃接班饭的人把车子开好就行了，因此他顶着，不执行。

丁何民见李灿旭不执行车间指令，认为自己出气的时候到了，要撤李灿旭的职。李灿旭不服，跟他理论，两人互不相让，争吵得非常厉害。虽说粟松柏是主任，但面对丁何民咄咄逼人的架势，他不敢得罪乙方的人，左右为难。

这事惊动了公司总经理郭建平，郭建平对李灿旭的性格相当了解，他要李灿旭先冷静下来，并对丁何民说，这事到明天再说。

郭建平给李灿旭来了一个台阶。丁何民这次撤李灿旭职不成功。

此时，李灿旭想念国企了，那时厂里规定，中层领导喝了酒后一律不准进车间；那时不管是厂领导，还是车间领导，都尊重他，从没有人想过要撤他的职。

第二天没有人找李灿旭谈话，李灿旭照常当着他的值班长，只是有一个人传话，要李灿旭改一改性格，说别的班都改了吃饭时间，要他改了算了。可李灿旭就是不改，他就是这个性格，砍了头也只矮五寸！

1　吃接班饭：上班中途吃饭时不关车，由帮接工和打杂协助工代开。

　　两天过去了，李灿旭认为这样跟丁何民顶下去也不是办法，于是自己提出辞职。

　　李灿旭辞职后，班里很多人对丁何民有意见，为李灿旭说话。其中，上轴工黄德生和杨文军为他打抱不平，一气之下也辞工了。他们都是国企时的农村临时工，没什么牵挂，一走了之。

　　李灿旭从事织布保养工作了，跟十年多年前一样，他的设备完好率、保养一等一级车率、织机换梭率、毛病修复率都是百分之百。

　　由于丁何民在织布车间执行着一系列所谓的"严考核措施"，有很多挡车工一个月要被扣一百多元质量钱，是她们工资的五分之一，因此一些挡车工不得不辞工，到江浙一带的纺织企业打工去了。让人没想到的是，出去了的挡车工每月工资都上了一千元，她们说外面的老板一分钱也不扣。

　　李灿旭的爱人杨雪花退休了，她也到江浙地区打工去了，她要李灿旭也去，要他不要再为公司卖命了。由于小孩还在读初中，李灿旭走不了。

　　由于挡车工走了很多，公司只得在洪江附近的黄茅、沙湾招农村女工。那些农村女工，年纪上了三四十岁，上有老下有小。对她们来说，在家门口有份事做就行了，何况上下班又有公司的班车接送。至于工资，她们不是要求很多，有一点就行了。她们有山有田有自留地，爱人又在外面打工，不像洪江挡车工，靠这工资养家糊口。可怜她们三四十岁的人还来学徒，毕竟年纪大，手脚不太灵活，练操作很吃力。有的或是吃不了这份苦，做了几天就走了。

　　就这样，公司的挡车工出去，农村女工进来，出去的人多，进来的人少，造成恶性循环。

　　一年后，乙方老板继续租赁。尽管织布工序的生产效率不怎么样，但纺纱工序还是收到了良好的生产效率。因此佛山老板把安纺的怀化分厂和贵州凯里纺织厂也租赁下来，从而成立了棉业有限总公司，总公司设在怀化。

　　不久，郭建平调凯里任总经理去了。

　　公司的新总经理是湘纺织布车间主任，叫旷卫红，是大学毕业生，年纪三十五左右，个子高大，脸长长的，长着连鬓胡子，但每天被他刮得干干净净，显得很有精神。两颊有点儿凹陷，鼻子长长的。由于爱嚼槟榔，一口牙被染得半黑半黄。他说话随和，总是带着一副笑脸，给人一种亲切感。但批评人时，他就像变了个人似的，一副冷酷无情的表情。他曾多次批评过丁何民，要他喝酒有节制，千万不要喝出什么乱子来。可是丁何民仗着自己是乙方人，仍旧是没有节制地喝酒。

一天凌晨一点左右，丁何民带着一身臭酒味从车间里疯疯癫癫地走出来，走到门卫室时，看见值班的是很漂亮的美女，他心里痒痒的，真是癞蛤蟆想吃天鹅肉。他溜了进去，对她眉来眼去，借着酒醉调戏她。女值班员闻着他的臭酒味就作呕，要他马上离开。可他还是在嬉皮笑脸地说些肉麻话，并欲动手动脚。此时，女值班员忍不住了，也不管他是乙方人，对着他的脸狠狠地打了一个耳光。这一耳光把他给打清醒了。见女值班员拿起电话后，他像老鼠似的灰溜溜地走了。

第二天，黄大毛没有做生意，他带来一群人，当着众人面，把丁何民狠狠地臭打一顿。这事成了特大新闻。

面对此情，旷卫红怕引起群体性事件，果断将丁何民辞退。并要行政部长陈健马上贴出辞退公告，杀一儆百。

丁何民被辞退后，李灿旭又被重用了，粟松柏要他担任运转班总质检员。

在织布车间，李灿旭随便干什么都很内行。他看见换梭零件K13消耗很大，一天至少要打坏二十件，一件是27元钱，这样下去，仅此一项一月就要消耗一万多元。因此他要求检修工换此零件时一定要认真安装，并对所换的机台要检修工登记，他自己逐台检查，优奖劣罚。由于此措施得力，K13的消耗一月只在五百元左右。一把梭子20元钱，他把梭子消耗纳入检修工考核内。对上轴工所上的轴，他台台检查。他就是这样，一项一项全做到位。

现在，李灿旭手中掌握着一定的权力，如何用好这权力，对他来说是一个考验。比如说上轴工的工资是全额计件，以前这工资是由轮班算，有人弄虚作假。现在这工作粟松柏就交给他了。曾有人请他去吃夜宵，他知道是鸿门宴，婉言谢绝了。因此，有人说他太古板，现在是给私人老板打工，不吃白不吃、不拿白不拿。可他想的是做人要行得正，凭良心办事。

有一次，一个上轴工不注意上错了品种，此人知道上错了，却不主动改过来，而是偷偷地换了一张随机传票，想蒙混过去，结果造成了责任事故。

李灿旭说，知道错了改过来就是，没关系的，谁没有过错？但此人偷换随机传票是错上加错，因此他果断地将其辞退，并给自己罚款50元。

一天，李灿旭正在检查上轴质量时，粟松柏带着一个人来到他身前，想对他要说些什么？李灿旭抬起头，那人就是自己的死对头丁何民，霎时间他火冒三丈，抓着丁何民胸襟，要打。

粟松柏赶紧把他拦开。

此时，丁何民被吓得像一只淋透了雨的小鸡，缩成一团，蹲在一边，浑身颤抖着。

"我不干了！"李灿旭把检查质量的记录本往地上一甩，随即打了一个辞工报告。儿子已在怀铁一中读高中，他可以出去了。

粟松柏知道李灿旭牛脾气来了，九头牛都拉不住，就让他发泄一下吧。他知道丁何民那时是因吃接班饭的事下李灿旭的。他认为李灿旭的话有理，挡车中途吃饭二十分钟是少了，结果不到一个星期，又恢复了三十分钟。他知道李灿旭受了委屈。

李灿旭一连两天不上班，粟松柏也不好处理此事。最后还是旷卫红打电话给李灿旭，说要跟他聊一聊。

当李灿旭来到总经理办公室时，旷卫红笑眯眯地主动跟他握手，给他泡了一杯古丈毛尖茶，这茶旷卫红平时都舍不得泡，只有上面的人或是贵客来了，才拿出来。由此可见他对李灿旭的尊重。

粟松柏曾对旷卫红提到过李灿旭的事。说实话，旷卫红很想重用李灿旭，但又怕他脾气来了会坏自己的事。

李灿旭在茶几旁边站着，没有要坐的意思，也没有喝茶。

旷卫红把蓝嘴"芙蓉王"牌烟给他，他摆摆手，没有接；旷卫红从抽屉里拿出一颗"胖哥"槟榔给他，他仍旧摆摆手，没接；旷卫红把自己坐的有轮子的安乐椅移出来，让李灿旭坐，可李灿旭仍旧站着。

见旷卫红坐在那普通的沙发上，李灿旭把安乐椅移到原处，自己则在茶几边的另一个沙发上坐下来。

见李灿旭不抽烟不嚼槟榔，旷卫红也不好意思抽烟嚼槟榔。

沉默一阵之后，还是旷卫红先说话了。

"李师傅，你跟丁何民的事，我已听粟松柏主任讲了，他说是你受了委屈。是这样的，过去一些不愉快的事就让它过去，不要再提了。我一来这里就说过，不分甲方人乙方人，我们都是四海公司人。你是老师傅，又是骨干，希望你支持我的工作，不要找丁何民的麻烦了。"

"旷总，我不找他的麻烦了，我怕他，我惹不起他，我走！行了吧！"李灿旭情绪有些激动。

"是这样的，丁何民被辞退回去后曾给我打了很多电话，说他也要吃饭。为他的事我也考虑了很久，就怕他坏我的事，所以一直没答复他。"旷卫红的话还没说完，李灿旭就站起来，说："旷总，你忙吧，我不走了，也不找丁何民的麻烦了。再见！"他把茶几上的那杯半热的茶一口气喝完。走了。

"这个李师傅呀……"旷卫红摇着头。

自旷卫红找李灿旭谈了话之后，丁何民完全知道李灿旭的为人了，每次碰着，都是主动跟他打招呼。

以前，丁何民的确仗着自己是包吃包住的乙方人，自认为比甲方人要高一等，所以就那么任性。现在，他不敢多喝酒了。他知道他跟李灿旭之间的矛盾是因喝酒过多引起的。那时，李灿旭跟有关领导反映过，有关领导也劝过丁何民，要丁何民注意自己的形象，少喝一点酒，可丁何民就是不听。如果丁何民那次不是多喝了酒，也许不敢调戏那位漂亮的门卫值班员。

当然，他每天晚上零点进车间也是出于好心，是想把产量、质量搞上去。为了把产量、质量搞上去，他把他那一套管理模式搬过来，但事与愿违，有很多挡车工被他扣跑了。

在实在没有办法的情况下，车间只好招农村女工，结果走了又招，招了又走，造成恶性循环。有些沙湾的农村女工，因害怕被扣钱，跑到安江纺织厂上班去了。因此人们说四海公司成了织布挡车工培训基地。

丁何民被辞退后，挡车工的质量钱比以前扣得要少了很多，但还是有很多挡车工想走，经过多方面做思想工作，好不容易才把她们留了下来。

可是现在，见这个爱扣钱的丁何民又来了，有些挡车工思想情绪波动起来，又想走。不过，见李灿旭不走后，她们的情绪又稳定下来了。她们是打算跟李灿旭一起走的。

旷卫红就是看到这一点，才找李灿旭谈话的。他爱人单位的也很想要他去，还在做杨雪花的工作。

……

为了调动设备技术员的工作积极性，公司决定聘任一批技师。通过理论考试、实际操作和员工评议，李灿旭被聘任为四海公司首批技师。

这样一来，车间的疑难坏车就由他来牵头处理了。

现在，客户对开车印疵点要求得相当严，十米布内出现了三次开车印就视为疵布。这里的织布机都是七八十年代的老式有梭织机，没有开车印是完全不可能的事。就目前的情况来说，只有减少不必要的无故停台，才能使开车印疵点降下来。而减少无故停台的主要措施之一，是提高织机自动换梭率，要想提高织机自动换梭率，就得在设备上狠下功夫。

还有一个主要原因就是停机时刹车要灵，使弯轴轴芯向后倾斜成 45 度，这样机子启动时就好操作。

为了减少开车印疵点，李灿旭将《棉纺织手册》《1511 型自动织机保全图册》《常见的织机毛病》等书籍综合分析，从理论到实际，反复思索，看能不能在织机的启动和开口上找到突破口。为了使开车时织口受到阻力，他在织机的扣帽上附加一块铁片，有一点点效果，于是他又来第二次，把铁片加重，这一次比第一次要好些，但还是达不到要求，他把铁片的重量再次加重，终于成功了。他反复地试验，确认没有问题后，就让挡车工试。

第一个挡车工试说可以，第二个挡车工试也说可以，一连好几个挡车工试了，都说可以，他开始小范围地把这项技改工作铺开。从整理车间的数据来看，开车印疵点确实减少了很多，这样，他在全车间把这工作铺开了。由于效果好，这项技改经验被推广到怀化分公司去了。他充分发挥了技师的作用。

……

三年后，洪纺破产后留下的"后遗症"出现了。安江、怀化、常德、邵阳等地的纺织厂都给职工买断了工龄，而洪江区的领导对原洪纺职工没有买断，他们有他们的想法和打算。现在每个职工集体那部分养老金是由政府兜着底，洪江区领导想维持原状。

在这种情况下，有部分人停了工，其目的是要上面的领导买断工龄。

这次停工是要求区领导为原洪纺人买断工龄，旷卫红也没什么办法。不过，他建议甲方把卖厂的实情告诉大家，免得有人来找公司的麻烦。

这时，洪纺职工才知道洪江区领导在两年前就把厂以两千多万元给卖了。

停工第二天，洪江区又派来了工作队，张永良也来了，不过他这次不是队长，只是一个成员。由于他对洪纺破产有功，已升到了副处级。他一来就找李灿旭，希望为他区工作队再做点工作。

　　可是李灿旭不像几年前了，他对张永良说："区领导瞒着职工卖厂确实不对。工人们曾多次问洪纺留守官员，厂是不是已经卖了给四海公司？洪纺留守官员守口如瓶。现在停工了，他们才把卖厂的事说出来，这又何苦呢？卖了就卖了，瞒着大家有什么用呢？如果不是停工，这事可能还不会说出来。如果早把实话说出来，因为洪纺工人多，这两千多万元分不到多少钱。这样，大多数洪纺人还是理解的。"

　　听李灿旭这么一说，张永良露出一副窘态，不好意思再说了。

　　停工有好几天了。为了给大家一个安慰，区工作队和厂留守人员经过左算右算，把下岗人员每月一百多元的生活费砍了一部分，用来发放工龄钱，一年工龄两元五角。也就是说在四海公司上班的人，一个人每月可得四十元至七十多元工龄钱。这样一来，那些下岗人员每月就少了七十多元。为了安慰他们，由公司给他们交个人部分的养老金。这是拆东墙补西墙，也是没有办法的办法。

　　停工期间，有一部分人一个月的工资不要，走了。四海公司只好将四班改为三班，实行三班两运转，即：上十二小时，休息二十四小时。对上班的人来说，迫于无奈，只是长长地叹一声气，没法呀，要生活。

　　又一年过去了，由于李灿旭在各方面表现出色，他被评为总公司"四十佳"，得了九百六十元奖金。

　　旷卫红和粟松柏被调走了。

　　新来的总经理叫纪春元，他是一个原则性很强的人，整天板着脸，脸上很难挤出一点笑容来，不知道他性格的人不敢正眼看他，跟他交谈时也格外小心，只怕说错话。

　　丁何民当车间主任了。由于工作需要，李灿旭负责管车间的设备了，这是他自搞管理以来第一次担任中层领导，他知道中层管理者说话、办事各方面都得相当相当注意，稍有不慎，就会对自己对公司产生不利影响。

　　年底了，新来的总经理纪春元带着丁何民等人到外面考察市场行情，要一个多星期才回来。临行前，丁何民对李灿旭说："这段时间车间只有你一个管理人员，你的担子很重，但有一点，无论如何，生产要稳住，产量、质量绝对不能下滑。"

　　李灿旭知道这段时间担子很重，为了使生产能正常运行，他索性把家里的被子搬到了车间办公室的沙发上，睡在那里了。

当班的值班长见他把被子搬到车间里，如释重负，很高兴地对他说："李主任，你在这里我就有了靠山，心里踏实多了。你知道吗，我最担心的就是怕飞梭打伤人和哪个突然生病。有你在这里，我就不用担心，可以安心抓生产。"

值班长说得有道理，有他在这里，值班长就可以安心抓生产了。

其实，值班长很辛苦，李灿旭尝过这滋味。班里的一百二三十人，有百分之九十五是女工，而女工的身体和男工有着明显的差异，月经期间，痛经、乱经的现象总会有。有时，实在痛得受不了，只好请假。而挡车、装纬、帮接的岗位都是一颗钉子一个眼，少了一个人，必须要有一个人顶上去。一个轮班只有一两个打杂补助工，有的轮班甚至没有。现在生产班长都兼着帮接工作，一旦有人病了，只好对挡车工临时扩台，调整岗位。有的轮班值班长是男的，那痛经的女工又觉得腼腆，不好开口，只好由生产班长传话给男值班长。这些还不算什么，最怕的是飞梭打伤人，企业破产后，厂职工医院没有了，一旦出了飞梭伤人事故，就得临时喊车把受伤者送到城里的医院。现在，有他在车间里，值班长就没有那么大的压力了。

李灿旭每隔两小时要起来，看看织机车间停台是多少，修机牌子、帮接牌子多不多，温湿度是否正常，机轴是否及时上了，确认一切正常后，他才去睡觉。

一次，丁何民凌晨一点钟打电话到车间办公室，当李灿旭接过电话告诉他一切正常后，他也就放心了。

一个多星期过去了，织布车间的一切工作正常，而李灿旭却因睡眠不足，身体显得很疲倦，人也一下子瘦了好几斤，走起路来，一拐一拐的。丁何民要他休息两天，可他没有休息，仍旧上着班。

这段时间以来，织布车间质量下滑，轧梭疵布明显增多，李灿旭是设备副主任，总经理纪春元在公司生产会上不分青红皂白地大发脾气，将责任往他身上推。李灿旭低着头，只好默默地承受着。

为了弄清原因，李灿旭对每一台的轧梭机台进行检查分析，终于在投梭棒上找到了原因。原来是供应部采购员所采购的这一批投梭棒质量有问题，这投梭棒是用胶合板拼起来的，有的已变形，歪了，所以导致投梭结和梭芯不居中，使梭子运行不平稳而造成轧梭。

　　找到原因后，李灿旭就将车间零件库里的投梭棒一件一件地检查，将歪了的用刨子刨平。

　　为这事，李灿旭反映到公司供应部，可是供应部的人不但不重视，反而说他找理由推卸责任。现在虽然是民营企业，但里面的关系依旧很复杂，盘根错节，会牵扯到很多人，他一个小小的设备副主任，怎么敢得罪那么多人？

　　近段时间来，他跟丁何民的关系也变得紧张起来，说话比以前少了。他知道丁何民是在把责任往他一个人身上推。

　　李灿旭走到总经理办公室门口，想把投梭棒质量一事告诉总经理，但看着他那板着的脸，到嘴边的话又咽了回去。

　　李灿旭只身一人，改变不了这现状。杨雪花多次打电话要他去，所以他只好打报告辞工。

　　当他把辞职报告交给总经理纪春元的时候，纪春元对他说："我批评你是为了你好！是要你总结经验，更好地工作。我对你怎么样？你自己清楚！"纪春元严肃的表情怪吓人的。李灿旭心跳得像打鼓。其实，从个人感情来说，纪春元对他够好的，每月的绩效工资，都是给他主任级待遇。

　　纪春元找他谈了两次话后，最后说："你实在要走，我也没法。不过你要回来，我随时欢迎。"

　　就这样，李灿旭辞工了。

第六十六章
曾玉英意外仙逝　堂兄妹难得相聚

就在李灿旭辞工的那天，他伯母曾玉英摔了一大跤，正在小湾菜园里锄草的李立勋闻讯后赶回来时，曾玉英已被明石匠喊着两个邻居送进了怀二医院，医药费用是明石匠垫着的。李汉勋从洪江瓷厂下岗后，就去深圳打工了，曾玉英就由李立勋护理着。见母亲今天心情特别好，天气也好，李立勋就去小湾菜园里锄草了。他有两个月没去菜园，里面草比菜苗还高。听明石匠说，曾玉英是迫不及待地去拿李汉勋从深圳写来的信，在楼梯口摔倒的。她就牵挂着小儿子李汉勋。这一跤摔得很严重，医生已下了病危通知单。李立勋后悔不该去小湾菜园里，也不知道怎么跟弟妹们交代这事？为了使母亲寿终正寝，他只好把氧气包带回家里。

傍晚，刘家大院大门口贴上了一张红纸，一挂千响炮放过后，人们知道李躬厚的老伴儿已经仙逝。

回想那些年，曾玉英心里够酸、生活够苦。丈夫被打成右派后，每月的工资从 66 元减至 9 元，这个家就靠她做点小生意支撑着，她白天做生意，晚上安慰丈夫，同时还要照顾公婆佘氏。过苦日子时，她去山上挖野菜，碰到了漆树，生了漆疮。那些年，她带着几个女儿做火柴盒，从早晨做到午夜洪江火柴厂那特大的锅炉嗡嗡鸣笛时，才收拾起摊子。为了做火柴盒，她凌晨三点钟起来去火柴厂排队领梗片。"文革"时，造反派把她生拉硬拽到中堂里跪搓衣板，脚跪麻了，只得头挨着地，一头乱发摊在地上。丈夫被揪回老家，她跟着去了，在陪斗席上，那三寸宽三寸高的木方被她和丈夫跪变了形，那一堆碎瓷瓦片被她和丈夫跪成了粉末，她一双膝盖上，现在还有疤痕。丈夫受苦二十四年，她也同样受苦二十四年。

办丧事需要人帮忙，李立勋下岗十多年，鼎锅厂的人早已分散。洪江瓷厂因破产，人也分散了。还好，李灿旭还没出去，灵堂是他带纺织厂的几个人和刘家大院的人布置的。

　　田新生和向培进也来了，这次明石匠没有叫他们，是他们主动来的。他们贮木场的退休工人也同样发不出工资，所以也就没什么架子摆了。

　　周老满的儿子像对待李躬厚一样，送来了一个花圈。

　　里里外外都是明石匠在忙碌着，别看他年纪比曾玉英大，但精神还很好，他每天还在练功夫呢。

　　白青青一个劲地哭着，几十年来，她一直把曾玉英当自己的亲妹妹对待。凌晨一点钟了，她还在棺木边坐着，陪着曾玉英，不管李立勋怎么劝她去休息，她就是不愿走。她对李立勋说："你爷爷对我有恩，你一家人对我一家人有恩。"最后，还是明小花把她劝回了房里。

　　凌晨两点，守灵的人只有刘家大院的人和李灿旭喊来的人了。

　　李立勋、李菲、李燕、李敏、李汉勋和李崇勋、李灿旭、李洁、李晶九个堂兄妹围坐在一起。这些年来，他们为生活而奔波着，过年都难得在一起。都没想到这个时候会在这里见面。面对各自的窘境，都一言难尽。真应了"富不过三代"的老话。也真是，李锦的子孙中，除了在南京某部队医院工作的李云泽和在南京某大学任教的李云东生活可以外，其他的都自身难保。

　　最苦的还是李立勋，那些年拖着一部破板车卖瓜子花生，被城管人员打，还被抓进公安局。瓜子花生卖不成了，只好打爆米花。二毛讲义气，借给他五千元钱，要他开荒种地，办养殖场。后来为了给养子治病，把钱全部用光后，不得不在长沙几所大学求援。再后来，靠种菜和在幸福路学校门口摆地摊维持生活。现在虽然退休，但退休金少得可怜，仅两百多元。

　　李崇勋在怀化大米厂任副厂长，风光了几年。想不到企业改制后，去打工。开始心里实在难平衡，但时间长了，也就慢慢地适应了。他在怀化地区粮校读了三年书，是吃技术饭，但还是出门看天色，进门看眼色，得看老板的眼色行事。有一次，为技术上的事，他跟老板争论起来，无奈之下只好辞工，少拿一个月工资。换一个单位之后，这个老板比前一个老板还不好说话，没办法，只好忍着。可是越忍老板就越欺负，被迫又换一个厂。这个厂老板的表情还可以，说话也客气，但因三角债，工资时常不能按时发，人家欠他的，他也欠人家的，总是纠缠不清。到现在为止，已有半年没发工资了。走吧，这半年工资不知能不能得到？不走吧，眼前实在难熬。真是条条蛇咬人。

　　李灿旭即将去通州的纺织行业打工，等待他的将是什么？他自己也不清楚。

　　李汉勋女儿在读大学，正是需要钱的时候。他爱人已下岗多年，一直在外打工。通过熟人介绍，他在深圳的一家建筑设计院从事环卫工作，包吃包住，一个月一千元钱。五十多岁的人，有份事做就很不错了。

　　李菲忘不了的是恢复知青身份，她说："我恢复知青身份还得感谢二姑李芸桂，是她陪着我去县里问，看有没有知青办？还真有知青办。我跟知青办的人说自己是作为知青来这里的，那时还得了三个月的粮票和四十五元钱。知青办的人说只要有学校班主任的证明，就可以恢复知青身份。经班主任证明后，我恢复了知青身份。有了知青身份，才能转为公办老师。"

　　李燕中专毕业后，当了老师。

　　相对而言，李菲和李燕情况要好些，都有份工作，不至于下岗。如果在洪江，她们肯定下岗了。

　　李敏两口子都下岗多年，都在怀化给人家打工。

　　曾玉英埋在丈夫李躬厚的右边，她的儿女和侄儿侄女默默看着这新堆起来的坟，希望她老人家保佑后人，特别是在外面打工的人平安无事！

第六十七章
小作坊做事顺手　好老板遗憾呜呼

　　这是通州境域，李灿旭的爱人杨雪花就在这里的一家小作坊打工。厂房有一个半篮球场大，比一层楼高一点点，屋顶上盖的是石棉瓦，四周用隔热砖砌成，四个小窗开在隔热砖上，光线忽明忽暗。

　　二十多个织好了的布筒码在车间外面的小房里。车间门口摆着十多个经轴纱，一个本地穿筘工在左边角落里穿筘，六个穿好了的轴摆在右边角落里，一大堆纬纱乱七八糟地摊在地上，空纬管散落一地。中间，二十台"1515型"织机呈五个"田"字形排成一排。每个"田"字形中间站着一个挡车工，她们有的在开车，有的在接纱，有的在装纬，有的在寻找羽毛纱，都不停地忙碌着，汗流浃背。由于没有自动换梭装置，一把梭织完后，挡车工要自己装纬纱。尽管里面装着五台吊风扇，但还是像蒸笼一样闷热。

　　由于气候干燥，加之车间里没有空调设备，经、纬纱断头率相当高，织一个纬纱至少要断两三次，断了后，挡车工得把梭子取出来，重新装纬。虽然一个挡车工只挡四台车，但劳动强度相当大。原来的检修工就是因工作环境不好而跳槽了。

　　老板姓瞿，五十岁左右，身体有点胖，走起路来一跛一跛的。听说李灿旭从家里来了，他高兴得不得了。他早就给李灿旭和杨雪花准备好了一间安装着空调的房子，并亲自开着自己的面包车去通州接李灿旭。

　　在车上，瞿老板对李灿旭说："李师傅，我是开砖瓦厂的，对纺织行业一窍不通。我是见别人开织布厂，也就跟着他们开了。听说你是搞管理的，检修技术又很好，这样吧，我一个月开你两千元工资，把厂交给你，一切由你来安排。"

　　李灿旭不好急于回他的话，他要到现场看看情况再说。

　　瞿老板把李灿旭带进车间里，告诉他："纬纱和经轴纱是从三十里外的一家纺织集团买来的，织了布后，再运到那里验布、码布、修布、拼件、打包，加工费由我来付。布打了包之后，再由我卖给南通的布老板。"

李灿旭看了车间设施后，建议把原来的四个窗口扩大，再开六个窗口，装上排气扇，中间装一根喷雾小水管。另外，把四周墙上蒙上废布，用喷雾器一小时在布上喷洒一次水。这样温湿度要好些，经、纬纱断头率可能会降下来。

一个星期后，十个排气扇、喷雾小水管装好了，墙上蒙满了布，每隔一小时喷洒一次水，温湿度明显好了。

李灿旭买来一块温湿度表，告诉瞿老板：左边是温度，右边是湿度，将湿度度数减去温度度数，把所得的数字在表中间的温湿相对表一对，就知道温湿度的相对数了。一般来说：七十二至七十六度为正常。现在是七十八度，还高了一点，可以在地面洒一点水，再降降温。半小时后，湿度降为七十四度，是正常范围内。这里离海边只有五千米，昼夜温度相差很大，中午以后总是四十度高温，要到凌晨两点温度才降下来。因此凌晨两点以后墙上的布不用喷洒水，地面也不要喷洒水。

这样一来，一把梭一次性织完了，经纱断头也减少了很多，挡车工轻松多了。

最高兴的还是瞿老板，他对李灿旭说："李师傅，真的很感谢你！我们这里有两个多月没下雨了，真是热得要死。我老婆和村里的女人们隔三岔五要到山神庙里烧香拜佛，可山神爷就是不显灵。你就是活菩萨了。"

温湿度正常后，李灿旭建议投资一万元左右，把每一台织机的换梭零件配上，这样，台/时单产可由二点五米提高到三米。还可以减少用工。

瞿老板按李灿旭的意见办了。

买来的换梭零配件不是很规范，有很多要用锉刀抛光，因此李灿旭一天只能装一台。安装后，他要反复检查，看是否正常，直到完全正常后，才放下心来。

二十天后装好了。由于每台都是自动换梭，台/时单产已达到三点三米，比原来估计的还要高，而且开车印疵点几乎没有了，质量很好。南通布老板打电话给瞿老板，说他的货是俏货，供不应求。

这时，李灿旭建议再买二十台"1515 型"织机，扩大生产。

正好有一家小厂老板说有二十台"1515 型"织机要卖，问瞿老板买不买？

瞿老板要李灿旭先去看看那织机还有几成新？值多少钱？

李灿旭看了之后，认为机子还有八成新，只是换梭装置没有，他把老板开的三千五百元一台压到三千元，而且要求把机子整台运到瞿老板厂里。

"李老板，三千可以，整台运也可以，只是运费就由你们付吧，我本来就卖亏了，不能再亏。"那老板把李灿旭当老板了。

"我不是老板，我是打工的。"李灿旭说。

"运费也就是一千五百元，你就别为这一千五百元讲价钱了。"老板说。

"那就这样吧，二一添作五，各付一半。"李灿旭说。

就这样，李灿旭代表瞿老板在合同书上签了字。

半个月后，厂房扩建好了，机子也搬了进来，李灿旭只用十天时间，就把才买来的二十台织机的换梭零配件装好了。

瞿老板要李灿旭管理这厂了。四个挡车工、四个装纬工、两个帮接工分两班，上运转班，半个月一倒。一个检修工长期上夜班，同时负责上夜班的轴（机子没坏，没有轴上时，检修工都是在睡觉）。两个穿筘工和两个扫车上白班。新来的人都是当地人，都是瞿老板招来的。

李灿旭不脱产，他要检修、上轴、加油。

由于织机开得很正常，台/时单产已达到三点五米，而且质量也比以前好。一天有三千二百多米布织出来，两个穿筘工感觉时间很紧张，只怕生产脱节。

生产正常后，李灿旭让所有的人拿计件工资。挡车、装纬工按五分钱一米，帮接工按二分五厘一米，这样体现了多劳多得。检修工的工资跟他一样。对质量也作了相应考核。这样，多的一个月有一千三，少的也有一千二。穿筘工按十六元一个轴。两个扫车工（只上四小时）六百元一个月。另外，一个夜班每人发一元二角的补贴费。

瞿老板对李灿旭的计件制考核非常满意。

吃得亏，能在一堆。挡车、帮接、装纬工都配合得很默契，帮接工都主动"帮一管三"，就是在扯烂布时，周围的三台车都要开着。有时装纬工装不过来，不管是挡车或帮接工，都主动帮着装。

李灿旭每天都是12点钟以后才休息，有时半夜还要进车间处理问题。

在零配件方面，李灿旭把能利用的零件尽可能地利用起来。有些不规范的零件，他充分发挥技师作用，用锉刀一刀一刀地锉规范。总之，能够节省的，尽量节省。

原来的十个挡车工都是外地人，其中：四川五个、贵州两个、湖南三个，她们都喜欢吃辣椒，瞿老板要他老婆按她们的口味来炒菜，他一家人也跟着吃辣椒了。

每月一号、十五号是休息日。有一次休息日，瞿老板开着自己的面包车把李灿旭、杨雪花等人带去通州市玩。

瞿老板把大家带到南山湖公园玩了后，就地吃了中饭。回来后在镇上一家豪华餐馆吃了晚饭。然后，又带着他们去卡拉 OK 歌厅唱歌了。

李灿旭回来后心里特别兴奋，刚进房里就把杨雪花紧紧地抱住……

杨雪花对他确实很温柔，结婚这么多年来，除了 1996 年涨特大洪水和工厂破产时对他发过脾气外，从没跟他吵过嘴，打过架。李灿旭不当值班长那段时间，她天天晚上安慰他，给他按摩。现在，李灿旭来了，两个洪江老乡时常开玩笑问："昨晚，李灿旭压了你几次？"作为女人，她们也有七情六欲，她们也想自己的男人到这里来打工，可是自己的男人对纺织行业不懂。两个老乡都羡慕她。

这一晚，也许是喝了酒，唱了歌，李灿旭没有一点睡意，精神很好。她跟以前一样，把两手搭在他的脖子上，温情脉脉地看着他，她认为她此时是世界上最幸福的女人。

日子一天一天地过去，瞿老板的四十台织布机的台／时单产始终保持在3.5 米以上。可是，正当瞿老板很满意的时候，一场意想不到的事发生了，瞿老板遭遇车祸去世了。

瞿老板死后，他的弟弟小瞿老板接了这厂。小瞿老板是狼心狗肺之人，在当地很有势力，豪横跋扈，有很多人怕他。他接过厂后就把外地人的工资砍了两百元，而本地人一分钱也不砍。

面对小瞿老板这么做，四川人、贵州人都不敢吭声。李灿旭、杨雪花和两个洪江老乡咽不下这口气，要求结账。小瞿老板不同意，说要一个月后才结。无奈，他们只好再等一个月。

由于心不在焉，才几天时间，产量直线下降，下到台／时单产只有 2.5 米。这时，小瞿老板来火了，趁天黑时突然给他们结了账，每人扣了一千元，要他们马上走人。

这时，有人劝李灿旭："他给了你们一些钱就不错了，他不像他哥，小气得很。他有很多黑社会的人，地方上的人都怕他。"

李灿旭听到这话之后，想着自己的爱人和两个洪江老乡，只怕出意外的事（在这种情况下，只怕黑社会的人来找麻烦，有些地方曾出现过此事），也就忍下来，拿着行李走了。

李灿旭带着杨雪花和两个洪江老乡问了好几家织布厂老板，他们都需要李灿旭这样的人，但一听到他们是被小瞿老板赶出来的，不敢要了。如果不是赶出来，他们肯定要的。他们都怕小瞿老板。

李灿旭没办法，走了十多里路，在镇上的旅馆住下来。第二天从通州坐车回来了。

第六十八章
吉首干活更繁忙　场地改建能理解

从通州回来后，李灿旭不让杨雪花出去了，儿子还在读本科，他还得出去赚钱。

经人介绍，李灿旭来到湘西吉首市达江纺织厂，这是家百来人的厂子，有纺纱、织布两个分厂。织布分厂有准备、织布、整理三个车间。

老板叫向文辉，是做药材生意的，由于老板常年在外做药材生意，就委托弟弟向文喜全权管理厂子。向文喜对纺织行业是外行，所以他把纺纱分厂交给杨三进管理，把织布分厂交给吴自勤管理。

吴自勤是女的，四十五岁上下，身材高大，能挑两百斤，说话大声，就像男子汉。她的个性也像男子汉，平时表情很严肃，一脸横肉，发起脾气来，眼睛一横，手下人简直不敢正眼看她，更不用说吱声了。不过话又说回来，她是刀子嘴豆腐心，脾气发完后，事情也就过去了，好像什么事也没发生过。

织布分厂的副厂长叫米建光，湘潭人，五十五岁左右，个子跟吴自勤差不多。他和吴自勤的性格水火不相容，以致各持己见，各自为政。两人争吵起来时，声音像打雷，吴自勤说他没有把设备管理好，他说设备太旧，是淘汰机子，无法搞好。两人争吵到不可开交的时候，最后只得由向文喜来解围。

李灿旭是来这里从事织布机保养工作。来的这一天晚上，吴自勤把几个外来人员请到厂外的一家餐馆吃饭，说是给李灿旭洗尘。酒席上，吴自勤首先站起来，给李灿旭敬了一杯酒。按照礼节，李灿旭也站起来，回敬了她一杯酒。可是，米建光看李灿旭回敬酒后，心里很不是滋味，他忌妒李灿旭回敬酒。原来，吴自勤不喝酒，她是破例给李灿旭敬酒。介绍李灿旭来的人跟米建光的关系很好，看米建光这副表情，李灿旭不知说什么好，也不好得罪他。

第二天，李灿旭正式上班了。他搞的保养岗位有一个月没人在岗了，机子很烂很烂，四十台织机，换梭的只有十台左右。李灿旭干活向来很认真，他严格按操作法拆车、装车，需要处理的零件一律处理，或是换，或是用锉刀锉，或是用砂轮抛光；清洁卫生工作全部做到位，该加油的地方一律加上油。别人早早地收了工，而他却还在干，白天没干完，晚上又继续干。

吃饭是在达江印染厂的大食堂里吃。有一天下午，李灿旭推迟了下班时间，结果超过了吃晚饭时间。没办法，只好等到晚上九点钟，和上中班的人一起吃。食堂里的人看他是长日班的人，以为是吃第二餐，不愿给他打饭，无论李灿旭怎么解释，他们就是不打。无奈，李灿旭只好给吴自勤打电话。

一个月后，李灿旭岗位上的换梭率已达到了百分之九十五以上。台／时单产也由原来的两米提高到了二点五米，有的还上了三米。

这时，一些挡车工向吴自勤提意见，为什么李灿旭岗位的机子那么好开，而自己岗位的机子就不好开，有很多不换梭。听挡车工这么说，吴自勤问米建光："你说机子旧，为什么李师傅把机子搞好了？这明明是你管理不好！"

面对吴自勤这一问，米建光不说什么，他怨李灿旭不听他的话。

李灿旭才来时，他对李灿旭说："这里机子太旧，有的拆不得，一拆就难装拢，只要抹抹灰加加油就行了。你就根据机子的状况来拆车吧。"

李灿旭没有按他的话去做，每一台机子都拆了。

米建光过年后就要走了，现在离过年只有两个月，所以对几个保养工要求得不是很严。

李灿旭哭笑不得，吴自勤表扬他，米建光埋怨他。

一天晚上，吴自勤请李灿旭和吴自勤同房的一个挡车工到吉首乾州百年老字号鸭店吃饭，鸭店以麻辣闻名，堪称乾州一绝。吉首人就是喜欢吃麻辣味。每到周末，有很多吉首街上的人来这里排着队吃鸭子。饭桌上，吴自勤很诚恳地对李灿旭说："李师傅，米建光太不负责任了，听说你在洪江纺织厂搞过管理，我想请你帮我一把，当副厂长，你看怎么样？"

"吴厂长，我刚来时米厂长对我说他过年后要走，他也希望我来接他的班，现在离过年只有两个月了，等过年时再说吧。再说介绍我来的人跟他关系很好，我认为现在接他的工作不恰当。"李灿旭说。

"李师傅，这不用你担心，他的工资，我会算到过年，一分钱也不少！"吴自勤说。

李灿旭为难了，说实在话，他真的不想伤害米建光。但听吴自勤说把米建光的工资算到过年时，他不好多说了，只是提出两个要求：一是从洪江带一个保养工来；二是要求开一个小平车队。

"可以。"吴自勤像男人似的，把手一挥，一锤定音。

李灿旭把洪江老乡肖剑飞带来了。肖剑飞有好几年没上班了，平时在洪江跑摩的。他有个臭毛病，就是只要有了钱，就输在牌桌上，不输光，绝不松手。这多么年了，他家里一分钱没存。是肖剑飞老婆跟他讲了很多好话，要他把肖剑飞带出去。肖剑飞的保养技术还可以，只要正确引导，他会变好的。

李灿旭担任织布分厂副厂长后，他要求平车队严格按操作法拆装车，当换的零件一定要换。对保养工，他只考核修复率和换梭率，对其他的暂不作考核。

零件库里乱糟糟的，这么多年来，从来没有人清理过。这段时间，李灿旭每天晚上在零件库里整理零件。零件共有近千件，他慢慢地将它们分类，摆好，登记。作为管设备的，应该把零件整理好。哪些能用？哪些不能用？哪些需要抛光？哪些需要用电焊条焊？哪些需要用氧气焊？心里要有数。有五十多件 K13 是用氧气焊过的，不合格，弯了，变了形，他用锯弓把焊接处的两条锯掉，量好尺寸，用卡子夹好，要电焊工再用氧气焊焊一次，看能不能用。经过实验，效果还可以。就这样，他把那五十多件 K13 做了处理，仅此一项，就节约六百多元钱。向文喜喜笑盈腮。

在这里，上白班的挡车工星期天要加班，因此李灿旭一周只有星期天下午才休息半天。平常，从早上八点钟到晚上十点钟，都在车间里。对平车、保养过的机台，他认真地检查。检修工处理不了的疑难坏车，都是他来处理。挡车工都喜欢他处理。

由于设备基础打好了，车间的产量比原来高多了，台/时单产已稳定在3米，质量也比以前好多了，向文喜认为吴自勤把李灿旭提上来是对的，高兴起来，觉得有一股甜滋滋清凉凉的风，掠过自己的心头。

吴自勤看生产上来后，心里更加高兴，走起路来，那神色就像细雨淋过的穿天白杨。

车间的一切工作正常后，吴自勤要李灿旭注意身体，不要太劳累了。

其实，吴自勤也够辛苦的，她就住在车间旁边，一天至少有十五个小时在车间里。现在设备基础打好了，她不必要在车间里干那么久。

有一个星期天不加班，吴自勤把织布车间的十多个挡车工带到湘西有名的风景旅游区德夯游玩。李灿旭和肖剑飞也去了。这是李灿旭来这里半年后第一次出去游玩，从感情上来说，他觉得对不起洪江老乡肖剑飞，为了工作，从没陪他出去玩过。这一次，他要好好地陪老乡玩一玩。

从吉首火车站往西24千米就到德夯，坐车大约要四十多分钟。吴自勤包了一台中巴车。车上除了李灿旭和肖剑飞是汉人外，其他的都是苗族人。跟以往不同的是，这些美女今天一个个头戴青帕银凤冠，耳吊苏山耳环，颈围银项圈，身挂银披肩，满襟绣花又滚边，还配银铃银链银牙签，一副苗装打扮，一个个全身琳琅满目，熠熠生辉，显得更加娇艳妩媚，美丽多姿。这服装是她们在娘家做女儿时制作的，保存得很好，平日里都舍不得穿，只有节假日，或是有重大的活动时才穿，今天是来德夯玩，吴自勤一声令下，要她们穿上。

苗寨德夯是湘西山寨中一颗璀璨的明珠。德夯为苗语，意为"美丽的峡谷"。这里溪流纵横，峡谷幽深，瀑布飞泻，群峰竞秀，风景如梦。峒河两岸边，水车、水碾、古渡、小舟，都是一幅幅别致的田园风景画。李灿旭和肖剑飞虽然在洪江山城长大，但是从没见过这样四周山色清幽，悬崖如削的村寨。

车到德夯后，就开始步行了，潺潺的溪水穿寨而过，洁净而光滑的石板路弯弯曲曲，精巧的石拱桥倒映在清澈的水中，一个个身着苗装的身影在水中一闪而过。

在路上，这些美女很自豪地告诉李灿旭和肖剑飞："这里曾经拍过电视连续剧《乌龙山剿匪记》，土匪在这里被解放军追着打。"这些平时在车间里难得一笑的挡车工美女，此时脸上突然露出得意的笑容来。

峡谷深处有一个大清潭，三十米高的瀑布从悬崖上流下来，有很多人划着竹排在潭中留影。潭的另一侧下面，一台古老的石碾和水车，在水力的带动下，咿咿呀呀，不知疲倦地旋转着，唱着一首永远唱不完的略带伤感的峡谷之歌。

李灿旭和肖剑飞的脸上，不知什么时候，也不知是什么人涂上了锅底下的黑粉。据说这是当地苗人对客人的一种礼节，意思是：吉人天相，会得到好运。

在文艺表演场里，让李灿旭和肖剑飞没想到的是，这些文艺节目的表演者竟然都是德夯本地人。第一个节目是苗族服装展，全国各地的十几种苗族服装，竟在这小小的山寨展现出来了，李灿旭曾经在靖县待过十年，他一眼就认识出了靖县苗族服装。踏刀攀梯、踏铧驱邪、油锅捞月、擂鼓、对山歌等节目都富有当地的苗族特色。

吃晚饭的时候，首先是吴自勤给李灿旭敬了一杯米酒，然后，那些穿苗服的美女开始放肆了，她们一杯一杯地敬着李灿旭。她们难得有这样的机会。按习俗：她们是看得起李灿旭，不是"整"他。因为李灿旭带领大家把设备搞好了，使她们多得了产量，多得了工资。她们知道李灿旭喝不了多少酒，因此一杯只有一点点。看李灿旭喝得差不多了，吴自勤发话，停止。肖剑飞坐在旁边，不敢插话，如果插话，非被灌醉不可。李灿旭不知道自己是怎么回来的。

第二天早晨，李灿旭醒来的时候，已是九点钟。肖剑飞把他的早餐已打好，放在桌子上。他怨肖剑飞不把他叫起来。

当李灿旭来到车间里的时候，吴自勤笑着对他说："李师傅，再睡一会儿，没关系的。是我昨晚跟肖师傅说的，如果你还没起来，就不要叫醒你。"

"谢谢你，吴厂长。"李灿旭有点儿尴尬。

李灿旭被挡车工喝醉酒一事在织布分厂传开了，大家都知道这是挡车工尊重他，看得起他。

织布分厂原来有二百四十台织布机，由于种种原因，卖了一百台，开着一百二十台，停着二十台。本来，向老板打算两年后把这机子全卖掉的。可是，自李灿旭当了副厂长后，机子开正常，向老板又不打算卖了。没开的二十台机子的零件已拆了大部分，李灿旭计算了一下，把这零件配齐，可能要七千多元钱。

他把自己的想法跟吴自勤说了，吴自勤像男人一样，又把手一挥，果断决定配齐，把这二十台开起来。

李灿旭对着《1511 型零件图册》书，把所需要配的零件一件一件记下来。织布机是分左右手的，他特别在购货清单上注明。

货主是湘潭人，由于要的零件太多，他仓库里一时没这么多货，只得跟生产厂家联系，定做。20 世纪 70 年代生产的带 A 字头的四十四寸"1511 型"织布机早已不生产，有很多都在国家限产砸锭时砸了，现在这机子很少很少了。物以稀为贵，这机子又是宝了，比如说药厂的膏药布，就靠这种机子织。向老板的布就是销往广州白云山药厂。

尽管李灿旭很仔细，但对方还是发错了几件货。没办法只有由湘潭货主重发，这样一来，安装时间就得延长。

当这 20 台织机开起来以后，李灿旭心里就踏实了。

现在，李灿旭最担心的就是怕零配件供应不上而造成关车，因此每十天就得把有关常用零件备好。木制零件大马头是个大难题，因为这零件湘潭没有货，只有跟生产厂家联系，单独定做，而单独定做至少要上十件才做，一件在一百二十元，十件就是一千二百元。一个月的零配件开支是三千五百元左右，李灿旭只好将其他零件控制一下，先把大马头定下来。

在织布车间，木工是关键工种，而正当要集中精力做大马头的时候，木工因家里有急事，要请十天假。在这火烧眉毛之际，李灿旭只好自己干木工活了。他曾经跟父亲学过几天木工活，刨子功夫还可以。他边做边摸索，慢慢地也就熟练了。在洪江纺织厂，有人将两件坏大马头合拼为一件，他试着合拼了一件，效果还可以。就这样，他把零件库里所有的旧大马头清理一下，把能合拼的合拼。

对于投梭棒的修补，他也摸索出了一点规律，认为这二酊脂树脂胶时间已超过有效期，不起什么作用的原因。他自己花一百元到吉首街上买了一瓶新的，其效果比那过了期的好多了。这样，他才把那发票拿出报销。如果不好，就当是自己买了，他就是这样的人。

十天已过去，那木工不打算来了，李灿旭就兼了木工活。现在最怕的就是缺人，因此他喊来了两个洪江老乡，这些老乡都是原洪纺的下岗工人。

吉首附近的凤凰古城被誉为"天下凤凰"，每天都吸引着好几万人来这里旅游。

据清朝乾隆年间的《凤凰厅志·序》："原夫凤凰之名，因山受氏。"原来，凤凰之名源于山名。那么，凤凰山在哪里？据该厅志记载："凤凰山，城西南六十里，即今凤凰营。"凤凰城的确是一座古城，它最早的前身为唐代渭阳县城，历唐、宋、元、明、清五个历史朝代，距今已逾千年。现在的凤凰古城是建于清康熙四十三年（1704 年）的"新"城，其东门和北门古城楼尚在，城内古老的青石板街道尚在，江边木质结构的古老吊脚楼尚在。除此之外，还有朝阳宫、古城博物馆、杨家祠堂、沈从文故居、熊希龄故居、天王庙、大成殿、万寿宫等建筑，无不具古城特色，无不散发着历史的幽香。

一个星期日，李灿旭、肖剑飞和几个洪江老乡来这里玩了。古城以古街为中心，贯穿着无数条小巷。古街是一条纵向随势成线，横向交错铺砌的青石板路，两段石板的尽头是凤凰古城的标志性建筑之一的卧虹桥。李灿旭、肖剑飞和他们的老乡在虹桥上远远望去，感觉真的像一道彩虹，轻盈地卧在沱江的绿波之上。他们来到了北门城楼"碧辉门"，这门是用红砂条石筑砌，既有军事防御作用，又有城市防洪功能，是古城一道坚固的屏障。从北门出来后，又进入了古老的街道，街道两边的建筑飞檐斗拱，店铺中陈设着琳琅满目的民族工艺品，这些工艺品有着浓浓的古意古韵，透露出古街深厚的民族文化底蕴。古城依山傍水，清浅的沱江穿城而过。沱江水面上每隔一米左右，横着一块石墩，这石墩能使两人擦肩而过，因此人们称这石墩为"跳桥"。李灿旭他们过了"跳桥"后，来到了石板街，鞋匠铺里皮匠"叮叮"的敲击声清脆悦耳。沿石板街走着，不知不觉地来到了我国著名文学大师沈从文的故居。沈从文的《边城》《长河》《湘西》《石子船》《龙珠》等小说完美地表现了乡村生活形式的美丽以及对城市生活形式的批判，体现了人与自然和谐共存，本于自然、回归自然的哲学。他取的是地域的、民族的文化历史的态度，由城乡对峙的整体结构来评判现代文明在其进入中国的初始阶段所显露的全部丑陋处。曾两度被提名为诺贝尔文学奖候选人。李灿旭很崇拜他，已将《沈从文文集》，从第一集买到第七集。

　　李灿旭很早就想来凤凰城了，但一直没有机会。现在，终于如愿以偿。回来的路上，李灿旭在想：洪江古商城有凤凰古城这么大的名就好了。但洪江古商城现在正在开发，一定能搞起来的。

　　后来，奇梁洞、南方长城、腊尔山等景区李灿旭和他的老乡们都去游玩过。如果不是在这里打工，很难有这机会。还有龙山的里耶、永顺的王村（芙蓉镇）、花垣的茶峒等都是湘西有名的风景区，因为一天打不了转，也就没去了。遗憾！

　　由于李灿旭是管设备的，因此准备车间的浆纱机、整经机，整理部的验布机、码布机和打包机等，都是他管的范围内。他只好从《棉纺织手册》里，学一学简单的维修常识。特别是浆纱机，虽然它的结构没有织布机那么复杂，但是一旦坏了，就要修好几个小时，所以在修理这机子的时候，他总是在旁边帮帮忙，慢慢地摸索。通过一段时间的摸索，他能处理一般毛病了。

　　有一天晚上十点多钟，整理部的人打电话说码布机坏了，他对着书，一步一步地把它修好。还有一次，打包机坏了，他修了两个多小时。每修一次，他就总结了一些经验。现在，这些机子都难不了他。

　　两年过去了，由于地方政府要这块地，达江纺织厂只得拆了。吴自勤和大家都理解。李灿旭和他的老乡回来的那天，吴自勤和挡车工都来为他们送行，有些挡车工流告别泪，毕竟在这里共事两年，有感情啊！

　　在怀化火车站，李灿旭要去二哥李崇勋家里，就和老乡分手了。公交车上人太多，李灿旭两手扶着行李箱，快下车时，他被一个脸上留着小胡子的手里拿着报纸的人撞了一下，就在这一瞬间，小胡子旁边的一个人用报纸作掩护，用一把特制的钢丝一样钩子把他的外衣划破。钱包被扒了，身份证、银行卡及一千元现金全没了。还好，发现后他马上到银行报了挂失。

　　为此李灿旭在二哥李崇勋家里心情沉重，吃不下饭。二嫂看不下去了，将五百元钱放在他手里，毕竟是自家兄弟。

第六十九章
茶陵为老乡求情 年前去潍坊打工

杨雪花不要李灿旭出去打工了，她说儿子本科已毕业，而且参加了工作，没有什么负担了。她说她的退休金够两个人生活。不过，李灿旭是闲不住的人，他还想出去打工。

茶陵是中国革命老区，谭思聪、陈韶、谭余保等老红军都出生在这里。毛主席 1965 年重上井冈山时，曾在这里住了一晚，并写下了著名的《水调歌头·重上井冈山》。

经洪江老乡魏宁介绍，李灿旭来到了湖南最大的纺织集团东信集团茶陵公司，从事织布机保养工作。原四海公司总经理旷卫红在东信集团任副总经理，通过他的关系，李灿旭被这里的李总经理安排在一间有闭路电视和热水器的房间里，这是管理人员住的房间。李总经理之所以把李灿旭安排在这里住，有他的意图，他知道李灿旭搞过管理，如果这里的管理人员要走，他不愁没人接替。因此，他开给李灿旭两千元一个月，这是管理人员工资，比保养工多五百元。当然，这话不能讲出去。

这里只有整经、浆纱、穿筘、织布、整理织布五道生产工序，没有纺纱工序，纬纱和筒子纱，得从四十里以外的大集团里用大型卡车运进来。这里有四百台七十五英寸织机，一个保养工维护五十台。由于缺人，李灿旭负责的这五十台织机，有好几个月没人维护了。

李灿旭不慌不忙，一台一台地搞。可是，一次才维护过的机子就出现了压梭毛病，使得李灿旭不好交差。挡车工是按产量、质量拿工资，你才维护过的机子就出现故障，怎么说也说不过去！还出了洪江人的丑！

问题出现在哪里？李灿旭左思右想，他是严格按操作方法操作的。难道是所换过的 K13 零件不规格？于是他把那件旧 K13 零件又装上去，结果机子正常了。可是那旧 K13 明显坏了，必须要换。他把那件所换过的 K13 零件左看右看，没看出什么问题。难道是用肉眼看不清楚的缘故？他用专用定规量了量 K13 零件的角度，发现不垂直。这种 K13 零件是用钢铸造的，比翻砂件要硬很多，也不知能不能处理？他把这情况跟李总经理说了。李总经理让他去找高副总经理。

高副总经理告诉他，不垂直的地方可以用锤子敲一敲，他还说现在不用这种 K13 零件了，只是翻砂件还没来，暂时用着。

李灿旭按高副总经理所说的用锤子敲了一件，用专用定规量了量，好了一点，但没达到要求，于是再敲，直到完全直了为止。他试着装了一台机，效果还可以。就这样，李灿旭发挥着自己曾经是技师的作用，把这一批用钢铸造的 K13 零件做了处理。李总经理认为那五百元钱没有白给。高副总经理说他是有责任心的人。

李灿旭所维护的五十台织布机慢慢地好开了。在这里，各工区的产量是按效率计算。李灿旭所在工区的效率由原来的百分之七十五上升到了百分之九十五，比其他工区要高出五个百分点。他岗位上的挡车工、帮接工、检修工、工区长都笑了。

在这里，晚上每人要进车间两小时处理断纬、开车印疵点等疑难坏车。对断纬毛病，李灿旭不怕，怕的是开车印疵点。在洪江，他曾经处理过开车印疵点。但这里的情况不同，这里的筘帽本来就很重，根本不用加铁片。根据机台状况，最好的办法是把刹车搞灵活，一刹就停，不能有惯性。为了把刹车装置搞好，他一扳手一扳手调着刹车钢带上的螺丝，一直调到最佳部位为止；对磨光滑了的刹车带皮子一律换掉。这样，开车印疵点自然会减少。其次，是把综吊好，把筘夹紧。由于他采取了一系列措施，开车印疵点慢慢地减少了。

在这里，在食堂就餐的分为管理人员、衡阳人员和零散人员三种。管理人员中，除了高副总经理是常德人外，其余的都是湘潭人，有一桌人，每天中餐晚餐，这一桌四荤四素一汤。衡阳人员有一桌，他们每餐是三荤三素一汤，比管理人员少了一荤一素，但比零散人员，他们要高一等，毕竟自己不要出一分钱。而零散人员，一餐至少要花五至八元钱。公司对零散就餐人员和在宿舍里开伙的人，每人一个月补助三百元伙食费，而这三百元根本达不到衡阳人吃的三荤三素一汤的标准。

洪江有二十多人在这里打工，其中有十几个是挡车工，不知怎么的，他们都是自己开伙。为这，李灿旭问了几个老乡，为什么不要求像衡阳人那样由公司统一开餐？几个老乡说，衡阳人来的时候就提出包吃包住的要求。

说实话，这些洪江老乡都很本分，明明知道三百元不够吃，但谁也不敢提出由公司开餐的事。其实，这里的挡车工，除了茶陵人外，第二多的是洪江人，而衡阳人仅八人。

李灿旭跟魏宁开伙。魏宁是检修工，跟李灿旭的关系很好，他是最早来这里的。这里的洪江老乡基本都是他介绍来的。他现在修 100 台机，兼任着工区长。他的优点是乐意帮忙，不管是谁，他都愿意帮。缺点是说话不注意方法，脾气暴躁，容易得罪人。

有一天，他为一句话跟值班长争吵起来，那值班长说他讲"混账话"，他叫值班长莫骂人。哪知，那值班长连说三句你讲的是"混账话"。他气得忍不过来，用扳手对着值班长左手手腕打了一扳手，有理变得无理了。

事情闹到公司，李总经理说按湘潭话的意思，"混账话"不是骂人的话，最后对魏宁作出罚款一百元，负责值班长的医药费，写公开检讨的处理决定。

现在离过年只有两个多月了，大家都在想着回家过年的事。而魏宁却想着要到山东潍坊去，他说洪江老乡阮细发在那里纺织厂搞管理。

李灿旭问魏宁："要不要我调解一下？"

魏宁说："能够调解好就算了，反正要过年了。"

于是，李灿旭请客，把高副总经理请到茶陵街上的夜市摊上。

李灿旭对高副总经理说："高总，在我的家乡洪江，'混账''混账话''混账东西'之类的话是骂人的意思。各地有各地的方言，对魏宁的处理意见，是不是可以修改一下？现在快要过年了，招人也难，如果魏宁真的走了，对公司也是一大损失。再说他前前后后喊了四十多个人来这里，在东信茶陵公司，他没有功劳，也有苦劳。"

高副总经理考虑了很久，他认为李灿旭说得也有道理，各地有各地的方言，这也不能完全怪魏宁。但不管怎么说，用扳手打人是不对的，最后他对李灿旭说："李师傅，罚款和负担医药费的事就算了，反正那值班长也没看过病，但是公开检讨要写。"

"这样吧，高总，检讨他写，就不要公布了。他是我的好友，你就给我一点面子吧。"李灿旭说。

最后，高副总经理默认了。

魏宁写了检讨之后，这事也就过去了。可是，月底发工资的时候，那值班长还是扣了魏宁一百元钱。

李灿旭去找高副总经理，高副总经理对他摇摇头，苦笑一下："我们已前功尽弃。"

魏宁一气之下，一个月的工资不要，第二天去山东潍坊了。

魏宁走后，李灿旭觉得不好意思在这里了，他也给在山东的洪江老乡阮细发打了一个电话，问他那里有多少钱一个月？还要不要人？在洪纺，他跟阮细发的关系还可以。阮细发回答六千元一个月，还要人，还说洪江有十几个老乡去了。他要李灿旭最好年前赶过去，说早去就有好岗位。就这样，李灿旭也不跟爱人杨雪花说一声，就打了辞工报告。

洪江老乡都劝他不要走。要走，也得过了年再走。李灿旭的牛脾气来了，谁也拉不住。高副总经理找他谈了话。他很感谢高副总经理，但他还是要走。

有很多人觉得他走了好可惜！

第七十章
带头辞工离厂去　迫不得已回家来

　　一个月后，李灿旭坐上了 K1135 次株洲至潍坊的火车。车过了大别山后，气温明显低了，越往北开，气温越低。火车在阜阳的一个小站要停十分钟，李灿旭想体验一下北方气候，就走出车门，站到了站台上。忽然，一股凛冽的北风飕飕地从对面刮来，差点把他吹倒。他的脸被吹得痒痒的，眼睛睁不开，耳朵嗡嗡直响，耳轮红红的。"天啦！"他大喊一声，马上回到了车厢里。这是他长到五十多岁第一次体验到北方气候。

　　火车一路经过亳州、商丘、定陶、菏泽、济宁、兖州、泰山、济南、淄博后，终于到了潍坊。

　　在车站出站口，李灿旭停下来，把所带的几件外衣全加上，可身上还是觉得很冷。他四处张望，找洪江老乡阮细发，可就是没见到他的身影。

　　人都走了，现在只有他一个人站在出站口，他只好用颤抖的手给阮细发打电话。

　　阮细发回一条短信：搭一台的士去昌邑，车费八十元。

　　怕李灿旭把邑字认错，阮细发在邑字后面注上现代汉语拼音（yì）。

　　阮细发说好晚上八点钟在潍坊火车站接他的。这情况，李灿旭万万没想到。天这么黑，昌邑在哪个方向？离这里有多远？他都不知道。现在，他只好按阮细发说的去做。

　　李灿旭招手叫了一台的士，用普通话问司机："老板，去昌邑要多少钱？"

　　司机看了看李灿旭的穿着，知道他是南方人，便用普通话回："一百元。"

　　李灿旭说："八十元行不行？"并把阮细发回的短信给司机看。

　　司机没说什么，把门打开，让他上了车。

　　五十分钟后，车在昌邑汽车站停了下来。李灿旭又给阮细发打电话。回答是：要他坐出租车到画晨纺织集团东厂去。

　　李灿旭只好再花十元钱，搭的士去画晨纺织集团东厂了。

当李灿旭来到画晨纺织集团东厂员工宿舍的时候，魏宁刚下班。只见他叹着气："李哥耶，茶陵的李总、高总对你还可以。你不应该到这里来哟！我们都上当了。现在我们都想回去，可是又没有路费钱。这里吃饭是要交现金，吃一餐至少要十多元钱，我留下的一点钱只好用来吃饭，手机停机都没钱交费。我来了一个月，到底有多少钱？到现在还不知道。"

"阮细发不是说一个月有六千元吗？"李灿旭说。

"呸！鬼才相信呢！我问了好几个检修工，都说只有三四千元。这里是上两班倒，一班十二小时，十天一倒。倒班时不休息，要上十八小时。这里的检修工要上轴，全是义务工。经轴是从百米外的二楼推过来。这里没有扫车工，上轴时得自己扫车，车内的废棉花满满的，一台机子至少要扫十多分钟；这里没有保养工，什么事都是检修工做，有的零件坏了，得检修工自己拿到焊工房去焊；这里离仓库有两百米，上晚班换零件时，要在雪地里等上十多分钟，那仓库保管员才起来开门。上这么长时间的班，又要做那么多事，得三四千元钱，太划不来了！太划不来了！"魏宁一肚子怨气。

这时，阮细发来了，他把李灿旭带到食堂里。

食堂有百来个座位，有二三十个人正在吃饭。他们的一个碗里是用粉丝、白菜和一点点肥肉打的汤，另一个碗里是两个很大很大的馒头。馒头没有盐，也没有糖，干巴巴的。

墙上挂着一台大电视，一些人一边看电视一边吃馒头，都吃得津津有味。电视播放的是赵本山等人的小品节目，看到精彩的时候，一些人嘴里就发出一阵笑声，或是说几句。听声音，好像都是本地人。

"吃什么？"阮细发问李灿旭。

李灿旭看了看里面的东西，一个饭盆里大约还有小半盒大米饭，这是专程为洪江老乡做的。菜盆里有一个白菜、一个海鱼和一个猪肉。猪肉里面放了一点辣椒，说也是专门为十几个洪江老乡炒的。李灿旭点了一份白菜、一份猪肉、四两米饭，一共是十八元钱。当李灿旭要付钱时，阮细发把他拦开。

阮细发原来是洪江四海公司中层管理者，因跟丁何民不和，辞职出来了。他来这里已有两个月，现在是质量检查员，每天负责检查十几个洪江老乡的机台，也算是个管理人员，但上面还没正式任命。

这里正在搭棚，准备扩建一个车间。听说洪江四海公司有三十个挡车工打了辞工报告，过年后就到这里来，由阮细发来领导，到那时，他就是车间副主任了。

十二个洪江老乡分两班。李灿旭、魏宁等四人是一班，这十天上白班。其他六人接他们的班。

他们一人负责维护四十台织布机。说来也怪，这"1515 型"织布机竟然是洪江纺织厂的，有些机台李灿旭还相当熟悉。比如说，那经轴盘是经过他和几个人改大的，盘片上的编号字，是李灿旭写的，真是太巧了。听说，这机子来这里有两个月了。两个月前在哪里？大家都不知道。由于没有保养工维护，机子已烂得不像样子，都是带"病"运转。

由于织的是蜡染布，没有质量考核，有些零件没有，机子也照样开着。机子实在烂得无法开，才进行小平车。这明显是过一天算一天，没有长远规划。只是苦了这十二个洪江检修工，他们既是检修工，也是保养工、上轴工。明明没有保养工，可是车间主任赵望胜还要求机子要自动换梭。

李灿旭岗位上有一台机子换梭一直不正常，李灿旭看了看，用普通话对挡车工说："这机子缺了很多零件，如果要修好，至少要半个多小时。"

挡车工是本地人，普通话说得不是很好，但还能听懂。她说行，只要能把换梭搞好，就是修一个小时也没关系。

因为是织蜡染布，经纬纱很粗，一把梭两分多钟就织完了，挡车工用手工换很辛苦。

李灿旭拆下零件后，由于手脏，不好穿棉衣，他只好披着棉衣往车间外面的仓库跑，跑到仓库时，已是气喘喘的，上气不接下气。

李灿旭把要补的零件拿出来。另外，还拿了一些零件。这时仓库保管员死死地盯着他，一脸青色，心里极不高兴："拿这么多零件干什么？"

"有一台机子因缺零件好久没有换梭，我看挡车工很辛苦，所以就拿这么多零件。"李灿旭脸带笑容跟保管员解释。

保管员不说什么，把手一挥，意思是要他快走，不要让人看见。原来，这里领零件有规定，有些零件不能多领。

李灿旭拿着零件飞快地朝车间跑去。突然，一股刺骨的狂风从他背后吹来，他披着的棉衣被风卷跑了。

他放下手里的零件，在寒风中追着那件棉衣，这是他的当家衣，他不能没有它，他气吁吁地追着。那棉衣在风中像蛤蟆跳似的，一起一落，他离棉衣的距离始终是有两米左右，他毕竟是五十六岁的人了，已显得力不能支。

一个人用本地话对他说："不要命了，这是海风。"

他听不懂本地话，仍然在一个劲不要命地追。

这时，一个人用普通话说："不要追了，这是海风，危险！"

听说普通话的人这么说，李灿旭才知道这是海风。不过，他还是在不要命地追，他就这一件棉衣。棉衣已被狂风吹了起来，在空中飘着，离他有五米远了，但他还是在吃力地追！他追啊！追啊！

棉衣被吹在腰鼓粗的白杨树枝上，挂着。

棉衣离地面有近三米高，李灿旭慢慢地爬上树，牢牢地抓着棉衣。说来也怪，此时风忽然停下来。

当李灿旭回到放零件的地方时，车间主任赵望胜走来了，板着脸，两眼死死地盯着他："到哪里去了。"

李灿旭不吱声，拿着零件就往车间里跑。

"别怪他了，他是在海风中追被吹走的棉衣。真是不要命了。"说本地话的人对赵望胜说。

李灿旭跑到车间里时，感觉头痛、头重、喉咙发痒，但他还是咬着牙把这台机子装好了。挡车工见机子能换梭后，高兴得合不拢嘴，便把一片口香糖剥了纸，要往李灿旭嘴里塞。

此时，李灿旭一会儿感觉自己睡在厚厚的云雾里，头昏昏的，很重很重；一会儿感觉有大堆大堆的棉花压在他的身上。他轻轻地对挡车工说："谢谢你，我有点不舒服，你自己吃吧。"

这时，挡车工才发现他脸色不好，就用手摸了摸他的额头，感觉发热。

挡车工把这事跟赵望胜说了。这时赵望胜想起李灿旭在刺骨的海风中追棉衣的事。此时，他的心也软了，要李灿旭去宿舍里休息。

李灿旭摇摇头，在一边坐了下来。

五个洪江老乡都要李灿旭回宿舍休息。

李灿旭不说话，还是坐在那里。他知道，这些老乡都很辛苦，就坐在这里，休息一下，上轴时帮着扫扫车也行。就这样，他咬牙坚持到下班。

吃过晚饭后，魏宁和四个洪江老乡陪李灿旭走了五里路，到药店里买药。

售货员说这是胶州湾地区，气候变化无常，海风随时会来，来得快，去得也快，要时刻注意！

第二天，李灿旭仍然上着班。

十天后，轮到李灿旭上夜班了。交班的这一天要上十八小时，李灿旭跟魏宁和四个洪江老乡商量，这一天只休息六小时，提前六小时进班，这样那六个老乡就要轻松一些。大家都同意他的意见。

在这里，大家怕的是上晚班，因为换零件时，得在零下十七度的雪地里把仓库保管员从被窝里喊起来，每一次换零件，得在雪地里冻十多分钟。

一次，李灿旭拿着坏零件在雪地里等了二十多分钟，保管员才慢腾腾地起来，看了零件后，脸上露出一副赛雪欺霜的表情："这零件由你自己拿到焊工房焊。"保管员埋怨李灿旭打扰了他睡觉。

按安全规程，焊零件是要有操作许可证的，李灿旭从没拿过焊枪，没办法，他只好去焊工房焊。焊工房在一个角落里，他好不容易才找到。当他拿着刚焊过，还没冷却的零件急急忙忙走进车间时，跟班副主任大声问："你怎么去了这么久？"

"我先是去仓库，后来去焊工房。"李灿旭不敢说在雪地里等了二十分钟，怕引来麻烦。他听说有一个外地人曾反映过仓库保管员不负责任的事，后来受到保管员威胁。

由于焊零件时没戴面罩，李灿旭眼睛受到电焊光刺激，痛了整整一天，红了，肿了，眼泪直流，流到了心里……

一个班一人至少要上三个轴，有时要上五个，上轴时要两人配合，李灿旭跟魏宁一组。遇上接经机台还好，把车扫了，油加了，将经轴推上车就是。但是遇上断经很多的轴，就要上穿筘轴。上穿筘轴很麻烦，得把综框上的综丝条取下来，再慢慢地套进原机综框里。上一个轴，至少要五十多分钟。

李灿旭推着经轴车来到百米外的楼梯下面，通过电梯上了二楼，把近二百斤的经轴推出来，下电梯后，一个劲地往车间推。车间门口有一个坡，他老远就用力了，想顺着惯性一口气冲上去。如果冲不上去，就得退下去，重来，直到冲上去为止。

下班后，第一件事就是洗澡。由于每天要扫车，所以洗澡时内衣内裤必须换。这里洗澡堂一星期只开放一天，平时洗澡要排队打热水。打到热水之后，得马上提到十多米外的宿舍房里洗。稍微慢一点，水就凉了。洗了澡后，头发还没干就睡觉了。对李灿旭来说，最美的享受是早早地睡。

公司规定，宿舍房里不能生火。一个小小的暖气包，算是烤火了。公司为节省煤，暖气只有一点点。因此，睡觉时每个人得把所穿的衣服、裤子盖在被子上。否则，就会感冒。暖气包旁边，挂满了袜子、内衣和内裤，整个房间弄得很潮湿。

由于不能生火，李灿旭有时只好买一点卤猪肉，和几个老乡围在一起，喝几瓶啤酒，算是打牙祭了。

算工资了，公司规定：凡是初来者，第一个月一律是试用期，试用期间，每人只发八十元一天。这事，阮细发从未说过。为此事，李灿旭问阮细发，阮细发也不知道会有这事。

李灿旭对阮细发说："我是五十六岁的人了，在洪江纺织厂干了一辈子，织布保全、保养、检修、上轴样样都会。难道还要来这里当试用工？凭你良心说说，我们上十二小时班，劳动强度那么大，一天发八十元，这合理吗？你应该把这里的情况弄清楚，才让我们来呀。"

阮细发被问住了，他结结巴巴，半天说不出一句话来。

这一夜，李灿旭在床上翻来覆去睡不着，脑海里总是想着试用期的事。如果不是为魏宁打抱不平，自己也许不会到这零下十七八摄氏度的地方来吃馒头的（后来洪江人都没钱，食堂不煮大米饭了）。也怨阮细发当时没有把事情弄清楚，盲目地把大家叫来。如果他当时不说这里一个月有六千元钱，大家是不会来的。按产量来算，一个月的工资也只有三四千元。现在该怎么办？怎么办呢？四点钟了，他还是睡不着。

李灿旭跟阮细发说想辞工，问对他有没有影响？如果阮细发不同意，他就留下来，不为难阮细发，毕竟都是洪江人，没必要把事情闹大。

阮细发想了一会儿，答应李灿旭走。就这样，李灿旭打了辞工报告。紧接着，魏宁等十多个洪江老乡也都打了辞工报告。

李灿旭和他的洪江老乡辞工的消息很快在洪江四海公司传开了，那些想来这里的挡车工都给李灿旭打电话，问这里的情况怎样？她们是信得过李灿旭才打电话的。作为她们的大哥，李灿旭只好把这里的气候和生活习惯，一五一十地告诉她们。至于产量单价是多少，一个月能拿到多少工资，他要她们直接问阮细发。

此时，洪江四海公司总经理纪春元也给李灿旭打电话，问这里的情况。如果洪江四海公司的三十个挡车工出来，对公司影响肯定大。李灿旭知道此时不能乱说话，也只是把这里的气候和生活习惯告诉了纪春元。纪春元很感谢李灿旭把实情告诉他，这样，丁何民就好做那三十个挡车工的思想工作了。

现在，李灿旭和他的洪江老乡就等着做完一个月。

过年放假了。不知怎么的，没干活李灿旭的腰反而突然剧痛起来。这天晚上，他的腰伸不起来，伸起来就感觉刀绞一样剧痛。没办法，只好弓着，但弓久了也是剧痛。已是凌晨两点，他实在是痛得受不了，只好把魏宁叫起来，要他在痛处揉一揉。这一招真灵，揉着揉着，腰不疼痛了。痛是不痛了，但浑身像瘫了似的，软绵绵的，无力。

第二天，李灿旭睡了整整一天。

由于还没发工资，为了过年三十，李灿旭带头向公司打报告，每人借得三百元钱。李灿旭和几个洪江老乡来市场上买了些菜，其中有山东大葱。

年三十晚上，李灿旭和十几个洪江老乡在宿舍里把床铺板抽出来，拼成一张大桌子，吃年夜饭了。虽然是在他乡异地，但也有了点过年的气氛，到高潮的时候，他们竟划起了拳。

大年初一，李灿旭和他的洪江老乡来到昌邑市。这是潍坊市下属的一个县级市，有两千两百多年的历史，古称鄑邑、都昌，位于胶东半岛西北部，渤海之滨，莱州湾畔。

给李灿旭印象最深的是这里的白萝卜有菜碗那么粗，一米长，都是清甜清甜的。李灿旭在食堂里，每一餐都要买一大碗萝卜汤喝。

街上的行人都是穿着厚厚的棉大衣，脚上套着高筒棉鞋，膝盖上打着绑腿，手套着棉手套，头戴着大棉帽。李灿旭和他的洪江老乡在街上走着，当地人一看就知道他们不是本地人。

是吃午饭的时候了，在一家兰州拉面馆里，李灿旭请客，每人吃了一碗拉面。这也是大家第一次吃兰州拉面。

街道上，卖糖葫芦的、舞刀卖艺的、唱山东快书的、舞龙扭秧歌的随处可见。想不到一个小小的县级市会有这么多民间活动。

大年初二清晨，有件事在魏宁心里憋了好几天。年前放假的那天，阮细发告诉他李灿旭被公司"炒鱿鱼"了，为了让大家过年心情愉快，这事一直没有告诉李灿旭。魏宁觉得：今天是初二了，不应该再瞒着他。于是，他非常谨慎地对李灿旭说："李哥，有件事想告诉你，不过，你一定要冷静。"

"什么事？说吧，我会冷静的。"李灿旭说。

"阮细发年前放假的那天告诉我，你被公司'炒鱿鱼'了。他怕影响大家过年，当时不好告诉你。我实在是憋不住了，才把这事告诉你。"魏宁说。

"谢谢你，老弟。如果你年前告诉我，我就会坐年三十的火车回去。阮细发当时不告诉我，有他的道理，我理解，过年了，不要为这事闹得不愉快。其实，我已打了辞工报告，也不怕'炒鱿鱼'。反过来，我还得感谢这里的车间主任让我提前回去，离开这是非之地。"李灿旭说。

"你说得有道理。说实话，李哥，我也想跟你一起走，一分钟也不想在这里待了。"魏宁说。

李灿旭找到阮细发，委托他帮自己结账。得到阮细发答应后，李灿旭马上收拾行李，准备走。这时，十几个洪江老乡都说等到初六开工时自己结账要好些。他们担心阮细发不会办这事。李灿旭认为阮细发既然答应办这事，也就不用担心。

洪江老乡都知道李灿旭是个性子急的人，也就不说什么了。

十几个洪江老乡将李灿旭送到昌邑汽车站，车开动以后，李灿旭从车窗口伸出手，向走五里路送他的洪江老乡说再见。有好几个老乡哭了："李哥再见。"

"李哥好走。"

"李哥一路平安。"

"李哥到了家就来一个电话。"

阮细发也来为李灿旭送行了。自古男儿有泪不轻弹，看着这么多人哭，阮细发心情五味俱全。如果不是李灿旭带头打报告，向公司借了三百元钱，他们不知这个年怎么过？现在，李灿旭走了，出主意的人没了，他们能不伤心吗？

晚上七点三十八分，李灿旭坐上了 K1136 次潍坊至株洲的火车。

当李灿旭来到怀化二哥李崇勋家里的时候，二嫂看他眼睛凹了进去，就像两个洞，脸没有一点儿血色，身子骨瘦如柴。差点儿要哭了。俗话说：长兄为父，长嫂为母。在哥嫂面前，李灿旭没什么可隐瞒的，把自己在潍坊四十多天的生活情况，一五一十地告诉了哥嫂。洗过澡后，二嫂将一盘年三十还没吃过的猪脚拿出来，被李灿旭三下五除二，几口就吃完了。肚子实在饿慌了，在潍坊四十天，除了第一天晚上吃肉和两次吃卤猪肉外，只有年三十吃了肉。

晚上，一个猪肚子被他吃了，连一点汤都不剩。

第二天，一盘扣肉也被他全吃光。

正月初六，山东潍坊画晨纺织集团东厂开工了，一进车间，车间主任赵望胜要阮细发把洪江的十一个检修工召集起来，给他们开会，意思是要大家留下来。

当大家知道开会的用意后，一个个都说做完一个月就走。

事情已到这一步，李灿旭已走了，阮细发怎么好做这些人的工作呢？如果李灿旭还在这里，由他来做做工作，稳稳军心，也许还有点办法。大家都怨他在关键时候不帮李灿旭说话，说他不够弟兄！不够朋友！

赵望胜主要的目的是希望洪江四海公司的三十个挡车工能来，如果这些检修工一走，那三十个挡车工肯定不会来了。

见做思想工作无效后，赵望胜气得拍桌子，大怒着："从今天起，你们的工种改为装纬，一天发工资三十元。"

现在离发工资那天还有十五天，可怜这些洪江老乡苦苦地熬着。他们只想把前两个月的工资拿回来就行了。至于这个月的工资，他们压根儿就不打算要。人在屋檐下，不得不低头。

十五天后，这些洪江老乡一人得了三千多元，有一个月的工资被卡着。他们去问赵望胜，赵望胜不在。问了好几个副主任，无果。在实在没有办法的情况下，他们只好拿着行李，情绪低落地来到厂大门口，门被锁了。

他们来到厂部，回答的是要他们承认"擅自离厂，后果自负"。并签字画押。可怜这十几个洪江老乡，一个个在那张"声明"书上签字画押。

李灿旭的工资一分钱也没有，原因是他没办离厂手续。他打电话问阮细发，阮细发无语；给跟班副主任打电话，通了，但看到是他的手机号码后，挂了。

第七十一章
鞋厂边做边写作　日子越过越深思

李灿旭觉得自己干纺织行业上夜班吃不消，现在离退休还有三年，爱人杨雪花一月有一千元退休工资，吃饭不成问题，但靠爱人的退休工资养着心里总不是滋味，于是他决定改行，去泉州七波辉鞋厂打工。当他把这想法跟杨雪花说了后，杨雪花一个劲地对他发脾气："你从吉首回来时，儿子已毕业，参加了工作，我劝你不要出去，只要有碗饭吃就行了。可你就是不听，去了茶陵。在茶陵做得好好的，又为魏宁打抱不平，去潍坊。在潍坊四十天，人累得要死，瘦得皮包骨回来，不但一分钱没有，反而花了五百多元车费钱。现在又要去泉州七波辉鞋厂，你五十七岁的人了，人家会要你吗？"这话就像鞭子，一鞭一鞭地打在李灿旭的身上。

"是上轴工黄德生介绍我去的，我们过去关系可以。他是线长[1]了，不会骗我的。"李灿旭说。

"你跟阮细发的关系不是很好吗？到头来，还不是骗了你。那些洪江老乡在那里做了三个月，一个人得三千多元回来，他为这些老乡说过一句话么？"杨雪花越说越气。

一阵长时间的沉默后，杨雪花奈何不了他，捶着胸脯哭。

这一晚，是杨雪花结婚二十多年来第一次不让李灿旭碰她。

李灿旭翻来覆去睡不着，干脆坐起来看书了。

杨雪花毕竟是女人，心软，气还没有完全消就心疼起李灿旭来了，对他大喊一声："还不上床！"

杨雪花还是像往常一样，双手搭在李灿旭的脖子上，轻轻地、温柔地对他说："你实在要去，我就跟你一起去，两人在一起，生活上也有个照顾。"

"你就在家里吧，跟了我二十多年，累了一辈子，应该休息了。"李灿旭说。

1　线长：管理人员，相当于车间主任。

"我是怕你伙食开不好，不会照顾自己。几十年来，你只知道辣椒炒蛋，连小白菜都炒不好，不是没熟，就是炒过火。"杨雪花说得有道理，这么多年，他确实只会辣椒炒蛋，连小白菜都不会炒。

"我问问黄德生，看要不要女的？"李灿旭说。

黄德生回电话说暂时不要女的。

当李灿旭来到七波辉鞋厂时，已是晚上八点钟。黄德生把他带到自己的房间里，今晚就住在这里了。黄德生是洪江郊区黄茅人，来这里已有五年。那时，他在洪纺织布车间是上轴工，李灿旭管着他。现在，他是线长，管着李灿旭。人生也如天空一样的谲诡呵，一会儿一个变化，真是三十河东，三十年河西。黄德生在这里由一个普通员工当上中层管理者，顺理成章；李灿旭由一名国企职工变为"农民工"也不足为奇。

七波辉是一家大厂，有员工近两千人，其"七波辉"品牌是全国驰名商标，中央电视台少儿频道《银河剧场》栏目是该厂独家冠名播放的，湖南电视台超级女声冠军李宇春是"七波辉"品牌形象代言人。该厂主要分面帮、成型、服装三大生产板块。成型有六条线，每一条线分前段、中段和后段，有百余人。前段工序有放鞋楦、打桩、修鞋面、刷乳白胶、（进入烤箱）前帮、中帮、后帮、画线、刷胶水、整形、（进入烤箱）打磨，最后是质检；中段工序有配鞋底、放鞋、鞋底破水、鞋面破水、（进入烤箱）刷面胶、刷底胶、（进入烤箱）合底、（进入烤箱）压器、补胶、（进入烤箱）压边；后段工序为分鞋、拔鞋楦、（进入冷冻箱）塞垫底、塞纸团、整修、贴标牌、质检、入库。因为是在流水线上操作，手要特别快，所以干这活的人几乎都是年轻人。

李灿旭在第四生产线。由于年纪大，黄德生安排他在前段整形，是普工活，就是将流水线上的每一双套了鞋楦的鞋子用小锤把鞋头敲一敲，或是把鞋上的线头用小剪刀剪去，然后送入烤箱，等鞋子在烤箱里转了一圈后，再拿出来。这工作看起来很简单，但劳动强度较大，一只鞋子加上鞋楦有两三斤重，一天至少要生产四五千双鞋，也就是说他一天要将四五千只（右脚）套了鞋楦的鞋子在烤箱里拿上拿下。对李灿旭来说，有了这份工作就很不错了。

第一天，李灿旭感觉很好，做得顺畅，身体觉得还可以，能撑住。可是睡了一夜之后，他就觉得手软软的，两边胳膊疼，手腕抬不起来，腰也很酸。干纺织行业没出现过这种现象，他以为自己干不了这活，就把这情况跟黄德生说了。

黄德生告诉他：干这活要有一个适应期，开始有点疼，一旦适应就好了。

听了黄德生的话之后，李灿旭只好咬牙坚持着，一个星期后也就适应了。

这里一天的工作时间是11小时，即：上午四小时，下午四小时，晚上三小时。

每天早上，李灿旭总是第一个进车间，打扫卫生，把准备工作做好。

在七波辉，早上有分线分工段开早会的习惯。开会之前，首先由线长或工段长对大家说一声"大家早上好！"然后大家回答："好！很好！很好！"这是企业文化，显示出企业的团队精神。

由于很多员工是外地人，厂部要求线长、工段长开会时一律讲普通话，把前一天的工作小结一下，哪些做得好，哪些做得不好。然后，把当天所做的品牌，要注意的事项，对大家说说，特别强调千万不要出差错。

李灿旭那一段的工段长叫陈坚固，三十岁左右，个子不高，脸圆圆的，剃着一个平头，眼睛炯炯有神，皮肤黑黝黝。由于李灿旭是线长黄德生介绍来的，开早会时，他对李灿旭总是非常客气地点点头，"老人家""老人家"地称呼着。

有时，有些鞋头歪了，工作出了点小问题，陈坚固把李灿旭叫到一边，轻言细语地耐心地教他如何做。李灿旭边做边总结经验，一个月后，完全熟练了。

两个月后发工资了，李灿旭得了二千七百元，工资是少了点，但这里是全额计件制，只有那么多产量。

在鞋厂，做鞋是分春夏秋冬季节来做，夏天的凉鞋订单已做完，从现在起开始做秋天的鞋了。做鞋是根据订单来做，因此一个季度要召开一次订货会。订单多的时候，为了赶货，晚上要忙到十二点钟，有时甚至忙到凌晨一两点钟。

这一年秋季订单比较少，因此晚上不用上班，有时上午休息，有时下午休息，有时整天休息。

休息的时候，李灿旭喜欢一个人在山美水库边走。水库岸边山上是笔直笔直的腰鼓粗的桉树，在当地，桉树是比较好的木材，可用来做房屋和家具。一大群黄牛在山美水库边宽敞草地上吃草，它们依赖着这草地而生存。一眼看去，草地跟水库一样，没有尽头。

李灿旭沿着小路走，他想走到水库坝上去，看看那坝到底有多高？水库有多大？他走了十多里，眼里始终是一望无际的湖水。湖水中，有很多小山，都倒映在水里，真是山中有水，水中有山。一艘快艇驶过来，打破了小山桉树上鸟儿的宁静，它们先是呖呖叫起来，然后张开翅膀盘旋在湖水上面。看着这情景，李灿旭想恢复文学创作了，想写一篇山美水库的文章。

李灿旭走啊！走啊！来到一块花岗石碑前，此地原来是陈氏宗祠，方圆百里，成千上万的陈氏后裔都要来这里祭祖烧香。1971 年水库蓄水后，祠堂迁到别的地方去了。陈家后人怀念这个地方，就立了此碑。

前面来了一个剃着平头的本地人，李灿旭用普通话问他，这里离山美水库坝还有多远？那人用普通话回答："你走反了，这里离山美水库大坝至少有五十里。"

无奈，李灿旭只好往回走。

李灿旭住在九都街上的一个农民屋里，房东姓陈，平时对他很好。

十多年以前，这里的古厝七零八落。自办起了七波辉、剑桥、菲克、隆鹰等鞋厂后，一些有眼光的人果断把古厝拆掉，借钱沿着马路两边修起了六七层楼高的洋房子，洋房子多了，就慢慢地成了一条街，有两里多路长。

李灿旭的房东就是那时迁来的，他将一楼外面两间房用来做生意，里面两间留给自己住，从二楼到七楼，一共有二十四间房，全部租了出去。一间租价是一百二十元一个月。

租住这房的是湖南、贵州、四川、重庆、云南、河南等地的人，他们一个月有四千多元，一个个都不在乎这一百二十元钱。再说他们各自的厂家对住在外面的人每人一月发六十元住房补贴，也就是说他们一个月自己只要出六十元。房子每间都配有厨房和卫生间，比厂里的集体宿舍房好多了。有些正处于恋爱的年轻人，在这里生米做成熟饭，也是常有的事。

李灿旭住在七楼的一间房里，当他来到房门口时，邻居杨大鲁家里已经开始做晚饭了。

杨大鲁是贵州人，五十岁多一点，个子高大，一脸横肉，寡言少语，性格霸道，脾气古怪，发起脾气来，一家人都怕他。他一家三代，有五个人在七波辉上班。十八年前，为还给父亲治病和办丧事所欠的二十万元钱，他带着老婆林二姑和刚满十一岁儿子杨八斤来到这里，他和林二姑进了七波辉鞋厂，儿子杨八斤在九都镇小学读书。杨八斤九岁才上学，来这里时还在读三年级。

小学毕业后，他想进九都镇初级中学读书，可他不是本地人，属借读生。按当地教育部门规定：小学，一个借读生一年要交八百元借读费；初中，一人要交一千元借读费。杨大鲁认为交一千元借读费太多了，所以办了一张假身份证让杨八斤进了七波辉鞋厂。

杨八斤十八岁那年，经贵州老乡介绍，与同乡的刚满十六岁的姚梅子订了亲。姚梅子家里所提出的条件是要二十万元钱给姚梅子的父亲治病。

第二年，姚梅子生下儿子杨天望。后来，又生了两个娃，取名为天亮和天明。杨天望小学毕业后，姚梅子想让他读初中，可杨大鲁依旧舍不得那一千元借读费，他认为书读多了没用，只要孙子能写自己的名字，能算算账就行了。再说，杨天亮还在读书，如让他继续读书家里的担子就重了。因此，就让杨天望在家里带着两岁的弟弟杨天明。

两年后，杨天望走上他爸爸杨八斤的老路，办一张假身份证进了七波辉鞋厂。这个家，杨大鲁说了算。

李灿旭今天吃的是辣椒炒蛋和小白菜，早上就炒好了，现在只要煮饭。

吃过晚饭后，李灿旭在一张花二十元钱买的简易小桌上开始写游记《情系山美水库》。

杨天望用好奇的眼光看着李灿旭，问："李爷爷，您在写什么？"

"写下面的山美水库。"李灿旭告诉杨天望。

"写它有什么用？"杨天望问。

"没什么用，只是爱好。"李灿旭答。

"'爱好'是什么意思？"杨天望问。

"爱好就是对某种事物具有浓厚的兴趣，也就是做自己想做的事。比如说你爷爷喜欢用水烟壶吧唧吧唧地吸烟，他只要有空，想吸就吸，这就是爱好。"李灿旭答。

"哦，原来是这样。我想读书，这也是爱好吗？"杨天望问。

"读书有两种说法，一种是在学校里读书，就像你大弟杨天亮那样；一种是拿着书读，也叫看书，只是看书要有基础，要在学校里多读书，打好基础。"李灿旭说。

"我很想读初中，可爷爷就是不让我读，他说只要会写自己的名字，能算算账就行了。"杨天望说。他那渴望读书的心情，难以控制，他怨爷爷不让他读书。

"你的汉语拼音学得怎么样？"李灿旭问。

"还可以。就是声母 zh、ch、sh 跟 z、c、s，卷舌和平舌分不清，其他的还可以。"杨天望说。

"这样吧，我这本《现代汉语词典》你拿着用，把里面常用的词记下来，一天记一点，记多了，就造句；造句多了，就用它写成一段话。坚持学下去，这样对你会有好处的。"李灿旭说。

"谢谢您，李爷爷。"杨天望说。

就这样，杨天望开始学文化了。他从汉语拼音字母"a"开始，对照《现代汉语词典》，学到了阿斗、阿飞、阿Q、阿嚏等词，知道了这些词的意思。他用阿斗造句：我要当英雄，不当阿斗。

李灿旭鼓励他，要他就这样坚持学下去。

这一段时间还是休息，鞋厂的人不是打扑克、麻将，就是去山美水库边钓鱼。

李灿旭却在为写游记《情系山美水库》收集资料。他一个人跑到泉州博物馆，在那里得知欧阳詹、颜仁郁、林奉礼、郑成功、陈金城[1]等人都是泉州人。这样，对泉州的历史人物有了一定的了解。他还找附近的一些人采风问俗，问山美水库是什么时候修建的？有多大？水源来自哪里？大多数只知道是1967年修的，其他都不知道。但一些上了年纪的人说1958年就开始修筑了，说是叶飞将军要修的。有人说他们原来的老家在这里，原来的九都公社就在水库下面，是修了山美水库后，才搬迁的。李灿旭把这些资料一点一点记下来。这时，有人建议他去九都镇镇政府问一问，也许那里会有资料的。这可提醒了李灿旭，他从没往这方面想过。

当李灿旭走进镇党委办公室，把自己的来意跟一个女办公人员说了后，那女办公人员用闽南人习俗，给他泡了一杯茶，然后把电脑打开。她的热情态度，令李灿旭很高兴。

通过电脑，女办公人员在《南安市九都镇镇志》里找到了"山美水库"

1　欧阳詹：唐朝文学家；颜仁郁：唐朝诗人；林奉礼：福建著名历史人物，湖南靖州甘棠林姓始祖；郑成功：民族英雄；陈金城：清朝官员。

那一章，并将其打印出来。

资料详细介绍了山美水库修建的经过，主要水源，水库流域集雨面积，总库容量，水电站坝高，总装机容量，设计年发电量，有多少人参与修建，有多少移民等等。更让他没想到的是这水库最后是经周总理批示的。

根据资料和所看到的，他写下了游记。

情系山美水库

千峰竞秀，雨里森林连雾锁；

万壑争流，山中水库共云蒸。

这副对联是山美水库雨中的情景。雨后，天放晴了。那雾，先是围绕着水库沿岸的山缓慢移动，像是跟山峰比高低，然后缩成一团，躲在山槽里，最后才难舍难分地离去。那云，一朵一朵倒映在水库里，与水库合为一体。

山美水库，泉州西北部山与水融合为一体的美丽画廊。连绵起伏的群山里三层外三层，把水库嵌在山的中间；水库中间，有很多很多的无名小山又被水围绕着。真是：山中有水，水中有山。

山美水库，一个比诗和画还纯美的库名。她，泉州人民勤劳和智慧的结晶。泉州，一个人杰地灵、山明水秀的地方；一个海上丝绸之路起点的地方。翻开泉州的历史，曾出现过许多知名人物。其中，唐朝文学家欧阳詹，唐朝诗人颜仁郁，北宋林奉礼，明代郑成功，清朝陈金城等人物在全国有名。真可谓：一方水土养育一方人。山美水库，福建省最大的水库，泉州人民的"生命库"。她始建于一九五八年，曾因材料供应不足和国家经济困难两度停工。在时任福建省委第一书记叶飞的重视下，经周恩来总理批示，于一九六七年复工，一九七一年建成。水库主要水源来自晋江上游永春县主祥乡海拔1366米的呈祥雪山。水库流域集雨面积1023平方千米，总库容量6.55亿立方米。山美水电站坝高75.2米，三台机组分别于一九七二年、一九七三年和一九九六年并网发电，总装机容量6.3万千瓦，设计年发电量1.32亿千瓦时。

如果航拍山美水库全景，水库就像一个"人"字形，有九十九道湾，九十九里长。这里气候宜人，空气清新，水质透明，水面宽阔。水天一色。如果坐在游艇上，觉得人绕水转，山随人移；人如画中行，山似水上漂。真令人心旷神怡，趣乐无穷。

山美水库，大自然与人和谐相处的水库。水库沿岸的山上种植着 4000 亩森林，这些森林浓荫蔽日，是水库的忠实守护者，它们不分昼夜，不言辛苦，不怕日晒雨淋，一天天默默地站在那里；这守护者是水库水源之一，下雨时，它们把水积累起来，然后一滴一滴进入水库；这守护者是水库的主要装饰品，正因为有这装饰品，水库才如此景色旖旎。

清晨，从东边升起的太阳在水面上映出千万道霞光，水库沿岸的人们迎着霞光去田间、工厂、商场，开始新一天的工作。傍晚，万家灯火倒映在水库中，五光十色，水库成了灯的世界。山风吹来，在水面上掀起一层层微波，灯光在微波上摇晃，微波像是催眠曲，把劳作了一天的人们送入甜美的梦乡。

水库沿岸，一幢幢新式楼房依山而建，这些楼房打破了传统的古厝式，有的像欧洲的罗马式，有的像亚洲的泰国式，只有极少极少的保留着古厝式。这房屋更引人注目的是石门坊上刻着一副对联，这对联充分显示出本地区深厚的文化底蕴。

水库沿岸，金碧辉煌的庙宇随处可见。这些庙宇和妈祖文化融合在一起，充分显示出这里人民的淳朴和善良，显示出闽南人泡茶之礼节和好客之心。每逢农历八月十六佛生日，天还没亮，家家户户就起床了，他们把鸡、肉、鱼拿到庙里敬妈祖菩萨。然后大办酒宴，邀请亲朋好友前来入座。有时碰上过路人，主人一笑，将其请进屋，当贵客招待。总之，他们认为：客人越多，家里就越发，越平安，越有福气。

水库沿岸，龙眼（桂圆）、芒果、香蕉、番石榴等果树随处可见，这些果子都是当地的土特产，清甜、柔软、爽口，惹人口馋。盛夏或金秋时节，你想吃，在树上摘就是，树的主人绝对不会为难你，因为这果子实在太多了。听说这龙眼在清朝时期还是进京的贡品呢。

山美水库使 400 万泉州人民的生活、生产用水有了保障；使台湾金门县同胞饮水难问题得到解决；使晋江下游 65 万亩农田灌溉用水得到满足；使泉州有了足够的电力发展生产和保证人民的用电需求；使泉州市场上有了几十斤一条的"山美水库鱼";使 15 级以上的强台风来临不用怕,因为它能拦住 4000 多立方米/秒的上游洪峰。

当人们喝着山美水库的水,吃着经山美水库灌溉所长出的粮食,用着山美电站所发出的电,吃着山美水库的鱼时,请不要忘记山美水库的设计者和 23843 名建设者,不要忘记为修建山美水库而离开美丽家园的 26621 名移民,不要忘记要求续建山美水库的时任福建省委第一书记叶飞将军,更不要忘记我们敬爱的周总理,因为最后批准签字的是周总理。

当李灿旭拿着手稿在九都街上的一家文印店打印时,打字人看了一下文稿,再看看李灿旭,问:"这是你写的?"

李灿旭微笑一下,没答。

"你能写东西还来这里打工?"打字人说。

"我本是国企职工,企业破产了,没办法,只好出来找碗饭吃。"李灿旭说。

"在企业是做什么的?搞管理?"打字人像查户口似的,没完没了地问。

"也算搞过管理吧。嘿,好汉不提当年勇,说这些没意思。"李灿旭说。

"一看你这文章,我就知道你搞过管理,或是当过老师。"打字人说。

李灿旭苦笑一下。

第二天,李灿旭将打印好了的文章拿到车间里给几个人看,没想到的是有一个人竟把文章拿到厂办公室一下子复印了十份,有的人用手机将文章拍了照,发进微信朋友圈里,李灿旭的名字一下子在七波辉传开了。

最高兴的是杨天望,他正式拜李灿旭为老师了。

杨大鲁把李灿旭叫到他家里吃饭,为的是感谢李灿旭教他孙子杨天望学写作文。现在,杨天望用李灿旭给他的那本《现代汉语词典》每天坚持学十个词语,已学到好几百个词语了。他的写作能力比读小学时提高多了,词搭配得当,读起来也流利通顺。他每写好一篇作文,就要给李灿旭看看。李灿旭也在往深的层次告诉他遣词造句,特别是文章的开头和结尾要呼应。

饭桌上,李灿旭对杨大鲁说:"杨老弟,天望很聪明,接受能力强,记忆力又好,如果你让他读初中,肯定能考上高中;读了高中,就有希望读大学;读了大学,未来的命运就好了,就有出息了。"

"李哥,我是贵州六盘水人,我们那地方人多田少。那时,我家三口人只有一亩多田，而且那田完全是靠天吃饭，如果老天爷不下雨，地里就颗粒无收。我爹爹去世后，为了还钱，我不得不带着老婆和八斤出来打工。五年后，把钱还了。后来存了一点钱，可是为了娶儿媳姚梅子，把所存的钱全给花了。说来也有点怪，儿媳姚梅子生的全是男娃。对我们农村里的人来说，养儿担子很重，如果是女儿，到了十六七岁嫁出去就是。还可以得到二十万元彩礼钱。现在，天望十四岁，天亮十岁，天明三岁，作为老大，天望是要吃点亏。要是没有天亮和天明，让他多读一点书还是可以的。"杨大鲁说。

听杨大鲁这么一说，李灿旭心里酸酸的，很不是滋味，也不知说什么好？那些年上面抓计划生育抓得相当严，他不知道姚梅子是怎么把天亮生下来的？不过，杨大鲁虽然没文化，但他脑筋还是特别灵活。为了让姚梅子生第二胎，他要儿子杨八斤带着她到晋江去打了几年工。天亮三岁时，他们才回到七波辉来。近年来，国家计划生育政策放宽了一点，姚梅子又生下了天明。去年，杨大鲁才回贵州六盘水老家，给天亮、天明上了户口。

"杨老弟，我认为你这种想法不对，天望才十四岁，按我国九年义务教育，他应该读书，不应该进厂做事，这是受国家法律保护的，而不是你所说的他是老大，要吃点亏！有些话我不好说，我国《妇女儿童权益保护法》规定：未满十六岁的人进工厂做事属违法，所以上面劳动部门的人上次来厂里检查用工人员时，厂里的领导要杨天望等不满十六岁的人躲起来。"李灿旭本来不想说这话的，也许是多喝了几杯酒，酒酣耳热，借酒壮胆，说出此话。

杨大鲁站起来，眼睛一瞪，脸一黑，把桌子一拍，大吼一声："你管得太宽了！李灿旭！"

一餐好酒席被李灿旭的几句话给搞砸了。

一连好几天，杨大鲁不理李灿旭，还把那本《现代汉语词典》退给了他。杨天望只好眼睁睁地看着爷爷这鲁莽的行为，不敢吱声。

面对如此不讲道理的人，李灿旭不好说什么，只好由他了。

发工资了，杨天望一个人跑到泉州新华书店买了一本新版《现代汉语词典》。

鞋厂的淡季已过去，现在开始做棉鞋，又很忙了，每天晚上都要忙到十二点钟才下班。有时，要忙到凌晨一点钟。大家都已习惯这种作息时间。

气候已进入盛夏，天热得要命。李灿旭是在五十多度的烤箱旁操作，尽管他头顶上有一台吊式电风扇,但由于是在烤箱口,电风扇吹起来,就更加热了,所以他干脆把风扇关了。汗水,浸透了他的衣衫,干了又湿,湿了又干。每到下午两三点钟的时候,他感觉体力明显不支,很吃力,只想打瞌睡。于是就利用十分钟休息时间去小卖部买一瓶冰了很久的矿泉水(冰块)往手板上搓一搓,或是在水龙头下将头发淋湿,这样精神感觉要好些。有时,腰疼得要命,他就用拳头捶捶疼的部位,咬牙坚持着。

他对面的同事向他递眼色,意思是不要把每一只鞋子都拿进烤箱里,让它流下去,这样就可以减轻劳动强度,少流点汗水。他想:线长是自己的老乡,工段长陈坚固对自己很尊重,这样做不好,所以就对对面的同事微微一笑,表示感谢。

他这样做,有人认为他蠢,有人认为他是假积极,但更多的人还是认为他对工作认真负责。

其实,其他线上做他这样的事的人,也有不把鞋子拿进烤箱的,只是上面的领导来了才拿进去,应付一下,等领导走了,又让那鞋子流下去。

他可不是这样想,既然来做事,就得做好。虽然这是民营企业,不强调和讲究党员先锋模范作用。但他作为一名党员,无论在哪里,无论做什么,都应该起到党员的先锋模范作用。这是出自他内心的话。他有自己做人的原则。在农村吃那么多的苦都过来了,这不是日晒雨淋,又不是挑重担子,一定要坚持下去。他用乐观精神支撑着自己。

晚上下班后,很多年轻人有吃夜宵的习惯,李灿旭得抓紧时间洗澡洗衣,早早地睡。对他来说,每天能睡上七小时,上班完全可以坚持下去。反之,就很吃力。每天早晨,他真想多睡一会儿,哪怕是一刻钟,可是时间不允许。每次起床时,他得在床边坐上五分钟,如果不坐,精神很难振作起来。

他咬着牙,一天一天地坚持着。

这段时间是生产高峰期,李灿旭有时忙不过来,只好将难度大的放在一边,等下班后再处理,因此他总是最后一个走出车间。

一天,他在三楼楼梯口看见地上有一把卷起来的一沓钱,他捡了起来,看看周围,人都走了。这是谁丢掉的?一想到这里都是农民工,钱来得不容易,他就把钱交到一楼楼梯口的保安人员,请他交给厂保安部。

第二天早上,厂广播室连播三次失物认领通知:谁丢失人民币若干元?

请带身份证来保安部认领。

失主就是李灿旭线上的女工，她昨晚一个晚上没有睡，听到通知后，她高兴得像个小孩似的跳起来，手都没洗，径直向保安部跑去。她万万没想到厂里还有拾金不昧的人。当她把钱拿来后，李灿旭才知道那一叠是四百元。当他听那女工说买了一包烟和一包糖果感谢那位自称是自己拾钱的保安时，李灿旭心里来火了，突然冒出一句那保安虚伪、不诚实的话来。

这时，大家才知道那钱是李灿旭拾到的，李灿旭成无名英雄了。不过，工段长陈坚固要为李灿旭打抱不平，要去找那保安对证。李灿旭说算了，谁捡到的都一样，只要失主得到钱就行了。

当失主得知是李灿旭捡到的后，又买了一瓶"红牛"感谢他。她没想到这个写山美水库的人，思想会有这么好。

李灿旭拾金不昧的事传开后，大家对他的了解又深了一层，从他的文字得知其人的品德。

杨大鲁对李灿旭的态度也开始好了，毕竟李灿旭对他没有恶意。在自己不理睬李灿旭的情况下，李灿旭仍旧辅导杨天望。杨天望现在能写记叙文了，而且语句写得很好，初二的学生都比不上他。他听李灿旭的话，文化高一点，对自己只有好处，没有坏处。

李灿旭虽然干的是普工活，但他对制鞋的整个工艺是比较了解的。有一次，一个人鬼鬼祟祟地将烤箱温度表调了一下。李灿旭走过去一看，知道温度高了，这么高的温度会使鞋子脱胶的。他马上把那人叫住，要他把温度恢复原样，否则就告诉线长黄德生。那人听说要告诉黄德生，吓得浑身颤抖。"李伯伯，求你千万不要告诉黄德生，要不，我就会被开除的。"

"我知道你对黄德生有意见，但不能用这种卑鄙的手段报复人。这一调，会造成多大的损失，你知道吗？你想过后果吗？"李灿旭露出一副冷眼，严肃的脸就像一具凝然不动的蜡像。

"我知道错了，我一定改。"那人双手合十，一直求饶。

这事李灿旭没有告诉黄德生，只是提醒他多看一下烤箱温度表，毕竟都是出来打工的，也都不容易。

后来那人每次碰见李灿旭，都是先跟他热情地打招呼。当然，李灿旭也提醒黄德生，要他注意工作方法。

在鞋厂，基层管理者都有一个通病，就是他们被上面的领导骂了后，非找下面的人出气不可。他们骂人不要本钱，想怎么骂就怎么骂，有时连骂娘的话都带了出来。可怜下面的员工只好默默地承受着，不敢吭声。这样一来，有些员工就跟这些基层领导结下了仇怨，有的甚至越结越深……

棉鞋已做完，高峰期过去，现在又轻松了。鞋厂的年轻小伙子，有的打麻将，有的打扑克，有的去水库边钓鱼。姑娘们则在绣荷包，打算送给自己的心上人。

李灿旭和杨天望在忙着写作，李灿旭开始写长篇小说了。

杨大鲁吸着他的水烟筒，时不时地看着李灿旭和杨天望。

一到晚上，山美水库边，来自贵州的小伙子和姑娘们，他们各占一个山头，把自己家乡的山歌唱起来。有很多小伙子和姑娘在歌声中找到了自己的伴侣。对他们来说，在他乡异地能按家乡的习俗找到自己的心上人，是很幸福的事。

姚梅子吃过晚饭后，也去水库边上看热闹了。她很羡慕对山歌的小伙子和姑娘们。

本来，她在家乡也有自己的心上人来雨，只因为父亲治病欠下了二十万元钱，才嫁给杨八斤的。来雨是家乡的民办老师，一个月才几百元钱，哪里拿得出二十万元？她对杨八斤感情一直不冷不热，她只不过是他肉体上所需要用的工具而已。每次满足了他的欲望之后，他就呼呼地打起呼噜来。有时，他知道她身体不舒服，可他还是像猛虎下山似的往她身上压。有时她不从，他一个耳光打来："你是我爹用二十万块钱买来的。"她跟他结婚十多年了，一直是这么过来的。在实在难受的情况下，她把自己的苦楚跟公婆林二姑说了。

林二姑安慰她："孩子，男人都是这样的，你就忍着点，我也是这么过来的。现在，八斤他爹有时想怎么压我就怎么压我。有时，他喝了酒后，劲很足，完全不顾我。我们女人的命真苦啊！不过，我还是跟八斤说说，要他对你关心一点，好一点。"

杨八斤听了妈妈林二姑的话后，有一段时间温柔了一点，不那么猛了，做完那事后，还把她抱在怀里，用嘴吻着她。

作为他的老婆，姚梅子要的就是这一动作，每当他把她抱着亲吻时，她感觉自己是世界上最幸福的女人。可是，她这种感觉并不长，过了一段时间后，做完那事，他又呼呼地睡了，那鼾声，如同打雷。

"梅子阿姨，你也来了。"人群中，有一个叫孙荷花的姑娘对姚梅子说。

“嗯。”姚梅子说。

孙荷花中等身材，刚满十八岁，桃圆脸，眼睛水灵灵的，像闪亮的黑玉，嘴小得很可爱，显然由于嘴唇线条的鲜明和牙齿的洁白，使得她一张开嘴笑，就意味着一种自然的、清新的、单纯的美。她皮肤白白的，和她那细嫩的手很相称。她一身苗装打扮。耳上吊着梅花针耳环，头上戴的是银髻簪帽，胸前围的是银针筒，肩上披的是银腰链。

孙荷花跟姚梅子是一个寨子里的，孙母跟姚梅子的关系很好，要姚梅子给孙荷花参谋参谋，看有没有好的后生。她今天就是来给孙荷花当参谋的，看对面山上谁的山歌唱得好。

两边的山上都有百来人，都是穿着苗服。一声铜锣响过后，开始对山歌了。

首先是男方那边的小伙子开了头：

你会唱歌莫用推，
你会喝酒莫辞杯，
林中百鸟来相会，
难得同唱这一回。

你们三姐四妹，
你们身上全是香味，
你们嘴里有糖，
甜如蜂蜜。

你们脚穿金缎身着绸，
胸挂银链头包丝巾，
你们是名门的小姐，
是望族的千金。
有糖不要舍不得啊，
哪怕半颗也是情。

唱这歌的叫石小山，贵州凯里人，来七波辉有三年了，现在是七波辉成型第一线线长。他那两个黑眼瞳的光耀，就绽放了无量的神秘的美。再看那出于雕刻名手似的鼻子，那开朗而弯弯有致的双眉，那勾勒得十分工致动人的嘴唇，他那圆浑而毫不滞钝的肩头的曲线，都让人觉得可爱。

孙荷花认识他，平时对他的印象也还可以。她接过石小山的歌：

聪明才子美貌郎，
口口声声来讨糖。
得糖送你拿回去，
是给你儿还是娘？

石小山听见有人接歌了，心中大喜，便唱道：

独木一根不成行，
独人一个孤零零，
未曾结婚哪生子，
讨糖只为暖我心。

孙荷花知道石小山已露出心底，接着唱：

百苑树头百鸟落，
阿妹还是嫩嘴雀，
百处歌圩妹走过，
如今又来向哥学。
山中竹笋排对排，
天上雁鹅双对双，
好花要结香果果，
我却不是香果果。

石小山听出了对方话意后，便唱道：

你是我找的香果果，

有了你这香果果，

我有鞋穿，有衣穿，

一辈子心里乐呵呵。

"成了！成了！"女人山上的人说，于是她们就把孙荷花往水库边的小船上送。男人山上的人也将石小山往水库边推。就这样，一对含情脉脉的恋人上了船，孙荷花把自己绣的荷包给了石小山，两人开始倾吐心里话了。

这些来自西南少数民族地区的青年男女就是按家乡的民俗风情，追求自己的人生伴侣和幸福生活的。

姚梅子对石小山也很熟悉，她认为石小山是个不错的小伙子。在家乡读书的时候，本来要读大学的，只因为母亲病重要用钱，才不读了。她看着石小山来的，不到一年，就当上了工段长。刚才对歌的时候，她要孙荷花抓着他，要不然别人就抢走了。姚梅子真心希望他们能成为一对。

比起石小山来，她男人杨八斤差多了，没有一点儿主见，一切都是听他爹的。特别是她跟着杨八斤去晋江生天亮，就是他爹的主意。那几年把她给害苦了。本来，她不想生第三个儿子天明的，这也是她公爹出的点子。公爹想一个孙女，希望她再生一个。在公爹眼里，她一点地位也没有，是一个生儿的机器。一想到公爹还要她生一个女儿，她心里感到特别害怕。当杨八斤不顾一切地压在她身上时，她不敢反抗，只是用眼泪哀求他轻压一点。

姚梅子又怀孕了，已有三个月。怀天望、天亮、天明时，她都是八个月后才休息，产后一个月又上班了。她不知怀这个要什么时候才休息？也不知产后公爹让她休息多久？

杨天望每天在看那本《现代汉语词典》，时不时地写点记叙文，李灿旭开始教他写议论文了，搞写作，议论文是不可或缺的一关。

李灿旭利用这段休息时间写下了怀念父亲李躬康的文章《人形山上恋悠悠》。

这是李灿旭来这里写的第二篇散文，当他把文章要通过电脑打印出来时，有人建议他可以用手机写，就像写短信一样，这样既快又方便，写好就可以发出去，还节省钱。可是他不会用微信，他的手机只是用来打打电话发发短信而已。

杨天望告诉他怎么玩微信了，他说微信里要有一张照片，要取一个名字，也就是昵称。此时，太阳正从山美水库的山上落下去，李灿旭对着落日拍下此景。看着照片，他干脆把昵称就叫晚霞。从此，他开始以晚霞为笔名写文章了。在《人形山上恋悠悠》里用的就是这笔名。当他的文章发出去之后，有很多人要加他的微信。

不久，李灿旭在微信里写了另一篇怀念父亲李躬康的文章《我推韩愈送穿文》。

现在，虽然是在外面，但他过得就像在洪江一样，很充实。现在他又在写长篇小说了，只要有时间，他就写，自由自在地写。真是他父亲所说的："事比洪江忙更甚，光阴无刻不相争。"

鞋厂淡季已过去，离过年只有两个月了，这两个月是全年最忙碌的时候，每天都是晚上十二点钟才下班。对于打工的人来说，也就是靠这两个月多挣点钱。如果每天能做六千双，单价高的，每人全年有五万元钱，李灿旭可能要上三万元。对李灿旭来说，虽然说工资是最低的，但他已经很满足了，毕竟上班的时间加起来还不到十个月。如果是纺织行业，一天上十二个小时，工资也只有两千多，不到三千。大家都想多挣一点钱回家过年，对晚上十二点钟下班没有一点儿怨言。

离过年只有半个月了，一天上晚班，姚梅子感觉肚子剧痛，脸色苍白，浑身颤抖，倒在工作台上，可能是要流产了。

"妈，你怎么啦？"杨天望在第一时间跑了过来。

石小山急忙打了"120"，叫九都镇卫生院的救护车快来。他摆了一下手，要整条线停下来，救人要紧。他知道他跟孙荷花对山歌成功是姚梅子在里面暗中帮忙，他很感激姚梅子。

杨八斤赶来了，呆若木鸡，不知道做什么为好。

"你还愣着干什么？快把运材料的车子找来！"石小山对杨八斤发火，他把自己的棉衣脱下来，披在姚梅子身上。

运材料的平板车来了，石小山和杨八斤将姚梅子扶上车，杨天望拿来一个板凳让母亲坐下，他在一边扶着。石小山推着车子慢慢地往电梯口走，下了电梯后，又慢慢地往厂门口推去。此时，听见救护车的鸣笛声了。

　　杨大鲁听到儿媳姚梅子病了的消息后，坐在自己的岗位上发愣，他纳闷着，估计着儿媳这个胎儿可能保不住了。

　　他的老婆林二姑走过来怪他还要姚梅子生娃。

　　看着林二姑对自己发脾气，他第一次把头低下，无语。

　　流水线恢复生产了，石小山发出通知，推迟半小时下班。他自己顶上了姚梅子的岗位。姚梅子是刷底胶的。这胶水对身体有害，对孕妇来说，不适合干这工作。

　　石小山的一举一动，孙荷花都看在眼里，她认为他是一个可以依赖的人。

　　尽管是晚上十二点钟下班，但李灿旭下班后还是买了点东西去看姚梅子。在卫生院里，他得知姚梅子是因劳动量过大而引起身体不舒服的。还算来得及时，做了人流后，把命给保住了。现在，姚梅子睡在病床上，她睡得很安宁，很舒服，她从没睡过这样的觉。

　　此时，杨八斤像个木头人似的呆呆地站在旁边，也不叫李灿旭坐。

　　李灿旭对他说："这两个月劳动强度大，你应该让她休息。不是我说你，到底是钱重要？还是人重要？你是她丈夫，要有担当，要对她负责。不能随便什么都听你爹的！"说完，李灿旭将两百元钱放在姚梅子的枕头下，走了。

　　杨八斤将李灿旭送出卫生院大门："李伯伯，我以后不听我爹的话了，我会对她好的。"这时，石小山和孙荷花也来了。

　　问清病情后，石小山对杨八斤说："我们都是贵州老乡，出来打工也都不容易，但有些话我还是要说，姚梅子跟孙荷花的妈妈是好朋友，从小一块儿长大。听说姚梅子那时有一个叫来雨的男朋友，只因他当时是民办老师，一下子拿不出二十万元彩礼钱，所以她才嫁给你的。你们结婚有十五年了，十五年来，你关心过她吗？你父亲总是把旧社会那一套家长制拿出来。开口闭口说是用二十万元钱买来的。是的，你们是给了她家二十万元钱，但十五年来，她为你们杨家生了三个男孩，也算对得起你们了。可是你们不满足，还要她生一个女儿出来。她怀孕五个月的时候，我就跟你说过，让她休息算了，你说你做不了主。还有，孕妇每天是要吃营养东西的。你和你爹给她吃了吗？你和你爹喝酒每天不断。想想吧，你们是怎样对待她的？还有，她嫁给你十五年了，十五年来，她除了怀孕八个月后才休息，产后休息一个月外，平时她休息过一天吗？你们欺负她没有父母，没有兄弟姐妹。她奈何不了你们，如果她娘家有人的话，你们敢这样对待她吗？告诉你爹，现在是新社会，我国是法治国家！"

"石线长，是我和我爹做得不对，我们改，我不要她生女儿了。"杨八斤说。

"她已经没有生育能力了！"石小山放了两百元钱在姚梅子的枕下，拉着孙荷花走了。

"啊？……"杨八斤感到很惊异。

这一晚，是杨天望陪着妈妈姚梅子。他一夜没合眼。他完全懂事了，他拿着手机写下一篇如泣如诉的文章，《我的妈妈》：

我妈妈叫姚梅子，是贵州六盘水的苗族人，三十五岁多一点，由于长期劳累，头发白了很多，看上去，比年过半百的人还要老。她的脸总是苍白的，没有一点儿血色。她的身体瘦得像烧棍，走起路来摇摇晃晃，风吹就会倒下去。

妈妈天天上班，天天做家务事。她下班回来第一件事就是煮饭炒菜。家里是爷爷当家，有时候很晚才把菜买回来。面对爷爷，妈妈就像老鼠见猫，从不敢正眼看他。在我们家里，爷爷就像是一个土霸王，只要心里不高兴，就大发脾气。他发脾气的时候，我们一家人都怕他，都不敢说话。当然，最怕的还是我妈妈，只要爷爷一发脾气，妈妈就老远地躲开，就像小鸡躲开老鹰一样。所以，爷爷每次回来迟了，妈妈从不吱声。

有时，妈妈炒菜盐放多或是放少了，只要爷爷眼睛一瞪，爸爸就会当着我们全家人的面狠狠地骂妈妈。妈妈不敢顶嘴，眼泪和饭一起咽下。

妈妈的命很苦，我常常在半夜里被她的哭声搅醒。她每次哭的时候，都是爸爸多喝了酒。那哭声很快就被爸爸的号声淹没了。那时，我还很小很小。

妈妈生了我们三兄弟，爷爷不满足，还要她生一个妹妹，妈妈因劳累过度和营养不良病倒在工作台上。现在睡在病床上，医生说她没有生育能力了。为此，爷爷的脸色忽然一变，心里很不高兴。

我可怜的妈妈，现在昏迷在病床上，还不知道这事呢……

第二天，杨天望把这文章发送的第一个人是李灿旭。李灿旭要他不要写妈妈的真名，用化名要好些。

可是天望就是要写妈妈的真名。

这文章在七波辉鞋厂传开后，很多人对姚梅子的遭遇表示同情，都说文章写得好。想不到只读了小学的人竟能写出这样的文章。当然，也有很多人知道李灿旭是他的老师。

杨大鲁不会玩手机，对手机不感兴趣。但他知道自己的孙子杨天望用手机写文章骂他和儿子杨八斤时，便对杨天望大发雷霆，说什么好狗不咬自家人。骂他连狗都不如。

当然，杨大鲁更恨的还是李灿旭，说是李灿旭要他这样写的。一连几天，他又不理李灿旭了。李灿旭对此无所谓，反正没几天就要放假回去了。再说明年要裁两条线，他这条线就要裁，所以来不来还是两说。

放假的那天，李灿旭给他这段的人每人买了一瓶"东鹏"饮料，以表示与大家告别。有些人问他："李师傅，你明年不来了？"

"李师傅，你明年还是来，就是我们不在一条线，但只要天天见面就行了。"

"李师傅，你是好人，真舍不得你。"

"李师傅真的是好人，那一次他捡到四百元钱交给了保安。"

"你们不知道吧，还有一次，他给一个困难家庭捐一百元钱治病还不留姓名。这钱还是陈坚固工段长代他捐的。"

大家你一言，我一语，都在议论着李灿旭。这时，李灿旭跟陈坚固说，大家一起合个影。

李灿旭和黄德生坐上了回家的车。在车上，李灿旭想起九都镇七波辉、剑桥、菲克、隆鹰、丁酷、小米等鞋厂里，有云南、四川、贵州、重庆、湖南、河南人打工；想起在七波辉忙起来就忙得要死，一轻松起来时，大家就打扑克、钓鱼、对山歌；想起石小山和孙荷花是在歌场上确定了恋爱关系。

想的更多的还是杨大鲁一家人，杨大鲁就因舍不得那一千元借读费而让儿子杨八斤过早地走上打工之路；想起他孙子杨天望重走他儿子杨八斤的路，杨天望是想读书的，但由于杨大鲁的固执，就是不让他读；想起杨大鲁用二十万元买来的儿媳妇姚梅子，姚梅子在他杨家没有一点地位，实在太可怜了。

他真心希望杨天望能坚持学习下去。他想着想着，忽然收到杨天望发来的短信：

李爷爷，祝您新年快乐！我妈很可怜，我要站在她那边，帮她说话，我不怕爷爷和爸爸了。我要听你的话，坚持学习。

　　李灿旭看到这短信后，高兴起来，毕竟天望没有辜负他的希望。他当即回了一条短信：新年大吉！祝学习进步！要注意做爷爷和爸爸思想工作的方法。

第七十二章
江西急忙挖枕木　事情难做回泉州

　　春节过后，尽管杨雪花、李崇勋一再不要李灿旭出去打工，但李灿旭还是跟着在洪纺织布车间做过临时工的杨文军乘火车去江西铁路上打工了。他们一行三十人，除李灿旭外，其他的都是洪江附近塘枧乡下人，牵头的是杨文军。到底做什么？他们还不知道，只听说一天只工作四小时，一个月至少有三四千元钱，包住不包吃。天底下竟有这样的好事？因此大家就抱着试试看的心去了。

　　到那里才知道是在九江市庐山区铁路上挖枕木，挖一根可得四十五元钱。

　　他们是分两人一小组，十人一大组。具体操作是：先由各小组将自己所挖的枕木上的螺丝用扳手松开，再用羊角锄、铁铲、铁锨等工具把枕木下面的小石子挖扒出来，挖扒到见泥巴，也就是离枕木一尺深，经铁路工作人员检验合格后，再由大组人员用大铁叉把挖扒出来的小石子回归原位，固紧螺丝，等着压路机来压。经验收合格后，算是完事。如果不合格，还得返工。返工主要是固紧螺母。

　　上线之前，每人要进行培训学习，经考试得到培训合格证之后，方能上线。

　　李灿旭和他的乡下老乡上了两天培训课。第一天是上安全教育课，一共有四条：一、在施工场地严禁拨打手机，因为它会影响铁路上的通讯设施；二、每人在统一的指挥下穿越铁路，在规定的区域活动，不得越雷池半步；三、火车来了，听从统一指挥，撤到指定的安全区域；四、严禁在变电箱附近逗留。最后附带一条，喝酒的人适量喝酒。说有些人因喝酒过多进入娱乐场所上了当，而那里面的人和公安内部有着千丝万缕的联系，往往是内外设圈套，一旦进了圈套，不是罚款千元，就是拘留五至十天。有很多人因此上了当，不得不把自己辛辛苦苦挣的钱拿来交罚款。

　　第二天上的是理论课，讲的都是理论性的东西，听课的听到云里雾里去了，不知道讲的是什么？一个个面面相觑。讲课的老师也是没办法，因为上级部门要求上这课，说考试卷上有这题目。有的题目要用数学公式计算，有的人听着听着，趴在桌子上打起鼾来。

还好，李灿旭都记了下来，勉强应付了考试。有些人照着抄都很吃力，苦了李灿旭，把他们的卷子一一做完。

第三天一人发了一张上岗证和一张由南昌铁路局铁路机务段发的"培训合格证"，别看这一张小小的合格证，它的用处可大呢，凭它一年内在本辖区坐火车不要钱。

吃过早饭之后，李灿旭和他的乡下老乡来到庐山火车站。

火车站广场上，站满了穿着和李灿旭一样的黄颜色衣服的人。他们排着队，等候上火车。看着这支庞大的民工队伍，一个当地人嘲讽他们是一群群鸭子。

面对这个嘲讽人，李灿旭仰着头，故意把脖子上挂着的上岗证对他亮一亮，说："我们是鸭子，你就是小鸭子！"

"你？"嘲讽人不服气。

"我怎么啦？！"李灿旭不甘示弱，眼睛盯着他。

这时，乡下老乡都站出来帮忙。如果不是火车来了，这事肯定会闹大。

火车在离庐山三十千米小站停了下来。

李灿旭和他的乡下老乡站在站台上，动作懒懒散散，可铁路上的人对他们要求相当严格，首先是一个穿铁路职工制服的人对着花名册一一点名，然后，把培训老师上课所讲过的话再重复一次。最后问大家明白不明白？

"明白。"只有李灿旭和几个人轻轻地回答。

"明白不明白！大声点！"穿制服的人的声音像天空上突然出现的炸雷，把大家吓了一大跳。

"明白！明白！"这时大家才意识到他严肃的表情，大声喊着，像喊口号一样。

"这是铁路上，不是你们家门口的田间地头，只要稍不注意，就会送命的，懂吗？"穿制服的人把"懂"字说得很大声。

"懂！"大家大声回答。

"嗯！这还差不多！"穿制服的人显得满意了。

就这样，大家跟着穿制服的人向铁路上走去。

穿过铁路时，穿制服的人把手上的小旗帜一挥，大家像电影里通过敌人的封锁线一样，一闪而过。

　　李灿旭和杨文军一组。李灿旭拿着羊角锄使劲地在小石子上挖，挖松后，杨文军就用铁锨把小石子撮进撮箕里，堆到一边。这苦力活李灿旭还是四十多年前在农村干过的。他现在是五十八岁的人，敢来做这事就算很不错了。他一个劲儿地挖扒，杨文军一个劲儿地撮。李灿旭的劳动力并不比小他十多岁的杨文军差。

　　当他们挖扒着，撮着越来越起劲的时候，那个穿制服的人口哨响了，要大家停下来，马上走到他所指定的地方，背靠火车轨，蹲下来。他手中的小旗帜一直在不停地挥舞着。

　　三分钟过后，火车过去了，大家在他的口哨中回到原地，又继续干活。一刻钟以后，穿制服的人又吹口哨了，于是大家又停下来。一个小时停了四次，一次至少三四分钟，加起来是十多分钟。过了一会儿，穿制服的人用喇叭喊："小石子没挖扒完的得抓紧时间，离铺石的时间只有十分钟了。"

　　原来，这是统一行动。

　　还好，李灿旭和杨文军在规定的时间内把三根枕木的小石子挖扒了出来，现在就等着铺小石子了。一大组人，一个拿着比扫把还大的铁叉，两边各站四人，在号子声中将系在铁叉上的绳子一拉一放，小石子进了枕木下面。一个人用锨子扒平。小石子铺好后，各小组再将枕木上的螺丝固紧。李灿旭跟织布机打了一辈子交道，紧螺丝是他的强项，每一颗都被他固得紧紧的。

　　穿制服的人的喇叭又响了，说离压路时间只有三分钟了，要大家抓紧时间。

　　等压路机压完以后，刚好是十二点钟。

　　算起来，操作时间总共是两个多小时，因让火车过，至少要停八次，也就是说实际操作时间只有九十多分钟。他们每组挖了三根枕头，一个人得六十七元五角钱。第二天，每组多挖一根，一人得了九十元。第三天，李灿旭和杨文军挖了五根。有的组没有加，仍旧是四根。加了的人都感到很吃力。

　　星期六、星期天是双休日，铁路上的工作人员不上班，李灿旭和他的乡下老乡也就得休息。铁路上的人是拿国家的固定工资，而民工只好吃老本。对这些民工来说，一个大男人出来一个月挣两千多元钱实在划不来，还不如在洪江的建筑工地上做事，洪江建筑工地上一天至少有一百多元。此时，有人认为这碗饭难吃，开始动摇了。

　　这可急坏了包工头谢老板，谢老板是湖南常德人，他是通过一个亲戚跟杨文军联系上的。为拉这支民工队伍，杨文军已下了很大力，从年前就开始拉了，直到过了正月十五才拉得这三十人。谢老板把房东的六万元房租费一次性付了，还花几千元买了厨房用具。他跟大家说请大家看在湖南老乡的情面上，留下来。他对大家说："你们才来，还没适应，一旦适应就好了。有的人一天能挖四根。"

民工队伍里李灿旭的年纪最大，身份证上显示的是湖南省洪江市某某路，谢老板知道他是城市户口。因此谢老板要李灿旭做做大家的工作。

李灿旭对他说："谢老板，我们一组挖六根确实很吃力，主要是时间太紧了，没挖几下，又停了下来。还有一方面是星期六、星期天没活干。"

"请你跟大家说说，要大家留下来。我正在跟铁路上联系，让你们星期六、星期天干点其他活。"谢老板说。

"我尽量说说吧，不过我没有把握。"李灿旭说。

"谢谢你了。"谢老板说。

不管李灿旭怎么跟他的乡下老乡做工作，希望大家留下来，然而大家还是要走。

谢老板还算好，把账给结了，扣除伙食费外，李灿旭得了三百元。

乡下老乡回洪江了。李灿旭不好意思回去，通过跟黄德生联系，他又去泉州了。杨文军跟着李灿旭走了。

第七十三章
妈祖祭祀坐上位　微信交往联一丁

经黄德生介绍，李灿旭和杨文军来到了南安市梅山镇开元鞋厂，开元鞋厂是从九都镇菲克鞋厂分离出来的，现有员工三百多人。

这是半条线，只有五十多个人。由于李灿旭在七波辉鞋厂干了一年，对生产线上的各工种都清楚。他根据杨文军的身体情况，建议他在前段敲中邦，一个月有四千多元。自己因年纪大，只好做普工活，拔鞋楦。由于是半条线，所拔出来的鞋楦要用车拖到前段去。每月工资大约三千元。

跟七波辉不同的是，这里上班时间是从早上七点钟上到晚上七点钟，中午休息一小时。每个星期天休息。李灿旭对这作息时间还比较适应，他认为比七波辉的作息时间好。这样，晚上至少有三小时写他的长篇小说。

李灿旭和杨文军一起开伙，每天吃过晚饭后，李灿旭就开始写长篇小说了。他写了又改，改了又写，光阴荏苒。

也许是才干这活不适应的缘故，杨文军拿锤子的手起了血泡，而且还越来越多，越来越大，他想辞工回家。

李灿旭说干这活要有一个适应过程，适应了就好了，要他慎重考虑。他说做这事一个月有四千元算可以了，出来找一份工作也不容易。为了让他安下心来，李灿旭学着炒菜了，把家务事全包下来，连碗都不要杨文军洗。尽管这样，杨文军还是要走。走就走吧，强扭的瓜不甜，留住了人，留不住他的心。

现在，只有李灿旭一个人住在这间房里了，每到吃晚饭时，看着杨文军坐的那板凳，李灿旭心里就有一种孤独感。在外面，有一个伴儿毕竟要好些。不过，好在他在写长篇小说，写着写着，自己就像进入一条幽静的大峡谷，把外面的事都忘了。那方格纸，他已写满了二十本，有近八万字。

这段时间的鞋面材料是用塑料做的，很硬，没有一点弹性，因此鞋面和鞋楦总是粘得很紧，鞋楦很难拔出来，李灿旭右手的几个手指起了血泡。那血泡，先是黄豆大，后来有筷子头大了。没办法，他只好改用左手拔，结果，同样起了血泡。

李灿旭问线长蔡平这一款鞋还有多少双？

蔡平说还有九千双。

在七波辉鞋厂九千双鞋只要一天半就做完。这是半条线，一天最多也只能做一千五百双，所以这九千双最少要做六天。

现在是砥节砺行，考验他的时候了。意志是强者抵达彼岸的轻舟，成功全凭在波涛中拼搏。因此，他无论如何得把这六天熬过去。李灿旭用创可贴把起血泡的地方贴起来，不过这并不能解决问题，一拔着鞋楦就痛得要命。十指连心，此刻，他真正地尝到皮肉之苦的滋味，这滋味触及着他的灵魂。只有经受住这皮肉之苦，才算是个大男人。灵魂考验着他，看他有没有毅力战胜困难！反正是痛，他顾不了那么多，豁出去了。于是他把牙咬得紧紧的，一个劲地不顾一切地拔。哪知道，越是不怕痛，还拔得顺手些。原来，他的手已经麻木了，完全不感觉痛。

他咬着牙一天一天，一只一只地拔着，终于把这款鞋楦拔完了。

这几天，为减轻他的事，拔出来的鞋楦是线长蔡平拖到前段去的。

在这最艰难的时刻，他经受了考验，为他写小说打下了坚实的基础，他就是凭这股毅力每天坚持写长篇小说的。

考虑到他手上还有那么多血泡，线长蔡平将波鞋换成做凉鞋，这样，拔鞋楦就轻松多了。

农历八月十六日是妈祖生日。在闽南地区，当地人把这一天看得比中秋节还重要。这一天就像游记《情系山美水库》里写的那样："天刚刚亮，人们就把鸡、肉、鱼拿到庙里去敬妈祖。然后大办酒宴，邀请亲朋好友前来入座。有时碰上过路人，主人总要微微一笑，将其请进屋，当贵客招待。总之，他们认为：客人越多，家里就越发，越平安，越有福！"

这一天，李灿旭被蔡平请去当贵客了。蔡平之所以要请他，是因为做那款塑料鞋面鞋，他没有请假，忍着痛坚持拔鞋楦。

蔡平平时不苟言笑，总是黑着脸，像借米还糠似的。他平时不喜欢说多话，但批评人时，每一句话都是很重，简直让人承受不了。人们很难从他脸上看到高兴的表情，有时一笑，那是勉强挤出来的，没多久就消失了，很快又严肃起来。总之，他那一副严肃的表情，大家都很害怕。

李灿旭做梦也没想到，这个平时很严肃的线长竟然会把自己请到家里去当贵客。

蔡平一再强调，不要李灿旭买东西，要不然他会发火的。

开席前，蔡平的父亲在神龛上烧几炷香和几张纸钱，然后在屋门口接连不断地放着各种各样的礼炮，整个天空顿时变得五光十色。

蔡平父亲说的是闽南话，李灿旭一句也没听懂，只是笑着点头。

这时，蔡平当翻译了："我爹是说要你吃好喝好，不要不好意思。他的肝不好，曾动过手术，就不陪你喝酒了。"

李灿旭这时才懂老人家话的意思。于是就说："谢谢他老人家，我会吃好喝好的。"

蔡平把这话翻译给了他父亲。

李灿旭平时是不喝酒的，但在这场面总要喝一点，表示对主人的尊重。三杯酒下肚之后，他的脸，他的脖子全红了。这时，蔡平的父亲又说了几句话。

蔡平翻译过来就是：你能喝多少是多少，不要喝醉。

老人家真善良。

回来的时候，蔡平用自己的小车把李灿旭送到厂里。

杨天望到李灿旭这里来玩过一次，他现在九都镇读初中，他说他爷爷杨大鲁的性格比以前好多了，他父亲杨八斤对母亲姚梅子也好多了，他们不再像以前喝醉酒了。他说他爷爷和父亲都是受李灿旭的影响改变的，他说还是有文化的人好，善良、通情、达理。

见杨天望正在走向成熟，李灿旭心里很高兴，鼓励他好好读书，争取考上重点大学。

作为老乡，黄德生一个月要来看李灿旭一次。李灿旭有时也去七波辉看看他。在这里，李灿旭也只有他这一个老乡。

李灿旭一天天拔着鞋楦，一天天写他的长篇小说，不知不觉，又到年底了。

洪江的一位朋友发来"洪江人"微信公众号里的一组图片，这些图片他很熟悉。意思是：快过年了，朋友，这些地方都在等你来！

这是李灿旭第一次知道"洪江人"微信公众号，他看见下面有留言处，出于好奇，试着留言：我在泉州看到故乡这一幅幅美丽的图片，真想一下子回到洪江。

第二天，他的留言登了出来，顿时高兴极了。就这样，他对微信公众号感兴趣了。

2016 年 1 月 11 日，李灿旭在"洪江人"微信公众号里看到湘西散人王一丁的《悼母文》。王一丁下海后，他就跟他失联了。后来，在洪江电视台荧屏上偶然看见过他，在一些报纸杂志上，看到他写的一些文章。

出于对王母的怀念，李灿旭在《悼母文》的留言处写着：楮钱香烛，焚点堂前。本来，他想问问王一丁近况怎么样？但考虑到他正在守孝，此时不便多问。

1 月 19 日，李灿旭再次在《悼母文》后面留言：三十年过去了，可我一直想着你。不知我们能否联系上？并把他的手机号写上。

第二天清晨，当李灿旭打开微信时，几个字映入眼帘："您好！我是 A丨A 湘西散人王一丁！"紧接着又是"老朋友早安吉祥。久违矣！"文人就是文人，用的语言就不同。

李灿旭看到回复，身上一下像通了电，眼睛立刻闪起了亮光。他认为王一丁虽然知名度高，是名人，但他说话的语气，和三十年前一样，依旧是那么谦和，没有一点儿架子。

1986 年王一丁作为特殊人才被引进东莞黄埔海关，在那里干了十八年。后来毅然辞职。他正派、慎独、能干，综合素质好，口风紧，从不招惹是非，深得领导器重。在这里，要说明的是，他并非像少数人揣测那样是在海关犯了错误混不下去才离开海关的。他一直拒绝体制对自己的改变与侵蚀，始终保持一个读书人、一个文化人的独立和清醒。诚然，和所有人一样，他无法"拔着自己的头发离开地球"，他可能离开物质，但他又并非纯物质的人。与一般同僚相比，他有思想，有追求，有对某种高贵观念、气质和品质的呵护与坚守。

他离开海关前已被选拔到纪检监察部门，获授三级关务督察。

王一丁对文学的坚持是一以贯之的。正因为如此，他才有今日的成就。湖南师范大学中文系 1981 级就读的同学共 4 个班 200 名，当时大家起点都差不多，都是经历了千军万马从"独木桥"上闯过来的。因此谁也不服谁。但毕业 34 年后的今天，仍在坚持写作的不超过十人。而能得到业界、能得到社会一定程度的认可而非忽视、忽略，并能依靠手中的一支笔养活自己的，同系同年级恐怕顶多不过三五人而已！

王一丁之所以能得到业界及社会的认可，是得益于以下几点：一、堪称优秀的家族基因使自己任何时候都像朋友们说的那样"自带光芒"。关于这一点，他得无比虔诚地感谢他的历代祖宗特别是他的父母。他们来自千年古镇托口两个乡绅大家族。他庆幸自己降生在这样一个书香氤氲、温暖环绕，以清白传世的家庭里。二、对时间、情绪、健康的科学理性干预和管控。这个必须持之以恒，丝毫马虎大意不得。三、良好习惯（包括饮食习惯、生活习惯、学习习惯、工作习惯、待人接物的习惯等等）的养成、维持和健康从容、优悠淡定心态的获取。再加上须臾不曾间断的与人为善和敬天惜缘。最后，还有一点，他觉得作为这个世界上的灵长类动物，人任何时候都要拥有一颗宽容之心、一颗反省之心、一颗感恩之心！不以恶小而为之，不以善小而不为。耿介正直，自爱慎独。无愧自我，无愧天地。他说："我如果没有足够的勇气和能力改变这个世界，我便尽最大的努力做好自己吧！"

李灿旭把他 2015 年在七波辉鞋厂打工时写的《情系山美水库》和两篇怀念父亲的《人形山上恋悠悠》《我推韩愈送穷文》文章发给了王一丁。王一丁当即回复："好，我慢慢欣赏。"

几天后，李灿旭踏上了回家的路。虽然他一个月只有三千元，但他对鞋厂、对农民工、对社会底层的了解，又加深了一层。

第七十四章
做梦担心出事故　　无奈只好辞工作

2017 年 1 月 29 日晚上，李灿旭在家里收到了王一丁的微信："灿旭兄新年好！每一篇都认真看了，俱为走心入脑催泪之文，感同身受！你能把写作坚持到今天，殊为不易。锲而不舍，必成大器！"

看了微信后，李灿旭心里很高兴，随即回了微信。

王一丁建议他把怀念父亲的《人形山上恋悠悠》和《我推韩愈送穷文》文章发给"洪江人"，说首先让洪江人认识他，了解他，并将"洪江人"编辑洪小编老师的微信名片发给了李灿旭。

当王一丁问及他以后的打算时，他说他今年还打算出去打一年工。

这时，王一丁干脆跟他通电话："老兄，人到了这般年纪，若非万不得已，就不要出去了，该休息了。"这是他们离别三十年首次通电话，王一丁说的是洪江话，乡音依旧是那么亲切。

在王一丁的指点和帮助下，李灿旭以晚霞笔名在"洪江人"微信公众号上发表了第一篇网络文学作品《乡音依旧亲切》——童年时我和一丁同命运。王一丁也是童年时随父亲下放农村的，李灿旭根据他的骈文《半界赋》，结合父亲《春虫诗草》里的诗，交叉对比，写了此文。如果没有王一丁的指点，他还不知道什么是网络文学。

不久，李灿旭又以晚霞笔名在"洪江人"微信公众号发表了第二篇网络文学《我的兄长李元勋》。

李崇勋看到弟弟在"洪江人"微信公众号上发表了两篇文章，高兴不已，为了鼓励弟弟，他买了一台台式电脑给弟弟，装上宽带，要弟弟在家里搞写作，不要出去打工了，并承诺每月给弟弟五百元生活费，直到退休。其实，两年前李崇勋就不要弟弟出去，说每月给他五百元生活费。南京的两个堂弟李云泽和李云东也劝他不要出去，说生活上会鼎力相助。杨雪花也早就不要他出去。

跟李灿旭年龄相仿的人，有的早就不出去了。李灿旭认为自己还能做点事，自己挣钱养活自己心里踏实些。再说，在外面能接触到更多的东西，这对他以后搞文学创作会有好处。

半个月来，李灿旭在家里用电脑写长篇小说了，他先是将那五十多本20×20的方格纸上的字慢慢地输入电脑里。打着打着，他的心始终静不下来，总是想着离退休还有半年的事。虽说二哥每月给他五百元生活费，但他总觉得靠二哥养着心里不是滋味。

就在这时，泉州开元鞋厂的线长蔡平给他打电话，说那里还缺人，希望他去。他跟蔡平关系相当好，看在蔡平的面子上，他打算再打一年工，于是就跟杨雪花商量。

杨雪花知道他的性格，她说："你实在要去我也没有办法，那我也跟你一起去，生活上有个关照。你老舍不得吃。再说，我一个人在家里也很无聊。"

几十年来，杨雪花的心事就放在他和儿子身上，儿子现在深圳的一家外企工作，她把儿子培养出来了。

"那你就给我煮饭吧。"李灿旭说。

"到那里再说。"杨雪花打算先看看，如果有什么事做，做点也好。

就这样，李灿旭和杨雪花来到泉州开元鞋厂，可惜二哥白给他交了八百元电脑上网费。

在开元鞋厂，李灿旭是配鞋底，这工作比拔鞋楦要轻松一些，但责任很重。鞋底的颜色、型号各异，有的鞋子一款就有二十多个号码，稍不注意，就会造成重大责任事故，会损失上千至上万元。

这里还要一个放鞋工，杨雪花做了此事。李灿旭没说什么，他的下一道工序就是放鞋，相比之下，李灿旭可以帮她，她也可以帮他辨别鞋底，是否配错。

李灿旭每天早晨把当天要配的每一款鞋底，按号码、颜色分好。每一款鞋有四种颜色，有的颜色相同，只是深浅不同，稍不注意，就会搞错。他戴的一百五十度的老视镜不行了，看标签很模糊，因此每换一个型号都是格外小心，看了又看，只怕搞错。

晚七点下班后，李灿旭一个人来到五里路外梅山镇上的一家眼镜店里，老板问他买哪一种？他看了看，最后花二十元钱买了一副最便宜的二百五十度的老视镜。那五十元、八十元、一百元的，他不舍得买。

吃过晚饭后，李灿旭又开始在一张小桌上写长篇小说，要写到十一点钟。

杨雪花把房里的小电视关掉，坐在他的旁边，看着他写。虽然是在外面打工，但他们就像在家里生活一样，杨雪花时不时地给他削一个苹果，或是泡一杯茶。他是用20×20的方格纸写长篇小说，每晚要坚持写三小时，写一千多字。

这段时间以来，李灿旭在"洪江人"微信公众号上发表了《我推韩愈送穷文》《人形山上恋悠悠》和《我在潍坊四十天》等好几篇网络文章。读者知道他是在外面打工的环境下写下这些文章的，深受感动。特别是《我在潍坊四十天》，有很多人看着看着就流眼泪了。

他写着写着，回过头一看，认为不满意，便将这一页撕下来，捏成一团丢进废纸筐里。有时斟酌字句，他像《陈奂生进城》的作者高晓声那样翻《现代汉语词典》，反复推敲，反复琢磨，到底用哪个词为好？有时，他一个人习惯到走廊上走一走。十一点钟到了，杨雪花把电灯一关，命令他睡觉。这就是她这个当妻子的仅有的一点权力，因为第二天早上六点要起床，七点要赶到车间。面对杨雪花的话，他只好服从。说实在的，他这么操劳也需要一个人来关心他。有很多人羡慕他这辈子有一个好老婆。

又是一批新款式鞋来了，跟其他款项不同的是：这款鞋的码数是以0.5为单位，从10、10.5……一直到39.5、40，再加上颜色是同一种，只是深浅不同。这一款鞋相当难做，而且有三万双，最少也得做十天。这十天，李灿旭怕把鞋底配错，不写小说，每天吃了饭就睡觉了。尽管他这么小心，但还是出现了配错的事。

这时，老板骂蔡平，蔡平骂工段长，工段长骂李灿旭，李灿旭没有人出气，就骂杨雪花放鞋时没有把好关。杨雪花没有人骂了，只好汪汪哭！真是大鱼吃小鱼，小鱼吃虾米，虾米吃泥巴！可怜杨雪花是泥巴！泪流满面！这是自她结婚以来第一被李灿旭骂。

李灿旭冷静之后，向杨雪花道歉了。杨雪花也有她的个性，有她的尊严，一连好几天不理睬李灿旭，干脆到厂食堂里吃饭了。见她气还没消，李灿旭只好自己做饭。看李灿旭饭菜做得不像样子，杨雪花还是心软了。

李灿旭没想到自己这么小心还是会出差错。

一次，他偶然发现一个还没开过箱的纸箱里有两个号码：一个是10，一个是10.5，而随箱清单上只写的是10，没有10.5。他发着火，把工段长叫来；工段长看了后，又怒气冲冲地把蔡平叫来；蔡平看了后，心里不服气把老板叫来；老板看过后，就给鞋底厂家打电话，要他们好好把关。总之，那一次蔡平、工段长、李灿旭、杨雪花都被骂了，最冤枉的是杨雪花。

此时，李灿旭不冷静了，一个报告交给工段长，辞工！

工段长不好说什么，是他骂李灿旭的。他只好请蔡平来做李灿旭的思想工作。

好在蔡平跟李灿旭的关系还可以，来唱红脸了。

李灿旭说："我还不要紧，是我爱人想不通！"

最后还是老板出面来做杨雪花的工作。当老板出现在杨雪花面前时，她哭得更伤心了。她边哭边说："我们算负责了，可你们还要骂我们，我们做着还有什么意思！"

这时，老板把蔡平和工段长叫来，要他们以后说话注意。

这句话使得杨雪花破涕为笑。

通过这件事后，李灿旭格外小心了。不过，有一天快下班时还是出了一个责任事故，这是李灿旭的责任。奇怪的是老板这次没有骂人，只是把蔡平和工段长每人罚了两百元款。老板交代蔡平和工段长，千万不要骂李灿旭，千万不要罚他的款。老板之所以这么做，就算是把以前工段长骂李灿旭的那事摆平。

这时，李灿旭却主动提出来罚自己一百元。

老板笑着说："下不为例。"

从这以后，李灿旭时常说梦话，梦见自己把鞋底配错了，如果不是杨雪花摇醒他，他还在说呢。说了梦话之后，李灿旭有很长时间睡不着觉。第二天上班时，总显得精力不够充沛，只想打瞌睡。而这时，杨雪花放鞋时格外注意，每放一只鞋，都要看一看。本来，这不是她的事，她是为李灿旭担心，怕他又被工段长骂，或被罚款。

李灿旭在"洪江人"微信公众号上发表了漫漫打工路之三《我进鞋厂两年多》，有些读者留了言，其中，李灿旭的发小儿向培建（丰艺）是这样留言的：

一首打工的歌是这样唱的"打工苦，打工累，打工的心酸谁人懂？打工难，打工悲，眼泪流出当作汗水。"这些经历你只当是体验生活了，为你以后的写作打下坚实的基础，希望你写一部《60年的风雨》或是《我的前半生》。我看了你在"洪江人"发表的所有文章，比我碌碌无为，平淡一生要丰富多了，你的经历值得一写。

一个叫"湘西阮蛮子"的先生是这样留的：

看完晚霞先生讲述的故事，我已是热泪盈眶，不容易呀，作为同一时代的人深有同感，从国营企业的主人翁到下岗工人，再到为生活而四处漂泊的农民工，尝尽人间的酸甜苦辣，孤独寂寞……从文中看到家人的真诚关怀也令人感到家庭的温暖和真爱！我更佩服的是先生虽历经生活坎坷，但仍然自强不息，坚持写作，文笔老练，富有文采。这让我想起了《我的大学》，也让我想起了俄罗斯的文学巨匠——高尔基，他会不会在我那夕阳西下的山城再现！

还有一个叫"唐吉"的读者留言：

我居然看完了，这位叔叔的精神真是彪悍，胜过我们大多数年轻人……这么拼，也真是满满的正能量。

这些人的留言对李灿旭搞创作是极大的鼓舞。自2008年下岗以来，他先后去过通州、吉首、茶陵、潍坊、泉州等地打工。真是：酸咸苦辣酿的酒，不知喝了多少杯！

这段时间是大暑季节，李灿旭时刻是汗流满面，他的老视镜从耳朵边上滑了下来，落在地上。他把它捡起来，用衣袖擦一擦镜片上的汗水，然后又戴上。可是，由于额头上、颧上的汗水太多，老视镜戴上去就滑了下来，没办法，他只好将老视镜两边的钩钩用小绳子绑死，戴上后再把绳子死死捆在后脑上。每隔半小时，他就得把老视镜镜片上的汗水用衣袖擦一擦，可能是汗水沾得太多的缘故，镜片还是模模糊糊的，他不得不将它拿到水龙头上洗一洗。他的眼睛被汗水浸得睁不开，感觉很疼，看路不清楚，走路一晃一晃的。他踢到一个东西，摔了跤，老视镜的一片镜片碎了。看着这只有一片镜的老视镜，他后悔了，当时在梅山买一副价格高的就好了。嗨！不该为省几十元钱！他只好跟工段长请一小时假，冒着40度的高温去梅山镇上买贵的老视镜。

他没戴斗笠，一个劲地往前跑。这大热天，人们根本不敢出门，就是出门，至少也得戴上斗笠。一些人看着他不要命地往前跑，以为他有精神病？他跑啊！跑啊！跑到梅山镇眼镜店时，已是气喘吁吁，上气不接下气！

他视力又下降了，二百五十度的看不清楚，要三百度的才行。当他把一张一百元钱给售货员时，好像身上被割了一块肉似的感觉。这是没办法的事，如果不买贵的，打烂了又怎么办？

当他又一路气喘地跑回来的时候，工段长两眼像审犯人似的瞪着他，那脾气暴烈得简直像吃了一把枪药。

李灿旭知道超过了十分钟，没说什么，像做错了事的孩子似的，不敢正眼看工段长，把头低下来做自己的事。

工段长瞪李灿旭眼这一幕被杨雪花看到了，为了李灿旭的尊严，她按捺不住激动的心情，愤怒起来："我们的工资不要了！我们走！"她拖着李灿旭一个劲地往宿舍走。

流水线断了。很多员工认为工段长太过分，来回十多里路，再说买东西总得看一看，去了七十分钟不算久。都认为工段长不应该这么对比他大一半的满了六十岁的李灿旭瞪眼！当然，这些员工只是敢怒不敢言，一旦说出口，肯定会被他打击、报复。因为工段长手里有罚款权，少则二十元，多则一百元，由他罚。对工段长来说，罚款是家常便饭，员工奈何不了他，因为老板是他的舅舅。

看着流水线停了，蔡平心急如焚。当然，他也不好怪杨雪花发脾气，工段长确实做得太过分了。他迫不及待地来到宿舍，做杨雪花的思想工作。

"蔡线长，凭你良心说，李灿旭是不是老实人，从上班到下班，他休息了一会儿没有？中途十分钟休息，他跑着去解个手，又马上来配'清尾'鞋底，几百只单脚，几百个号码，几百种颜色，都是他一个人配。本来，这'清尾'工作工段长应该来帮忙配的。可是，他帮了吗？他没有帮！一双也没有帮！眼镜坏了是没办法的事。他跑着去，跑着回，来回十多里路，用了七十分钟，这算久吗？李灿旭就是太老实了，只请一个小时假。如果请一个半小时假，那就好了。我求求你，让我们回去吧。李灿旭受得了这气，他想把这一年做完。我可受不了！"杨雪花的眼泪像小溪里的水一样往下流。

"杨大姐，请你冷静一下，工段长的工作方法是不对，他小学都没毕业，只有那么高的文化，请你谅解。别跟他一般见识。"蔡平说。

"蔡线长，说实话，工段长那人确实不好讲话。这样吧，我们打个辞工报告，下个月的这一天走，你看行吗？"李灿旭说。

"还没到年底，你们这么走了，那'保底'工资就没有了，也就是说你们一个人至少要少一千多元钱。"蔡平说。

"我们不要了，只要你让我们走。"杨雪花说。

"那你就打报告吧。"蔡平说。

就这样，一个月后，李灿旭和杨雪花辞工了。有很多员工认为这时走划不来，一个人少得一千多元钱。

李灿旭的儿子听说爸妈辞工的消息后，高兴得像三岁娃，蹦跳起来。当别人问他爸妈做什么时，他总是骗着人家，说爸妈都退休了，在家休息。现在爸妈辞工了，他不要骗人家了。他要爸妈把东西寄回洪江，自己给爸妈买了泉州南至深圳北的高铁票，要爸妈在深圳好好地玩一玩。

当李灿旭在梅山镇寄东西的时候，那快递工作人员看着他带着那么多的书，说他是来读书的，完全不像打工的。

李灿旭和杨雪花来到深圳后，眼界开阔多了。

这段时间，李灿旭跟王一丁联系上了，王一丁对他辞工一事表示高兴，并邀请他去东莞玩。

几天过后，正好碰上外文杂志《HEREDONGGUAN》（这里是东莞）主编大卫先生（美籍）采访王一丁，李灿旭有幸现场亲历了该杂志专访他的全过程。并写了《我现场亲历外文杂志记者采访湘西散人王一丁》一文。

随即，李灿旭写了《三十一年秋风雨》。这篇文章写的是他跟王一丁离别三十一年的重逢，写了他们各自的生活经历。三十一年来，王一丁从一名普通的编辑，不断进步成长，逐渐成为各大媒体争相推介传播的文化名人、"天下赋人"。而他从一名国企职工沦落到社会最底层的"农民工"，一个不折不扣的打工仔。文章的结尾是："王一丁要留他住一晚，俩人好好叙叙旧。他不忍过分相扰，犹豫再三，还是要走。"王一丁开车把他送到火车站。在火车站广场，他们交谈到火车要开为止。彼此都依依不舍。

此文反响不错，有十几家网络转载了。

人山人海，滚滚红尘。李灿旭和杨雪花不适应深圳大城市的生活环境，不久，回洪江了。

尾 声

李锦长子李躬厚一家人。小儿子李汉勋为父亲李躬厚制作了一幅"百米书画"，洪江的文人墨客曾为其题诗画墨，许多媒体为此事都做过新闻报道。长子李立勋已经七十多岁了，由于童年阴影，常做噩梦。湖北的大女儿李菲、二女儿李燕已步入小康生活。三女儿李敏在怀化安享晚年。

次子李躬康一家人。李元勋的女儿是怀化市某市级医院医生；李崇勋接过父亲的班，爱好诗词了，已是中国楹联学会会员；李灿旭爱好文学，还在继续写作；大女儿李洁、小女儿李晶都过得还可以。值得一提的是小女儿李晶通过自学，取得了湘潭大学财会专业毕业证书。

季子李躬福的遗孀喻萍还健在。她的大儿子李云泽是医学博士，在南京某部队医院工作；小儿子李云东是博导，在南京某名校工作。

四个女儿，只有小女儿李芸兰还活着。四个女儿的后人都过得可以。

明石匠、白青青搬出刘家大院后，住进了政府的安置新区。

田新生、向培进跟李躬厚的后人有往来了。

刘荣昌的儿子刘云和儿媳王兰把洪江瓷厂的绝版工艺传承了下来。

刘尉君的儿子刘俊加入了美国国籍，晚年带着老伴儿来洪江定居了，洪江毕竟是他们的根。

金兵从公安局政委位置退下来。孙玉秀、徐静都在长沙定居。二毛和兰小芳办起了大农场，资产有上百万。

沅水上的萝卜湾大桥、古商城大桥和大湾塘大桥把青山脚、滩头、川岩连成一片，一座现代化的新城正从这里建起，宾馆、商店、电影院、公园、四通八达的街道以及住宅小区，如雨后春笋般竖立起来。邵怀高速公路连接线，穿新城六车道的川山大道而过；洪怀（竹田）六车道高等级公路将从这里起步。

"洪江古商城"旅游开发如火如荼，每天有好几万游客慕名而来。余家冲里的刘家大院已成为古商城最亮丽的景点之一，那充满浓郁明清风韵的十大会馆、烟馆、青楼、戏楼、税局、镖局、报馆、钱庄、银行、客栈、商铺、当铺、作坊、各大豪宅大院、各大码头，仿佛再现着"清明上河图"。

沅水河里，那鳅鱼头船、苗船、麻阳船、方头高尾的两层楼的洪油船，以及那一挂挂木排早已无影无踪；那雪泥鸿爪纤道，伤痕累累；那"哟嗬，哟嗬"的《沅水号子》，已进入《风吹唢呐声》电影和一些在洪江拍摄的电视连续剧里。

入秋后，洪江古商城细雨霏霏，滴答在青石板路上。雨后，天空放晴。余家冲冲尾的枫木岭上，那糍槽大的井依旧在，水依旧从石岩缝里一滴一滴地流出来，水依旧清甜清甜。遗憾的是井旁边的两蔸梧桐树已经倒下。不过，在倒下的地方又长起了两蔸千年松，已经枝繁叶茂。岭上的那两蔸古樟树，一蔸活着一边，另一边还留着被雷电烧过的痕迹；还有一蔸头顶上断了截，但还在顽强地活着。那断了一截的地方，像人头，有耳朵、眼睛、鼻子和嘴巴。那耳朵，好像在听老人们述说洪江过去的繁华与沧桑；那眼睛，天天看着古商城里游客们那重重叠叠的脚印；那鼻子，时刻闻着洪江血粑鸭和雪峰乌骨鸡的喷香味；那嘴巴，告诉人们：由王少华编剧、路奇执导、孟凡耀制片，张丰毅、张睿、李立群、张含韵等主演的电视连续剧《一代洪商》在央视八台开播了，收视率极高。

后　记

　　我十三岁那年，天气好的时候，一到晚上就要上山，帮着父亲用独轮车运建房的材料，我拿着一根四米长的绳子在前面使劲地拖拽，父亲肩上搭着小扁担，扁担两边的绳子系在车把上，手扶着车把，一路吃力地推着。下坡的时候则需两脚拖地，护卫我的安全和周祥。这时，月光透过树叶间的空隙，把点点光辉洒在山间的小路上，忽明忽暗。独轮车那"咯吱咯吱"古怪的声音响到哪里，哪里的鸟儿和虫儿就不得安宁。

　　那时我就想：将来有一天一定要把这些事情写进小说里。这小说是从2015年开始写的，那时我在泉州的一家民营鞋厂打工，一到淡季就休息，这时便在一张简陋的四方桌上用方格纸写，只要有空就写，一天总要写三四千字，已写了几十本方格纸，有十万多字。2016年年末，我通过"洪江人"微信公众号，跟离别三十年的老朋友、作家湘西散人王一丁联系上，在他的指点和帮助下，我和"洪江人"的编辑申凯（洪小编）老师联系上了，从此开始在"洪江人"上发表习作。

　　那时，离退休还有半年，我二哥索性给我买了一台台式电脑，要我安心写小说，并承诺每月给我五百元生活费，直到退休。他和我南京的堂弟早几年就不要我出去，说在生活上会鼎力相助……我开始把方格纸上的字输入电脑里。我打着打着，一想到靠二哥养着自己，又心不安了。于是就先斩后奏，到了泉州鞋厂后，才告诉二哥，可惜他白给我交了八百元宽带网络费。这一次，为生活上有个照顾，我爱人也跟着我去了。工作之余，我又用方格纸写小说了。

　　2017年7月，我正式退休，我把所有精力都放在小说创作上，把方格纸上的草稿改了又改。三年后，才有了现在呈现在大家面前的样子。小说能出版，得感谢王一丁的诚心指点和帮助，感谢《怀化日报》谢商精副总编对小说的整篇布局及斧正，感谢我伯父的老邻居王兆雄兄长的细心校正，感谢洪江区作协主席张开妙老师对小说出版的出谋划策，感谢王雪峰老师为封面题字，感谢米庆华老师画封面插图，感谢洪江沅江路小学已故的徐美英老师和沅江路的发小们，感谢靖州甘棠大桥小学黄成生老师和大桥小学的同学们，感谢靖州甘棠一中陈立端老师和甘棠一中的同学们，感谢陈玉元老师，感谢邓文博先生，感谢已故的《雪莲花》的作者杨学乐老师，当然，同样要感谢我祖父的家族成员们以及和所有关心、关注、帮助过我的人。

作者

2022 年 6 月 8 日